LE
VOL
DU
HÉRON

Lian Hearn

Le
Vol
du
Héron

Traduit de l'anglais par
Philippe Giraudon

GALLIMARD

PERSONNAGES PRINCIPAUX

Otori Takeo	souverain des Trois Pays
Otori Kaede	son épouse
Shigeko	leur fille aînée, héritière du domaine de Maruyama
Maya ⎱ Miki ⎰	leurs filles jumelles
Araï Zenko	chef du clan Araï, seigneur de Kumamoto
Araï Hana	son épouse, sœur de Kaede
Sunaomi ⎱ Chikara ⎰	leurs fils
Muto Kenji	Maître de la famille Muto et de la Tribu
Muto Shizuka	nièce et héritière de Kenji mère de Zenko et de Taku
Muto Taku	chef des espions de Takeo
Sada	membre de la Tribu, accompagne Maya
Maï	sœur de Sada
Yuki (Yusetsu)	fille de Kenji, mère d'Hisao
Muto Yasu	marchand
Imaï Bunta	informateur de Shizuka
Docteur Ishida	époux de Shizuka, médecin de Takeo
Sugita Hiroshi	chef des serviteurs de Maruyama
Miyoshi Kahei	commandant-en-chef de l'armée de Takeo, seigneur de Yamagata
Miyoshi Gemba	son frère
Sonoda Mitsuru	seigneur d'Inuyama
Aï	son épouse, sœur de Kaede

Matsuda Shingen   abbé du temple de Terayama
Kubo Makoto   son successeur, meilleur ami de Takeo
  (puis Eikan)

Minoru   secrétaire de Takeo

Kuroda Junpei
Kuroda Shinsaku   } gardes du corps de Takeo

Terada Fumio   explorateur et chef de la flotte

Sire Kono   noble, fils de sire Fujiwara
Saga Hideki   général de l'Empereur, seigneur des îles de l'Est

Dom João   marchand étranger
Dom Carlos   prêtre étranger
Madaren   leur interprète

Kikuta Akio   Maître de la famille Kikuta
Kikuta Hisao   son fils
Kikuta Gosaburo   oncle d'Akio

CHEVAUX

Tenba   cheval noir offert à Takeo par Shigeko

Les deux fils de Raku, tous deux gris avec la crinière
et la queue noires
Ryume   cheval de Taku
Keri   cheval de Hiroshi

Ashige   cheval gris de Shigeko

Pour J

Le son des cloches du Gion Soja fait écho à l'impermanence de toute chose.
La couleur des fleurs de sala montre
combien il est vrai que la prospérité est promise au déclin.
Les orgueilleux ne durent pas, ils sont comme un rêve par une nuit de printemps ;
Les puissants finissent par tomber, ils sont comme de la poussière avant le vent.

Le dit des Heike

1

 – Venez vite ! Père et Mère sont en plein combat !
Otori Takeo entendit distinctement la voix de sa fille
appelant ses sœurs à l'intérieur du château
d'Inuyama, de même qu'il entendait les bruits mêlés
de toute la résidence et de la ville s'étendant au-delà. Cependant il
choisit de les ignorer, ainsi que le chant des planches du parquet du
rossignol sous ses pieds, pour se concentrer tout entier sur son adversaire : son épouse, Kaede.

Ils s'affrontaient avec des bâtons en bois. Il était plus grand, mais elle
était naturellement gauchère, de sorte que ses deux mains étaient également fortes. La main droite de Takeo ayant été mutilée par un coup
de poignard, bien des années plus tôt, il avait dû apprendre à se servir
de sa main gauche. Et ce n'était là qu'une des blessures qui le ralentis-
saient.

On était au dernier jour de l'année. Il faisait un froid mordant et le
soleil d'hiver brillait faiblement dans le ciel gris pâle. Ils s'exerçaient
souvent en cette saison. C'était pour eux un moyen de se réchauffer
tout en entretenant leur souplesse, et Kaede se plaisait à montrer à ses
filles qu'une femme pouvait combattre comme un homme.

Elles arrivèrent en courant. L'aînée, Shigeko, aurait quinze ans
durant la nouvelle année, et les deux cadettes treize ans. Le parquet du

rossignol chanta sous les pas de Shigeko, mais les jumelles s'y avancèrent avec la légèreté propre aux membres de la Tribu. À force de le parcourir en tous sens depuis leur plus jeune âge, elles avaient appris presque sans s'en rendre compte à ne pas le sortir de son silence.

Kaede avait couvert sa tête avec une écharpe de soie rouge encadrant son visage, si bien que Takeo ne voyait que ses yeux. Ils étincelaient dans l'ardeur du combat, et ses mouvements étaient pleins de force et de vivacité. Il semblait difficile de croire qu'elle avait mis au monde trois enfants : elle bougeait toujours avec la vigueur et la liberté d'une adolescente. Quand elle l'attaqua, il n'eut que trop conscience de son propre âge et de sa faiblesse physique. Sous le choc du coup de Kaede sur son bâton, il sentit sa main l'élancer douloureusement.

— Je m'avoue vaincu, déclara-t-il.

— Mère a gagné ! s'exclamèrent avec enthousiasme les trois filles.

Shigeko courut vers sa mère avec une serviette.

— Pour la triomphatrice, dit-elle en s'inclinant et en lui présentant la serviette dans ses deux mains.

— Nous pouvons rendre grâce à la paix, répliqua Kaede avec un sourire tout en s'essuyant le visage. Votre père est devenu un habile diplomate et n'a plus besoin de se battre pour rester en vie !

— En tout cas, maintenant j'ai chaud ! s'écria Takeo.

Il fit signe à l'un des gardes observant la scène depuis le jardin d'emporter les bâtons.

— Permettez-nous de vous combattre, Père ! implora Miki, la plus jeune des jumelles.

Se dirigeant au bord de la véranda, elle tendit ses mains vers l'homme, lequel prit soin de ne pas la regarder ni la toucher en lui remettant le bâton.

Takeo remarqua sa réticence. Même des adultes, des soldats endurcis, avaient peur des jumelles. Leur propre mère les redoutait, songeat-il non sans chagrin.

— Voyons ce que Shigeko a appris, lança-t-il. Vous pouvez avoir chacune une reprise avec elle.

Pendant plusieurs années, sa fille aînée avait passé le plus clair de son temps à Terayama, où elle avait étudié la voie du Houou sous la direction du vieil abbé Shingen Matsuda, qui avait été le professeur de Takeo. Elle était arrivée la veille à Inuyama, afin de célébrer avec sa famille la nouvelle année et son propre passage à l'âge adulte. Takeo l'observa tandis qu'elle prenait le bâton de son père et s'assurait que Miki avait le plus léger. Physiquement, elle ressemblait beaucoup à sa mère, dont elle avait hérité la sveltesse et l'apparente fragilité, mais elle avait un caractère bien à elle, plein de pragmatisme, de bonne humeur et de fermeté. La voie du Houou exigeait une discipline rigoureuse, et ses maîtres ne tenaient aucun compte de son âge ni de son sexe, mais elle avait accepté avec une ardeur sans réserve leçons et séances d'entraînement aussi bien que les longs jours de silence et de solitude. Elle avait elle-même choisi de se rendre à Terayama, car la voie qu'on y suivait était imprégnée d'un esprit de paix. Dès l'enfance, elle avait communié avec l'aspiration de son père à créer un pays pacifique, où la violence n'aurait pas droit de cité.

Sa technique de combat était très différente de celle qu'on avait enseignée à Takeo. Il la regarda avec plaisir, en appréciant la façon dont les attaques traditionnelles avaient été mises au service de la défense, dans le but de désarmer l'adversaire sans le blesser.

— Ne triche pas, dit Shigeko à Miki.

Les jumelles possédaient en effet tous les talents de la Tribu dont leur père était doué — il les soupçonnait même de le surpasser. À l'approche de leur treizième anniversaire, ces talents se développaient rapidement. Bien qu'on leur ait interdit de s'en servir dans la vie quotidienne, elles ne pouvaient parfois résister à la tentation de taquiner leurs maîtres et de déjouer la surveillance de leurs domestiques.

— Pourquoi ne puis-je montrer à Père ce que j'ai appris ? se plaignit Miki.

Elle aussi revenait d'un séjour d'entraînement – dans un village de la Tribu, avec ses cousins Muto. Sa sœur Maya retournerait là-bas après les fêtes. La famille était rarement au complet, ces temps derniers. L'éducation différente de chaque enfant, la nécessité pour leurs parents d'accorder une égale attention aux Trois Pays, impliquaient des voyages incessants et de fréquentes séparations. Les exigences du gouvernement étaient de plus en plus lourdes. Il fallait négocier avec les étrangers, organiser des expéditions commerciales, protéger et développer les fabriques d'armes, contrôler les diverses administrations locales, améliorer l'agriculture, faire venir des artisans d'outre-mer et de nouvelles technologies, veiller au bon fonctionnement des tribunaux recevant plaintes et doléances. Takeo et Kaede se partageaient la tâche. Elle se consacrait principalement à l'Ouest et lui au Pays du Milieu, tandis qu'ils s'occupaient ensemble de l'Est où Aï, la sœur de Kaede, administrait l'ancien domaine des Tohan avec son époux, Sonoda Mitsuru.

Shigeko dépassait Miki d'une tête, mais la petite était aussi forte que rapide. À côté d'elle, Shigeko semblait à peine bouger. Cependant Miki ne parvint pas à rompre sa garde, et au bout de quelques instants elle dut lâcher son bâton. Il parut s'envoler littéralement de ses doigts, puis Shigeko l'attrapa avec aisance.

— Tu as triché ! s'exclama Miki en haletant.

— Sire Gemba m'a enseigné cette technique, dit fièrement Shigeko.

Maya, l'autre jumelle, tenta à son tour sa chance, avec le même résultat.

Les joues en feu, Shigeko lança :

— Père, permettez-moi de vous combattre !

— D'accord, répondit-il, car il était impressionné par ce qu'elle avait appris et curieux de voir l'efficacité de cette méthode face à la force d'un guerrier confirmé.

Il l'attaqua avec vivacité, sans retenue, et son premier assaut la prit de court. Le bâton de Takeo atteignit sa poitrine, et il amortit le coup pour ne pas la blesser.

— Un sabre t'aurait tuée, observa-t-il.

— Recommençons, répliqua-t-elle avec calme.

Cette fois, elle était prête à l'affronter. Avec des gestes rapides, sans effort, elle esquiva deux coups puis l'attaqua sur sa droite, du côté où sa main était plus faible. Après avoir fléchi légèrement, juste assez pour le déséquilibrer, elle fit un mouvement de torsion avec tout son corps. Le bâton de Takeo glissa et tomba par terre.

Il entendit les jumelles pousser un cri de surprise en même temps que les gardes.

— Bravo ! s'exclama-t-il.

— Vous n'avez pas combattu pour de bon, dit Shigeko d'un air déçu.

— Bien sûr que si. Autant que la première fois. Évidemment, ta mère m'avait déjà épuisé, sans compter que je suis vieux et en mauvais état.

— Ce n'est pas vrai ! cria Maya. Shigeko a gagné !

— Mais c'est une sorte de tricherie, dit Miki d'un ton sérieux. Comment faites-vous ?

Shigeko secoua la tête en souriant.

Il s'agit de faire travailler ensemble la pensée, l'esprit et la main. Il faut des mois pour y arriver. Je ne peux pas te l'enseigner de but en blanc.

— Tu t'es battue magnifiquement, déclara Kaede. Je suis fière de toi.

Sa voix vibrait d'amour et d'admiration, comme toujours lorsqu'il était question de son aînée.

Les jumelles échangèrent un regard.

«Elles sont jalouses, pensa Takeo. Elles savent que leur mère n'éprouve pas des sentiments aussi forts à leur égard.» Comme souvent, il fut envahi par le besoin de protéger ses filles cadettes. Il semblait s'efforcer continuellement d'empêcher qu'on leur fasse du mal. Il avait commencé dès le moment de leur naissance, lorsque Chiyo avait voulu emmener Miki, la plus jeune, pour qu'elle soit mise à mort. À cette époque, il était habituel d'agir ainsi avec les jumeaux. Sans doute était-ce encore le cas, car de telles naissances étaient considérées comme anormales pour des êtres humains. Un jumeau passait pour plus proche d'un animal, presque l'équivalent d'un chien ou d'un chat.

— Cette coutume vous paraît cruelle, sire Takeo, l'avait averti Chiyo, mais il vaut mieux prendre immédiatement des mesures plutôt que d'endurer le malheur et l'infortune auxquels les gens vont croire que vous êtes voué en tant que père de jumelles.

— Comment pourront-ils renoncer enfin à leurs superstitions barbares si nous ne leur donnons pas l'exemple ? répliqua-t-il avec colère.

Étant né chez les Invisibles, il mettait la vie d'un enfant au-dessus de tout et ne pouvait croire qu'épargner un nourrisson puisse être une cause de désapprobation ou de malchance.

Par la suite, il avait été surpris par la force de cette superstition. Kaede elle-même n'y échappait pas, et son attitude envers ses filles cadettes reflétait son ambivalence et son malaise. Elle préférait qu'elles vivent séparées. C'était le cas la plus grande partie de l'année, puisque l'une ou l'autre séjournait dans la Tribu. Elle aurait désiré également qu'elles n'assistent pas toutes deux au passage à l'âge adulte de leur grande sœur, de peur que leur présence ne porte malheur à Shigeko. Toutefois cette dernière, qui était aussi protectrice que son père envers les jumelles, avait insisté pour qu'elles soient là. Takeo s'en réjouissait, car il n'était jamais plus heureux que lorsqu'il avait près de lui toute la famille réunie. Tandis qu'il les couvait d'un regard affectueux, il se rendit compte qu'un sentiment plus passionné se mêlait à sa tendresse : il avait envie de s'étendre auprès de son épouse, de sentir sa peau contre la sienne. Leur combat avait réveillé en lui le souvenir du jour où il était tombé amoureux d'elle, la première fois qu'ils s'étaient affrontés lors d'un entraînement, à Tsuwano. Il avait alors dix-sept ans, et elle quinze ans. Leur première étreinte avait eu lieu à Inuyama, presque en cet endroit même, dans l'ivresse d'une passion née du désespoir et du chagrin. L'ancienne résidence, alors château d'Iida Sadamu, avait brûlé avec le premier parquet du rossignol lors de la chute de la ville. Cependant Araï Daiichi l'avait reconstruite à l'identique, et elle était maintenant l'une des célèbres Quatre Cités des Trois Pays.

— Il serait bon que les filles se reposent avant ce soir, déclara-t-il.

De longues cérémonies devaient être célébrées dans les sanctuaires à minuit, avant le festin du nouvel an. Personne ne serait au lit avant l'heure du Tigre.

— Moi-même, je vais m'étendre un moment.

— Je vais faire porter des braseros dans la chambre, dit Kaede. Donnez-moi un instant.

LORSQU'ELLE LE REJOIGNIT, la lumière avait pâli pour laisser place au crépuscule précoce de l'hiver. Malgré les braseros au charbon rougeoyant, son haleine se condensait comme un nuage blanc dans l'air glacé. Elle s'était baignée, et sa peau était imprégnée du son de riz et de l'aloès parfumant l'eau du bain. Sous sa robe d'hiver matelassée, sa chair était tiède. Après avoir dénoué sa ceinture, il glissa les mains sous le tissu et l'attira contre lui. Il ôta l'écharpe recouvrant sa tête et caressa ses cheveux courts, doux comme de la soie.

— Ne faites pas cela, l'implora-t-elle. C'est si laid.

Il savait qu'elle ne s'était jamais remise de la perte de sa longue et splendide chevelure, ni des cicatrices sur sa nuque blanche, qui amoindrissaient sa beauté jadis célèbre, objet de légendes et de superstitions. Cependant, loin de prêter attention à cet enlaidissement, il la trouvait d'autant plus ravissante qu'elle paraissait plus vulnérable.

— J'aime vos cheveux. On croirait ceux d'un acteur. Ils vous donnent l'air d'être à la fois homme et femme, adulte et enfant.

— Dans ce cas, vous devez vous aussi me montrer vos cicatrices.

Elle retira le gant de soie dissimulant habituellement la main droite de son époux, et porta à ses lèvres les moignons des doigts.

— Vous ai-je fait mal, tout à l'heure ?

— Pas vraiment. Ce n'est qu'une douleur résiduelle. Le moindre choc fait souffrir mes articulations.

Il ajouta à voix basse :

— Je souffre en cet instant même, mais d'un mal différent.

— C'est un mal que je puis guérir, chuchota-t-elle en l'attirant vers elle.

Elle s'ouvrit à lui, le fit entrer en elle avec une ardeur égale à la sienne avant de fondre de tendresse, pleine d'amour pour sa peau familière, ses cheveux, son odeur, et pour le sentiment d'étrangeté que renouvelait chacune de leurs étreintes amoureuses.

— Tu me guéris toujours, dit-il ensuite. Tu me rends la plénitude de mon être.

Kaede gisait dans ses bras, la tête sur son épaule. Elle laissa errer son regard dans la pièce. Des lampes brillaient sur leurs supports de fer, mais derrière les volets le ciel était sombre.

— Peut-être avons-nous conçu un garçon, dit-elle sans parvenir à cacher la nostalgie vibrant dans sa voix.

— J'espère que non ! s'écria Takeo. Mes enfants ont failli te coûter la vie à deux reprises.

Il poursuivit d'un ton plus léger :

— Nous n'avons pas besoin d'un fils. Nos trois filles suffisent.

— C'est ce que je disais autrefois à mon père, admit Kaede. Il me semblait que je valais n'importe quel garçon.

— On peut en dire autant de Shigeko, observa Takeo. Elle recevra les Trois Pays en héritage, avant de les léguer à son tour à ses enfants.

— Ses enfants ! Elle semble elle-même être une enfant, alors qu'elle sera bientôt en âge de se marier. À quel époux allons-nous la confier ?

— Nous avons le temps. Elle est un joyau précieux, d'une valeur presque inestimable. Il n'est pas question de la céder à vil prix.

Kaede revint à son idée précédente, comme si ce sujet la hantait.

— J'aimerais tellement te donner un fils.

— Que fais-tu de ton propre héritage et de l'exemple de dame Maruyama ? Tu parles encore en fille d'une famille de guerriers.

L'obscurité et le silence les environnant incitèrent Kaede à exprimer plus avant ses inquiétudes.

— J'ai parfois l'impression que les jumelles m'ont rendue stérile. Il me semble que, si elles n'étaient pas nées, des fils me seraient venus.

— Tu prêtes trop d'attention aux superstitions des vieilles femmes !

— Tu as sans doute raison. Mais que vont devenir nos filles cadettes ? Même s'il arrivait quelque chose à Shigeko — que le Ciel nous en garde ! — il n'est guère pensable qu'elles héritent. Et qui pourront-elles épouser ? Aucune famille de guerriers ou d'aristocrates ne prendra le risque d'accueillir une jumelle, surtout si elle est souillée par le sang de la Tribu — pardonne-moi d'employer de tels mots — et par ces talents qui ressemblent tant à de la sorcellerie.

Takeo ne pouvait nier que la même pensée le tourmentait souvent, mais il essayait de la repousser. Les jumelles étaient encore si jeunes. Qui savait ce que le destin leur réservait ?

Au bout d'un instant, Kaede dit d'une voix tranquille :

— Mais peut-être sommes-nous déjà trop vieux. Tout le monde se demande pourquoi tu ne prends pas une seconde épouse ou une concubine, qui te donnerait d'autres enfants.

— Je ne veux qu'une seule épouse, déclara-t-il avec sérieux. Quels que soient les émotions que j'aie pu feindre, les rôles que j'aie pu assumer, mon amour pour toi est réel et sincère. Jamais je ne coucherai avec une autre femme. Comme je te l'ai dit, j'ai fait un vœu à Kannon à Omaha. Voilà seize ans que je le respecte, il n'est pas question que je le trahisse maintenant.

— Je crois que je mourrais de jalousie, avoua Kaede. Mais mes sentiments sont sans importance comparés aux besoins du pays.

— Je crois que notre union dans l'amour est le fondement de notre bon gouvernement, répliqua-t-il. Je n'entreprendrai jamais rien qui puisse la menacer.

L'attirant de nouveau contre lui, il caressa doucement sa nuque meurtrie et sentit sous ses doigts les cicatrices rugueuses laissées par les flammes.

— Aussi longtemps que nous serons unis, notre pays restera fort et paisible.

Kaede lui répondit d'une voix endormie :

— Te souviens-tu de nos adieux à Terayama ? Tu m'as regardée dans les yeux et j'ai sombré dans le sommeil. Je ne t'en ai encore jamais parlé, mais j'ai rêvé de la Déesse Blanche. Elle m'a dit : « Sois patiente. Il va venir te chercher. » Et plus tard, dans les Grottes Sacrées, je l'ai de nouveau entendue prononcer ces mots. Seul cet épisode m'a soutenue au cours de ma captivité chez sire Fujiwara. Là-bas, j'ai appris la patience. Il fallait que je sache attendre sans rien faire, afin qu'il n'ait aucun prétexte pour m'ôter la vie. Ensuite, après sa mort, je n'ai songé qu'à retourner dans les grottes, auprès de la déesse. Si tu n'étais pas venu, j'y serais restée à son service jusqu'à la fin de mes jours. Mais tu es venu. Je t'ai vu t'approcher, si maigre, encore affaibli par le poison, ta belle main mutilée sans recours. Je n'oublierai jamais cet instant. Je n'oublierai jamais ta main sur ma nuque, la neige qui tombait, le cri du héron…

— Je ne mérite pas ton amour, chuchota Takeo. C'est la plus grande grâce que j'aie reçue. Je ne pourrais vivre sans toi. Tu sais, ma vie a également été guidée par une prophétie…

— Tu me l'as déjà dit. Et nous l'avons vue s'accomplir point par point avec les Cinq Batailles, l'intervention de la Terre…

« À présent, je vais lui apprendre le reste, pensa Takeo. Je vais lui dire que si je ne veux pas de garçons, c'est que la voyante aveugle m'a prédit que seul mon fils pourra me donner la mort. Je vais lui parler de Yuki et de l'enfant qu'elle a mis au monde, mon fils âgé aujourd'hui de seize ans. »

Mais il ne put se résoudre à faire souffrir son épouse. À quoi bon remuer le passé ? Les Cinq Batailles faisaient désormais partie de la mythologie des Otori. Takeo lui-même avait conscience d'avoir délibérément adopté ce nombre. En réalité, on aurait pu dire qu'il y en avait eu six, quatre ou même trois. Il était possible de remanier et manipuler les mots de façon à leur faire dire à peu près n'importe quoi. Si l'on croyait en une prophétie, elle devenait souvent réalité. Il ne prononcerait pas ces mots, de peur de leur insuffler la vie.

Il vit que Kaede s'était assoupie. Il faisait chaud sous les couvertures, bien que l'air sur son visage fût glacial. Il lui faudrait bientôt se lever, prendre un bain, revêtir une tenue d'apparat et se préparer aux cérémonies célébrant l'entrée dans la nouvelle année. La nuit serait longue. Son corps commença à se relâcher, il s'endormit.

2

Les trois filles de sire Otori aimaient le chemin menant au temple d'Inuyama, car il était bordé de statues de chiens blancs. Lors des nuits de fête, des centaines de lampes brûlant dans des lanternes de pierre jetaient sur les chiens des lueurs tremblantes où ils semblaient prendre vie. L'air était si froid que leurs visages, leurs doigts et leurs orteils étaient engourdis. De la fumée s'élevait, il flottait une odeur d'encens et de pin fraîchement coupé.

Des fidèles entreprenant leurs premières dévotions de l'année se pressaient sur les marches abruptes conduisant au sanctuaire, où résonnait la grosse cloche dont l'appel faisait frissonner Shigeko. Sa mère marchait quelques pas devant elle, à côté de Muto Shizuka, sa compagne de prédilection. L'époux de Shizuka, le docteur Ishida, était parti pour un de ses voyages sur le continent et ne serait pas rentré avant le printemps. Shigeko se réjouissait qu'elle passe l'hiver avec eux, car elle faisait partie des rares personnes que les jumelles respectaient et écoutaient. Du reste, il semblait à Shigeko que Shizuka leur rendait sincèrement leur affection et les comprenait.

Les jumelles s'avançaient avec Shigeko, qu'elles encadraient. De temps à autre, un badaud dans la foule les regardait fixement avant de s'éloigner de peur qu'elles ne le touchent. Dans l'ensemble, cependant, elles passaient inaperçues à la faveur de la pénombre.

Shigeko savait qu'elles étaient précédées et suivies de gardes, et que Taku, le fils de Shizuka, veillait sur son père tandis qu'il accomplissait les cérémonies au temple principal. Elle n'éprouvait aucune peur, consciente que Shizuka et sa mère étaient armées de sabres courts. Elle-même avait caché sous sa robe un petit bâton extrêmement pratique. Sire Miyoshi Gemba, un de ses maîtres à Terayama, lui avait montré comment s'en servir pour mettre un homme hors de combat sans le tuer. Elle espérait à demi avoir un jour l'occasion de l'essayer, mais il semblait peu probable qu'on les attaque au cœur d'Inuyama.

Pourtant, quelque chose dans la nuit et l'obscurité la mettait sur ses gardes. Ses maîtres ne lui avaient-ils pas répété qu'un guerrier devait être toujours prêt, afin de pouvoir grâce à sa prévoyance éviter aussi bien sa propre mort que celle de son adversaire?

Le cortège approcha de la salle principale du sanctuaire où elle aperçut la silhouette de son père, paraissant minuscule sous le haut plafond et à côté des énormes statues des seigneurs célestes, gardiens de l'autre monde. Il semblait difficile de croire que le personnage solennel assis avec tant de gravité devant l'autel était le même homme avec qui elle avait lutté l'après-midi sur le parquet du rossignol. Elle se sentit envahie d'amour et de vénération pour lui.

Après avoir déposé leurs offrandes et prié devant l'Illuminé, ses compagnes et elle s'éloignèrent sur la gauche et continuèrent l'ascension de la montagne pour rejoindre le temple de Kannon, la Miséricordieuse. Les gardes durent rester devant le portail, car seules les femmes étaient autorisées à pénétrer dans la cour.

Cependant, alors que Shigeko s'agenouillait sur le perron de bois devant la statue étincelante, Miki effleura la manche de sa sœur aînée.

— Shigeko, chuchota-t-elle, que fait cet homme ici?

— Où donc?

La petite fille désigna l'extrémité de la véranda, où une jeune femme

s'avançait vers elles. Apparemment, elle apportait un présent. S'agenouillant devant Kaede, elle lui tendit le plateau.

— N'y touchez pas! cria Shigeko. Miki, combien sont-ils?

— Deux hommes, et ils ont des poignards!

À cet instant, Shigeko les vit. Semblant surgir du ciel, ils bondirent
vers elle. Après avoir crié un second avertissement, elle sortit son
bâton.

— Ils vont tuer Mère! hurla Miki.

Mais Kaede, alertée par le premier cri de Shigeko, avait déjà le sabre
à la main. La jeune femme lui jeta le plateau au visage tout en sortant
sa propre arme. Cependant Shizuka para son premier coup et envoya
voler en l'air le sabre de l'inconnue, avant de se retourner pour affronter les hommes. Kaede attrapa son assaillante, la jeta sur le sol et l'immobilisa.

— Sa bouche, Maya! s'écria Shizuka. Ne la laisse pas s'empoisonner!

L'inconnue eut beau se débattre en donnant des coups de pied,
Maya et Kaede la forcèrent à ouvrir la bouche. Glissant ses doigts à l'intérieur, Maya dénicha la capsule de poison et l'enleva.

Le second coup de sabre de Shizuka avait atteint un des hommes,
dont le sang coulait à flots sur les marches et le parquet. Shigeko frappa
son complice sur le côté du cou, comme Gemba le lui avait appris.
Tandis qu'il chancelait, elle abattit son bâton entre ses jambes, en plein
sur ses parties intimes. Il se plia en deux, vomissant de douleur.

— Ne les tuez pas! cria-t-elle à Shizuka.

Cependant le blessé s'était enfui dans la foule. Les gardes le rattrapè-
rent mais ne purent empêcher les assistants furieux de le massacrer.

Shigeko était moins sous le choc de l'attaque que dans l'étonnement
de la maladresse, de l'échec de son assaillant. Elle aurait cru que des
assassins seraient plus redoutables. Toutefois, quand les gardes vinrent
dans la cour afin d'attacher les deux survivants avec des cordes et de les
emmener, elle vit leurs visages à la lumière des lanternes.

— Qu'ils sont jeunes! Guère plus âgés que moi!

Les yeux de la fille croisèrent les siens. Shigeko ne devait jamais oublier ce regard de haine. C'était la première fois qu'elle avait combattu pour de bon des adversaires qui voulaient sa mort. Se rendant compte qu'elle avait failli elle-même donner la mort, elle se sentit à la fois soulagée et reconnaissante de ne pas avoir tué ces deux jeunes gens, si proches d'elle par leur âge.

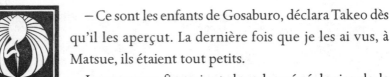 — Ce sont les enfants de Gosaburo, déclara Takeo dès qu'il les aperçut. La dernière fois que je les ai vus, à Matsue, ils étaient tout petits.

Leurs noms figuraient dans les généalogies de la famille Kikuta, en complément aux registres de la Tribu établis par Shigeru avant sa mort. Yuzu, le garçon, était le second fils. La fille s'appelait Ume. Quant au défunt, Kunio, c'était leur frère aîné et Takeo s'était jadis entraîné avec lui.

C'était le premier jour de l'année. Les prisonniers avaient été amenés devant lui dans un des corps de gardes du niveau le moins élevé du château d'Inuyama. Agenouillés, ils arboraient des visages pâlis par le froid mais impassibles. On les avait solidement attachés, les bras derrière le dos, mais Takeo constata qu'ils n'avaient pas été maltraités, même s'ils mouraient probablement de soif et de faim. Il lui fallait maintenant décider de leur sort.

Son indignation en apprenant l'agression contre sa famille avait été tempérée par l'espoir de pouvoir tourner la situation à son avantage. Ce nouvel échec, le dernier d'une longue série, convaincrait peut-être enfin les Kikuta qu'ils feraient mieux de renoncer à la condamnation à mort qu'ils avaient prononcée à son encontre, bien des années plus tôt, et de conclure un traité de paix.

«Je les ai sous-estimés, se dit-il. Il me semblait être invulnérable à leurs attaques. Je n'avais pas songé qu'ils pourraient chercher à m'atteindre à travers ma famille. »

Le souvenir de ses propres paroles à Kaede, la veille, l'emplit d'une crainte nouvelle. Si jamais elle mourait, il ne pensait pas pouvoir lui survivre. Et sa perte serait également celle du pays.

— Vous ont-ils appris quelque chose ? demanda-t-il à Muto Taku.

Ce dernier, âgé maintenant de vingt-six ans, était le fils cadet de Shizuka. Son père était le célèbre seigneur de la guerre Araï Daiichi, ancien allié et rival de Takeo. Son frère aîné, Zenko, avait hérité des terres de son père à l'ouest. Takeo aurait voulu accorder une récompense similaire à Taku, mais le jeune homme avait refusé en déclarant qu'il n'avait pas envie de terres ni d'honneurs. Il préférait aider Kenji, l'oncle de sa mère, à contrôler le réseau d'espions et d'informateurs mis en place par Takeo au sein de la Tribu. Pour des raisons politiques, il avait accepté d'épouser une jeune fille Tohan envers laquelle il éprouvait de l'affection et qui lui avait déjà donné un fils et une fille. Les gens avaient tendance à le sous estimer, ce dont il était ravi. S'il ressemblait aux Muto par son physique, il avait le courage et la hardiesse d'un Araï. D'une manière générale, il semblait considérer la vie comme une expérience aussi amusante qu'agréable.

Taku répondit avec un sourire :

— Rien. Ils refusent de parler. Je suis d'ailleurs étonné qu'ils soient encore vivants. Vous savez que les Kikuta excellent à se trancher eux-mêmes la langue pour se suicider ! Évidemment, je n'ai pas employé les moyens de persuasion les plus énergiques.

— Je n'ai pas besoin de vous rappeler que la torture est interdite dans les Trois Pays.

— Bien entendu. Mais cette interdiction s'applique-t-elle également aux Kikuta ?

— Aux Kikuta comme aux autres, dit Takeo avec douceur. Ils sont coupables de tentative de meurtre et encourent donc la peine capitale.

En attendant, qu'on ne les maltraite pas. Nous verrons si leur père désire vraiment les revoir.

— D'où sont-ils venus? demanda Sonoda Mitsuru.

C'était l'époux d'Aï, la sœur de Kaede. Bien qu'appartenant à la famille Akita, qui avait été au service des Araï, il avait accepté de faire serment d'allégeance aux Otori lors de la réconciliation générale ayant suivi le tremblement de terre. En retour, son épouse et lui avaient reçu le domaine d'Inuyama.

— Où trouverez-vous ce Gosaburo? insista-t-il.

— Dans les montagnes au-delà de la frontière de l'Est, je pense, lui dit Taku.

Takeo vit le regard de la fille s'altérer légèrement.

— Dans ce cas, observa Sonoda, il sera impossible de négocier avant un certain temps, car on s'attend à voir tomber la première neige dès cette semaine.

— Nous écrirons à leur père au printemps, répliqua Takeo. Laissons Gosaburo se tourmenter à loisir pour le sort de ses enfants. Il n'en sera que plus désireux de les sauver. Pour l'instant, que leur identité reste secrète et qu'ils n'aient de contact qu'avec vous.

Il se tourna vers Taku.

— Votre oncle est en ville, n'est-ce pas?

— Oui. Il aurait aimé se joindre à nous pour les célébrations du nouvel an, mais sa santé n'est pas bonne et le froid de la nuit lui donne des quintes de toux.

— Je lui rendrai visite demain. Séjourne-t-il dans votre vieille maison?

Taku hocha la tête.

— Il aime l'odeur de la brasserie. Il prétend que l'air y est plus respirable.

— J'imagine que le vin l'aide également à respirer, déclara Takeo.

— **C'EST LE SEUL PLAISIR QUI ME RESTE**, dit Kenji en remplissant la coupe de Takeo avant de lui passer le flacon. Ishida a beau me raconter que je devrais moins boire, que l'alcool est mauvais pour les maladies pulmonaires… ce breuvage me redonne courage et m'aide à dormir.

Takeo versa le vin clair et gluant dans la coupe de son vieux maître.

— Ishida me dit aussi de moins boire, avoua-t-il tandis qu'ils vidaient leurs coupes à longs traits. Mais pour moi, c'est un moyen d'atténuer la douleur de ma main. D'ailleurs, Ishida ne suit guère son propre conseil. Pourquoi devrions-nous être plus sages que lui ?

— Nous sommes deux vieillards, s'exclama Kenji en riant. Qui aurait cru, il y a dix-sept ans, en te voyant essayer de me tuer dans cette maison, que nous nous retrouverions assis au même endroit, à comparer nos maux ?

— Estimons-nous contents d'être encore vivants ! répliqua Takeo.

Il observa autour de lui la maison magnifiquement bâtie, avec ses hauts plafonds, ses piliers de cèdre et ses vérandas et volets en bois de cyprès. Elle était remplie de souvenirs.

— Cette pièce est nettement plus confortable que le misérable cagibi où j'étais enfermé !

Kenji rit de plus belle.

— Si tu étais enfermé, c'est que tu te comportais comme un animal sauvage ! La famille Muto a toujours aimé le luxe. Les années de paix et la demande croissante pour nos produits ont mis le comble à notre fortune. Grâce à vous, mon cher sire Otori !

Il leva sa coupe à l'adresse de Takeo. Après avoir bu, ils se servirent de nouveau mutuellement.

— J'imagine que je serai désolé de quitter tout ceci, confessa Kenji. Je ne crois pas que je verrai une autre année nouvelle. Mais toi… tu sais que les gens disent que tu es immortel !

Takeo éclata de rire.

— Nul n'est immortel. La mort m'attend comme n'importe qui. Simplement, mon heure n'a pas encore sonné.

Kenji était un des rares confidents connaissant toute la prophétie concernant Takeo, y compris la partie qu'il gardait secrète — à savoir que la mort ne pouvait l'atteindre que par la main de son fils. Toutes les autres prédictions s'étaient réalisées d'une manière ou d'une autre : cinq batailles avaient apporté la paix aux Trois Pays, et le domaine de Takeo s'étendait de la mer à la mer. Le séisme dévastateur qui avait mis un terme à l'ultime bataille et anéanti l'armée d'Araï Daiichi pouvait être considéré comme l'accomplissement de ce que le Ciel désirait. Et jusqu'à présent personne n'avait été capable de tuer Takeo, ce qui rendait d'autant plus probable la dernière prédiction.

Takeo partageait bien des secrets avec Kenji, lequel avait été son professeur à Hagi et l'avait initié aux pratiques de la Tribu. C'était avec l'aide du vieux maître que Takeo s'était introduit dans le château d'Inuyama pour venger la mort de Shigeru. Kenji était un homme habile et intelligent, totalement dénué de sentimentalité mais doué d'un sens de l'honneur peu courant dans la Tribu. Sans illusion sur la nature humaine, il voyait toujours le pire chez les gens, dont il perçait à jour les nobles discours destinés à cacher égoïsme, vanité, folie et avidité. Cette lucidité faisait de lui un émissaire et un négociateur hors pair, sur lequel Takeo avait appris à compter. Kenji n'avait aucun désir personnel, en dehors de son penchant de toujours pour le vin et les femmes des quartiers de plaisir. Il paraissait insensible aux possessions, à la richesse ou au prestige. Il avait voué sa vie à Takeo, qu'il avait juré de servir, et il éprouvait une affection particulière pour dame Otori, qu'il admirait. Il aimait également beaucoup sa propre nièce, Shizuka, et témoignait un certain respect au fils de cette dernière, Taku, le maître des espions. En revanche, après la mort de sa fille, il s'était éloigné de son épouse, Seiko, laquelle s'était éteinte elle-même quelques années plus tôt. Aucun autre lien d'amour ou de haine ne le rattachait à ses semblables.

Depuis la mort d'Araï et des seigneurs Otori, seize ans auparavant, Kenji avait œuvré avec autant de patience que d'intelligence pour accomplir le dessein de Takeo : concentrer dans les mains du gouvernement toutes les sources possibles de violence, en réduisant le pouvoir individuel des guerriers et les activités illégales des bandits. Il connaissait les vieilles sociétés secrètes dont Takeo avait ignoré l'existence. Appelées Loyauté au Héron, Fureur du Tigre Blanc ou Sentiers Étroits du Serpent, elles avaient été formées par les fermiers et les villageois pendant les années d'anarchie. Elles devinrent le fondement d'institutions nouvelles, permettant aux gens de régler leurs propres affaires au niveau du village et de choisir leurs propres chefs pour les représenter et plaider leur cause devant les tribunaux provinciaux.

Ces derniers étaient administrés par la classe des guerriers. Les garçons à l'esprit moins militaire, ainsi parfois que les filles, étaient envoyés dans les grandes écoles de Hagi, Yamagata et Inuyama afin d'étudier l'éthique du service, la comptabilité et l'économie, sans oublier l'histoire et les classiques. Quand ils revenaient exercer un emploi dans leur province, ils avaient droit à un statut prestigieux et à des revenus confortables. Ils dépendaient directement des anciens de leur clan, dont le chef devait lui-même répondre. Ces chefs rencontraient fréquemment Takeo et Kaede pour discuter des questions d'organisation, fixer les impôts et assurer l'entraînement et l'équipement des soldats. Chacun d'eux était tenu de fournir un contingent de leurs meilleurs éléments à la force centrale, participant à la fois de l'armée et de la police, qui s'occupait des bandits et autres criminels.

Kenji excellait à contrôler cette administration, dont il disait qu'elle lui rappelait l'antique hiérarchie de la Tribu. Du reste, une bonne part des réseaux de la Tribu étaient maintenant sous l'autorité de Takeo — avec cependant trois différences essentielles : le recours à la torture était interdit, et la mort punissait non seulement l'assassinat mais la corruption. Ce dernier point fut le plus difficile à imposer dans la Tribu. Avec leur astuce coutumière, ses membres trouvèrent des moyens de contourner l'obstacle, mais sans oser traiter avec de grosses sommes ou faire étalage de leur richesse. Lorsque la détermination de

Takeo à éliminer la corruption se renforça et fut mieux comprise, même ces trafics mineurs tendirent à disparaître. Étant donné la faiblesse humaine, ils furent remplacés par une autre pratique, consistant à échanger des cadeaux dont la beauté raffinée faisait paraître secondaire la valeur financière. Cette évolution contribua à encourager artistes et artisans, lesquels affluèrent vers les Trois Pays en provenance des Huit Îles mais aussi des États continentaux de Silla, Shin et Tenjiku.

Après que le tremblement de terre eut mis un terme à la guerre civile dans les Trois Pays, les chefs des familles et des clans survivants se réunirent à Inuyama et reconnurent Otori Takeo comme leur suzerain. Toutes les vengeances en cours contre lui ou un autre furent déclarées nulles et non avenues. On assista à des scènes émouvantes, où des guerriers se réconcilièrent après des décennies d'inimitié. Toutefois Takeo et Kenji étaient conscients que les guerriers étaient nés pour combattre. Le problème était maintenant de savoir : contre qui ? Et s'ils restaient sans se battre, comment les occuper ?

Certains furent chargés de surveiller les frontières de l'Est, mais l'activité là-bas était réduite et leur principal ennemi était l'ennui. D'autres accompagnèrent Terada Fumio et le docteur Ishida dans leurs voyages d'exploration, afin de protéger les navires marchands pendant la traversée ainsi que les comptoirs installés dans des ports éloignés. D'autres encore participaient aux concours de sabre et de tir à l'arc établis par Takeo, où ils s'affrontaient en combat singulier. Enfin, une élite s'initiait à la forme suprême de combat : la voie du Houou, fondée sur la maîtrise de soi.

Elle se pratiquait au temple de Terayama, cœur spirituel des Trois Pays, sous la direction du vieil abbé Matsuda Shingen et de Kubo Makoto. Cette secte des montagnes professait une religion ésotérique dont la discipline et les enseignements n'étaient accessibles qu'à des hommes — et des femmes — d'une grande force physique et mentale. Les talents de la Tribu étaient innés, qu'il s'agît de l'ouïe et de la vision exceptionnellement développées, du don d'invisibilité ou de l'usage du second moi, mais la plupart des gens possédaient des aptitudes inexploitées. Découvrir et épanouir ces aptitudes, tel était le travail de cette secte dont les membres se réclamaient du houou, l'oiseau sacré demeurant au plus profond des forêts entourant Terayama.

Le premier vœu exigé de ces guerriers d'élite était de ne tuer aucun être vivant, qu'il fût moustique, homme ou papillon, même pour défendre leur propre vie. Kenji considérait ce vœu comme une folie. Il ne se rappelait que trop bien avoir plongé un poignard dans une artère ou un cœur, serré une cordelette autour d'un cou, versé du poison dans une coupe, un bol ou même la bouche d'un dormeur. Combien de fois ? Il ne savait plus. Il ne ressentait aucun remords pour tous ceux qu'il avait expédiés dans l'au-delà — tout homme doit mourir tôt ou tard —, mais il avait conscience du courage qu'il fallait pour affronter le monde sans armes et comprenait qu'il était beaucoup plus difficile de s'abstenir de tuer que le contraire. La paix et la force spirituelle de Terayama ne le laissaient pas indifférent. Ces temps derniers, son plus grand plaisir avait été d'accompagner Takeo là-bas et de s'entretenir avec Matsuda et Makoto.

Il savait que le terme de sa propre existence approchait. Il était vieux. Sa santé et sa vigueur ne cessaient de s'amoindrir. Cela faisait maintenant des mois qu'il était tourmenté par la défaillance de ses poumons et crachait fréquemment du sang.

On pouvait dire que Takeo avait réussi à pacifier aussi bien les guerriers que la Tribu. Seuls les Kikuta lui résistaient. Non seulement ils tentaient de l'assassiner, mais ils lançaient souvent des attaques depuis leurs bases de l'autre côté de la frontière. Ils recherchaient l'alliance de guerriers mécontents, commettaient des crimes isolés dans l'espoir de déstabiliser la communauté, répandaient des rumeurs mensongères.

Takeo reprit la parole, d'une voix plus sérieuse :

— Cette dernière agression m'a plus alarmé qu'aucune autre, car elle visait non pas ma personne mais ma famille. Si mon épouse ou mes enfants devaient mourir, ce serait ma fin et celle des Trois Pays.

— J'imagine que c'est exactement ce que veulent les Kikuta, observa Kenji avec douceur.

— Ne renonceront-ils jamais ?

— Pas Akio, en tout cas. Sa haine ne s'éteindra qu'avec sa mort — ou la tienne. Il lui a consacré toute sa vie d'adulte, après tout.

Le visage de Kenji se figea et ses lèvres se tordirent en une expression amère. Il but une nouvelle gorgée.

— En revanche, Gosaburo est un commerçant, un esprit pragmatique. Il doit être ulcéré d'avoir perdu la maison de Matsue et son magasin. Il redoutera de perdre également ses enfants — un de ses fils est mort, ses deux autres enfants sont entre vos mains. Nous devrions pouvoir faire pression sur lui.

— C'était mon intention. Nous allons garder ici les deux survivants jusqu'au printemps, puis nous verrons si leur père est disposé à négocier.

— Dans l'intervalle, nous pourrons certainement leur extorquer des informations utiles, grogna Kenji.

Takeo le regarda par-dessus le rebord de sa coupe.

— Très bien, très bien, mettons que je n'ai rien dit, grommela le vieil homme. Mais tu commets une sottise en n'usant pas des mêmes méthodes que tes ennemis.

Il secoua la tête.

— Je parie que tu continues d'empêcher les papillons de se brûler aux flammes des bougies. Cette douceur en toi n'a jamais disparu.

Takeo se contenta de sourire. Il lui était difficile d'oublier les enseignements de son enfance. Ayant été élevé parmi les Invisibles, il répugnait à mettre fin à une vie humaine. Cependant, dès l'âge de seize ans, le destin l'avait amené à suivre la voie du guerrier. Devenu l'héritier d'un clan prestigieux, il gouvernait maintenant les Trois Pays. Il lui avait fallu s'initier à l'art du sabre. En outre, les membres de la Tribu — et Kenji lui-même — lui avaient appris à tuer de différentes façons et s'étaient efforcés d'étouffer sa compassion native. Dans son combat pour venger la mort de Shigeru et unir les Trois Pays dans la paix, il avait commis d'innombrables actes de violence. Il les avait souvent amèrement regrettés, jusqu'au jour où il avait su comment équilibrer la rigueur et la pitié, tandis que la richesse et la stabilité du pays s'alliant à l'autorité de la loi offraient des alternatives bienvenues aux luttes aveugles pour le pouvoir qui avaient déchiré les clans.

— J'aimerais revoir ton fils, lança Kenji à brûle-pourpoint. Je n'en aurai peut-être plus jamais l'occasion.

Il regarda Takeo avec attention.

— As-tu pris une décision à son sujet?

Takeo secoua la tête.

— J'ai décidé de ne rien décider. Que puis-je faire? J'imagine que la famille Muto, et vous au premier rang, auriez envie qu'il revienne parmi vous?

— Bien entendu. Mais Akio a dit à mon épouse, qui était restée en contact avec lui avant sa mort, qu'il tuerait l'enfant de ses propres mains plutôt que de le rendre aux Muto ou à vous-même.

— Pauvre petit. Quelle éducation il a dû recevoir! s'exclama Takeo.

— De toute façon, même dans le meilleur des cas, les enfants de la Tribu sont élevés à la dure, répliqua Kenji.

— Sait-il que je suis son père?

— C'est un des points que je pourrais élucider.

— Vous n'êtes pas en état d'entreprendre une telle mission, déclara Takeo.

Il parlait à contrecœur, car il ne voyait pas qui d'autre il aurait pu envoyer.

Kenji sourit d'un air épanoui.

— Ma mauvaise santé est une raison supplémentaire pour que j'aille là-bas. Puisque cette année sera de toute façon ma dernière, autant la mettre à profit pour te servir! Du reste, je veux voir mon petit-fils avant de mourir. Je partirai au moment du dégel.

Sous l'effet du vin, des regrets et des souvenirs, Takeo se sentait plein d'émotion. Il se pencha pour serrer dans ses bras son vieux maître.

—Voyons, voyons ! dit Kenji en lui tapotant l'épaule. Tu sais combien je déteste les épanchements sentimentaux. Viens me rendre visite souvent cet hiver. Nous avons encore devant nous d'agréables moments à boire ensemble.

4

Hisao, qui avait maintenant seize ans, ressemblait à sa défunte grand-mère. Rien dans ses traits ne rappelait l'homme qu'il croyait son père, Kikuta Akio, ni son père véritable, qu'il n'avait jamais vu. Il ne possédait aucun des caractères physiques des Muto, la famille de sa mère, ou des Kikuta. De plus, il devenait de plus en plus manifeste qu'il n'avait pas davantage hérité de leurs talents magiques. Son ouïe n'avait rien d'extraordinaire pour un garçon de son âge. Il ne pouvait se rendre invisible, ni détecter ceux qui l'étaient. L'entraînement qu'il avait reçu depuis l'enfance l'avait rendu fort et agile, mais il était incapable des bonds aériens où excellait son père. Quant à endormir les gens, il n'y parvenait que par l'ennui qu'ils ressentaient en sa compagnie, car il parlait rarement et avec une élocution lente, bégayante, qui s'alliait à une totale absence d'esprit ou d'originalité.

Akio était le maître des Kikuta, la plus importante famille de la Tribu, où s'étaient perpétués les dons et les talents qui avaient été jadis l'apanage de tous les hommes. À présent, même chez les membres de la Tribu, ils semblaient disparaître. Dès sa petite enfance, Hisao avait eu conscience de décevoir son père. Toute sa vie, il avait vu la moindre de ses actions observée de près avec un espoir que suivaient toujours la colère puis, inévitablement, le châtiment.

En effet, la Tribu élevait ses enfants avec toute la sévérité imaginable. Astreints à une obéissance sans réserve, ils devaient apprendre à endurer la faim, la soif, le froid et la douleur les plus extrêmes. Tout était fait pour étouffer en eux le moindre signe de sentiment humain, la moindre tendance à la pitié. Akio se montrait particulièrement dur envers son fils unique, Hisao. Outre qu'il ne lui témoignait aucune affection ou compréhension en public, il le traitait avec une cruauté qui surprenait même ses proches. Toutefois Akio était le maître de la famille, le successeur de Kotaro, son oncle, lequel avait été assassiné à Hagi par Otori Takeo et Muto Kenji à l'époque où la famille Muto avait rompu les antiques alliances de la Tribu et trahi sa propre parenté pour se mettre au service des Otori. En tant que maître, Akio était libre d'agir à sa guise. Personne ne pouvait le critiquer ou lui désobéir.

Avec l'âge, Akio était devenu un homme amer et imprévisible, rongé par les chagrins et les deuils de sa vie, dont la faute incombait à Otori Takeo, lequel gouvernait désormais les Trois Pays. C'était à cause de ce traître que la Tribu s'était divisée, que le légendaire et bien-aimé Kotaro était mort, de même que l'illustre lutteur Hajime et tant d'autres. Les Kikuta avaient été persécutés avec un tel acharnement que la plupart avaient fui pour s'installer plus au nord, en abandonnant leurs commerces florissants et leurs activités lucratives de prêteurs sur gages aux Muto. Ces derniers payaient des impôts comme n'importe quels négociants et contribuaient à la richesse qui faisait des Trois Pays un État heureux et prospère, où il n'y avait guère de travail pour les espions, en dehors de ceux employés par Takeo lui-même, et moins encore pour les assassins.

Les enfants Kikuta dormaient les pieds tournés vers l'ouest et se saluaient en ces termes :

— Otori est-il enfin mort ?

— Pas encore, mais cela ne saurait tarder.

On racontait qu'Akio avait aimé avec passion son épouse, Muto Yuki, et que la mort de cette dernière, s'ajoutant à celle de Kotaro, était à l'origine de son amertume. Elle était censée avoir été victime d'une fièvre après avoir accouché. Il arrivait souvent qu'un père blâme injustement son enfant pour la mort d'une compagne bien-aimée. Cela dit, c'était là l'unique faiblesse humaine dont Akio ait jamais fait preuve. Pour sa part, Hisao avait l'impression d'avoir toujours su la vérité : sa mère était morte empoisonnée. Il croyait voir la scène, aussi clairement que s'il y avait assisté avec ses yeux incertains de nourrisson. Le désespoir et la colère de la jeune mère, son chagrin à l'idée de quitter son enfant. Le calme implacable de l'homme mettant à mort la seule femme qu'il ait jamais aimée. L'air de défi avec lequel elle avait avalé les boulettes d'aconit, puis le regret irrépressible qui l'avait envahie, ses cris et ses pleurs, car elle n'avait que vingt ans et devait abandonner cette vie longtemps avant d'y être prête. Les violentes douleurs dont elle avait été tourmentée. La sombre satisfaction de l'homme en voyant sa vengeance accomplie au moins en partie, son ivresse à se vouer à sa propre souffrance, le plaisir obscur qu'il en retirait tandis qu'il commençait à s'enfoncer dans le mal.

Il semblait à Hisao qu'il avait grandi en connaissant ces faits, mais il avait oublié comment il les avait appris. Les avait-il rêvés ou quelqu'un les lui avait-il racontés ? Il se rappelait sa mère plus nettement que cela ne paraissait possible, puisqu'elle était morte alors qu'il n'avait que quelques jours. Il sentait à la lisière de sa pensée consciente une présence qui lui paraissait avoir un rapport avec elle. Il avait souvent le sentiment qu'elle attendait quelque chose de lui, mais il avait peur d'écouter ses exigences car il lui faudrait pour cela s'ouvrir au monde des morts. Entre la colère du fantôme et sa propre appréhension, il sentait sa tête éclater dans d'affreuses souffrances.

Conscient à la fois de la fureur de sa mère et du chagrin de son père, il éprouvait pour Akio un mélange de haine et de pitié. La pitié l'aidait à tout supporter : non seulement les mauvais traitements et les punitions de la journée, mais aussi les larmes et les caresses de la nuit, ces instants ténébreux qui les unissaient alors et qu'il espérait autant qu'il les redoutait, car c'étaient les seules occasions où quelqu'un le prenait dans ses bras et semblait avoir besoin de lui.

Hisao ne parlait à personne des appels que la défunte lui adressait, de sorte qu'ils ignoraient tous l'unique talent de la Tribu dont il avait hérité, ce don qui était resté en sommeil pendant des générations depuis les temps lointains des chamans circulant entre les mondes et servant d'intermédiaires entre les vivants et les morts. À cette époque, un tel don aurait été cultivé avec soin et son possesseur considéré avec une crainte respectueuse. Cependant Hisao était généralement méprisé et traité avec condescendance. Il ne savait comment maîtriser son talent. Les visions du monde des morts étaient floues et difficiles à comprendre. Il ne connaissait pas les images ésotériques servant à communiquer avec les défunts, ni leur langage secret : ceux qui auraient pu les lui enseigner n'étaient plus de ce monde.

Il savait seulement que le fantôme était sa mère, et qu'elle avait été assassinée.

Hisao aimait fabriquer des objets. Il avait également une prédilection pour les animaux, mais il avait appris à la garder secrète car l'unique fois où il s'était laissé aller à cajoler un chat, son père avait égorgé sous ses yeux la petite bête griffant et miaulant désespérément. L'esprit du chat paraissait lui aussi le prendre régulièrement au piège dans son monde, et ses miaulements épouvantés résonnaient alors si fort aux oreilles de Hisao qu'il ne pouvait croire être le seul à les entendre. Quand les autres mondes s'ouvraient pour l'engloutir, sa tête lui faisait horriblement mal et une partie de sa vision s'obscurcissait. Le seul moyen de calmer la souffrance et le bruit, d'oublier le chat ou la femme, était de travailler avec ses mains pour créer des objets. Il confectionnait des roues hydrauliques et des épouvantails à cerfs en bambou de la même manière que son arrière-grand-père inconnu, comme si la connaissance de cet art était passée dans son sang. Il était capable de sculpter des animaux en bois qui semblaient si vivants qu'on les aurait cru capturés par magie. Tous les aspects du travail des métaux le fascinaient : la fabrication du fer et de l'acier, d'où naissaient sabres, poignards et outils.

Les membres de la famille Kikuta excellaient à forger des armes, notamment les armes secrètes de la Tribu, qu'il s'agît de poignards à lancer aux formes variées, d'aiguilles ou de stylets minuscules. Toutefois ils ne savaient pas fabriquer l'arme dite à feu, dont les Otori se servaient et qu'ils gardaient avec un soin jaloux. En fait, la famille était divisée sur le sujet. Certains affirmaient qu'un tel engin ôterait au meurtre sa part de talent et donc de plaisir, qu'il ne s'agissait que d'une mode éphémère, que les méthodes traditionnelles étaient plus fiables. D'autres soutenaient que, sans cette arme nouvelle, les Kikuta seraient promis au déclin et à la disparition, car même l'invisibilité ne pouvait vous protéger d'une balle. Comme tous ceux qui désiraient renverser les Otori, ils devaient lutter avec eux à armes égales.

Cependant tous leurs efforts pour obtenir des armes à feu avaient été vains. Les Otori confinaient leur usage à un corps d'élite. Chaque possesseur d'une arme à feu en répondait sur sa vie. On s'en était rarement servi pour combattre, excepté lors d'une tentative des barbares pour établir un comptoir commercial sur une des petites îles de la côte sud avec l'aide d'anciens pirates. L'effet avait été dévastateur. Depuis cet événement, tous les barbares étaient fouillés à leur arrivée, leurs armes étaient confisquées et ils se voyaient cantonnés dans le port de commerce de Hofu. En fait, les divers récits du carnage s'étaient révélés aussi efficaces que les armes elles-mêmes. Tous leurs ennemis, y compris les Kikuta, traitaient les Otori avec un respect accru et les laissaient provisoirement en paix tout en s'efforçant en cachette de se procurer des armes à feu par le vol ou la traîtrise, ou en les fabriquant eux-mêmes.

Les armes des Otori étaient longues et encombrantes, ce qui les rendait peu pratiques pour les assassinats discrets dont s'enorgueillissaient les Kikuta. Il était impossible de les dissimuler, ni de les sortir et de s'en servir rapidement. De plus, la pluie les rendait inutilisables.

À force d'écouter les conversations de son père et des anciens à ce sujet, Hisao imagina une arme petite et légère, aussi puissante qu'une arme à feu. On pourrait la porter contre sa poitrine, sous son vêtement, et elle ne ferait aucun bruit. Même Otori Takeo ne pourrait rien contre elle.

Chaque année, un jeune homme persuadé d'être invincible ou un vieillard désireux de mourir avec honneur partait pour l'une des villes des Trois Pays. Il guettait le passage d'Otori Takeo sur une route, se glissait furtivement la nuit dans la résidence ou le château où il dormait, dans l'espoir d'être celui qui mettrait un terme à la vie du perfide meurtrier, vengeant ainsi Kikuta Kotaro et tous les autres membres de la Tribu mis à mort par les Otori. On ne les voyait jamais revenir. Quelques mois plus tard, on apprenait qu'ils avaient été capturés, jugés devant un prétendu tribunal des Otori et exécutés — car une tentative de meurtre, réussie ou non, constituait avec les autres formes d'assassinat, la corruption et le trafic d'armes l'un des rares crimes passibles de la peine capitale.

Parfois, un peu d'espérance renaissait à la nouvelle qu'Otori avait été blessé. Mais il se remettait toujours, même du poison, comme lorsqu'il avait été infecté par la lame empoisonnée du poignard de Kotaro. Les Kikuta eux-mêmes en vinrent à le croire immortel, ainsi que le racontaient les gens du peuple. La haine et l'amertume d'Akio s'approfondirent en même temps que son amour pour la cruauté grandissait. Il se mit à envisager d'autres moyens pour anéantir son ennemi, en s'alliant aux adversaires de ce dernier ou en le frappant à travers son épouse ou ses enfants. Cependant, là aussi la tâche s'avéra presque impossible. Les renégats de la famille Muto avaient divisé la Tribu en jurant fidélité aux Otori, imités par les familles moins importantes des Imaï, des Kuroda et des Kudo. Du fait des mariages entre familles de la Tribu, de nombreux traîtres avaient du sang Kikuta dans leurs veines, à commencer par Muto Shizuka et ses fils, Taku et Zenko. Comme sa mère et son grand-oncle, Taku avait de nombreux talents. Il dirigeait le réseau d'espions d'Otori Takeo et veillait en permanence sur sa famille. Moins doué, Zenko était lié à l'usurpateur par son mariage, qui faisait de lui son beau-frère.

Récemment, les deux fils et la fille de Gosaburo, le cousin d'Akio, avaient été envoyés à Inuyama, où les Otori célébraient le nouvel an. Se mêlant à la foule des fidèles, ils avaient tenté de tuer dame Otori et ses filles devant la déesse elle-même. La suite des événements était confuse, mais apparemment les femmes s'étaient défendues avec une vigueur inattendue. L'un des jeunes hommes, le fils aîné de Gosaburo, avait été blessé puis battu à mort par la populace. Les autres avaient été capturés et emmenés au château d'Inuyama. Personne ne savait s'ils étaient morts ou vivants.

La perte de ces trois jeunes gens, si étroitement apparentés au maître, fut un coup terrible. À l'approche du printemps, lorsque les routes redevinrent praticables avec la fonte des neiges, aucune nouvelle ne parvint à leur sujet. Craignant qu'ils ne fussent morts, les Kikuta commencèrent à faire des préparatifs pour les rites des funérailles. Leur deuil était d'autant plus cruel qu'ils n'avaient ni corps à brûler ni cendres à honorer.

Une après-midi, alors que les arbres brillaient de l'éclat vert et argenté de leurs nouvelles feuilles et que les rizières inondées étaient remplies de grues, de hérons et de grenouilles coassantes, Hisao travaillait seul sur un petit champ en terrasses, au cœur de la montagne. Durant les longues nuits d'hiver, il avait mûri une idée qui lui était venue l'année précédente en voyant la récolte de ce champ, composée de haricots et de citrouilles, dépérir et crever sur pied. Alors que les champs s'étendant plus bas étaient arrosés par un torrent rapide, celui-ci n'était viable que dans les années de pluies abondantes. Sans cet inconvénient, il aurait été prometteur car il était orienté au sud, à l'abri des vents les plus violents. Hisao voulait faire remonter l'eau jusqu'à lui grâce à une roue hydraulique installée dans le torrent, laquelle mettrait en branle une série de roues plus petites qui feraient avancer

des seaux. Il avait passé l'hiver à fabriquer les seaux et les cordes nécessaires. Les seaux étaient en bambou le moins lourd possible, et les cordes étaient renforcées de fil de fer afin qu'elles soient assez rigides pour
soulever les récipients tout en restant beaucoup plus légères et maniables que des barres ou des tiges de métal.

Absorbé dans sa tâche, il travaillait à sa manière patiente et paisible.
Soudain, les grenouilles se turent. Il regarda à la ronde. Bien qu'il ne
vît personne, il savait que quelqu'un était là, invisible comme savent
l'être les membres de la Tribu.

Croyant qu'il s'agissait d'un enfant venant lui apporter un message,
il s'écria :

— Qui est là ?

L'air se mit à miroiter et il se sentit légèrement nauséeux, comme
toujours dans ces cas-là. Un homme d'âge indéterminé et d'aspect
insignifiant apparut devant lui. Hisao chercha aussitôt son poignard,
car il était certain de n'avoir jamais vu cet homme, mais il n'eut pas le
temps de s'en servir. Les contours de l'inconnu s'estompèrent et il
disparut. Hisao sentit les doigts invisibles se refermer sur son poignet,
ses muscles furent instantanément paralysés et sa main s'ouvrit pour
laisser tomber le poignard.

— Je ne veux pas te faire mal, dit l'inconnu.

Il prononça ensuite son nom sur un tel ton que le garçon le crut
aussitôt. Le monde de sa mère submergea celui de Hisao, et il sentit sa
joie mêlée de chagrin tandis que sa propre vision se troublait et que sa
tête commençait à le faire souffrir.

— Qui êtes-vous ? chuchota-t-il.

Il avait su instantanément que sa mère avait connu cet homme.

— Peux-tu me voir ? répliqua l'inconnu.

— Non. Je suis incapable de devenir invisible aussi bien que de détecter ceux qui le sont.

— Tu m'as pourtant entendu approcher ?

— Simplement parce que je fais attention aux grenouilles. Moi-même, je n'entends rien de loin. Je crois que ce don s'est perdu chez les Kikuta, à présent.

En entendant sa propre voix, il s'étonna de parler si librement avec un étranger, lui d'ordinaire si sauvage.

L'homme redevint visible. Son visage touchait presque celui de Hisao, qu'il scrutait de son regard attentif et pénétrant.

— Tu ne ressembles à personne de ma connaissance, déclara-t-il. Et tu ne possèdes aucun des talents de la Tribu?

Hisao secoua la tête puis détourna les yeux vers la vallée.

— Mais tu es Kikuta Hisao, le fils d'Akio?

— Oui, et ma mère s'appelait Muto Yuki.

Le visage de l'inconnu s'altéra légèrement et Hisao sentit sa mère réagir avec une compassion empreinte de regret.

— C'est bien ce que je pensais. Dans ce cas, je suis ton grand-père, Muto Kenji.

Hisao assimila cette information en silence. Sa tête lui faisait plus mal que jamais. Muto Kenji était un traître, que les Kikuta haïssaient presque autant qu'Otori Takeo, mais la présence de sa mère l'envahissait si complètement qu'il l'entendait crier : « Père ! »

— Qu'y a-t-il? demanda Kenji.

— Rien. Il m'arrive d'avoir des migraines. J'y suis habitué. Pourquoi êtes-vous venu ici? Vous allez vous faire tuer. Je devrais le faire, mais vous dites que vous êtes mon grand-père. D'ailleurs, le meurtre n'est pas mon fort.

Il baissa les yeux sur le mécanisme qu'il construisait.

— J'aimerais mieux fabriquer des objets.

« Comme c'est étrange, songea le vieillard. Il n'a hérité aucun des talents de son père ou de sa mère. » Il se sentait à la fois déçu et soulagé. « De qui peut-il tenir? Il n'a rien des Kikuta, des Muto ni des Otori. Avec sa peau sombre et son visage large, il doit ressembler à la mère de Takeo, cette femme morte le jour où Shigeru a sauvé la vie de Takeo. »

Kenji regarda le garçon avec pitié, conscient de la dureté d'une enfance dans la Tribu, surtout pour ceux dont les dons étaient médiocres. Hisao possédait manifestement quelques talents. Son engin était bien imaginé et adroitement exécuté. Et il y avait autre chose chez lui, une lueur fugitive dans ses yeux qui suggérait qu'il voyait une réalité différente. Mais laquelle ? Et ses migraines : qu'indiquaient-elles ? Il avait l'air d'un jeune homme en bonne santé, un peu plus petit que Kenji mais solidement bâti, avec une peau presque sans défaut et une chevelure épaisse et brillante, qui rappelait celle de Takeo.

— Allons voir Akio, dit Kenji. J'ai des choses à lui dire.

Tandis qu'il suivait le garçon sur le sentier de montagne descendant vers le village, il ne prit pas la peine de modifier ses traits. Il savait qu'il serait reconnu. Qui d'autre aurait été capable d'arriver jusqu'ici en déjouant la vigilance des gardes du col et en traversant la forêt sans être vu ni entendu ? De toute façon, il fallait qu'Akio connaisse son identité et comprenne qu'il venait proposer une trêve de la part de Takeo.

La marche le laissa hors d'haleine. Quand il s'arrêta pour tousser, à la lisière des champs inondés, il sentit dans sa gorge le goût salé du sang. Il n'aurait pas dû avoir si chaud, même si l'air était encore tiède dans la lumière se teintant d'or tandis que le soleil déclinait à l'ouest. Les levées entre les champs étaient couvertes de fleurs sauvages aux couleurs vives : vesces, pâquerettes et renoncules. Le jour filtrait à travers les feuillages verts des arbres. L'air bruissait de la rumeur des oiseaux, des grenouilles et des cigales, composant la musique du printemps.

« Si ce jour doit être le dernier de ma vie, il n'aurait pu être plus beau », pensa le vieillard avec une sorte de gratitude tout en tâtant sous sa langue la capsule d'aconit glissée avec adresse dans l'espace laissé par une ancienne molaire.

Avant la naissance de Hisao, seize ans plus tôt, Kenji avait ignoré l'existence de ce village. Il lui avait fallu cinq années pour le découvrir. Depuis lors, il s'y était rendu de temps en temps, à l'insu des villageois.

Il avait également eu des nouvelles du garçon par Taku, son petit-neveu. Comme la plupart des refuges de la Tribu, le village était caché dans une vallée étroite et presque inaccessible, au cœur de la chaîne montagneuse. Soigneusement gardé, il possédait toute une série de fortifications. Lors de sa première visite, Kenji avait été surpris par le nombre de ses habitants, qui étaient plus de deux cents. Par la suite, il avait appris que les Kikuta s'y étaient retirés depuis que Takeo avait commencé à les persécuter dans l'Ouest. Voyant leurs retraites découvertes d'un bout à l'autre des Trois Pays, ils avaient fui vers le nord et fait de ce village isolé leur quartier général, hors d'atteinte des soldats sinon des espions de Takeo.

TANDIS QU'ILS S'AVANÇAIENT entre les maisons basses en bois, Hisao ne parla à personne. Plusieurs chiens s'élancèrent vers lui avec enthousiasme, mais il ne s'arrêta pas pour les caresser. Lorsqu'ils atteignirent la maison la plus imposante, un petit attroupement s'était formé derrière eux. Kenji entendait les chuchotements de la foule et savait qu'il avait été reconnu.

Nettement plus vaste et luxueuse que les chaumières qui l'entouraient, la demeure était pourvue d'une véranda en bois de cyprès et de solides piliers en cèdre. Comme le sanctuaire, qu'il apercevait dans le lointain, son toit était couvert de bardeaux et s'incurvait doucement avec autant d'élégance que celui du manoir campagnard d'un guerrier. Après avoir ôté ses sandales, Hisao monta sur la véranda et cria :

— Père, nous avons un visiteur !

Une jeune femme apparut peu après avec une cuvette d'eau pour laver les pieds de l'hôte. Derrière Kenji, la foule se tut. Lorsqu'il pénétra dans la maison, il entendit une sorte de halètement soudain, comme si tous les assistants avaient retenu leur souffle en même temps. Sa poitrine était douloureuse et il ressentit un besoin urgent de tousser. Que son corps s'était donc affaibli ! Autrefois, il pouvait lui demander tout ce qu'il voulait. Il se rappela avec nostalgie tous les talents qu'il avait possédés, dont ses aptitudes actuelles n'étaient plus que l'ombre. Il aspirait à quitter ce corps comme une enveloppe usée afin d'entrer dans l'autre monde, dans l'autre vie, quoi que l'au-delà lui réserve. S'il pouvait parvenir à sauver le garçon… mais qui peut éviter à son prochain le voyage que le destin lui prescrit depuis sa naissance?

Toutes ces pensées traversèrent son esprit en un éclair tandis qu'il s'asseyait sur le sol de nattes et attendait Akio. La pièce était si sombre qu'il avait peine à distinguer le rouleau suspendu au mur à sa droite. La jeune femme de tout à l'heure entra avec un bol de thé. Hisao avait disparu, mais il l'entendait parler à voix basse au fond de la maison. Une odeur d'huile de sésame s'éleva de la cuisine et il perçut le grésillement d'une préparation rapidement jetée sur une poêle. Puis des pas s'approchèrent. La porte intérieure coulissa et Kikuta Akio pénétra dans la pièce, suivi de deux hommes. Kenji savait que le premier, un vieillard replet d'aspect débonnaire, était Gosaburo, le négociant de Matsue, frère cadet de Kotaro et oncle d'Akio. Le second devait être Imaï Kazuo, dont on disait qu'il avait pris parti contre les siens pour rester avec les Kikuta, auxquels son épouse était apparentée. Kenji était conscient que ces trois hommes désiraient le tuer depuis des années.

Pour l'instant, ils tentaient de dissimuler leur étonnement de le voir parmi eux. Ils s'assirent en face de lui, à l'autre bout de la pièce, et l'examinèrent avec attention. Personne ne s'inclina, aucun salut ne fut échangé. Kenji garda le silence.

— Placez vos armes devant vous, dit enfin Akio.

— Je n'en ai pas, répliqua Kenji. Je suis ici pour une mission de paix.

Gosaburo éclata d'un rire incrédule. Les deux autres sourirent, mais sans allégresse.

— Bien sûr, comme le loup en hiver, lança Akio. Kazuo va vous fouiller.

Kazuo s'approcha de lui d'un air méfiant et passablement embarrassé.

— Pardonnez-moi, maître, marmonna-t-il.

Kenji le laissa explorer ses vêtements avec de longs doigts capables de subtiliser une arme cachée contre la poitrine d'un homme sans que celui-ci s'en aperçoive.

— Il dit la vérité. Il n'a pas d'arme.

— Pourquoi êtes-vous venu ici ? s'exclama Akio. Je ne puis croire que vous soyez à ce point fatigué de vivre !

Kenji l'observa. Pendant des années, il avait rêvé d'affronter cet homme qui avait épousé sa fille et joué un grand rôle dans la mort de cette dernière. Akio approchait de la quarantaine. Son visage était ridé, ses cheveux grisonnaient. Cependant ses muscles étaient toujours en acier sous sa robe. L'âge ne l'avait en rien adouci.

— Je viens vous porter un message de sire Otori, dit Kenji avec calme.

— Nous ne l'appelons pas sire Otori, par ici. Il est connu sous le nom d'Otori le Chien. Et il n'est pas question que nous écoutions un message de sa part !

Kenji se tourna vers Gosaburo.

— Je regrette de devoir vous annoncer qu'un de vos fils est mort. L'aîné, Kunio. Mais l'autre est vivant, de même que votre fille.

Gosaburo déglutit et implora Akio :

— Laissez-le parler !

— Nous ne traiterons jamais avec le Chien.

— Mais le fait même d'envoyer un messager est un signe de faiblesse ! Il nous lance un appel. Nous devrions au moins écouter ce que Muto veut nous dire. Cela pourrait se révéler instructif.

Se penchant légèrement en avant, il interrogea Kenji :

— Comment va ma fille ? Elle n'est pas blessée ?

— Non, elle se porte bien.

« Alors que ma propre fille est morte depuis seize ans... », songea Kenji.

— Elle n'a pas été torturée ?

— Vous devez savoir que la torture est interdite dans les Trois Pays.

Vos enfants comparaîtront devant le tribunal pour tentative d'assassinat, crime qui est passible de mort, mais il n'est pas question qu'on les tourmente. Vous avez certainement entendu parler de la nature compatissante de sire Otori.

— Encore un mensonge du Chien ! s'écria Akio d'un ton railleur. Laissez-nous, mon oncle. Le chagrin vous affaiblit. Je parlerai seul à seul avec Muto Kenji.

— Les jeunes gens resteront en vie si vous acceptez une trêve, se hâta de lancer Kenji avant que Gosaburo ait le temps de se lever.

— Akio ! supplia le gros homme au bord des larmes.

— Laissez-nous !

Fou de rage, Akio bondit sur ses pieds, poussa le vieillard vers la porte et le fit sortir sans ménagements.

— Vraiment, s'écria-t-il en se rasseyant, nous n'avons aucun besoin de ce vieux fou ! Depuis qu'il a perdu son magasin et son commerce, il passe ses journées à se lamenter. Otori n'a qu'à tuer les enfants, je me chargerai du père. De cette façon, nous serons débarrassés d'un fléau et d'une poule mouillée.

— Akio, dit Kenji, je vous parle de maître à maître, ainsi qu'il a toujours été d'usage pour régler les affaires de la Tribu. Il faut que tout soit clair entre nous. Écoutez ce que j'ai à vous dire. Après quoi, prenez votre décision en fonction de l'intérêt des Kikuta et de la Tribu tout entière, sans écouter votre haine et votre ressentiment personnel, car ils risquent d'être fatals à eux comme à vous-même. Souvenons-nous de l'histoire de la Tribu, songeons à la façon dont nous avons survécu depuis l'Antiquité. Nous avons toujours travaillé avec de grands seigneurs de la guerre. Gardons-nous donc de devenir les ennemis d'Otori. Ce qu'il fait pour les Trois Pays est si bon qu'il jouit du soutien des paysans aussi bien que des guerriers. Il a créé une société stable et prospère, qui est en plein essor. Le peuple est satisfait. Personne ne meurt de faim, personne n'est torturé. Renoncez à vous venger de lui. De son côté, il pardonnera aux Kikuta. La Tribu retrouvera son unité. Ce sera un bienfait pour nous tous.

Sa voix avait pris une intonation mélodieuse, hypnotique, qui apaisait l'atmosphère de la pièce et réduisait au silence les assistants massés dehors. Il savait que Hisao était revenu et s'était agenouillé juste derrière la porte. Quand il s'arrêta de parler, il concentra sa volonté et la laissa se répandre dans la pièce. Il sentit le calme les envahir tous et resta assis, les yeux mi-clos.

Akio rompit le silence en poussant un cri de rage :

— Espèce de vieux sorcier ! Vous êtes rusé comme un renard, mais vous ne m'aurez pas avec vos mensonges. Vous dites que le Chien fait du bien, que le peuple est satisfait ! Depuis quand ces histoires concernent-elles la Tribu ? Vous êtes devenu aussi mou que Gosaburo. Qu'arrive-t-il donc à nos vieillards ? La Tribu serait-elle en train de pourrir de l'intérieur ? Si seulement Kotaro était encore vivant ! Mais le Chien l'a tué. Il a tué le chef de sa propre famille, auquel il avait fait présent de sa vie. Vous pouvez en témoigner, vous avez vous-même entendu le vœu qu'il avait prononcé à Inuyama. Il a trahi son serment. Pour ce forfait, il méritait la mort. Au lieu de quoi, il a assassiné Kotaro, le maître de sa famille, avec votre aide. Il ne saurait être question de pardon ou de trêve avec lui. Il faut qu'il meure !

— Je ne discuterai pas avec vous du bien-fondé de son action, répliqua Kenji. Il a fait ce qui semblait préférable sur le moment, et on peut penser qu'il a certainement mieux vécu parmi les Otori que parmi les Kikuta. Mais tout cela est du passé. Je pourrais vous exhorter à renoncer à votre campagne contre lui, afin que les Kikuta puissent revenir dans les Trois Pays. Gosaburo pourrait retrouver son magasin ! Il vous serait possible de jouir de la vie comme nous le faisons tous à présent, mais apparemment ces modestes plaisirs n'ont aucun intérêt à vos yeux. Je n'ai qu'une chose à vous dire. Renoncez, car vous n'arriverez jamais à le tuer.

— Tous les hommes sont mortels, rétorqua Akio.

— Mais il ne mourra pas de votre main. Je puis vous l'assurer, même si vous le désirez de toutes vos forces.

Akio l'observait en plissant les yeux.

— Vous devez vous aussi votre vie aux Kikuta. Vous méritez d'être puni pour avoir trahi la Tribu.

— J'agis dans l'intérêt de ma famille et de la Tribu tout entière. C'est vous qui risquez de la détruire. Je suis venu ici en émissaire, sans armes. Je vais repartir de la même façon pour aller porter à sire Otori votre réponse si regrettable.

Le pouvoir qu'il dégageait était tel qu'Akio le laissa se lever et sortir de la pièce. En passant devant Hisao, toujours à genoux, Kenji se retourna et déclara :

— C'est le fils de la maison ? Il n'a aucun des talents de la Tribu, me semble-t-il. Qu'il m'accompagne donc au portail. Viens, Hisao.

Il lança dans l'ombre :

— Vous savez où nous trouver si vous changez d'avis.

« Eh bien, pensa-t-il en descendant de la véranda et en s'avançant dans la foule s'écartant sur son passage, il semble que ma vie va encore durer un peu, après tout ! » Une fois qu'il serait dehors, loin du regard d'Akio, il savait qu'il pourrait devenir invisible et disparaître dans la campagne. Mais avait-il la moindre chance d'emmener le garçon avec lui ?

Il n'était pas surpris qu'Akio ait rejeté l'offre d'une trêve. Cependant il était heureux que Gosaburo et les autres aient entendu sa proposition. En dehors de la maison principale, le village avait l'air pauvre. La vie devait y être dure, surtout pendant le cruel hiver. Comme Gosaburo, de nombreux villageois rêvaient sans doute du confort régnant à Matsue et Inuyama. Kenji avait l'impression que l'autorité d'Akio se fondait davantage sur la peur que sur le respect. Il était très possible que les autres membres de la famille Kikuta s'opposent à sa décision, surtout si cela permettait d'épargner la vie des otages.

Lorsque Hisao s'avança pour marcher à son côté, Kenji sentit une autre présence qui occupait la moitié de l'esprit et de la vision du garçon. Les sourcils froncés, il levait la main par moments et pressait ses doigts contre sa tempe gauche.

— Tu as mal à la tête ?

— Mmmm…

Le garçon hocha la tête sans parler.

Ils étaient à mi-parcours de la rue du village. S'ils pouvaient arriver à la lisière des champs et courir le long de la levée, en direction des bois de bambous…

— Hisao, chuchota Kenji. Je veux que tu viennes avec moi à Inuyama. Retrouve-moi à l'endroit où nous nous sommes rencontrés. D'accord ?

— Je ne peux pas partir d'ici ! Je n'ai pas le droit de quitter mon père !

Il poussa soudain un cri de douleur et trébucha.

Encore cinquante pas. Kenji n'osait pas se retourner, mais il n'entendait personne derrière lui. Il continua de marcher paisiblement, sans hâte, toutefois Hisao peinait à le suivre.

En se retournant pour l'encourager, Kenji aperçut la foule qui le contemplait toujours. Puis il vit Akio se frayer un passage, suivi de Kazuo. Ils tenaient tous deux des poignards.

— Hisao, n'oublie pas notre rendez-vous, dit-il en se rendant invisible.

Mais au moment où sa silhouette s'estompait, Hisao saisit son bras en criant :

— Emmenez-moi avec vous ! Ils ne me laisseront jamais partir, mais elle veut vous accompagner !

Était-ce le fait d'être invisible, suspendu entre les mondes, était-ce l'intensité de l'émotion du garçon ? Toujours est-il qu'à cet instant il vit ce que Hisao voyait…

Sa fille, Yuki. Morte depuis seize ans…

Et il comprit avec stupeur ce qu'était le garçon.

Un maître des fantômes.

Il n'en avait jamais rencontré. Leur existence ne lui était connue que par les chroniques de la Tribu. Hisao lui-même l'ignorait, de même qu'Akio. Il ne fallait surtout pas que ce dernier l'apprenne.

Pas étonnant que ce petit souffre de migraines. Kenji avait envie à la fois de rire et de pleurer.

Il sentait la main de Hisao crispée sur son bras tandis qu'il regardait le visage de spectre de sa fille. Il la voyait comme dans ses souvenirs, enfant, adolescente, jeune femme. Son énergie et sa vie étaient encore présentes mais atténuées, lointaines. Il vit ses lèvres remuer et l'entendit articuler : «Père», alors qu'elle ne l'avait pas appelé ainsi depuis sa dixième année.

Elle l'ensorcelait autant qu'en ces temps reculés.

— Yuki, dit-il d'une voix éperdue.

Et il redevint visible.

AKIO ET KAZUO n'eurent aucune peine à se saisir de lui. Ni l'invisibilité ni le second moi ne purent le sauver.

— Il sait comment on peut approcher Otori, déclara Akio. Nous le forcerons à parler, puis Hisao devra le tuer.

Mais le vieillard avait déjà mordu dans la capsule empoisonnée pour l'avaler. C'était le même poison que sa fille avait été contrainte de prendre. Il mourut comme elle, dans d'affreuses souffrances, plein du regret d'avoir échoué dans sa mission et de devoir abandonner son petit-fils. En ses derniers instants, il pria pour qu'il lui soit permis de demeurer avec l'esprit de sa fille et que Hisao emploie ses talents afin de le retenir. «Quel fantôme puissant je ferais», pensa-t-il. Cette idée le fit rire, de même que la conscience d'en avoir fini avec toutes les joies et les tristesses de cette vie. Cependant il était parvenu au terme de son chemin, avait achevé son œuvre en ce monde et mourait en toute liberté. Son esprit affranchi pouvait rentrer dans le cycle éternel de naissance, de mort et de renaissance.

5

Bien que l'hiver à Inuyama fût long et rigoureux, il n'était pas dénué de plaisirs. Lorsqu'il fallait rester enfermé à l'intérieur, Kaede lisait de la poésie et de vieux récits à ses filles. De son côté, Takeo passait de longues heures à contrôler les registres administratifs avec Sonoda. Pour se détendre, il étudiait avec un artiste spécialiste de la peinture à l'encre noire et buvait le soir en compagnie de Kenji. Les filles étaient occupées par l'étude et l'entraînement, mais elles avaient aussi des distractions. Lors de la fête du Haricot, bruyante et joyeuse, on jetait dehors les démons dans la neige pour accueillir à la place la bonne fortune. Il y eut aussi le passage à l'âge adulte de Shigeko, qui avait quinze ans cette année. Les célébrations ne furent pas somptueuses, car au dixième mois elle devait entrer en possession du domaine de Maruyama, dont la transmission se faisait par les femmes si bien que sa mère, Kaede, en avait hérité à la mort de Maruyama Naomi.

Shigeko semblait destinée à gouverner un jour les Trois Pays et ses parents avaient décidé de lui donner les terres de Maruyama dès cette année, puisqu'elle était désormais adulte. Devenue une souveraine à part entière, elle serait dans les meilleures conditions pour apprendre les principes du gouvernement. La cérémonie prévue à Maruyama serait aussi splendide que solennelle. Takeo espérait qu'à la fois elle fortifierait une antique tradition et établirait un nouveau précédent, afin qu'à l'avenir les femmes puissent hériter de terres et de propriétés et diriger leur maisonnée ou devenir chef d'un village au même titre que leurs frères.

Il arrivait que le temps glacial et la réclusion usent les nerfs et affaiblissent la santé, mais même dans la période la plus sombre les jours s'allongeaient tandis que le soleil refaisait son apparition, et au cœur du froid le plus cruel les pruniers épanouissaient leurs fragiles fleurs blanches.

Cependant Takeo ne pouvait oublier qu'alors que ses proches étaient à l'abri du froid et de l'ennui durant les longs mois d'hiver, d'autres membres de sa famille, deux jeunes parents guère plus âgés que ses filles, étaient gardés en captivité au fond du château d'Inuyama. Même s'ils étaient bien mieux traités qu'ils ne s'y attendaient, ils étaient prisonniers et promis à la mort à moins que les Kikuta n'acceptent une trêve.

Après la fonte des neiges et les adieux de Kenji partant en mission, Kaede et ses filles se rendirent à Hagi avec Shizuka. Ayant remarqué le malaise grandissant de son épouse face aux jumelles, Takeo avait pensé que Shizuka pourrait emmener l'une d'elles – Maya peut-être – passer quelques semaines dans un village secret des Muto appelé Kagemura. Lui-même retarda son départ dans l'espoir d'avoir des nouvelles de Kenji avant la fin du mois, mais lorsque la pleine lune du quatrième mois arriva sans qu'il ait donné signe de vie, Takeo se résigna à partir pour Hofu, non sans avoir chargé Taku de lui envoyer là-bas le moindre message.

Depuis qu'il gouvernait, il avait pris l'habitude de voyager ainsi en partageant l'année entre les diverses villes des Trois Pays. Tantôt il se déplaçait avec tout l'apparat qu'on pouvait attendre d'un grand seigneur, tantôt il revêtait l'un des nombreux déguisements dont la Tribu lui avait appris le secret, en se mêlant aux gens du peuple qui lui révélaient eux-mêmes leurs opinions, leurs joies et leurs doléances. Il n'a-

vait jamais oublié les paroles qu'Otori Shigeru lui avait dites un jour :
« C'est parce que l'empereur est si faible que des seigneurs de la guerre
comme Iida peuvent agir à leur guise. » Si l'empereur régnait officiellement sur l'ensemble du pays des Huit Îles, en pratique les différentes
régions s'occupaient de leurs propres affaires. Pendant des années, les
Trois Pays avaient servi de théâtre aux affrontements des seigneurs luttant pour conquérir terres et pouvoir. Takeo et Kaede avaient apporté
la paix, et ils l'avaient maintenue en accordant une constante attention à tous les aspects de la vie du pays et de ses habitants.

Il pouvait voir les effets de cette sage politique tandis qu'il chevauchait vers l'ouest avec plusieurs serviteurs, deux gardes du corps issus
de la Tribu et d'une fidélité éprouvée — les cousins Kuroda Junpei et
Shinsaku, qu'on appelait toujours Jun et Shin —, sans oublier son secrétaire. Au cours du voyage, il observa tous les signes caractéristiques
d'un pays paisible et bien administré : des enfants en bonne santé, des
villages prospères, peu de mendiants et aucun bandit. Malgré
ses inquiétudes personnelles — pour Kenji, pour son épouse et ses
enfants —, il fut rassuré par ce spectacle. Son but était de rendre le pays
assez sûr pour être gouverné par une fille. En arrivant à Hofu, il pouvait se dire avec fierté et satisfaction que les Trois Pays étaient maintenant tels qu'il les avait voulus.

Il n'avait pas prévu ce qui l'attendait dans la cité portuaire. Il ne pouvait se douter qu'avant la fin de son séjour sa confiance serait ébranlée
et son autorité menacée.

IL SEMBLAIT NE POUVOIR ARRIVER dans une ville des Trois Pays sans
qu'aussitôt des délégations apparaissent à l'entrée du château ou du
palais où il séjournait, afin de solliciter des audiences, implorer des
faveurs ou demander des décisions que lui seul était à même de prendre. Certaines affaires pouvaient être transmises aux fonctionnaires
locaux, mais parfois les plaintes visaient ces fonctionnaires eux-mêmes
et il était alors nécessaire de choisir des arbitres impartiaux dans la suite

de Takeo. Le cas se présenta trois ou quatre fois durant ce printemps à Hofu, plus souvent qu'il ne l'aurait souhaité. Il en vint à s'interroger sur l'équité de l'administration locale. En outre, deux fermiers se plaignirent que leurs fils avaient été enrôlés de force et un marchand révéla que des soldats avaient réquisitionné de grandes quantités de charbon, de bois, de soufre et de salpêtre. «Zenko est en train d'accumuler des troupes et des armes, pensa Takeo. Il faut que je lui parle à ce sujet.»

Il décida d'envoyer des messagers à Kumamoto, mais Araï Zenko arriva de lui-même dès le lendemain. Le guerrier avait reçu les anciens domaines de son père à l'ouest, et Hofu était également sous son autorité. S'il prétendait venir souhaiter la bienvenue à sire Otori, il s'avéra bientôt qu'il avait d'autres motifs. Il était accompagné de son épouse, Shirakawa Hana, la sœur cadette de Kaede. Hana ressemblait beaucoup à sa sœur aînée. Certains la trouvaient même plus belle que Kaede dans sa jeunesse, avant le tremblement de terre et l'incendie. Takeo ne l'aimait pas et se méfiait d'elle. Durant l'année difficile ayant suivi la naissance des jumelles, alors qu'elle avait quatorze ans, Hana s'était amourachée du mari de sa sœur et avait tout fait pour le convaincre de la prendre comme seconde épouse ou même concubine. La tentation était plus forte pour Takeo qu'il ne voulait l'admettre, car Hana était le portrait de Kaede au moment où il en était tombé amoureux, avant que sa beauté soit amoindrie, et elle s'offrait à lui alors que la mauvaise santé de son épouse l'éloignait de sa couche. Il avait pourtant refusé de la prendre au sérieux, ce qui l'avait blessée et humiliée. Son projet de la marier à Zenko avait mis le comble à sa rage. Toutefois il avait insisté, car il lui semblait régler ainsi deux problèmes à la fois. Lorsque Zenko eut dix-huit ans et Hana seize, ils se marièrent enfin. La joie de Zenko était sans bornes. Non seulement Hana était belle, mais elle lui donna bientôt trois fils, tous en bonne santé. De plus, même si elle n'avait jamais prétendu l'aimer, elle s'intéressait à lui et encourageait son ambition. Sa passion pour Takeo céda rapidement la place à la rancune envers lui et la jalousie pour sa sœur. Elle désirait ardemment les supplanter avec son époux.

Takeo avait conscience de ce désir. Sa belle-sœur était moins impénétrable qu'elle ne le croyait, et les Araï, comme tout le monde, oubliaient souvent qu'il avait une ouïe hors du commun. Même si elle n'était plus aussi fine que lorsqu'il avait dix-sept ans, elle lui permettait encore de surprendre des conversations censées rester secrètes et de percevoir tout ce qui se passait autour de lui, si bien qu'il identifiait chaque membre de la maisonnée, connaissait les activités du corps de garde et des écuries, savait qui rendait une visite à qui et dans quel but. Il avait acquis aussi une faculté d'attention le rendant capable de deviner les desseins des autres d'après leurs attitudes et leurs gestes, au point qu'on disait qu'il savait voir clair dans les cœurs cachés des hommes.

À présent, il observait Hana qui s'inclinait profondément devant lui, ses cheveux ruisselant jusqu'au sol et s'écartant légèrement pour révéler sa nuque d'une blancheur parfaite. Bien qu'elle fût la mère de trois enfants, ses mouvements avaient autant d'aisance que de grâce. On ne lui aurait pas donné plus de dix-huit ans, alors qu'elle en avait vingt-six, comme Taku, le frère cadet de Zenko.

Âgé de vingt-huit ans, son époux ressemblait beaucoup à son père. Grand et solidement bâti, doué d'une force prodigieuse, il excellait à l'arc et au sabre. Il avait douze ans quand son père était mort sous ses yeux, foudroyé par une arme à feu. Seules deux autres personnes avaient connu une telle fin avant lui dans les Trois Pays. Il s'agissait de bandits, et Zenko avait également été témoin de leur mort. Araï avait péri à l'instant même où il venait de trahir l'alliance qu'il avait jurée avec Takeo. Celui-ci savait que ces événements successifs avaient éveillé chez son jeune fils un profond ressentiment, qui avec les années s'était mué en haine.

Ni Hana ni Zenko ne laissèrent transparaître leur malveillance. Au contraire, ils lui souhaitèrent la bienvenue avec chaleur et s'enquirent de sa santé et de celle de sa famille. Takeo répondit avec la même cordialité, sans révéler que le temps humide le faisait davantage souffrir que d'ordinaire, de sorte qu'il devait refréner l'envie d'enlever le gant de soie dissimulant sa main gauche pour masser les moignons de ses doigts.

— Vous n'auriez pas dû vous donner tant de peine, déclara-t-il. Je ne resterai qu'un jour ou deux à Hofu.

— Oh, mais sire Takeo devrait prolonger son séjour.

Hana avait pris la parole avant son mari, comme à son habitude.

— Il faut que vous restiez jusqu'à la fin des pluies. Vous ne pouvez pas voyager par ce temps.

— J'ai connu pire dans mes voyages, observa Takeo en souriant.

— Nous ne nous sommes pas donné de peine, intervint Zenko. C'est un plaisir sans pareil pour nous que de pouvoir passer un peu de temps avec notre beau-frère.

— Il est vrai que nous avons quelques points à discuter, répliqua Takeo en choisissant de parler net. Je doute qu'il soit nécessaire d'augmenter les effectifs de nos troupes, et je serais curieux d'en savoir plus sur les engins que vous faites fabriquer.

Ils furent pris de court par cette attaque directe succédant aux politesses. Takeo sourit de nouveau. Ils devaient certainement savoir que peu de choses échappaient à son attention dans les Trois Pays.

— On a toujours besoin d'armes, déclara Zenko. Il nous faut fabriquer des glaives, des lances et ainsi de suite.

— De combien d'hommes disposez-vous ? Cinq mille tout au plus. Nos registres indiquent qu'ils sont équipés de pied en cap. Si leurs armes ont été perdues ou endommagées, c'est à eux de les remplacer à leurs frais. L'argent du domaine peut être employé à meilleur escient.

— Ces cinq mille hommes sont ceux de Kumamoto et des districts du Sud. Mais il existe dans d'autres fiefs des Seishuu de nombreux hommes non entraînés qui sont en âge de combattre. La période semblait idéale pour les entraîner et les armer, même s'ils doivent retourner à leurs champs pour la moisson.

— Les familles Seishuu dépendent maintenant de Maruyama, répliqua Takeo avec douceur. Que pense Sugita Hiroshi de vos projets ?

Hiroshi et Zenko ne s'aimaient pas. Takeo savait que Hiroshi avait nourri un désir enfantin d'épouser Hana, dont il s'était formé une image illusoire fondée sur sa dévotion pour Kaede. Même s'il n'en avait jamais parlé, il avait été déçu de son mariage avec Araï. Mais l'inimitié entre les deux jeunes hommes avait commencé dès leur première rencontre, dans la période troublée de la guerre civile. Hiroshi et Taku, le frère cadet de Zenko, étaient devenus des amis intimes malgré leurs différences. Ils étaient beaucoup plus proches l'un de l'autre que les frères Araï, dont la froideur mutuelle avait grandi au cours des années. Eux aussi n'en parlaient pas, du reste, et ils dissimulaient leur éloignement derrière une cordialité de façade qu'ils alimentaient habituellement avec force vin.

— Je n'ai pas eu l'occasion d'en parler à Sugita, admit Zenko.

— Eh bien, nous discuterons la question avec lui. Nous nous retrouverons tous à Maruyama au dixième mois. Ce sera le moment de faire le point sur les besoins militaires de l'Ouest.

— Nous sommes sous la menace des barbares, dit Zenko. L'Ouest leur est grand ouvert. Les Seishuu n'ont encore jamais eu à faire face à une offensive venant de la mer. Notre impréparation est totale.

— Les étrangers veulent avant tout faire du commerce, répliqua Takeo. Ils sont loin de chez eux et leurs navires sont petits. L'attaque de Mijima leur a servi de leçon. À l'avenir, ils traiteront avec nous par voie diplomatique. Notre meilleure défense contre eux réside dans nos liens commerciaux pacifiques avec eux.

— Cependant ils se vantent que leur roi possède une immense armée, intervint Hana. Cent mille hommes armés, cinquante mille chevaux. Ils racontent que leurs destriers sont deux fois plus gros que les nôtres, et que tous leurs fantassins ont des armes à feu.

— Comme vous l'avez dit vous-même, ils se vantent, observa Takeo. Il est probable que Terada Fumio exalte de même notre supériorité dans les îles de l'Ouest et les ports de Tenjiku et de Shin.

Voyant le visage de son beau-frère s'assombrir à la mention du nom de Fumio, il se souvint que c'était lui qui avait tué le père de Zenko d'une balle en pleine poitrine à l'instant où la terre se mettait à trembler en détruisant l'armée d'Araï. Il soupira intérieurement. Était-il possible d'effacer du cœur d'un homme son désir de vengeance ? Il savait que même si Fumio avait tenu l'arme, c'était lui, Takeo, que Zenko tenait pour responsable.

— Là-bas aussi, les étrangers prennent prétexte du commerce pour prendre pied dans un pays, déclara Zenko. Après l'avoir affaibli de l'intérieur avec leur religion, ils l'attaquent de l'extérieur en mettant à profit la supériorité de leur armement. Ils nous réduiront tous en esclavage.

Zenko avait peut-être raison, pensa Takeo. La plupart des étrangers étant confinés à Hofu, le seigneur Araï était davantage en contact avec eux qu'aucun autre de ses guerriers. Situation qui n'était pas sans danger : même s'il les qualifiait de barbares, Zenko était impressionné par leurs armes et leurs bateaux. S'ils faisaient alliance dans l'Ouest…

— Vous savez que je respecte votre opinion en ce domaine, dit-il. Nous allons davantage surveiller les étrangers. Si jamais nous avons besoin d'enrôler des hommes supplémentaires, je vous le ferai savoir. Quant au salpêtre, il doit être acheté uniquement par le clan.

Il regarda le jeune guerrier s'incliner à contrecœur. Une rougeur sur son cou était le seul signe de sa colère en se voyant ainsi réprimandé. Takeo songeait au moment où il avait tenu Zenko sur l'encolure de son cheval, le couteau sur la gorge. S'il était alors passé à l'acte, il se serait certainement épargné bien des ennuis. Mais Zenko avait douze ans à l'époque. Takeo n'avait jamais tué d'enfant, et il priait le Ciel que cela ne lui arrive jamais. «Zenko fait partie de mon destin, se dit-il. Je dois le traiter avec circonspection. Que puis-je faire de plus pour le flatter et l'apaiser ?»

Hana lança de sa voix doucereuse :

— Nous ne ferions rien sans consulter sire Otori. Nous n'avons à cœur que vos intérêts et ceux de votre famille, ainsi que le bonheur des Trois Pays. Toute la maisonnée se porte bien, j'espère ? Ma sœur aînée, vos ravissantes filles ?

— Elles vont bien, je vous remercie.

— Je regrette tant de n'avoir pas de filles, poursuivit Hana en baissant les yeux d'un air modeste. Comme le sait sire Otori, nous n'avons que des fils.

« Où veut-elle en venir ? » se demanda Takeo.

Moins subtil que son épouse, Zenko déclara sans ménagements :

— Sire Otori doit avoir envie d'un fils.

« C'est donc ça ! » pensa Takeo. Il répliqua aussitôt :

— Étant donné qu'un tiers de notre pays se transmet déjà par les femmes, je ne ressens guère l'absence d'un héritier mâle. Notre fille aînée gouvernera un jour les Trois Pays.

— Il faudrait pourtant que vous goûtiez à la joie d'avoir des garçons chez soi ! s'exclama Hana. Permettez-nous de vous donner l'un des nôtres.

— Nous aimerions que vous adoptiez l'un de nos fils, précisa Zenko d'un ton affable.

— Ce serait pour nous un honneur et un bonheur sans pareils, murmura Hana.

— Votre offre est aussi aimable que généreuse, assura Takeo.

En réalité, il ne voulait pas de fils. Il était soulagé que Kaede n'ait pas eu d'autres enfants et il espérait qu'elle n'en attendrait plus à l'avenir. La prophétie le vouant à mourir par la main de son propre fils ne l'effrayait pas, mais l'attristait profondément. Comme souvent, il se mit à prier le Ciel de lui donner une mort semblable à celle de Shigeru et non à celle de l'autre seigneur Otori, Masahiro, que son fils illégitime avait égorgé avec un couteau à poisson. Il demanda aussi à ne pas succomber avant que son œuvre soit achevée et sa fille assez âgée pour gouverner son pays. Quant à Zenko et son épouse, il ne voulait pas les insulter en rejetant franchement leur offre. En fait, elle présentait de sérieux avantages. Adopter le neveu de Kaede serait assurément opportun. Peut-être même pourrait-il le marier un jour à l'une de ses filles.

— Faites-nous l'honneur d'accueillir nos deux fils aînés, je vous en prie, susurra Hana.

Il acquiesça de la tête et elle se leva pour se diriger vers la porte, avec cette démarche souple qui rappelait Kaede. Elle revint avec les enfants, âgés respectivement de huit et six ans. Habillés en robes de cérémonie, ils se taisaient, intimidés par la solennité de l'assemblée. Tous deux portaient leurs cheveux longs sur le devant.

— L'aîné s'appelle Sunaomi, le cadet Chikara, annonça Hana tandis que les deux garçons s'inclinaient jusqu'au sol devant leur oncle.

— Oui, je m'en souviens, dit Takeo.

Cela faisait au moins trois ans qu'il ne les avait pas rencontrés, et il n'avait jamais vu le dernier fils de Hana, né l'année précédente, qui devait être avec sa nourrice. C'étaient de beaux enfants. L'aîné ressemblait aux sœurs Shirakawa, avec ses membres élancés et la fine ossature de son visage. Plus rond et râblé, le cadet rappelait davantage son père. Takeo se demanda s'ils avaient hérité des talents de leur grand-mère issue de la Tribu, Shizuka. Il poserait la question à cette dernière ou à Taku. Peut-être serait-elle contente d'avoir un petit-fils à élever, songea-t-il. Il grandirait avec les filles de Takeo, pour qui elle était comme une seconde mère, leur prodiguant à la fois ses leçons et son affection.

— Asseyez-vous, jeunes gens, dit-il. Montrez vos visages à votre oncle.

Il fut séduit par l'aîné, si semblable à Kaede. Il n'avait que sept ans de moins que Shigeko, cinq de moins que Maya et Miki. C'était une différence d'âge acceptable pour un mariage. Il les interrogea sur leurs études, leurs progrès au sabre et au tir à l'arc, leurs poneys. L'intelligence et la clarté de leurs réponses lui plurent. Quels que fussent les ambitions secrètes et les desseins cachés de leurs parents, les deux garçons avaient été bien élevés.

— Votre offre est très généreuse, répéta-t-il. Je vais en parler avec mon épouse.

— Les enfants nous rejoindront pour le repas du soir, déclara Hana. Cela vous donnera l'occasion de mieux les connaître. Bien qu'il n'ait rien d'extraordinaire, Sunaomi a déjà conquis les faveurs de ma sœur aînée.

Takeo se rappela avoir entendu Kaede célébrer l'intelligence et la vivacité du garçon. Il savait qu'elle enviait Hana et regrettait de n'avoir pas de fils. Adopter son neveu pourrait être une compensation, mais si Sunaomi devenait le fils de Takeo…

Il décida d'écarter ces pensées. Il devait suivre la conduite paraissant la plus avantageuse, sans se laisser influencer par une prophétie qui ne se réaliserait peut-être jamais.

Hana sortit avec les enfants.

— Je ne puis que répéter combien vous nous feriez honneur en adoptant Sunaomi ou Chikara, dit Zenko. À vous de choisir lequel.

— Nous en reparlerons au dixième mois.

— Puis-je faire encore une demande ?

Takeo acquiesça de la tête et Zenko poursuivit :

— Je ne veux pas vous offenser en évoquant le passé mais… vous souvenez-vous de sire Fujiwara ?

— Bien sûr, répondit Takeo en tentant de dominer sa surprise et sa colère.

Sire Fujiwara était l'aristocrate qui avait enlevé son épouse et provoqué sa plus cuisante défaite. Il était mort dans le grand tremblement de terre, mais Takeo ne lui avait jamais pardonné et détestait la moindre allusion à ce personnage. Kaede lui avait juré que ce faux époux n'avait jamais partagé sa couche, mais un lien étrange avait existé entre eux. Fujiwara l'avait flattée et intriguée. Elle avait conclu un pacte avec lui et lui avait confié les secrets les plus intimes de l'amour de Takeo pour elle. Outre l'argent et la nourriture destinés à sa maisonnée, il lui avait fait de nombreux cadeaux. Il l'avait épousée avec la permission de l'empereur en personne. Plus tard, Fujiwara avait essayé d'entraîner

Kaede avec lui dans la mort. Alors qu'elle avait évité de justesse d'être brûlée vive, sa chevelure s'était enflammée, ce qui avait causé un dommage irréparable à sa beauté.

— Son fils se trouve à Hofu et sollicite une audience.

Mécontent de devoir admettre qu'il l'ignorait, Takeo garda le silence.

— Il a pris le nom de sa mère, Kono. Il est arrivé en bateau il y a quelques jours, dans l'espoir de vous voir. Nous avons été en correspondance à propos du domaine de son père. Comme vous le savez, mon père était dans les meilleurs termes avec sire Fujiwara — pardonnez-moi de vous rappeler cette époque désagréable. Sire Kono m'a contacté pour des questions de fermages et d'impôts.

— Je croyais que ce domaine avait été réuni à celui de Shirakawa.

— Aux yeux de la loi, Shirakawa avait échu également à sire Fujiwara après son mariage. Il appartient donc aujourd'hui à son fils, puisque Shirakawa se transmet par les hommes. À défaut de Kono, la propriété devrait revenir à l'héritier le plus proche.

— Votre fils aîné, Sunaomi.

Zenko inclina la tête en silence.

— Voilà seize ans que son père est mort. Pourquoi se manifeste-t-il soudain maintenant ? s'étonna Takeo.

— Le temps passe vite dans la capitale, en la divine présence de l'empereur.

« À moins qu'un esprit intrigant — vous, par exemple, ou plus vraisemblablement votre épouse — n'ait écrit à Kono après avoir compris quel moyen de pression il pourrait constituer contre moi », pensa Takeo en dissimulant sa fureur.

La pluie martelait le toit avec une force redoublée et une odeur de terre mouillée s'élevait du jardin.

— Je le recevrai demain, dit-il enfin.

— C'est une sage décision, approuva Zenko. De toute façon, le temps est trop humide pour voyager.

CET ENTRETIEN ACCRUT LE MALAISE de Takeo en lui rappelant à quel point il fallait surveiller de près les Araï, dont les ambitions menaçaient sans cesse de faire retomber les Trois Pays dans la guerre civile. La soirée fut plutôt agréable. Il but assez de vin pour masquer provisoirement sa souffrance, et les enfants se montrèrent joyeux et divertissants. Ils avaient rencontré récemment deux étrangers et étaient encore tout excités par cet événement. Ils racontèrent que Sunaomi leur avait parlé dans leur langue, qu'il avait étudiée avec sa mère. Les deux hommes avaient l'air de démons, avec leurs longs nez et leurs barbes broussailleuses, l'une rousse l'autre brune, mais Chikara déclara qu'il n'avait pas eu peur du tout. Ils demandèrent aux serviteurs d'apporter les fauteuils fabriqués pour les étrangers dans un bois exotique, le tek, qui provenait d'un grand centre commercial appelé le Port des Parfums et avait voyagé dans les cales des navires des Terada en compagnie d'autres trésors tels que bols de jaspe, lapis-lazuli, peaux de tigre, ivoire et jade destinés aux villes des Trois Pays.

— Ils sont terriblement inconfortables, dit Sunaomi en les essayant.

— Mais ils ressemblent au trône de l'empereur, observa Hana en riant.

— Cependant les étrangers n'ont pas mangé avec les mains, intervint Chikara d'un air déçu. J'aurais aimé voir ce spectacle.

— Notre peuple leur enseigne les bonnes manières, lui dit Hana. Ils font de grands efforts. Regarde comme sire João se donne du mal pour apprendre notre langue.

Takeo ne put s'empêcher de frissonner légèrement au son de ce nom si proche de celui du paria Jo-An, dont la mort était l'acte qu'il regrettait le plus dans sa vie. Il le voyait et l'entendait souvent dans ses rêves. Les étrangers avaient les mêmes croyances que les Invisibles et priaient eux aussi le Dieu Secret, mais ils le faisaient ouvertement, non sans affliger et embarrasser fréquemment leurs hôtes. Le signe secret de la croix s'étalait sur les grains des chapelets qu'ils portaient en collier retombant sur le devant de leurs étranges vêtements d'aspect si peu confortable. Même par les journées les plus chaudes, ils portaient des tenues ajustées avec des cols hauts et des bottes, et ils avaient une aversion contre nature envers les bains.

La persécution des Invisibles était censée appartenir au passé, encore que la loi fût impuissante contre les préjugés. Jo-An lui-même était devenu une sorte de divinité, parfois confondue avec une des manifestations de l'Illuminé. On implorait son aide lors des problèmes de conscription, de taxes et de corvées. Indigents et sans-abri lui vouaient un culte qui l'aurait horrifié comme une hérésie. Rares étaient ceux qui savaient qui il avait été ou se souvenaient des détails de sa vie, mais son nom était resté attaché aux lois régissant les impôts et la conscription. Aucun propriétaire terrien n'était autorisé à prélever plus d'un tiers des ressources, qu'il s'agît de riz, de haricots ou d'huile. Les fils de fermiers ne pouvaient être enrôlés, sauf pour certains travaux d'utilité publique, tels que l'assèchement de terrains, la construction de levées et de ponts ou le creusement de canaux. Les mines donnaient également lieu à des enrôlements, car le travail y était si dur et dangereux qu'il n'attirait que peu de volontaires. Cependant toutes les formes de conscription se faisaient par rotation de districts et de classes d'âge, de sorte que personne n'était accablé par un fardeau injuste. De plus, des compensations étaient prévues en cas de mort ou d'accident. L'ensemble de ces dispositions étaient connues sous le nom de Lois de Jo-An.

Les étrangers étaient très désireux de parler de leur religion, et Takeo avait organisé prudemment des rencontres avec Makoto et d'autres personnalités religieuses. Comme toujours ces discussions avaient tourné court, chacun des deux partis restant convaincu de la vérité de sa propre position et s'étonnant en privé qu'il soit possible de croire aux absurdités professées par ses adversaires. Takeo pensait que les croyances des étrangers avaient la même source que celles des Invisibles, mais s'étaient accrues de siècles de superstition et de déformation. Lui-même avait été élevé dans la tradition des Invisibles, mais il avait abandonné tous les enseignements de son enfance et regardait toutes les religions avec une bonne dose de suspicion et de scepticisme, notamment celle des étrangers, qui lui paraissait liée à leur soif de richesse, de prestige et de pouvoir.

La croyance qui l'obsédait, à savoir l'interdiction de tuer, ne paraissait pas partagée par les étrangers, puisqu'ils arrivaient armés de sabres longs et fins, de poignards, de coutelas et bien sûr d'armes à feu – qu'ils dissimulaient d'ailleurs avec le même soin que les Otori mettaient à cacher le fait qu'ils en possédaient déjà. Dans son enfance, on avait enseigné à Takeo que tuer, même pour se défendre, était un péché. Toutefois, maintenant qu'il régnait sur un pays de guerriers, la légitimité de son gouvernement se fondait sur la conquête militaire et l'autorité de la force. Il avait oublié le nombre des malheureux qu'il avait tués lui-même ou fait exécuter. À présent, les Trois Pays étaient en paix. Le terrible carnage des années de guerre se perdait dans un passé lointain. Takeo et Kaede avaient concentré entre leurs mains tous les moyens violents nécessaires pour défendre le pays ou châtier les criminels. Ils contrôlaient leurs guerriers en leur fournissant des exécutoires à leur ambition et leur agressivité. Bien plus, de nombreux guerriers suivaient maintenant l'exemple de Makoto et mettaient de côté leurs arcs et leur sabres en faisant vœu de ne plus jamais tuer.

« Je les imiterai un jour, pensa Takeo. Mais pas encore. Pas encore. »

Il retourna son attention à l'assemblée, où Hana et Zenko se montraient sous leur meilleur jour avec leurs enfants, et il se promit intérieurement de résoudre tous les problèmes à venir sans effusion de sang.

6

Il fut réveillé aux premières heures du matin par le retour de la souffrance. Il ordonna à la servante de lui apporter du thé, et la chaleur du bol apaisa momentanément sa main mutilée. Il pleuvait toujours. Dans la résidence, l'air était humide et étouffant. Dormir était impossible. Il envoya la servante réveiller son secrétaire et le fonctionnaire compétent et lui demanda de revenir avec des lampes. À l'arrivée des deux hommes, il s'assit avec eux dehors sur la véranda pour examiner les registres de Shirakawa et Fujiwara existant dans le centre administratif du district et du port. Il discuta des détails, enquêta sur certaines contradictions, jusqu'au moment où le ciel pâlit et où les premiers chants d'oiseaux s'élevèrent timidement dans le jardin. Il avait toujours eu une bonne mémoire, à la fois fidèle et très visuelle. À force d'être entraînée au cours des années, elle était devenue prodigieuse. Depuis son combat avec Kotaro, où il avait perdu deux doigts de sa main droite, il dictait souvent à des secrétaires, ce qui avait également renforcé sa mémoire. Comme Shigeru, son père adoptif, il s'était pris à aimer et respecter les registres grâce auxquels tout pouvait être noté et conservé, de façon à aider et corriger le souvenir.

Son actuel secrétaire l'accompagnait presque toujours, ces temps derniers. Devenu orphelin comme tant d'autres enfants à la suite du tremblement de terre, il avait trouvé refuge à dix ans dans le monastère de Terayama, où il avait été élevé. Sa vive intelligence et son aptitude à manier le pinceau avaient attiré l'attention de ses maîtres, de même que son zèle pour l'étude — comme dit le proverbe, il faisait partie de ceux qui étudient à la lueur des lucioles et à la clarté de la neige. Makoto l'avait finalement choisi pour se rendre à Hagi et faire partie de la maisonnée de sire Otori.

D'une nature taciturne, peu porté sur l'alcool, il semblait de prime abord avoir une personnalité assez terne. En fait, il se montrait d'un esprit fin et sarcastique quand il était seul avec Takeo. Rien ni personne ne l'impressionnait. Il traitait chacun avec la même déférence attentive, mais notait la moindre faiblesse et vanité avec une lucidité non exempte d'une certaine compassion détachée. Il s'appelait Minoru, ce qui amusait Takeo car lui-même avait porté un moment ce nom, en un temps qui lui apparaissait maintenant comme une autre vie.

L'écriture de Minoru était rapide et harmonieuse.

Les deux domaines avaient été ravagés par le séisme et leurs manoirs avaient brûlé. Shirakawa avait été reconstruit et Aï, l'autre belle-sœur de Takeo, y faisait de longs et fréquents séjours avec ses filles. Son époux, Sonoda Mitsuru, l'accompagnait à l'occasion, mais il était le plus souvent retenu par ses obligations à Inuyama. Pragmatique et travailleuse, Aï avait retenu les leçons de sa sœur. Après les années de mauvaise gestion et de négligence de leur père, Shirakawa était redevenu florissant. Le riz, les mûriers, les kakis, la soie et le papier étaient l'occasion de profits importants. La propriété de Fujiwara était également administrée par la famille Shirakawa. Ses ressources étaient encore plus grandes, et elle rapportait maintenant énormément. Takeo n'était guère enthousiaste à l'idée de la restituer au fils de Fujiwara, même s'il en était le propriétaire légitime. Dans la situation actuelle, Fujiwara contribuait à la richesse des Trois Pays. Il soupçonnait que Kono comptait exploiter ses terres au maximum afin de dépenser ses profits dans la capitale.

Quand le jour fut vraiment levé, il se baigna et fit épiler et tailler sa barbe et ses cheveux par un barbier. Après avoir mangé un peu de riz et de soupe, il revêtit une tenue de cérémonie pour son entrevue avec le fils de Fujiwara. Il prit fugitivement plaisir au contact de la soie douce et à l'élégance discrète des motifs — des fleurs de glycine mauve pâle sur un fond violet foncé pour la robe de dessous, et un dessin plus abstrait pour celle de dessus.

Un serviteur plaça un petit chapeau noir sur sa tête et Takeo prit son sabre, Jato, sur le support finement sculpté où il était resté toute la nuit. En le fixant à sa ceinture, son maître pensa à tous les masques qu'il lui avait vus, à commencer par la peau d'ange noire et miteuse enveloppant sa poignée le jour où il lui avait sauvé la vie par la main de Shigeru. À présent, sa poignée et son fourreau étaient tous deux richement décorés, et cela faisait des années que Jato n'avait pas goûté au sang. Il se demanda s'il lui arriverait jamais de dégainer de nouveau le sabre pour combattre, et comment il se sortirait d'affaire avec sa main droite mutilée.

Sortant de l'aile est de la résidence, il traversa le jardin pour gagner la salle d'apparat. Bien que la pluie eût cessé, le jardin était trempé et les glycines pendaient lourdement, chargées d'humidité, en mêlant leur parfum à celui de l'herbe mouillée, aux relents de marée du port et aux riches odeurs de la ville. De l'autre côté des murailles, il entendait claquer les volets tandis que la cité se réveillait et que les cris lointains des marchands ambulants résonnaient dans les rues matinales.

Se glissant sans bruit devant lui, des serviteurs faisaient coulisser les portes en effleurant d'un pied léger les parquets luisants. Il fut rejoint en silence par Minoru, qui avait pris son propre petit déjeuner et s'était habillé. Le jeune homme s'inclina profondément puis le suivit quelques pas en arrière, escorté d'un serviteur portant l'écritoire laquée, du papier, des pinceaux, une pierre à encre et de l'eau.

Zenko se trouvait déjà dans la vaste salle, vêtu lui aussi d'une tenue de cérémonie mais plus riche que celle de son beau-frère, avec son col et sa ceinture brillant de fils d'or. Takeo répondit à son salut par un signe de tête puis tendit Jato à Minoru, qui le plaça avec soin sur un support encore plus somptueux que le précédent. Le sabre de Zenko reposait déjà sur un support analogue. Takeo s'assit à l'extrémité de la pièce. Observant à la ronde les décorations et les écrans précieux, il se demanda ce que Kono en penserait au sortir de la cour de l'empereur. La résidence n'était pas aussi grande et imposante que celles de Hagi ou d'Inuyama, et il regretta de ne pas recevoir l'aristocrate là-bas. «Nous allons faire piètre figure. Il va nous trouver sans raffinement ni sophistication. Est-ce préférable?»

Zenko évoqua brièvement la soirée de la veille. Takeo dit combien il avait apprécié les deux garçons, dont il fit l'éloge. Minoru prépara l'encre et la petite écritoire puis s'assit sur les talons, les yeux baissés comme s'il méditait. La pluie se mit à tomber doucement.

Peu après, les aboiements des chiens et le pas lourd des porteurs d'un palanquin les avertirent de l'arrivée d'un visiteur. Zenko se leva pour se rendre sur la véranda. Takeo l'entendit saluer leur hôte, après quoi Kono entra dans la salle.

Il y eut un bref instant de gêne quand il devint évident qu'ils n'avaient l'intention ni l'un ni l'autre de s'incliner le premier. Kono haussa les sourcils presque imperceptiblement puis s'inclina, mais avec une raideur affectée qui enlevait au geste toute nuance de respect. Après avoir attendu une demi-seconde, Takeo répondit à son salut.

— Sire Kono, dit-il d'une voix paisible. Vous me faites un grand honneur.

Tandis que Kono s'asseyait, Takeo observa son visage. Bien qu'il n'eût jamais vu son père, il n'avait pu empêcher Fujiwara de hanter ses rêves. Il attribuait maintenant à son vieil ennemi le visage de son fils, son front élevé, sa bouche bien dessinée, sans se douter que Kono ressemblait certes au défunt seigneur mais d'assez loin.

— Tout l'honneur est pour moi, sire Otori, répliqua Kono.

La formule était aimable, mais Takeo savait que l'intention ne l'était pas. Il comprit sur-le-champ qu'il ne fallait guère s'attendre à une discussion franche. L'entretien s'annonçait tendu et difficile, et il devrait faire montre de ruse, d'adresse et d'autorité. Luttant contre la fatigue et la souffrance, il s'efforça d'être impassible.

Ils commencèrent par parler du domaine. Zenko exposa ce qu'il connaissait de sa situation, et Kono exprima le désir de s'y rendre en personne. Takeo accepta sans discuter, car il sentait que l'aristocrate ne s'intéressait pas vraiment au domaine et n'avait aucune envie de s'y installer. Il serait sans doute possible de satisfaire ses revendications en le reconnaissant comme le propriétaire absent auquel il conviendrait de remettre une certaine somme dans la capitale – non pas la totalité des impôts, mais un pourcentage. Cette affaire n'était qu'un prétexte, d'ailleurs parfaitement plausible, à sa visite. Kono était venu avec un autre motif, mais plus d'une heure passa sans qu'ils cessent d'évoquer les rendements du riz et les besoins en main-d'œuvre. Takeo finissait par se demander s'il apprendrait jamais de quoi il retournait. Toutefois un garde apparut peu après à la porte avec un message pour sire Araï. Zenko se leva avec force excuses, et déclara qu'il allait devoir les quitter un moment mais qu'il les rejoindrait pour le repas de midi.

Après son départ, ils restèrent silencieux. Minoru acheva de noter ce qui avait été dit puis posa son pinceau.

– Je dois maintenant évoquer un sujet assez délicat, dit Kono. Il serait préférable que je parle seul à seul avec sire Otori.

Takeo haussa les sourcils et répliqua :

– Mon secrétaire restera.

Il fit signe aux autres serviteurs de quitter la pièce.

Quand ils furent partis, Kono garda un instant le silence. Il prit enfin la parole, d'une voix plus chaleureuse et avec des manières moins affectées.

– Je désire que sire Otori sache que je ne suis qu'un émissaire. Je n'ai aucune animosité envers vous. Je ne connais pas grand-chose de l'histoire de nos deux familles, en particulier du malheureux épisode avec dame Shirakawa. Cependant les actes de mon père ont souvent été une source d'affliction pour ma mère, quand elle était vivante, et pour moi-même. Je ne puis croire qu'il ait été entièrement irréprochable.

«Irréprochable? pensa Takeo. Toute la faute lui incombe. C'est à cause de lui que ma femme a tant souffert et vu sa beauté amoindrie, qu'Amano Tenzo a été assassiné, que mon premier cheval, Raku, a été massacré pour rien, que des hommes innombrables sont morts dans la bataille de Kusahara et la retraite qui s'ensuivit.» Il resta muet.

— La renommée de sire Takeo s'est répandue d'un bout à l'autre des Huit Îles, reprit Kono. L'empereur lui-même en a entendu parler. Sa Divine Majesté et sa cour admirent la façon dont vous avez apporté la paix aux Trois Pays.

— Je suis flatté de leur intérêt.

— Quel dommage que vos hauts faits n'aient jamais reçu la sanction impériale, dit Kono avec un sourire se voulant bienveillant et compréhensif. Il est vrai qu'ils ont leur source dans la mort illégale — que je n'irai pas jusqu'à qualifier de meurtre — du représentant officiel de l'empereur dans les Trois Pays, Araï Daiichi.

— Comme votre père, sire Araï a péri lors du Grand Séisme.

— Il me semble que sire Araï a été abattu par l'un de vos partisans, le pirate Terada Fumio, déjà connu pour ses crimes. Le tremblement de terre n'était que la conséquence de l'horreur du Ciel devant un acte aussi perfide envers un suzerain. C'est là ce qu'on croit dans la capitale. D'autres morts inexpliquées ont troublé l'empereur à cette époque. Par exemple, celle de sire Shirakawa, qui fut peut-être assassiné par un certain Kondo Koichi, lequel était à votre service et fut également impliqué dans la disparition de mon père.

— Kondo est mort depuis des années, répliqua Takeo. Tout cela appartient au passé. Dans les Trois Pays, on pense que le Ciel a aidé au châtiment d'Araï et des frères de mon grand-père pour leurs méfaits et leurs trahisons. Araï venait juste d'attaquer mes hommes désarmés. Si quelqu'un s'est montré perfide, c'était lui.

«La Terre a accompli ce que le Ciel désirait», se remémora-t-il.

— Eh bien, son fils, sire Zenko, a assisté à la scène, déclara Kono d'une voix suave. Un homme de sa probité nous dira la vérité. Quant à moi, j'ai le devoir désagréable d'informer sire Otori qu'étant donné que vous n'avez jamais sollicité la permission ou l'approbation de l'empereur, ni envoyé aucune sorte d'impôt ou de tribut à la capitale, votre gouvernement est illégal et vous êtes prié d'abdiquer. Votre vie sera épargnée si vous acceptez de passer le reste de vos jours en exil sur une île éloignée. Le sabre ancestral des Otori devra être restitué à l'empereur.

— Je ne parviens pas à croire que vous osiez m'apporter un tel message, répliqua Takeo en dissimulant sa surprise et sa fureur. C'est sous mon gouvernement que les Trois Pays sont devenus paisibles et prospères. Je n'ai pas l'intention d'abdiquer avant que ma fille soit en âge de me succéder. Je suis prêt à traiter avec l'empereur et quiconque m'abordera dans un esprit de paix. J'ai trois filles pour lesquelles je suis disposé à arranger des mariages profitables. Mais il n'est pas question que je me laisse intimider par des menaces.

— Votre attitude ne surprendra personne, murmura Kono avec une expression indéchiffrable.

— Pourquoi vous manifestez-vous soudain? demanda vivement Takeo. Où était passée la sollicitude de l'empereur quand Iida Sadamu ravageait les Trois Pays en massacrant son peuple? Iida agissait-il avec la sanction divine?

Il vit Minoru remuer la tête presque imperceptiblement et s'efforça de maîtriser sa colère. Évidemment, Kono espérait le mettre hors de lui, afin de le pousser à quelque défi public qu'il serait aisé ensuite de présenter comme une rébellion.

«Zenko et Hana sont derrière cette machination, se dit-il. Cependant il doit exister une autre raison pour qu'ils aient l'audace, de même que l'empereur, de s'attaquer maintenant à moi. Quelle faiblesse sont-ils en train d'exploiter? Quelles forces supplémentaires croient-ils avoir à leur disposition?»

— Je n'entends pas manquer de respect à l'empereur, lança-t-il avec circonspection. Toutefois il est révéré sur toute l'étendue des Huit Îles pour son zèle à maintenir la paix. Serait-il possible qu'il parte en guerre contre son propre peuple?

« Serait-il possible qu'il lève une armée contre moi? » ajouta-t-il intérieurement.

— Sire Otori n'est sans doute pas au courant des dernières nouvelles, répliqua Kono d'un air désolé. L'empereur a nommé un nouveau général, descendant d'une des plus vieilles familles de l'Est, seigneur de nombreux pays et chef de dizaines de milliers de soldats. L'empereur désire la paix par-dessus tout, mais il ne saurait fermer les yeux sur des agissements criminels. À présent qu'il peut compter sur un soutien aussi puissant, il veut imposer le règne du châtiment et de la justice.

Ces mots prononcés avec douceur étaient aussi cinglants qu'une insulte et Takeo sentit la chaleur lui monter au visage. Il lui semblait presque insupportable d'être considéré comme un criminel. Son sang Otori se révoltait contre cette idée. Cependant cela faisait des années qu'il avait apaisé conflits et défis grâce à la négociation et une habile diplomatie. Il ne pouvait croire que ces méthodes puissent maintenant se révéler inefficaces. Sans se laisser atteindre par les paroles injurieuses, il reprit son sang-froid et entreprit de se demander comment il devait réagir.

« Ils ont donc un nouveau seigneur de la guerre. Comment se fait-il que je n'aie pas entendu parler de lui? Où est Taku quand j'ai besoin de lui? Et que fabrique Kenji? »

Il songea aux armes et aux hommes supplémentaires qu'Araï avait rassemblés. Seraient-ils destinés à renforcer cette nouvelle menace? Et si jamais il s'agissait d'armes à feu, que faire si elles étaient déjà en train d'être transportées vers l'est?

— Vous êtes ici l'invité de mon vassal, Araï Zenko, déclara-t-il enfin. À ce titre, vous êtes aussi mon hôte. Je pense que vous devriez prolonger votre séjour dans l'Ouest, vous rendre dans l'ancien domaine de votre père et revenir avec sire Araï à Kumamoto. Je vous enverrai chercher lorsque j'aurai décidé de ma réponse à l'empereur, du lieu de mon exil si jamais j'abdique ainsi que du meilleur moyen de préserver la paix.

— Je vous répète que je ne suis qu'un émissaire, dit Kono en s'inclinant avec une apparente sincérité.

Zenko revint et le repas de midi fut servi. Si fastueux et délicieux qu'il fût, Takeo ne le savoura guère. La conversation était légère et courtoise. Il tenta de son mieux d'y participer.

Après le repas, Zenko accompagna Kono dans l'appartement des invités. Jun et Shin étaient restés postés à l'extérieur de la véranda. Quand Takeo retourna dans ses propres quartiers, ils se levèrent et lui emboîtèrent le pas en silence.

— Sire Kono ne doit quitter cette maison sous aucun prétexte, leur dit-il. Jun, faites garder les portes par des gardes. Shin, portez immédiatement ces instructions au port. Sire Kono demeurera dans l'Ouest tant que je ne lui aurai pas donné la permission écrite de retourner à Miyako. La même consigne s'applique à dame Araï et ses fils.

Les cousins échangèrent un regard mais s'abstinrent de tout commentaire.

— Minoru, lança-t-il à son secrétaire. Accompagnez Shin au port et informez-vous sur les chargements des derniers navires en partance, surtout ceux se rendant à Akashi.

— Entendu, répliqua Minoru. Je serai de retour dès que possible.

Takeo s'installa sur la véranda pour prêter l'oreille au changement d'ambiance de la maison au fur et à mesure qu'on exécutait ses instructions. Le pas lourd des gardes, la voix impérieuse de Jun donnant des ordres, la débandade agitée des servantes et leurs commentaires chuchotés, le cri de surprise de Zenko, les conseils prodigués par Hana à voix basse… Lorsque Jun revint, Takeo lui demanda de monter la garde à sa porte et de ne laisser personne le déranger. Puis il se retira dans son appartement. En attendant le retour de Minoru, il parcourut le compte rendu de son entretien avec Kono rédigé par son secrétaire.

Les caractères lui sautèrent au yeux dans la clarté impitoyable de l'écriture presque parfaite du jeune homme.

«Exil», «criminel», «illégal», «perfide».

Il lutta contre la fureur l'envahissant à la lecture de ces insultes, conscient de la présence de Jun à quelques pas seulement de lui. Il n'aurait qu'un ordre à donner, et ils mourraient tous : Kono, Zenko, Hana, les enfants… leur sang laverait l'humiliation dont il se sentait souillé au plus profond de sa chair. Après quoi, il attaquerait l'empereur et son général avant la fin de l'été, les repousserait jusqu'à Miyako et ravagerait la capitale. Ce ne serait qu'alors que sa rage s'apaiserait.

Les motifs des écrans s'inscrivirent derrière ses paupières lorsqu'il ferma les yeux. Il respira profondément. Se souvenant d'un autre seigneur de la guerre qui avait tué pour laver les insultes et avait fini par prendre goût au meurtre, il comprit combien il serait aisé de suivre cette voie et de devenir semblable à Iida Sadamu.

Il ignora délibérément les insultes et rejeta son sentiment d'humiliation en se disant que son gouvernement était décrété et béni par le Ciel, comme l'attestaient la présence des houous et la satisfaction de son peuple. Une nouvelle fois, il décida d'éviter aussi longtemps que possible toute effusion de sang et de ne rien entreprendre sans consulter Kaede et ses autres conseillers.

Sa résolution fut immédiatement mise à l'épreuve, avec le retour de Minoru qui venait de consulter les registres du port.

— Les soupçons de sire Otori étaient fondés, déclara-t-il. Il semble qu'un navire soit parti pour Akashi la nuit dernière sans que sa cargaison ait été dûment examinée par les autorités compétentes. Shin a persuadé le capitaine du port d'ouvrir une enquête sur-le-champ.

Takeo plissa les yeux mais ne fit aucun commentaire.

— Sire Otori n'a pas à s'inquiéter, tenta de le rassurer Minoru. Shin n'a eu aucun mal à obtenir gain de cause. Les responsables ont été identifiés. Les douaniers ayant autorisé le navire à partir et le commerçant s'étant occupé du chargement ont été arrêtés et attendent que vous décidiez de leur sort.

Il ajouta en baissant la voix :

— Aucun d'eux n'a avoué quelle était la nature de la cargaison.

— Nous devons supposer le pire, répliqua Takeo. Pour quel autre motif auraient-ils voulu se soustraire aux procédures d'inspection ? Il faut essayer de les rattraper avant qu'ils n'arrivent à Akashi.

Minoru esquissa un sourire.

— J'ai également une bonne nouvelle à vous annoncer. Le navire de Terada Fumio est en vue. Il attend la marée haute pour rentrer à Hofu dès ce soir.

— Il tombe à pic ! s'exclama Takeo dont l'humeur s'éclaircit aussitôt.

Fumio était l'un de ses plus vieux amis. Avec l'aide de son père, il contrôlait la flotte permettant aux Otori de se livrer au commerce et de défendre leurs côtes. Il était parti depuis des mois avec le docteur Ishida pour l'un de leurs fréquents voyages voués au négoce et à l'exploration.

— Dites à Shin de lui porter un message lui annonçant une visite ce soir. Inutile de préciser davantage. Fumio comprendra.

Il se sentait extrêmement soulagé à plusieurs égards. Fumio connaîtrait les dernières nouvelles de l'empereur. En partant sans tarder, il aurait une bonne chance d'intercepter le bateau au chargement illégal. De plus, Ishida aurait certainement avec lui un remède capable d'apaiser la souffrance lancinante de Takeo.

— À présent, je dois parler à mon beau-frère. Veuillez demander à sire Zenko de venir ici sur-le-champ.

Il était heureux que la faute des douaniers lui donne un prétexte pour le réprimander. Zenko se confondit en excuses et promit d'organiser lui-même les exécutions, en assurant à Takeo qu'il ne s'agissait que d'un incident isolé, dû à la cupidité humaine, et non d'un événement de mauvais augure.

— J'espère que vous avez raison, répliqua Takeo. Je veux que vous m'assuriez de votre loyauté totale envers moi. Vous me devez la vie. Vous êtes marié à la sœur de mon épouse. Votre mère est ma cousine et l'une de mes plus anciennes amies. Si vous régnez sur Kumamoto et votre domaine, c'est par ma volonté et avec ma permission. Vous m'avez proposé hier de me donner l'un de vos fils. J'accepte votre offre. Bien plus, j'emmènerai aussi son frère. À l'avenir, ils vivront avec ma famille et seront élevés comme mes fils. J'adopterai Sunaomi si vous me restez fidèle. Lui et son frère paieront de leur vie le moindre signe de trahison de votre part. La question du mariage sera réglée plus tard. Votre épouse peut rejoindre ses fils à Hagi si elle le désire, mais je suis certain que vous préférerez qu'elle reste avec vous.

Tout en parlant, Takeo observait attentivement le visage de son beau-frère. Zenko ne le regarda pas. Il battit légèrement des paupières et prit la parole un peu trop vite pour répondre.

— Sire Takeo doit savoir que ma loyauté envers lui est sans faille. Que vous a dit Kono pour provoquer une telle réaction ? A-t-il évoqué des problèmes à l'est ?

« Ne faites pas comme si vous l'ignoriez ! » Takeo fut tenté de l'accuser ouvertement, mais il décida que le moment n'était pas encore venu.

— Nous n'accorderons aucune importance à ce qu'il a dit. C'est sans intérêt. À présent, vous allez me jurer fidélité devant ces témoins.

Zenko s'exécuta, prosterné, mais Takeo se rappela que son père, Araï Daiichi, n'avait pas hésité à le trahir après avoir conclu une alliance avec lui et qu'à l'instant suprême il avait préféré le pouvoir à la vie de ses propres fils.

« Le fils en fera autant, songea-t-il. Je devrais lui ordonner sur-le-champ de mettre fin à ses jours. » Cependant il reculait devant un tel acte, conscient du chagrin qu'il causerait à sa propre famille. « Mieux vaut essayer de le soumettre plutôt que de le tuer. Mais comme tout serait plus simple s'il était mort ! »

Il écarta cette pensée pour s'engager une nouvelle fois sur la voie plus complexe et difficile qui refusait la simplicité trompeuse du meurtre ou du suicide. Une fois que Zenko eut achevé son serment, fidèlement noté par Minoru, Takeo se retira dans son appartement en déclarant qu'il souperait seul et se coucherait tôt car il comptait partir pour Hagi le matin. Il aspirait à retrouver cette ville où il se sentait davantage chez lui que n'importe où au monde. Il voulait revoir ses filles, coucher avec sa femme et lui ouvrir son cœur. Il dit à Zenko que ses deux fils devaient être prêts à voyager avec lui.

Il avait plu par intermittence toute la journée, mais à présent le ciel s'éclaircissait et une douce brise venue du sud dispersait les épais nuages. Les verts innombrables du jardin s'illuminèrent sous l'éclat rose et or du soleil couchant. La journée du lendemain promettait d'être belle. Le temps était idéal pour voyager, et aussi pour les activités auxquelles il comptait maintenant se livrer.

Il prit un bain et revêtit une robe légère en coton, comme s'il s'apprêtait à dormir. Après avoir soupé frugalement, sans boire de vin, il renvoya les domestiques en leur déclarant qu'il ne voulait pas être dérangé avant le matin. Puis il se concentra, assis en tailleur sur les nattes, les yeux fermés, le pouce et l'index joints comme pour méditer profondément. Il tendit l'oreille pour écouter les bruits de la résidence.

Chaque son lui parvenait distinctement : la conversation tranquille des gardes devant le portail, les bavardages des filles de cuisine récurant et rangeant les plats, les aboiements des chiens, la musique s'élevant des tavernes du port, le murmure incessant de la mer, le bruissement des feuilles et le hululement des hiboux dans la montagne.

Il entendit Zenko et Hana discuter des dispositions à prendre pour le lendemain, mais leur entretien était parfaitement innocent, comme s'ils se souvenaient qu'il était capable de les écouter. Après avoir engagé une partie aussi dangereuse, ils ne pouvaient se permettre de le laisser surprendre leur stratégie, surtout maintenant qu'il allait détenir leurs fils en otages. Peu après, ils retrouvèrent Kono pour le souper, mais leur prudence ne se relâcha pas. Les seuls renseignements qu'obtint Takeo concernaient les coiffures et les modes en vogue à la cour, la passion de Kono pour la poésie et le théâtre, ainsi que pour les nobles jeux de la balle au pied et de la chasse au chien.

La conversation s'anima : comme son père, Zenko aimait le vin. Takeo se leva et changea de tenue. Après avoir revêtu une robe discrète et défraîchie suivant l'usage des marchands, il sortit en passant devant Jun et Shin, assis comme toujours devant sa porte. Jun haussa les sourcils mais Takeo secoua la tête. Il ne voulait pas qu'on sache qu'il avait quitté la résidence. Il enfila des sandales de paille sur les marches menant au jardin, puis se rendit invisible et franchit le portail encore ouvert. Les chiens le suivirent des yeux, mais les gardes ne s'aperçurent pas de sa présence. « Estimez-vous heureux de ne pas garder les portes de Miyako, déclara-t-il en silence aux chiens. Là-bas, on vous criblerait de flèches pour la joie du sport. »

Arrivé à un coin de rue obscur non loin du port, il s'enfonça invisible dans les ténèbres et en ressortit sous l'apparence d'un marchand se hâtant après un rendez-vous d'affaires en ville, désireux d'oublier sa fatigue en buvant avec quelques amis. L'air sentait le sel, le poisson et les algues séchant sur des supports sur le rivage, le poisson grillé et le poulpe servis dans les auberges. Des lanternes éclairaient les ruelles étroites et des lampes derrière les écrans répandaient une lumière orangée.

Amarrés aux quais, des navires en bois se frottaient les uns contre les autres en craquant sous la houle de la marée. L'eau clapotait contre leurs coques et les silhouettes noires de leurs mâts trapus se détachaient sur le ciel étoilé. Takeo distinguait avec peine au loin les îles de la mer Intérieure. Derrière leurs contours déchiquetés, la lune se levait en déversant une pâle clarté.

Un brasero était allumé près des amarres d'un vaisseau imposant. Takeo interrogea dans le dialecte de la ville les hommes accroupis à côté, qui faisaient cuire des morceaux d'ormeau séché tout en partageant un flacon de vin.

— Terada est-il arrivé avec ce bateau?

— Pour sûr, répondit un des hommes. Il prend son repas à l'Ume-daya.

— Espériez-vous voir la kirin? demanda son voisin. Sire Terada l'a cachée en attendant de pouvoir la montrer à notre souverain, sire Otori.

— La kirin? s'écria Takeo avec stupeur.

Une kirin était un animal mythique, tenant à la fois du dragon, du cheval et du lion. Il pensait qu'elle n'existait que dans les légendes. Qu'avaient donc pu découvrir Terada et Ishida sur le continent?

— C'est censé être un secret, grogna le premier homme. Tu ne devrais pas bavarder comme ça.

— Mais une kirin! s'exclama l'autre. Quel miracle d'en avoir une vivante! N'est-ce pas la preuve que sire Otori l'emporte sur tous en sagesse et en justice? Pour commencer, on voit revenir dans les Trois Pays le houou, l'oiseau sacré. Et maintenant, voilà qu'apparaît une kirin!

Il but encore une gorgée puis tendit le flacon à Takeo.

— Buvez en l'honneur de la kirin et de sire Otori!

— Merci, dit Takeo en souriant. J'espère pouvoir la contempler un jour.

— Pas avant que sire Otori l'ait vue!

Takeo souriait encore lorsqu'il s'éloigna, ragaillardi par l'alcool âpre et l'enthousiasme des marins.

«Le jour où je n'entendrai que des critiques contre sire Otori, j'abdiquerai, se dit-il. Mais pas avant, même sous la menace de dix empereurs et de leurs généraux.»

7

L'Umedaya était une auberge située entre le port et le centre de la cité. Elle faisait partie des nombreux édifices de bois donnant sur le fleuve, au milieu des saules. Des lanternes étaient suspendues aux piliers de sa véranda et aux bateaux plats amarrés en face, qui transportaient jusqu'à la mer des balles de riz et de millet ainsi que d'autres produits agricoles de l'intérieur. De nombreux clients s'étaient assis dehors pour jouir du changement de temps et de la beauté de la lune, laquelle brillait maintenant au-dessus des sommets montagneux et se reflétait en mille éclats d'argent dans le flot de la marée.

— Bienvenue ! Bienvenue ! s'écrièrent les serviteurs lorsque Takeo écarta les rideaux pour entrer.

Quand il nomma Terada, on lui désigna un coin de la véranda intérieure où Fumio était occupé à dévorer un ragoût de poisson tout en parlant bruyamment. Assis à la même table, le docteur Ishida mangeait avec non moins d'appétit et l'écoutait avec un sourire en coin. Ils étaient en compagnie de plusieurs hommes de Fumio, dont certains n'étaient pas inconnus à Takeo.

Dissimulé par l'ombre, Takeo examina un moment son vieil ami pendant que les servantes se hâtaient en tous sens avec des plateaux chargés de nourriture et des flacons de vin. Fumio avait l'air plus robuste que jamais, avec ses joues rebondies et sa moustache. Il paraissait pourtant avoir une cicatrice nouvelle sur une tempe. Ishida avait vieilli et maigri, et son teint était cireux.

Heureux de les revoir, Takeo s'avança vers eux. Le prenant pour quelque marchand sans importance, un des anciens pirates bondit sur ses pieds pour lui barrer le passage. Après un instant d'incertitude, Fumio se leva et l'écarta en chuchotant : «C'est sire Otori!» Il étreignit Takeo.

— J'avais beau m'attendre à votre venue, je ne vous ai pas reconnu! s'exclama-t-il. C'est vraiment troublant, je n'arrive pas à m'y faire!

Le docteur Ishida arborait un large sourire.

— Sire Otori!

Il ordonna à la servante d'apporter encore du vin et Takeo s'assit à côté de Fumio, en face du médecin qui l'observait dans la pénombre.

— Quelque chose ne va pas? demanda Ishida après qu'ils eurent trinqué.

— J'ai plusieurs problèmes dont je dois vous parler, répondit Takeo.

Fumio fit un signe de tête et ses hommes s'installèrent à une autre table.

— J'ai un cadeau pour vous, dit-il à Takeo. Cela vous distraira de vos ennuis. Essayez donc de deviner ce que c'est! Vous ne pourrez jamais désirer davantage.

— La seule chose que je désire par-dessus tout, répliqua Takeo, c'est de ne pas mourir sans avoir vu une kirin.

— Ils ont vendu la mèche. Quelle bande de bons à rien! Je vais leur arracher la langue.

— Ils croyaient parler à un pauvre diable de marchand, dit Takeo en riant. Je ne puis vous autoriser à les punir. D'ailleurs, j'ai peine à les croire. Ont-ils dit vrai?

— Oui et non, déclara Ishida. Il ne s'agit pas vraiment d'une kirin, évidemment. La kirin est un animal imaginaire alors que celui-ci est bien réel. Cependant c'est une créature absolument extraordinaire, et je n'ai jamais vu une bête qui ressemble autant à une kirin.

— Ishida est tombé sous son charme, lança Fumio. Il passe des heures en sa compagnie. Il est pire que vous n'étiez avec votre vieux cheval, comment s'appelait-il déjà ?

— Shun, dit Takeo.

Shun était mort de vieillesse l'année précédente. Aucun autre cheval ne pourrait jamais se comparer à lui.

— Vous ne pourrez pas monter cette créature, mais peut-être remplacera-t-elle Shun dans votre cœur, assura Fumio.

— Je meurs d'envie de la voir. Où se cache-t-elle ?

— Au temple Daifukuji. Ils lui ont trouvé un jardin tranquille entouré d'un haut mur. Vous la verrez demain. Maintenant que vous avez anéanti notre espoir de vous surprendre, vous pouvez aussi bien nous raconter vos ennuis.

Fumio remplit de nouveau leurs coupes.

— Que savez-vous du nouveau général de l'empereur ? demanda Takeo.

— Si vous m'aviez posé cette question une semaine plus tôt, je vous aurais répondu : « Rien du tout. » N'oubliez pas que nous avons été six mois en voyage. Toutefois, nous sommes passés par Akashi en revenant, et la ville est en effervescence à son sujet. Il s'appelle Saga Hideki, dit l'Attrapeur de Chiens.

— L'Attrapeur de Chiens ?

— Il adore la chasse au chien. Il paraît qu'il y excelle. Le cheval et l'arc n'ont pas de secrets pour lui, et c'est un brillant stratège. Il est le maître des provinces de l'Est et on raconte qu'il ambitionne de conquérir la totalité des Huit Îles avec l'aval de l'empereur, qui l'a chargé de combattre pour Sa Divine Majesté et de détruire ses ennemis pour parvenir à ce but.

— Il semble que je fasse partie desdits ennemis, dit Takeo. Le fils de sire Fujiwara, Kono, est venu me voir aujourd'hui pour m'en informer. Apparemment, l'empereur va m'envoyer une demande officielle d'abdication. Si je refuse, il lancera contre moi son Attrapeur de Chiens.

En entendant le nom de Fujiwara, Ishida avait pâli.

— Voilà effectivement de sérieux ennuis, marmonna-t-il.

— Personne n'en parlait à Akashi, dit Fumio. La nouvelle n'est pas encore publique.

— N'avez-vous rien observé qui puisse faire penser à un trafic d'armes à feu à Imaï ?

— Au contraire. Plusieurs marchands m'ont approché à propos d'armes et de salpêtre, dans l'espoir de contourner l'interdiction imposée par les Otori. Je vous avertis qu'ils offrent de véritables fortunes. Si le général de l'empereur se prépare à vous attaquer, il tente probablement d'acheter des armes. Pour de telles sommes, il est inévitable que quelqu'un lui en fournisse tôt ou tard.

— Je crains qu'elle ne soient déjà en route, répliqua Takeo.

Il apprit à Fumio les soupçons qu'il avait conçus au sujet de Zenko.

— Ils ont moins d'un jour d'avance, s'écria Fumio en bondissant sur ses pieds après avoir vidé sa coupe. Nous pouvons les intercepter. Je voulais voir votre réaction face à la kirin, mais Ishida me racontera tout. Retenez sire Kono à l'ouest jusqu'à mon retour. Tant qu'ils n'auront pas d'armes à feu, ils ne vous provoqueront pas au combat. Mais une fois qu'ils s'en seront procuré… Leurs ressources sont supérieures aux nôtres, qu'il s'agisse de forgerons, de minerai de fer ou de soldats. Le vent est orienté à l'ouest. En partant sur-le-champ, nous pourrons profiter de la marée.

Il appela ses hommes, qui se levèrent à leur tour non sans fourrer le reste du repas dans leur bouche, vider leur coupe et faire à contrecœur leurs adieux aux servantes. Takeo leur donna le nom du navire.

Fumio partit si précipitamment qu'ils eurent à peine le temps de lui dire au revoir.

Takeo resta seul avec Ishida.

— Fumio n'a pas changé, observa-t-il amusé par la réaction rapide de son ami.

— Il est fidèle à lui-même, approuva Ishida. Un vrai tourbillon, incapable de rester en place.

Le médecin versa encore du vin et but à longs traits.

— C'est un compagnon de voyage stimulant, mais épuisant.

Ils parlèrent du voyage, puis Takeo donna des nouvelles de sa famille, à laquelle Ishida était d'autant plus attaché qu'il était marié depuis quinze ans à Muto Shizuka.

— Votre souffrance a empiré ? demanda le médecin. Je le vois à votre visage.

— Oui, le temps humide l'a aggravée. Parfois, il me semble qu'un reste de poison doit se réveiller. La plaie paraît souvent s'enflammer sous la cicatrice. Dans ces cas-là, mon corps tout entier a mal.

— Je vous examinerai en privé, dit Ishida.

— Pourriez-vous venir avec moi dès maintenant ?

— J'ai une bonne provision de racines provenant de Shin, sans compter un nouveau somnifère confectionné avec des pavots.

Ishida saisit un ballot de tissu et un coffret en bois.

— Par chance, je les ai emportés avec moi. J'avais l'intention de les laisser à bord. Ils seraient à mi-chemin d'Akashi, à présent, et de peu d'utilité pour vous.

La voix du médecin s'était assombrie et Takeo crut qu'il allait ajouter quelque chose, mais après un silence embarrassé Ishida parut se reprendre. Rassemblant ses affaires, il lança d'un ton joyeux :

— Ensuite, je devrai aller voir comment va la kirin. Je dormirai au Daifukuji cette nuit. La kirin est habituée à moi, elle semble même m'apprécier. Je ne veux pas qu'elle s'inquiète.

Depuis un instant, Takeo avait remarqué une rumeur discordante s'élevant à l'intérieur de l'auberge : un homme parlait le langage des étrangers et une femme traduisait. La voix de la femme l'intéressa, car son accent rappelait les parlers de l'Est, bien qu'elle s'exprimât dans le dialecte local. Quelque chose dans son intonation lui était familier.

Lorsqu'ils traversèrent la salle, il reconnut l'étranger. C'était celui qu'on appelait dom João. Il était certain de n'avoir jamais vu la femme agenouillée près de lui, et pourtant…

Alors qu'il se demandait qui elle pouvait être, l'homme aperçut Ishida et l'appela. Le médecin était très apprécié des étrangers, avec lesquels il passait de longues heures à échanger des connaissances médicales, des informations sur des traitements et des herbes, et à comparer leurs coutumes et leurs langues.

Dom João avait rencontré Takeo à plusieurs reprises, mais toujours lors d'entrevues officielles, et il ne sembla pas le reconnaître. Enchanté de voir le médecin, l'étranger aurait aimé qu'il s'asseye pour bavarder. Ishida invoqua un patient à soigner d'urgence. La femme jeta un regard à Takeo, mais il détourna son visage. Elle devait avoir autour de vingt-cinq ans. Possédant apparemment une maîtrise parfaite de l'idiome des étrangers, elle traduisit les propos d'Ishida. Une nouvelle fois, elle regarda Takeo. Elle paraissait l'observer avec attention, comme si elle aussi avait l'impression de l'avoir déjà rencontré.

Elle porta ses mains à sa bouche. La manche se releva, révélant la peau de l'avant-bras, lisse et sombre, si semblable à celle de Takeo, si semblable à celle de sa mère…

Le choc fut immense. Perdant toute maîtrise de soi, il redevint un garçon persécuté, épouvanté.

— Tomasu ? souffla la femme.

Ses yeux se remplirent de larmes. Elle tremblait d'émotion. Il se rappela une petite fille pleurant ainsi sur un oiseau mort, un jouet égaré. Depuis des années, il l'imaginait sans vie, gisant près des cadavres de sa mère et de sa sœur aînée. Elle avait leurs traits larges et paisibles. Et la même peau que Takeo. Pour la première fois en plus de seize ans, il prononça son nom à voix haute :

— Madaren !

Rien d'autre n'exista plus dans son esprit. La menace en provenance de l'est, la tentative de Fumio pour récupérer les armes à feu, Kono, tout disparut, même la souffrance, même la kirin. Il ne pouvait déta-

cher son regard de sa sœur qu'il avait crue morte. Sa vie parut se dis-
soudre et s'effacer. Seules subsistaient dans sa mémoire son enfance, sa
famille.

— Tout va bien, seigneur ? s'alarma Ishida. Vous semblez souffrant.

Le médecin lança précipitamment à Madaren :

— Dites à dom João que nous nous verrons demain. Qu'il m'envoie
un message au Daifukuji.

— Je m'y rendrai demain, déclara-t-elle sans quitter des yeux le
visage de Takeo.

Reprenant son sang-froid, il lui dit :

— Nous ne pouvons pas parler maintenant. J'irai moi aussi au temple. Attendez-moi là-bas.

— Qu'Il vous bénisse et vous protège.

Ces derniers mots étaient la prière que prononçaient les Invisibles en
prenant congé. Bien qu'il eût lui-même ordonné qu'on les laisse
désormais libres de pratiquer ouvertement leur culte, Takeo trouvait
encore choquant de voir révélé au grand jour ce qui avait été naguère
secret, de la même façon que la croix s'étalant sur la poitrine de dom
João lui paraissait ostentatoire.

— Vous êtes plus malade que je ne pensais ! s'exclama Ishida quand ils
furent sortis. Voulez-vous que je fasse venir un palanquin ?

— Bien sûr que non ! répondit Takeo en inspirant profondément.
C'était juste cette atmosphère confinée. Et je n'aurais pas dû boire si
vite une telle quantité de vin.

— Sans compter que vous semblez avoir reçu un choc terrible.
Connaissez-vous cette femme ?

— C'est une vieille histoire. Je ne savais pas qu'elle traduisait pour les
étrangers.

— Je l'ai déjà rencontrée, mais pas récemment. Voilà plusieurs mois
que je suis absent.

La ville devenait plus tranquille, les lumières s'éteignaient une à
une, on fermait un dernier volet. Tandis qu'ils traversaient le pont de

bois devant l'Umedaya et s'engageaient dans l'une des rues étroites menant à la résidence, Ishida observa :

— Elle paraissait vous connaître sous un autre nom que celui de sire Otori.

— Comme je vous l'ai dit, cette histoire remonte à un passé lointain, avant que je ne devienne un Otori.

Takeo était encore abasourdi par ces retrouvailles. Il se sentait tenté de mettre en doute ce qu'il avait vu. Était-ce vraiment elle ? Comment pouvait-elle avoir survécu au massacre de sa famille et à l'incendie de son village ? Elle ne servait certainement pas uniquement d'interprète. Il l'avait compris en regardant les yeux et les mains de dom João. Comme tous les hommes, les étrangers fréquentaient des maisons de débauche, mais la plupart des femmes répugnaient à coucher avec eux. Seules les prostituées de bas étage les acceptaient comme clients. Takeo frissonna en pensant à la vie qu'elle avait dû avoir.

Cependant elle l'avait appelé par son nom. Et il l'avait reconnue.

Quand ils parvinrent à la dernière maison avant le portail de la résidence, Takeo attira Ishida dans l'ombre.

— Attendez ici un instant. Il faut que je rentre sans me faire remarquer. Je ferai donner l'ordre aux gardes de vous laisser passer.

Le portail était déjà fermé, mais il fourra le bas de sa longue robe dans sa ceinture et escalada le mur avec assez d'aisance, même si la secousse de l'atterrissage de l'autre côté réveilla aussitôt sa douleur. Il se rendit invisible, traversa furtivement le jardin silencieux, passa devant Jun et Shin pour rentrer dans sa chambre. Après avoir revêtu de nouveau sa robe de nuit, il ordonna qu'on apporte des lampes et du thé, puis envoya Jun dire aux gardes de laisser entrer Ishida.

Quand le médecin arriva, ils échangèrent des saluts ravis, comme s'ils ne s'étaient pas vus depuis six mois. La servante servit le thé et apporta de l'eau chaude supplémentaire, après quoi Takeo la renvoya. Il retira le gant de soie protégeant sa main mutilée et Ishida approcha la lampe pour l'examiner. Après avoir palpé la cicatrice avec délicatesse, il fit plier les doigts restants. La croissance du tissu cicatriciel avait légèrement déchiré la main.

— Pouvez-vous toujours écrire avec cette main ?

— J'y arrive tant bien que mal en la soutenant avec ma main gauche.

Il montra à Ishida comment il s'y prenait.

— Je crois que je serais encore capable de combattre au sabre, mais depuis des années je n'ai pas eu l'occasion de le faire.

— Elle semble bel et bien enflammée, dit enfin le médecin. J'essaierai demain les aiguilles, pour ouvrir les méridiens. En attendant, ceci vous aidera à dormir.

Pendant qu'il préparait l'infusion, il déclara à voix basse :

— J'ai souvent fait ainsi pour votre épouse… L'idée de rencontrer Kono m'effraie. J'ai senti tant de souvenirs se réveiller en moi rien qu'en entendant le nom de son père, en sachant que le fils de cet homme repose quelque part dans cette résidence. Je me demande s'il ressemble à son père.

— Je n'ai jamais vu Fujiwara.

— Vous avez eu de la chance. Pendant la plus grande partie de ma vie, j'ai exécuté ses ordres, obéi à tous ses caprices. Je savais qu'il était cruel, mais il me traitait toujours avec gentillesse, m'encourageait dans mes études et mes voyages, me permettait d'accéder à sa collection de livres et d'autres trésors. Je fermais les yeux sur ses plaisirs plus sinistres. Jamais je n'aurais cru être à mon tour victime de sa cruauté.

Il s'interrompit brusquement et versa l'eau bouillante sur les herbes séchées. Un léger parfum de prairie en été s'éleva du breuvage, délicieux et apaisant.

— Mon épouse m'a un peu parlé de cette période, dit Takeo d'un ton tranquille.

— Seul le tremblement de terre nous a sauvés. J'ai affronté bien des dangers dans ma vie, des tempêtes et des naufrages, des pirates et des sauvages, mais je n'ai jamais éprouvé une telle terreur. J'étais déjà à ses pieds, en le suppliant d'être autorisé à me tuer moi-même. Il feignait de consentir, jouait avec ma peur. Parfois, cette scène me revient en rêve. Je ne me remettrai jamais de ce spectacle : le mal absolu incarné dans un homme.

Il se tut, perdu dans ses souvenirs.

— Mon chien hurlait, reprit-t-il en chuchotant. J'entendais mon chien hurler. Il m'avertissait toujours des séismes de cette manière. Je me suis surpris à me demander si quelqu'un prendrait soin de lui.

Ishida prit le bol et le tendit à Takeo.

— Je suis profondément désolé pour le rôle que j'ai joué dans l'emprisonnement de votre épouse.

— Tout cela appartient au passé, dit Takeo en saisissant le bol qu'il vida avec gratitude.

— Mais si jamais le fils tient du père, il ne fera que vous nuire. Soyez sur vos gardes.

— Vous voulez à la fois m'endormir et me prévenir, dit Takeo. Peut-être devrais-je vivre avec ma souffrance. Au moins, elle me maintient éveillé.

— Je devrais rester ici avec vous...

— Non. La kirin a besoin de vous. Mes hommes veillent sur moi. Pour le moment, je ne suis pas en danger.

Il raccompagna Ishida dans le jardin jusqu'au portail. Un immense soulagement l'envahissait en sentant la douleur commencer à s'atténuer. Il ne resta pas longtemps éveillé — juste le temps de faire le compte des événements surprenants de ce jour : la visite de Kono, le mécontentement de l'empereur, l'Attrapeur de Chiens, la kirin. Et sa sœur... Comment réagir face à Madaren, compagne d'un étranger, adepte du culte des Invisibles et sœur de sire Otori ?

8

La vue de son frère aîné, qu'elle avait cru mort, ne bouleversait pas moins la femme appelée jadis Madaren — un nom commun parmi les Invisibles. Pendant de nombreuses années après le massacre, Madaren avait été rebaptisée Tomiko. Ainsi l'avait nommée la femme à qui le soldat Tohan l'avait vendue. Il faisait partie des hommes ayant violé et assassiné sa mère et sa sœur, mais Madaren n'avait pas de souvenir net de cet épisode. Elle se rappelait seulement la pluie d'été, l'odeur de sueur de l'encolure du cheval sur laquelle sa joue était pressée, le poids de la main du soldat qui l'immobilisait, une main semblant plus grande et plus lourde que tout son corps de petite fille. Tout sentait la boue et la fumée, et elle savait qu'elle ne serait plus jamais propre. Au début de l'ouragan de flammes, de chevaux et de sabres, elle avait appelé de toutes ses forces son père et Tomasu. Un peu plus tôt dans l'année, elle avait crié ainsi quand elle était tombée dans la rivière en crue et s'était retrouvée prise au piège sur les rochers glissants. Tomasu l'avait entendue, était arrivé des champs en courant et l'avait tirée des flots, en la grondant et en la consolant.

Mais Tomasu ne l'avait pas entendue, cette fois. Ni son père, qui était déjà mort. Personne ne l'avait entendue et personne par la suite ne devait jamais plus venir à son secours.

Bien des enfants, et pas seulement chez les Invisibles, endurèrent des souffrances analogues durant le règne d'Iida Sadamu dans son château aux murs noirs. Leur situation ne changea pas après qu'Inuyama tomba aux mains d'Araï. Certains vécurent assez longtemps pour devenir adultes. Telle Madaren, qui devint l'une des nombreuses jeunes femmes vouées à assouvir les besoins de la classe des guerriers en tant que servantes, filles de cuisine ou pensionnaires des maisons de plaisir. Étant sans famille, elles n'avaient aucune protection. Madaren travaillait pour la femme qui l'avait achetée. Elle était la dernière des servantes, celle qui se levait avant les autres le matin, alors que même les coqs n'étaient pas encore réveillés, et qui ne pouvait aller dormir tant que les ultimes clients n'étaient pas rentrés chez eux. Il lui semblait que l'épuisement et la faim l'avaient rendue insensible à tout ce qui l'entourait. Cependant, lorsqu'elle devint une femme et suscita brièvement le désir qui accompagne d'ordinaire la jeunesse, elle se rendit compte qu'elle n'avait cessé d'assimiler les leçons des filles plus âgées. À force de les observer et de les écouter, elle était devenue savante à son insu dans leur domaine de prédilection – leur seul sujet d'intérêt, à vrai dire : les hommes qui venaient les voir.

La maison de plaisir était peut-être la plus miteuse d'Inuyama. Elle se trouvait loin du château, dans l'une des rues étroites qui s'étendaient entre les grandes avenues et étaient bordées de maisons exiguës reconstruites après l'incendie et s'agglutinant comme les cellules d'un nid de guêpes. Mais tous les hommes ont leurs désirs, même les portefaix, les ouvriers agricoles et les ramasseurs d'ordures nocturnes. Et parmi eux, autant que dans les autres classes, nombreux sont ceux auxquels on peut faire perdre la tête par amour. Madaren l'avait appris, de même qu'elle avait appris que les femmes dominées par l'amour étaient les créatures les moins influentes de la ville, plus esclaves que des chiens et aussi aisément abandonnées que des chatons indésirables. Avec habileté, elle sut mettre à profit son savoir. Elle alla avec des hommes dédaignés par les autres filles, et profita de leur reconnaissance pour leur extorquer des cadeaux ou même les voler. Finalement, elle permit à un commerçant en faillite de l'emmener avec lui à Hofu. Après avoir quitté la maison avant l'aube, elle le retrouva sur un quai embrumé du port. Ils s'embarquèrent à bord d'un bateau transportant du bois de cèdre provenant des forêts de l'Est. L'odeur lui rappela Mino, son village natal, et elle se souvint soudain de sa famille et de l'étrange garçon à moitié sauvage qui avait été son frère et avait le don à la fois d'exaspérer et de ravir leur mère. Les yeux pleins de larmes, elle s'accroupit sous les planches. Quand son amant voulut la serrer contre lui, elle le repoussa. Il était aisé de l'intimider, et ses affaires marchèrent aussi mal à Hofu qu'à Inuyama. Le trouvant aussi agaçant qu'ennuyeux, elle finit par reprendre son ancienne vie et entra dans une maison de plaisir un peu moins minable que la précédente.

C'est alors que les étrangers arrivèrent, avec leurs barbes, leur odeur étrange et leurs corps démesurés à tout point de vue. Madaren vit en eux un pouvoir qu'elle pourrait exploiter. Se portant volontaire pour coucher avec eux, elle jeta son dévolu sur celui qui s'appelait dom João. Du reste, il s'imagina toujours qu'il l'avait choisie. Les étrangers se montraient à la fois honteux et sentimentaux quand il était question des besoins du corps. Ils désiraient se sentir importants pour une femme, même lorsqu'ils l'avaient achetée. C'étaient des clients généreux. Madaren put bientôt expliquer à la propriétaire de la maison que dom João ne voulait qu'elle, et elle fut dispensée de coucher avec d'autres.

Au début, leur seul langage fut celui du corps. Ils étaient liés par le désir de l'étranger et l'aptitude de Madaren à le satisfaire. Les étrangers avaient un interprète : un pêcheur recueilli par l'un des leurs après un naufrage. Ils l'avaient ramené dans leur port de base, dans les Îles du Sud. Eux-mêmes venaient d'un pays situé aux confins de l'Ouest. On pouvait naviguer un an durant avec un vent favorable sans pour autant l'atteindre. Le pêcheur avait appris leur langue. Parfois, il les accompagnait à la maison de plaisir. Il suffisait de l'entendre pour savoir qu'il était de basse naissance et dépourvu d'éducation. Toutefois, son association avec les étrangers lui donnait pouvoir et prestige. Ils dépendaient entièrement de lui. Ce homme était leur porte d'entrée dans ce monde nouveau et complexe qu'ils venaient de découvrir et dont ils espéraient la fortune et la gloire. Ils croyaient tout ce qu'il leur disait, même quand il inventait.

« Je pourrais avoir une partie de son pouvoir, car il ne vaut pas mieux que moi », pensa Madaren. Elle commença à essayer de comprendre dom João et l'encouragea à lui servir de professeur. La langue était difficile. Outre ses sons imprononçables, elle semblait fonctionner à l'envers. Madaren ne pouvait comprendre pourquoi, mais tout y avait un genre. C'est ainsi qu'une porte ou la pluie étaient du féminin, alors que le plancher et le soleil étaient masculins. Cependant ces étrangetés piquaient sa curiosité. Et quand elle parlait dans cette langue nouvelle avec dom João, elle avait l'impression de devenir une personne différente.

Alors que dom João ne maîtrisa jamais plus que quelques mots de la langue de la jeune femme, elle parvint bientôt à parler la sienne avec une certaine aisance. Ils se mirent à aborder des sujets plus sérieux. Il avait une épouse et des enfants dans l'inaccessible Porutogaru, et leur souvenir le faisait pleurer quand il avait bu. Persuadée qu'il ne les reverrait jamais, Madaren les tenait pour négligeables. Ils étaient si loin qu'elle ne pouvait imaginer leur vie. Dom João évoquait aussi sa foi et son Dieu, qu'il appelait Deus. Ses paroles et la croix qu'il portait au cou réveillaient dans la mémoire de Madaren l'esprit de son enfance, marqué par la foi de sa famille et les rituels des Invisibles.

L'étranger aimait parler de Deus. Il raconta à Madaren que les prêtres de sa religion aspiraient à convertir à leur foi les autres nations, ce qui surprit la jeune femme. Elle ne se souvenait que vaguement des croyances des Invisibles. Il lui restait la nécessité absolue de les garder secrètes et l'écho de prières et de rites que sa famille partageait avec leur petite communauté. Le nouveau maître des Trois Pays, Otori Takeo, avait décrété la liberté de culte et de croyance, si bien que les vieux préjugés perdaient peu à peu du terrain. En fait, beaucoup de gens s'intéressaient à la religion des étrangers et se montraient même prêts à l'essayer si elle se révélait favorable au développement du commerce et à l'enrichissement général. Le bruit courait que sire Otori lui-même avait jadis fait partie des Invisibles, et que Maruyama Naomi, l'ancienne souveraine du domaine de Maruyama, avait également suivi leurs enseignements. Toutefois Madaren n'y croyait guère. Sire Otori n'avait-il pas tué ses oncles pour assouvir sa vengeance? Dame Maruyama ne s'était-elle pas jetée dans le fleuve à Inuyama avec sa fille? Tout le monde savait au moins une chose sur les Invisibles : leur dieu, le Secret, leur interdisait de mettre fin à la vie, qu'il s'agisse de la leur ou de celle des autres.

Sur ce point, le Secret et Deus semblaient différer. En effet, dom João lui avait raconté que ses compatriotes brillaient à la fois par leur piété et par leur valeur guerrière — du moins, si elle l'avait bien compris, car elle avait souvent conscience que le sens de ses phrases lui échappait bien qu'elle en connût tous les mots. Voulait-il dire à la fois ou en aucun cas, toujours ou jamais, déjà ou pas encore? Il était toujours armé d'un sabre long et fin, à la garde incurvée et incrustée d'or et de nacre. Il se vantait d'avoir eu souvent l'occasion de faire usage de cette arme. L'interdiction de la torture dans les Trois Pays le laissait perplexe. Il apprit à Madaren qu'elle était couramment employée dans son pays et chez les indigènes des Îles du Sud pour punir, extorquer des informations et sauver des âmes. Elle trouva difficile de comprendre ce dernier point, mais fut intéressée en découvrant que les âmes étaient féminines et se demanda si elles étaient pour ainsi dire les épouses du Deus masculin.

— Quand le prêtre viendra, tu devras recevoir le baptême, lui déclara dom João.

Lorsqu'elle eut assimilé cette notion, elle se rappela que sa mère disait souvent qu'ils étaient «nés par l'eau». Elle dit alors à son amant son nom de naissance.

— Madalena ! répéta-t-il avec stupeur en dessinant dans l'air le signe de croix.

Les Invisibles le passionnaient et il désirait en rencontrer davantage. Elle saisit son intérêt et ils se mirent à fréquenter des croyants lors des repas en commun des Invisibles. La curiosité de dom João était insatiable, et Madaren traduisait questions et réponses. Elle rencontra des gens qui connaissaient son village et avaient entendu parler du massacre ayant dévasté Mino, il y avait si longtemps. Considérant sa survie comme un miracle, ils déclarèrent que le Secret l'avait sauvée afin de réaliser quelque dessein extraordinaire. Madaren reprit avec ferveur la foi perdue de son enfance et commença à attendre que sa mission lui soit révélée.

C'est alors que Tomasu lui fut envoyé et qu'elle comprit que sa mission devait le concerner.

Les étrangers n'étant guère au fait de la politesse et des bonnes manières, dom João voulait que Madaren l'accompagne partout, surtout depuis qu'il comptait sur elle pour traduire. Avec la détermination tenace qui lui avait permis de fuir Inuyama et d'apprendre la langue étrangère, elle observait les milieux inconnus qu'elle découvrait, agenouillée avec humilité derrière les étrangers et leurs interlocuteurs. Elle parlait d'une voix claire et tranquille, en embellissant sa traduction si l'original manquait de courtoisie. Elle se retrouvait souvent dans des maisons de marchands, consciente des regards aussi dédaigneux que soupçonneux de leurs épouses et de leurs filles. Il lui arriva de pénétrer dans des demeures encore plus prestigieuses, et même récemment dans la résidence de sire Araï. Elle était stupéfaite de se voir elle-même admise un jour en présence de sire Araï Zenko, puis d'échouer le lendemain dans une auberge comme l'Umedaya. Son instinct ne l'avait pas trompée : en apprenant la langue des étrangers, elle avait accédé à une partie de leur pouvoir et de leur liberté. Elle exerçait même à son tour une influence sur eux, car ils avaient besoin d'elle et commençaient à se reposer sur ses talents.

Elle avait vu le docteur Ishida à plusieurs reprises et avait servi d'interprète lors de longues discussions. Le médecin apportait parfois des textes qu'il lui lisait pour qu'elle les traduise, car elle ne savait ni lire ni écrire. De son côté, dom João lui lisait des extraits du Livre saint, et elle reconnaissait par moments des phrases de prières et de bénédictions de son enfance.

Cette nuit-là, dom João avait appelé Ishida après l'avoir aperçu, dans l'espoir d'avoir une conversation avec lui, mais le médecin avait prétexté les soins à donner à un malade. Devinant qu'il devait s'agir de son compagnon, Madaren avait observé celui-ci, non sans remarquer sa main infirme et les sillons entre ses yeux. Elle ne l'avait pas reconnu tout de suite, mais son cœur avait semblé s'arrêter puis s'était mis soudain à battre violemment. On aurait dit que la peau de Madaren connaissait la sienne et avait compris sur-le-champ que ces deux êtres étaient l'œuvre de la même mère.

Elle eut du mal à trouver le sommeil. Le corps de l'étranger reposant près du sien lui paraissait d'une chaleur insupportable. Elle se leva furtivement avant l'aube pour aller marcher près du fleuve, à l'ombre des saules. La lune avait parcouru le ciel et restait maintenant suspendue à l'ouest, comme un fruit gonflé d'eau. La marée était basse et des crabes couraient précipitamment sur la vase en projetant des ombres évoquant des mains avides. Madaren n'avait pas envie de dire à dom João où elle se rendait. Elle ne voulait pas avoir à penser dans sa langue ni s'inquiéter de sa réaction. Se dirigeant à travers les ruelles obscures, elle rejoignit la maison où elle travaillait naguère, réveilla la servante, se baigna et s'habilla puis s'assit tranquillement pour boire du thé en attendant le lever du jour.

En s'avançant vers le Daifukuji, elle se sentit envahie par le doute. Cet homme n'était pas Tomasu. Elle s'était trompée, avait rêvé toute cette scène. Il ne viendrait jamais. Manifestement, il avait fait son chemin et était devenu un marchand, même s'il ne paraissait pas très prospère. Sans doute préférait-il n'avoir rien à faire avec elle. Il n'était pas venu à son secours. Pendant toutes ces années, il avait vécu sans chercher à la retrouver. Elle marchait lentement, sans faire attention à l'animation grandissante du fleuve où la marée montante rendait à la vie les bateaux échoués.

Le Daifukuji faisait face à la mer. Ses portes rouges étaient visibles de loin au-dessus des vagues, comme pour souhaiter la bienvenue aux marins et commerçants rentrant chez eux et leur rappeler de remercier Ebisu, le dieu de la mer, qui les avait protégés durant leurs traversées. Madaren regarda ses sculptures et ses statues avec hostilité, car elle en était venue à penser comme dom João que de telles images étaient odieuses au Dieu Secret et semblables à un culte démoniaque. Elle se demanda pourquoi son frère avait choisi cet endroit pour la rencontrer et craignit qu'il n'ait renoncé à sa foi. Glissant sa main sous sa robe, elle toucha la croix que dom João lui avait donnée. D'un seul coup, elle comprit quelle devait être sa mission : sauver Tomasu.

Elle se posta juste à l'entrée pour l'attendre. Le son des psalmodies et des cloches la mettait mal à l'aise, mais elle ne pouvait s'empêcher en même temps d'être charmée et apaisée par la beauté du jardin. Des iris bordaient les bassins, et les premières azalées de l'été épanouissaient leurs fleurs d'un rouge éclatant. Le soleil devint plus chaud et l'ombre du jardin incita Madaren à s'avancer en direction de l'arrière du bâtiment principal. À sa droite, plusieurs cèdres d'âge vénérable étaient ornés de cordes de paille étincelantes. Derrière eux, un mur blanc entourait un enclos planté d'arbres nettement plus petits — des cerisiers, lui sembla-t-il, encore que leur floraison ait cédé la place depuis longtemps à des feuillages verdoyants. Un attroupement d'hommes, pour la plupart des moines aux crânes rasés et aux robes de couleur pâle, se tenaient devant le mur en levant les yeux. Madaren suivit leur regard et vit ce qu'ils contemplaient. Elle crut d'abord qu'il s'agissait encore d'une sculpture, représentant quelque démon ou avatar. Puis la créature cligna ses paupières aux longs cils, agita ses oreilles aux motifs délicats et passa sa langue gris foncé sur son museau d'un marron soyeux. Tournant sa tête surmontée de petites cornes, elle baissa les yeux avec bienveillance sur ses admirateurs. Il s'agissait d'un animal vivant. Mais quel animal avait jamais eu un cou assez long pour regarder par-dessus un mur plus haut que n'importe quel homme?

C'était la kirin.

En regardant cette bête extraordinaire, sa fatigue et la confusion de ses pensées lui donnèrent soudain l'impression de rêver. Il y eut un remue-ménage du côté de la porte principale du temple. Elle entendit un homme crier d'une voix excitée:

— Sire Otori est arrivé!

Comme en rêve, elle tomba à genoux et vit le souverain des Trois Pays entrer dans le jardin au milieu d'un cortège de guerriers. Coiffé d'un petit chapeau noir, il portait une tenue de cérémonie consistant en plusieurs robes d'été couleur crème et or. Cependant elle aperçut la main mutilée dans son gant de soie, reconnut le visage familier, et elle comprit qu'il s'agissait de Tomasu, son frère.

9

Takeo avait conscience de la présence de sa sœur, agenouillée avec humilité dans l'ombre du jardin, mais il
ne lui prêta aucune attention. Si elle restait là, il lui
parlerait en privé. Si elle partait et disparaissait de nouveau de sa vie, il ne chercherait pas à la retrouver, malgré la tristesse et
le regret qu'il pourrait ressentir au fond de lui. Il vaudrait sans doute
mieux qu'elle disparaisse, tout serait plus simple. Rien ne serait plus
facile à arranger, du reste. Il envisagea un instant cette idée, mais
l'écarta aussitôt. Comme avec Zenko et Kono, il ferait preuve de justice à son égard et réglerait cette affaire par la négociation, en accord
avec la loi qu'il avait lui-même établie.

Comme pour lui marquer l'approbation du Ciel, la porte de l'enclos
s'ouvrit et la kirin apparut. Ishida la tenait par une corde de soie rouge
attachée à un collier constellé de perles. Bien que le médecin lui arri-
vât à peine au garrot, elle le suivait d'un air à la fois confiant et plein de
dignité. Sa robe était châtain pâle et parsemée de taches blanc crème de
la forme et de la taille d'une paume d'homme.

Sentant la proximité de l'eau, elle allongea son long cou vers le bassin. Ishida la laissa approcher et elle écarta ses jambes de façon à pouvoir se pencher pour boire.

La petite foule de moines et de guerriers éclata d'un rire ravi, car on aurait dit que la merveilleuse créature s'était inclinée devant sire Otori.

Takeo n'était pas moins émerveillé. Quand il approcha, elle lui permit de caresser sa robe soyeuse au motif si étonnant. Elle semblait n'éprouver aucune peur, même si elle préférait rester près d'Ishida.

— Est-ce un mâle ou une femelle ? demanda Takeo.

— Une femelle, je crois, répondit le médecin. Elle ne possède pas d'organes masculins externes, et je serais surpris qu'un animal mâle de cette taille se montre aussi doux et confiant. Mais elle est encore très jeune. Elle peut changer avec l'âge. Quand elle sera adulte, nous n'aurons plus de doute.

— Où donc l'avez-vous trouvée ?

— Dans le sud de Tenjiku. Toutefois elle venait d'une autre île, située encore plus à l'ouest. Les marins parlent d'un continent gigantesque où des animaux de cette sorte forment d'immenses troupeaux et cohabitent avec des éléphants vivant aussi bien sur terre que dans les fleuves, d'énormes lions au pelage doré et des oiseaux entièrement roses. Les indigènes sont deux fois plus grands que nous et noirs comme de la laque. Ils sont capables de ployer une barre de fer avec leurs mains nues.

— Et comment l'avez-vous acquise ? J'imagine qu'une telle créature n'a pas de prix ?

— On me l'a offerte en guise de paiement, car j'avais pu rendre quelques menus services au prince de l'endroit. J'ai pensé immédiatement à dame Shigeko et à sa joie en la découvrant. Je l'ai donc acceptée et ai pris des mesures pour qu'elle puisse nous accompagner chez nous.

Takeo sourit en songeant à la cavalière émérite qu'était sa fille et à son amour pour tous les animaux.

— N'était-il pas compliqué de la garder en vie ? Que mange-t-elle ?

— Heureusement, le voyage de retour a été calme et la kirin est aussi paisible qu'aisée à satisfaire. Dans son pays, apparemment, elle mange les feuilles des arbres. Cependant, elle se contente fort bien d'herbe fraîche ou séchée et de toute verdure au goût agréable.

— Pourrait-elle marcher jusqu'à Hagi?

— Peut-être vaudrait-il mieux la transporter en bateau. Elle peut faire des lieues sans se fatiguer, mais je ne crois pas qu'elle puisse franchir des montagnes.

Quand ils eurent fini d'admirer la kirin, Ishida la ramena dans l'enclos puis suivit Takeo au temple, où eut lieu une brève cérémonie accompagnée de prières pour la santé de la kirin et de sire Otori. Après avoir brûlé de l'encens et allumé des bougies, Takeo s'agenouilla devant la statue du dieu. Il accomplissait toutes les pratiques religieuses inséparables de sa position avec respect et vénération. Toutes les sectes et les croyances étaient autorisées dans les Trois Pays, tant qu'elles ne menaçaient pas l'ordre social. Bien que Takeo lui-même ne crût en aucun dieu unique, il reconnaissait le besoin humain d'ancrer son existence dans la spiritualité et éprouvait en fait lui aussi ce besoin.

Après les cérémonies où l'Illuminé, le maître suprême, et Ebisu, le dieu de la mer, furent tous deux honorés et remerciés, on apporta du thé avec des gâteaux à la pâte de haricot. Takeo, Ishida et l'abbé du temple passèrent quelque temps ensemble à deviser joyeusement et à échanger des poèmes riches en calembours sur la kirin.

Peu avant midi, Takeo se leva en déclarant qu'il voulait rester assis seul un moment dans le jardin. Il longea le bâtiment principal en se dirigeant vers l'édifice plus petit s'étendant derrière. Pleine de patience, la femme agenouillée n'avait pas bougé. Il leva légèrement la main en passant pour lui faire signe de le suivre.

L'édifice était orienté vers l'est. Sa façade méridionale était baignée de lumière, mais sur la véranda l'air était encore frais à l'ombre du toit incurvé. Deux jeunes moines étaient occupés à nettoyer les statues et balayer le sol. Ils se retirèrent sans mot dire. Takeo s'assit au bord de la véranda, dont le bois d'un gris argenté, usé par les intempéries, était encore tout chaud de soleil. Il entendit le souffle précipité et les pas hésitants de Madaren s'avançant sur les cailloux du chemin. Dans le jardin, des moineaux pépiaient. Des colombes roucoulaient douce-ment dans les cèdres. Elle se jeta une nouvelle fois à genoux, en cachant son visage.

— Vous n'avez rien à redouter, dit-il.

— Je n'ai pas peur, répliqua-t-elle après un silence. Simplement… je ne comprends pas. Peut-être ai-je fait une erreur stupide. Cependant sire Otori me parle en tête à tête, ce qui serait impossible si je m'étais trompée.

— Nous nous sommes reconnus la nuit dernière. Je suis bel et bien votre frère. Mais cela fait des années que personne ne m'appelle plus Tomasu.

Elle le regarda en face. Pour éviter son regard, il tourna les yeux vers l'ombre profonde du bouquet d'arbres et plus loin le mur couvert de tuiles au-dessus desquelles la tête de la kirin se balançait comme un jouet d'enfant.

Il se rendit compte qu'elle prenait son calme pour de l'indifférence. Elle semblait habitée par une sorte de fureur. Quand elle parla, sa voix était presque accusatrice.

— Pendant seize ans, j'ai entendu des ballades et des récits composés en votre honneur. Vous sembliez être un lointain héros de légende. Comment se peut-il que vous soyez Tomasu de Mino ? Que vous est-il arrivé pendant qu'on me vendait comme une marchandise à des mai-sons de plaisir ?

— J'ai été sauvé par sire Otori Shigeru. Il m'a adopté en faisant de moi son héritier. Plus tard, il a désiré que j'épouse Shirakawa Kaede, l'héri-tière de Maruyama.

C'était un résumé plus que sommaire du voyage extraordinaire et tourmenté au bout duquel il s'était retrouvé l'homme le plus puissant des Trois Pays.

— Je vous ai vu vous agenouiller devant la statue dorée, dit Madaren avec amertume. Et les récits que j'ai entendus m'ont appris que vous avez tué.

Takeo acquiesça presque imperceptiblement de la tête. Il se demandait ce qu'elle allait exiger de lui, ce qu'il pourrait faire pour elle afin d'essayer de réparer, dans la mesure du possible, son destin brisé.

— Je suppose que notre mère et notre sœur…, dit-il avec douleur.

— Mortes toutes les deux. Je ne sais même pas où sont leurs corps.

— Je suis désolé pour toutes les souffrances que vous avez dû endurer.

Avant même de terminer sa phrase, il réalisa que son ton était guindé, ses paroles insuffisantes. L'abîme les séparant était trop immense. Il leur était impossible de se rapprocher. S'ils avaient encore partagé la même foi, ils auraient pu prier ensemble, mais à présent les croyances qui les avaient unis dans leur enfance formaient entre eux une barrière infranchissable. Cette pensée le remplit de tristesse et de pitié.

— Si vous avez besoin de quoi que ce soit, déclara-t-il, adressez-vous aux autorités de la ville. Je veillerai à ce qu'on s'occupe de vous. Toutefois, je ne puis rendre publique notre relation et je dois vous demander de n'en parler à personne.

Il vit qu'il l'avait blessée. De nouveau la pitié l'envahit, mais il savait qu'il ne pouvait lui accorder aucune place dans sa vie en dehors de cette protection qu'il lui proposait.

— Tomasu, dit-elle. Vous êtes mon frère aîné. Nous avons des devoirs l'un envers l'autre. Vous êtes toute la famille qui me reste. Je suis la tante de vos enfants. En outre, j'ai envers vous des obligations d'ordre spirituel. Je m'inquiète pour votre âme. Je ne peux pas vous laisser aller en enfer sous mes yeux!

Il se leva et s'éloigna d'elle.

— L'enfer n'existe pas, lui lança-t-il par-dessus son épaule. Excepté celui que les hommes créent sur cette terre. Ne tentez plus jamais de m'approcher.

10

— Et les disciples de l'Illuminé virent que les tigres et leurs petits mouraient de faim, dit Shigeko de sa voix la plus dévote. Oublieux de leur propre vie, ils se jetèrent dans le précipice, se brisèrent sur les rochers et moururent. Les tigres purent alors les manger.

C'était une chaude après-midi du début de l'été. Les filles avaient été priées d'étudier tranquillement en attendant que la chaleur retombe. Elles avaient passé un moment à s'entraîner à écrire avec zèle, en s'inspirant du modèle de l'écriture fluide et élégante de Shigeko. Après quoi, la mélopée stridente des cigales et l'air brûlant les avaient plongées dans une torpeur paresseuse. Elles étaient sorties avant le lever du soleil, lorsque le jour était encore frais, et leurs membres se relâchaient peu à peu après la tension de la posture exigée pour écrire. Il n'avait pas été difficile de persuader Shigeko de déployer le rouleau de peintures d'animaux puis de raconter des histoires.

Cependant, il semblait que même l'histoire la plus passionnante se devait d'avoir une morale. Shigeko déclara avec solennité :

— Voilà l'exemple que nous devrions suivre. Nous devrions donner nos propres vies pour qu'elles servent au bien de tous les êtres sensibles.

Maya et Miki se regardèrent. Elles vouaient à leur sœur un amour inconditionnel, mais ces temps derniers elle se plaisait un peu trop à leur faire des sermons.

— Personnellement, je préférerais être un tigre, dit Maya.

— Et manger les disciples morts! renchérit sa jumelle.

— Il faut pourtant que quelqu'un soit les êtres sensibles, observa Maya en voyant Shigeko froncer les sourcils.

Ses yeux brillaient d'une connaissance secrète, comme souvent depuis quelques jours. Elle venait de rentrer d'un séjour de plusieurs semaines à Kagemura, le village caché des Muto, où elle avait pu exercer et perfectionner ses talents natifs hérités de la Tribu. La prochaine fois, ce serait le tour de Miki. Les jumelles passaient peu de temps ensemble. Elles ne comprenaient pas vraiment pourquoi, mais savaient que cette situation était liée aux sentiments de leur mère envers elles. Kaede n'aimait pas les voir réunies. Leur ressemblance lui faisait horreur. Au contraire, Shigeko avait toujours été fascinée par elles. Elle prenait systématiquement leur parti et les protégeait, même quand elle était incapable de les distinguer.

Elles n'aimaient pas être séparées, mais elle s'y étaient habituées. Shizuka les consolait en leur disant que cela renforcerait encore le lien psychique les unissant. C'était effectivement le cas. Si Maya tombait malade, Miki avait un accès de fièvre. Parfois, elles se rencontraient en rêve. Elles avaient peine à faire la différence entre ce qui se passait dans cette autre dimension et les événements du monde réel.

Le monde des Otori offrait de nombreuses compensations : Shigeko, les chevaux, la beauté du cadre de vie que leur mère créait où qu'elle se trouvât. Toutefois, elles préféraient toutes deux l'existence mystérieuse de la Tribu.

Elles n'étaient jamais plus heureuses que lorsque leur père venait en secret au village Muto. Il lui arrivait d'amener l'une d'entre elles et de repartir avec l'autre. L'espace de quelques jours, elles étaient ensemble. Elles pouvaient montrer à leur père ce qu'elles avaient appris et les nouveaux talents commençant à apparaître. Lui qui dans le monde des

Otori se montrait habituellement distant et cérémonieux devenait un autre homme dans l'ambiance de la Tribu. Il se faisait leur professeur, comme Kenji ou Taku, et les traitait avec le même mélange irrésistible de discipline rigoureuse, d'exigence inconcevable et de constante affection. Elles se baignaient avec lui dans les sources chaudes et s'ébattaient avec force éclaboussements, aussi souples et luisantes que les petits d'une loutre. Elles suivaient du doigt sur sa peau les cicatrices laissées par sa vie, dont elles n'étaient jamais lassées d'écouter l'histoire, à commencer par le terrible combat où il avait perdu deux doigts de sa main droite en affrontant Kotaro, le maître Kikuta.

Au nom de Kikuta, les deux filles effleuraient machinalement du bout des doigts la ligne profonde traversant leur paume. Comme chez leur père ou Taku, ce signe marquait leur appartenance à la famille Kikuta.

Il était un symbole de la ligne étroite sur laquelle elles s'avançaient entre les mondes. Secrètes par nature, elles avaient vite fait de prendre goût à la tromperie et la dissimulation. Elles savaient que leurs talents de membres de la Tribu déplaisaient à leur mère et que la classe des guerriers les considérait en général comme de la sorcellerie. Très tôt, elles avaient appris que les exploits faisant leur fierté dans le village Muto n'avaient pas droit de cité dans les palais de Hagi ou de Yamagata. Il leur arrivait pourtant de ne pouvoir résister à la tentation de berner leurs professeurs, taquiner leur sœur ou punir quelqu'un qui les contrariait.

— Vous êtes comme moi quand j'étais enfant, disait Shizuka quand Maya passait une demi-journée cachée sans bouger dans une corbeille de bambou ou quand Miki montait dans les chevrons avec l'agilité d'un singe sauvage et se confondait avec le chaume, invisible.

Shizuka se fâchait rarement.

— Profitez de ces jeux, ajoutait-elle. Vous ne connaîtrez jamais plus une telle excitation.

— Quelle chance vous avez, Shizuka. Vous avez assisté à la chute d'Inuyama ! Vous avez combattu avec Père durant la guerre !

— Père dit que maintenant il n'y aura plus de guerre dans les Trois Pays. Nous n'aurons jamais l'occasion de combattre réellement.

— Nous prions pour que la paix dure, intervenait Shigeko.

Les jumelles gémissaient à l'unisson.

— Vous devriez prier comme votre sœur que la guerre véritable vous soit à jamais épargnée, leur conseillait Shizuka.

Maya évoqua de nouveau ce sujet.

— S'il ne doit plus y avoir de guerre, pourquoi Père et Mère insistent-ils pour que nous apprenions les arts du combat ?

En effet, comme tous les enfants de la classe des guerriers, les trois filles s'initiaient à l'arc, au cheval et au sabre, sous la direction de Shizuka, de Sugita Hiroshi ou d'autres célèbres combattants des Trois Pays.

— Sire Hiroshi dit que se préparer à la guerre est le meilleur moyen de l'éviter, répondit Shigeko.

— Sire Hiroshi…, chuchota Miki en donnant un coup de coude à Maya.

Les jumelles se mirent à pouffer.

— Eh bien ? demanda Shigeko en rougissant.

— Vous nous répétez toujours ce que dit Hiroshi, et ensuite vous devenez toute rouge.

— Je n'en étais pas consciente, répliqua Shigeko en employant le style soutenu pour masquer son embarras. D'ailleurs, cela n'a rien d'étonnant. Hiroshi est l'un de nos meilleurs instructeurs, et un homme d'une grande sagesse. Il est fort naturel que j'aie appris ses maximes.

— Sire Miyoshi Gemba est aussi votre instructeur, observa Miki. Pourtant vous citez rarement ses propos.

— Et il ne vous fait pas rougir ! ajouta Maya.

— Je trouve que votre écriture laisse encore beaucoup à désirer, petites sœurs. Manifestement, vous manquez de pratique. Prenez vos pinceaux !

Shigeko déploya un autre rouleau et commença à leur dicter le texte. Il s'agissait d'une antique chronique des Trois Pays, remplie de mots difficiles et d'événements obscurs. Shigeko avait dû apprendre toute cette histoire et les jumelles devraient faire de même. Autant qu'elles s'y mettent tout de suite. Ce pensum leur servirait de punition pour avoir taquiné Shigeko à propos de Hiroshi. La jeune fille espérait qu'elles s'abstiendraient à l'avenir de mentionner ce sujet. Elle résolut de se montrer plus prudente à l'avenir et de ne plus se laisser aller sottement au plaisir de prononcer son nom. Elle cesserait de le regarder continuellement et, surtout, de rougir. Heureusement, il n'était pas à Hagi pour le moment, étant retourné à Maruyama pour surveiller la moisson et les préparatifs de la cérémonie qui ferait d'elle la nouvelle maîtresse du domaine.

Il écrivait souvent, car il était le chef des serviteurs et ses parents désiraient qu'elle connaisse en détail les terres dont elle allait hériter. Bien entendu, ses lettres étaient formelles, mais elle aimait contempler son écriture typique de guerrier, aux caractères hardis et bien dessinés. Sans compter qu'il incluait des informations qu'elle savait destinées à elle seule, sur des gens importants pour elle et surtout à propos de chevaux. Il lui décrivait tous les nouveau-nés, la renseignait sur leur croissance ainsi que sur les progrès des poulains qu'elle avait dressés avec lui. Ils discutaient ascendance et reproduction, en cherchant toujours à accroître la taille et la force des destriers. Les chevaux de Maruyama étaient déjà plus grands d'une paume que ceux que Hiroshi avait connus dans son enfance, vingt ans plus tôt.

Il lui manquait et elle aspirait à le revoir. Elle ne pouvait se rappeler un temps où elle ne l'aurait pas aimé. Il avait été pour elle comme un frère, qui vivait sous le toit des Otori et était considéré comme un fils de la famille. Il lui avait appris à monter à cheval, à tirer à l'arc et à manier le sabre. Il l'avait également initiée à l'art de la guerre, à la stratégie et la tactique, sans oublier les secrets du gouvernement. Elle aurait rêvé de l'avoir pour époux, mais elle ne croyait pas que ce fût possible. Il pourrait être son conseiller le plus précieux, et même son ami le plus cher, mais rien de plus. Elle avait surpris suffisamment de discussions sur le mariage pour ne pas se faire d'illusion à ce sujet. Maintenant qu'elle avait quinze ans, elle savait qu'une union serait bientôt arrangée entre elle et un parti susceptible de renforcer la position de sa famille et de contribuer à l'œuvre de paix de son père.

Toutes ces pensées traversaient son esprit tandis qu'elle lisait lentement et soigneusement le rouleau. Lorsqu'elle eut terminé, les jumelles avaient mal aux mains et aux yeux. Elles n'osèrent plus hasarder aucun commentaire, et Shigeko s'adoucit. Elle corrigea leur ouvrage avec gentillesse, en ne leur faisant refaire que quelques douzaines de fois les caractères mal tracés. Après quoi, voyant que le soleil descendait vers la mer et que l'air s'était un peu rafraîchi, elle proposa une promenade avant l'entraînement du soir.

Calmées par leur châtiment sévère, les jumelles acceptèrent docilement.

— Nous allons nous rendre au sanctuaire, leur annonça Shigeko.

Elle se réjouirent extrêmement, car le sanctuaire était consacré au dieu du fleuve et aux chevaux.

— Si nous passions par le barrage à poissons ? implora Maya.

— Il n'en est pas question, répliqua Shigeko. C'est un chemin bon pour les enfants des rues, non pour les filles de sire Otori. Nous prendrons le pont de pierre. Allez donc demander à Shizuka de nous accompagner. Et je suppose que nous ferions mieux d'emmener quelques gardes.

Maya et Miki se mirent à parler en même temps :

— Nous n'avons pas besoin de gardes !

— Pouvons-nous emporter nos sabres ?

Shigeko s'exclama :

— Pour une visite au sanctuaire, au beau milieu de Hagi ? Nous n'aurons que faire de sabres.

— Souvenez-vous qu'on nous a attaquées à Inuyama, observa Miki.

— Un guerrier devrait toujours être prêt, renchérit Maya en imitant Hiroshi non sans justesse.

— Peut-être avez-vous encore besoin d'améliorer un peu votre écriture, déclara Shigeko en faisant mine de se rasseoir.

— Faisons comme vous l'avez dit, grande sœur, lança précipitamment Miki. Des gardes, pas de sabres.

SHIGEKO RÉFLÉCHIT UN INSTANT à l'éternelle question du palanquin. Fallait-il obliger les fillettes à voyager dans l'obscurité ou leur permettre de marcher ? Aucune d'entre elles n'aimait le palanquin, avec son allure cahotante et son atmosphère confinée, mais c'était le moyen de transport le plus approprié et elle savait que leur mère détestait que les jumelles soient vues ensemble en public. D'un autre côté, elles se trouvaient à Hagi, leur ville natale, moins austère et formaliste qu'Inuyama. D'ailleurs, l'impétuosité de ses sœurs serait peut-être calmée par la fatigue de la marche. Dès demain, Shizuka allait emmener Miki à Kagemura, le village des Muto. Shigeko resterait seule avec Maya pour s'émerveiller des nouveaux talents et de la connaissance secrète qu'elle avait acquis, la consoler de sa solitude et l'aider à assimiler ce que Miki avait appris en son absence. La jeune fille avait ellemême grand besoin de marcher pour se distraire au spectacle de la ville grouillante de vie, avec ses rues étroites et ses minuscules boutiques regorgeant de produits divers. Elle admirerait les premiers fruits de l'été, les abricots et les prunes, les haricots nouveaux et les légumes verts, les anguilles se démenant dans des seaux, les crabes et les petits poissons d'argent jetés tout vifs sur des grils où ils grésillaient avant d'être mangés en un instant. Sans oublier les fabricants de laque et de poterie, les artisans confectionnant des vêtements de soie ou de papier. Au-delà de la large avenue menant du portail du château au pont de pierre s'étendait tout un monde délicieux, que les filles étaient rarement autorisées à visiter.

Deux gardes les précédaient, deux autres les suivaient. Une servante tenait un petit panier de bambou rempli de flacons de vin et d'autres offrandes, dont des carottes pour les chevaux du sanctuaire. Shizuka marchait à côté de Maya, et Miki accompagnait Shigeko. Elles portaient toutes des socques en bois et des robes d'été en coton léger. Shigeko s'était munie d'une ombrelle, car sa peau était aussi pâle que celle de sa mère et elle craignait le soleil. En revanche, les jumelles avaient la peau dorée de leur père et refusaient en outre obstinément de la protéger.

Quand elles atteignirent le pont de pierre, la marée descendait et le fleuve exhalait une odeur de sel et de boue. Le pont avait été détruit lors du Grand Séisme. Les gens pensaient qu'Araï Daiichi s'était attiré ce châtiment par sa trahison, car il s'était retourné contre ses alliés Otori juste devant la pierre portant gravés les mots suivants : «Le clan des Otori souhaite la bienvenue aux hommes justes et loyaux. Quant aux injustes et aux déloyaux, qu'ils prennent garde.»

— Et voyez ce qui lui est arrivé! dit Maya d'un ton satisfait lorsqu'elles arrivèrent au niveau de la pierre.

Elle s'arrêtèrent quelques instants pour faire une offrande de vin, remercier le dieu du fleuve pour la protection accordée aux Otori et commémorer la mort du maçon qu'on avait jadis enterré vivant dans le parapet de son ouvrage. Son squelette avait été retrouvé dans le fleuve et il avait été enseveli une seconde fois, pendant la reconstruction du pont, sous la pierre également sauvée des eaux. Shizuka racontait souvent cette histoire aux filles, ainsi que celle d'Akane, la fille du maçon. Il leur arrivait de se rendre au sanctuaire bâti près du cratère du volcan où sa mort tragique était honorée et son esprit invoqué par des amants infortunés des deux sexes.

— Vous devez pourtant pleurer la mort d'Araï, dit doucement Shigeko à Shizuka alors qu'elles s'éloignaient du pont.

Pendant un moment, Miki et Maya marchèrent côte à côte. En voyant Shigeko, les passants se jetaient à genoux. En revanche, ils détournaient leur visage au passage des jumelles.

— Je l'ai pleuré pour l'amour qui nous avait unis, répliqua Shizuka. Et aussi pour mes fils, qui ont vu leur père mourir sous leurs yeux.

Cela dit, Araï me considérait déjà comme son ennemie et avait ordonné ma mort. Sa propre fin n'a été que le juste couronnement de la vie qu'il avait choisi de mener.

— Vous connaissez si bien cette époque ! s'écria Shigeko.

— Oui, sans doute mieux que quiconque, admit Shizuka. En vieillissant, le passé m'apparaît avec une clarté accrue. Ishida et moi avons mis par écrit mes souvenirs. Votre père y tenait.

— Et vous avez connu sire Shigeru ?

— Auquel vous devez votre nom… Oui, j'ai été très proche de lui. Pendant des années, nous avons été des confidents. Nous avions chacun remis notre vie aux mains de l'autre.

— C'était certainement un homme de bien.

— Je n'ai jamais rencontré son pareil.

— Était-il meilleur que mon père ?

— Voyons, Shigeko ! Il m'est impossible de juger votre père !

— Pourquoi donc ? Vous êtes sa cousine. Vous le connaissez mieux que la plupart des gens.

— Takeo ressemble beaucoup à Shigeru. C'est un grand homme et un souverain incomparable.

— Mais… ?

— Tous les hommes ont leurs défauts. Votre père s'efforce de vaincre les siens, mais sa nature est profondément divisée, ce qui n'était pas le cas chez Shigeru.

Shigeko frissonna soudain, malgré l'air encore tiède.

— N'en dites pas davantage ! Je regrette de vous avoir posé cette question.

— Qu'est-ce qui ne va pas ? Avez-vous eu un pressentiment ?

— Je ne cesse d'en avoir, répliqua Shigeko à voix basse. Je sais que beaucoup de gens cherchent à tuer mon père.

Elle désigna d'un geste les jumelles, qui les attendaient maintenant à l'entrée du temple.

— Notre famille est elle aussi divisée. Nos contradictions sont le reflet de la nature de mon père. Que vont devenir mes sœurs? Quelle place auront-elles en ce monde?

Elle frissonna de nouveau et fit un effort pour changer de sujet.

— Votre époux est-il revenu de son dernier voyage?

— Il devrait arriver d'un jour à l'autre. Il se peut qu'il soit déjà à Hofu. Je n'ai pas eu de nouvelles.

— Père a été à Hofu! Peut-être se sont-ils retrouvés là-bas et vont-ils rentrer ensemble.

Shigeko se retourna et observa la baie.

— Demain, nous monterons au sommet de la colline pour voir si l'on aperçoit leur navire.

Elles pénétrèrent dans l'enceinte du sanctuaire, en passant sous l'énorme porte dont l'encadrement était sculpté d'animaux et d'oiseaux mythiques, tels que le houou, la kirin et le shishi. Le sanctuaire disparaissait dans la verdure. Des saules gigantesques bordaient la rive du fleuve. Les trois autres côtés de l'édifice voyaient s'épanouir des chênes et des cèdres, ultimes vestiges de la forêt primitive ayant recouvert autrefois le pays des montagnes jusqu'au fleuve. Les bruits de la ville cédaient la place au silence, que seul le chant des oiseaux venait rompre. La lumière oblique du couchant entre les troncs massifs illuminait la poussière de ses rayons dorés.

Dans une écurie splendidement décorée, un cheval blanc hennit avec une impatience gourmande. Les jumelles allèrent offrir des carottes à l'animal sacré, non sans caresser son encolure dodue et l'accabler de leurs attentions.

Un homme assez âgé apparut derrière le bâtiment principal. C'était le prêtre, qui avait été voué tout jeune au service du dieu du fleuve après que son frère aîné s'était noyé près du barrage à poissons. Il s'appelait Hiroki et était le troisième fils de Mori Yusuke, le dresseur attitré des Otori. Son autre frère, Kiyoshi, avait été le meilleur ami de sire Shigeru et était mort à Yaegahara.

Hiroki souriait en s'approchant. Il partageait l'enthousiasme unanime de la ville pour Shigeko, à laquelle le liait de surcroît l'amour des chevaux. Gardien de la tradition de sa famille, il avait pris soin des destriers des Otori lorsque son père était parti au bout du monde à la recherche des coursiers rapides des steppes. Yusuke lui-même n'était jamais revenu, mais il avait envoyé dans son pays un étalon qui fut le père de Raku et de Shun. Ceux-ci furent tous deux dressés et entraînés par Takeshi, le frère cadet de Shigeru, dans les mois ayant précédé sa mort.

— Bienvenue, noble dame!

Suivant l'usage d'un grand nombre de gens, il ignora les jumelles comme si leur existence était trop honteuse pour être prise en compte. Elles reculèrent de quelques pas à l'ombre des arbres, en fixant sur le prêtre leurs yeux impénétrables. Shigeko comprit qu'elles étaient en colère. Miki, en particulier, avait un tempérament irascible qu'elle n'avait pas encore appris à maîtriser. Maya était plus froide, mais plus implacable.

Après qu'ils eurent échangé des politesses et que Shigeko eut présenté leurs offrandes, Hiroki tira sur la corde de la cloche afin de réveiller l'esprit. Shigeko fit sa prière habituelle pour la protection des chevaux. Elle se considérait comme un intermédiaire entre le monde physique et le monde spirituel pour des êtres incapables de parler, et donc de prier.

Un chat encore petit arriva au galop sur la véranda, en chassant une feuille d'arbre. Hiroki le prit dans ses bras. Il caressa la tête et les oreilles de l'animal, qui se mit à ronronner à pleine gorge. Il avait des yeux immenses, couleur d'ambre, dont la pupille se contractait pour résister au soleil éclatant. Sa fourrure châtain pâle était parsemée de taches blanches et rousses.

— Vous avez un nouvel ami! s'exclama Shigeko.

— Oui, il est venu chercher un abri par une nuit de pluie et n'est plus jamais reparti. C'est un bon compagnon. Les chevaux l'aiment bien et il sème la terreur parmi les souris.

Shigeko n'avait encore jamais vu un chat aussi beau. Le contraste entre ses couleurs était superbe. Elle fut heureuse pour le vieil homme en voyant son affection pour cet animal. Toute sa famille avait péri. Il avait vécu la défaite des Otori à Yaegahara et la destruction de la ville lors du tremblement de terre. Plus rien ne l'intéressait en dehors de servir le dieu du fleuve et s'occuper des chevaux.

Le chat se laissa caresser un moment puis se débattit pour que Hiroki le relâche. La queue fièrement dressée, il détala.

— Je crois que nous allons avoir de l'orage, dit Hiroki avec un petit rire. Je le sens à sa fourrure.

Maya avait ramassé une brindille. Elle se pencha et égratigna les feuilles avec le bois. Le chat s'immobilisa, les yeux aux aguets.

— Allons voir les chevaux, dit Shigeko. Venez avec moi, Shizuka.

Miki les suivit en courant, mais Maya resta accroupie dans l'ombre à tenter d'attirer le chat. La servante attendit patiemment sur la véranda.

Une clôture de bambou entourait un coin du petit pré. Un poulain noir était enfermé dans cet enclos. Ses pas avaient creusé des ornières dans la terre. En les voyant arriver, il poussa un hennissement strident et se cabra. Les deux autres jeunes chevaux hennirent à leur tour. Ils étaient nerveux et ombrageux, et avaient tous deux des marques de morsures récentes sur le flanc et l'encolure.

Un garçon remplissait d'eau le seau du poulain.

— Il fait exprès de lancer des ruades, grommela-t-il.

L'un de ses bras présentait des traces de coups et de morsures.

— Il vous a mordu ? demanda Shigeko.

Le garçon hocha la tête.

— Il m'a aussi lancé des ruades.

Il montra une autre meurtrissure violacée sur son mollet.

— Je ne sais comment m'y prendre avec lui, dit Hiroki. Il a toujours été difficile, mais maintenant il devient dangereux.

— Qu'il est beau ! s'exclama Shigeko en admirant ses longues jambes et son dos musclé, sa tête élégante et ses grands yeux.

— Oui, il a fière allure. C'est aussi le plus grand de nos chevaux. Mais il a si mauvais caractère que je ne sais pas s'il pourra jamais être dressé ou servir d'étalon.

— Comme étalon, il semble prêt! observa Shizuka.

Ils éclatèrent de rire, car le poulain présentait en effet tous les signes d'une ardeur reproductrice.

— Je crains que la compagnie des juments ne le rende encore plus intraitable, déclara Hiroki.

Shigeko s'approcha du poulain. Il roula des yeux et plaqua ses oreilles en arrière.

— Prenez garde! la prévint Hiroki.

À cet instant, le poulain essaya de la mordre. Le garçon lui donna une tape tandis que Shigeko reculait hors de portée de ses dents. Elle examina un moment l'animal sans dire mot.

— L'enfermement doit l'irriter encore plus, dit-elle enfin. Déplacez les deux autres chevaux et laissez-lui ce pré entier. Peut-être pourriez-vous lui donner comme compagnes deux vieilles juments stériles, pour qu'elles le calment et lui apprennent les bonnes manières.

— C'est une bonne idée, approuva le vieil homme. Je vais essayer.

Il dit au garçon de mener les jeunes chevaux dans d'autres prairies.

— Nous ferons venir les juments dans un jour ou deux. Il appréciera mieux leur compagnie s'il se sent seul!

— Je viendrai tous les jours voir s'il peut être ramené à la raison, assura Shigeko.

Elle se dit qu'elle allait écrire à Hiroshi pour lui demander son avis. « Qui sait même s'il ne viendra pas m'aider à le dresser… »

En retournant au sanctuaire, la jeune femme souriait.

Assise sur la véranda à côté de la servante, Maya baissait les yeux d'un air docile. Le chat gisait inerte sur le sol, comme un petit paquet de fourrure. Toute sa beauté et sa vitalité s'étaient évanouies.

Le vieil homme poussa un cri et accourut en trébuchant. Il ramassa le chat et le serra contre lui. L'animal remua légèrement, mais ne reprit pas conscience.

Shizuka se dirigea aussitôt vers Maya.

— Qu'as-tu fait ?

— Rien, répondit la petite fille. Il m'a regardée et s'est endormi.

— Réveille-toi, Mikkan, implorait vainement le vieil homme. Réveille-toi !

Shizuka observa le chat avec inquiétude. Avec un visible effort pour se maîtriser, elle déclara d'une voix tranquille :

— Il ne se réveillera pas. En tout cas, pas avant longtemps.

— Que s'est-il passé ? demanda Shigeko. Que lui a-t-elle fait ?

— Je n'ai rien fait, répéta Maya.

Mais lorsqu'elle leva les yeux, son regard était dur et brillant, presque excité. À la vue du vieil homme qui s'était mis à pleurer tout bas, elle fit une moue méprisante.

C'est alors que Shigeko comprit. Elle lança avec écœurement :

— Il s'agit d'un de ces talents secrets, n'est-ce pas ? Quelque chose qu'elle a appris pendant qu'elle était absente ? Encore une horrible sorcellerie !

— N'en parlons pas ici, murmura Shizuka.

En effet, les domestiques du sanctuaire s'étaient attroupés et contemplaient la scène bouche bée, en touchant leurs amulettes et en invoquant la protection de l'esprit du fleuve.

— Rentrons. Maya doit être punie. Mais c'est peut-être trop tard.

— Trop tard pour quoi ? demanda Shigeko.

— Je vous le dirai plus tard. Je ne comprends qu'à moitié ces talents des Kikuta. Quel dommage que votre père ne soit pas là.

SHIGEKO REGRETTA D'AUTANT PLUS l'absence de son père qu'elle dut affronter la colère de sa mère. La nuit était tombée. Shizuka avait emmené les jumelles pour infliger un châtiment quelconque à Maya avant de les envoyer dormir dans des chambres séparées. Le tonnerre grondait au loin. Agenouillée devant sa mère, la tête baissée, Shigeko vit les murs couverts d'or repoussé étinceler sous l'éclat brusque d'un éclair au-dessus de la mer lointaine. Le chat ne s'était pas trompé en prédisant le temps.

— Tu n'aurais pas dû les emmener ensemble ! s'écria Kaede. Tu sais que je ne veux pas qu'on les voie réunies en public.

— Pardonnez-moi, Mère, chuchota Shigeko.

Elle n'était pas habituée aux reproches de sa mère, et sa désapprobation la blessait profondément. Toutefois, elle était également inquiète pour les jumelles. Il lui semblait que Kaede se montrait injuste envers elles.

— La journée avait été torride et elles avaient travaillé dur. Elles avaient besoin d'une sortie.

— Elles auraient pu jouer dans le jardin, répliqua Kaede. Il faut que Maya reparte.

— C'est le dernier été que nous passerons tous ensemble à Hagi, implora Shigeko. Permettez-lui de rester au moins jusqu'au retour de Père.

— Miki est docile, mais Maya devient incontrôlable. Aucune punition ne semble l'atteindre. La séparer de sa sœur, de son père et de toi est sans doute le meilleur moyen de plier sa volonté. Sans compter que nous aurions un peu de paix cet été !

— Mère… ? commença Shigeko.

Elle s'interrompit, incapable de parler.

— Je sais que tu me trouves dure avec elles, dit Kaede après un silence.

S'approchant de sa fille, elle releva sa tête pour pouvoir regarder son visage. Puis elle l'attira contre elle et caressa ses longs cheveux soyeux.

— Que ta chevelure est belle ! Exactement comme la mienne autrefois.

— Elles voudraient que vous puissiez les aimer, hasarda Shigeko en sentant que la colère de sa mère retombait. Elles pensent que vous les détestez parce qu'elles ne sont pas des garçons.

— Je ne les déteste pas, s'exclama Kaede. J'ai honte d'elles. Avoir des jumeaux est horrible. On dirait une malédiction. Il me semble que c'était une sorte de punition, un avertissement du Ciel. Quand des incidents se produisent, comme avec ce chat, ils me terrifient. Souvent, je me dis qu'il aurait mieux valu qu'elles soient mortes à la naissance, ainsi qu'il arrive avec la plupart des jumeaux. Votre père n'a pas voulu en entendre parler. Il leur a permis de vivre. Mais maintenant, je me demande à quoi bon. Ce sont les filles de sire Otori. Elles ne peuvent s'en aller vivre avec la Tribu. Bientôt, elles seront en âge de se marier. Quels guerriers accepteront de les épouser ? Qui aurait envie d'une sorcière pour compagne ? Si leurs talents étaient rendus publics, elles pourraient même être condamnées à mort.

Shigeko sentit sa mère frissonner.

— Je les aime, chuchota Kaede. Mais parfois, elles me causent tant de souffrance et de peur que je voudrais les voir mortes. Et j'ai toujours désiré avoir un fils, je ne puis le nier. La question de ton mariage me tourmente aussi. Naguère, je considérais que le plus grand bonheur de ma vie était d'avoir aimé ton père et d'avoir pu l'épouser. Cependant, j'ai fini par comprendre que cela n'allait pas sans contrepartie. À bien des égards, j'ai agi comme une sotte et une égoïste. J'ai vécu à l'encontre des enseignements reçus dans mon enfance. Au lieu de suivre les conseils, j'ai fait le contraire de ce qu'on attendait de moi. J'en paierai sans doute le prix jusqu'à la fin de mes jours. Je ne voudrais pas que tu commettes les mêmes erreurs, d'autant que le choix de ton mari est devenu une question politique, puisque nous n'avons pas de fils.

— J'ai souvent entendu Père affirmer qu'il se réjouit que moi, une fille, je doive hériter de votre domaine.

— C'est ce qu'il prétend, mais c'est pour ne pas me faire de peine. Tous les hommes désirent des fils.

« Pourtant, Père ne semble pas en souhaiter », pensa Shigeko. Mais les paroles de sa mère, son air de regret, le sérieux de sa voix restèrent gravés dans le cœur de la jeune fille.

11

Il fallut quelques semaines pour que la nouvelle de la mort de Muto Kenji parvienne à Inuyama. Les Kikuta étaient partagés entre le désir de la garder secrète le plus longtemps possible, pour essayer de sauver les otages, et la tentation de s'en vanter afin de montrer à Otori que son pouvoir s'arrêtait à la frontière des Trois Pays.

Sous le gouvernement de Takeo et Kaede, l'état des routes s'était partout amélioré et un message était transmis rapidement d'une ville à l'autre. En revanche, de l'autre côté de la frontière de l'Est, où les monts des Nuages formaient une barrière naturelle, une contrée sauvage s'étendait sur des lieues presque jusqu'à la ville franche d'Akashi, le port donnant accès à Miyako, la capitale de l'empereur. Le bruit de la mort du maître Muto se répandit à Akashi vers le début du quatrième mois. La nouvelle voyagea ensuite vers Inuyama grâce à un marchand qui faisait des affaires dans la ville franche et fournissait souvent des informations en provenance de l'est à Muto Taku.

Bien qu'il s'y attendît, Taku apprit la mort de son oncle avec autant de colère que de tristesse. Outre qu'il lui semblait que le vieil homme aurait dû s'éteindre paisiblement chez lui, il craignait que son ambassade ne soit interprétée comme un signe de faiblesse par les Kikuta et ne fasse que les encourager à l'avenir. Il pria le Ciel que la fin de Kenji ait été prompte et ait eu un sens.

Il avait le sentiment qu'il devait annoncer lui-même la nouvelle à Takeo. Sonoda et Aï approuvèrent sa décision de partir sur-le-champ pour Hofu, où Takeo s'était rendu pour des raisons de gouvernement tandis que Kaede et leurs enfants retournaient passer l'été à Hagi.

Il fallait également que Takeo ou Kaede décident officiellement du sort des otages. Leur exécution était sans doute inévitable, à présent, mais elle devait avoir lieu dans un cadre légal afin de ne pas apparaître comme une vengeance. Taku lui-même avait hérité du cynisme de Kenji et n'avait rien contre la vengeance, mais il respectait l'insistance de Takeo pour sauvegarder la justice – ou du moins une apparence de justice. La mort de Kenji avait aussi des conséquences pour la Tribu, puisqu'il avait été à sa tête pendant plus de vingt ans. Un membre de la famille Muto devrait être choisi pour lui succéder. Zenko, le frère aîné de Taku, était l'héritier mâle le plus proche, puisque Kenji n'avait eu qu'une fille, la défunte Yuki. Toutefois, Zenko avait pris le nom de son père, ne possédait aucun des talents de la Tribu et était à présent un guerrier de haut rang, chef du clan des Araï et seigneur de Kumamoto.

Restait Taku lui-même, qui apparaissait à bien des égards comme le successeur naturel de Kenji. Il avait été l'élève de ce dernier, se montrait aussi doué pour l'invisibilité que pour l'usage du second moi et jouissait de la confiance de Takeo. C'était là une raison supplémentaire pour voyager à travers les Trois Pays. Il voulait rencontrer les familles de la Tribu, raffermir leur loyauté et leur soutien, discuter du choix du nouveau maître.

De toute façon, il avait besoin de changement, après tout un hiver passé à Inuyama. Son épouse était charmante, ses enfants le distrayaient, mais la vie domestique l'ennuyait. Il quitta sa famille sans regret. Si triste que fût sa mission, il partit le lendemain avec un soulagement mêlé d'impatience. Il montait le cheval que Takeo lui avait donné alors qu'il n'était encore qu'un enfant. Son père était Raku, auquel tant de sanctuaires étaient maintenant dédiés et dont il avait hérité la robe gris pâle avec la queue et la crinière noires — l'alliance de couleurs la plus appréciée dans les Trois Pays. Taku l'avait appelé Ryume.

Ryume avait engendré à son tour bien des poulains. Il était maintenant vieux et vénérable, mais Taku n'avait jamais aimé un autre cheval comme celui-là, qu'il avait dressé lui-même et qui avait grandi avec lui.

L'époque n'était guère propice aux déplacements, car la saison des pluies venait à peine de commencer, mais le message ne souffrait aucun retard et il était le seul à pouvoir le porter. Malgré le mauvais temps, il chevaucha à vive allure dans l'espoir de rejoindre Takeo avant qu'il n'ait quitté Hofu.

L'ARRIVÉE DE LA KIRIN et sa rencontre avec sa sœur avaient empêché Takeo de partir pour Hagi aussi vite qu'il l'aurait voulu. Ses neveux, Sunaomi et Chikara, étaient prêts à prendre la route, mais un violent orage retarda encore leur départ de deux jours. Il se trouvait donc toujours à Hofu lorsque Muto Taku arriva d'Inuyama et se rendit chez son frère aîné en demandant à être reçu sur-le-champ par sire Otori. Il était manifeste que Taku apportait une mauvaise nouvelle. Il venait seul, à la tombée du jour, fatigué et sali par le voyage, sans même prendre le temps de se baigner ou de se restaurer tant il tenait à parler à Takeo.

Aucun détail n'accompagnait la nouvelle funeste de la mort de Muto Kenji. Il n'y avait ni corps sur lequel pleurer ni pierre marquant l'emplacement du tombeau. On ne pouvait imaginer deuil plus cruel qu'une telle fin lointaine, invisible. Takeo éprouva un profond chagrin, encore aggravé par le désespoir qui l'habitait. Cependant il se sentait incapable de s'y abandonner dans la demeure de Zenko. Il lui était également impossible de se confier à Taku autant qu'il l'aurait souhaité. Il résolut de partir le lendemain matin pour Hagi et de voyager vite. Il désirait avant tout voir Kaede, être avec elle et trouver en elle un réconfort. Néanmoins ses autres préoccupations ne pouvaient être négligées. Il devait garder au moins un des fils de Zenko avec lui. Son choix se porta sur l'aîné, Sunaomi, car il devrait chevaucher à son rythme. Quant au cadet, il partirait en bateau avec Ishida et la kirin dès que le temps se serait éclairci. Taku pourrait s'en charger. Et Kono ? Peut-être Taku pourrait-il également rester dans l'Ouest et le tenir à l'œil. Dans combien de temps aurait-on des nouvelles de Fumio ? Avait-il réussi à intercepter le bateau chargé d'armes frauduleuses ? Et s'il avait échoué, combien de temps faudrait-il aux ennemis de Takeo pour rivaliser avec lui en armement ?

Des souvenirs de son professeur et du passé l'assaillirent. Il ne pleurait pas seulement la perte de Kenji mais tout ce qui lui était associé. Le maître Muto avait été l'un des amis les plus proches de Shigeru. Un lien de plus venait d'être rompu.

Il y avait aussi la question des otages emprisonnés à Inuyama. Il fallait les exécuter, à présent. Cependant la procédure devait être légale, ce qui impliquait sa présence ou celle d'un membre de sa famille. Il devrait écrire à Sonoda, l'époux d'Aï, et lui envoyer l'ordre d'exécution. Aï serait obligée de remplacer Kaede, ce qui serait une épreuve pour cette femme au cœur tendre.

Il resta éveillé presque toute la nuit, en compagnie du chagrin. À la première lueur de l'aube, il fit appeler Minoru et dicta la lettre destinée à Sonoda et Aï. Cependant, avant d'apposer son sceau, il s'entretint de nouveau avec Taku.

– J'éprouve une répugnance inhabituelle à ordonner la mort de ces jeunes gens. Ne pourrions-nous pas trouver une autre solution ?

– Ils sont coupables d'une tentative d'assassinat sur votre propre famille, répliqua Taku. Vous avez établi vous-même les lois et les peines. Que voudriez-vous faire d'eux ? Les gracier et les libérer apparaîtrait comme une marque de faiblesse. Et une longue captivité est plus cruelle qu'une mort rapide.

— Mais leurs morts empêcheront-elles de nouvelles attaques ? Ne vont-elles pas simplement exacerber encore la fureur des Kikuta contre ma famille et moi-même ?

— Akio est d'ores et déjà votre ennemi implacable. Il ne sera pas en paix tant que vous serez vivant.

Après un silence, Taku ajouta :

— En revanche, cette exécution éliminera encore deux assassins. Tôt ou tard, les ressources des Kikuta en meurtriers volontaires et compétents s'épuiseront. Vous devez vivre plus longtemps qu'eux.

— Vous parlez comme Kenji, dit Takeo. Vous êtes aussi réaliste et pragmatique que lui. Je suppose que vous allez prendre la tête de votre famille, à présent ?

— Je vais en discuter avec ma mère. Et avec mon frère, bien entendu, pour que les formes soient respectées. Zenko ne possède guère de talents de la Tribu et porte le nom de notre père, mais il reste mon aîné.

Takeo haussa légèrement les sourcils. Faisant toute confiance à Kenji, il avait préféré le laisser régler les affaires de la Tribu avec l'aide de son neveu. L'idée que Zenko puisse partager certains de leurs secrets le mettait mal à l'aise.

— Votre frère m'a proposé d'adopter l'un de ses fils, annonça-t-il.

Il avait pris volontairement un ton légèrement étonné, dont il était certain qu'il n'échapperait pas à Taku.

— Sunaomi m'accompagnera à Hagi. Je partirai dans moins d'une heure, mais il faut d'abord que nous discutions de plusieurs sujets. Allons faire un tour au jardin.

— Sire Otori, intervint Minoru. Finirez-vous cette lettre auparavant ?

— Non, gardez-la. Je veux évoquer le problème avec ma femme avant de prendre une décision. Nous l'enverrons de Hagi.

La lumière matinale était grise, l'atmosphère lourde et humide, annonciatrice d'autres pluies. Le voyage allait être peu agréable, par ce temps. Takeo prévoyait déjà que ses vieilles blessures allaient le faire souffrir de plus belle, avec toutes ces journées passées à cheval. Il savait que Zenko était probablement en train de l'épier, furieux de son intimité avec son frère et de la confiance qu'il lui témoignait. Se rappelant que Zenko était parent à la fois des Muto et des Kikuta, comme Taku, Takeo préféra rester sur ses gardes. Tout en espérant que les dons de Zenko fussent vraiment aussi insignifiants qu'on le prétendait, il baissa la voix pour rapporter brièvement à Taku le message de Kono et l'affaire des armes sorties en contrebande.

Taku accueillit ces informations en silence. Pour tout commentaire, il déclara :

— J'imagine que votre confiance en mon frère en a pris un coup.

— Il m'a renouvelé son serment de fidélité, mais nous savons tous que des serments ne pèsent pas lourd face à l'ambition et la soif de pouvoir. Votre frère m'a toujours tenu pour responsable de la mort de son père, et maintenant il semble que l'empereur et sa cour soient également de cet avis. Je me défie aussi bien de votre frère que de son épouse. Cependant je pense que tant que j'aurai leurs fils, il me sera possible de mettre un frein à leurs ambitions. Il le faut absolument. Sans quoi, soit nous retomberons dans la guerre civile, soit je devrai ordonner à votre frère de mettre fin à ses jours. J'éviterai cette extrémité aussi longtemps que je le pourrai. Je dois pourtant vous demander d'être plus discret qu'à l'ordinaire et de ne rien révéler qui puisse constituer un avantage pour lui.

L'expression de cynisme amusé habituelle à Taku s'était assombrie.

— Je le tuerais de mes propres mains s'il venait à vous trahir, déclara-t-il.

— Non ! répliqua vivement Takeo. Le fratricide n'est pas tolérable. Cette époque de vengeances sanglantes est révolue. Votre frère doit être tenu en respect par la loi, comme tout le monde y compris vous-même, mon cher Taku.

Il s'interrompit un instant puis demanda d'une voix tranquille :

— Dites-moi, Kenji vous a-t-il jamais parlé de la prophétie me promettant que la mort ne pourrait m'atteindre que par la main de mon fils ?

— Oui, après une des tentatives d'assassinat sur votre personne, il a déclaré que la prophétie était peut-être véridique, finalement. D'ordinaire, il n'était guère porté à croire aux prophéties et aux signes. Il m'a répété alors la prédiction vous concernant. C'était aussi une manière d'expliquer pourquoi vous ignoriez la peur et pouviez vivre sous une menace constante sans être paralysé à cette idée ni devenir d'une cruauté féroce, comme le feraient la plupart des gens.

— Je suis aussi incrédule que lui, répliqua Takeo avec un sourire contrit. Tantôt je crois que la prophétie dit vrai, tantôt elle me paraît absurde. J'avais intérêt à y croire car elle me donnait du temps pour accomplir tout ce que je voulais sans vivre dans la peur. Cependant mon fils doit avoir seize ans, maintenant. À cet âge, dans la Tribu, on est mûr pour devenir un assassin. Je me retrouve donc moi-même pris au piège. Puis-je cesser de croire simplement parce que cela ne me convient plus ?

— Il serait facile de se débarrasser du garçon, suggéra Taku.

— Taku, vous n'avez rien compris à mes efforts ! Le temps des assassinats clandestins est terminé. J'ai été incapable de tuer votre frère dans la chaleur de la bataille, alors que j'avais mon couteau sur sa gorge. Jamais je ne pourrais ordonner la mort de mon propre fils.

Après un silence, Takeo reprit la parole :

— Qui d'autre connaît cette prophétie ?

— Le jour où Kenji m'en a parlé, le docteur Ishida était présent. Il s'était efforcé de soigner la blessure et de maîtriser la fièvre. Kenji voulait le rassurer en lui apprenant que vous ne pouviez mourir ainsi, car Ishida commençait à désespérer.

— Zenko n'est pas au courant ?

— Il connaît l'existence de votre fils, car il était dans le village des Muto lorsque est arrivée la nouvelle de la mort de Yuki. Pendant des semaines, on n'a guère parlé d'autre chose. Mais je ne pense pas que

Kenji ait jamais évoqué la prophétie en dehors du jour où il m'en a informé.

— Il faut qu'elle reste un secret entre nous.

Taku hocha la tête et déclara :

— Je vais séjourner ici avec eux, comme vous l'avez suggéré. Je les tiendrai à l'œil, je veillerai à ce que Chikara parte avec Ishida et peut-être en apprendrai-je davantage sur les véritables intentions de ses parents.

Lorsqu'ils se séparèrent, Taku ajouta :

— Encore un mot. Si vous adoptez Sunaomi et qu'il devienne votre fils…

— Cela signifiera que j'ai définitivement choisi de ne pas croire en la prophétie ! assura Takeo avec une légèreté qu'il était loin de ressentir.

12

 Takeo partit à l'heure du Serpent. Le temps s'était calmé, mais la pluie reprit de plus belle vers le soir. Sunaomi était silencieux. Malgré son désir de se comporter convenablement et avec courage, il était manifestement inquiet à l'idée de quitter ses parents et sa famille. Deux serviteurs de Zenko l'accompagnaient pour prendre soin de lui. De son côté, Takeo était escorté de Jun et Shin, ainsi que de Minoru et d'une vingtaine de guerriers. Ils passèrent la première nuit dans un petit village où plusieurs auberges s'étaient installées, à la faveur de ces années de prospérité qui voyaient un va-et-vient incessant de négociants et de marchandises entre Hofu et Hagi. Parfaitement entretenue, la route était recouverte d'un bout à l'autre de gravier ou de pavés. Chaque bourgade avait une garnison. Les voyages étaient désormais aussi sûrs que rapides. En dépit de la pluie, ils arrivèrent au confluent des fleuves le soir du troisième jour. Ils y retrouvèrent Miyoshi Kahei, qui avait déjà été prévenu par des messagers que sire Otori voyageait vers le nord.

En récompense de sa loyauté envers Takeo, Kahei avait reçu la ville de Yamagata et les terres alentour, la forêt luxuriante qui constituait le cœur du Pays du Milieu, ainsi que les riches campagnes s'étendant sur les deux rives du fleuve. Yamagata avait été cédée aux Tohan après la défaite des Otori à Yaegahara. Sa restitution au Pays du Milieu avait donné lieu à des célébrations longues et enthousiastes. Les Miyoshi étaient l'une des plus illustres familles héréditaires du clan des Otori. Kahei était non seulement un souverain efficace et apprécié, mais un chef militaire inspiré. Takeo pensait que cet expert en stratégie et en tactique déplorait au fond de lui la longueur de la paix et aspirait à un conflit quelconque qui lui permettrait de vérifier la validité de ses théories et la force et la valeur de ses hommes. Son frère, Gemba, comprenait mieux le désir de Takeo de mettre fin à la violence et était devenu un disciple de Kubo Makoto et un adepte de la voie du Houou.

— Comptez-vous vous rendre à Terayama ? demanda Kahei après les salutations d'usage.

Il chevauchait à son côté vers le nord, en direction de la ville.

— Je n'ai pas encore décidé, répondit Takeo. J'en ai extrêmement envie, bien sûr, mais je ne veux pas retarder mon arrivée à Hagi.

— Dois-je envoyer un message au temple afin qu'ils viennent au château ?

Il ne pouvait se dispenser de rendre ou de recevoir une visite, à moins d'offenser ses plus anciens amis. Du reste, Kahei était le père d'enfants remuants qui ne semblaient guère impressionnés par son prestige. Ce soir-là, en voyant Sunaomi se dérider dans cette atmosphère de taquinerie affectueuse, Takeo songea soudain qu'il ne serait pas mauvais pour le garçon de se rendre au lieu le plus sacré des Otori, de voir les tombes de Shigeru, Takeshi et Ishiro, de rencontrer Makoto et les autres guerriers d'une grande maturité spirituelle qui avaient élu domicile au temple et en avaient fait leur centre. Sunaomi paraissait aussi sensible qu'intelligent. La voie du Houou était peut-être la discipline qui lui convenait, comme ç'avait été le cas pour Shigeko. Takeo se sentit pris d'un intérêt inattendu. Il serait merveilleux d'avoir un fils à élever et éduquer de cette manière ! La force de cette émotion le surprit lui-même. Il décida qu'ils partiraient là-bas dès le lendemain à l'aube. Minoru resterait à

Yamagata pour vérifier des détails administratifs et préparer les procès-verbaux nécessaires aux tribunaux en exercice.

La pluie s'était muée en brouillard. La terre disparaissait sous un voile gris, le ciel au-dessus des montagnes était plombé et des lambeaux de nuages nacrés flottaient comme des bannières sur les versants. Les cèdres aux troncs zébrés de pluie ruisselaient d'humidité. Les pas des chevaux étaient assourdis par le sol détrempé. Les hommes chevauchaient en silence. Takeo souffrait autant qu'il l'avait prévu, et son esprit était plein du souvenir de sa première visite au temple et de ceux qui l'accompagnaient en ce jour lointain. Il songeait particulièrement à Muto Kenji, dont le nom était le plus récent à inscrire dans le registre des morts. Kenji qui, lors de ce voyage, avait feint d'être un vieillard stupide, amateur de vin et de peinture. La nuit venue, il avait embrassé Takeo en disant : «Je dois m'attacher à toi! Je n'ai pas envie de te perdre.» Kenji qui à la fois l'avait trahi et avait sauvé sa vie. Il avait fait le vœu de le protéger tant qu'il vivrait, et malgré toutes les apparences contraires il avait tenu parole. Takeo se sentait soudain douloureusement seul, car la mort du maître Muto laissait dans son existence un vide qui ne serait jamais comblé. Il avait l'impression d'une vulnérabilité nouvelle, aussi profonde que celle qu'il avait ressentie les premiers temps après le combat avec Kikuta Kotaro dont il était sorti infirme. Kenji lui avait appris à se défendre en donnant la prééminence à la main gauche. Il l'avait soutenu et conseillé dans les années où son autorité sur les Trois Pays devait être affermie. Pour Takeo, le maître n'avait pas hésité à diviser la Tribu en lui assurant le soutien des quatre familles qu'il contrôlait, les Kikuta faisant seuls exception. Il avait aussi dirigé le réseau d'espions assurant sa sécurité et celle de son domaine.

Puis les pensées de Takeo se tournèrent vers l'unique descendant de Kenji encore en vie, son petit-fils, détenu par les Kikuta.

«Mon fils, pensa-t-il avec comme toujours un mélange de regret, de nostalgie et de colère. Il n'a jamais connu son père ni son grand-père. Il ne dira jamais les prières nécessaires pour ses ancêtres. Personne d'autre n'est là pour honorer la mémoire de Kenji. Et si j'essayais d'aller le récupérer ? »

Mais cela impliquerait de révéler l'existence du garçon à son épouse, à ses filles, au pays tout entier. Il y avait si longtemps qu'il avait gardé le secret qu'il ne savait comment il pourrait en parler. Si seulement les Kikuta étaient prêts à négocier, à faire des concessions, comme l'avait cru Kenji. Il avait choisi de s'adresser à Akio, avec pour seul résultat qu'il était mort maintenant et que deux jeunes vies seraient sacrifiées en conséquence. Comme Taku, Takeo se demanda de combien d'assassins les Kikuta disposaient encore. Mais contrairement à son ami, l'idée que leur nombre devait diminuer ne ranimait pas son courage.

Le chemin était si étroit qu'ils devaient avancer à la file, bien qu'ils fussent peu nombreux — Sunaomi et ses deux serviteurs, Takeo et ses deux gardes issus de la Tribu, trois autres guerriers Otori et deux hommes de Kahei. Après qu'ils eurent laissé leurs chevaux à l'hôtellerie située au pied de la montagne sainte, Takeo demanda à Sunaomi de marcher à côté de lui. Il lui raconta un peu de l'histoire du temple, lui parla des héros Otori enterrés là-bas, du houou, l'oiseau sacré nichant dans les bois profonds derrière le sanctuaire, et des guerriers qui s'étaient voués à la voie du Houou.

— Peut-être t'enverrons-nous ici quand tu seras plus vieux. Ma propre fille passe tous les hivers en ces lieux depuis l'âge de neuf ans.

— Je ferai tout ce que mon oncle désire pour moi, répliqua le garçon. Je voudrais bien voir un houou de mes propres yeux !

— Nous nous lèverons tôt demain matin et nous rendrons au bois avant de repartir pour Yamagata. Il est presque certain que tu en verras un, car ils sont nombreux à présent.

— Chikara va voyager avec la kirin, s'exclama Sunaomi, et moi, je vais voir le houou ! C'est équitable. Mais dites-moi, mon oncle, que faut-il apprendre pour suivre la voie du Houou ?

— Les gens que tu vas rencontrer te le diront. Ce sont des moines, comme Kubo Makoto, ou des guerriers, comme Miyoshi Gemba. L'enseignement principal consiste à renoncer à la violence.

Sunaomi sembla déçu.

— Alors je ne m'initierai pas à l'arc et au sabre ? C'est pourtant ce que mon père nous enseigne. Il veut que nous y excellions.

— Tu continueras à t'entraîner avec les fils des guerriers de Hagi ou d'Inuyama, quand nous résiderons dans ces villes. Mais la voie du Houou exige davantage de maîtrise de soi que n'importe quel autre enseignement, et une plus grande force aussi bien physique que mentale. Il se peut qu'elle ne te convienne pas.

Il vit une lueur s'allumer dans les yeux du garçon.

— J'espère que j'en serai digne, dit-il à mi-voix.

— Ma fille aînée t'en dira plus long lorsque nous serons à Hagi.

Takeo pouvait à peine supporter de prononcer le nom de la ville, tant il aspirait à la revoir et à être avec Kaede. Cependant il cacha ces sentiments, de même qu'il avait dissimulé toute la journée sa souffrance et son chagrin. À l'entrée du temple, ils furent accueillis avec autant de plaisir que de surprise. Un moine alla informer de leur arrivée l'abbé Matsuda Shingen et Makoto. Puis on les accompagna à la résidence des visiteurs. Takeo y laissa Sunaomi et son escorte pour se rendre dans le jardin. Il le traversa en longeant les bassins où s'ébattaient d'innombrables carpes rouge et or, et atteignit le bois sacré derrière le temple, au pied du versant escarpé de la montagne. C'était là que reposaient les seigneurs Otori.

Le brouillard était plus épais à cet endroit et voilait les lanternes grises et les pierres tombales obscurcies par l'humidité et parsemées de lichen vert et blanc. Leur base était couverte de mousse, d'un vert plus intense. Une nouvelle corde de paille brillait autour de la tombe de Shigeru, devant laquelle se tenait un petit groupe de pèlerins, la tête inclinée. Ils adressaient des prières à cet homme qui était devenu un héros et un avatar, l'esprit du Pays du Milieu et du clan des Otori.

La plupart étaient des fermiers, sembla-t-il à Takeo, en dehors peut-être d'un marchand ou deux venus de Yamagata. En le voyant approcher, ils le reconnurent sur-le-champ à l'emblème brodé sur ses robes et à sa main gantée de noir. Ils se prosternèrent, mais il les salua et leur dit de se relever. Après quoi il leur demanda de le laisser seul près de la tombe. S'agenouillant à son tour, il observa les offrandes déposées là — une poignée de fleurs écarlates, des gâteaux de riz, quelques flacons de vin.

Le passé flottait autour de lui, avec tous ses souvenirs douloureux et ses exigences. Il devait sa vie à Shigeru, et il avait vécu conformément à la volonté du défunt. Son visage était mouillé par le brouillard et par les larmes.

Il perçut un mouvement derrière lui et se retourna. Makoto s'avançait vers lui, en portant d'une main une lampe et de l'autre un petit encensoir. Le moine s'agenouilla et les plaça tous deux devant la tombe. La fumée grise s'éleva lentement, pesante, se mêlant au brouillard et parfumant l'air. La lampe répandit une clarté égale, paraissant d'autant plus brillante que la journée était sombre.

Ils restèrent un long moment silencieux. Puis une cloche sonna dans la cour du temple.

— Venez vous restaurer, dit Makoto. Vous devez avoir faim. Je suis si heureux de vous voir.

Ils se levèrent ensemble et se regardèrent. Ils s'étaient rencontrés pour la première fois en cet endroit même, dix-sept ans plus tôt. La sympathie entre eux avait été immédiate. Pendant une brève période, ils avaient été amants, comme cela peut arriver à des jeunes gens passionnés. Makoto avait combattu au côté de Takeo dans les batailles d'Asagawa et de Kusahara. Durant toutes ces années, il avait été son ami le plus proche. Avec sa perspicacité habituelle, il demanda :

— Que s'est-il passé ?

— Je ne vous ferai pas de longs discours. Muto Kenji est mort. Il était allé tenter de négocier avec les Kikuta et n'est jamais revenu. Je me rends à Hagi pour annoncer la nouvelle à ma famille. Nous retourne-rons à Yamagata dès demain.

— Je suis profondément désolé de cette perte. Kenji a été un ami loyal pendant de longues années. Bien entendu, dans de telles circonstances, vous désirez retrouver dame Otori. Cependant est-il vraiment néces-saire que vous repartiez si vite ? Pardonnez-moi, mais vous avez bien mauvaise mine. Vous devriez rester ici quelques jours pour reprendre des forces.

Takeo sourit, tenté. Il enviait à Makoto son aspect irradiant une par-faite santé physique et spirituelle. Bien qu'il eût autour de trente-cinq ans, son visage était lisse et paisible. Ses yeux brillaient d'ironie et de bienveillance. Tout son maintien annonçait la sérénité et la maîtrise de soi. Takeo savait que son autre vieil ami, Miyoshi Gemba, aurait la même apparence, ainsi que tous les adeptes de la Voie. Il éprouvait un certain regret d'avoir été amené à emprunter un chemin si différent. Comme toujours lorsqu'il se rendait à Terayama, il caressait le projet de se retirer en ces lieux, afin de se consacrer à peindre et à dessiner des jar-dins, à l'instar du célèbre Sesshu. Après avoir fait don au temple de Jato, le sabre qu'il portait toujours quoiqu'il n'ait pas combattu avec depuis des années, il abandonnerait l'existence de guerrier et de souverain. Renonçant à tuer, il se démettrait du pouvoir de vie et de mort qu'il détenait sur tous les habitants du pays. Il serait enfin déchargé du far-deau des décisions déchirantes inséparables de ce pouvoir.

Il était baigné dans la rumeur familière du temple et de la montagne. Donnant délibérément libre cours à son ouïe, il laissa les bruits le sub-merger — l'éclaboussement lointain de la cascade, le murmure des priè-res s'élevant du bâtiment principal, la voix de Sunaomi dans la rési-dence des hôtes, des milans criant à la cime des arbres. Deux moineaux se posèrent sur une branche. La faible lumière et le feuillage sombre fai-saient ressortir leurs plumes grises. Il vit comment il les peindrait.

Mais personne d'autre que lui ne pouvait assumer son rôle. Il ne pouvait se contenter d'y renoncer.

— Je vais bien, assura-t-il. Je bois trop, mais c'est pour atténuer la douleur. Ishida m'a donné une nouvelle potion, malheureusement elle m'engourdit, de sorte que je ne m'en servirai pas souvent. Nous ne passerons qu'une nuit ici. Je voulais que le fils d'Araï voie le temple et fasse votre connaissance. Il est destiné à vivre avec ma famille. Peut-être l'enverrai-je en ces lieux dans un an ou deux.

Makoto haussa les sourcils.

— Zenko poserait-il des problèmes ?

— Encore plus qu'à l'ordinaire. Et il faut que je vous mette au courant de certains événements survenus dans l'Est. Je vais devoir préparer ma réaction avec grand soin. Il se pourrait même que je me rende à Miyako. Nous en parlerons plus tard. Comment se porte sire Matsuda ? Je compte également sur ses conseils.

— Il est encore parmi nous, répondit Makoto. Il ne mange presque plus et ne semble guère dormir davantage. On dirait qu'il se trouve déjà à moitié dans l'autre monde. Cependant son esprit est toujours aussi clair, peut-être même plus que par le passé. Limpide comme un lac de montagne.

— J'aimerais pouvoir en dire autant du mien, répliqua Takeo tandis qu'ils retournaient au temple. Mais il ressemble plutôt à ces bassins à poissons. Des dizaines d'idées et de problèmes s'y agitent pêle-mêle, en se battant pour attirer mon attention.

— Vous devriez essayer d'apaiser votre esprit chaque jour, observa Makoto.

— Les seuls talents pour la méditation que je possède sont ceux de la Tribu. On ne peut pas dire qu'ils aient les mêmes buts !

— Pourtant, j'ai souvent remarqué que les talents qui sont innés en vous ou chez d'autres membres de la Tribu ne sont pas sans rapport avec ceux que nous avons acquis à force de nous maîtriser et de nous connaître.

Takeo n'était pas de cet avis. Il n'avait jamais vu Makoto et ses disciples se rendre invisibles, par exemple, ou se servir du second moi. Il sentit avec regret que son scepticisme n'échappait pas à son ami.

— Je n'ai pas de temps à consacrer à ces disciplines. En outre, je n'ai guère reçu d'entraînement ni d'enseignement dans ce domaine. Je ne suis d'ailleurs pas certain que cela m'aiderait. Il me faut gouverner, et il se pourrait que je doive encore faire la guerre pour cela.

— Nous prions sans cesse pour vous, dit Makoto en souriant.

— J'imagine que cela compte! Ce sont peut-être vos prières qui ont préservé la paix pendant près de quinze ans.

— J'en suis sûr, répliqua Makoto d'une voix sereine. Il n'est pas question ici de vaines invocations ou de psalmodies insignifiantes. Nous maintenons un équilibre spirituel. En employant le verbe «maintenir», je veux dire qu'il s'agit d'un effort exigeant force et puissance. Autant qu'il en faut à l'archer pour bander son arc, ou aux poutres du clocher pour supporter le poids de la cloche.

— Je suppose que je vous crois. Je constate l'effet de vos enseignements chez les guerriers qui les suivent, dans leur discipline personnelle, leur compassion. Mais à quoi me serviront ces qualités pour traiter avec l'empereur et son nouveau général, qui s'apprêtent à me donner l'ordre de m'exiler?

— Quand vous m'aurez tout raconté, nous vous conseillerons, promit Makoto. Il convient d'abord de prendre une collation, après quoi vous devrez vous reposer.

TAKEO NE PENSAIT PAS qu'il pourrait dormir, mais après le repas frugal composé de légumes de la montagne, d'un peu de riz et d'une soupe, la pluie recommença à tomber à verse. La lumière s'assombrit en une pénombre verdâtre, et l'idée de s'allonger parut soudain irrésistible. Makoto emmena Sunaomi rencontrer quelques-uns des jeunes étudiants. Jun et Shin restèrent assis dehors, à boire du thé en bavardant tranquillement.

Takeo s'endormit et la souffrance s'atténua, comme dissoute par le martèlement régulier de la pluie sur le toit non moins que par la paix spirituelle où il avait été immergé. Après un sommeil sans rêves, il se réveilla avec une sensation nouvelle de clarté et d'énergie. Il se baigna dans la source chaude, en se rappelant le jour lointain où il s'était plongé dans ce même bassin entouré de neige, lorsqu'il s'était enfui à Terayama. Après s'être rhabillé, il pénétra sur la véranda à l'instant même où Makoto revenait avec Sunaomi.

Takeo se rendit compte que le garçon était sous le coup d'une forte émotion. Son visage était radieux et ses yeux étincelaient.

— Sire Miyoshi m'a raconté les cinq années qu'il a passées en solitaire dans la montagne! Les ours le nourrissaient, et quand la nuit était glaciale ils se blottissaient contre lui pour le réchauffer!

— Gemba est ici? demanda Takeo à Makoto.

— Il est revenu pendant que vous dormiez. Il savait que vous étiez en ces lieux.

— Mais comment pouvait-il le savoir? s'étonna Sunaomi.

— Sire Miyoshi sait ce genre de choses, répliqua Makoto en riant.

— Les ours le lui ont dit?

— Très probablement! Sire Otori, allons voir l'abbé, maintenant.

Laissant Sunaomi avec les serviteurs Araï, Takeo longea avec Makoto le réfectoire, où les moines les plus jeunes enlevaient les bols du repas du soir. Traversant le ruisseau qui avait été détourné pour couler près des cuisines, ils pénétrèrent dans la cour précédant le bâtiment principal, où des centaines de lampes et de bougies luisaient autour de la statue dorée de l'Illuminé. Takeo sentit la présence des hommes silencieux assis en méditation à l'intérieur. Après avoir franchi la passerelle de bois au-dessus d'un autre embranchement du ruisseau, ils pénétrèrent dans la salle abritant les peintures de Sesshu, d'où ils contemplèrent le jardin. Bien que la pluie eût faibli, les rochers dans le crépuscule n'étaient guère que des ombres sombres, à peine visibles. Un doux parfum de fleurs et d'herbe humide s'insinuait dans la salle. D'ici, on entendait plus distinctement la cascade. De l'autre côté du bras central du ruisseau, qui dévalait en bordure du jardin et disparaissait dans la montagne, s'étendait l'hôtellerie des femmes, où

Takeo et Kaede avaient passé leur nuit de noces. Elle était déserte. Aucune lumière n'y brillait.

Matsuda était déjà dans la salle. Il s'appuyait contre d'épais coussins que maintenaient deux moines aussi silencieux qu'immobiles. Il avait l'air d'un vieillard, la première fois que Takeo l'avait rencontré. À présent, il semblait avoir franchi les frontières étroites de l'âge et même de la vie pour entrer dans un monde de pur esprit.

Takeo s'agenouilla et s'inclina devant lui. Dans toute l'étendue des Trois Pays, seul Matsuda avait droit à cette marque de respect de sa part.

— Approchez-vous, dit l'abbé. Laissez-moi vous regarder et vous toucher.

L'affection dont vibrait sa voix émut profondément Takeo. Il sentit ses yeux s'embuer lorsque le vieil homme se pencha pour serrer ses mains. Matsuda scruta son visage. Embarrassé par les larmes qu'il sentait monter, Takeo évita son regard et observa le mur derrière lui où se déployaient les peintures incomparables.

«Le temps n'a pas coulé pour elles, songea-t-il. Le cheval, les grues… ils n'ont pas bougé, alors que tant de ceux qui les regardaient sont morts, envolés comme les moineaux.» En effet, un des écrans était vide et la légende prétendait que les oiseaux qui y étaient peints étaient si vivants qu'ils s'étaient enfuis à tire-d'aile.

— Il paraît que vous inquiétez l'empereur? dit Matsuda.

— Kono, le fils de Fujiwara, est venu sous prétexte de visiter la propriété de son père. En réalité, il voulait m'informer que j'avais mécontenté l'empereur. Apparemment, je suis un criminel, censé abdiquer et partir en exil.

— Je ne suis pas surpris que vous provoquiez quelque émoi dans la capitale, lança Matsuda en riant. Je suis seulement étonné qu'ils aient attendu si longtemps pour vous menacer.

— Je crois que l'explication est double. Tout d'abord, l'empereur a un nouveau général, lequel a déjà soumis une bonne partie de l'Est à son autorité et doit maintenant se croire assez fort pour nous provoquer.

Ensuite, Araï Zenko est entré en contact avec Kono, là encore sous prétexte d'affaires concernant le domaine. Je soupçonne Zenko de s'être proposé pour me succéder.

La colère l'envahissait de nouveau et il sentit aussitôt que Matsuda et Makoto s'en apercevaient. En même temps, il percevait la présence d'un autre homme dans la salle, assis dans l'ombre derrière Matsuda. L'inconnu se pencha en avant, et Takeo se rendit compte qu'il s'agissait de Miyoshi Gemba. Ils avaient presque le même âge, mais Gemba, comme Makoto, ne semblait pas avoir été marqué par le passage du temps. Son visage apparaissait rond et lisse. Il donnait l'impression d'être à la fois détendu et puissant − un peu comme un ours, en fait.

La lumière se troubla soudain. Les lampes se mirent à trembler et une flamme brillante surgit sous les yeux de Takeo, flotta un instant dans l'air puis disparut aussi vite qu'une étoile filante dans le jardin obscur. Il entendit un sifflement lorsqu'elle s'éteignit sous la pluie.

Sa colère s'évanouit au même instant.

− Gemba, dit-il, que je suis heureux de vous voir ! Mais avez-vous passé votre temps à apprendre des tours de magie ?

− L'empereur et sa cour sont très superstitieux, répliqua Gemba. Ils emploient de nombreux devins, astrologues et autres magiciens. Si je vous accompagne, vous pouvez être sûr que nous serons capables de rivaliser avec leurs talents.

− Vous pensez donc que je devrais aller à Miyako ?

− Oui, déclara Matsuda. Il faut que vous les affrontiez en personne. Vous gagnerez l'empereur à votre cause.

− Les tours de magie de Gemba ne suffiront pas à le convaincre. Il est en train de lever une armée contre moi. je crains que la force ne soit la seule réponse sensée.

− Il y aura un combat sans gravité à Miyako, intervint Gemba. C'est pourquoi je dois venir avec vous. Votre fille devrait également vous accompagner.

− Shigeko ? Non, c'est trop dangereux.

— Il faut que l'empereur la voie et lui donne son approbation et sa bénédiction, afin qu'elle puisse vous succéder comme elle le doit.

À l'instar de Gemba, Matsuda parlait avec une certitude absolue.

— Ne devons-nous pas discuter de tout ceci? demanda Takeo. Vous ne voulez pas que nous envisagions toutes les solutions pour parvenir à une conclusion rationnelle?

— Si tel est votre désir, nous pouvons discuter, répliqua Matsuda. Toutefois les longues discussions sont épuisantes, à mon âge. Je sais pertinemment à quoi nous allons aboutir. Allons donc droit au but.

— Je dois aussi demander à mon épouse son opinion et son conseil, observa Takeo. Sans compter ceux de mes principaux serviteurs et de mon propre général, Kahei.

— Kahei sera toujours partisan de la guerre, dit Gemba. C'est dans son caractère. Mais vous devez éviter d'entrer en guerre de but en blanc, surtout si les guerriers de l'Est ont des armes à feu.

Takeo sentit un malaise l'envahir insidieusement.

— Vous savez qu'ils en possèdent?

— Non, je suppose juste que cela ne saurait tarder.

— C'est une nouvelle trahison de Zenko à mon égard.

— Takeo, mon vieil ami, quand on introduit une invention nouvelle, qu'il s'agisse d'une arme ou d'autre chose, il est inévitable que son secret soit éventé. Ainsi le veut la nature humaine.

— J'aurais donc dû interdire le développement de ces armes?

Il avait souvent eu des regrets à ce sujet.

— Une fois que vous les aviez découvertes, il était logique que vous les mettiez au service de votre désir de pouvoir et d'autorité. De même qu'il est logique que vos ennemis s'en servent dans leurs efforts pour vous abattre.

— Dans ce cas, il faut que je dispose d'un armement supérieur au leur! Je devrais les attaquer le premier, les prendre de court avant qu'ils n'aient pu s'équiper.

— Ce serait une stratégie possible, admit Matsuda.

— C'est certainement ce que mon frère, Kahei, vous conseillerait, ajouta Gemba.

— Makoto, dit Takeo. Vous ne dites rien. Quelle est votre pensée?

— Vous savez que je ne puis vous conseiller d'entrer en guerre.

— De sorte que vous préférez ne me donner aucun conseil? Vous allez rester assis à psalmodier des prières et à faire des tours de magie avec le feu pendant que périra toute l'œuvre que j'ai tenté d'accomplir?

En entendant sa propre voix, il se tut, à la fois honteux de son irritation et inquiet à l'idée que Gemba puisse de nouveau la dissiper dans une flamme.

Cependant il n'y eut aucune démonstration magique, cette fois, rien qu'un profond silence dont l'effet se révéla tout aussi irrésistible. Takeo sentit le calme et la clarté unis dans ces trois esprits. Il savait que ces hommes le soutenaient sans réserve, mais qu'ils feraient tout pour l'empêcher d'agir avec une précipitation pouvant s'avérer dangereuse. Nombreux dans son entourage étaient ceux qui le flattaient et s'en remettaient à lui. Ses trois amis n'en feraient jamais de même, et il avait confiance en eux.

— Si vraiment je dois me rendre à Miyako, faut-il que je parte sur-le-champ? En automne, quand le temps sera plus propice?

— L'année prochaine, peut-être, quand la neige aura fondu, répondit Matsuda. Vous n'avez nul besoin de vous hâter.

— Ce qui revient à leur donner au moins neuf mois pour lever une armée!

— Vous disposerez également de neuf mois pour préparer votre visite, observa Makoto. Je crois que vous devriez voyager en grande pompe, apporter les cadeaux les plus somptueux possible.

— Cela donnera aussi du temps à votre fille pour être prête, renchérit Gemba.

— Elle a eu quinze ans cette année, dit Takeo. La voilà en âge d'être fiancée.

Cette pensée le troublait. Pour lui, elle était encore une enfant. Et trouverait-il jamais un prétendant digne de l'épouser?

— Il pourrait s'agir d'un élément avantageux pour vous, murmura Makoto.

— En attendant, elle devra se perfectionner dans l'art de chevaucher tout en tirant à l'arc, déclara Gemba.

— Elle n'aura guère l'occasion de faire montre de tels talents dans la capitale, répliqua Takeo.

— Nous verrons, dit Gemba en souriant à sa manière énigmatique.

Comme s'il s'apercevait que Takeo s'irritait de nouveau, il ajouta :

— Je vous accompagnerai et il ne lui arrivera rien de mal.

Puis il lança avec une finesse imprévue :

— Les filles que vous avez méritent davantage votre attention que les fils que vous n'avez pas.

Takeo eut l'impression d'une réprimande. Il se sentit piqué au vif, car il s'enorgueillissait d'avoir donné à ses filles l'éducation et l'entraînement habituellement réservés aux garçons, Shigeko ayant été initiée à la voie du guerrier et les jumelles aux talents de la Tribu. En serrant les lèvres, il s'inclina de nouveau devant Matsuda. Le vieil homme lui fit signe de se rapprocher et l'étreignit dans ses bras décharnés. Il resta silencieux, mais Takeo comprit soudain que Matsuda lui disait adieu, que ce serait là leur dernière rencontre. Il recula légèrement pour pouvoir regarder le vieux prêtre dans les yeux. «Matsuda est le seul homme que je puis regarder en face, pensa-t-il. Le seul qui ne succombe pas au sommeil des Kikuta. »

Comme s'il lisait dans ses pensées, l'abbé déclara :

— Je ne laisse pas un mais deux successeurs, qui sont plus que dignes de cette tâche. Ne perdez pas votre temps à me pleurer. Vous savez tout ce que vous avez besoin de savoir. Essayez simplement de ne pas l'oublier.

Il parlait sur le même ton d'affection et d'exaspération mêlées qu'il employait lorsqu'il initiait Takeo au sabre. Une nouvelle fois, Takeo dut lutter contre les larmes.

Makoto l'accompagna à la résidence des hôtes. Le moine observa d'une voix paisible :

— Vous souvenez-vous du jour où vous vous êtes rendu seul au repaire des pirates, à Oshima ? Miyako ne saurait être plus dangereux que cet endroit !

— J'étais jeune, à l'époque, et je n'avais peur de rien. Je ne croyais pas qu'il fût possible de me tuer. À présent, je suis vieux, infirme et je crains bien davantage — pas tellement pour ma propre vie, mais pour mes enfants et mon épouse, pour mon pays et mon peuple. Je redoute de les laisser sans protection après ma mort.

— Il est d'autant plus souhaitable de différer votre réaction. Envoyez des messages flatteurs, des cadeaux et des promesses. Vous avez toujours été impétueux, voyez-vous. Toutes vos actions portent la marque de la hâte.

— C'est parce que je sais que ma vie sera brève. J'ai si peu de temps pour accomplir mon œuvre.

IL S'ENDORMIT EN PENSANT à ce sentiment d'urgence qui l'avait poussé toute sa vie, et il rêva qu'il était à Yamagata, la nuit où il avait escaladé les murailles du château pour aller mettre un terme aux souffrances des Invisibles torturés. Dans son rêve, il évoluait de nouveau avec la patience infinie de la Tribu, au cours d'une nuit qui paraissait sans fin. Kenji lui avait appris comment ralentir ou accélérer le temps à volonté. Explorateur onirique, Takeo voyait le monde changer au gré de sa perception. À son réveil, il eut l'impression qu'un mystère venait de lui échapper, mais il éprouvait aussi une sorte d'exaltation et sa souffrance, miraculeusement, ne s'était toujours pas manifestée.

Il faisait à peine jour. Il n'entendit aucun bruit de pluie, simplement des chants d'oiseaux et l'eau ruisselant du haut des avant-toits. Sunaomi s'était redressé sur son matelas et le regardait.

— Mon oncle ? Vous êtes réveillé ? Pouvons-nous aller voir le houou ?

Les serviteurs Araï avaient veillé dehors toute la nuit, bien que Takeo les ait assurés que Sunaomi ne courait aucun danger. Bondissant sur leurs pieds, ils aidèrent leur jeune seigneur à enfiler ses sandales et le suivirent lorsqu'il emboîta le pas à son oncle jusqu'au portail principal. Les barres qui l'obstruaient avaient été enlevées à l'aube et il était déserté par les gardes, partis prendre leur petit déjeuner. Après l'avoir franchi, la petite troupe obliqua vers la droite et s'engagea sur l'étroit sentier longeant les murs extérieurs du sanctuaire et gravissant le versant escarpé de la montagne.

Le sol était caillouteux et inégal, et la pluie l'avait rendu souvent glissant. Au bout d'un moment, un des serviteurs souleva Sunaomi pour le porter. Le ciel bleu pâle était limpide, le soleil apparaissait à peine au-dessus des montagnes de l'Est. Le sentier s'aplanit et continua dans une forêt de hêtres et de chênes. Les fleurs sauvages de l'été tapissaient le sol. Le chant matinal des fauvettes s'appelant et se répondant résonnait sous les arbres. La journée promettait d'être chaude, mais pour l'instant l'air était délicieux, rafraîchi par la pluie, et tout était paisible.

Takeo entendit le bruissement dans les feuillages et les battements d'ailes annonçant la présence des houous dans la forêt s'étendant devant eux. Parmi les arbres aux larges feuilles se trouvait un bosquet de paulownias où les oiseaux nichaient et se perchaient avec prédilection, bien qu'ils fussent censés se nourrir de feuilles de bambous.

Le chemin devenant plus praticable, Sunaomi demanda à marcher de nouveau. À la surprise de Takeo, il ordonna aux deux serviteurs de l'attendre pendant qu'il continuerait avec sire Otori.

Lorsqu'ils furent hors de portée d'être entendus, il déclara à Takeo d'un ton confidentiel :

— Je crois qu'il vaut mieux que Tanaka et Suzuki ne voient pas les houous. Ils seraient capables de les chasser ou de voler leurs œufs. J'ai entendu dire qu'un œuf de houou avait une grande valeur.

— Tu pourrais bien avoir raison, approuva Takeo.

— Ils ne sont pas comme sire Gemba et sire Makoto. Je ne sais pas comment m'expliquer… Ils verront, mais ils ne comprendront pas.

— Tu t'expliques très bien, répliqua Takeo en souriant.

Un curieux son flûté s'éleva dans les feuillages au-dessus de leur tête, auquel répondit un cri rauque.

— Les voilà, chuchota Takeo.

Comme toujours, la présence des oiseaux sacrés l'emplissait d'étonnement et de respect. Leur voix ressemblait à leur apparence, à la fois belle et étrange, pleine de grâce et de gaucherie. Les oiseaux étaient inspirants, mais aussi légèrement comiques. Jamais il ne pourrait se faire à ces contrastes.

Sunaomi regardait en l'air avec une expression émerveillée. Puis un premier oiseau surgit parmi les feuilles et voleta jusqu'à l'arbre voisin.

— C'est le mâle, dit Takeo. Et voici la femelle.

Sunaomi rit avec extase en voyant le second oiseau traverser la clairière à tire-d'aile. Sa longue queue semblait soyeuse, ses yeux brillaient d'un éclat doré. Lorsqu'il atterrit sur la branche, une plume s'échappa de sa livrée multicolore et voltigea jusqu'au sol.

Les oiseaux ne restèrent qu'un bref instant. Tournant la tête l'un vers l'autre, ils crièrent chacun de sa voix particulière. Après avoir jeté sur Takeo un regard rapide mais intense, ils s'envolèrent dans la forêt.

— Oh! s'écria Sunaomi, le souffle coupé.

Il courut après eux en regardant en l'air, si bien qu'il trébucha et tomba à plat ventre dans l'herbe. Quand il se releva, il tenait la plume dans sa main.

— Regardez, mon oncle!

Takeo s'approcha du garçon et prit la plume. Autrefois, Matsuda lui avait montré une plume de houou, blanche avec une extrémité teintée de rouge. Elle provenait d'un oiseau que Shigeru avait vu dans son adolescence. Depuis lors, elle avait été conservée dans le temple. La plume ramassée par Sunaomi était couleur d'or en dehors de la penne d'un blanc limpide.

— Garde-la, dit-il au garçon. Elle te rappellera cette journée et la grâce qui t'a été faite. Si nous cherchons sans relâche à établir la paix, c'est pour que le houou ne quitte jamais les Trois Pays.

— Je donnerai la plume au temple, déclara Sunaomi. Ce sera le gage de mon retour en ces lieux, afin de pouvoir suivre un jour l'enseignement de sire Gemba.

«Quelles belles dispositions chez ce garçon, pensa Takeo. Je vais l'élever comme mon fils.»

13

Après le départ de Takeo avec Sunaomi, Taku resta assis un moment sur la véranda en contemplant le jardin trempé de pluie et en repensant à tout ce que le cousin de sa mère lui avait dit. Ses révélations l'avaient davantage troublé qu'il ne l'avait montré, car elles menaçaient de le faire entrer ouvertement en conflit avec son frère aîné, ce qu'il avait espéré pouvoir éviter. «Zenko se comporte décidément toujours comme un idiot, songea-t-il. Exactement comme notre père!»

À l'âge de dix ans, juste avant que le tremblement de terre ne ravage la ville, il avait observé son père à l'instant où il trahissait Takeo. Zenko avait rendu Takeo responsable de la mort d'Araï, mais Taku avait interprété différemment la scène. Il savait déjà que son père avait ordonné dans un accès de colère qu'on exécute sa mère. Il ne devait jamais pardonner ni oublier que le seigneur de la guerre avait été prêt à sacrifier la vie de ses propres fils. Il avait cru que Takeo allait tuer Zenko – il rêva souvent par la suite qu'il l'avait fait –, et il ne put jamais comprendre que son frère lui en ait voulu de l'avoir épargné.

Dans son adolescence, il avait vénéré Takeo comme un héros. Maintenant qu'il était un homme, il le respectait et l'admirait. En outre, la famille Muto avait juré fidélité aux Otori. Jamais Taku ne trahirait ce serment. En dehors même des devoirs de l'honneur et de la loyauté, il se serait montré aussi stupide que Zenko en agissant ainsi. Sa position dans les Trois Pays répondait à tous ses désirs, à la fois par le pouvoir et le prestige qu'elle lui donnait et en lui permettant d'exploiter au mieux ses talents.

Takeo lui avait également enseigné beaucoup de secrets qu'il avait appris chez les Kikuta. Taku sourit en se rappelant combien il avait succombé souvent au sommeil des Kikuta avant de parvenir à s'y soustraire et même à s'en servir lui-même. Un lien profond unissait les deux hommes. Ils se ressemblaient à bien des égards et connaissaient tous deux les conflits dus à une double origine.

Malgré tout, Zenko restait son frère aîné et Taku avait été élevé dans le respect de la hiérarchie de la Tribu. Il avait beau être prêt à tuer Zenko, comme il l'avait dit à Takeo, il ne lui ferait pas l'insulte d'ignorer son droit à dire son mot dans le choix du nouveau chef de la famille Muto. Il décida de proposer leur mère, Shizuka, la nièce de Kenji. Peut-être serait-ce un compromis acceptable.

Le mari de Shizuka, le docteur Ishida, devait emmener le fils cadet de Zenko à Hagi. Il pourrait porter des lettres ou des messages oraux à son épouse. Taku le croyait digne de confiance. Sa principale faiblesse était une certaine ingénuité, semblant liée à sa répugnance à admettre la profondeur du mal dont était capable la nature humaine. Peut-être s'était-il entraîné à l'ignorer chez sire Fujiwara, qu'il avait servi pendant des années, et avait-il été d'autant plus traumatisé quand il s'était manifesté. En dehors du courage qu'impliquaient ses voyages d'exploration, il n'avait aucune bravoure physique et n'aimait pas se battre.

De son côté, Taku surveillerait de près Zenko et Kono. Il pourrait même accompagner ce dernier dans l'Ouest, où il arrangerait une rencontre avec Sugita Hiroshi, son plus ancien ami. Il était important que l'aristocrate emporte à la cour une image véridique des Trois Pays, afin qu'il fasse comprendre à l'empereur et son général que sire Otori avait le soutien de tous, à Maruyama comme à Inuyama, et que Zenko était absolument isolé.

Relativement satisfait de ces décisions, il se rendit aux écuries pour voir si son vieux destrier, Ryume, s'était bien remis des fatigues du voyage. Il fut content de ce qu'il trouva en ces lieux. Quels que fussent ses défauts, Zenko n'avait pas son pareil pour la connaissance et le soin des chevaux. Ryume avait été pansé. Sa crinière et sa queue étaient impeccablement propres et peignées. Le cheval apparaissait sec, bien nourri et content. Malgré son âge, c'était encore une bête magnifique et les palefreniers l'admiraient sans retenue, au point de traiter Taku avec un respect accru en faveur de sa monture.

Il était encore occupé à cajoler le cheval et à lui donner des carottes lorsque Zenko entra dans l'écurie. Ils se saluèrent avec chaleur, car ils étaient toujours unis par un restant d'affection, un lien remontant à l'enfance qui avait empêché jusqu'à présent une rupture ouverte.

— Vous avez encore le fils de Raku, dit Zenko en avançant la main pour caresser le front du cheval.

Taku se souvint de la jalousie de Zenko en voyant son frère revenir à Hagi, ce printemps-là, avec deux beaux poulains destinés à Hiroshi et lui-même, comme un signe manifeste à la fois de l'affection que Takeo leur vouait à tous deux et de la froideur qu'il éprouvait envers l'aîné des Araï. Pris d'une impulsion subite, il lança :

— Je vais vous le donner. Il n'est pas trop vieux pour engendrer des poulains.

En dehors de ses enfants, il n'aurait pu faire à son frère un présent plus précieux. Il espérait que ce geste généreux adoucirait les sentiments de Zenko à son égard.

— Merci, mais je ne puis accepter, répliqua Zenko. Vous ne pouvez donner un cadeau que vous a fait sire Otori. De toute façon, je crois qu'il n'est plus apte à la reproduction.

Tandis qu'ils retournaient à la résidence, il ajouta :

— Comme sire Otori, qui est contraint d'adopter les fils d'hommes plus jeunes.

Taku comprit que cette remarque était censée être une plaisanterie, mais non dénuée d'amertume. «Vraiment, mon frère voit des insultes partout», pensa-t-il.

— C'est un grand honneur pour vous et votre épouse, dit-il d'un ton conciliant.

Mais Zenko garda son air sombre.

— Est-ce un honneur ou sont-ils maintenant des otages? demanda-t-il.

— Cela dépend certainement surtout de vous, répliqua Taku.

Zenko fit une réponse peu compromettante puis changea de sujet.

— Je suppose que vous allez vous rendre à la maison familiale des Muto pour les funérailles? dit-il quand ils furent assis à l'intérieur.

— Je crois que sire Takeo souhaite organiser une cérémonie à Hagi. Notre mère se trouve là-bas, et puisqu'il n'y a pas de corps à enterrer…

— Pas de corps? Où donc a péri Kenji? Et comment savons-nous qu'il est mort? Ce ne serait pas la première fois qu'il disparaîtrait pour mieux poursuivre ses propres desseins.

— Je suis certain qu'il est mort.

Taku jeta un coup d'œil sur son frère et continua :

— Certes il était en si mauvaise santé qu'il aurait pu succomber à sa maladie des poumons, mais la mission qu'il entreprenait était extrêmement dangereuse et il avait prévu de se rendre sans attendre à Inuyama s'il réussissait. Je vous dis tout cela en confidence. La version officielle sera qu'il est mort de maladie.

— Je suppose que les Kikuta l'ont tué? dit Zenko après un long silence.

— Qu'est-ce qui vous le fait croire?

— J'ai beau porter le nom de notre père, petit frère, cela n'empêche pas que je fasse partie de la Tribu au même titre que vous. J'ai des contacts chez les Muto, et même chez les Kikuta. Tout le monde sait que le fils d'Akio est le petit-fils de Kenji. J'imagine que le maître désirait le voir, maintenant qu'il était vieux et que sa santé déclinait. Le bruit court qu'Akio n'a jamais pardonné à Kenji et Takeo la mort de Kotaro.

Je ne fais que tirer des conclusions de ces faits. Il le faut bien, puisque je n'ai pas comme vous l'honneur d'être son confident.

Taku remarqua de nouveau le ressentiment dont vibrait la voix de son frère, mais cela l'inquiétait moins que d'apprendre qu'il était en contact avec les Kikuta. Était-ce vrai ou Zenko se vantait-il ?

Il attendit en silence pour voir si d'autres révélations suivraient.

— Bien entendu, les commérages allaient bon train dans le village Muto à propos du garçon, poursuivit Zenko. On racontait que son père n'était pas Akio, mais Takeo.

Il parlait d'un air négligent, mais Taku avait conscience de l'intérêt profond qui se cachait derrière ses paroles.

— Seule Muto Yuki pourrait nous le dire, répliqua-t-il. Et elle est morte peu après la naissance de l'enfant.

— Oui, je m'en souviens, dit Zenko. Enfin, quel que soit le père, ce garçon est le petit-fils de Kenji et la famille Muto s'intéresse à lui. Si je suis désigné comme le prochain maître, je prendrai contact avec les Kikuta à son sujet.

— Je crois qu'il serait préférable de laisser de côté la question de la succession de Kenji tant que nous n'en avons pas discuté avec notre mère, déclara Taku d'un ton courtois. Je serais étonné de devoir vous rappeler que le maître de la famille présente habituellement des talents exceptionnels.

Zenko s'empourpra tant il était furieux.

— Je possède de nombreux talents de la Tribu, petit frère. Peut-être ne sont-ils pas aussi voyants que les vôtres, mais ils sont très efficaces !

Taku inclina légèrement la tête, en un geste aussi soumis qu'hypocrite, et ils abordèrent des sujets moins brûlants. Sire Kono les rejoignit peu après. Ils prirent ensemble le repas de midi, puis allèrent voir la kirin avec Hana et ses deux petits garçons. Le docteur Ishida fut ensuite invité à se rendre à la résidence pour faire plus ample connaissance avec Chikara avant de l'emmener à Hagi.

ISHIDA SEMBLAIT TRÈS NERVEUX à l'idée de rencontrer Kono, et son malaise ne fit que croître lorsque l'aristocrate l'interrogea sur l'époque où il faisait partie de la maisonnée de Fujiwara. Il accepta l'invitation à contrecœur et arriva avec un certain retard au repas du soir. Non sans appréhension, Taku se rendit compte qu'il était déjà passablement ivre.

Taku lui-même était tendu. Sa conversation avec Zenko l'avait troublé et il avait conscience des conflits sous-jacents dans l'assistance. Suivant son habitude, il ne montra rien de ses sentiments. Il conversa avec Kono d'un ton léger mais respectueux, complimenta Hana pour le repas et ses fils, et tenta d'attirer Ishida sur des terrains peu dangereux, tels que les coutumes des nomades Gen ou le cycle de vie des baleines. Ses rapports avec sa belle-sœur étaient empreints d'une circonspection non dénuée d'aigreur. Elle ne lui inspirait guère de sympathie ni de confiance, mais il ne pouvait s'empêcher d'admirer son intelligence et son courage. En outre, aucun homme ne pouvait rester insensible à sa beauté. Taku se rappelait combien Zenko, Hiroshi et lui-même étaient fous d'elle dans leur adolescence. Ils la suivaient comme des chiens, la langue pendante, et se disputaient son attention.

Chacun savait que le père de Kono avait préféré les hommes aux femmes, mais son fils ne semblait nullement tenir de lui de ce point de vue. Taku crut même discerner une attirance bien naturelle derrière les égards de l'aristocrate envers Hana. «Il est impossible de ne pas la désirer», songea-t-il. Et il se demanda fugitivement ce qu'il ressentirait en s'éveillant à côté d'elle dans l'obscurité. Pour un peu, il aurait envié Zenko.

— Le docteur Ishida était le médecin de votre père, déclara Hana à Kono. Et maintenant, il veille sur la santé de sire Otori.

La fourberie et la malveillance de sa remarque n'échappèrent pas à Taku, dont le désir céda la place à l'aversion. Il était heureux d'être revenu de son engouement pour elle, et de ne plus jamais avoir été amoureux. Il pensa avec gratitude à son épouse au cœur droit, à laquelle il savait pouvoir se fier et qui lui manquait déjà. L'été s'annonçait aussi long qu'ennuyeux.

— Il y réussit à merveille, renchérit Zenko. Il a déjà sauvé la vie de sire Otori à plusieurs reprises.

— Mon père avait la plus grande estime pour vos talents, dit Kono à Ishida.

— Vous me faites trop d'honneur. Mes talents sont insignifiants.

Taku crut qu'Ishida n'en dirait pas davantage sur ce sujet, mais le médecin reprit après avoir de nouveau vidé sa coupe :

— Bien entendu, le cas de sire Otori est tout à fait fascinant pour un homme comme moi, qui s'intéresse aux mécanismes de l'esprit humain.

Il s'interrompit, but encore à longs traits puis se pencha en avant pour lancer d'un ton confidentiel :

— Sire Otori est persuadé que personne ne peut le tuer. Il s'est ainsi rendu immortel.

— Vraiment ? murmura Kono. Cela semble un peu grandiloquent. S'agit-il d'une sorte de délire ?

— Dans un sens, oui. Un délire très utile. Tout est venu d'une certaine prophétie… Taku, vous étiez là quand votre pauvre oncle…

— Je ne m'en souviens pas, lança précipitamment Taku. Chikara, comment te sens-tu à l'idée de traverser la mer en compagnie d'une kirin ?

Chikara eut le souffle coupé de voir son oncle s'adresser directement à lui, et Zenko demanda avant qu'il ait pu répondre :

— De quelle prophétie parlez-vous ?

— Celle qui affirme que la mort ne peut atteindre sire Otori que par la main de son propre fils.

Ishida but derechef.

— Pourquoi parlais-je de cette histoire ? Ah, oui, les effets d'une croyance inébranlable sur le corps. Comme il croit qu'on ne peut le tuer, son corps réagit en guérissant de lui-même.

— Fascinant ! s'exclama Kono d'un ton doucereux. Sire Otori semble effectivement avoir survécu à de nombreuses tentatives d'assassinat. Avez-vous rencontré d'autres cas semblables?

— Eh bien, oui, dit Ishida. Lors de mes voyages à Tenjiku, où vivent de saints hommes capables de marcher sur le feu sans être brûlés et de se coucher sur des lits hérissés de clous sans dommage pour leur peau.

— Étiez-vous au courant, mon frère? demanda Zenko d'une voix tranquille tandis que Kono pressait Ishida de raconter d'autres péripéties de ses voyages.

— Ce n'est qu'une superstition populaire, assura Taku d'un ton léger tout en souhaitant intérieurement tous les tourments de l'enfer au médecin ivre. La famille Otori fait l'objet de spéculations et de commérages incessants.

— Une rumeur de ce genre a couru sur ma sœur, déclara Hana. Elle était supposée causer la mort de tout homme qui la désirerait.

Elle ajouta en regardant Taku :

— Cependant, le Ciel soit loué, sire Takeo semble avoir fort bien résisté à ce danger.

Les rires qui suivirent cette remarque étaient légèrement embarrassés, car plus d'un membre de l'assistance se souvenait que sire Fujiwara avait épousé Kaede, contre le gré de la jeune fille, et n'avait pas survécu.

— Malgré tout, chacun a entendu parler des Cinq Batailles, reprit Zenko. Et le tremblement de terre… «La Terre va accomplir ce que le Ciel désire.»

Devant le regard interrogateur de Kono, il expliqua :

— Il s'agit d'une prophétie faite par une sainte femme, dont les victoires de Takeo pendant la guerre ont apporté la confirmation. Le séisme a été interprété comme un signe du Ciel en sa faveur.

— Oui, c'est ce qu'il m'a dit, répliqua Kono d'un ton railleur. Il est si commode pour le vainqueur d'avoir une prophétie utile sous la main.

Après avoir bu une gorgée, il ajouta plus sérieusement :

— Dans la capitale, un tremblement de terre est considéré d'ordinaire comme le châtiment d'un comportement criminel et non comme une récompense.

Taku ne savait s'il devait parler en révélant à Kono quel était son camp, ou se taire au risque de sembler approuver son frère. Il fut tiré d'embarras par Ishida, qui déclara avec émotion :

— Ce séisme a sauvé la vie de mon épouse et la mienne. À mon avis, le mal a été puni.

Des larmes montèrent à ses yeux et il les essuya sur sa manche.

— Pardonnez-moi, je ne voulais pas insulter la mémoire de vos pères.

Il se tourna vers Hana.

— Il est temps que je me retire. Je suis très fatigué. J'espère que vous excuserez un vieillard.

— Bien sûr, Père, lui dit-elle avec la politesse due au beau-père de son époux. Chikara, conduis Grand-père à sa chambre et demande aux servantes de l'assister.

Le garçon aida le médecin à se lever et sortit avec lui.

— Je crains qu'il n'ait un peu trop bu, s'excusa-t-elle à l'adresse de Kono.

— C'est un homme passionnant. Je regrette qu'il doive se rendre à Hagi. J'espérais avoir de longues conversations avec lui. Il me semble qu'il a mieux connu mon père que tous les autres témoins encore en vie.

« Il a aussi eu de la chance de ne pas mourir sur son ordre », songea Taku.

— Cette prophétie est intéressante, n'est-ce pas ? reprit Kono. Sire Otori n'a pas de fils, je crois.

— Il a trois filles, déclara Taku.

Zenko se mit à rire d'un air de conspirateur.

— C'est la version officielle, observa-t-il. D'autres bruits courent sur le compte de Takeo... mais je ne veux pas être indiscret !

— Eh bien ! se contenta de dire Kono en haussant les sourcils.

« Comme dirait Kenji, c'est le bouquet, pensa Taku. Mon oncle, que vais-je faire sans vous ? »

14

Miyoshi Kahei accompagna Takeo à Hagi avec son fils aîné, Katsunori. La ville était le berceau de sa famille et il se réjouissait d'avoir l'occasion de revoir les siens. D'autre part, Takeo savait qu'il aurait besoin des conseils de Kahei sur le meilleur moyen de contrer la menace grandissante en provenance de la capitale et sur les préparatifs à faire durant l'hiver.

Il était difficile de penser dès maintenant à l'hiver, alors que les pluies de mousson s'achevaient et que la grande chaleur de l'été n'avait pas encore commencé. D'autres urgences devraient passer avant la guerre : la moisson, les inquiétudes habituelles pour les risques de peste et d'autres maladies liées à la canicule, les mesures à prendre pour les éviter, la conservation de l'eau en cas de sécheresse en fin d'été. Mais toutes ces préoccupations paraissaient moins pressantes quand il se laissait aller à songer qu'il allait revoir Kaede et ses filles.

Ils franchirent le pont de pierre à la fin d'une journée de soleil et d'averses, évoquant les noces du renard. Takeo sentait ses vêtements coller à son corps. Au cours de ce voyage, il avait été si souvent trempé jusqu'aux os qu'il avait oublié comment on se sentait quand on était sec. Même les hôtelleries avaient été imprégnées d'une odeur d'humidité et de moisi.

Au-dessus de la mer, le ciel était d'un bleu clair et transparent, qui tournait au jaune vers l'ouest où le soleil était en train de se coucher. Derrière eux, les montagnes étaient enveloppées d'épais nuages et le tonnerre grondait, faisant sursauter les chevaux malgré leur fatigue.

La monture de Takeo n'avait rien d'extraordinaire. Il regrettait Shun, son destrier d'antan, et se demandait s'il trouverait jamais son pareil. Il parlerait chevaux avec Mori Hiroki, et aussi avec Shigeko. S'ils devaient faire la guerre, ils auraient besoin de davantage de montures… mais il n'avait pas envie de faire la guerre.

Les frères Miyoshi le quittèrent devant le portail. Il descendit de cheval dans la cour principale et s'avança à travers les jardins avec Sunaomi. Le bruit de son arrivée était parvenu jusqu'au château. Kaede l'attendait sur la longue véranda faisant le tour de la résidence. On entendait la mer au loin et des colombes roucoulaient sur les toits. Le visage de Kaede était radieux.

— Nous ne vous attendions pas si tôt ! Quel temps pour voyager ! Vous devez être épuisé. Et vos vêtements sont trempés.

Ses reproches affectueux remplirent Takeo d'une joie si intense qu'il eut un instant envie de rester là sans bouger, à tout jamais. Puis il fut envahi par le désir de la serrer contre lui, de se perdre en elle. Mais il devait d'abord annoncer les nouvelles à Kaede et à Shizuka.

Shigeko accourut de l'intérieur de la résidence.

— Père ! s'écria-t-elle en s'agenouillant pour lui enlever ses sandales. Elle remarqua soudain le garçon qui se tenait à son côté, l'air intimidé.

— Serait-ce notre cousin ? demanda-t-elle.

— Mais oui. Sunaomi va vivre quelque temps avec nous.

— Sunaomi ! s'exclama Kaede. Mais pourquoi ? Comment va sa mère ? Est-il arrivé quelque chose à Hana ?

En la voyant si inquiète pour sa sœur, il se demanda dans quelle mesure il pourrait lui parler de ses soupçons.

— Elle va bien, répondit-il. Je vous dirai plus tard les raisons de la venue de Sunaomi.

— Bien sûr. Entrez donc. Il faut que vous alliez tout de suite vous baigner et mettre des vêtements secs. Sire Takeo, croyez-vous avoir encore dix-huit ans ? Vous n'avez aucun égard pour votre santé !

— Shizuka est-elle là ? s'enquit-il tandis qu'elle le conduisait le long de la véranda vers l'arrière de la résidence, où un bassin avait été construit autour d'une source d'eau chaude.

— Oui, pourquoi ?

Après lui avoir jeté un coup d'œil, Kaede se tourna vers leur fille :

— Shigeko, va dire à Shizuka de nous rejoindre au plus vite. Et demande aux servantes d'apporter des vêtements pour ton père.

La jeune fille s'inclina d'un air sérieux et s'éloigna. Il entendit son pas léger sur les planches, puis sa voix s'adressant à ses sœurs :

— Oui, Père est rentré. Mais vous ne pouvez pas le voir tout de suite. Venez avec moi. Il faut que nous trouvions Shizuka.

Ils étaient seuls. La lumière filtrait à travers fleurs et arbustes. Au bord des bassins et des ruisseaux, quelques iris attardés luisaient. Le ciel et la mer se confondaient dans la brume du soir. Autour de la baie, les feux et les lampes se disséminaient peu à peu dans l'obscurité. En silence, Kaede l'aida à se déshabiller.

— Muto Kenji est mort, dit-il.

Après avoir rempli d'eau du bassin un seau de bambou, elle commença à laver Takeo. Il vit des larmes apparaître dans ses yeux et ruisseler sur ses joues. Le contact des mains de Kaede était à la fois apaisant et presque insupportable. Il avait l'impression que son corps tout entier lui faisait mal. Il désirait désespérément qu'elle le prenne dans ses bras, mais il devait d'abord parler à Shizuka.

— C'est une perte terrible, dit-elle enfin. Comment est-ce arrivé ? A-t-il succombé à sa maladie ?

Il s'entendit répondre :

— Rien n'est plus probable. Il était en voyage au-delà des frontières. Nous n'avons pas d'autres précisions. Taku est venu m'apprendre la nouvelle à Hofu.

Sans demeurer dans l'eau brûlante aussi longtemps qu'il l'aurait voulu, il sortit du bassin et s'habilla rapidement.

— Il faut que je m'entretienne en tête à tête avec Shizuka, déclara-t-il.

— Je ne puis croire que vous ayez des secrets pour moi ?

— Il s'agit d'affaires concernant la Tribu. Kenji était le maître de la famille Muto. Shizuka va devoir choisir son successeur. Les gens de l'extérieur n'ont rien à y voir.

Il vit qu'elle était mécontente, qu'elle aurait voulu rester avec lui.

— J'ai bien d'autres sujets à discuter avec vous, dit-il pour l'apaiser. Nous nous retrouverons plus tard. Il faut que je vous parle de Sunaomi. Et j'ai eu une visite du fils de sire Fujiwara…

— Fort bien, sire Takeo. Je vais ordonner qu'on vous prépare une collation.

Sur ces mots, elle le quitta.

Quand il retourna dans la salle d'apparat de la résidence, Shizuka l'attendait. Il ne prit même pas le temps de la saluer.

— Vous devinez certainement la raison de ma présence. Je suis ici pour vous annoncer que votre oncle est mort. Taku est venu me l'apprendre à Hofu, et j'ai pensé qu'il fallait vous mettre au courant au plus vite.

— Une telle nouvelle n'est jamais bienvenue, répliqua-t-elle cérémonieusement, mais ce n'est pas une surprise. Je vous remercie pour votre sollicitude, mon cousin, et pour l'honneur que vous faites à mon oncle.

— Je pense que vous savez ce qu'il représentait pour moi. Nous n'avons pas son corps, mais nous rendrons hommage au défunt en organisant une cérémonie ici ou à Yamagata, suivant ce que vous jugerez le plus approprié.

— J'imaginais qu'il était mort à Inuyama, dit-elle lentement. C'est là qu'il vivait, n'est-ce pas ?

Personne n'était au courant de la mission de Kenji, en dehors de Takeo et Taku. Il regretta de n'en avoir pas informé Shizuka plus tôt.

— Approchez-vous, souffla-t-il. Je dois vous dire tout ce que je sais, car ce n'est pas sans conséquence pour la Tribu.

Avant qu'elle puisse bouger, une servante entra pour apporter du thé. Shizuka le versa pour lui. Pendant qu'il buvait, elle se leva, jeta rapidement un coup d'œil à la ronde, ouvrit les portes du cabinet puis monta sur la véranda et scruta le jardin.

Elle revint s'asseoir devant Takeo, assez près pour que leurs genoux se touchent.

— Vous n'entendez personne respirer ?

Il prêta l'oreille.

— Non, je crois que nous sommes seuls.

— Vos filles sont devenues expertes dans l'art d'écouter aux portes, et elles sont capables de se cacher dans les réduits les plus exigus.

— Merci. Je ne veux pas que mes filles ou mon épouse surprennent notre conversation. J'ai raconté à Kaede que Kenji avait succombé à sa maladie pulmonaire alors qu'il allait chercher un traitement de l'autre côté des frontières de l'Est.

— Que s'est-il passé en réalité ?

— Il était parti essayer de négocier avec les Kikuta. Après l'épisode d'Inuyama, nous pensions pouvoir nous servir des enfants de Gosaburo comme moyen de pression afin de les amener à conclure une trêve.

Il poussa un soupir et poursuivit :

— Kenji désirait voir son petit-fils, l'enfant de Yuki. Taku sait seulement qu'il est mort dans le village des Kikuta où Akio et le garçon se cachent depuis plusieurs années.

— Takeo, vous devriez dire tout cela à Kaede…

Il ne la laissa pas continuer.

— Si je vous confie ces détails, c'est qu'ils concernent la famille Muto, dont vous êtes à présent le membre le plus éminent. Il est inutile d'en informer Kaede ou toute autre personne étrangère à la Tribu.

— Vous devriez la mettre au courant plutôt que de risquer qu'un autre le fasse à votre place, observa Shizuka.

— J'ai gardé trop longtemps le secret sur ces événements pour pouvoir les lui révéler maintenant. Tout cela appartient au passé. Le garçon est le fils d'Akio. Ma fille est mon héritière. En attendant, il faut régler la question de la famille Muto et de la Tribu. Kenji et Taku travaillaient en union étroite, mais les connaissances et les talents de Kenji étaient incomparables. Même si Taku est très doué, je pense que vous conviendrez qu'il manque de stabilité. Je me demande s'il est assez âgé pour diriger la Tribu. Zenko est votre fils aîné et l'héritier direct de Kenji. Je ne voudrais surtout pas l'offenser ni le contrarier, ou lui donner le moindre prétexte pour…

Il s'interrompit.

— Pour quoi? le pressa Shizuka.

— Eh bien, je pense que vous savez combien votre fils ressemble à son père. Je m'inquiète de ses intentions. Il n'est pas question que je le laisse nous plonger de nouveau dans la guerre civile.

Après ces propos véhéments, il sourit à Shizuka et reprit d'un ton plus léger :

— J'ai donc décidé que ses fils allaient passer quelque temps avec nous. Il m'a semblé que vous seriez contente de voir vos petits-fils.

— J'ai déjà vu Sunaomi, ce qui est effectivement une grande joie. Chikara doit-il venir aussi?

— Votre époux va nous l'amener en bateau, ainsi qu'une créature fabuleuse qu'on affirme être une kirin.

— Ah, Ishida est de retour. J'en suis heureuse. Pour être franche, Takeo, je me contenterais fort bien de ma vie paisible, à tenir compagnie à Kaede et vos filles et à jouer mon rôle d'épouse auprès de mon cher médecin… mais je crois que vous allez exiger davantage de moi.

— Vous êtes toujours aussi perspicace, répliqua-t-il. Je veux que vous preniez la tête de la famille Muto. Taku travaillera avec vous comme il le faisait avec Kenji, et Zenko devra bien entendu vous obéir.

— Le chef de la famille est appelé le maître, lui rappela Shizuka. On n'a jamais vu une femme «maître». Et une «maîtresse» signifie tout autre chose!

— Vous pourrez vous faire appeler simplement le chef de famille, ou tout ce que vous voudrez. Ce sera un excellent précédent. J'ai l'intention d'introduire cet usage également dans les districts locaux. Nous commencerons par le Pays du Milieu, puis nous élargirons la réforme. Il existe déjà de nombreux domaines où des femmes de talent et de mérite remplacent leurs époux. Leur valeur sera reconnue et elles jouiront de la même autorité que les hommes.

— Vous comptez donc renforcer le fondement même du pays et faire de ces femmes le soutien de votre fille ?

— Si elle est la seule femme à gouverner, elle devra devenir pareille à un homme. En donnant du pouvoir à d'autres femmes, nous verrons le changement se répandre d'un bout à l'autre des Trois Pays.

— Vous êtes toujours un visionnaire, mon cousin ! s'exclama Shizuka en souriant malgré son chagrin.

— Vous êtes d'accord pour faire ce que je propose ?

— Oui, ne serait-ce que parce que mon oncle m'avait lui-même laissé entendre un jour que tel serait son désir. J'assumerai cette responsabilité en attendant que Taku s'assagisse et que Zenko revienne à la raison. Je suis sûre qu'il réfléchira, Takeo, et je vous suis reconnaissante des égards que vous avez pour lui. De toute façon, quoi qu'il advienne, les Muto resteront fidèles à votre famille et à vous-même.

Elle s'inclina cérémonieusement devant lui.

— Je vous en fais maintenant le serment, en tant que leur chef de famille.

— Je sais ce que vous avez déjà fait pour sire Shigeru et les Otori. Ma dette envers vous est immense, dit Takeo avec émotion.

— Je suis heureuse de cette opportunité de nous entretenir en tête à tête, d'autant plus que nous devons également parler des jumelles. J'espérais pouvoir interroger mon oncle au sujet d'un incident récent, mais peut-être saurez-vous ce qu'il convient de faire.

Elle lui raconta l'épisode du chat plongé dans un sommeil dont il ne s'était jamais réveillé.

— Je savais que Maya possédait ce don, déclara-t-elle, car il s'est déjà manifesté au cours du printemps. Il m'est même arrivé une fois ou deux de sentir ma tête tourner quand elle me regardait. Mais les Muto ne savent pas grand-chose du sommeil des Kikuta, malgré les nombreuses superstitions le concernant.

— C'est comme un puissant médicament, expliqua Takeo. Il est bénéfique à petite dose, mais une quantité trop importante peut être fatale. Les gens s'y rendent vulnérables par leur propre faiblesse, leur manque de maîtrise d'eux-mêmes. On m'a enseigné à Matsue comment le contrôler. J'ai aussi appris là-bas que les Kikuta ne regardent jamais leurs bébés dans les yeux, car un petit enfant est sans défense devant leur regard. Je suppose qu'un jeune chat ne saurait pas mieux s'en défendre. Je ne l'ai jamais essayé sur un chat, uniquement sur des chiens, et toujours quand ils étaient adultes.

— Vous n'avez jamais entendu parler d'un transfert possible entre les morts et ceux qui les ont fait dormir ?

Cette question le plongea dans un profond malaise. La pluie avait repris et tambourinait de plus belle sur le toit.

— Habituellement, ce n'est pas le sommeil qui tue, dit-il avec circonspection. Il sert uniquement à mettre hors de combat. La mort advient toujours par un autre moyen.

— Est-ce ce qu'on vous a enseigné ?

— Pourquoi me posez-vous cette question ?

— Je suis inquiète pour Maya. Certains signes donnent à penser qu'elle est possédée. C'est déjà arrivé chez les Muto, voyez-vous. Kenji lui-même était appelé le Renard dans sa jeunesse. On disait qu'il avait été possédé par l'esprit d'un renard, ou même qu'il avait épousé une renarde en premières noces. Cependant, en dehors de mon oncle, je ne connais aucun cas récent d'une telle métamorphose. Il semble que Maya ait fait entrer en elle l'esprit du chat. Tous les enfants ressemblent à des animaux, mais ils sont censés devenir plus humains en grandissant. Chez elle, c'est le contraire qui arrive. Je ne puis en parler à Kaede. Shigeko commence déjà à se douter que quelque chose ne va pas. Je suis contente que vous soyez de retour.

Il hocha la tête, bouleversé par cette nouvelle.

— Vos petits-fils ne manifestent aucun des talents de la Tribu, observa-t-il.

— Non, et j'en suis soulagée. Puissent-ils être des guerriers, les dignes fils de Zenko. Kenji disait toujours que les talents auraient disparu d'ici deux générations. Nous voyons peut-être briller chez les jumelles les dernières flammes avant que la lampe ne s'éteigne.

«Ce flamboiement ultime pourrait bien projeter des ombres monstrueuses», pensa Takeo.

PERSONNE NE LES DÉRANGEA PENDANT CET ENTRETIEN. Takeo ne cessa d'épier plus ou moins consciemment le moindre bruit de respiration, de mouvements conjugués, de pas légers révélant une présence indiscrète, que ce fût celle de ses filles ou d'un espion, mais il n'entendit que la pluie, le tonnerre lointain et la marée descendante.

Cependant, alors qu'il avait quitté Shizuka et marchait dans le couloir resplendissant pour rejoindre la chambre de Kaede, il entendit devant lui un bruit extraordinaire, une sorte de grondement rugissant semblant moitié humain, moitié animal. Une voix d'enfant poussa un cri de terreur, des pas feutrés s'approchèrent. Sunaomi déboucha en courant de l'angle du couloir et heurta Takeo.

— Mon oncle! Je suis désolé! s'écria-t-il en riant d'excitation. Le tigre va m'attraper!

Takeo vit d'abord les ombres sur l'écran de papier. L'espace d'un instant, il distingua clairement une silhouette humaine derrière laquelle se profilait une autre ombre aux oreilles couchées, aux pattes griffues et à la queue fouettant l'air. Puis les jumelles surgirent hors d'haleine, et elles ne furent plus que deux petites filles, même si elles rugissaient. En voyant Takeo, elles s'arrêtèrent net.

— Père!

— C'est elle le tigre! hurla Sunaomi.

Miki observa le visage de son père, tira sur la manche de Maya et lança:

— C'était juste un jeu !

— Vous êtes trop vieilles pour jouer ainsi, dit-il en dissimulant son inquiétude. Voilà une étrange façon de saluer votre père. J'avais espéré trouver deux jeunes femmes.

Comme toujours, son mécontentement les dégrisa sur-le-champ.

— Nous sommes désolées, dit Miki.

— Pardonnez-nous, Père, implora Maya d'une voix qui n'avait plus rien d'un tigre.

— Je suis aussi fautif qu'elles, ajouta Sunaomi. J'aurais dû être plus raisonnable. Ce ne sont que des filles, après tout.

— Je vois qu'il faudra que j'aie une conversation sérieuse avec vous deux. Où est votre mère ?

— Elle vous attend, Père. Elle a dit que nous pourrions être autorisées à partager votre repas, chuchota Miki en tremblant.

— Eh bien, je suppose que nous devons souhaiter à Sunaomi la bienvenue dans notre famille. Vous pouvez manger avec nous. Mais je ne veux plus voir de tigres !

— Pourtant les gens sont censés s'offrir eux-mêmes en pâture aux tigres, observa Maya alors qu'ils marchaient à côté de lui. C'est Shigeko qui nous l'a raconté.

Elle ne put s'empêcher de murmurer à Sunaomi :

— Et les tigres ont un faible pour la chair des petits garçons !

Toutefois Sunaomi avait pris à cœur la réprimande de son oncle et s'abstint de répondre.

Takeo avait eu l'intention de parler aux jumelles le soir même, mais à la fin du repas il était en proie à une fatigue douloureuse et à un désir invincible d'être seul avec Kaede. Les fillettes s'étaient tenues de façon impeccable pendant la collation, en faisant montre de gentillesse envers leur jeune cousin et d'une politesse irréprochable avec leurs parents et leur sœur aînée. Les voyant aussi douées que lui pour le mimétisme, Takeo se demanda si ce serait suffisant pour leur permettre de faire un mariage conventionnel — avec Sunaomi, par exemple. À moins qu'elles n'aient pas à se marier et puissent exercer leurs talents au sein de la Tribu, en finissant même par prendre la relève de Shizuka… ? Il n'avait certes jamais connu aucune femme capable de prendre ses décisions avec autant de liberté que Shizuka, dont les actions avaient changé le cours de l'histoire des Trois Pays. En outre, elle avait eu tous les hommes qui lui plaisaient et mis deux fils au monde. À présent, en tant que chef de la Tribu, elle disposerait d'un pouvoir plus grand qu'aucune autre femme, à l'exception de Kaede.

À LA FAIBLE LUMIÈRE DES LAMPES, il leva les yeux sur son épouse, contempla la courbe familière de sa pommette, la forme à peine visible de son visage. Drapée dans sa robe de nuit, elle était assise en tailleur sur le matelas. Son corps svelte brillait d'un faible éclat blanc sur les couvertures de soie. Takeo était allongé, la tête sur ses genoux, enveloppé dans la tiédeur de sa chair. Il se remémorait les moments qu'il avait passés ainsi avec sa mère, en ressentant le même abandon et la même confiance. Elle caressait doucement ses cheveux, massait sa nuque, et les dernières traces de tension disparaissaient.

Dès qu'ils avaient été seuls, ils s'étaient jetés l'un sur l'autre presque sans un mot, désireux de la proximité et de l'anéantissement toujours si familier, toujours si nouveau et étrange, qui accompagnait l'acte amoureux. Malgré leur chagrin partagé de la mort de Kenji, ils n'en parlèrent pas plus que du sentiment d'exclusion de Kaede face à ses secrets de la Tribu, ou de l'angoisse qu'ils éprouvaient tous deux pour leurs filles. Tous ces soucis nourrirent l'intensité muette de leur passion et comme d'habitude, une fois qu'elle se fut apaisée, elle laissa place à un réconfort miraculeux. Kaede avait perdu sa froideur, la souffrance de Takeo paraissait supportable. Aucune barrière ne les séparait plus quand ils parlèrent ensemble.

Ils avaient beaucoup à discuter. Il commença par évoquer ses soupçons envers Zenko et les raisons qui l'avaient poussé à emmener les deux fils Araï.

— J'imagine que vous ne comptez pas les adopter officiellement ? s'exclama Kaede.

— Que penseriez-vous d'une telle adoption ?

— J'aime déjà Sunaomi comme mon propre enfant. Mais Shigeko n'est-elle pas votre héritière ?

— Les possibilités sont nombreuses, y compris même un mariage quand il sera assez âgé. Je ne veux rien précipiter. Plus nous tarderons à prendre une décision, plus Zenko aura le temps de revenir à la raison et de se calmer. Cependant, je crains qu'il ne soit encouragé par l'empereur et ses partisans de l'Est. Encore un bienfait que nous devons à votre ravisseur !

Il lui raconta sa rencontre avec sire Kono.

— Ils me considèrent comme un criminel. En tant qu'aristocrate, Fujiwara échappe à tout blâme pour ses crimes !

— Ils sont probablement terrifiés par vos efforts pour créer un nouveau système judiciaire, observa Kaede. Jusqu'à présent, nul n'a osé juger un homme comme Fujiwara ou lui demander des comptes. Je savais qu'il aurait pu me tuer sur un simple caprice. Il n'y aurait eu personne pour refuser d'obéir ou penser qu'il avait mal agi. Cette sensation d'être la propriété d'un homme, d'avoir moins de valeur qu'une peinture ou un vase précieux — car il aurait mille fois préféré tuer une femme plutôt que de détruire délibérément un de ses trésors... J'aurais peine à vous faire comprendre à quel point cela sapait ma volonté et paralysait mon corps. Aujourd'hui, dans les Trois Pays, le meurtre d'une femme est considéré comme aussi grave que celui d'un homme, et personne n'échappe à notre justice sous prétexte de sa naissance ou de son rang. Nos familles de guerriers l'ont accepté, mais hors de nos frontières les guerriers aussi bien que les aristocrates y verront un affront.

— Vous me rappelez combien les enjeux sont importants. Jamais je n'abdiquerai comme le demande l'empereur, mais je ne veux pas non plus que nous entrions en guerre. Toutefois, si nous ne pouvons éviter de combattre à l'est, le plus tôt sera le mieux.

Il lui expliqua le problème des armes à feu et la mission de Fumio.

— Bien entendu, Kahei pense que nous devrions nous préparer sans tarder à la guerre. Nous avons le temps d'organiser une campagne avant l'hiver. Mais à Terayama, les maîtres m'ont tous conseillé le contraire. D'après eux, je devrais me rendre à la capitale au printemps prochain avec Shigeko. Il semble que tout doive se résoudre comme par magie.

Il fronça les sourcils. Elle passa les doigts sur son front pour effacer ses rides.

— Gemba semble avoir développé de nouveaux talents de magicien, dit-il. Mais je ne crois pas que ses exhibitions suffisent à apaiser le général de l'empereur, Saga Hideki, l'Attrapeur de Chiens.

15

La journée du lendemain se passa à préparer les funérailles de Kenji et à dicter des lettres. Minoru s'activa
sans répit. Il écrivit à Zenko et Hana pour les informer
que Sunaomi était arrivé sain et sauf, à Sugita Hiroshi
pour lui demander de venir à Hagi dès que possible, à Terada Fumifusa pour le mettre au courant du retour de Takeo et de la mission de
son fils Fumio, et enfin à Sonoda Mitsuru, le seigneur d'Inuyama,
pour lui dire qu'aucune décision n'avait encore été prise quant aux
otages et que la question serait discutée lors de leur prochaine rencontre.

Après quoi, Kaede informa Takeo et Minoru des problèmes en
cours concernant Hagi et ses habitants. Minoru consigna soigneusement par écrit toutes les décisions auxquelles ils étaient parvenus. À la
fin de cette journée longue, chaude et fatigante, Takeo alla se baigner
et ordonna que ses filles cadettes viennent le rejoindre.

Elles se glissèrent toutes nues dans l'eau brûlante. Leur féminité
commençait à devenir apparente. Elles n'avaient plus leur corps d'enfant et leur chevelure était maintenant longue et épaisse. Leur attitude était moins exubérante qu'à l'ordinaire. Manifestement, elles
n'étaient pas encore certaines qu'il leur ait pardonné leur comportement turbulent de la veille.

— Vous avez l'air fatiguées, dit-il. J'espère que vous avez travaillé dur aujourd'hui.

— Shizuka s'est montrée particulièrement stricte, soupira Miki. Elle prétend que nous avons besoin de davantage de discipline.

— Et Shigeko nous accable d'exercices d'écriture, se lamenta Maya. S'il me manquait des doigts comme à vous, Père, sire Minoru écrirait-il à ma place ?

— Moi aussi, j'ai dû apprendre à écrire, répliqua-t-il. Et c'était beaucoup plus difficile pour moi, car j'étais plus vieux que vous. Plus on est jeune, plus l'apprentissage est aisé. Vous devriez être reconnaissantes d'avoir de si bons professeurs !

Sa voix était sévère. Miki, qui touchait la cicatrice sinuant de son cou à sa poitrine et s'apprêtait à lui demander de raconter la bataille où il l'avait reçue, se ravisa et préféra se taire.

Il poursuivit d'un ton radouci :

— Vous devez faire face à beaucoup d'exigences. Il vous faut apprendre à la fois la voie du guerrier et les secrets de la Tribu. Je sais que ce n'est pas facile. Vos talents sont nombreux. Il est important que vous vous en serviez avec précaution.

— Est-ce à cause du chat ? souffla Miki.

— Parlez-moi de ce chat, répondit-il.

Elles échangèrent un regard mais gardèrent le silence.

Faisant un geste vers ses parties intimes flottant dans l'eau, molles et innocentes, il déclara :

— Je vous ai portées dans ma chair. Vous venez de moi. Vous possédez comme moi la marque des Kikuta. À moi, vous pouvez tout dire. Maya, que s'est-il passé avec le chat ?

— Je ne voulais pas lui faire mal, commença-t-elle.

— Tu ne dois pas me mentir, lui rappela-t-il.

— J'avais envie de voir ce qui arriverait, poursuivit-elle. Je savais que le chat pourrait en souffrir, mais ça m'était égal.

Elle parlait avec sérieux, en le regardant en face. Un jour, elle le défierait, mais pour l'instant son regard était encore celui d'une enfant.

— J'étais en colère contre Mori Hiroki.

— Il nous dévisage, expliqua Miki. Tout le monde le fait. Comme si nous étions des démons.

— Il aime Shigeko mais pas nous, renchérit Maya.

— Et c'est ainsi avec tout le monde ! s'exclama Miki.

Comme si le silence de Takeo libérait quelque chose en elle, elle se mit à pleurer.

— Ils nous détestent tous parce que nous sommes deux !

Les jumelles pleuraient rarement. C'était un des traits qui les faisaient paraître anormales.

Maya sanglotait également.

— Et Mère nous déteste parce qu'au lieu du fils unique qu'elle voulait, elle a eu deux filles !

— C'est Chiyo qui nous l'a dit ! hoqueta Miki.

Il sentit son cœur se serrer pour elles. Aimer sa fille aînée était aisé. Il chérissait d'autant plus les jumelles qu'elles étaient difficiles à aimer et le remplissaient de pitié.

— Vous m'êtes infiniment chères, déclara-t-il. J'ai toujours été heureux que vous soyez deux et des filles de surcroît. Je préfère avoir deux filles que tous les fils du monde !

— Quand vous êtes là, tout va bien. Nous nous sentons en sûreté et nous n'avons pas envie de mal agir. Mais vous êtes si souvent absent.

— Je vous garderais avec moi si je le pouvais, mais ce n'est pas toujours possible. Il faut que vous appreniez à bien vous tenir même en mon absence.

— Les gens ne devraient pas nous dévisager, dit Maya.

— Maya, à partir de maintenant, c'est à toi de prendre garde à ton regard. Tu connais l'histoire de mon combat avec l'ogre Jin-emon ? Je vous l'ai racontée plus d'une fois.

— Oui ! s'écrièrent-elles ensemble avec enthousiasme.

— Je l'ai regardé dans les yeux et il s'est endormi. Tel est le sommeil des Kikuta, qui sert à désarmer l'adversaire. C'est ce que tu as fait au chat, Maya. Mais Jin-emon était gigantesque, aussi haut que le portail du château et plus lourd qu'un bœuf. Le chat était jeune et frêle, de sorte que le sommeil l'a tué.

— Il n'est pas vraiment mort, observa Maya en s'approchant de lui et en se suspendant à son bras gauche. Il est entré en moi.

Ne voulant pas qu'elle se taise maintenant, Takeo s'efforça de ne pas se montrer surpris ni inquiet.

— Il est venu vivre avec moi, poursuivit-elle. Ça ne lui déplaît pas, car il ne pouvait pas parler avant alors qu'à présent il le peut. Et moi aussi, ça me plaît. J'aime bien le chat. J'aime bien être le chat.

— Mais Jin-emon n'est pas entré en vous, n'est-ce pas, Père? demanda Miki.

À leurs yeux, ce n'était pas plus étrange que l'invisibilité ou le second moi, et peut-être pas plus dangereux.

— Non, car finalement je l'ai égorgé avec Jato. C'est le sabre, non le sommeil, qui l'a tué.

— Êtes-vous en colère pour le chat? demanda Maya.

Il savait qu'elles avaient confiance en lui et qu'il ne devait surtout pas perdre cette confiance. Elles étaient comme des bêtes sauvages, prêtes à s'enfuir d'un instant à l'autre. Il se rappela les mois de souffrance qu'il avait endurés chez les Kikuta, la brutalité de l'entraînement.

— Non, je ne suis pas en colère, assura-t-il d'une voix calme.

— Shizuka était furieuse, marmonna Miki.

— Mais je dois tout savoir, afin de pouvoir vous protéger et vous empêcher de faire mal aux autres. Je suis non seulement votre père mais votre supérieur dans la famille Kikuta. Vous me devez doublement votre obéissance.

— Voici ce qui s'est passé, dit Maya. J'étais fâchée contre Mori Hiroki. J'ai vu combien il tenait au chat. J'ai voulu lui faire payer sa froideur à notre égard. D'ailleurs le chat était mignon, j'avais envie de jouer avec lui. Je l'ai donc regardé dans les yeux et je n'ai pas pu m'arrêter. Il était mignon, je voulais lui faire mal et je ne pouvais pas m'en empêcher.

Elle s'interrompit et lui jeta un regard désemparé.

— Continue, dit-il.

— Je l'ai fait entrer en moi. Il est sorti par ses yeux et est entré d'un bond en passant par mes yeux. Il miaulait et gémissait, mais je ne pouvais détacher mon regard. Puis le chat est mort. Mais en fait, il était toujours vivant.

— Et ensuite ?

— Ensuite Mori Hiroki était triste et j'en ai été très contente.

Maya poussa un profond soupir, comme si elle venait de réciter une leçon.

— C'est tout, Père, je vous le jure.

Il caressa sa joue.

— Tu as été sincère avec moi. Cependant, tu vois combien tes émotions étaient confuses. Ton esprit n'avait pas la clarté nécessaire à l'usage des talents de la Tribu. En regardant dans les yeux des autres, tu apercevras leur faiblesse et leur manque de clarté. C'est cela qui les rend vulnérables à ton regard.

— Que va-t-il m'arriver ?

— Je l'ignore. Nous allons devoir te surveiller pour le découvrir. Tu as commis une faute. Il va falloir que tu en supportes les conséquences. Mais tu dois me promettre de ne plus jamais te servir du sommeil des Kikuta, en attendant que je t'en donne la permission.

— Kenji saurait quoi faire, dit Miki en se remettant à pleurer. Il nous a parlé des esprits d'animaux et de la façon dont s'en servait la Tribu.

— Je voudrais qu'il vive encore, lança Maya en sanglotant de son côté.

Takeo se sentait lui-même au bord des larmes, en pensant à son vieux maître qu'il ne reverrait jamais et à ses deux petites filles qu'il n'avait pas été capable de protéger d'une possession dont les effets lui étaient inconnus.

Elles étaient tout près de lui, et leurs corps dans l'eau brûlante l'effleuraient de leur peau dont le grain et la couleur ressemblaient si fort à la sienne.

— Nous n'allons pas devoir épouser Sunaomi, n'est-ce pas? lui demanda Maya d'une voix plus calme.

— Pourquoi? Qui a dit que vous devriez l'épouser?

— C'est lui qui nous a dit qu'on allait le fiancer à l'une d'entre nous!

— Seulement s'il se montre vraiment très vilain, répliqua Takeo. Ce sera son châtiment!

— Je ne veux être la fiancée de personne, déclara Miki.

— Tu changeras peut-être d'avis un jour, la taquina Takeo.

— Je veux me marier avec Miki, dit Maya en se mettant à pouffer.

— Oui, nous nous épouserons toutes les deux, approuva Miki.

— Dans ce cas, vous n'aurez pas de descendance. Il vous faut un homme pour faire des enfants.

— Je n'aime pas les enfants, assura Miki.

— Je les déteste, renchérit Maya. Surtout Sunaomi! Vous n'allez pas en faire votre fils, n'est-ce pas, Père?

— Je n'ai pas besoin de fils, répondit Takeo.

Les funérailles de Kenji eurent lieu le lendemain. On érigea une stèle en son honneur dans le sanctuaire de Hachiman proche du Tokoji, qui devint bientôt un lieu de pèlerinage pour la famille Muto et d'autres membres de la Tribu. Comme Shigeru et Jo-An, Kenji était passé dans le monde des esprits. Tous trois avaient semblé plus qu'humains de leur vivant. À présent, ils inspiraient et protégeaient ceux qui vivaient encore au milieu du monde.

16

 Les pluies cédèrent enfin la place à la grande chaleur de l'été. Chaque jour, Shigeko se levait avant le lever du soleil pour se rendre au sanctuaire au bord du fleuve et passer une heure avec le poulain noir pendant que l'air était encore frais. Les deux vieilles juments lui enseignaient les bonnes manières en lui prodiguant morsures et coups de pied, si bien qu'il était devenu beaucoup plus calme. Il sembla peu à peu se faire à la présence de Shigeko, qu'il accueillait maintenant en hennissant et comblait de manifestations affectueuses.

— Il n'a jamais fait ça avec personne, observa Mori Hiroki en regardant le poulain frotter sa tête contre l'épaule de la jeune fille.

— Je voudrais le donner à mon père, répliqua-t-elle. Il n'a jamais eu un cheval selon son cœur depuis la mort de Shun.

— Il est mûr pour le dressage. Cependant vous ne devriez pas vous y risquer, surtout toute seule. Malheureusement, je suis trop vieux et lent désormais, et votre père est trop occupé.

— Il faut pourtant que je le fasse, protesta Shigeko. J'ai réussi à gagner sa confiance.

Puis elle pensa soudain : «Hiroshi va venir à Hagi. Nous dresserons le cheval ensemble. De cette façon, Père pourra le monter l'an prochain, quand nous nous rendrons à Miyako.»

Elle nomma le poulain Tenba, car il avait quelque chose de céleste et paraissait voler quand il faisait le tour du pré au galop.

Ainsi passèrent les jours de canicule. Les enfants se baignaient dans la mer et continuaient d'étudier et de s'entraîner, heureuses de la présence de leur père. Bien que le plus clair de ses heures fût absorbé par les devoirs du gouvernement, il passait toujours un peu de temps avec elles, par les chaudes soirées où les étoiles brillaient énormes dans le ciel d'un noir profond, tandis qu'une faible brise venue de la mer rafraîchissait la résidence.

Pour Shigeko, le prochain événement majeur de la belle saison était l'arrivée de Sugita Hiroshi. Après avoir vécu dans la maisonnée des Otori jusqu'à l'âge de vingt ans, il s'était installé à Maruyama, pour administrer le domaine de Kaede qui reviendrait un jour à sa fille aînée. Pour les trois filles, c'était comme le retour d'un grand frère très aimé. Chaque fois qu'elle recevait une lettre, Shigeko s'attendait à apprendre le mariage de Hiroshi, car il avait vingt-six ans et était toujours célibataire. Cette situation était inexplicable, mais il arriva encore seul à Hagi, sans qu'il fût question d'aucune épouse ou fiancée qu'il aurait laissée à Maruyama. Profitant d'un moment en tête à tête avec Shizuka, la jeune fille essaya d'aborder le sujet d'un air désinvolte.

— Shizuka, quel âge avaient vos fils quand ils se sont mariés ?

— Zenko avait dix-huit ans et Taku dix-sept. Ils n'étaient pas spécialement jeunes.

— Taku et Sugita Hiroshi ont le même âge, n'est-ce pas ?

— Oui, ils sont nés la même année, ainsi que votre tante Hana, répondit Shizuka en riant. Je crois que les trois garçons espéraient l'épouser. Hiroshi, en particulier, avait toujours rêvé d'être son mari. Il idolâtrait votre mère et trouvait que Hana lui ressemblait extrêmement. Taku s'est vite remis de sa déception, mais le bruit court que Hiroshi n'en a pas fait autant et que c'est pour cette raison qu'il ne s'est jamais marié.

— Quelle histoire singulière, dit Shigeko.

Elle avait envie de continuer cette conversation mais était surprise elle-même de la souffrance qu'elle en éprouvait. Hiroshi amoureux de Hana? Au point de ne pouvoir se résoudre à en épouser une autre?

— Si une alliance convenable s'était présentée, reprit Shizuka, votre père aurait sans aucun doute arrangé un mariage. Toutefois la position de Hiroshi est unique. Il est d'un rang à la fois trop et pas assez élevé. Son intimité avec votre famille en fait presque un fils de la maison, mais il ne possède pas lui-même un domaine héréditaire. Dès cette année, il va vous remettre Maruyama.

— J'espère qu'il restera à mon service, répliqua Shigeko. Mais je vois que je vais devoir lui trouver une femme! A-t-il une maîtresse ou une concubine?

— Je suppose que oui. La plupart des hommes en usent ainsi!

— Pas mon père, observa Shigeko.

— C'est vrai. Ni sire Shigeru.

Le regard de Shizuka se fit lointain, pensif.

— Je me demande pourquoi ils sont si différents des autres hommes, dit Shigeko.

— Peut-être ne sont-ils attirés par aucune autre femme. Et j'imagine qu'ils ne veulent pas infliger à leur bien-aimée la souffrance de la jalousie.

— La jalousie est un sentiment horrible.

— Mais vous êtes heureusement trop jeune pour éprouver de telles émotions. Du reste, votre père mettra toute sa sagesse dans le choix de votre époux. Il risque même de se montrer si exigeant que je ne suis pas sûre qu'il trouve jamais un prétendant assez bon pour vous.

— Je serais contente de ne jamais me marier, déclara la jeune fille.

Elle avait pourtant conscience de ne pas dire tout à fait vrai. Depuis qu'elle était devenue une femme, des rêves venaient la troubler. Elle aspirait au contact d'un homme, à la sensation d'un corps robuste complétant le sien, à l'intimité mêlant cheveux, peaux et odeurs.

— C'est dommage que les filles n'aient pas le droit de s'initier librement à l'amour comme les garçons.

— Il faut juste qu'elles se montrent un peu plus discrètes, répliqua Shizuka en riant. Désirez-vous déjà quelqu'un en particulier, Shigeko ? Seriez-vous plus mûre que je ne le croyais ?

— Bien sûre que non. Simplement, j'ai envie de savoir à quoi ressemblent les choses que les hommes et les femmes font ensemble, le mariage, l'amour…

Ce soir-là, elle examina attentivement Hiroshi pendant le repas. Il n'avait guère l'air d'un homme que l'amour a rendu fou. S'il avait à peu près la même taille que Takeo, qui n'était pas spécialement grand, sa carrure était plus imposante et son visage plus replet. Ses yeux étaient allongés, son regard vif. Ses cheveux épais étaient d'un noir sans mélange. Il paraissait d'excellente humeur. Débordant d'optimisme quant à la prochaine moisson, il évoquait avec enthousiasme les résultats obtenus grâce à ses innovations dans l'entraînement des hommes et des chevaux. Taquin avec les jumelles, flatteur envers Kaede, il plaisantait avec Takeo, avec lequel il se remémorait le passé, la retraite au cœur du typhon et la bataille pour reconquérir Hagi. Une ou deux fois dans la soirée, Shigeko crut sentir son regard sur elle, mais dès qu'elle levait les yeux vers lui, il regardait ailleurs. Il ne lui adressait que rarement la parole, et toujours d'un ton de cérémonie. Dans ces instants-là, son visage devenait moins animé et prenait une expression tranquille, presque lointaine, qui rappelait à la jeune fille celle qu'arboraient ses maîtres du temple de Terayama quand ils méditaient. Elle se souvint que, comme elle-même, Hiroshi avait été initié à la voie du Houou. Cette pensée la consola un peu. Même s'ils ne pouvaient devenir davantage l'un pour l'autre, ils resteraient des camarades. Elle pourrait toujours compter sur sa compréhension et son soutien.

Au moment de se séparer, il l'interrogea sur le jeune cheval dont elle lui avait parlé dans ses lettres.

— Venez donc le voir demain au sanctuaire, proposa-t-elle.

Après un instant d'hésitation, il répondit :

— Avec grand plaisir. Permettez-moi de vous accompagner.

Mais sa voix était froide et ses paroles cérémonieuses.

ILS TRAVERSÈRENT LE PONT DE PIERRE d'un pas nonchalant, côte à côte, comme si souvent à l'époque où elle était une petite fille et lui pas encore un homme. L'atmosphère était calme, la lumière limpide et dorée, tandis que le soleil se levait sur les montagnes de l'Est en faisant de la surface étale du fleuve un miroir étincelant dont le monde de reflets paraissait plus réel que celui où ils avançaient.

Habituellement, elle était escortée par deux gardes du château, marchant à distance respectueuse devant et derrière elle, mais aujourd'hui Hiroshi les avait renvoyés. Il était vêtu en cavalier, avec un pantalon et des jambières, et portait un sabre à sa ceinture. Habillée de même, les cheveux noués en arrière, Shigeko n'était armée que de son petit bâton caché dans ses vêtements, comme toujours lorsqu'elle était à Hagi. Elle parla du cheval et Hiroshi sortit peu à peu de sa réserve, au point de discuter avec autant de feu qu'il l'aurait fait cinq ans plus tôt. Paradoxalement, sa familiarité la désappointa autant que sa froideur.

«Il me considère comme une petite sœur, pensa-t-elle, comme si j'étais l'un des jumelles.»

Le soleil du matin illuminait le vieux sanctuaire. Hiroki était déjà debout et Hiroshi le salua avec chaleur, car il avait passé bien des heures avec lui, dans son enfance, à s'initier à l'art de dresser et d'élever les chevaux.

Dès qu'il entendit la voix de Shigeko, Tenba hennit dans la prairie. Lorsqu'ils vinrent le voir, il trotta aussitôt vers elle. En revanche, il accueillit Hiroshi en couchant ses oreilles et en roulant des yeux.

— Il est aussi beau que farouche! s'exclama Hiroshi. S'il peut s'apprivoiser, il fera un merveilleux cheval de guerre.

— Je veux le donner à Père, lui dit Shigeko. Mais je ne veux pas qu'il l'emmène à la guerre! Nous sommes en paix, n'est-ce pas?

— Il y a quelques nuages menaçants à l'horizon, répliqua Hiroshi. C'est pour cette raison qu'on m'a appelé ici.

— Moi qui espérais que vous étiez venu pour voir mon cheval! lança-t-elle en osant le taquiner.

— Pas seulement votre cheval, dit-il d'une voix paisible.

Elle lui jeta un coup d'œil et fut surprise de découvrir que son cou avait rougi.

Après un instant d'embarras, elle reprit :

— J'espère que vous aurez le temps de m'aider à le dresser. Je ne veux pas confier ce soin à quelqu'un d'autre. Il a confiance en moi, maintenant, et il faut préserver cette confiance, de sorte que je devrai toujours être présente.

— Je finirai également par gagner sa confiance, assura Hiroshi. Je viendrai ici chaque fois que votre père pourra se passer de moi. Nous le dresserons ensemble, en suivant la méthode qu'on nous a enseignée.

La voie du Houou était celle des éléments mâles et femelles du monde : douce puissance, compassion ardente, ombre et lumière, l'obscurité et le soleil, l'être caché et révélé. La douceur ne suffirait pas à dresser un cheval comme celui-ci. Il y faudrait également la force et la détermination d'un homme.

Ils commencèrent le matin même, avant que la chaleur ne devienne pesante, en accoutumant le cheval au contact de la main de Hiroshi sur sa tête, ses oreilles, ses flancs et son ventre. Puis ils placèrent des rubans soyeux sur son dos et son encolure, avant d'en attacher un par un nœud peu serré autour de son nez et de sa tête : sa première bride. Il frissonna, la robe en sueur, mais se laissa faire.

Mori Hiroki les observa d'un œil approbateur. Quand le poulain eut été récompensé par des carottes et Shigeko et Hiroshi par du thé d'orge froid, il déclara :

— Dans d'autres régions des Trois Pays et au-delà des frontières, les chevaux sont dressés à la hâte, en usant de contrainte et même souvent de cruauté. On bat les animaux pour les soumettre. Mais mon père a toujours cru aux vertus de la douceur.

— Et c'est pourquoi les destriers des Otori sont renommés, dit Hiroshi. Ils sont tellement plus obéissants que les autres chevaux, plus sûrs dans la bataille et plus endurants, car ils ne gaspillent pas leur énergie à combattre leur cavalier en tentant de s'enfuir ! J'ai toujours eu recours aux techniques que vous m'avez apprises.

Shigeko était radieuse.

— Nous allons réussir à l'apprivoiser, n'est-ce pas ?

— J'en suis persuadé, répliqua Hiroshi en lui rendant spontanément son sourire.

17

S'il ignorait que le poulain noir lui était destiné, Takeo savait que sa fille travaillait à le dresser avec Sugita Hiroshi, de même qu'il savait à peu près tout ce qui se passait non seulement à Hagi mais d'un bout à l'autre des Trois Pays. Des messagers à pied ou à cheval se relayaient d'une cité à l'autre, et des pigeons voyageurs permettaient de transmettre les nouvelles urgentes depuis les bateaux sillonnant la mer. Takeo considérait Hiroshi comme un grand frère pour sa fille. Il lui arrivait d'être inquiet pour l'avenir du jeune célibataire, et il cherchait alors dans son esprit un parti convenable et utile pour ce garçon qui l'avait servi si fidèlement depuis l'enfance. Bien qu'il fût au courant des bruits prêtant à Hiroshi une passion déçue pour Hana, il n'y croyait guère, connaissant sa force de caractère et son intelligence. Cependant le jeune homme éludait tout projet de mariage et semblait mener une vie plus chaste que celle d'un moine. Takeo résolut de redoubler d'efforts pour lui trouver une épouse dans les familles de guerriers de Hagi.

Par une après-midi brûlante du septième mois, peu avant la fête de l'étoile de la Tisserande, Takeo, Kaede, Shigeko et Hiroshi traversèrent la baie pour rejoindre la résidence de Terada Fumifusa. Père de Fumio, le vieil ami de Takeo, cet ancien chef des pirates se consacrait maintenant à entretenir et contrôler la flotte de guerre aussi bien que les navires marchands assurant aux Trois Pays leur importance commerciale et leur sécurité maritime. Quoique ayant atteint la cinquantaine, il semblait en grande partie épargné par les infirmités de l'âge. Takeo appréciait sa sagacité et son pragmatisme, ainsi que le mélange de hardiesse et de grand savoir qui l'avait amené à renforcer le commerce et encourager l'installation d'artisans et d'artistes venus de loin pour travailler et enseigner dans les villes des Trois Pays.

Terada lui-même n'accordait guère de prix aux somptueux trésors accumulés au cours de sa carrière de pirate. Sa rancune envers le clan des Otori était son unique mobile et il n'aspirait qu'à la chute des oncles de sire Shigeru. Toutefois, après la bataille de Hagi et le tremblement de terre, il avait reconstruit sa vieille demeure sous l'influence de son fils et de sa bru, Eriko, une jeune nièce de la famille Endo. Eriko aimait la peinture, les jardins et les beaux objets. Elle écrivait des poèmes d'une facture exquise et avait créé un cadre où la splendeur le disputait au charme. Située de l'autre côté de la baie, la résidence jouxtait le cratère du volcan, où le climat exceptionnel permettait à la jeune femme de cultiver les plantes exotiques que Fumio rapportait de ses voyages aussi bien que les herbes médicinales avec lesquelles Ishida se plaisait à faire des expériences. Sa nature artiste et sa sensibilité avaient fait d'elle une amie appréciée de Kaede et Takeo. Sa fille aînée était particulièrement proche de Shigeko, car les deux adolescentes étaient nées la même année.

De petits pavillons avaient été bâtis sur les ruisseaux du jardin et une fraîche rumeur d'eau vive remplissait l'atmosphère. Les bassins disparaissaient sous les lotus mauves et blancs, qu'ombrageaient d'étranges arbres en forme d'éventail provenant des îles du Sud. L'air embaumait le gingembre et l'anis. Tous les invités portaient des robes d'été légères aux couleurs chatoyantes, qui rivalisaient avec les papillons voletant parmi les fleurs. Un coucou attardé chantait dans la forêt en mêlant sa voix hachée au concert strident et inlassable des cigales.

Eriko avait remis à l'honneur un jeu ancien où les hôtes devaient composer des poèmes, les lire puis les envoyer sur de petits plateaux en bois flottant sur l'onde afin qu'ils soient lus par le groupe d'invités du pavillon suivant. Grâce à sa vivacité d'esprit et son immense érudition en matière d'allusions classiques, Kaede excellait dans ce genre de poésie, mais Eriko était une rivale redoutable. Chacune s'efforçait de surpasser l'autre, en un duel amical.

Des coupes de vin flottaient également sur les ruisseaux au cours indolent. De temps en temps, un invité en saisissait une pour la tendre à un ami. Le rythme des mots et le bruit des rires s'unissaient à la rumeur de l'eau, des insectes et des oiseaux, plongeant Takeo dans un instant privilégié de pur plaisir, où ses soucis se dissipaient et son chagrin s'allégeait.

Il observait Hiroshi, assis en compagnie de Shigeko et de Kaori, la fille d'Eriko, dans le pavillon voisin. Kaori était presque en âge d'être mariée. Peut-être serait-elle un bon parti — il en discuterait avec Kaede plus tard. La jeune fille tenait de son père, avec son apparence replète, sa santé éclatante et sa bonne humeur. Elle était en train de rire avec Shigeko des tentatives poétiques de Hiroshi.

Cependant, à travers les rires et les bruits de cette après-midi paisible, il entendit autre chose, comme le battement d'aile d'un oiseau. Levant les yeux vers le ciel, il aperçut des points minuscules vers le sud-est. Quand ils se rapprochèrent, il devint évident qu'il s'agissait de pigeons voyageurs retournant vers la résidence des Terada, où ils étaient nés.

De telles arrivées étaient incessantes, tous les navires de l'ancien pirate emportant des pigeons à bord, mais Takeo s'inquiéta en voyant la direction d'où venaient ces messagers ailés, car le port franc d'Akashi se trouvait au sud-est...

Les oiseaux survolèrent l'assemblée en se dirigeant vers les pigeonniers. Chacun leva les yeux pour les regarder puis la fête reprit son cours, toujours aussi joyeuse en apparence, mais Takeo avait maintenant conscience de la chaleur de l'après-midi, de la sueur sous ses aisselles et de la stridulation monotone des cigales.

Un domestique sortit de la maison, s'agenouilla à côté de sire Terada et lui chuchota quelques mots. Terada regarda Takeo en faisant un léger signe de tête. Tous deux se levèrent en même temps, s'excusèrent brièvement auprès de l'assistance et suivirent le domestique à l'intérieur. Une fois sur la véranda, Terada annonça :

— Un message de mon fils.

Il prit au serviteur plusieurs morceaux pliés de papier de soie, plus légers que des plumes, et assembla les mots.

«Échec. Armes déjà aux mains de Saga. Revenons immédiatement.»

Plongé dans l'ombre de la véranda, Takeo observa le spectacle lumineux du jardin. Il entendit la voix de Kaede qui lisait, les rires rendant hommage à sa grâce et son esprit.

— Nous allons devoir tenir un conseil de guerre, dit-il. Nous nous retrouverons demain pour décider ce qu'il convient de faire.

LE CONSEIL COMPRENAIT LES TERADA PÈRE ET FILS, Miyoshi Kahei, Sugita Hiroshi, Muto Shizuka, Takeo, Kaede et Shigeko. Takeo les informa de sa rencontre avec Kono, des exigences de l'empereur, du problème posé par son nouveau général et les armes passées en contrebande. Naturellement, Miyoshi Kahei préconisa de réagir sur-le-champ par une offensive éclair dès cet été, accompagnée si possible de la mort d'Araï Zenko et de sire Kono. On pourrait ensuite concentrer des troupes sur les frontières de l'Est, marcher sur la capitale au printemps, mettre en déroute l'Attrapeur de Chiens et convaincre l'empereur qu'il ferait mieux de réfléchir avant de menacer et d'insulter les Otori.

— Vos navires pourraient aussi faire le blocus d'Akashi, dit-il à Terada. Nous devrions prendre le contrôle du port afin d'empêcher d'autres interventions désastreuses d'Araï.

Il se rappela soudain que Shizuka était présente et que Zenko était son fils. Après l'avoir priée non sans retard de l'excuser pour sa franchise, il déclara à Takeo :

— Malgré tout, je maintiens que mon conseil est bon. Tant que Zenko sapera votre autorité dans l'Ouest, vous ne pourrez espérer affronter la menace en provenance de l'est.

— Le fils de Zenko est maintenant chez nous, observa Kaede. Il nous semble qu'il constitue un argument de poids pour nous assurer son obéissance.

— On ne peut guère le considérer comme un otage, rétorqua Kahei. Pour cela, il faudrait être prêt à l'exécuter. Je ne veux pas vous offenser, Takeo, mais je ne vous crois pas capable d'ordonner la mort de cet enfant. Et ses parents savent évidemment qu'il est aussi en sécurité avec vous que dans les bras de sa mère !

— Cependant Zenko m'a renouvelé son serment de fidélité, dit Takeo. Je ne puis l'attaquer sans provocation ou mise en garde. Je préfère lui accorder ma confiance, dans l'espoir qu'il en sera digne. Nous devons tout faire pour maintenir la paix par la négociation. Je ne veux pas plonger les Trois Pays dans la guerre civile.

Kahei serra les lèvres et secoua la tête d'un air sombre.

— Votre frère, Gemba, et les autres maîtres de Terayama m'ont conseillé d'apaiser l'empereur, de me rendre à Miyako l'an prochain et de plaider moi-même ma cause devant lui.

— D'ici là, Saga aura équipé son armée avec des armes à feu. Laissez-nous au moins nous emparer d'Akashi pour l'empêcher d'acheter du salpêtre. Autrement, vous irez vers une mort certaine !

— Je suis en faveur d'une action énergique, intervint Terada. Je suis d'accord avec Miyoshi. Ces marchands d'Akashi ont la folie des grandeurs. Un port franc, rien que ça ! Ce sont des insolents. Leur donner une leçon serait un plaisir.

Le vieux pirate semblait regretter l'époque où ses bateaux contrôlaient pratiquement tout le commerce le long des côtes de l'Est et de l'Ouest.

— Une telle action provoquerait un immense mécontentement chez nos propres commerçants, objecta Shizuka. Or nous avons besoin de leur aide pour assurer notre approvisionnement aussi bien que pour nous fournir en salpêtre et minerai de fer. Il serait très difficile de mener une guerre sans leur soutien.

— La classe des marchands devient partout dangereusement puissante, grommela Terada.

Takeo savait qu'il s'en plaignait depuis longtemps, de même que Miyoshi Kahei et beaucoup d'autres guerriers contrariés par la richesse et la prospérité croissantes que le commerce apportait aux habitants des villes. Il lui semblait pourtant que cette prospérité était l'un des appuis les plus solides de la paix.

— Si vous ne frappez pas maintenant, il sera trop tard, déclara Kahei. Tel est mon conseil.

— Et quel est le vôtre, Hiroshi ? demanda Takeo au jeune homme qui était resté silencieux jusqu'à présent.

— Je comprends le point de vue de sire Miyoshi, dit Hiroshi. À bien des égards, je crois que la raison est de son côté. Si l'on s'en tient à l'art de la guerre, sa stratégie paraît hautement recommandable. Toutefois, je dois me rendre à la sagesse des maîtres de la voie du Houou. Envoyez à l'empereur un message annonçant votre visite, au cours de laquelle vous lui ferez connaître votre décision. Vous différerez ainsi tout projet d'attaque de sa part. Comme Kahei, je vous recommanderais de renforcer nos troupes à la frontière de l'Est, afin de nous préparer à l'offensive sans pour autant la provoquer. Nous devons augmenter le nombre de nos fantassins équipés d'armes à feu et les entraîner à affronter des soldats possédant les mêmes engins, car il ne fait pas de doute que Saga disposera d'un armement considérable d'ici un an. Il s'agit là d'un fait que nous ne pouvons empêcher. Quant à votre beau-frère, je pense que les liens familiaux seront plus forts que sa rancœur envers vous ou son envie de vous évincer. Une nouvelle fois, je vous conseillerais de prendre votre temps et de ne rien précipiter.

« Hiroshi a toujours été un brillant stratège, songea Takeo. Même quand il était enfant ! »

Il se tourna vers sa fille.

— Qu'en penses-tu, Shigeko ?

— Je suis d'accord en tout point avec sire Hiroshi, répondit-elle. Si je vous accompagne à Miyako, je crois que la voie du Houou l'emportera, même face à l'empereur.

18

Quand elle séjournait à Hagi, Shizuka habitait dans la résidence, ce qui permettait à Takeo de la voir plusieurs fois par jour en compagnie de Kaede ou de leurs enfants. Il n'était pas besoin d'arranger des rencontres officielles. Et il ne jugea pas non plus nécessaire d'annoncer publiquement qu'elle avait pris la tête de la Tribu. Même si les diverses compétences de la Tribu étaient maintenant placées sous l'autorité de l'État en sa personne, elles constituaient encore un secret. Ce cloisonnement convenait aux guerriers du conseil de Takeo, qui étaient toujours heureux de tirer profit des talents de la Tribu mais préféraient ne pas être mêlés à des sorcelleries. Taku, étant lui-même de sang mêlé, comprenait parfaitement cette exigence.

Rien n'était plus facile que d'avoir des entretiens informels avec Shizuka au jardin, sur la véranda ou sur la digue. Quelques jours après le conseil de guerre, le matin de la fête de l'Étoile, ils se retrouvèrent comme par hasard alors que Takeo se rendait de la résidence au château lui-même. Comme d'habitude, Minoru le suivait avec son matériel d'écriture, mais le jeune secrétaire s'éloigna pour qu'ils puissent parler seul à seule.

— J'ai reçu un message de Taku, dit-elle d'une voix tranquille. Tard dans la nuit. Ishida et Chikara ont quitté Hofu lors de la dernière pleine

lune. Le temps s'est calmé et ils devraient maintenant arriver d'un jour
à l'autre.

— Voilà une bonne nouvelle, répliqua-t-il. Vous devez être impatiente
de revoir votre époux.

Puis il ajouta, car ce qu'elle venait de lui apprendre n'avait rien de
secret :

— Quoi d'autre ?

— Apparemment, Zenko a autorisé les étrangers à les accompagner.
Deux d'entre eux sont à bord, avec la femme qui leur sert d'interprète.

— Quel est le but de leur visite ? demanda Takeo en fronçant les sourcils.

— Taku ne le dit pas. Cependant il pensait qu'il valait mieux que vous
soyez averti.

— C'est ennuyeux. Nous allons devoir les recevoir en grande pompe,
et faire semblant d'être impressionnés par leurs présents misérables et
leurs discours grossiers. Je n'ai pas envie qu'ils se croient libres d'aller où
ils veulent. Je préfère qu'ils restent confinés dans un seul endroit. Hofu
était parfait pour cela. Trouvez-leur une demeure sans confort et faites-
les surveiller en permanence. Avons-nous quelqu'un qui parle leur langue ?

Shizuka fit non de la tête.

— Eh bien, il faut que des gens l'apprennent au plus vite. La traduc-
trice nous donnera des cours pendant son séjour.

Les pensées se bousculaient dans sa tête. Il n'avait pas souhaité revoir
Madaren, et il se sentait embarrassé à l'idée qu'elle réapparaisse si vite
dans sa vie. Les complications que sa présence ne manquerait pas de
faire surgir l'inquiétaient. Toutefois, quitte a recourir aux services d'un
interprète, il valait mieux qu'il s'agisse de cette femme à laquelle il était
lié et qu'il pourrait peut-être influencer.

Il pensa à la capacité d'assimilation de Kaede, qui avait appris les idio-
mes de Shin et de Tenjiku afin de lire les classiques de l'histoire et de la
littérature, sans oublier les saintes écritures. Il lui demanderait de s'ini-

tier à la langue des étrangers avec Madaren. Il lui révélerait que l'interprète était sa sœur… L'idée d'avoir un secret de moins vis-à-vis d'elle le rendait étrangement heureux.

— Dénichez donc une fille maligne qui puisse être leur servante, dit-il à Shizuka. Elle devra tout faire pour parvenir à comprendre ce qu'ils disent. Et nous organiserons aussi des cours ici.

— Avez-vous l'intention d'apprendre leur langue, mon cousin ?

— Je doute d'en être capable, mais je suis sûr que Kaede y réussira. Et vous aussi.

— Je crains d'être trop vieille, répliqua Shizuka en riant. En revanche, cette question passionne Ishida. Il a dressé une liste de termes scientifiques et médicaux.

— Parfait. Qu'il continue de travailler avec eux. Nous avons intérêt à en savoir le plus possible sur leur compte. Peut-être votre époux pourrait-il également vous en apprendre davantage sur leurs intentions véritables et sur leurs rapports avec Zenko.

Comme saisi d'une pensée soudaine, il demanda :

— Taku va bien ?

— Il semble que oui. Je le crois simplement un peu contrarié d'être bloqué dans l'Ouest. Il s'apprête à partir avec sire Kono pour inspecter les propriétés, après quoi il compte se rendre à Maruyama.

— Vraiment ? Dans ce cas, il vaudrait mieux que Hiroshi soit là-bas pour les recevoir. Il pourra repartir par le même bateau et informer Taku de nos décisions.

DEUX JOURS PLUS TARD, le navire apparut sur la mer. Shigeko entendit sonner la cloche de la colline dominant le château alors qu'elle travaillait avec Hiroshi au dressage du poulain. Tenba acceptait le mors et se laissait mener par elle avec les rênes en tissu, mais ils n'avaient pas encore essayé de lui imposer une selle ni aucun poids sur le dos, en dehors d'une étoffe ouatée légère qu'il accueillait encore en bronchant et en lançant des ruades.

— Un bateau est en vue, dit-elle en s'efforçant vainement de le distinguer dans la lumière éclatante de l'aurore. J'espère que c'est celui du docteur Ishida.

— Si c'est le cas, je vais devoir retourner à Maruyama, observa Hiroshi.

— Déjà! ne put-elle s'empêcher de s'exclamer.

Embarrassée, elle ajouta précipitamment :

— Père dit qu'il m'apporte un cadeau extraordinaire, mais il ne veut pas me révéler ce que c'est.

«Je parle comme une enfant», pensa-t-elle, furieuse contre elle-même.

— Je l'ai entendu en parler, répliqua-t-il.

Il sembla à Shigeko qu'il la traitait comme une petite fille.

— Savez-vous de quoi il s'agit?

— C'est un mystère! dit-il d'un ton taquin. Je ne saurais trahir les secrets de sire Otori.

— Pourquoi devrait-il vous le dire alors qu'il me le cache?

— Il ne m'a rien dit, avoua-t-il d'une voix conciliante. Je sais juste qu'il espérait que le temps serait beau pour que sa traversée soit paisible.

— Ce doit être un animal, s'écria Shigeko avec transport. Un nouveau cheval! Ou peut-être un petit tigre! Le temps a été magnifique. Je suis toujours heureuse quand il fait beau pour la fête de l'Étoile.

Elle se rappela la splendeur récente de la nuit tranquille et sans lune, parsemée d'étoiles étincelantes. L'unique nuit de l'année où la princesse et son amant pouvaient se retrouver grâce au pont magique bâti par des pies.

— Quand j'étais jeune, j'aimais cette fête, dit Hiroshi. À présent, elle me rend triste car les ponts magiques n'existent pas, dans la vie réelle.

«Il parle de lui-même et de Hana, pensa Shigeko. Cela fait si longtemps qu'il souffre. Il devrait se marier. S'il avait une épouse et des enfants, il surmonterait son chagrin.»

Cependant elle ne pouvait se résoudre à lui suggérer une telle solution.

— Jadis, je prêtais à la princesse Étoile le visage de votre mère, reprit-il. Mais peut-être est-elle comme vous, en train d'apprivoiser les destriers célestes.

Tenba, qui marchait docilement entre eux, fut soudain effrayé par une colombe s'envolant de l'avant-toit du sanctuaire. Reculant d'un bond, il arracha le ruban des mains de Shigeko. Elle se précipita à sa suite pour le calmer, mais il était encore nerveux et fit un écart pour l'esquiver. Il la heurta de l'épaule, ce qui l'affola encore plus. Elle faillit tomber, mais Hiroshi réussit à s'interposer entre elle et le cheval. L'espace d'un instant, elle eut conscience de sa force virile et désira qu'il la serre contre lui, avec une intensité qui la surprit elle-même. Le poulain détala, en faisant sautiller ses rênes.

— Tout va bien? s'inquiéta Hiroshi. Il ne vous a pas fait mal?

Elle secoua la tête, en proie à une émotion soudaine. Ils étaient si proches, mais ne se touchaient pas. Elle retrouva enfin sa voix :

— Je crois que cela suffit pour aujourd'hui. Nous allons juste le faire marcher encore tranquillement. Après quoi, je devrai rentrer me préparer pour recevoir mon cadeau. Père va vouloir que ce soit une vraie cérémonie.

— Bien entendu, dame Shigeko, dit-il d'un ton redevenu froid et officiel.

Une brise légère se leva et les colombes voletèrent au-dessus de leurs têtes, mais le jeune cheval marcha entre eux d'un pas paisible, la tête baissée. Ils n'échangèrent plus un mot.

SUR LES QUAIS DU PORT, l'activité frénétique de la matinée s'était calmée. Les pêcheurs avaient cessé de décharger leurs prises de la nuit, consistant en sardines argentées et maquereaux aux écailles bleues. Les marchands remplissant les jonques pansues de balles de sel, de riz et de soie s'étaient interrompus. Une foule se rassembla sur la jetée pavée pour accueillir le bateau arrivant de Hofu avec sa cargaison insolite.

Shigeko avait eu juste le temps de rentrer à la résidence et de revêtir une tenue plus convenable pour recevoir son cadeau quel qu'il fût. Heureusement, le château n'était guère éloigné du port, qu'on rejoignait rapidement par la plage, en passant devant la petite maison sous les pins où la célèbre courtisane Akane avait jadis diverti sire Shigeru et dont les arbustes odorants qu'elle avait plantés embaumaient encore l'air. Shizuka l'avait attendue, mais sa mère renonça à les accompagner car elle se sentait un peu souffrante. Takeo était déjà parti avec Sunaomi. Quand elles arrivèrent près de lui, Shigeko se rendit compte que son père était passablement excité. Il ne cessait de la regarder du coin de l'œil en souriant. Elle espérait ne pas le décevoir par sa réaction et résolut de prétendre de toute façon qu'il avait exaucé son plus cher désir.

Toutefois, dès que le bateau s'approcha du quai et que l'étrange créature devint nettement visible, avec ses grandes oreilles et son cou interminable, Shigeko, pas plus que le reste de l'assistance, n'eut aucun besoin de feindre pour avoir l'air stupéfaite. Quand le docteur Ishida fit descendre avec précaution l'animal et le présenta à la jeune fille, elle resta muette de ravissement. Elle était émerveillée par la douceur et les motifs bizarres de sa robe, par ses yeux sombres et bienveillants, ombragés de cils longs et épais, par la délicatesse de sa démarche gracieuse et par le calme qu'il gardait tout en observant le spectacle inconnu s'offrant à son regard.

Takeo riait de plaisir, tant il était enchanté aussi bien par la kirin que par la réaction de Shigeko. De son côté, Shizuka accueillait son mari avec une affection discrète. Quant au petit garçon, Chikara, intimidé par la réception solennelle et la foule, il reconnut le visage de son frère et s'efforça de retenir ses larmes.

— Sois courageux, l'exhorta le docteur Ishida. Salue ton oncle et ta cousine comme il convient. Sunaomi, occupe-toi de ton petit frère.

— Sire Otori, réussit à articuler Chikara en s'inclinant profondément. Dame…

— Shigeko! s'écria-t-elle. Sois le bienvenu à Hagi!

Ishida se tourna vers Takeo.

— Nous vous amenons d'autres voyageurs, peut-être moins bienvenus.

— Je sais, Taku m'a averti. Votre épouse va leur montrer leur logement. Je vous dirai plus tard nos intentions à leur égard. En attendant,
j'espère que vous voudrez bien les distraire.

Les étrangers, les premiers qu'on ait jamais vus à Hagi, apparurent
sur la passerelle. Ils étaient deux, et ne firent pas moins sensation que la
kirin. Ils portaient d'étranges pantalons flottants et de longues bottes
de cuir. Des ornements d'or brillaient sur leur cou et leur poitrine. Le
premier avait un visage basané disparaissant à moitié sous une barbe
noire. L'autre avait le teint plus pâle. Ses cheveux et sa barbe étaient
d'un roux clair, et ses yeux étaient également clairs, couleur de thé vert.
À la vue de ses cheveux et de ses yeux décolorés, un frisson parcourut
la foule. Shigeko entendit des gens chuchoter :

— Serait-ce des ogres ?... Des fantômes... Des démons...

Ils étaient suivis par une petite femme qui semblait leur indiquer les
règles de politesse à observer. Après qu'elle leur eut murmuré quelques
mots, ils s'inclinèrent tous deux de façon étrange, un peu ostentatoire,
puis se mirent à parler dans leur langue aux sons rudes.

Takeo leur répondit par un simple signe de tête. Il ne riait plus et
paraissait sévère et resplendissant dans ses robes de cérémonie, brodées de
l'emblème du héron. Son visage coiffé d'un chapeau laqué noir était d'un
calme impassible. Les étrangers étaient peut-être plus grands et robustes,
mais aux yeux de Shigeko sire Otori était mille fois plus imposant.

La femme se prosterna devant lui, mais il lui fit signe qu'elle pouvait
se lever et lui parler. Shigeko trouva qu'il s'était montré singulièrement
bienveillant envers elle.

La jeune fille tenait la corde de soie attachée au cou de la kirin et son
attention était absorbée par la merveilleuse créature pendant qu'elle
écoutait son père dire quelques mots de bienvenue aux étrangers.
Néanmoins, lorsque la femme traduisit ces mots puis la réplique des

étrangers, quelque chose dans sa voix frappa Shigeko. En lui jetant un coup d'œil, elle s'aperçut que l'interprète ne quittait pas Takeo des yeux. «Elle connaît Père, pensa Shigeko. Elle ose le regarder en face.» Ce regard lui parut d'une familiarité frisant l'insolence, au point qu'elle en fut troublée et décida d'être sur ses gardes.

LA FOULE MASSÉE SUR LE QUAI dut affronter la question délicate de savoir qui suivre. D'un côté il y avait la fabuleuse kirin, que Shigeko et Ishida menaient au sanctuaire où elle devait être montrée à Mori Hiroki et présentée au dieu du fleuve avant d'entrer dans l'enclos préparé à son intention. De l'autre, les étrangers non moins fascinants s'éloignaient avec un cortège de serviteurs chargés de boîtes et de ballots et étaient escortés par Shizuka jusqu'au petit bateau devant les conduire à leur logis sur l'autre rive du fleuve, à côté du vieux temple appelé Tokoji.

Heureusement, la ville de Hagi était très peuplée. Même après que la foule se fut scindée en deux, chaque cortège apparut considérable. Les étrangers en furent davantage irrités que la kirin. Ils manifestèrent une certaine mauvaise humeur devant la curiosité dont ils étaient l'objet, et furent encore plus contrariés en découvrant que leur demeure était à bonne distance du château et qu'on leur imposait des gardes et d'autres restrictions sous prétexte d'assurer leur protection. En revanche, la kirin s'avança comme à l'ordinaire, de son pas aussi décidé que gracieux, sans que rien puisse l'effrayer ni altérer son inépuisable douceur.

— Je suis déjà sous son charme, déclara Shigeko à son père lorsqu'ils approchèrent du sanctuaire. Comment pourrai-je jamais vous remercier?

— C'est le docteur Ishida qu'il faut remercier, répliqua Takeo. C'est lui qui nous l'offre. Son présent est d'autant plus précieux qu'il est attaché autant que toi à la kirin, avec laquelle il est depuis longtemps familiarisé. Il te montrera comment en prendre soin.

En la voyant, Mori Hiroki s'exclama :

— Quelle merveille pour notre ville ! Les Trois Pays sont vraiment bénis du Ciel !

Shigeko était de son avis. Même Tenba parut captivé par la kirin. Il courut vers la clôture de bambou pour l'examiner et frotter doucement son nez contre le sien. Seul le départ de Hiroshi attristait Shigeko. Mais au souvenir du moment passé ensemble le matin même, elle songea qu'il valait peut-être mieux qu'il rentre chez lui.

19

Quand Takeo revint à la résidence après la cérémonie de bienvenue à la kirin, il se rendit droit aux appartements de Kaede, inquiet pour sa santé. Cependant elle semblait remise et était assise sur la véranda, au nord de la demeure, là où la brise marine apportait un peu de fraîcheur. Elle parlait avec Taro, le fils aîné du charpentier Shiro, qui était revenu à Hagi avec son père pour reconstruire la ville après le tremblement de terre et se consacrait maintenant à sculpter des statues en bois.

Takeo le salua avec chaleur, et Taro répondit sans cérémonie inutile car leur passé commun avait cimenté leur amitié qu'augmentait encore l'admiration de Takeo pour le talent de l'artiste, qui n'avait pas son pareil dans les Trois Pays.

— Cela fait un certain temps que je songe à créer une image de la déesse de la Miséricorde, dit Taro en regardant ses mains comme s'il désirait qu'elles parlent pour lui. Dame Otori m'a fait une suggestion.

— Vous connaissez la maison au bord de la mer, expliqua Kaede. Depuis la mort d'Akane, il y a des années, elle est restée vide. On raconte que sa demeure est hantée par son esprit, qu'elle recourait à des charmes pour s'attacher sire Shigeru et avait fini par être prise au piège de sa propre magie noire. Des marins prétendent qu'elle allume des lampes sur les rochers afin d'envoyer des signaux fallacieux aux navires, car elle déteste tous les hommes. Nous pourrions raser sa maison et purifier le jardin. Taro et son frère construiront à cet endroit un sanctuaire pour Kannon, et la statue qu'il fera d'elle accordera sa bénédiction au rivage et à la baie.

— Chiyo m'a raconté l'histoire d'Akane quand j'étais enfant, déclara Takeo. Mais sire Shigeru ne parlait jamais d'elle ni de son épouse.

— Peut-être les esprits des deux défuntes trouveront-ils la paix, répliqua Taro. Je me représente un petit édifice, de sorte qu'il pourra s'élever au milieu des pins sans qu'il soit besoin de les couper. Je pense qu'il aura un toit double, profondément incurvé, comme ceci, avec des jointures s'emboîtant pour le soutenir.

Il montra à Takeo les esquisses qu'il avait faites.

— Le toit inférieur équilibre celui du dessus, ce qui confère à l'ensemble un aspect plein de force et de douceur. J'espère donner les mêmes attributs à la Bienheureuse. Je voudrais pouvoir vous montrer également une esquisse d'elle, mais elle restera cachée dans le bois jusqu'au moment où mes mains la découvriront.

— Comptez-vous la sculpter dans un seul arbre ? demanda Takeo.

— Oui, et je suis en train de le choisir.

Ils discutèrent de la variété d'arbre la plus souhaitable, de l'âge du bois et d'autres questions de ce genre. Après quoi, Taro les quitta.

— C'est un projet magnifique, dit Takeo à Kaede quand ils furent seuls. J'en suis enchanté.

— Je crois que j'ai une raison particulière d'être reconnaissante envers la déesse, déclara-t-elle d'un ton paisible. Mon malaise de ce matin, qui est passé si vite…

Il comprit ce qu'elle voulait dire et fut envahi par le sentiment familier de joie et de terreur qu'il éprouvait à l'idée que le profond amour les unissant avait créé une autre vie, précipité encore un être dans un nouveau cycle de naissance et de mort. C'était la perspective de la mort qui l'emplissait de terreur, en réveillant toutes les craintes du passé où ses enfants à deux reprises avaient mis en danger la vie de Kaede.

— Ma très chère épouse, murmura-t-il.

Comme ils étaient en tête à tête, il l'étreignit.

— Je me sens gênée, avoua-t-elle avec un petit rire. Il me semble que je suis trop vieille pour attendre un enfant! Shigeko est déjà une femme. Cependant, je ne me sens pas moins heureuse. Je croyais que je ne pourrais plus jamais être mère, que nous n'avions plus aucune chance d'avoir un fils.

— Je vous ai dit plus d'une fois que nos filles me suffisaient. Si nous avons encore une fille, je serai ravi.

— J'ose à peine le dire, chuchota Kaede, mais je suis certaine que ce sera un garçon.

Il la serra contre lui, émerveillé par le miracle de cette créature nouvelle qui grandissait déjà en elle, et ils restèrent un moment silencieux à s'imprégner de la proximité de l'autre. Puis des voix dans le jardin, les pas des servantes sur les planches de la véranda les ramenèrent à la réalité quotidienne.

— La kirin est-elle arrivée saine et sauve? demanda Kaede à qui Takeo avait déjà révélé le secret.

— Oui, je n'aurais pu rêver un apparition plus sensationnelle. Shigeko est tombée instantanément sous son charme. La foule entière est restée muette de stupeur.

— Rendre muets les Otori n'est pas un mince exploit! J'imagine qu'ils ont retrouvé leur langue et sont déjà en train de composer des chansons en son honneur. J'irai la voir moi-même plus tard.

— Il ne faut pas que vous sortiez en pleine chaleur, lança-t-il avec vivacité. Vous ne devez surtout pas vous fatiguer. Ishida va venir vous examiner sur-le-champ et vous devrez faire tout ce qu'il vous dira.

— Ishida est bien arrivé, lui aussi. Je m'en réjouis. Et le petit Chikara?

— Il a beaucoup souffert du mal de mer, à sa grande honte, mais il a retrouvé avec joie son frère aîné.

Takeo se tut un instant puis ajouta :

— Nous remettrons la question de l'adoption jusqu'à la naissance de notre enfant. Je ne veux pas éveiller de vaines espérances ni créer des complications pour l'avenir.

— C'est plus raisonnable, approuva Kaede. Encore que je craigne que Zenko et Hana ne soient déçus.

— Il s'agit d'un délai, non d'un refus définitif, observa Takeo.

— Vous êtes devenu aussi sage que prudent ! s'exclama-t-elle en riant.

— Tant mieux, répliqua-t-il. J'espère avoir maîtrisé la témérité irréfléchie de ma jeunesse.

Non sans hésitation, il se décida à aborder un autre sujet.

— D'autres passagers sont arrivés de Hofu : deux étrangers et une femme leur servant d'interprète.

— Dans quel dessein sont-ils venus, à votre avis ?

— Pour élargir leurs possibilités de faire du commerce, j'imagine, et pour découvrir un peu plus d'un pays qui leur demeure entièrement mystérieux. Je n'ai pas encore eu l'occasion de parler à Ishida. Peut-être en sait-il davantage. Nous allons avoir besoin de comprendre ces gens. J'espérais que vous pourriez apprendre leur langue, avec l'aide de la femme qui les accompagne, mais je ne voudrais pas vous imposer des obligations supplémentaires en ce moment.

— J'ai toujours aimé l'étude, et notamment l'apprentissage des langues. Cela me paraît une occupation idéale pour cette période où il me faudra réduire mes autres activités. Je ne demande pas mieux. Mais qui est leur compagne ? Sa maîtrise d'une langue aussi exotique m'intéresse.

Takeo répondit d'une voix distante :

— Il faut que je vous dise la vérité, même si je n'ai aucune envie de vous choquer. Cette femme vient de l'est et a vécu quelque temps à Inuyama. Elle est née dans le même village que moi, de la même mère. C'est ma sœur.

— Votre sœur que vous croyiez morte ? dit Kaede stupéfaite.

— Oui, la plus jeune, Madaren.

Kaede fronça les sourcils.

— Quel nom étrange!

— Il est assez commun parmi les Invisibles. Je crois qu'elle en a pris un autre après le massacre. Elle a été vendue à une maison de plaisir par les soldats qui avaient tué notre mère et notre sœur plus âgée. Après s'être enfuie à Hofu, elle a travaillé dans un autre établissement du même genre où elle a rencontré l'étranger appelé dom João. À présent, elle parle bien leur langue.

— Comment savez-vous tout cela?

— Nous nous sommes rencontrés par hasard dans une auberge à Hofu. J'étais venu déguisé, pour voir Terada Fumio dans l'espoir qu'il intercepte des armes embarquées illégalement. Cet espoir s'est révélé vain, mais ma sœur et moi nous sommes reconnus.

— Cela doit pourtant faire des années…?

Kaede le fixait avec un mélange de compassion et d'incrédulité.

— Je suis certain que c'est elle. Nous nous sommes rencontrés une autre fois, brièvement, et j'ai perdu tous mes doutes. Je me suis renseigné sur son compte et ai appris les grandes lignes de sa vie. Je lui ai dit que je subviendrais à ses besoins mais que je ne voulais pas la revoir. La distance entre nous est devenue infranchissable. Cependant la voilà dans cette ville… Il était naturel qu'elle soit attirée par les étrangers, car leur religion est semblable pour l'essentiel aux croyances des Invisibles. Je ne compte pas reconnaître ma parenté avec elle, mais il est possible que des bruits courent et je voulais que vous entendiez la vérité de ma bouche.

— Elle devrait sans doute nous être très utile à la fois comme interprète et comme professeur. Pensez-vous pouvoir la convaincre de devenir une espionne?

Kaede semblait s'efforcer de surmonter sa surprise et de parler rationnellement.

— Je suis sûr qu'elle sera pour nous une source de renseignements, volontairement ou non. Mais l'information circule dans les deux sens. Nous pourrions nous servir d'elle pour implanter des idées dans l'esprit des étrangers. Je dois donc vous demander de la traiter avec gentillesse, voire avec respect, mais de ne lui révéler aucun secret et de ne jamais lui parler de moi.

— Vous ressemble-t-elle ? Je meurs d'envie de la voir, à présent.

Il secoua la tête.

— Elle ressemble à sa mère.

— Vous paraissez si froid, s'étonna Kaede. N'étiez-vous pas transporté en la retrouvant vivante ? Ne souhaitez-vous pas lui donner une place dans votre famille ?

— Je la croyais morte. Je l'ai pleurée au même titre que mes autres parents massacrés. À présent, je ne sais comment me comporter avec elle. Je suis devenu bien différent du garçon qui était son frère. L'abîme entre nos rangs et nos situations respectifs est devenu énorme. En outre, c'est une croyante fervente. Je ne crois à rien et n'adhérerai plus jamais à la religion de notre enfance. Je soupçonne les étrangers de vouloir répandre leur religion, en faisant des conversions. Qui sait pourquoi ? Je ne puis me laisser dominer par aucune des nombreuses manières de croire, car mon devoir est de les protéger toutes afin d'éviter qu'elles ne détruisent notre société en s'entre-déchirant.

— En vous voyant célébrer les cérémonies requises au temple, personne ne pourrait croire en votre incrédulité. Et que veut dire votre enthousiasme pour mon projet d'un nouveau sanctuaire abritant une statue ?

— Vous connaissez mes talents d'acteur, répliqua Takeo d'une voix soudain teintée d'amertume. Je ne vois aucun inconvénient à feindre d'être croyant pour assurer la stabilité. Mais quand on fait partie des Invisibles, toute feinte est impossible en matière de foi, car on est sans cesse exposé au regard omniscient et impitoyable de Dieu.

« Si mon père ne s'était pas converti, il serait encore vivant, pensa-t-il. Et j'aurais été quelqu'un d'autre. »

— Mais j'imagine que le dieu des Invisibles est miséricordieux ? s'exclama Kaede.

— Pour les croyants, peut-être. Tous les autres sont voués à l'enfer pour l'éternité.

— Jamais je ne pourrais croire une chose pareille ! déclara Kaede après un instant d'intense réflexion.

— Moi non plus. Mais c'est ce que croient les Invisibles, ainsi que les étrangers. Il faut nous méfier d'eux. S'ils nous considèrent comme damnés, il se peut qu'ils s'estiment autorisés à nous traiter avec mépris ou malveillance.

Il vit que Kaede frissonnait légèrement, et craignit qu'elle n'ait été effleurée par quelque pressentiment.

20

Au huitième mois, on célébra la fête des Morts. Des foules se pressaient au bord de la mer et du fleuve, et leurs silhouettes dansantes se détachaient sur le flamboiement des feux de joie tandis que des lampes innombrables flottaient sur l'eau sombre. Le mélange habituel de tristesse et d'allégresse, d'effroi et d'exaltation présidait à ces festins qu'on donnait en l'honneur des défunts avant de leur dire adieu. Maya et Miki allumèrent des bougies pour Kenji, qui leur manquait cruellement. Cependant la sincérité de leur chagrin ne les empêchait pas de se consacrer à leur nouveau passe-temps, à savoir tourmenter Sunaomi et Chikara. Ayant surpris des conversations entre adultes, elles connaissaient le projet d'adopter l'un des garçons voire les deux. Devant l'affection que Kaede témoignait à ses neveux, elles s'imaginaient que leur mère les préférait parce qu'ils étaient des garçons.

Bien qu'on ne les ait pas informées de la grossesse de Kaede, elles l'avaient devinée comme le font toujours des enfants éveillés et attentifs. Le secret entourant cet événement leur parut d'autant plus troublant. Les journées d'été étaient si longues et chaudes que chacun devenait irritable. Shigeko semblait être entrée sans effort dans l'âge adulte et s'était éloignée d'elles. Elle passait davantage de temps avec leur père, à discuter de la visite à la capitale, prévue pour l'an prochain, et d'autres affaires officielles. Quant à Shizuka, elle était absorbée par l'administration de la Tribu.

Les jumelles n'étaient jamais autorisées à sortir, sauf lors d'occasions exceptionnelles où elles étaient accompagnées. Toutefois, les talents propres à la Tribu étaient déjà extrêmement développés chez elles. Bien qu'elles ne fussent pas censées s'en servir, elles les mettaient à l'épreuve tant elles se sentaient négligées et s'ennuyaient.

— À quoi bon s'entraîner sans cesse si nous n'utilisons pas nos talents ? grommelait Maya.

Et Miki l'approuvait. Elle était capable de se dédoubler assez longtemps pour faire croire que Maya se trouvait avec elle dans une pièce, alors que sa sœur s'était rendue invisible afin de se faufiler près de Sunaomi et Chikara et de les terrifier en soufflant comme un fantôme sur leur nuque ou en effleurant soudain leurs cheveux. Même si elles respectaient l'interdiction de vagabonder dehors, elles la trouvaient irritante. Toutes deux mouraient d'envie d'explorer la ville trépidante et fascinante, la forêt s'étendant au-delà du fleuve, la région du volcan, la colline boisée surplombant le château.

— Des lutins vivent là-bas, déclara Maya à Sunaomi. Ils ont de longs nez et des yeux écarquillés !

Elle désigna d'un geste la colline où les arbres sombres formaient une masse impénétrable. Deux milans tournoyaient dans le ciel. Les quatre enfants se trouvaient au jardin, vers la fin de l'après-midi du troisième jour de la fête. La journée avait été étouffante. Même dans le jardin, à l'ombre des arbres, la chaleur était encore intenable.

— Je n'ai pas peur des lutins, déclara Sunaomi. Je n'ai peur de rien !

— Ces lutins mangent les garçons, chuchota Miki. Ils les dévorent tout crus, en prenant leur temps !

— Comme des tigres ? répliqua Sunaomi d'un ton railleur qui mit le comble à l'irritation de Maya.

Elle n'avait pas oublié les paroles de Sunaomi à son père, cette affirmation inconsciente de supériorité : «Ce ne sont que des filles, après tout. » Elle allait lui faire payer son arrogance. Elle sentit le chat s'agiter en elle et ses mains se crispèrent.

— Ils ne peuvent pas nous attraper ici, observa Chikara d'une voix nerveuse. Il y a trop de gardes.

— Oh, c'est facile d'être courageux quand on est entouré de gardes, dit Maya à Sunaomi. Si vous aviez vraiment du courage, vous sortiriez tout seul !

— Cela m'est interdit, répliqua-t-il.

— Dites plutôt que vous avez peur !

— Non, ce n'est pas vrai !

— Alors sortez du château. Moi, je n'ai pas peur. Je me suis rendue à la maison d'Akane, bien qu'elle soit hantée par son fantôme. Je l'ai vue de mes yeux.

— Akane déteste les garçons, chuchota Miki. Elle les enterre vivants dans son jardin pour que les arbustes poussent bien et sentent délicieusement bon.

— Sunaomi n'oserait pas aller là-bas, déclara Maya en découvrant ses petites dents blanches en un demi-sourire.

— À Kumamoto, j'ai été envoyé au cimetière la nuit pour rapporter une lanterne, affirma Sunaomi. Je n'ai pas vu le moindre fantôme !

— Dans ce cas, allez cueillir chez Akane une gerbe de fleurs sur un arbuste.

— Rien de plus facile, répliqua le garçon. Sauf que votre père m'a interdit de quitter la résidence.

— Vous avez peur, répéta Maya.

— Il n'est pas évident de sortir sans être vu.

— C'est aisé à condition de ne pas avoir peur. Vous cherchez des prétextes, c'est tout.

Maya se leva et s'avança au bord de la muraille donnant sur la mer.

— Il suffit de descendre d'ici à marée basse et de rejoindre la plage en passant par les rochers.

Sunaomi l'avait suivie et elle lui montra le bosquet de pins où se trouvait la maison d'Akane, déserte et solitaire. Elle avait été à moitié démolie en vue de la construction du nouveau sanctuaire. N'étant plus une demeure et pas encore un temple, elle évoquait le monde intermédiaire des esprits. La marée encore haute ne dégageait qu'une partie des rochers, qui paraissaient déchiquetés et glissants.

—Vous pourriez y aller cette nuit.

Elle se retourna et fixa un instant Sunaomi, dont les yeux commencèrent à se troubler.

—Maya! s'écria Miki d'un ton d'avertissement.

—Oh, pardonnez-moi, mon cousin! J'oubliais qu'il ne faut pas que je regarde les gens. J'ai promis à Père de ne pas le faire.

Elle donna à Sunaomi une tape sur la joue afin de le réveiller, puis se dirigea vers Chikara.

— Savez-vous que si vous me regardez dans les yeux, vous vous endormirez pour ne plus jamais vous réveiller?

Sunaomi accourut pour défendre son petit frère.

— Savez-vous que vous ne seriez plus de ce monde, si vous viviez à Kumamoto? Nous tuons les jumeaux, là-bas!

—Je ne crois pas un mot de ce que vous racontez, répliqua Maya. Tout le monde sait que les Araï sont des traîtres et des lâches.

Sunaomi se redressa d'un air fier.

— Si vous étiez un garçon, je vous tuerais. Mais comme vous n'êtes qu'une fille, je vais aller dans cette maison et rapporter tout ce que vous voudrez.

AU COUCHER DU SOLEIL, le ciel était clair, l'atmosphère bleue et lumineuse, sans un souffle de vent. Mais quand apparut la lune, qui avait été pleine la veille, elle semblait traîner avec elle du fond de l'orient un énorme et étrange nuage noir. Se répandant d'un bout à l'autre du ciel, il cacha les étoiles et finit par engloutir la lune elle-même. La mer et la terre se confondirent. Les derniers feux s'éteignirent peu à peu sur la plage, qu'aucune autre lumière n'éclairait.

Sunaomi était le fils aîné d'une famille de guerriers. Il avait été entraîné depuis sa plus tendre enfance à faire preuve de maîtrise et surmonter la peur. Bien qu'il n'eût que huit ans, il ne lui fut pas difficile de rester éveillé jusqu'à minuit. Malgré sa hardiesse affichée, il était plein d'appréhension, mais plutôt à l'idée de désobéir à son oncle que par crainte du danger physique ou des fantômes. Les serviteurs l'ayant escorté depuis Hofu s'étaient installés en ville, sur l'ordre de sire Otori, dans une des demeures du clan. La plupart des gardes du château étaient postés aux portes ou sur les murailles de devant. Une patrouille parcourait le jardin à intervalles réguliers. Sunaomi l'entendit passer devant la porte ouverte de la chambre où il dormait avec Chikara, en compagnie des deux servantes chargées de prendre soin d'eux. Les deux filles dormaient profondément, l'une d'elles ronflait même légèrement. Il se leva d'un bond, prêt à raconter qu'il allait aux cabinets si elles se réveillaient, mais elles ne bougèrent pas.

Dehors, la nuit était paisible. Le château et la ville s'étaient endormis. Au pied de la muraille, la mer murmurait doucement. Sunaomi ne voyait presque rien. Après avoir respiré profondément, il commença à descendre à tâtons la paroi faite d'énormes pierres si étroitement assemblées qu'elles laissaient tout juste la place d'y glisser un doigt. Le mur était légèrement bombé du côté des flots. Plusieurs fois, Sunaomi crut qu'il était coincé et ne pourrait plus ni monter ni descendre. Il songeait aux monstres de la mer, poissons géants ou pieuvres démesurées, qui pouvaient surgir à tout moment et l'entraîner dans les ténèbres. Les vagues gémissaient plus fort maintenant. Il entendait leurs remous sur les rochers.

Quand ses sandales de paille atteignirent la surface d'un rocher, il glissa aussitôt et faillit tomber à l'eau. En tâtonnant pour chercher un appui, il sentit les coquillages tranchants comme des couteaux sous ses mains et ses genoux. Une vague déferla sous lui et ses douzaines de petites coupures se mirent à piquer. Il serra les dents et avança péniblement comme un crabe en direction des feux à moitié éteints sur le rivage.

La plage était une masse gris pâle, où les vagues brillaient çà et là d'un brusque éclat blanc. Quand il arriva sur le sable, il fut soulagé de sentir le sol mou sous ses pieds. Le sable céda la place à des touffes d'herbe raide. Sunaomi trébucha et continua à quatre pattes dans le petit bosquet où surgissaient autour de lui les troncs indistincts des pins. Il sursauta en entendant au-dessus de sa tête le hululement d'un hibou, dont la silhouette fantomatique plana un instant devant lui sur des ailes silencieuses.

Les feux rougeoyants étaient loin derrière lui. Il s'arrêta un instant, accroupi au pied des arbres. Leur odeur résineuse se mêlait à la fumée des feux et à un autre parfum, capiteux, suave et séduisant.

C'étaient les arbustes du jardin d'Akane, aux effluves rendus plus enivrants par le sang et les os des garçons enterrés là.

On envoyait souvent les garçons la nuit dans des cimetières ou sur des lieux d'exécution, afin de mettre leur courage à l'épreuve. Sunaomi s'était vanté devant Maya de n'avoir vu aucun fantôme. Mais cela ne voulait pas dire qu'il ne croyait pas en leur existence — femmes aux cous démesurés de serpent et aux dents acérées comme les crocs d'un chat, étranges silhouettes inhumaines privées de membres et dotées d'un œil unique, bandits sans tête furieux de leur cruel châtiment, et tant d'autres morts inapaisés qui cherchaient à se nourrir du sang ou de l'âme des humains.

Sunaomi déglutit et s'efforça de maîtriser les frissons qui menaçaient de s'emparer de son corps. « Je suis Araï Sunaomi, se dit-il, fils de Zenko, petit-fils de Daiichi. Je n'ai peur de rien. »

Il se força à se lever et à continuer d'avancer, même si ses jambes semblaient aussi lourdes que les troncs d'arbres et s'il éprouvait un besoin urgent d'aller aux cabinets. Il distinguait à peine les murs du jardin, le toit incurvé s'élevant derrière eux. Le portail était ouvert. Les murs tombaient en ruine.

En franchissant le portail, il rentra dans la toile d'une araignée d'été, dont les fils gluants se collèrent à son visage et ses cheveux. Son souffle s'accéléra mais il se répéta : « Je ne pleure pas, je ne pleure pas. » Il sentait pourtant l'oppression de sa vessie s'aggraver tandis que des larmes lui montaient aux yeux.

La maison semblait entièrement sombre. Il entendit des pas précipités sur la véranda – un chat, peut-être, ou un gros rat. Les mains tendues devant lui, il se laissa guider par le parfum pour contourner la maison et s'avancer dans le jardin. Le chat – c'était certainement un chat – se mit brusquement à miauler dans l'obscurité.

Il aperçut les fleurs, dont le faible éclat perçait seul les ténèbres. Il se dirigea vers elles en se hâtant, car il était impatient maintenant de cueillir une gerbe et de s'enfuir, mais il buta dans un rocher et tomba de tout son long, le visage contre la terre. Son odeur et sa saveur éveillèrent en lui des idées de tombes et de cadavres. Il songea qu'il serait peut-être bientôt enseveli dans ses profondeurs, en emportant son goût comme dernière sensation d'être vivant.

Puis il se releva à quatre pattes et recracha la terre. Tendant la main vers le haut, il cassa net une branche. L'arbuste exhala instantanément une forte odeur de sève, et Sunaomi entendit dans son dos des pas sur la véranda.

Quand il se retourna, il fut aussitôt ébloui par la lumière. Tout ce qu'il put voir était une silhouette indécise, évoquant seulement en partie celle d'une femme et appartenant sans doute à une créature qui venait tout juste de sortir péniblement de sa tombe. Les ombres jouaient sur elle tandis qu'elle s'avançait, les bras tendus vers le garçon. La lampe s'éleva légèrement, éclairant son visage. Elle n'avait pas d'yeux, de bouche ni de nez.

Sunaomi perdit la tête. Il poussa un hurlement. Son urine se mit à couler entre ses jambes et il jeta la branche au loin.

— Je suis désolé, dame Akane ! cria-t-il. Je suis désolé ! De grâce, ne me faites pas de mal. Ne m'enterrez pas !

— Au nom du Ciel ! s'exclama une voix humaine, une voix d'homme. Que faites-vous ici à cette heure de la nuit ?

Mais Sunaomi était incapable de répondre.

LE GARÇON FUT RAMENÉ AU CHÂTEAU par Taro, qui avait pris l'habitude de dormir dans la maison d'Akane pendant qu'il travaillait à sa statue. Sunaomi était indemne, en dehors de la terreur qu'il avait éprouvée et qu'il refusa d'ailleurs d'admettre dès le lendemain. Cependant il avait été blessé dans son cœur, et même après qu'il fut remis il garda en lui, telle une cicatrice, une haine profonde envers Maya et Miki. À partir de ce moment, il se mit à ressasser de plus en plus la mort de son grand-père et les offenses que le clan des Otori avait infligées aux Araï. Son esprit enfantin cherchait les moyens de faire souffrir les jumelles. Il commença à s'insinuer dans les bonnes grâces des femmes de la maison, en les enchantant par son charme. La plupart d'entre elles avaient de toute façon un faible pour les garçons, et il avait conscience d'être d'une beauté séduisante. Même si sa mère lui manquait, son instinct lui disait qu'il pourrait conquérir une place de choix dans les affections de sa tante Kaede, et même surclasser aisément les jumelles dans son cœur.

TAKEO ET KAEDE FURENT AUSSI BOULEVERSÉS que furieux de cet épisode, car si Sunaomi s'était tué ou blessé grièvement, outre le chagrin qu'ils auraient ressenti pour cet enfant auquel ils s'étaient attachés, leur stratégie pour apaiser et contenir leur beau-frère aurait été réduite à néant. Takeo réprimanda en personne Sunaomi pour sa désobéissance et son imprudence. Se doutant qu'il n'aurait jamais songé tout seul à une telle entreprise, il l'interrogea avec insistance et ne fut pas long à découvrir la vérité. Ce fut alors au tour de Maya d'affronter la colère de son père.

Il s'inquiéta davantage pour elle cette fois, car elle ne manifesta aucun signe de repentir et le fixa avec des yeux aussi farouches et implacables que ceux d'un animal. Elle ne pleura pas, même lorsque Kaede exprima son propre mécontentement et la gifla à plusieurs reprises.

— Il est impossible de lui faire entendre raison, dit Kaede au bord des larmes tant elle était exaspérée. Elle ne doit pas rester ici. Si nous ne pouvons lui faire confiance quand elle est avec les garçons…

Takeo comprit qu'elle se faisait du souci pour elle-même et l'enfant qu'elle attendait. Cependant il n'avait pas envie d'envoyer Maya au loin. Il lui semblait qu'elle avait besoin de sa protection et de sa surveillance, mais il était trop occupé pour lui consacrer beaucoup de temps et ne pouvait la garder constamment à son côté.

— Il n'est pas bien de vouloir renvoyer votre propre fille en lui préférant les fils d'autres gens, dit Maya d'une voix tranquille.

Kaede la gifla derechef.

— Comment oses-tu parler sur ce ton à ta mère ? Que comprends-tu aux affaires publiques ? Tout ce que nous faisons est guidé par la politique, et il en sera toujours ainsi. Tu es la fille de sire Otori. Tu ne peux pas te comporter comme les autres enfants.

— Elle ne sait pas qui elle est, intervint Shizuka. Elle possède des talents de la Tribu dont elle ne peut se servir en tant que fille de guerrier. C'est dommage de les voir se perdre.

— Alors laissez-moi être une enfant de la Tribu, chuchota Maya.

— Elle a besoin d'attention et d'entraînement, dit Takeo. Mais qui connaît ces problèmes chez les Muto ? Même vous, Shizuka, malgré votre sang Kikuta, vous n'avez aucune expérience de ce genre de possession.

— Vous avez enseigné vous-même beaucoup de secrets des Kikuta à mon fils, répliqua Shizuka. Peut-être Taku serait-il le tuteur le plus indiqué.

— Mais Taku doit rester dans l'Ouest. Nous ne pouvons pas le faire revenir ici juste pour s'occuper de Maya.

— Dans ce cas, envoyez-la auprès de lui.

Takeo soupira.

— Cela semble la seule solution. Avons-nous quelqu'un de disponible pour l'accompagner ?

— Il y a une fille qui est arrivée récemment du village des Muto avec sa sœur. Elles sont actuellement toutes deux en service dans la demeure des étrangers.

— Comment s'appelle-t-elle ?

— Sada. Elle est apparentée à Seiko, l'épouse de Kenji.

Takeo hocha la tête. Il se souvenait d'elle, à présent. Grande et robuste, elle pouvait aisément passer pour un homme et recourait souvent à ce déguisement lors de ses missions pour la Tribu.

— Vous allez rejoindre Taku à Maruyama, dit-il à Maya. Vous obéirez en toute chose à Sada.

Sunaomi essayait d'éviter Maya, mais elle réussit à le coincer avant son départ.

— Vous n'avez pas réussi l'épreuve, chuchota-t-elle. Je vous avais bien dit que les Araï étaient des lâches.

— Je suis allé dans la maison, répliqua-t-il. Taro s'y trouvait. C'est lui qui m'a fait revenir.

Maya sourit.

— Vous n'avez pas rapporté la branche !

— Il n'y avait pas de fleurs !

— Quelle histoire ! Vous avez cueilli une gerbe. Puis vous l'avez jetée au loin et vous avez mouillé votre pantalon. Je vous ai vu.

— Vous n'étiez pas là !

— Bien sûr que si.

Sunaomi appela à grands cris les servantes pour qu'elles la punissent, mais Maya était déjà loin.

21

Tandis que l'été laissait place à l'automne, Takeo se prépara à reprendre la route. L'usage du pays voulait que le centre du gouvernement soit à Yamagata de la fin du neuvième mois jusqu'au solstice d'hiver, mais il fut contraint de s'en aller plus tôt que prévu car Matsuda Shingen s'éteignit paisiblement au début du mois. Miyoshi Gemba vint porter la nouvelle à Hagi et Takeo partit sur-le-champ pour Terayama avec Gemba et Shigeko. Tout leur travail de l'été – décisions politiques, programmes agricoles et financiers, recueils de lois et conclusions soigneusement pesées des tribunaux – avait été consigné sur des registres qui furent expédiés dans des boîtes et des paniers transportés par de longs cortèges de chevaux de bât.

Aucune larme n'aurait dû être versée sur la mort de Matsuda. Sa vie avait été longue et fructueuse. Son esprit avait uni la force à la pureté. Il avait été le maître de Shigeru, Takeo et Shigeko, et laissait de nombreux disciples se consacrant à poursuivre sa vision. Cependant Takeo le regretta avec une intensité aussi violente qu'irrationnelle. Cette perte lui apparut comme une nouvelle brèche dans les défenses des Trois Pays, par laquelle le vent gémirait ou le loup entrerait lorsque arriverait l'hiver.

Makoto lui succéda au rang d'abbé et prit le nom d'Eikan, mais

Takeo continua en lui-même à appeler son vieil ami par son ancien nom. Quand il reprit son voyage vers Yamagata, une fois les cérémonies achevées, il puisa un certain réconfort dans la certitude que Makoto le soutiendrait comme par le passé. Et il se remit à penser avec nostalgie au moment où il pourrait se retirer à Terayama pour passer ses jours à peindre et à méditer.

Gemba l'accompagna à Yamagata, où divers problèmes d'administration absorbèrent toute l'attention de Takeo. Shigeko assistait à la plupart des réunions avec lui, mais elle se levait tôt chaque matin afin de s'entraîner à monter à cheval et à tirer à l'arc avec Gemba.

Juste avant leur départ pour Maruyama, la première semaine du dixième mois, des lettres arrivèrent de Hagi. Takeo les lut avec avidité et informa immédiatement sa fille aînée des nouvelles de la famille.

— Votre mère s'est installée avec les petits garçons dans la vieille demeure de sire Shigeru. Et elle a commencé à apprendre la langue des étrangers.

— Avec leur interprète? demanda Shigeko.

Elle aurait voulu poser d'autres questions à son père, cependant Minoru était présent, de même que des domestiques de la maisonnée de Miyoshi, sans oublier évidemment Jun et Shin, qui étaient dehors mais pouvaient les entendre. Plus tard, toutefois, ils se promenèrent dans les jardins et elle se trouva seule avec lui.

— Il faut que vous m'en disiez davantage sur les étrangers, déclara-t-elle. Faudrait-il les autoriser à faire du commerce à Maruyama?

— Je veux qu'ils restent dans des endroits où ils ne puissent échapper à notre surveillance, répliqua Takeo. Ils demeureront à Hagi tout l'hiver. Nous devons essayer d'en savoir aussi long que possible sur leur langue, leurs coutumes et leurs intentions.

— Leur interprète avait quelque chose d'étrange. À la manière dont elle vous regardait, on aurait presque pu croire qu'elle vous connaissait bien.

Il hésita un instant. Les feuilles tombaient dans le jardin paisible, recouvrant le sol d'un tapis d'or instable. L'après-midi touchait à sa fin, et le brouillard s'élevant des douves se mêlait à la fumée des feux de bois, en estompant contours et détails.

—Ta mère connaît son identité, dit-il enfin. Personne d'autre n'est au courant. Je vais te la révéler, mais tu devras la garder secrète. Elle s'appelle Madaren. C'est un nom fréquent dans la secte dite des Invisibles, qui partage un certain nombre de croyances avec les étrangers. Les Invisibles furent cruellement persécutés par les Tohan. Tous les membres de sa famille furent tués, à l'exception de son frère aîné, qui fut sauvé par sire Shigeru.

Shigeko ouvrit de grands yeux et son cœur s'emballa. Takeo sourit.

— Oui, c'était moi. Je m'appelais Tomasu, à l'époque, mais sire Shigeru m'a rebaptisé Takeo. Madaren est ma sœur cadette. Nous avons la même mère, mais non le même père — tu sais que le mien appartenait à la Tribu. Cela faisait des années que je la croyais morte.

—Quelle histoire incroyable! s'exclama Shigeko.

Elle ajouta avec la compassion qui lui était naturelle :

—Sa vie a dû être terrible.

—Elle a survécu, répliqua son père. Elle a appris une langue étrangère et profité de toutes les occasions qui s'offraient à elle. Elle s'en est mieux tirée que beaucoup de gens. À présent, elle bénéficie dans une certaine mesure de ma protection et est autorisée à servir de professeur à mon épouse.

Après un silence, il déclara :

— Les Invisibles ont toujours été nombreux à Maruyama. Dame Naomi leur offrait un refuge. En fait, elle partageait leur foi. Vous allez devoir faire la connaissance de leurs chefs. Bien entendu, Jo-An était également un croyant, et beaucoup d'anciens parias vivent encore dans des hameaux aux environs de la ville.

Elle vit son visage s'assombrir et regretta d'avoir abordé un sujet qui réveillait tant de souvenirs pénibles.

—Je ne crois pas que j'atteindrai ne serait-ce que la moitié de l'âge de

Matsuda, continua Takeo avec gravité. La sécurité de ces gens à l'avenir est entre tes mains. Mais ne te fie pas aux étrangers. Ni à Madaren, même si elle t'est apparentée. Souviens-toi d'honorer toutes les croyances mais de n'adhérer à aucune, car telle est la seule voie à suivre pour un souverain digne de ce nom.

Shigeko réfléchit un instant à ces paroles puis demanda :

— Puis-je vous poser une question ?

— Bien sûr. Tu sais que tu peux me demander tout ce que tu veux à tout moment. Je ne veux pas avoir de secrets pour toi.

— Des prophéties justifient votre gouvernement en affirmant qu'il est voulu et béni par le Ciel. Le houou niche de nouveau dans les Trois Pays. Nous possédons même une kirin, qu'on tient pour un des signes révélant un souverain grand et juste. Croyez-vous vous-même à tous ces présages ?

— J'y crois sans y croire, répondit Takeo. Il semble que ma vie soit en équilibre entre croyance et incrédulité. J'éprouve une profonde gratitude pour les dons dont le Ciel m'a comblé, mais je ne les considérerai jamais comme acquis et j'espère ne jamais abuser du pouvoir qui m'a été confié.

Il reprit d'un ton plus léger :

— Les vieillards deviennent gâteux. Quand cela m'arrivera, il faudra que tu m'incites à me retirer. Cependant, comme je te l'ai dit, je ne m'attends pas à connaître la vieillesse.

— Je ne veux pas que vous mouriez ! s'écria-t-elle avec une appréhension soudaine.

— Je mourrai satisfait si je sais que je laisse mon héritage en mains sûres, répliqua-t-il en souriant.

Mais elle avait conscience qu'il cachait bien des inquiétudes.

QUELQUES JOURS PLUS TARD, ils traversèrent le pont s'élevant près de Kibi. Takeo se remémora le passé avec Gemba : leur fuite loin de Terayama dans la pluie, l'aide apportée par Jo-An et les parias, la mort de l'ogre Jin-emon. Le sanctuaire de la rive avait été consacré au dieu renard, mais par une étrange aberration de la foi Jo-An avait été identifié à cette divinité et était maintenant lui aussi adoré en ces lieux.

— C'est à cette époque qu'Amano Tenzo m'a donné Shun, déclara Takeo.

Il flatta l'encolure du cheval noir qu'il chevauchait.

— Ce gaillard n'est pas sans qualité, mais Shun m'a stupéfié dès notre premier combat ensemble. Il s'y connaissait mieux que moi!

— Je suppose qu'il est mort, à présent? demanda Gemba.

— Oui, depuis deux ans. Je n'ai jamais retrouvé son pareil. Saviez-vous qu'il était le destrier de Takeshi? Mori Hiroki l'a reconnu.

— Je l'ignorais, avoua Gemba.

Pour Shigeko, en revanche, il s'agissait d'une des légendes avec lesquelles elle avait grandi. Le cheval bai avait été dressé par sire Takeshi, le frère cadet de Shigeru, qui l'avait amené à Yamagata. Takeshi avait été assassiné par des soldats Tohan. Son destrier avait disparu, jusqu'au jour où Amano Tenzo l'avait acheté et donné à Takeo. Elle pensa avec joie au cadeau secret qu'elle réservait à son père. Elle espérait qu'il était déjà en route pour Maruyama, car elle comptait en faire la surprise à Takeo lors de la cérémonie au domaine.

En songeant aux légendes et aux animaux merveilleux, elle eut soudain une idée qui lui parut si brillante qu'elle ne put la garder pour elle.

— Père, lorsque nous irons à Miyako l'an prochain, nous devrions emmener la kirin pour en faire présent à l'empereur.

— Quel cadeau idéal! s'écria Gemba en riant. On n'aura jamais vu son pareil dans la capitale!

Se tournant vers sa fille, Takeo déclara :

— C'est une idée magnifique, mais je t'ai donné la kirin et je ne veux pas la reprendre. D'ailleurs, est-elle capable d'affronter un tel voyage?

— Elle supporte très bien le bateau. Je pourrais me rendre avec elle à Akashi, peut-être en compagnie de sire Gemba ou de sire Hiroshi.

— L'empereur et sa cour seront éblouis par un tel présent, assura

Gemba dont les joues rebondies rosissaient de plaisir. Quant à sire Saga, il sera désarmé par dame Shigeko.

En chevauchant dans la campagne paisible de l'automne vers le domaine dont elle allait prendre possession et où elle reverrait Hiroshi, il sembla à la jeune fille qu'ils étaient bel et bien bénis par le Ciel et que la voie du Houou, imprégnée de paix, allait l'emporter.

22

Après la mort de Muto Kenji, le corps du vieil homme fut jeté dans une fosse et recouvert de terre. Rien ne marquait l'emplacement de cette sépulture, mais Hisao la retrouvait toujours sans difficulté car sa mère le conduisait. Souvent, lorsqu'il passait devant, une averse soudaine s'abattait et réfractait la lumière du soleil en mille fragments d'arc-en-ciel sur les nuages dérivant très haut au-dessus de sa tête. Il les contemplait en priant en silence pour l'esprit de son grand-père, auquel il souhaitait de traverser sans encombre le monde des morts et de renaître sous de bons auspices dans sa prochaine vie. Puis il baissait les yeux sur les montagnes s'étendant au nord et à l'est, afin de voir si un autre étranger approchait.

Il était à la fois soulagé et désolé que l'esprit du vieillard ait continué son chemin. Il ne flottait pas à la lisière de sa conscience, comme celui de sa mère, en l'accablant de demandes incompréhensibles qui lui donnaient d'affreuses migraines. Bien qu'il n'ait connu son grand-père que pendant une heure, sa présence lui manquait. Kenji avait mis fin à ses jours en choisissant lui-même l'instant et la manière. Hisao était heureux que son esprit soit parti en paix, mais il regrettait sa disparition. Même s'il n'en parlait jamais, il en voulait à Akio d'en être responsable.

L'été passa sans que personne ne vienne.

Dans le village, tout le monde passa ces mois torrides dans l'inquiétude, surtout Kotaro Gosaburo, car on n'avait aucune nouvelle de ses
enfants toujours prisonniers au château d'Inuyama. Rumeurs et spéculations allaient bon train. On racontait qu'ils étaient à moitié morts
sous l'effet des mauvais traitements, que l'un d'eux avait péri, ou même
les deux. Pendant un moment, l'émoi fut général car le bruit courait
qu'ils s'étaient échappés. Gosaburo maigrit, sa peau devint flasque, ses
yeux ternes. Akio se montrait de plus en plus impatient avec lui. En fait,
chacun faisait les frais de son humeur irritable et imprévisible. Hisao
pensait qu'il aurait presque été heureux d'apprendre l'exécution des
jeunes gens, car cette nouvelle aurait anéanti les espoirs de Gosaburo et
renforcé sa détermination à se venger.

Les lys écarlates de l'automne poussaient à profusion au-dessus du
corps de Kenji, bien que personne n'ait planté les bulbes. Les oiseaux commencèrent à partir pour leurs longs voyages vers le sud, et les nuits résonnaient des cris des oies sauvages et des battements de leurs ailes. La lune
du neuvième mois était énorme et dorée. Érables et sumacs s'empour-
prèrent, les hêtres prirent un éclat cuivré, les saules et les ginkgos se tei-
gnirent d'or. Hisao passait ses journées à réparer les levées avant l'hiver,
répandre du purin et des feuilles décomposées sur les champs, ramasser
du bois dans la forêt. Son système d'irrigation avait été un succès : le
champ montagnard donna une belle récolte de haricots, de carottes et de
courges. Il inventa un nouveau râteau, qui étalait plus régulièrement le
fumier, et expérimenta des haches aux poids et aux tranchants divers. Il y
avait une forge dans le village. Hisao s'y rendait dès qu'il le pouvait pour
observer le forgeron et l'aider à souffler la chaleur avec le soufflet, au
cours du processus mystérieux où le fer se transformait en acier.

Plus tôt dans le septième mois, Imaï Kazuo avait été envoyé à
Inuyama pour découvrir la vérité. Il était revenu vers le milieu de l'automne, en apportant la nouvelle bienvenue mais déconcertante que les
otages étaient toujours vivants dans leur geôle du château d'Inuyama.
Il avait également appris que dame Otori était enceinte et que sire Otori

faisait partir un cortège fastueux de messagers pour la capitale. Leur escorte se trouvait à Inuyama en même temps que Kazuo et s'apprêtait à prendre la route de Miyako.

La première nouvelle réjouit beaucoup moins Akio qu'il ne le prétendit. La deuxième le remplit d'une envie amère, et la troisième le plongea dans un profond malaise.

— Pourquoi Otori fait-il des avances à l'empereur ? demanda-t-il à Kazuo. Qu'est-ce que ça signifie ?

— L'empereur a pris à son service un nouveau général, Saga Hideki, qui a passé les dix dernières années à étendre son autorité sur l'Est. Il semble que cette fois un guerrier soit de force à défier les Otori.

Les yeux d'Akio se mirent à briller d'une émotion inhabituelle.

— Quelque chose a changé, je le sens. Otori est devenu plus vulnérable. Sa réaction prouve qu'il est menacé. Nous devons avoir part à sa chute. Nous ne pouvons attendre dans notre cachette que quelqu'un d'autre nous apporte la nouvelle de sa mort.

— Il donne des signes de faiblesse, approuva Kazuo. Ses messages à l'empereur, sa clémence envers les prisonniers… Dans le passé, il n'a jamais hésité à tuer les Kikuta.

— Muto Kenji a découvert notre refuge, observa Akio d'un ton pensif. Takeo doit savoir où nous sommes. Je ne puis croire que Taku ou lui-même ne tentent pas de venger la mort de Kenji, à moins qu'ils ne soient occupés par des affaires plus urgentes…

— Il est temps que vous repreniez la route, dit Kazuo. De nombreuses familles Kikuta sont établies à Akashi, sans compter celles survivant çà et là dans les Trois Pays. Elles ont besoin d'être guidées. Si vous vous rendez là-bas en personne, elles suivront vos directives.

— Dans ce cas, nous irons d'abord à Akashi, décida Akio.

DANS SON ENFANCE, Hisao avait été initié par son père à quelques-uns des talents de comédiens ambulants des Kikuta : jouer du tambour, jongler, chanter les vieilles ballades chères aux campagnards, où il était

question d'anciennes guerres, de querelles, de trahisons et de vengeances. Ils s'en étaient toujours servis au cours de leurs voyages. Dans la
semaine suivant le retour de Kazuo, Akio reprit leur entraînement de
jongleurs. Il fallut également préparer une grande quantité de sandales
de paille, rassembler et emballer des châtaignes et des cannelles séchées,
sortir et épousseter des amulettes, aiguiser des armes.

Hisao n'était pas doué pour le spectacle. Il était trop timide et n'aimait
pas attirer l'attention. Cependant le régime de coups et de caresses
auquel le soumettait Akio l'avait rendu assez habile. Il connaissait tous les
numéros des jongleurs et se trompait rarement, de même qu'il connaissait toutes les paroles des chansons, même si les gens se plaignaient qu'il
était difficile de l'entendre tant il marmonnait. La perspective de voyager
l'emplissait à la fois d'excitation et d'inquiétude. Il avait hâte de prendre
la route, de quitter le village, de voir de nouveaux horizons, mais l'idée de
se produire en public lui plaisait nettement moins, sans compter qu'il
répugnait à abandonner la sépulture de son grand-père.

Gosaburo avait accueilli les nouvelles de Kazuo avec joie et l'avait
pressé de questions. Sur le moment, il ne s'adressa pas directement à
Akio. La nuit précédant leur départ, toutefois, alors que Hisao se préparait à se coucher, il se présenta à la porte de la chambre et demanda à
Akio s'il pouvait lui parler en particulier.

Akio était à moitié déshabillé et Hisao vit son visage se renfrogner
dans la faible lumière de la lampe, mais il fit un léger signe de tête et
Gosaburo entra dans la pièce. Après avoir fermé la porte, il s'agenouilla
nerveusement sur les nattes.

— Mon neveu, commença-t-il comme pour essayer d'affirmer son
autorité d'aîné, le temps est certainement venu pour nous de négocier
avec les Otori. Les Trois Pays s'enrichissent à vue d'œil pendant que
nous croupissons ici au milieu des montagnes, en peinant à nous nourrir nous-mêmes et avec la perspective d'un nouvel hiver glacial. Nous
pourrions prospérer, nous aussi. Notre influence pourrait grandir grâce
au commerce. Renoncez à la vengeance.

— Jamais.

Gosaburo respira profondément puis lança :

— Je vais retourner à Matsue. Je partirai dans la matinée.

— Nul ne peut quitter la famille des Kikuta, lui rappela Akio d'une voix monocorde.

— Cet endroit est comme un tombeau pour moi. Pour nous tous. Otori a épargné la vie de mes enfants. Acceptons la trêve qu'il nous offre. Je continuerai d'être loyal envers vous. Je travaillerai pour vous à Matsue comme je l'ai toujours fait, en rassemblant des fonds, en tenant des registres…

— Après la mort de Takeo, et celle de Taku, nous pourrons discuter d'une trêve, répliqua Akio. Sortez, maintenant. Je suis fatigué et votre présence me dégoûte.

Dès que Gosaburo fut parti, Akio éteignit la lampe. Hisao était déjà allongé sur le matelas. La nuit était tiède et il n'avait pas tiré la couverture sur lui. De petits fragments de lumière dansaient derrière ses paupières. Il pensa fugitivement à ses cousins, se demanda quelle serait leur mort à Inuyama, mais son attention était surtout absorbée par les mouvements d'Akio. Il semblait que chacune de ses cellules fût en éveil, tandis qu'il l'écoutait avec un mélange d'effroi et d'excitation, un besoin physique éperdu d'affection et un sentiment à moitié conscient de honte.

Dans sa colère, Akio se montra brutal et pressé. Hisao se contraignit au silence, car il sentait la violence latente de l'homme et redoutait de la provoquer à ses dépens. Cependant l'acte fut suivi d'un bref apaisement. La voix d'Akio était presque douce quand il lui dit de dormir, de rester couché même s'il entendait du bruit. Hisao savoura l'instant éphémère de tendresse dont il avait tant besoin quand son père caressa ses cheveux, sa nuque. Après qu'Akio eut quitté la chambre, Hisao s'enfouit sous la courtepointe et tenta de se boucher les oreilles. Il y eut quelques faibles bruits, des halètements, une lutte. Un choc sourd. Quelque chose fut traîné sur les planches, puis sur la terre.

«Je suis endormi», se répéta inlassablement Hisao. Akio n'était pas encore rentré lorsqu'il sombra dans un sommeil aussi profond et dépourvu de rêves que la mort.

Le lendemain matin, le corps de Gosaburo gisait sur le chemin. Il avait été étranglé avec une cordelette, selon l'habitude de la Tribu. Personne n'osa le pleurer.

— Nul n'abandonne impunément les Kikuta, dit Akio à Hisao tandis qu'ils se préparaient au départ. Ne l'oublie jamais. Takeo et son père ont tous deux eu l'audace de quitter la Tribu. Isamu a été exécuté pour cette trahison, et Takeo subira le même sort.

LA VILLE D'AKASHI S'ÉTAIT DÉVELOPPÉE à la faveur des années de conflits et de confusion où les marchands avaient tiré profit des besoins des guerriers en armes et en ravitaillement. Une fois devenus riches, ils jugèrent absurde de laisser leur fortune être ruinée par les ravages desdits guerriers, si bien qu'ils s'étaient regroupés pour protéger leurs marchandises et leur commerce. La cité était entourée de douves profondes et chacun de ses dix ponts était gardé par des soldats de sa propre armée. Elle possédait plusieurs temples protégeant et encourageant les échanges, dans le domaine spirituel aussi bien que matériel.

Lorsque des seigneurs de la guerre parvenaient au pouvoir, ils étaient avides de beaux objets et de vêtements splendides, d'œuvres d'art et autres produits de luxe provenant de Shin et même de plus loin. Les marchands du port franc se faisaient un plaisir de les leur procurer. Autrefois, les familles de la Tribu avaient dominé le commerce de la ville, mais la prospérité croissante des Trois Pays et l'alliance avec les Otori avaient conduit de nombreux Muto à s'installer à Hofu. Pendant qu'Akio s'imposait un isolement forcé dans les montagnes, les Kikuta demeurés sur place s'étaient eux-mêmes davantage intéressés au commerce et au profit qu'à l'espionnage et à l'assassinat.

— Cette époque est révolue, déclara Jizaemon à Akio.

Propriétaire d'une affaire florissante d'importation, il avait accueilli le maître avec un enthousiasme mitigé.

— Nous devons marcher avec notre temps. Nous pouvons davantage prospérer et influer sur les événements en prêtant de l'argent, en fournissant des armes et d'autres produits indispensables. Efforçons-nous d'encourager les préparatifs de la guerre tout en espérant éviter avec un peu de chance qu'elle n'éclate.

Hisao crut que son père allait réagir avec la même violence qu'avec Gosaburo, et il se sentit désolé. Il n'avait pas envie que Jizaemon meure avant de lui avoir montré quelques-uns des trésors qu'il avait acquis — mécanismes capables de mesurer le temps, bouteilles et gobelets en verre, miroirs, sans oublier des mets nouveaux et délicieux, à la fois doux et épicés, appelés réglisse et sucre, deux mots qu'il n'avait encore jamais entendus.

Le voyage avait été fastidieux. Ni Akio ni Kazuo n'étaient jeunes, et leurs performances d'acteurs manquaient de fougue. Leurs chansons étaient démodées et ne plaisaient plus. L'accueil était tiède, voire hostile : dans un village, personne ne voulut les loger, si bien qu'ils furent contraints de marcher toute la nuit.

Sans en avoir l'air, Hisao examina son père avec attention. Il lui parut vieux. Dans le village secret, Akio avait un pouvoir naturel en tant que maître incontesté de la famille Kikuta, redouté et respecté de tous. Dans cette demeure d'Akashi, avec ses vêtements élimés, il semblait insignifiant. Hisao eut un mouvement de pitié, qu'il s'efforça aussitôt de réprimer car la compassion le rendait toujours réceptif aux voix des morts. Il commença à sentir la migraine familière et la moitié du monde s'embruma à ses yeux. La femme chuchotait, mais il n'avait pas l'intention de l'écouter.

Il entendit la voix d'Akio s'élever comme de très loin :

— Peut-être avez-vous raison. Mais il est peu probable que la guerre puisse être toujours évitée. Nous avons appris qu'Otori avait envoyé des messagers auprès de l'empereur.

— Oui, vous ne les avez manqués que de quelques semaines. Je n'ai jamais vu un cortège aussi magnifique. Otori doit vraiment être riche, et doué en outre d'un goût raffiné. On dit que c'est l'influence de son épouse…

— Il paraît que l'empereur a un nouveau général ? lança Akio en coupant court à l'enthousiasme du marchand.

— Effectivement, mon cousin, et de plus ce général possède des armes nouvelles ou va entrer sous peu en leur possession. On raconte que c'est pour cela que sire Otori cherche à se concilier les faveurs de l'empereur.

— Que voulez-vous dire ?

— Pendant des années, les Otori ont imposé un embargo très strict sur les armes à feu. Mais récemment, des armes ont quitté Hofu en contrebande. Le bruit court qu'Araï Zenko en personne a ainsi mis fin à l'embargo ! Vous connaissez Terada Fumio ?

Akio fit oui de la tête.

— Eh bien, Fumio est arrivé deux jours après les armes pour essayer de les récupérer. Il était furieux. Il a commencé par offrir d'énormes sommes d'argent, puis il a menacé de revenir avec une flotte et d'incendier la ville si les armes n'étaient pas restituées. Mais c'était trop tard : elles étaient déjà en route pour être livrées à Saga. Je peux vous dire que les prix du fer et du salpêtre ne cessent de monter. Ils crèvent le plafond, mon cousin !

Jizaemon remplit une nouvelle coupe de vin et pressa Akio de boire avec lui.

— Les menaces de Terada n'impressionnent personne, pouffa-t-il. Ce n'est jamais qu'un pirate. Lui-même s'est livré à des contrebandes bien pires dans le passé. Et sire Otori ne s'attaquera jamais au port franc, du moins tant qu'il aura besoin que ses propres marchands approvisionnent et équipent son armée.

L'absence de réaction de son père surprit Hisao. Akio se contentait de boire à longs traits, en approuvant de la tête tout ce que disait Jizaemon, même s'il paraissait de plus en plus renfrogné et si son visage s'assombrissait.

Dans la nuit, Hisao se réveilla et entendit son père chuchoter avec

Kazuo. Il sentit son corps se crisper et s'attendit presque à percevoir de nouveau la rumeur assourdie d'un meurtre, mais les deux hommes avaient autre chose en tête : ils parlaient d'Araï Zenko qui avait permis aux armes à feu d'échapper à la vigilance des Otori.

Hisao connaissait l'histoire de Zenko. Il savait que le guerrier était plus ou moins son cousin, étant le fils aîné de Muto Shizuka et le petit-neveu de Kenji. Zenko était le seul membre de la famille Muto que les Kikuta n'exécraient pas, car il n'était pas impliqué dans le meurtre de Kotaro et avait la réputation de n'être pas complètement loyal envers Takeo, bien qu'il fût son beau-frère. On prétendait qu'il le rendait responsable de la mort de son père et même qu'il nourrissait un secret désir de vengeance.

— Zenko est aussi puissant qu'ambitieux, chuchota Kazuo. S'il cherche à s'insinuer dans les bonnes grâces de Saga, c'est qu'il doit s'apprêter à attaquer le Chien.

— C'est un moment idéal pour l'approcher, approuva Akio à voix basse. Takeo est occupé par les menaces venant de l'est. Si Zenko lance une offensive à l'ouest, il sera pris entre deux feux.

— J'ai le sentiment que Zenko serait ravi de faire alliance avec vous, déclara Kazuo. Du reste, Muto Kenji étant mort, c'est Zenko qui doit devenir le nouveau maître de la famille Muto. Quelle meilleure occasion pourrait-on rêver pour se réconcilier avec les Muto et rendre ainsi son unité à la Tribu ?

Jizaemon, qui ne demandait peut-être pas mieux que de se débarrasser de ses visiteurs, leur fournit des sauf-conduits ainsi que les vêtements et les accessoires leur permettant de passer pour des marchands. Il s'arrangea pour qu'ils voyagent à bord d'un des bateaux de sa guilde. Quelques jours plus tard, ils appareillèrent pour Kumamoto via Hofu, en profitant du temps serein de la fin de l'automne.

23

Maya ne voyagea pas en tant que fille de sire Otori mais sous un déguisement, conformément aux habitudes de la Tribu. Elle était la petite sœur de Sada, avec qui elle se rendait à Maruyama afin d'y rencontrer des parents et de trouver du travail après le décès de leurs parents. Maya se plaisait à jouer le rôle d'une orpheline et ne voyait aucun inconvénient à imaginer ses parents morts, car elle était toujours fâchée contre eux, surtout contre sa mère, et profondément blessée qu'ils lui préfèrent Sunaomi. Maya avait vu le garçon s'effondrer comme un enfant geignard devant ce qu'il prenait pour un fantôme et qui était en réalité une statue inachevée de Kannon la Miséricordieuse. Elle méprisait d'autant plus sa terreur devant l'apparition qu'elle paraissait une peccadille comparée avec ce qu'elle-même avait vu en cette nuit sans étoiles, la troisième de la fête des Morts.

Il n'avait guère été difficile de suivre Sunaomi en se servant des talents ordinaires de la Tribu, mais quand elle arriva sur la plage quelque chose dans la nuit et les feux à demi consumés l'émut profondément. La voix du chat s'éleva en elle et déclara :

— Regarde ce que je vois !

Au début, c'était comme un jeu : la clarté soudaine du paysage ténébreux, les pupilles démesurées percevant le moindre mouvement, la précipitation de petites créatures et d'insectes nocturnes, le tremblement des feuilles, les embruns apportés par la brise. Puis son corps s'amollit et prit la forme du chat. D'un coup, elle prit conscience que la plage et le bosquet de pins étaient remplis de fantômes.

Elle les vit avec les yeux du chat. Leurs visages étaient gris, leurs robes blanches. Leurs pâles silhouettes flottaient au-dessus du sol. Les morts se mirent à la fixer et le chat répondit à leurs regards, les sachant accablés de regrets amers, de rancunes sans fin, de désirs inassouvis.

Maya cria de surprise, et le chat miaula. Elle se débattit pour retourner dans son propre corps familier. Les griffes du chat éraflèrent les galets noirs bordant la plage. Il bondit dans les arbres entourant la maison. Les esprits la suivirent, se pressèrent autour d'elle et elle sentit leur contact glacé sur sa fourrure. Leurs voix bruissaient comme des feuilles dans le vent d'automne, pleines de chagrin et d'avidité.

— Où est notre maître? Menez-nous jusqu'à lui. Nous l'attendons.

Leurs paroles la remplirent de terreur, bien qu'elle ne les comprît pas, comme dans un cauchemar où une unique phrase obscure glace le sang du dormeur. Elle entendit une branche se casser net et vit un homme sortir de la maison à moitié démolie, une lampe à la main. Les morts battirent en retraite devant la lumière et ses propres pupilles se rétrécirent, de sorte qu'elle ne les distingua plus aussi clairement. Cependant elle entendit les hurlements de Sunaomi, le ruissellement de l'urine quand il mouilla son pantalon. Le mépris que lui inspirait sa peur l'aida à surmonter celle qu'elle éprouvait elle-même, suffisamment pour avoir la force de se cacher dans les arbustes et de rentrer au château sans être vue. Elle ne se rappelait pas à quel moment le chat l'avait quittée et elle était redevenue Maya, pas plus qu'elle ne comprenait ce qui avait provoqué le passage à la forme féline. Toutefois, elle n'arrivait pas à oublier la vision fantomatique du chat et les voix caverneuses des morts.

«Où est notre maître?»

Elle était terrifiée à l'idée de voir et d'entendre de nouveau de cette manière, et elle tenta de se défendre contre la possession du chat. Elle avait hérité en partie de la nature implacable des Kikuta en même temps que de nombre de leurs talents. Cependant le chat la visitait en rêve, plein d'exigence, à la fois effrayant et séduisant.

— VOUS FEREZ UNE ESPIONNE REMARQUABLE ! s'exclama Sada après leur première nuit sur le bateau.

Maya venait de lui rapporter les commérages qu'elle avait surpris la veille. Rien de sinistre ou de dangereux, de simples secrets que leurs possesseurs auraient préféré garder pour eux.

— J'aimerais mieux devenir espionne que devoir épouser un seigneur, répliqua Maya. Je veux être comme vous, ou comme Shizuka autrefois.

Son regard erra sur les eaux mouchetées de blanc, en direction de l'est où la ville de Hagi avait déjà disparu. Ils avaient également dépassé depuis longtemps l'île d'Oshima, dont on ne distinguait plus que les nuages au-dessus du volcan. Le bateau l'avait longée durant la nuit, au grand regret de Maya qui avait entendu tant d'histoires sur l'ancienne citadelle des pirates et la visite de son père à sire Terada. Elle aurait voulu voir ces lieux de ses propres yeux, mais le bateau ne pouvait se permettre aucun délai, car le vent du nord-est ne durerait pas et ils avaient besoin de lui pour les pousser vers la côte de l'Ouest.

— Shizuka avait coutume de n'en faire qu'à sa tête, continua Maya. Mais depuis qu'elle a épousé le docteur Ishida, elle n'est plus qu'une épouse ordinaire.

— Ne sous-estimez pas Muto Shizuka ! répliqua Sada en riant. Elle a toujours excellé à paraître moins que ce qu'elle est.

— De toute façon, c'est la grand-mère de Sunaomi, marmonna Maya.

— Votre problème, Maya, c'est que vous êtes jalouse !

— C'est tellement injuste. Si seulement j'étais un garçon, peu importerait que je sois un jumeau. Si j'étais un garçon, Sunaomi ne serait jamais venu vivre avec nous et Père ne songerait pas à l'adopter !

« Et je n'aurais jamais songé à mettre au défi ce petit lâche d'aller au sanctuaire », pensa-t-elle.

Elle regarda Sada.

— N'avez-vous jamais désiré être un homme ?

— Si, bien souvent, quand j'étais enfant. Même dans la Tribu, où les femmes jouissent d'une grande liberté, on semble apprécier davantage les garçons. J'ai toujours voulu rivaliser avec eux, l'emporter sur eux. Muto Kenji disait que c'était pour cela que j'étais devenue aussi grande et forte qu'un homme. Il m'a appris à imiter les garçons, à employer leur langage et copier leurs gestes. À présent, je peux être aussi bien homme que femme, et cela me convient parfaitement.

— Il nous l'a aussi enseigné ! s'exclama Maya.

En effet, comme tous les enfants de la Tribu, elle avait appris les manières propres aux deux sexes, de façon à pouvoir passer de l'un à l'autre suivant ses déguisements.

Sada l'examina.

— Oui, vous pourriez faire un garçon acceptable.

— Vraiment, je ne suis pas fâchée qu'on m'envoie au loin, lui confia Maya. Parce que je vous aime beaucoup — et j'adore Taku !

— Tout le monde adore Taku ! observa Sada avec un sourire.

Cependant Maya n'eut pas l'occasion de s'initier davantage au langage séduisant et presque incompréhensible des matelots, dont certains étaient à peine plus âgés qu'elle. La houle s'étant levée, elle découvrit avec ennui qu'elle n'avait pas le pied marin. En sentant le navire tanguer, elle fut prise de migraine et un malaise insupportable envahit son corps. Sada s'occupa d'elle sans faire de manières ni l'accabler de sa compassion, en tenant sa tête pendant qu'elle vomissait et en lui faisant avaler un peu de thé pour humecter ses lèvres. Quand la phase la plus violente fut passée, elle fit s'étendre la petite fille, dont elle posa la tête sur ses genoux. Sa main longue et fraîche resta posée sur le front de Maya. Sada avait l'impression de sentir, juste sous la peau, la nature animale en elle, telle une fourrure sombre, dense et compacte mais aussi douce et qui aspirait à être caressée. Il sembla à Maya qu'elle la touchait comme l'aurait fait une garde-malade ou une mère. Quand elle émergea de sa maladie, le bateau doublait le cap au moment même où les vents changeaient et où la brise de l'ouest commençait à les entraîner vers le rivage. Elle observa le visage anguleux de Sada, avec ses pommettes aussi prononcées que celles d'un garçon, et pensa qu'il serait merveilleux de reposer à jamais dans ses bras et de sentir tout son corps répondre à ce contact délicieux. À cet instant, elle éprouva soudain pour sa compagne une passion où se mêlaient l'admiration et le désir : c'était sa première expérience de l'amour. Se pressant contre Sada, elle l'entoura de ses bras et sentit la force de ses muscles dignes d'un homme, la douceur inattendue de ses seins. Elle fourra son nez dans son cou, en un geste à la fois d'enfant et d'animal.

— Je suppose que cet élan d'affection signifie que vous vous sentez mieux ? dit Sada en la serrant à son tour.

— Un peu. C'était horrible. Je ne mettrai plus jamais les pieds sur un bateau !

Après un silence, elle demanda :

— Est-ce que vous m'aimez, Sada ?

— Quelle étrange question !

— J'ai rêvé que vous m'aimiez. Mais je ne sais jamais si c'est moi qui rêve ou…

— Ou quoi ?

— Ou le chat.

— À quoi ressemblent les rêves du chat ? s'enquit Sada d'un ton négligent.

— Aux rêves d'un animal.

Maya regarda le rivage lointain, les falaises couronnées de pins surgissant abruptement de l'eau d'un bleu sombre, les rochers noirs frangés de vagues gris-vert et blanches. À l'intérieur de la baie, où les flots étaient plus calmes, et jusque dans l'estuaire, des algues séchaient sur des supports de bois tandis qu'on tirait des barques de pêche à la coque basse sur le sable parsemé de touffes d'herbe marine. Des hommes accroupis raccommodaient des filets et entretenaient les feux servant à tirer le sel de l'eau de mer.

— J'ignore si je vous aime, la taquina Sada. Mais j'adore le chat !

Elle tendit la main pour frotter la nuque de Maya comme si elle cajolait un chat, et la petite fille fit le gros dos avec délice. Une nouvelle fois, Sada eut presque l'impression de sentir la fourrure sous ses doigts.

— Si vous continuez, je crois que je vais prendre la forme du chat, déclara Maya d'une voix rêveuse.

— Je suis sûre que cela pourra servir, observa Sada.

Elle avait parlé d'un ton neutre, pragmatique. Maya s'épanouit.

— Voilà ce que j'aime chez les gens de la Tribu ! s'écria-t-elle. Peu leur importe que je sois une jumelle ou possédée par un chat. Tout ce qui leur est utile leur paraît bon. C'est aussi ma manière de penser. Je ne retournerai jamais dans un palais ou un château. Je vais rester dans la Tribu.

— Nous verrons ce qu'en dira Taku !

Maya savait que Taku était un professeur aussi sévère que peu porté sur la sentimentalité. Elle craignait pourtant qu'il ne soit influencé par ses obligations envers Takeo au point de la traiter avec une indulgence particulière. Elle ne savait ce qui serait le pire : être acceptée par Taku uniquement parce qu'elle était une Otori, ou se voir rejetée du fait de ses talents insuffisants. Tantôt elle s'imaginait qu'il la renverrait sans pouvoir l'aider, tantôt qu'il serait ébloui par ses prouesses et par son potentiel. La vérité serait sans doute entre les deux, ni vraiment décevante ni absolument flatteuse et exaltante.

L'estuaire ensablé était trop peu profond pour que leur bateau s'y engage. Les passagers descendirent au bout d'une corde dans les frêles barques de pêche. Celles-ci étaient étroites et instables, et le nautonier rit en voyant Maya s'agripper au plat-bord. Après quoi il essaya d'entraîner Sada dans une conversation grivoise tandis qu'il maniait sa perche pour les mener à la cité de Maruyama, en amont du fleuve.

Le château s'élevait sur une petite colline dominant le fleuve, autour de laquelle la ville s'était développée. Sans être vaste, il était splendide, avec ses murs blancs et ses toits gris. Sa silhouette évoquait un oiseau venant juste de se poser et dont les ailes encore déployées se teintaient de rose dans le soleil couchant. Maya le connaissait bien et y avait souvent séjourné avec sa mère et ses sœurs, mais ce n'était pas là qu'elle se rendait aujourd'hui. Elle marcha en silence, les yeux baissés. Presque sans s'en rendre compte, elle était déjà capable de modifier ses traits de façon à ne pouvoir être reconnue. Sada s'adressait à elle de temps à autre, d'une voix rude, en lui intimant d'arrêter de flâner et de traîner les pieds dans la boue. «Oui, grande sœur, bien sûr, grande sœur», répondait Maya d'un air docile en avançant sans se plaindre quoiqu'elle fût chargée et que le chemin fût long. La nuit tombait lorsqu'elles arrivèrent devant une maison longue et basse qui s'étendait tout le long de la rue. Ses fenêtres étaient obstruées par des planches et son toit couvert de tuiles s'avançait largement en saillie sur la façade. Un des côtés de l'édifice était occupé par une boutique, à présent close et silencieuse. Une énorme porte s'ouvrait dans l'autre mur. Deux hommes étaient postés devant, armés de sabres et tenant chacun une longue lance incurvée.

Sada s'adressa au premier :

— Vous attendez-vous à une invasion, cousin ?

— La situation est tendue, répliqua-t-il. Que faites-vous ici ? Et qui est cette gamine ?

— Ma petite sœur, vous vous souvenez d'elle ?

— Elle ne ressemble pas du tout à Maï !

— Ce n'est pas Maï, mais Maya. Laissez-nous entrer. Je vous raconterai tout plus tard.

Tandis qu'on débarrait la porte et qu'elles se glissaient à l'intérieur, elle demanda au garde :

— Taku se trouve-t-il à Maruyama ?

— Oui, il est arrivé il y a quelques jours. En grande pompe, avec ça, et en noble compagnie. Il accompagne sire Kono, de Miyako, et ils sont tous deux les hôtes de sire Sugita. Il ne s'est pas montré ici comme il le fait d'ordinaire. Nous allons l'informer que vous êtes arrivée avec votre «sœur».

Lorsque Sada la conduisit à travers le jardin obscur vers l'entrée de la maison, Maya lui demanda à voix basse :

— Savent-ils qui je suis?

— Bien sûr, mais ils savent également que cela ne les regarde pas, de sorte qu'ils tiendront leur langue.

Maya imagina ce qui allait se passer. Un homme, ou peut-être une femme, allait aborder Taku. Qu'il s'agisse d'un soldat ou d'une servante, le messager déguisé ferait une remarque quelconque sur un cheval ou un repas avant d'ajouter une phrase d'apparence insignifiante... et Taku comprendrait sur-le-champ.

— Comment vont-ils m'appeler? s'enquit-elle en montant d'un pas léger sur la véranda.

— Vous appeler? Qui donc?

— Quel est mon nom secret, celui que seule la Tribu connaît?

Sada rit presque sans bruit.

— Ils vont inventer quelque chose. Le Chaton, peut-être.

«Le Chaton est revenu ce soir.» Maya croyait presque entendre la voix de la servante — elle avait décidé que ce serait une femme — chuchotant quelques mots à Taku, tandis qu'elle se penchait pour laver ses pieds ou lui versait du vin, après quoi... que ferait donc Taku?

Elle fut saisie d'une légère appréhension : quoi qu'il arrive, la suite ne serait pas facile.

Il lui fallut attendre deux jours. Elle n'eut pas le temps de s'ennuyer ou de s'inquiéter, car Sada l'occupa en poursuivant l'entraînement de la Tribu, lequel ne se termine jamais puisqu'il est toujours possible d'améliorer ses talents et que personne, même Muto Kenji ou Kikuta Kotaro, ne les avait jamais complètement dominés. Du reste, Maya n'était qu'une enfant, de sorte qu'elle avait devant elle des années à rester immobile pendant de longues périodes, à étirer et ployer ses membres pour les garder parfaitement souples, à cultiver sa mémoire et son sens de l'observation, sans oublier la rapidité de mouvement menant à l'invisibilité et à la maîtrise du second moi. Maya se soumit à cette discipline sans se plaindre, car elle avait décidé qu'elle aimait Sada de tout son cœur et faisait donc de son mieux pour lui plaire.

À la fin du second jour, alors que la nuit était tombée et qu'elles avaient terminé leur repas, Sada fit signe à Maya de venir. La fillette était en train de ramasser les bols et de les placer sur des plateaux, car ici elle n'était plus la fille de sire Otori mais la plus jeune de la maisonnée et donc la servante de tout le monde. Elle acheva d'abord sa tâche, en portant les plateaux à la cuisine, puis se rendit sur la véranda. Sada se tenait à l'autre bout, une lampe à la main. Maya aperçut dans l'ombre le visage de Taku éclairé à moitié.

Elle s'approcha et se jeta à genoux devant lui, non sans avoir observé fugitivement ce qu'elle distinguait de son visage. Il semblait fatigué, son expression était tendue et même contrariée. Le cœur de Maya se serra.

— Maître, chuchota t elle.

Il se renfrogna de plus belle et invita d'un geste Sada à approcher la lampe. Maya sentit la chaleur sur sa joue et ferma un instant les yeux. La flamme trembla derrière ses paupières obscurcies.

— Regarde-moi, ordonna Taku.

Ses yeux noirs et impénétrables se plongèrent dans les siens. Elle soutint son regard sans ciller, en vidant son esprit pour empêcher d'affleurer à la surface le moindre signe susceptible de lui révéler sa faiblesse. En même temps, elle n'osait le scruter pour trouver ses propres points faibles. Malgré ses efforts, elle ne put le tenir complètement en échec. Il lui sembla qu'un rayon de lumière, ou de pensée, avait pénétré en elle et découvert un secret qu'elle gardait à son insu.

Taku poussa un grognement, dont elle n'aurait pu dire s'il était approbateur ou stupéfait.

— Pourquoi ton père t'a-t-il envoyée auprès de moi?

— Il croit que je suis possédée par l'esprit d'un chat, répondit-elle d'un ton paisible. Il pensait que peut-être Kenji vous avait transmis un peu du savoir de la Tribu dans ce domaine.

— Montre-moi.

— Je ne veux pas.

— Fais-moi voir l'esprit de ce chat, si du moins il existe.

Il avait l'air sceptique et dédaigneux. Maya réagit par une explosion de colère. Son corps fut parcouru par une force inhumaine. Ses membres s'amollirent et s'étirèrent, ses poils se hérissèrent, ses oreilles se couchèrent et elle montra les dents, prête à bondir.

— Ça suffit, dit-il tranquillement.

Il caressa doucement sa joue, et le moi animal se calma et se mit à ronronner.

— Vous ne m'avez pas crue, lança Maya d'un air ébahi.

Elle frissonnait.

— En tout cas, maintenant je te crois, répliqua-t-il. C'est très intéressant et pourrait sans doute se révéler utile. La seule question est de savoir comment en tirer le meilleur parti possible. As-tu déjà revêtu complètement sa forme ?

— Une fois, avoua-t-elle. J'ai suivi Sunaomi au sanctuaire d'Akane et je l'ai vu mouiller son pantalon !

Taku sentit que cette bravade cachait quelque chose.

— Et puis ? insista-t-il.

Elle resta un instant sans répondre, avant de marmonner :

— Je ne veux pas recommencer. Je n'aime pas cette sensation.

— Peu importe que cela te plaise ou non, déclara-t-il. Ne me fais pas perdre mon temps. Tu dois t'engager à ne faire que ce que Sada ou moi te dirons, à ne pas sortir seule et à ne prendre aucun risque. Et tu ne dois pas avoir de secrets pour nous.

— Je le jure.

— Cette histoire tombe mal, dit Taku à Sada non sans irritation. Je suis en train d'essayer de garder Kono sous contrôle et de surveiller mon frère au cas où il prendrait quelque initiative imprévue. Enfin, puisque Takeo le demande, je suppose que je ferais mieux de garder cette gamine avec moi. Vous pouvez m'accompagner demain au château. Habillez-la en garçon. Vous-même, déguisez-vous à votre gré. En revanche, vous devrez vivre ici où elle restera une fille. La plus grande partie de la maisonnée connaît déjà son identité. Il convient qu'elle soit protégée dans la mesure du possible en tant que fille de sire Otori. Je vais avertir Hiroshi. Quelqu'un d'autre pourra-t-il vous reconnaître?

— Personne ne me regarde jamais en face, déclara Maya. C'est parce que je suis une jumelle.

— Les jumeaux sont plutôt en faveur dans la Tribu, répliqua-t-il. Mais où se trouve ta sœur?

— Elle est restée à Hagi. Elle se rendra prochainement à Kagemura.

Maya fut prise d'une nostalgie soudaine de Miki, Shigeko et ses parents. « Je suis une orpheline ici, pensa-t-elle, ou une exilée. Peut-être me découvrira-t-on un jour dans un village, comme Père, douée de plus de talent que n'importe qui d'autre dans la Tribu. »

— Va te coucher, maintenant, lança Taku abruptement. Je dois discuter certains détails avec Sada.

— Maître, dit Maya en s'inclinant d'un air soumis.

Elle leur souhaita le bonsoir puis rentra dans la maison, où une servante lui sauta aussitôt dessus et l'envoya préparer les lits. Parcourant sans bruit les salles longues et basses, elle déplia les matelas et étendit les couvertures. Le vent s'était levé et sifflait à travers la moindre fente, déjà automnal, mais Maya ne sentait pas le froid. Elle ne cessait de prêter l'oreille aux paroles assourdies s'élevant du jardin. Ils lui avaient dit d'aller au lit et elle avait obéi, mais ils ne lui avaient pas défendu d'écouter.

Elle avait hérité de l'ouïe exceptionnelle de son père. Depuis un an, elle gagnait constamment en sensibilité et en finesse. Quand Maya fut enfin couchée, elle se mit à écouter en essayant de filtrer les chuchotements des filles entre lesquelles elle était allongée. Peu à peu, leurs voix basses se turent pour céder la place aux derniers insectes de l'été se lamentant sur l'arrivée du froid et leur propre mort. Elle entendit les battements d'ailes soyeux et silencieux d'un hibou planant dans le jardin, et poussa un soupir presque imperceptible. Le clair de lune dessinait un motif de treillis sur les écrans de papier. La lune mettait son sang en émoi, précipitait son cours dans ses veines.

Dans le lointain, Taku déclara :

— J'ai amené Kono ici afin qu'il voie combien les gens de Maruyama sont fidèles aux Otori. Je crains que Zenko ne lui ait fait croire que les Seishuu sont de nouveau au bord de la sécession et que l'Ouest ne soutiendra pas Takeo.

— Je présume que Hiroshi est d'une loyauté à toute épreuve ? murmura Sada.

— S'il ne l'est pas, je pourrais aussi bien me trancher moi-même la gorge.

Sada se mit à rire.

— Vous n'êtes pas du genre à mettre fin à vos jours, mon cousin.

— J'espère n'avoir jamais à le faire. Peut-être devrai-je m'y résoudre par pur ennui si je dois supporter sire Kono encore longtemps.

— Maya sera une distraction bienvenue, si vous craignez l'ennui.

— Dites plutôt encore une responsabilité dont je me serais passé !

— Pourquoi avez-vous tressailli quand vous l'avez regardée dans les yeux ?

— Je m'attendais à voir une petite fille. Ce que j'ai découvert était bien différent, une sorte d'être mal défini attendant de trouver sa forme.

— Est-ce un esprit mâle, ou quelque chose lié au chat dont elle est possédée ?

— Je n'en sais vraiment rien. On aurait dit autre chose. Elle est unique, et probablement très puissante.

— Et dangereuse ?

— Sans doute. Surtout pour elle-même.

—Vous êtes fatigué.

La façon dont Sada prononça ces mots fit frissonner Maya à la fois de nostalgie et de jalousie.

— Allons, je vais masser votre front, reprit Sada d'une voix encore plus douce.

Il y eut un instant de silence. Maya retint son souffle. Taku poussa un profond soupir. Une intensité nouvelle semblait habiter le jardin assombri, le couple invisible. Ne pouvant supporter d'en écouter davantage, Maya tira la couverture sur sa tête.

Longtemps après, lui sembla-t-il, elle entendit leurs pas sur la véranda. Taku dit à voix basse :

—Je ne m'attendais pas à cela !

—Nous avons grandi ensemble, répliqua Sada. Il est inutile d'y accorder de l'importance.

—Sada, rien entre nous ne peut être sans importance.

Il s'interrompit, comme s'il voulait en dire davantage, puis se contenta de lancer :

Je vous verrai demain avec Maya. Amenez-la au château à midi.

Sada entra silencieusement dans la chambre et s'allongea à côté de Maya. Faisant semblant d'être endormie, la fillette se blottit contre elle, respira son odeur à laquelle se mêlait celle de Taku imprégnant encore son corps. Elle n'aurait pu dire qui elle aimait le plus : elle aurait voulu les serrer tous deux dans ses bras. En cet instant, il lui semblait leur appartenir pour la vie.

LE LENDEMAIN, SADA LA RÉVEILLA DE BONNE HEURE et entreprit de couper ses longs cheveux. Lorsqu'ils ne lui arrivèrent plus qu'à l'épaule, elle les repoussa en arrière pour former un toupet au-dessus de son front nu, comme c'était la coutume chez les jeunes garçons non encore adultes.

—Vous n'êtes pas une jolie fille, dit-elle en riant, mais vous faites un garçon ravissant. Prenez l'air un peu plus renfrogné et serrez les lèvres.

Votre beauté ne doit pas être trop frappante, sans quoi vous allez vous faire enlever par un guerrier!

Maya tenta de prendre une expression plus masculine, mais l'excitation, la nouveauté de sa coiffure et de ses vêtements, le langage des garçons qu'elle employait, tout concourait à faire briller ses yeux et rosir ses joues.

— Calmez-vous, la réprimanda Sada. Vous ne devez pas attirer l'attention. Non seulement vous n'êtes qu'un domestique de sire Taku, mais vous êtes au dernier rang dans sa maisonnée.

— Qu'aurai-je à faire?

— Pas grand-chose, je pense. Vous devrez apprendre à affronter l'ennui.

— Comme Taku, dit Maya sans réfléchir.

Sada attrapa son bras.

— Vous avez surpris ses paroles? Qu'avez-vous entendu d'autre?

Maya la regarda fixement. Après un instant de silence, elle lança :

— J'ai tout entendu.

Sada ne put s'empêcher de sourire.

— N'en parlez à personne, dit-elle d'un ton complice.

Elle attira Maya contre elle et la serra dans ses bras. Maya répondit à son étreinte, sentit la chaleur de son corps et se dit qu'elle aurait aimé être Taku.

24

Certains hommes aiment l'amour, mais Muto Taku n'en faisait pas partie. Il n'avait jamais été séduit par la passion aspirant à se consacrer uniquement à l'objet aimé. Des émotions aussi extrêmes lui paraissaient curieuses, et même déplaisantes. Il s'était toujours moqué des amoureux, dont il méprisait ouvertement la faiblesse. Quand des femmes prétendaient l'aimer, ce qui se produisait fréquemment, il se détachait d'elles. Il se contentait d'apprécier les femmes et tous les plaisirs du corps dont on peut jouir en leur compagnie. Bien qu'il eût de l'affection pour son épouse et lui fît confiance pour diriger sa maisonnée, élever convenablement ses enfants et se montrer loyale envers lui, l'idée ne lui était jamais venue de lui être fidèle. Il fut donc troublé par la persistance du souvenir de son intimité aussi soudaine qu'imprévue avec Sada. Il n'avait jamais rien connu de tel. Rien dans son passé ne pouvait se comparer avec l'intensité de ce désir, la perfection poignante de sa réalisation. Le corps de Sada était aussi grand et fort que le sien, presque semblable à celui d'un homme et pourtant féminin, et elle avait répondu à son désir à la fois en se soumettant à lui et en le subjuguant. Il avait peiné à trouver le sommeil tant il avait envie de la sentir près de lui. Alors qu'il s'entretenait avec Sugita Hiroshi dans le jardin du château de Maruyama, il trouvait difficile de se concentrer sur les propos de son vieil ami. «Nous avons grandi ensemble. Il est inutile d'y accorder de l'importance», avait-elle déclaré. La voir passer du statut de compagne, presque de sœur, à celui de maîtresse avait contribué à l'excitation du moment. Lui-même avait répliqué, sans savoir à quel point il disait vrai : «Rien entre nous ne peut être sans importance.»

Il retourna son attention à son compagnon. Ils étaient du même âge, puisqu'ils entraient tous deux dans leur vingt-septième année, mais alors que Taku avait la maigreur nerveuse et le visage mobile et banal des gens de la Tribu, Hiroshi était considéré comme un bel homme, dépassant d'une tête son ami et plus large d'épaules que lui, avec le teint pâle et les traits fins propres à la classe des guerriers. Dans leur adolescence, ils s'étaient chamaillés et avaient rivalisé pour attirer l'attention de sire Takeo. Ils avaient été amants le temps d'un été de délire, la même année où ils avaient dressé ensemble les poulains. Depuis lors, il étaient restés liés par une profonde amitié.

Il était tôt en ce matin d'une journée d'automne qui s'annonçait magnifique. Le ciel était d'un bleu pâle et limpide évoquant une coquille d'œuf. Le soleil commençait à peine à dissiper la brume sur le chaume doré des rizières. C'était leur premier entretien en tête à tête depuis que Taku était arrivé en compagnie de sire Kono. Ils avaient discuté de la prochaine rencontre entre sire Otori et Araï Zenko, qui devait avoir lieu dans quelques semaines à Maruyama.

— Takeo et dame Shigeko devaient être ici avant la pleine lune du mois prochain, dit Hiroshi, mais leur arrivée a été un peu retardée car ils ont dû se rendre à Terayama sur la tombe de Matsuda Shingen.

— Il est triste pour Takeo de voir disparaître ses deux grands maîtres la même année, observa Taku. Il s'est tout juste remis de la mort de Kenji.

— La disparition de Matsuda n'a pas été aussi soudaine et traumatisante que celle de Kenji. Notre abbé a eu une vie exceptionnellement longue, puisqu'il avait dépassé les quatre-vingts ans. De plus, il laisse des successeurs dignes de lui. Il en va d'ailleurs de même pour votre oncle et vous-même. Vous allez devenir pour sire Takeo ce que Kenji était depuis toujours.

— L'habileté et la perspicacité de mon oncle me manquent déjà, avoua Taku. La situation semble se compliquer de semaine en semaine, avec les intrigues de mon frère que je ne parviens pas moi-même à comprendre entièrement, la venue de sire Kono et les exigences de l'empereur, le refus de négocier des Kikuta…

— Durant mon séjour à Hagi, Takeo s'est montré particulièrement préoccupé, dit Hiroshi d'un ton hésitant.

— Eh bien, outre son chagrin et ces affaires d'État, je crois qu'il a bien des soucis. La grossesse de dame Otori, ses problèmes avec ses filles…

— Quelque chose ne va pas avec dame Shigeko? l'interrompit Hiroshi. Elle se portait pourtant fort bien la dernière fois que je l'ai vue.

— Je n'ai rien entendu dire à son sujet. Non, il s'agit des jumelles. Maya est ici avec moi. Je préfère vous en avertir, au cas où vous la reconnaîtriez.

— Maya, ici? répéta Hiroshi avec étonnement.

— Elle est habillée en garçon. Vous ne la remarquerez sans doute même pas. Elle est sous la garde d'une jeune femme, portant elle aussi un déguisement masculin. Il s'agit d'une lointaine parente à moi, qui s'appelle Sada.

Bien que son nom ne fît rien à l'affaire, il n'avait pu s'empêcher de le prononcer. «Je suis obsédé», pensa-t-il.

— Zenko et Hana vont venir ici, s'exclama Hiroshi. Ils vont certainement la reconnaître!

— Hana en serait peut-être capable. Peu de choses lui échappent.

— En effet, approuva Hiroshi.

Ils restèrent un instant silencieux, puis éclatèrent de rire en même temps.

— Vous savez, dit Taku, les gens racontent que vous ne l'avez jamais oubliée et que c'est pour cela que vous ne vous êtes jamais marié!

Ils n'avaient encore jamais abordé ce sujet, mais sa curiosité s'était éveillée sous l'effet de son obsession nouvelle.

— Il est vrai qu'à une époque j'ai désiré avec ardeur l'épouser. J'étais persuadé de l'adorer, sans compter que j'aspirais à entrer dans cette famille. Mon propre père a été tué durant la guerre, comme vous le savez, et mon oncle et ses fils ont mis fin à leurs jours plutôt que de se rendre à Araï Daiichi. Je n'avais plus de famille à moi. Quand l'ordre est revenu à Maruyama, après le tremblement de terre, je vivais dans la maisonnée de sire Takeo. Les terres de ma famille ont été rendues au domaine. J'ai été envoyé à Terayama étudier la voie du Houou. Avec la sottise et la vanité de la jeunesse, je croyais que Takeo finirait par m'adopter, d'autant qu'il n'avait pas de fils.

Il sourit avec l'air de se moquer de lui-même, mais sans amertume.

— Comprenez-moi bien, je ne suis ni déçu ni malheureux. Il me semble que ma vocation est de servir. Je suis ravi d'être l'intendant de Maruyama et de l'administrer pour dame Shigeko. Le mois prochain, elle entrera en possession de son domaine. Je retournerai bientôt à Terayama, à moins qu'elle n'ait besoin de moi ici.

— Je suis certain qu'elle aura besoin de vous, au moins pendant un an ou deux. Il est inutile que vous alliez vous enterrer à Terayama comme un ermite. Vous devriez vous marier et avoir des enfants. Pour ce qui est des terres, Takeo ou Shigeko seraient prêts à vous donner tout ce que vous leur demanderiez.

— Pas tout à fait tout, dit doucement Hiroshi comme s'il se parlait à lui-même.

— Je vois que décidément le souvenir de Hana vous fait dépérir.

— Non, je n'ai guère tardé à me remettre de mon engouement. Hana est une très belle femme, mais je me réjouis que ce soit votre frère et non moi qui l'ait épousée.

— Il vaudrait mieux pour Takeo que vous soyez son époux, déclara Taku tout en se demandant quel autre motif avait Hiroshi pour refuser de se marier.

— Ils s'encouragent mutuellement dans leur ambition, approuva Hiroshi.

Changeant adroitement de sujet, il observa :

— Mais vous ne m'avez toujours pas dit pour quelle raison Maya se trouve ici.

— Elle a besoin d'être séparée de ses cousins, qui séjournent actuellement à Hagi, et aussi de sa jumelle. Il est nécessaire de la surveiller en permanence, ce qui explique que Sada l'ait accompagnée. Je vais moi-même devoir lui consacrer un peu de mon temps. Il m'est impossible d'entrer dans le détail, mais je compte sur vous pour distraire sire Kono en mon absence et le convaincre au passage que le clan des Seishuu est entièrement fidèle aux Otori.

— Maya serait-elle en danger?

— Elle est elle-même le danger…

— Mais pourquoi ne vient-elle pas ici ouvertement, en tant que fille de sire Otori, pour y séjourner comme elle l'a souvent fait dans le passé?

Comme Taku ne répondait pas tout de suite, Hiroshi reprit :

— Vous aimez l'intrigue pour l'intrigue, avouez-le!

— Elle nous sera plus utile en n'étant pas reconnue, finit par dire Taku. De toute façon, c'est une enfant de la Tribu. Quand elle est dame Otori Maya, elle ne peut rien être d'autre. Dans le cadre de la Tribu, elle peut jouer bien des rôles différents.

— J'imagine qu'elle peut faire tous ces trucs dont vous vous serviez pour me taquiner, dit Hiroshi en souriant.

— Ces trucs, comme vous les appelez, m'ont plus d'une fois sauvé la vie! rétorqua Taku. D'ailleurs, je crois que la voie du Houou comporte elle aussi quelques secrets!

— Les maîtres comme Miyoshi Gemba, et Makoto lui-même, possèdent de nombreux talents qui paraissent surnaturels, mais ils sont le résultat d'années d'entraînement et de maîtrise de soi.

— Ce n'est guère différent dans la Tribu. Même si nos talents sont héréditaires, ils ne sont rien sans entraînement. Mais il semble que vos maîtres aient convaincu Takeo de ne pas entrer en guerre, à l'est comme à l'ouest?

— Oui, à son arrivée il informera sire Kono que nos émissaires sont en route pour Miyako afin de préparer sa venue l'an prochain.

— Croyez-vous que cette décision soit sage ? Takeo ne risque-t-il pas ainsi d'être à la merci de ce nouveau général, le Chasseur de Chiens ?

— Tout ce qui évite la guerre est sage, répliqua Hiroshi.

— Pardonnez-moi, mais cette formule est étrange dans la bouche d'un guerrier !

— Taku, nous avons vu tous deux nos pères mourir sous nos yeux…

— Mon père, au moins, méritait de mourir ! Je n'oublierai jamais l'instant où j'ai cru que Takeo allait devoir tuer Zenko…

— Votre père a agi comme il convenait, en accord avec ses convictions et son code, déclara Hiroshi avec calme.

— Il a trahi Takeo après avoir juré d'être son allié ! s'exclama Taku.

— S'il ne l'avait pas fait, Takeo se serait tôt ou tard retourné contre lui. Ainsi le veut la nature même de notre société. Nous nous battons jusqu'à ce que nous soyons las de la guerre. Après quoi, au bout de quelques années, nous nous lassons de la paix et recommençons à nous battre. Nous dissimulons nos instincts sanguinaires et notre désir de vengeance derrière un code d'honneur, que nous enfreignons quand bon nous semble.

— Vous n'avez vraiment jamais tué un homme ? demanda Taku à brûle-pourpoint.

— On m'a enseigné bien des manières de tuer, et j'ai étudié la tactique du combat et l'art de la guerre avant l'âge de dix ans, mais je n'ai jamais participé à une vraie bataille et n'ai jamais tué personne. J'espère n'avoir jamais à le faire.

— Lorsque vous vous retrouverez au cœur d'un combat, vous changerez d'avis. Vous vous défendrez comme n'importe quel homme.

— Peut-être. En attendant, je ferai tout ce qui est en mon pouvoir pour éviter la guerre.

— Je crains qu'à eux deux, mon frère et l'empereur ne vous forcent la main. Surtout s'ils ont des armes à feu. Vous pouvez être certain qu'ils n'auront de cesse qu'ils ne les aient essayées.

Il y eut un mouvement à l'autre bout du jardin. Un garde accourut et s'agenouilla devant Hiroshi.

— Sire Kono arrive, sire Sugita!

En présence de l'aristocrate, l'attitude des deux amis changea légèrement. Taku devint plus circonspect, tandis que Hiroshi redoublait en apparence de franchise et de cordialité. Comme Kono souhaitait voir le plus possible de la ville et de la campagne environnante, ils firent de nombreuses excursions. L'aristocrate se déplaçait dans son palanquin laqué décoré d'or, accompagné des deux jeunes hommes à cheval dont les montures, les fils de Raku, étaient comme eux de vieux amis. L'automne était toujours aussi limpide et lumineux, et les couleurs des feuilles se faisaient chaque jour plus somptueuses. Hiroshi et Taku saisissaient la moindre occasion pour faire remarquer à Kono la richesse du domaine, ses défenses redoutables et ses nombreux soldats, la satisfaction de ses habitants et leur loyauté absolue envers sire Otori. L'aristocrate accueillait toutes ces informations avec sa courtoisie immuable, sans rien révéler de ses véritables sentiments.

IL ARRIVAIT À MAYA DE LES ACCOMPAGNER lors de ces sorties, assise sur le cheval de Sada. Par moments, elle était assez proche de Kono et de ses conseillers pour entendre leurs murmures. Même si leurs conversations semblaient aussi banales que sans intérêt, elle les mémorisait et les répétait mot pour mot à Taku quand il se rendait dans la maison où elle logeait avec Sada, ce qui se produisait tous les deux ou trois jours. Elles prirent l'habitude de dormir dans une petite chambre au bout de la maison, car il arrivait parfois tard dans la nuit et voulait toujours voir Maya, sans se soucier de l'heure ni même du sommeil de la fillette. Elle était censée se réveiller sur-le-champ, selon l'usage des membres de la Tribu, lesquels maîtrisent leur envie de dormir comme tous leurs autres besoins et désirs, et elle devait rassembler toute son énergie et sa concentration pour ces séances nocturnes avec son professeur.

Taku était souvent fatigué et tendu, si bien qu'il manquait de patience. Le travail était aussi lent qu'exigeant. Maya était pleine de bonne volonté, mais elle avait peur de ce qui pourrait lui arriver. Plus d'une fois, elle regretta de ne pas être à Hagi, avec sa mère et ses sœurs. Elle aurait voulu être une enfant, ressembler à Shigeko, qui n'avait ni les talents de la Tribu ni de jumelle. Jouer le rôle d'un garçon toute la journée l'épuisait, mais ce n'était rien comparé à ces nouvelles obligations. Jusqu'alors, l'entraînement lui avait paru aisé, tant l'invisibilité ou le second moi lui venaient naturellement. Cette voie inconnue semblait nettement plus difficile et dangereuse. Elle refusait de laisser Taku l'y conduire, tantôt avec une obstination glacée, tantôt avec fureur. Elle en vint à déplorer amèrement la mort du chat et la possession qui s'était ensuivie. Elle supplia même Taku d'enlever l'esprit de l'animal.

— Cela m'est impossible, répliqua-t-il. Tout ce que je peux faire, c'est t'aider à le dominer et le maîtriser.

— Vous ne pouvez changer ce que vous avez fait, dit Sada. Il faut que vous appreniez à vivre avec.

Maya eut honte de sa faiblesse. Elle avait cru qu'elle aimerait devenir le chat, mais il était beaucoup plus obscur et effrayant qu'elle ne s'y attendait. Il voulait l'emmener dans un autre monde, peuplé d'esprits et de fantômes.

— Il te rendra puissante, lui assurait Taku. Le pouvoir est là : tu dois juste le saisir et l'exploiter !

Cependant, même si grâce aux conseils attentifs de son professeur elle s'était familiarisée avec l'esprit qui l'habitait, elle n'était pas capable de faire ce qu'elle savait qu'on attendait d'elle : prendre sa forme et s'en servir.

25

La pleine lune du dixième mois approchait, et partout les préparatifs pour la fête d'Automne battaient leur plein. Cette année-là, l'excitation était d'autant plus grande que sire Otori en personne devait assister aux festivités avec sa fille aînée, dame Shigeko, l'héritière de Maruyama. Les danses commencèrent. Chaque soir, des foules de citadins envahissaient les rues, chaussés de sandales neuves et vêtus d'habits chatoyants, pour chanter en agitant leurs mains au-dessus de leur tête. Maya savait que son père était populaire, et même aimé, mais elle ne comprit à quel point qu'en entendant ce que disaient de lui les gens auxquels elle était maintenant mêlée. Le bruit se répandit également que le domaine de Maruyama allait être remis officiellement à Shigeko, maintenant qu'elle était adulte.

— C'est vrai, répondit Taku lorsque Maya l'interrogea à ce sujet. Hiroshi m'en a déjà parlé. Elle va changer de nom et sera appelée à l'avenir dame Maruyama.

— Dame Maruyama, répéta Maya.

Elle trouvait comme une aura de légende à ce nom qu'elle avait entendu toute sa vie, dans la bouche de Chiyo, de Shizuka ou des baladins chantant et récitant l'histoire des Otori au coin des rues ou sur les rives des fleuves.

— Ma mère dirige désormais la Tribu, dame Shigeko gouvernera un jour les Trois Pays… Tu ferais mieux de ne pas trop attendre pour redevenir une fille ! la taquina Taku.

— Les Trois Pays ne m'intéressent pas, mais j'aimerais bien diriger la Tribu ! répliqua Maya.

— Tu vas devoir patienter jusqu'à ma mort ! observa-t-il en riant.

— Ne dites pas de telles choses ! le reprit Sada en effleurant son bras.

Il tourna aussitôt la tête pour la regarder avec cette expression qui remplissait Maya à la fois d'excitation et de jalousie. Ils étaient seuls tous les trois dans la petite chambre au bout de la maison de la Tribu. Maya ne s'était pas attendue à voir Taku si tôt, car il était déjà venu la nuit précédente.

— Vous voyez, je ne puis rester loin de vous, avait-il dit à Sada quand elle avait exprimé sa surprise.

La jeune femme n'avait pu dissimuler son plaisir, pas plus qu'elle ne pouvait s'empêcher de le toucher.

La nuit était froide et claire. La lune ne serait pleine que dans quatre jours, mais elle était énorme et dorée. Malgré l'air glacial, les volets étaient encore ouverts. Ils étaient assis les uns contre les autres près du petit brasero à charbon de bois, enveloppés dans les couvertures des lits. Taku buvait du vin de riz, mais ni Sada ni Maya n'aimaient ce breuvage. L'unique lampe peinait à percer l'obscurité de la pièce, cependant le jardin était rempli de clair de lune et d'ombres épaisses.

— Il y a aussi mon frère, chuchota Taku à Sada en abandonnant le ton de la plaisanterie. Il estime être en droit de diriger la Tribu, puisqu'il est le plus proche parent mâle de Kenji.

— Je crains qu'il ne soit pas le seul à penser que Shizuka a tort de vouloir diriger la famille Muto. Une femme n'a jamais agi ainsi dans le passé, et les gens n'aiment pas qu'on rompe avec la tradition. Ils murmurent que les dieux seraient mécontents. Cela ne veut pas dire qu'ils souhaitent avoir Zenko pour maître. Ils préféreraient certainement que ce soit vous, mais le choix de votre mère n'a pas fait l'unanimité.

Maya écoutait attentivement, en silence. Elle sentait la chaleur du feu réchauffer une moitié de son visage, tandis que l'autre était glacée. Des échos de musique et de chants s'élevaient de la ville, où des cris gutturaux se mêlaient soudain au rythme obsédant des tambours.

— J'ai entendu une rumeur aujourd'hui, continua Sada. Kikuta Akio a été aperçu à Akashi. Voilà deux semaines, il est parti pour Hofu.

— Nous ferions mieux d'envoyer quelqu'un sur-le-champ à Hofu, dit Taku. Il faut découvrir où il se rend et dans quelle intention. Voyage-t-il seul ?

— Imaï Kazuo l'accompagne, ainsi que son fils.

— Quel fils ? s'exclama Taku en se redressant brusquement. Pas celui d'Akio ?

— Il semble que si. Un garçon d'environ seize ans. Pourquoi êtes-vous si troublé ?

— Vous ignorez donc qui est ce garçon ?

— Je sais, comme tout le monde, que c'est le petit-fils de Muto Kenji, répliqua Sada.

Rien de plus ?

Elle secoua la tête.

— Je suppose que les Kikuta ont gardé le secret pour eux, marmonna Taku.

Il sembla soudain se souvenir de la présence de Maya.

— Envoyez-la au lit, dit-il à Sada.

— Maya, allez dormir dans la chambre des servantes, ordonna la jeune femme.

Un mois plus tôt, Maya aurait protesté, mais elle avait appris à obéir à Sada et Taku en toute chose.

— Bonne nuit, murmura-t-elle en bondissant sur ses pieds.

— Ferme les volets avant de sortir, lui dit Taku. Il commence à faire glacial.

Sada se leva pour l'aider. Loin du feu, Maya avait froid, et ce fut encore pire quand elle entra dans la chambre des servantes. Elles semblaient toutes déjà endormies. Avisant un espace entre deux filles, elle s'y glissa. Ici, dans la maison de la Tribu, chacun savait qui elle était. Ce n'était que dans le monde extérieur qu'elle devait se déguiser en garçon. Elle frissonnait. Elle avait envie d'entendre les propos de Taku, d'être avec lui et Sada. Elle pensa à une fourrure, au pelage doux et épais du chat couvrant son corps et la réchauffant délicieusement, et soudain ses frissons se transformèrent en un débordement de force qui l'envahit tandis que le chat bandait ses muscles et s'éveillait à la vie.

Sortant sans bruit des couvertures, elle quitta la chambre d'un pas feutré, consciente de ses pupilles immenses et de sa vue perçante. Elle se rappela l'aspect que prenait le monde, plein de mouvements infimes qu'elle n'avait jamais remarqués auparavant, et dressa l'oreille car elle redoutait vaguement d'entendre les voix blanches des morts. Arrivée au milieu du couloir, elle se rendit compte qu'elle se déplaçait au-dessus du sol et poussa un petit cri de frayeur.

Hommes et femmes se retournaient dans leur sommeil, en frissonnant comme s'ils faisaient des rêves insoutenables.

«Je ne peux pas ouvrir les portes», pensa-t-elle, mais l'esprit du chat en savait plus long qu'elle. Bondissant vers les volets, il passa à travers, flotta au-dessus de la véranda puis pénétra dans la chambre où Taku et Sada gisaient enlacés. Maya se dit qu'elle allait se montrer, que Taku serait content d'elle et la couvrirait d'éloges. Elle pourrait se coucher entre eux afin qu'ils la réchauffent.

D'une voix indolente, Sada reprit leur conversation. Les mots qu'elle prononça furent le pire choc de la vie de Maya, mais résonnèrent dans l'esprit encore vivant du chat.

— Ce garçon est vraiment le fils de Takeo?

— Oui, et d'après la prophétie il est l'unique personne par qui la mort pourra l'atteindre.

C'est ainsi que Maya apprit l'existence de son frère et la menace pesant sur son père. Malgré ses efforts pour ne pas faire de bruit, elle ne put retenir le gémissement d'horreur et de désespoir qui s'échappa de sa gorge.

— Qu'est-ce que c'est? s'exclama Taku.

Elle entendit Sada pousser un cri de stupeur, puis elle bondit à travers l'écran et s'enfuit dans le jardin comme si elle pourrait courir ainsi à jamais, hors de portée. Mais elle ne put échapper aux voix des esprits s'insinuant par ses oreilles dressées, pénétrant au cœur de son être fragile.

« Où est notre maître ? »

26

Otori Takeo et Araï Zenko arrivèrent à Maruyama à quelques heures de distance, le jour précédant la pleine lune. Takeo était venu de Yamagata avec la plus grande partie de la cour des Otori, y compris Miyoshi Kahei et son frère Gemba, une caravane de chevaux portant les registres nécessaires pour régler les problèmes d'administration pendant son séjour dans l'Ouest, un grand nombre de serviteurs et sa fille aînée, dame Shigeko. Zenko était accompagné par une troupe non moins nombreuse de serviteurs, des chevaux chargés de paniers débordant **de** cadeaux fastueux et de vêtements splendides, les faucons et le petit chien de dame Araï, laquelle était elle-même du voyage, dans un palanquin magnifiquement décoré.

En voyant arriver ces grands seigneurs, dont les suites embouteillaient les rues et remplissaient les pensions, les habitants de la ville furent ravis, car ils avaient passé le mois précédent à faire des provisions de riz, de poisson, de haricots et de vin, sans oublier les friandises de la région, dont ils espéraient retirer un profit confortable. L'été avait été clément, la moisson exceptionnellement abondante, et maintenant Maruyama allait être transmis à son héritière : les raisons de se réjouir ne manquaient pas. Partout, des bannières flottant au vent léger présentaient au regard la colline arrondie des Maruyama et le héron des

Otori. Les cuisiniers rivalisaient d'invention pour créer des mets de forme ronde en l'honneur de la pleine lune.

Ce spectacle remplissait Takeo de satisfaction. Maruyama était cher à son cœur, car c'était là qu'il avait passé les premiers mois de son mariage et commencé à mettre en pratique tout le savoir qu'il tenait de sire Shigeru en matière de gouvernement et d'agriculture. Le domaine avait été presque anéanti par le typhon et le tremblement de terre qui avaient marqué sa première année de règne. Seize ans plus tard, il était aussi riche que paisible. Le commerce était en plein essor, les artistes prospéraient, les enfants étaient tous bien nourris et les blessures de la guerre civile semblaient avoir depuis longtemps guéri. À présent, Shigeko allait prendre possession de ce domaine et le gouverner elle-même. Il savait qu'elle en était digne.

Il devait faire un effort pour se rappeler qu'il allait rencontrer en ces lieux les deux hommes susceptibles de ravir à la jeune fille son héritage.

L'un d'eux, sire Kono, logeait comme lui à l'intérieur du château. Zenko occupait la résidence aussi prestigieuse que luxueuse qui jouxtait les murailles de la forteresse et avait été jadis la demeure de Sugita Haruki, chef des serviteurs du domaine, lequel s'était tué avec ses fils plutôt que d'accepter de livrer la ville à Araï Daiichi. Takeo se demandait si Zenko connaissait l'histoire de ce haut lieu de la loyauté, et il espérait qu'il subirait l'influence des esprits de ses défunts habitants au cœur fidèle.

Avant le repas du soir, où il devait retrouver ces deux ennemis potentiels, il envoya chercher Hiroshi pour avoir avec lui un entretien privé. Le jeune homme paraissait calme et alerte, mais rempli d'une émotion plus profonde que Takeo ne comprenait pas. Après avoir discuté de l'organisation des cérémonies du lendemain, Takeo le remercia pour son zèle.

— Vous avez passé de nombreuses années au service de ma famille. Il est juste que nous vous récompensions. Souhaitez-vous rester dans l'Ouest ? Je vous trouverai une propriété et une épouse. J'ai songé à

Kaori, la petite-fille de sire Terada. C'est une jeune femme délicieuse, très amie avec ma fille.

— Pour me donner des terres à Maruyama, il faudrait les enlever à quelqu'un d'autre ou à dame Shigeko. Comme je l'ai déjà dit à Taku, je compte demeurer ici aussi longtemps qu'on aura besoin de moi. Cependant, mon désir véritable est d'être autorisé à me retirer à Terayama pour y suivre la voie du Houou.

Takeo l'observa sans répondre. Hiroshi détourna les yeux sous son regard.

— Quant au mariage… Je vous remercie pour votre sollicitude, mais je n'ai vraiment aucune envie de me marier et rien à offrir à une épouse.

— Toutes les familles des Trois Pays seraient ravies de vous avoir pour gendre. Si Terada Kaori ne vous convient pas, laissez-moi vous trouver une autre promise. À moins que vous n'ayez déjà quelqu'un en vue?

— Personne, assura Hiroshi.

— Vous savez la profonde affection qu'éprouve pour vous toute ma famille. Vous avez été comme un frère pour mes filles. Si nous n'étions pas si proches par l'âge, je vous considérerais comme un fils.

— Sire Takeo, je dois vous prier de ne pas insister, implora Hiroshi.

Son cou était marbré de rouge. Il essaya de dissimuler son désarroi derrière un sourire.

— Votre mariage est si heureux que vous voulez que nous connaissions tous cette félicité! Mais je me sens appelé à une voie différente. Tout ce que je demande, c'est d'avoir le droit de la suivre.

— Il n'est pas question que je vous refuse ce droit! assura Takeo qui décida de laisser tomber la question du mariage pour le moment. Cependant j'ai une autre requête à vous présenter. Je voudrais que vous nous accompagniez lors de notre voyage à la capitale, l'an prochain. Comme vous le savez, j'entreprends cette visite pacifique à la demande des maîtres de la voie du Houou. Je serais heureux que vous y participiez.

— C'est un grand honneur, déclara Hiroshi. Je vous remercie.

— Shigeko viendra avec moi, également sur le conseil des maîtres. Vous devrez veiller à sa sécurité, comme vous l'avez toujours fait.

Hiroshi s'inclina sans un mot.

— Ma fille a proposé que nous emmenions la kirin. Ce sera un présent incomparable pour l'empereur.

— Vous seriez prêt à donner la kirin ! s'exclama Hiroshi.

— Je donnerais n'importe quoi afin de préserver l'existence paisible de notre pays.

« Même Shigeko ? » Aucun d'eux ne prononça ces mots, mais ils résonnèrent dans l'esprit de Takeo. Il ne savait pas que la réponse s'imposait d'ores et déjà.

Quelque chose dans cette conversation devait l'avoir alerté, car lors du repas du soir, dans les moments où il n'était pas occupé par sire Kono, Zenko et Hana, il se surprit à observer Hiroshi et sa fille avec plus d'attention qu'à l'ordinaire. Ils étaient tous deux plutôt graves et silencieux. C'était à peine s'ils se parlaient ou se regardaient. Takeo ne put discerner aucun sentiment particulier entre eux. Il lui semblait que le cœur de Shigeko n'était pas touché, mais évidemment les deux jeunes gens étaient experts dans l'art de cacher leurs émotions.

Le repas, d'une élégance cérémonieuse, présentait les spécialités d'automne de l'Ouest : champignons des pins, crevettes et crabes minuscules, aussi salés que croquants, châtaignes et noix de ginkgo, le tout servi sur des plateaux laqués dans la vaisselle de céramique fauve pâle de Hagi. Kaede avait aidé à rendre à la résidence sa beauté passée. Les nattes d'un vert doré sentaient bon. Poutres et parquets brillaient d'un éclat chaleureux. Derrière l'assistance se dressaient des écrans ornés des oiseaux et des fleurs de l'automne : pluviers et lespédèzes, cailles et chrysanthèmes. Takeo était intrigué par l'opinion que Kono pouvait avoir du cadre, en comparaison avec la cour de l'empereur.

Il s'était excusé de l'absence de son épouse en annonçant qu'elle était enceinte. Il s'était demandé si Zenko et Hana étaient déçus par cette nouvelle, qui retardait les projets d'adoption de leurs deux fils. Il crut noter un instant de gêne imperceptible chez Hana avant qu'elle ne se lance dans des félicitations enthousiastes, en l'assurant de sa joie et de son espoir que sa sœur lui donne un fils. De son côté, Takeo prit soin de faire l'éloge de Sunaomi et de Chikara, ce qui n'était pas difficile car il était sincèrement attaché aux deux garçons.

— J'ai reçu des lettres de Miyako, déclara Kono avec courtoisie. Je crois comprendre que vous rendrez visite à l'empereur l'an prochain.

— C'est mon intention, s'il consent à me recevoir, répliqua Takeo.

— Je pense qu'il vous recevra. Vous éveillez la curiosité de tout le monde. Sire Saga lui-même a exprimé son désir de vous rencontrer.

Takeo sentait que Zenko écoutait avec avidité, même s'il gardait les yeux baissés. «Et s'ils me tendent une embuscade et me tuent, Zenko sera aux aguets à l'ouest, prêt à se mettre en marche avec la bénédiction de l'empereur…»

— En fait, sire Saga songe à organiser un jeu, un concours. Il m'écrit que plutôt que de répandre le sang de milliers d'hommes, il aimerait affronter sire Otori dans une discipline quelconque. La chasse aux chiens, par exemple. C'est sa passion.

Takeo sourit.

— Sire Saga ne connaît pas nos contrées lointaines. Il ne peut savoir que ma main mutilée m'interdit de tirer à l'arc.

«Heureusement, ne put-il s'empêcher de penser, car l'arc n'a jamais été mon fort.»

— Eh bien, peut-être pourra-t-on trouver un autre genre de compétition. Votre épouse ne pourra sans doute pas vous accompagner, du fait de son accouchement?

— Naturellement. Mais ma fille doit venir avec moi.

Shigeko leva la tête et regarda son père. Leurs yeux se rencontrèrent et elle lui sourit.

— Dame Shigeko est-elle fiancée? s'enquit Kono.

— Non, pas encore, répondit Takeo.

— Sire Saga est veuf depuis peu, observa Kono d'une voix neutre.

— Je suis désolé de l'apprendre.

Takeo se demandait s'il pourrait supporter de donner sa fille à un homme de ce genre. Cependant cette alliance serait peut-être souhaitable, surtout si elle devait assurer la paix aux Trois Pays...

Shigeko prit la parole d'une voix claire et ferme :

— Je suis impatiente de rencontrer sire Saga. Peut-être acceptera-t-il que je remplace mon père lors du concours.

— Dame Shigeko est une experte du tir à l'arc, ajouta Hiroshi.

Avec stupeur, Takeo se rappela les paroles de Gemba : «Il y aura un combat à Miyako... votre fille devrait également vous accompagner. Elle devra se perfectionner dans l'art de chevaucher en tirant à l'arc...» Comment Gemba pouvait-il être au courant?

Il regarda en direction du jeune sage, qui était assis un peu plus loin près de son frère Kahei. Gemba ne lui rendit pas son regard, mais un faible sourire apparut sur son visage replet. Kahei paraissait plus sévère, dans son effort pour cacher sa désapprobation.

«C'est pourtant là une confirmation de l'avis des maîtres, songea rapidement Takeo. Je vais me rendre à Miyako. Il n'y aura pas de guerre.»

Kono sembla aussi surpris que Takeo, quoique pour une raison différente.

— Je ne m'étais pas rendu compte que les femmes des Trois Pays possédaient autant de talent que de hardiesse, dit-il enfin.

— Comme sire Saga, vous ne nous connaissez pas encore vraiment, répliqua Shigeko. Il est d'autant plus nécessaire que nous nous rendions à la capitale, afin que vous puissiez nous comprendre.

Elle s'exprimait d'un ton courtois, mais personne ne pouvait méconnaître l'autorité sous-tendant ses paroles. L'idée d'être face au fils du ravisseur de sa mère ne semblait nullement l'embarrasser, et elle ne se montrait en rien intimidée par lui. Takeo la regarda avec une admiration mal déguisée. Ses longs cheveux ruisselaient sur ses épaules, son dos était droit, sa peau d'une pâleur presque lumineuse par contraste avec sa robe doré et jaune clair, où brillaient des feuilles d'érable. Elle lui rappelait sa première rencontre avec Maruyama Naomi. Il avait comparé en lui-même la noble dame avec Jato, le sabre, tant sa beauté sereine dissimulait de force. À présent, il voyait la même force chez sa fille. Cette vision était pour lui comme une délivrance. Quoi qu'il lui arrive, il avait une héritière. C'était une raison de plus pour veiller à ce que les Trois Pays lui soient transmis dans leur intégrité.

– J'attendrai votre venue avec impatience ! s'exclama sire Kono. J'espère que je pourrai prendre congé de sire Otori à temps pour rentrer à Miyako avant votre visite, afin d'informer Sa Divine Majesté de tout ce que j'ai appris ici.

Se penchant en avant, il déclara presque avec ferveur :

– Je puis vous assurer que tous mes récits vous seront favorables.

Takeo s'inclina légèrement en signe d'assentiment, tout en se demandant quelle était la part de la sincérité et celle de la flatterie dans ce propos. Quelles intrigues Kono et Zenko avaient-ils pu tramer ensemble ? Il espérait que Taku en saurait davantage. Il se demanda où il se trouvait et pourquoi il n'assistait pas à ce repas. Zenko était-il irrité de la présence et de la surveillance de Taku au point d'exclure délibérément son frère ? Takeo aspirait également à avoir des nouvelles de Maya. Il ne pouvait s'empêcher de redouter que l'absence de Taku ne soit liée à elle. Peut-être avait-elle des problèmes ou s'était-elle enfuie… Il se rendit compte que son esprit vagabondait. Il n'avait pas entendu les dernières phrases de Kono. Non sans effort, il se concentra sur le présent.

Il semblait inutile de retenir plus longtemps l'aristocrate dans l'Ouest. Il était même sans doute indiqué de le renvoyer chez lui, maintenant qu'il avait l'esprit rempli de la prospérité des domaines, de la loyauté des Seishuu – sans oublier la beauté, la détermination et la force de sa fille. Toutefois il aurait aimé apprendre de Taku davantage de détails sur le séjour de Kono dans l'Ouest et sur ses relations avec Zenko et Hana.

Les festivités se poursuivirent jusque tard dans la soirée. Des musiciens jouèrent du luth à trois cordes et de la harpe, tandis que de la ville s'élevait la rumeur des tambours et des chants dont l'écho se prolongeait sur les eaux calmes du fleuve et des douves. Le sommeil de Takeo fut troublé par ses angoisses persistantes pour ses filles, Kaede et l'enfant encore à naître. Il se réveilla de bonne heure, conscient de la douleur irradiant sa main et d'un malaise diffus dans tout son corps. Après avoir demandé qu'on fasse venir Minoru, il but du thé en vérifiant que la conversation de la veille avait été fidèlement consignée par son secrétaire, lequel était resté caché derrière un écran durant toute la soirée. Puisque Kono devait être autorisé à partir, il convenait de prendre des dispositions en conséquence.

— Sire Kono voyagera-t-il en bateau ou par voie de terre ? demanda Minoru.

— En bateau, si nous voulons qu'il soit rentré avant l'hiver. Les monts des Nuages doivent être déjà sous la neige. Le temps qu'il arrive là-bas, les cols seront fermés. Il pourrait se rendre par la route à Hofu, où il s'embarquerait.

— Il voyagerait donc avec sire Otori jusqu'à Yamagata ?

— Oui, je suppose que ce serait le mieux. Nous allons devoir lui préparer encore une réception capable de l'impressionner. Vous feriez mieux d'avertir dame Miyoshi.

Le secrétaire s'inclina.

— Minoru, vous avez assisté à tous mes entretiens avec sire Kono. Ne trouvez-vous pas que son attitude envers moi a semblé un peu différente, hier soir ?

— Il a paru plus conciliant. Sans doute a-t-il remarqué la popularité de sire Otori, le dévouement et la loyauté du peuple. À Yamagata, je suis sûr que sire Miyoshi lui expliquera combien nos armées sont nombreuses et puissantes. Sire Kono doit revenir auprès de l'empereur avec la conviction que les Trois Pays ne seront pas aisés à conquérir et…

— Poursuivez, le pressa Takeo.

— Ce n'est pas à moi de le dire, mais dame Shigeko n'a pas d'époux et sire Kono préférera certainement négocier un mariage plutôt que d'entamer une guerre impossible à gagner. S'il doit servir d'intermédiaire, il aura besoin de la confiance et de l'accord du père de la future.

— Eh bien, nous continuerons de le flatter et de nous efforcer de l'éblouir. Avez-vous des nouvelles de Muto Taku? Je m'attendais à le voir hier soir.

— Il a envoyé un mot d'excuse à son frère en disant qu'il était souffrant. Je n'en sais pas plus. Dois-je entrer en contact avec lui?

— Non, il devait avoir ses raisons pour ne pas venir. Du moment que nous savons qu'il est encore vivant…

— J'imagine que personne n'oserait s'en prendre à sire Muto ici, à Maruyama?

— Taku a offensé bien des gens en travaillant pour moi. Aucun d'entre nous ne peut être vraiment certain d'être en sécurité.

LES BANNIÈRES DES MARUYAMA, des Otori et des Seishuu flottaient au-dessus du terrain pour les chevaux s'étendant devant le château. Les douves étaient couvertes de barques à fond plat remplies de spectateurs. Des pavillons en soie avaient été dressés pour les assistants de haut rang, et des emblèmes décorés de glands pendaient de leurs toits et sur des mâts plantés autour d'eux. Takeo était assis sur une estrade à l'intérieur d'un de ces pavillons, dont le sol était jonché de coussins et de tapis. Kono était assis à sa droite, Zenko à sa gauche, et Hana avait pris place un peu en retrait de son époux.

Devant eux, monté sur le cheval gris pâle à la crinière et à la queue noires que Takeo lui avait donné voilà tant d'années, Hiroshi attendait avec l'immobilité d'une statue. Derrière lui, les anciens du clan, vêtus de lourdes robes brodées d'or et coiffés de chapeaux noirs, étaient debout. Ils tenaient des coffrets laqués abritant les trésors du domaine et des rouleaux exposant la généalogie de Shigeko à travers l'histoire de la lignée féminine.

«Kaede devrait être ici», songea Takeo avec regret. Il aspirait à la revoir. Il s'imaginait en train de lui décrire la scène, se représentait la courbe de son ventre où grandissait leur enfant.

Il n'avait pas pris part à l'organisation de la cérémonie. Tout avait été réglé par Hiroshi, car il s'agissait d'un antique rituel de Maruyama qui ne s'était pas déroulé depuis que dame Naomi avait hérité du domaine. Il observa la foule en se demandant où se trouvait Shigeko et quand elle allait apparaître. Au milieu des spectateurs massés dans les barques, il aperçut soudain Taku. Au lieu des robes somptueuses qu'arborait son frère, Zenko, il portait de banals vêtements défraîchis de marchand. À côté de lui se tenaient un grand jeune homme et un garçon dont l'aspect était vaguement familier à Takeo. Il lui fallut quelques instants avant de comprendre qu'il s'agissait de sa fille, Maya.

Après un instant de surprise, à l'idée que Taku ait amené ici Maya déguisée et que lui-même ne l'ait pas reconnue, il se sentit profondément soulagé en voyant qu'elle était vivante et apparemment en bonne santé. Elle semblait avoir minci et aussi légèrement grandi. Ses yeux attiraient davantage l'attention dans son visage maigre. Takeo pensa que le jeune homme devait être Sada, encore que son travestissement fût indécelable. Sans doute Taku avait-il répugné à quitter Maya, autrement il serait venu sous sa propre identité. Il devait avoir su que leur présence n'échapperait pas à Takeo, même si personne d'autre ne les reconnaissait. Quel message voulait-il lui communiquer ? Takeo décida d'aller les voir le soir même.

Le fracas des sabots ramena son attention à la cérémonie. Un petit cortège de femmes à cheval s'avançait de l'extrémité ouest du mur d'enceinte. C'étaient les épouses et les filles des anciens attendant derrière Hiroshi. Elles étaient armées à la façon des femmes de l'Ouest, avec des arcs en bandoulière et des carquois remplis de flèches dans leurs dos. Takeo fut émerveillé par les chevaux des Maruyama, si grands et harmonieux, et son cœur fut encore plus ému quand il vit sa fille au milieu de leur procession, montée sur le plus beau des destriers – ce cheval noir qu'elle avait dressé elle-même et qu'elle appelait Tenba.

Le cheval était surexcité et s'agita un peu quand elle l'arrêta, en secouant la tête et en se cabrant. Shigeko resta comme Hiroshi aussi immobile qu'une statue. Ses cheveux, dénoués et rejetés en arrière, étaient noirs comme la crinière et la queue de sa monture et ne brillaient pas moins que la robe du destrier dans le soleil d'automne. Tenba retrouva son calme et se détendit.

Les femmes à cheval firent face aux hommes debout. Avec un ensemble parfait, les anciens tombèrent à genoux en tendant les coffrets et en s'inclinant profondément.

Hiroshi lança d'une voix de stentor :

— Dame Maruyama Shigeko, fille de Shirakawa Kaede et cousine de Maruyama Naomi, nous vous souhaitons la bienvenue au domaine que nous avons administré pour vous.

Il glissa de ses étriers et descendit de cheval. Sortant son sabre de sa ceinture, il s'agenouilla devant Shigeko et le lui tendit des deux mains.

Tenba fut effrayé par le mouvement soudain de l'homme, et Takeo vit Hiroshi perdre son impassibilité dans son inquiétude. Il comprit que sa sollicitude dépassait de très loin celle qu'un vassal doit à sa suzeraine. Se rappelant soudain les semaines qu'ils avaient passées à dresser ensemble le cheval, il sentit ses soupçons se confirmer. Il ignorait quels étaient les sentiments de sa fille, mais il n'avait aucun doute sur ceux de Hiroshi. Il était partagé entre l'irritation et la compassion. Même s'il lui était impossible de donner à Hiroshi ce qu'il voulait, il admirait le sang-froid et le dévouement du jeune homme. «C'est parce qu'ils ont été élevés ensemble, songea-t-il. Elle l'aime comme un frère, mais il n'a pas touché son cœur.» Cependant il examina sa fille avec attention tandis que deux femmes mettaient pied à terre et venaient tenir les rênes de Tenba. Descendant gracieusement de sa monture, Shigeko fit face à Hiroshi. Quand il leva les yeux vers elle, leurs regards se rencontrèrent. Elle lui fit un sourire presque imperceptible avant de lui prendre le sabre. Après quoi elle se tourna, brandit l'arme en s'inclinant successivement en direction de la foule, de ses vassaux et de sa famille.

Un grand cri s'éleva, comme si toute l'assistance n'avait qu'une seule voix, puis il se brisa telle une vague sur des galets en d'innombrables exclamations de joie. Les chevaux se mirent à piaffer d'excitation. Glissant le sabre dans sa ceinture, Shigeko remonta sur son destrier de même que les autres femmes. Après avoir fait le tour du mur d'enceinte au galop, elles s'alignèrent devant la paroi droite, face aux cibles. Chaque cavalière lâcha les rênes, prit une flèche, banda l'arc et tira, en un mouvement rapide et plein d'aisance. Les flèches volèrent les unes après les autres, en frappant les cibles avec un bruit sourd. Shigeko s'élança la dernière, son destrier noir semblant filer aussi vite que le vent, tel un cheval du Ciel, et sa flèche toucha dans le mille. Faisant volte-face, elle repartit au galop et s'arrêta devant Takeo. Elle mit pied à terre d'un bond et lança d'une voix forte :

— Les Maruyama font serment d'allégeance et de loyauté aux Otori, en foi de quoi j'offre ce cheval à sire Takeo, mon père.

Elle lui tendit les rênes en inclinant la tête.

Une nouvelle clameur s'éleva de la foule lorsque Takeo se leva et descendit de l'estrade. S'approchant de Shigeko, il prit les rênes, plus ému qu'il n'aurait pu dire. Le cheval baissa la tête et la frotta contre son épaule. Manifestement, il appartenait à la même lignée que Kyu, le destrier de Shigeru, et qu'Aoï, lequel avait été mortellement blessé par l'ogre Jin-emon. Takeo sentait le passé flotter autour de lui, les regards approbateurs des esprits des défunts, et éprouvait un mélange de fierté et de gratitude en songeant que Kaede et lui avaient élevé cette belle enfant qui avait maintenant atteint l'âge adulte et pris possession de son héritage.

— J'espère qu'il vous sera aussi cher que Shun, déclara-t-elle.

— Je n'ai jamais vu de cheval plus magnifique. Quand il bouge, on croirait qu'il vole.

Il brûlait déjà d'envie de sentir la force du destrier sous lui, d'inaugurer ce lien mystérieux entre deux créatures. «Il vivra plus longtemps que moi», se dit-il avec joie.

— Voulez-vous l'essayer ?

— Ma tenue ne convient guère aux chevauchées, répliqua-t-il. Laisse-moi le reconduire à l'écurie. Nous ferons une promenade à cheval plus tard. En attendant, je te remercie du fond du cœur. Tu n'aurais pu me faire plus beau cadeau.

VERS LA FIN DE L'APRÈS-MIDI, alors que le soleil s'inclinait vers l'occident, ils suivirent la trace de l'astre sur la plaine côtière menant à l'embouchure du fleuve. Takeo, Shigeko et Hiroshi auraient aimé être seuls, mais ils avaient dû emmener également sire Kono, Zenko et Hana. Zenko avait déclaré qu'il n'en pouvait plus des banquets et des cérémonies et qu'il avait besoin d'un bon galop pour s'éclaircir les idées. Hana voulut faire sortir ses faucons, et Kono avoua qu'il partageait sa passion pour la fauconnerie. En chemin, ils passèrent près du village des parias que Takeo avait créé bien des années plus tôt, du vivant de Jo-An. Les parias tannaient toujours des peaux, de sorte qu'on fuyait leur contact, mais ils vivaient en paix, protégés par les lois des Trois Pays. À présent, les fils des hommes ayant bâti le pont qui avait permis à Takeo d'échapper à l'armée des Otori travaillaient avec leurs pères et leurs oncles. Les jeunes gens avaient l'air aussi bien nourris et en bonne santé que les vieillards.

Takeo fit halte pour saluer le chef du village avec Hiroshi et Shigeko, pendant que les autres continuaient leur chevauchée. Quand ils rejoignirent les chasseurs, les faucons étaient déjà lâchés et planaient au-dessus de l'herbe aussi mouvante que les vagues de la mer, sous les derniers rayons du soleil illuminant les capuchons ornés de glands.

Takeo avait pris la mesure de son nouveau cheval en le laissant galoper à loisir sur la plaine. Il était plus nerveux que Shun, peut-être moins intelligent, mais désireux de plaire et tout aussi prompt à réagir. En outre, il se révéla beaucoup plus rapide. Il broncha une fois, lorsqu'une perdrix s'envola bruyamment sous ses pieds, et Takeo dut faire preuve d'autorité pour lui rappeler qui était le maître. « Mais je ne dépendrai jamais de lui dans une bataille, songea-t-il. Cette époque est révolue. »

— Tu l'as remarquablement dressé, dit-il à Shigeko. Il paraît sans défaut.

— Quelles que soient les infirmités de sire Otori, elles n'ont diminué en rien ses talents de cavalier, observa Kono.

— Au contraire, j'oublie mes maux quand je suis à cheval, répliqua Takeo en souriant.

Cette chevauchée lui donnait l'impression d'avoir retrouvé sa jeunesse. Il lui semblait presque qu'il pourrait prendre Kono en sympathie, qu'il l'avait mal jugé. Puis il s'exhorta lui-même à ne pas être aussi sensible à la flatterie.

Au-dessus de sa tête, les quatre faucons tournoyaient. Deux d'entre eux plongèrent en même temps et fondirent vers la terre. L'un s'éleva de nouveau, une perdrix dans ses serres recourbées, dans un tourbillon de duvets. L'autre poussa des cris de rage. Cette scène rappela à Takeo que les forts regardaient les faibles comme des proies, et qu'il en irait de même avec lui pour ses ennemis. Il les imagina semblables à des faucons, en train de planer, aux aguets.

Ils repartirent au crépuscule, tandis que la pleine lune se levait derrière les herbes empanachées. On distinguait nettement la forme d'un lapin sur le disque lumineux. Une foule compacte se pressait dans les rues. Sanctuaires et magasins étaient pleins à craquer. L'air était chargé d'effluves de gâteaux de riz en train de cuire, de poisson grillé et d'anguilles, d'huile de sésame et de soja. Takeo fut heureux de la réaction des gens à son passage. Ils s'écartaient avec respect, beaucoup s'agenouillaient spontanément ou criaient son nom et celui de Shigeko, mais ils n'étaient pas intimidés et ne le fixaient pas avec des yeux éperdus et avides comme ceux qui suivaient sire Shigeru, il y avait tant d'années, et dont il avait lui-même été la cible autrefois. Ils n'avaient plus besoin d'un héros pour les sauver. La paix et la prospérité dont ils jouissaient leur semblaient le cadre légitime de leur vie, fruit de leur travail acharné et de leur intelligence.

27

Le château et la ville étaient maintenant silencieux. La lune s'était couchée et le ciel nocturne était semé d'étoiles brillantes. Assis avec Minoru à la lueur de deux lampes, Takeo évoquait la conversation du soir et demandait ses impressions au jeune homme.

— Je vais sortir un moment, déclara-t-il après qu'ils eurent fini. Il faut que je voie Taku avant mon départ, or je ne puis m'attarder ici plus de deux jours si nous voulons amener Kono à Hofu avant l'hiver. Restez ici. Si quelqu'un veut me voir, dites que nous sommes tous deux occupés par une affaire urgente et confidentielle. Je serai de retour avant l'aube.

Habitué à ce genre d'arrangements, Minoru se contenta de s'incliner. Il aida Takeo à revêtir la tenue noire qu'il portait souvent la nuit. Après avoir enroulé une écharpe autour de sa tête pour dissimuler son visage, Takeo prit deux flacons de vin, un sabre court et l'étui de poignards à lancer, qu'il cacha dans ses vêtements. Puis il sortit sur la véranda et disparut dans les ténèbres.

«Si Kono pouvait me voir en cet instant», songea-t-il en passant devant les appartements de l'aristocrate et en l'entendant respirer profondément dans son sommeil. Mais il savait que personne ne le verrait, car il était enveloppé dans l'invisibilité de la Tribu.

Ce genre de situation ne lui rendait pas moins sa jeunesse qu'une sortie à cheval. Même s'il avait quitté la Tribu et avait été traqué par sa famille, les Kikuta, pendant presque la moitié de sa vie, il n'avait jamais cessé d'éprouver le profond plaisir lié à ces talents immémoriaux. Arrivé au bout du jardin, il écouta un instant avec intensité. Comme il n'entendait rien, il bondit sur le mur séparant le jardin et la première enceinte. Après avoir couru dessus jusqu'au côté opposé, il se laissa tomber sur le terrain d'équitation à l'intérieur de la seconde enceinte. Les bannières étaient encore en place mais pendaient mollement sous la lumière des étoiles. Jugeant qu'il faisait trop froid pour nager, il escalada le mur d'enceinte et fit le tour dessus jusqu'au portail principal. Les gardes étaient réveillés. Il surprit leur conversation tandis qu'il traversait le large toit incurvé, mais ils ne l'entendirent pas. Une fois le pont franchi, il redevint visible et s'avança en hâte dans le labyrinthe des rues.

Il savait qu'il trouverait Taku dans la vieille résidence des Muto. Il y avait eu un temps où il connaissait l'emplacement, la taille et les habitants de chaque maison de la Tribu à Maruyama. Encore maintenant, il regrettait profondément l'usage qu'il avait fait de ce savoir lors de son premier séjour avec Kaede. Déterminé à prouver aux membres de la Tribu qu'il pouvait être sans pitié, il les avait pourchassés et en avait tué ou fait exécuter la plupart. Il avait cru alors que la seule façon de combattre le mal était de l'exterminer. À présent, s'il avait pu revenir en arrière, il aurait sûrement essayé de négocier sans répandre le sang... Il devait toujours affronter le même dilemme. S'il s'était montré faible à l'époque, il ne serait pas assez fort maintenant pour imposer sa volonté avec compassion. La Tribu le haïssait peut-être, mais du moins elle ne le méprisait pas. Il avait gagné assez de temps pour assurer la sécurité de son pays.

S'arrêtant comme toujours au sanctuaire situé au bout de la rue, il plaça les flacons de vin devant le dieu de la famille Muto en implorant les esprits des défunts de lui accorder leur pardon.

«Muto Kenji m'a pardonné, leur dit-il, et j'en ai fait autant pour lui. Nous sommes devenus des amis intimes et des alliés. Puissiez-vous être dans les mêmes dispositions à mon égard.»

Rien ne troublait le silence de la nuit, mais il sentit qu'il n'était pas seul. Il recula dans l'obscurité, la main sur la poignée de son sabre. Des feuilles étaient déjà tombées des arbres et il les entendit bruire légèrement, comme si on se déplaçait sur elles. Tournant les yeux dans cette direction, il vit les feuilles bouger légèrement sous un pas invisible. Mettant ses mains en visière pour mieux regarder, il scruta l'ombre du coin de l'œil afin de détecter sur sa gauche une créature qui se serait rendue invisible. Elle le fixait de ses yeux brillant d'un éclat vert à la clarté des étoiles.

«Ce n'est qu'un chat, se dit-il. Un caprice de la lumière…» Puis il comprit soudain, avec un tressaillement de surprise, que le regard de la créature avait pris le sien au piège. Une peur sans nom l'envahit. Il devait s'agir d'un être surnaturel, d'un spectre demeurant en ces lieux et envoyé par les morts pour le punir. Il sentit qu'il allait succomber au sommeil des Kikuta, que leurs assassins l'avaient rattrapé et se servaient de cette créature de l'autre monde pour le réduire à leur merci. À son tour, il fut plongé dans l'état presque surnaturel que toute attaque provoquait en lui. Se défendre instantanément et tuer avant d'être tué était chez lui une seconde nature. Rassemblant tout son propre pouvoir, il brisa l'enchantement du regard et chercha en hâte les poignards à lancer. Dès qu'il mit la main dessus, il lança le premier, le vit étinceler à la lumière des étoiles, entendit un choc léger suivi d'un cri de souffrance de la créature. À l'instant même où elle sautait sur lui, elle perdit son invisibilité.

À présent, il avait empoigné son sabre. Il vit la gorge fauve, les crocs luisants. C'était un chat, mais de la taille et de la force d'un loup. Les griffes de la créature lacérèrent son visage alors qu'il plongeait sur le côté et se redressait de façon à pouvoir l'atteindre avec un poignard à la gorge, en abandonnant à son tour l'invisibilité afin de se concentrer sur son arme.

Mais le chat se déroba en criant d'une voix presque humaine. À travers la violence et la terreur de cette lutte, il sembla à Takeo qu'elle avait quelque chose de familier.

— Père! cria-t-elle de nouveau. Ne me faites pas de mal! C'est moi, Maya!

Sa forme apparut devant lui. Il lui fallut toute sa force et sa volonté pour retenir la lame qui allait trancher la gorge de sa fille. Il entendit son propre hurlement éperdu à l'instant où il se contraignit à détourner le coup. Le poignard tomba de sa main. Il toucha du bout des doigts le visage de Maya, qui était humide de larmes ou de sang — des deux à la fois, peut-être.

— J'ai failli te tuer, dit-il.

Avec une pitié mêlée d'horreur, il se demanda soudain s'il était possible de la tuer. Se rendant compte qu'il était lui-même en larmes, il leva sa manche pour les essuyer mais sentit alors la brûlure de ses plaies, le sang coulant sur son visage.

— Que fais-tu ici? Pourquoi es-tu dehors toute seule?

Il était presque soulagé d'exprimer sa confusion à travers sa colère. Il avait envie de la gifler, comme il aurait pu le faire lorsqu'elle commettait une de ses bêtises d'enfant, mais ce qui lui était arrivé l'avait fait sortir de l'enfance. Et c'était le sang qu'il lui avait transmis qui l'avait faite ce qu'elle était.

— Je suis désolée, je suis désolée…

Elle pleurait comme une enfant, si bouleversée qu'elle ne parvenait pas à parler. Il l'attira dans ses bras et la serra contre lui, surpris de voir combien elle avait grandi. Elle lui arrivait maintenant à la poitrine. Son corps maigre et dur semblait appartenir plutôt à un garçon qu'à une fille.

— Ne pleure pas, dit-il avec une feinte tranquillité. Nous allons voir Taku. Il me dira ce qui t'est arrivé.

— Je suis désolée de pleurer, articula-t-elle d'une voix étouffée.

— Je croyais que tu étais désolée d'avoir essayé de tuer ton propre père, répliqua-t-il en la prenant par la main pour sortir du sanctuaire et s'avancer avec elle dans la rue.

— J'ignorais que c'était vous. Comme je ne pouvais pas vous voir, je vous ai pris pour un assassin des Kikuta. Dès que je vous ai reconnu, j'ai changé de forme. Je n'y parviens pas toujours immédiatement, mais je m'améliore. Cela dit, je n'avais pas à pleurer comme ça. Je ne pleure jamais. Pourquoi donc étais-je en larmes?

— Peut-être étais-tu heureuse de me voir?

— Bien entendu, assura-t-elle. Mais je n'ai jamais pleuré de joie. Ce doit être le choc. Enfin, je ne le ferai plus!

— Il n'y a aucun mal à verser des larmes. Moi aussi, je pleurais.

— Pourquoi? Vous aurais-je fait mal? Ce n'est certainement rien à côté des blessures que vous avez déjà endurées.

Elle toucha son propre visage.

— J'ai davantage souffert que vous.

— Et cela m'afflige profondément. Je préférerais mourir plutôt que de te faire du mal.

«Elle a changé, pensa-t-il. Même sa façon de parler paraît plus brusque, plus insensible.» Et ses paroles semblaient sous-entendre une accusation plus grave, au-delà de la blessure physique. Quel autre grief nourrissait-elle envers lui? Lui en voulait-elle de l'avoir envoyée au loin, ou était-ce autre chose?

— Tu ne devrais pas être ici toute seule.

— Ce n'est pas la faute de Taku, lança-t-elle vivement. Vous n'avez pas à le blâmer.

— Qui d'autre puis-je blâmer? Je t'ai confiée à lui. Et où donc est Sada? Je vous ai vus tous trois ensemble, plus tôt dans la journée. Pourquoi n'est-elle pas avec toi?

— N'était-ce pas merveilleux? dit Maya en esquivant sa question. Shigeko était si belle. Et le cheval! Avez-vous apprécié votre cadeau, Père? Avez-vous été surpris?

Takeo refusa de se laisser distraire par ses propos soudain enfantins.

— Soit ils sont tous deux négligents, soit tu es désobéissante, déclara-t-il.

— J'ai été désobéissante. Mais il semble que je ne puisse faire autrement. Comme je suis seule à avoir mes pouvoirs, personne ne peut me servir de professeur. Il faut que je les découvre moi-même.

Elle leva les yeux sur lui.

— J'imagine que Père n'en a jamais fait autant ?

Une nouvelle fois, il sentit un défi latent. Il ne pouvait l'ignorer, mais il décida de ne pas répondre pour l'instant. Dans l'immédiat, le problème pour lui était d'entrer dans la résidence des Muto, dont ils approchaient du portail. Son visage le brûlait et tout son corps était endolori par ce combat brusque et intense. Même s'il ne voyait pas nettement la blessure de Maya, il se rendait compte que l'entaille était profonde. Il fallait la soigner sans attendre. Elle laisserait sans doute une cicatrice, qui rendrait Maya plus aisément identifiable à l'avenir.

— Les gens de la maison sont-ils dignes de confiance ? demanda-t-il à voix basse.

— Je ne me suis jamais posé la question ! Ce sont des Muto, des parents de Taku et de Sada. On doit quand même pouvoir s'y fier !

— Eh bien, nous le saurons bientôt, marmonna Takeo.

Il frappa à la porte obstruée par une barre, en appelant les gardes postés à l'intérieur. Des chiens se mirent à aboyer avec fureur.

Il fallut quelques instants pour les convaincre d'ouvrir. Ils ne reconnurent pas tout de suite Takeo, mais Maya leur était familière. En la découvrant couverte de sang à la lumière de leurs lampes, ils poussèrent un cri de surprise et envoyèrent chercher Taku. Cependant Takeo remarqua qu'aucun d'eux ne toucha Maya. Ils évitaient même de l'approcher, si bien qu'elle semblait comme entourée par un mur invisible.

— Et vous, messire, êtes-vous également blessé ?

Un des hommes leva une lampe, dont la flamme illumina sa joue. Il n'essaya pas de changer son apparence, car il voulait voir leur réaction.

— C'est sire Otori ! chuchota l'homme.

Les autres se prosternèrent sur-le-champ.

— Entrez, seigneur.

Le garde tenant la lampe s'écarta pour éclairer le seuil.

— Levez-vous, dit Takeo aux hommes prosternés. Apportez de l'eau, ainsi que du papier souple ou des tampons de soie pour étancher le sang.

Il franchit le portail, que les gardes s'empressèrent de fermer dans son dos et de barrer de nouveau.

Toute la maisonnée était maintenant réveillée. Des lampes furent allumées et des servantes sortirent en clignant des yeux ensommeillés. Taku apparut au bout de la véranda, vêtu d'une robe de nuit en coton, une veste ouatée jetée sur ses épaules. Apercevant d'abord Maya, il se dirigea aussitôt vers elle. Takeo crut qu'il allait la frapper, mais Taku fit signe au garde de l'éclairer. En tenant la tête de Maya dans ses deux mains, il l'inclina de côté afin d'examiner la plaie sur sa joue.

— Que s'est-il passé? demanda-t-il.

— C'était un accident, assura Maya. Je me suis trouvée sur le passage.

Taku la conduisit sur la véranda, la fit asseoir et s'agenouilla près d'elle. Il prit des mains de la servante un tampon de papier qu'il trempa dans l'eau, puis lava la plaie avec soin, en demandant qu'on rapproche la lampe.

— On dirait une blessure faite avec un poignard à lancer. Qui donc as-tu rencontré en possession d'une telle arme?

— Messire, intervint le garde, sire Otori est ici. Lui aussi est blessé.

— Sire Takeo? s'exclama Taku en regardant devant lui d'un air perplexe. Pardonnez-moi, je ne vous avais pas vu. Êtes-vous sérieusement blessé?

— Non, ce n'est rien, dit Takeo en se dirigeant vers la véranda.

Une servante s'avança pour lui ôter ses sandales avant qu'il monte la marche. Il s'agenouilla à côté de Maya.

— En revanche, je risque d'avoir du mal à expliquer mon état. Ces marques vont rester visibles un bon moment.

— Je suis désolé…, commença Taku.

Takeo le fit taire d'un geste.

— Nous parlerons plus tard. Voyez ce que vous pouvez faire pour la blessure de ma fille. Je crains qu'elle ne laisse une cicatrice aisément identifiable.

— Allez chercher Sada, ordonna Taku à une servante.

Quelques instants plus tard, la jeune femme apparut à son tour au bout de la véranda, habillée pour la nuit comme Taku, le visage encadré par ses cheveux retombant sur ses épaules. Après un rapide coup d'œil sur Maya, elle rentra dans la maison et revint avec une petite boîte.

— C'est un baume qu'Ishida prépare pour nous, déclara Taku en ouvrant la boîte. La lame n'était pas empoisonnée, j'espère ?

— Non, répondit Takeo.

— Heureusement, le poignard a manqué l'œil. C'est vous qui l'avez lancé ?

— J'en ai peur.

— Au moins, nous n'avons pas à nous mettre en quête d'un assassin des Kikuta.

Sada maintint la tête de Maya pendant que Taku étalait la pâte sur la plaie. Elle semblait légèrement poisseuse, comme de la colle, et réunit fermement les deux bords de la coupure. Maya resta assise sans broncher, les lèvres incurvées comme si elle allait sourire, les yeux grands ouverts. Il sembla à Takeo qu'un lien profond existait entre ces trois êtres, tant la scène était chargée d'une profonde émotion.

— Va avec Sada, commanda Taku à Maya.

Se tournant vers la jeune femme, il ajouta :

— Donnez-lui quelque chose pour dormir, et ne la quittez pas de la nuit. Je lui parlerai dans la matinée.

— Je suis vraiment désolée, dit Maya. Je ne voulais pas faire de mal à mon père.

Mais son ton semblait sous-entendre le contraire.

— Après le châtiment que nous allons imaginer pour toi, tu seras encore plus désolée, assura Taku. Je suis très en colère, et je suis certain que sire Otori n'est pas moins furieux.

Il s'adressa ensuite à Takeo :

— Approchez-vous, que je voie ce qu'elle vous a fait.

— Allons à l'intérieur, répliqua Takeo. Il est préférable que nous ayons un entretien privé.

Après avoir dit aux servantes d'apporter de l'eau fraîche et du thé, Taku le conduisit dans la petite chambre située au bout de la véranda. Il replia les matelas et les poussa dans un coin. Une lampe encore allumée éclairait un flacon de vin et une coupe. Takeo observa la scène en silence.

— Je m'attendais à vous voir plus tôt, lança-t-il d'une voix froide. Je n'aurais pas cru rencontrer ma fille dans de telles circonstances.

— Tout cela est vraiment inexcusable, répliqua Taku. Mais laissez-moi d'abord soigner votre blessure. Asseyez-vous donc et buvez ceci.

Il versa le reste de vin dans la coupe, qu'il tendit à Takeo.

— Vous ne dormez pas seul mais vous buvez en solitaire ? observa ce dernier en la vidant d'un trait.

— Sada n'aime pas le vin.

Deux servantes apportèrent l'eau et le thé. Taku prit la cuvette d'eau et entreprit de laver la joue de Takeo. Les égratignures étaient cuisantes.

— Allez chercher encore du vin pour sire Otori, ordonna Taku à la servante.

En examinant la plaie, il murmura :

— Vous avez beaucoup saigné. Les griffes ont pénétré profondément dans la chair.

La servante revint avec le vin et il se tut. Elle remplit la coupe, que Takeo vida derechef.

— Avez-vous un miroir ? lui demanda-t-il.

Elle hocha la tête.

— Je vais l'apporter à sire Otori.

À son retour, elle tenait un objet emballé dans une étoffe brunâtre. S'agenouillant, elle le tendit à Takeo, qui le déballa. Ce miroir ne ressemblait à aucun qu'il ait jamais vu. Muni d'un manche allongé, il était rond et brillant. Takeo avait rarement aperçu son propre reflet, et jamais aussi nettement. Il fut stupéfié par ce qu'il découvrit. Il n'avait pas imaginé qu'il était si semblable à sire Shigeru lors de leur dernière entrevue — mais en plus mince et plus vieux. Les griffes avaient laissé sur ses joues des marques profondes, bordées de rouge, où le sang prenait une teinte plus sombre en séchant.

— D'où vient ce miroir ?

Après un coup d'œil à Taku, la servante murmura :

— De Kumamoto. Un commerçant de la famille Kuroda, nommé Yasu, vient parfois ici. Nous lui achetons des couteaux et des outils. C'est lui qui a apporté ce miroir.

— L'avez-vous déjà vu ? demanda-t-il à Taku.

— Pas celui-ci en particulier. J'en ai aperçu de semblables à Hofu et Akashi. Ils deviennent très en vogue.

Il ajouta en tapotant la surface :

— C'est du verre.

Le support était fait dans un métal que Takeo ne reconnut pas sur l'instant, où était modelé ou sculpté un motif de fleurs entrelacées.

— Cet objet a été fabriqué outre-mer, dit-il.

— Ça paraît probable, approuva Taku.

Takeo regarda de nouveau son reflet. Quelque chose dans ce miroir exotique l'inquiétait. Il s'efforça de ne pas y penser pour le moment.

— Ces marques mettront longtemps à disparaître, observa-t-il.

Taku se contenta de pousser un grognement approbateur tout en tamponnant la blessure avec du papier propre pour la sécher. Après quoi il entreprit d'appliquer le baume collant.

Takeo rendit le miroir à la servante. Quand elle fut sortie, Taku demanda :

— Comment était-il ?

— Le chat ? Aussi gros qu'un loup et doté du regard des Kikuta. Vous ne l'avez pas vu vous-même ?

— Je l'ai senti à l'intérieur de Maya et je l'ai aperçu une fois fugitivement avec Sada, il y a quelques nuits. Il est extrêmement puissant. Maya refuse de le laisser paraître en ma présence, bien que j'aie tenté de la persuader de me le montrer. Il faut qu'elle apprenne à le maîtriser. Pour l'instant, il semble s'emparer d'elle quand elle relâche sa vigilance.

— Et quand elle est seule ?

— Nous ne pouvons la surveiller en permanence. Il faut qu'elle se montre obéissante et soit tenue pour responsable de ses propres actions.

La colère de Takeo explosa soudain.

— Je ne m'attendais pas à voir les deux personnes à qui je l'avais confiée terminer dans le même lit !

— Je ne m'y attendais pas non plus, dit Taku avec calme. Mais c'est arrivé, et il n'est pas question que cela cesse.

— Peut-être devriez-vous retourner à Inuyama, auprès de votre épouse !

— Mon épouse est d'un naturel pragmatique. Elle sait que j'ai toujours couché avec d'autres femmes, que ce soit à Inuyama ou lors de mes voyages. Mais Sada est différente. Il semble que je ne puisse vivre sans elle.

— Quelle est cette stupidité ? Vous n'allez pas me raconter que vous êtes ensorcelé !

— Peut-être est-ce le cas. Je dois vous prévenir qu'elle m'accompagnera partout où j'irai, y compris à Inuyama.

Takeo était stupéfait de voir que Taku non seulement semblait sérieusement entiché mais ne faisait aucun effort pour s'en cacher.

— Je suppose que cette affaire explique que vous ne soyez pas venu au château.

— Pas entièrement. Jusqu'au précédent épisode avec le chat, je m'y trouvais chaque jour avec Hiroshi et sire Kono. Mais Maya était si désemparée que je n'ai pas voulu la laisser. Si je l'avais amenée avec moi, Hana l'aurait certainement reconnue et aurait demandé ce qui lui arrivait. Mieux vaut que cette histoire de possession reste ignorée du plus de gens possible. Ce n'est pas le genre de nouvelle que Kono devrait rapporter à la capitale. Je pense à vos projets de mariage pour votre fille aînée. Je n'ai aucune envie de fournir à Hana et Zenko des armes supplémentaires contre vous. Ils ne m'inspirent pas plus confiance l'un que l'autre. J'ai eu quelques conversations inquiétantes avec mon frère au sujet de qui doit diriger la famille Muto. Il semble résolu à revendiquer son droit à succéder à Kenji. D'autre part, même si j'ignore leur nombre, je sais que certains membres de la famille sont mécontents à l'idée d'être placés sous l'autorité d'une femme.

Takeo ne s'était donc pas trompé en évitant d'instinct d'accorder toute sa confiance aux Muto.

— Ces mécontents seraient-ils prêts à vous accepter ? demanda-t-il.

Taku remplit leurs deux coupes et but avant de répondre :

— Je ne voudrais pas vous offenser, sire Takeo, mais ces affaires ont toujours été réglées par la famille elle-même, sans interventions extérieures.

Saisissant sa propre coupe, Takeo la vida sans répliquer.

— Vous êtes un porteur de mauvaises nouvelles, ce soir, dit-il enfin. Qu'avez-vous d'autre à m'apprendre ?

— Akio se trouve à Hofu. Pour autant que nous le sachions, il projette de passer l'hiver dans l'Ouest. Je crains qu'il ne se rende à Kumamoto.

— Avec… le garçon ?

— Apparemment.

Ils restèrent tous deux un instant silencieux. Puis Taku lança :

— Rien ne serait plus facile que de se débarrasser d'eux à Hofu ou sur la route. Laissez-moi m'en occuper. Si jamais Akio arrive à Kumamoto et entre en contact avec mon frère, il trouvera chez lui un accueil bienveillant voire un refuge.

— Personne ne lèvera la main sur le garçon.

— Eh bien, c'est à vous seul d'en décider. Une dernière chose. J'ai appris que Gosaburo était mort. Comme il voulait négocier avec vous pour sauver ses enfants, Akio l'a tué.

Cette nouvelle annoncée si brutalement eut le don de bouleverser Takeo. Certes, Gosaburo avait fait exécuter bien des gens — Takeo lui-même lui avait servi au moins une fois d'assassin. Mais en voyant Akio se retourner contre son oncle, en entendant Taku lui proposer de faire tuer son propre fils, il se rappela avec force la cruauté implacable des membres de la Tribu. Grâce à Kenji, il les avait gardés sous contrôle, mais à présent son autorité était battue en brèche. Ils avaient toujours proclamé que les grandeurs et décadences des seigneurs ne pouvaient rien contre la permanence de la Tribu. Comment pourrait-il affronter cet ennemi intraitable, qui n'accepterait jamais de négocier avec lui ?

— Il devient nécessaire que vous preniez une décision au sujet des otages à Inuyama, déclara Taku. Vous devriez ordonner qu'ils soient exécutés au plus vite. Autrement, la Tribu y verra un signe de faiblesse et les dissensions vont s'aggraver.

— J'en parlerai avec mon épouse à mon retour à Hagi.

— Ne tardez pas trop, le pressa Taku.

Takeo se demanda s'il ne devrait pas ramener Maya avec lui. Toutefois il craignait pour la tranquillité d'esprit et la santé de Kaede pendant sa grossesse.

— Qu'allons-nous faire de Maya ?

— Elle peut rester avec moi. Je sais que vous vous sentez déçu par nous, mais malgré l'épisode de ce soir nous faisons des progrès avec elle. Elle apprend peu à peu à maîtriser l'esprit qui la possède, et il se peut qu'elle devienne un atout précieux pour nous. Elle s'efforce de complaire à Sada et moi-même. Nous avons gagné sa confiance.

— J'imagine pourtant que vous ne comptez pas être absent d'Inuyama tout l'hiver ?

— Mieux vaudrait que je ne m'éloigne pas trop de l'ouest. Il faut que je surveille mon frère. Peut-être passerai-je la mauvaise saison à Hofu. Le climat y est plus doux, et je pourrai entendre tous les bruits qui courent dans le port.

— Sada vous accompagnera ?

— J'aurai besoin d'elle, surtout si j'emmène Maya.

— Très bien.

«Sa vie privée ne me regarde pas», songea Takeo.

— Sire Kono se rendra également à Hofu. Il va retourner dans la capitale.

— Et vous? demanda Taku.

— J'espère être de retour chez moi avant l'hiver. Je compte rester à Hagi jusqu'à la naissance de notre enfant. Quand le printemps sera venu, je devrai partir pour Miyako.

TAKEO RENTRA AU CHÂTEAU DE MARUYAMA juste avant l'aube, épuisé par les événements de la nuit. Il se demandait ce qu'il faisait tandis qu'il rassemblait ses forces défaillantes pour se rendre invisible, escalader les murs et retourner dans sa chambre sans se faire repérer. Le plaisir qu'il avait pris quelques heures plus tôt aux talents de la Tribu s'était évanoui. À présent, il n'éprouvait plus qu'aversion pour ce monde ténébreux.

«Je suis trop vieux pour agir ainsi, se dit-il en faisant coulisser la porte pour entrer. Quel autre souverain parcourt en cachette son propre pays la nuit, comme un voleur? J'ai échappé à la Tribu, autrefois. Je croyais l'avoir quittée pour toujours, mais elle continue de me prendre au piège et l'héritage que j'ai légué à mes filles signifie que je ne serai jamais libre.»

Il était profondément troublé par tout ce qu'il avait découvert. L'état de Maya l'inquiétait particulièrement. Son visage le brûlait et il avait mal à la tête. Soudain, il se souvint du miroir. Cet objet était la preuve qu'on faisait commerce de produits d'outre-mer à Kumamoto. Cependant les étrangers étaient censés être confinés à Hofu — ainsi maintenant qu'à Hagi. Se pouvait-il qu'on en trouve ailleurs dans le pays? S'il y en avait à Kumamoto, Zenko devait le savoir. Il n'en avait pourtant rien dit, pas plus que Taku. L'idée que ce dernier puisse lui cacher quelque chose remplissait Takeo de colère. Soit Taku dissimulait ces faits, soit il les ignorait. Son aventure avec Sada était également préoccupante. La passion amoureuse rend les hommes négligents. «Si je ne puis me fier à Taku, je suis perdu. Ils sont frères, après tout…»

Quand il s'endormit, la chambre était déjà baignée de lumière.

À son réveil, il ordonna qu'on prépare son départ et chargea Minoru d'écrire à Araï Zenko pour le prier de passer chez sire Otori.

Zenko ne se présenta que dans l'après-midi. Il arriva en palanquin, accompagné d'un cortège de serviteurs aux vêtements splendides. La patte d'ours, emblème de Kumamoto, ornait avec ostentation leurs robes comme leurs bannières. Les quelques mois depuis leur dernière rencontre à Hofu avaient suffi à changer l'apparence de Zenko et de sa suite. Il ressemblait plus que jamais à son père par son physique imposant et son assurance grandissante. Son attitude, ses hommes, leurs habits et leurs armes, tout évoquait le luxe et l'orgueil.

Takeo lui-même s'était baigné et habillé avec soin pour cette entrevue, en revêtant ces robes de cérémonie qui semblaient le grandir grâce à leurs longues manches et leurs épaules larges et rigides. Toutefois il n'avait pu dissimuler la balafre qui zébrait sa joue. En la voyant, Zenko s'exclama :

— Que s'est-il passé ? Vous êtes blessé ? J'espère que vous n'avez pas été attaqué ? Personne ne m'a informé !

— Ce n'est rien, répliqua Takeo. En marchant dans le jardin l'autre nuit, j'ai heurté une branche.

«Il va penser que j'étais ivre ou en compagnie d'une femme, se dit-il. Voilà qui va conforter son mépris pour moi.» De fait, il surprit sur le visage de Zenko un dédain mêlé d'aversion et de ressentiment.

Il avait plu le matin, de sorte que la journée était fraîche et humide. Les feuillages rouges des érables s'étaient assombris et commençaient à tomber. Par moments, des rafales de vent soufflaient sur le jardin en faisant voltiger et danser les feuilles.

— Lors de notre dernier entretien à Hofu, je vous ai promis que nous discuterions de l'adoption en nous retrouvant ici, déclara Takeo. Du fait de la grossesse de mon épouse, vous comprendrez qu'il est préférable de remettre à plus tard toute procédure officielle.

— Bien entendu, nous espérons tous du fond du cœur que dame Otori vous donnera un fils, assura Zenko. Il est naturellement exclu que mes fils passent avant votre héritier.

— J'ai conscience de la confiance que vous avez placée dans ma famille, et je vous en suis profondément reconnaissant. Je considère Sunaomi et Chikara comme mes propres enfants…

Il lui sembla que Zenko était déçu. «Je dois lui offrir une contrepartie», songea-t-il. Il se tut un instant.

Bien qu'il eût promis le contraire à ses filles et fût lui-même opposé aux fiançailles d'enfants encore jeunes, il se surprit à déclarer :

— Je voudrais vous proposer d'unir Sunaomi et ma fille Miki dès qu'ils seront en âge de se marier.

— C'est un immense honneur.

Zenko ne semblait guère enthousiasmé par cette suggestion, même si ses paroles étaient tout à fait appropriées.

— Je parlerai de votre insurpassable gentillesse avec mon épouse quand nous recevrons les documents nécessaires pour établir quelles propriétés ils recevront, quel sera leur lieu de résidence et toutes les questions de ce genre.

— Cela va de soi, approuva Takeo.

«Et je devrai moi-même en parler avec mon épouse», ajouta-t-il *in petto.*

— Ils sont tous deux encore très jeunes. Nous avons le temps d'y réfléchir.

«Au moins, la proposition est faite. Il ne pourra pas prétendre que je l'ai insulté.»

Sur ces entrefaites, Shigeko, Hiroshi et les frères Miyoshi les rejoignirent. La discussion se porta sur les défenses militaires de l'Ouest, la menace éventuelle constituée par les étrangers, les matériaux et les produits dont ils désiraient faire commerce. Takeo évoqua le miroir, en demandant négligemment s'il était possible d'acheter de tels objets en grand nombre à Kumamoto.

— Peut-être, répondit Zenko d'un ton évasif. J'imagine qu'on les importe de Hofu. Les femmes raffolent de ces nouveautés ! Je crois que mon épouse en a reçu plusieurs en cadeau.

— Il n'y a donc pas d'étrangers à Kumamoto ?

— Bien sûr que non !

Zenko avait apporté des registres et des comptes concernant toutes ses activités : les armes qu'il avait fait forger, le salpêtre qu'il avait acheté… Tout paraissait en ordre, et il répéta ses protestations de loyauté et d'allégeance. Takeo ne put faire autrement que de considérer ses livres comme véridiques et ses paroles comme sincères. Il évoqua brièvement la proposition de visite à l'empereur, conscient que Kono devait en avoir déjà discuté avec Zenko. Après avoir insisté sur son caractère pacifique, il apprit à son beau-frère que Hiroshi et Shigeko l'accompagneraient tous deux.

— Et sire Miyoshi ? s'enquit Zenko en regardant Kahei. Où sera-t-il l'année prochaine ?

— Kahei restera dans les Trois Pays, déclara Takeo, mais il s'installera à Inuyama en attendant que je sois rentré sain et sauf. Gemba viendra avec nous à Miyako.

Personne ne fit allusion au fait que le gros des forces des Trois Pays serait massé sur les frontières de l'Est sous le commandement de Miyoshi Kahei, mais il serait impossible de cacher cette nouvelle à Zenko. Takeo songea fugitivement au danger qu'il y aurait à laisser sans protection le Pays du Milieu. Cependant Yamagata comme Hagi étaient presque imprenables, et les deux villes ne resteraient pas sans défense. Kaede ferait face à toute attaque contre Hagi, et l'épouse de Kahei et ses fils feraient de même à Yamagata.

La conversation se poursuivit tard dans la soirée, tandis qu'on leur servait une collation et du vin. En prenant congé, Zenko dit à Takeo :

— Il nous reste encore un point à discuter. Pourriez-vous sortir avec moi sur la véranda ? J'aimerais vous parler en particulier.

— Certainement, répondit Takeo d'un ton affable.

Il pleuvait de nouveau, le vent était froid. Il se sentait si fatigué qu'il n'aspirait qu'à dormir. Les deux hommes s'immobilisèrent à l'abri des avant-toits ruisselants.

— Il s'agit de la famille Muto, commença Zenko. J'ai le sentiment que de nombreux membres de ma famille, à travers les Trois Pays, même s'ils éprouvent le plus grand respect pour ma mère et pour vous, trouvent… comment dirais-je ?… malencontreux, voire dommageable, d'avoir une femme à leur tête. Ils me considèrent comme le plus âgé des parents mâles de Kenji, et donc comme son héritier.

Il jeta un coup d'œil à Takeo.

— Je ne voudrais pas vous offenser, mais les gens connaissent l'existence du petit-fils de Kenji, l'enfant de Yuki. Certains murmurent qu'il devrait succéder à son grand-père. Peut-être serait-il sage de me placer rapidement à la tête de la famille. Ce serait le moyen de faire taire ces rumeurs tout en rassurant les partisans de la tradition.

Un sourire satisfait erra un instant sur son visage.

— Bien entendu, le garçon est l'héritier du maître Kikuta. Mieux vaut le tenir à distance des Muto.

— Personne ne sait s'il est vivant ou non, et encore moins où il se trouve, lança Takeo d'une voix qui n'avait plus rien d'aimable.

— Oh, je crois que si, chuchota Zenko.

Devant l'air courroucé de Takeo, il s'empressa d'ajouter :

— Je ne fais qu'essayer d'aider sire Otori dans cette situation difficile.

« S'il n'était pas mon beau-frère, se dit Takeo, si sa mère n'était pas ma cousine et l'une de mes plus anciennes amies, je lui ordonnerais de mettre fin à ses jours ! C'est indispensable. Je ne puis me fier à lui. Et il faut que je le fasse maintenant, pendant qu'il est en mon pouvoir à Maruyama. »

Déchiré par ces pensées contradictoires, il garda le silence. Il finit par déclarer, en s'efforçant à la douceur :

— Zenko, je dois vous demander de ne pas abuser davantage de ma patience. Vous **avez** de vastes domaines, des fils, une femme ravissante. Je vous ai offert de vous allier plus étroitement encore à ma famille par un mariage. Je tiens à notre amitié et j'ai pour vous la plus grande estime. Cependant, je ne vous permettrai pas de me défier…

— Sire Otori ! protesta Zenko.

— … ni de plonger notre pays dans la guerre civile. Vous m'avez juré fidélité. Vous me devez votre vie. Pourquoi faut-il que je le répète sans cesse ? Je suis las de cette situation. Pour la dernière fois, je vous conseille de retourner à Kumamoto et de jouir de cette vie dont vous m'êtes redevable. Autrement, je vous ordonnerai d'y mettre fin vous-même.

— Vous ne prendrez donc pas en compte mes réflexions sur la succession des Muto ?

— J'exige que vous souteniez la position de votre mère comme chef de la famille et que vous lui obéissiez. De toute façon, vous avez toujours choisi la voie du guerrier. Je ne comprends pas ce qui vous pousse maintenant à vous mêler des affaires de la Tribu !

Zenko était aussi furieux que lui, à présent, mais moins habile à cacher ses sentiments.

— J'ai été élevé par la Tribu. Je suis un Muto au même titre que Taku.

— Uniquement quand cela vous semble avantageux ! Ne croyez pas que vous allez pouvoir continuer impunément de saper mon autorité. N'oubliez jamais que je détiens vos fils en otages et qu'ils me répondent de votre loyauté.

C'était la première fois que Takeo avait menacé directement les deux garçons. « Veuille le Ciel que je n'aie jamais à mettre cette menace à exécution ! » pensa-t-il. Mais il ne pouvait croire que Zenko hasarde la vie de ses fils.

— Toutes mes suggestions ne visent qu'à accroître la puissance du pays tout entier et à soutenir l'action de sire Otori! déclara Zenko. Je regrette d'avoir parlé ainsi. Pardonnez-moi, de grâce.

Durant cet entretien privé, il n'avaient été que deux individus. Quand ils rentrèrent dans la résidence, Takeo eut l'impression qu'ils endossaient leurs personnages comme dans un drame, contraints par la main du destin à jouer leur rôle jusqu'au bout. La salle d'audience, aux piliers et aux poutres décorés de reliefs dorés, remplie de dignitaires aux robes splendides, était devenue la scène. Dissimulant leur mutuel ressentiment, ils se dirent adieu avec une politesse glaciale. Zenko devait quitter Maruyama dès le lendemain, et Takeo le jour suivant.

— Tu vas te retrouver seule dans ton domaine, dit-il à Shigeko avant qu'ils aillent se coucher.

— Hiroshi sera ici pour me conseiller, au moins jusqu'à l'année prochaine, répliqua-t-elle. Mais que vous est-il arrivé la nuit dernière, Père ? Qui vous a fait cette blessure ?

— Je n'ai pas de secrets pour toi. Cependant, comme je ne veux pas troubler ta mère en ce moment, fais attention qu'elle n'apprenne pas cette histoire.

Il lui raconta en peu de mots la possession dont Maya avait été victime et ses résultats. Elle écouta en silence, sans se montrer surprise ni horrifiée, et il lui en fut étrangement reconnaissant.

— Maya va passer l'hiver à Hofu avec Taku, dit-il.

— Dans ce cas, nous resterons en contact avec eux. Et nous surveillerons aussi Zenko de près. Ne soyez pas trop inquiet, Père. En pratiquant la voie du Houou, nous rencontrons souvent des phénomènes similaires à cette possession par un animal. Gemba les connaît très bien et m'a instruite dans ce domaine.

— Maya devrait-elle se rendre à Terayama ?

— Elle s'y rendra le moment venu, assura Shigeko en souriant avec douceur. Tous les esprits recherchent le pouvoir supérieur qui peut les maîtriser et leur donner la paix.

Un frisson le parcourut. Elle lui apparaissait comme une inconnue, pleine d'une sagesse mystérieuse. Il se rappela soudain la vieille aveugle qui avait énoncé la prophétie. Elle l'avait appelé par son nom d'Invisible et avait percé à jour sa vraie nature. «Il faut que je retourne là-bas, songea-t-il. Je ferai un pèlerinage dans la montagne après la naissance de mon enfant, l'an prochain, une fois que j'aurai terminé mon voyage à la capitale.»

Il avait la sensation que Shigeko possédait le même pouvoir spirituel. Il se sentit lui-même plus léger quand il serra contre lui sa fille en lui souhaitant une bonne nuit.

— Je pense que vous devriez parler à Mère, déclara Shigeko. Vous ne devriez pas avoir de secrets pour elle. Dites-lui ce qui est arrivé à Maya. Dites-lui tout.

28

Kumamoto, la place forte des Araï, se trouvait aux confins sud-ouest des Trois Pays, dans un site environné de montagnes riches en fer et en charbon. Ces ressources avaient favorisé l'essor d'un artisanat fabriquant toutes sortes de produits en fer — théières, bouilloires et surtout sabres. Outre ces sabres renommés, les forges de la ville s'étaient lancées ces dernières années dans la production encore plus profitable des armes à feu.

— Pour faire vraiment des profits, grommela le vieux Koji, il faudrait que les Otori nous permettent de produire assez pour satisfaire la demande. Attise-moi ce feu, mon garçon.

Hisao actionna l'énorme soufflet et le fourneau se mit à rougeoyer avec une ardeur redoublée, en exhalant une chaleur qui lui brûlait le visage et les mains. Ça lui était égal, car depuis deux semaines l'hiver régnait à Kumamoto. Un vent mordant soufflait de la mer d'un gris métallique, et il gelait toutes les nuits.

— De quel droit dictent-ils aux Araï ce que nous pouvons faire ou non ? poursuivit Koji. Pourquoi avons-nous besoin de leur autorisation pour vendre nos produits ?

Hisao entendait partout les mêmes récriminations. Son père lui avait dit non sans satisfaction que les serviteurs d'Araï ne cessaient de fomenter des rumeurs et de réveiller de vieux griefs contre les Otori, en demandant pourquoi Kumamoto devait maintenant obéir à Hagi alors qu'Araï Daiichi avait conquis par les armes la totalité des Trois Pays. On ne pouvait attribuer un tel exploit à Otori Takeo, lequel avait simplement eu de la chance et tiré avantage d'un tremblement de terre arrivé au moment opportun, en provoquant de surcroît la mort honteuse de sire Araï au moyen d'une de ces armes à feu qu'il refusait à présent au clan.

À leur arrivée à Kumamoto, Akio et Hisao avaient appris que Zenko était absent, car sire Otori l'avait convoqué à Maruyama.

— Otori le traite comme un domestique, dit l'aubergiste alors qu'ils prenaient leur repas du soir. Il trouve normal que sire Araï laisse tout tomber pour accourir. Ne lui suffit-il donc pas de détenir ses fils en otages?

— Il se plaît à humilier aussi bien ses alliés que ses ennemis, déclara Akio. Sa vanité y trouve son compte. Cependant sa force n'est qu'apparente. Il sera renversé et entraînera les Otori dans sa chute.

— Ce jour-là, Kumamoto sera en liesse, répliqua l'aubergiste en prenant les plats pour les rapporter à la cuisine.

— Nous allons attendre le retour d'Araï Zenko, dit Akio à Kazuo.

— Dans ce cas, nous aurons besoin d'argent, observa Kazuo. Surtout avec l'hiver qui s'approche. Nous avons dépensé presque tout ce que nous avait donné Jizaemon.

Hisao savait déjà que les familles Kikuta étaient rares, en ces confins de l'Ouest, et qu'elles avaient perdu beaucoup de leur pouvoir et de leur influence durant les années de gouvernement Otori. Quelques jours plus tard, toutefois, un jeune homme aux traits anguleux passa voir un soir Akio, qu'il salua avec autant de joie que de respect en l'appelant maître et en se servant du langage et des signes secrets de la famille Kuroda. Son nom était Yasu. Originaire de Hofu, il s'était réfugié à Kumamoto après un épisode désagréable à propos d'un trafic d'armes à feu.

— Je suis un homme mort! plaisanta-t-il. Otori avait donné l'ordre à sire Araï de me faire exécuter. Par chance, le seigneur tenait trop à moi et m'a trouvé un remplaçant.

— A-t-il beaucoup d'hommes comme vous à son service?

— Et comment! Vous savez que les Kuroda ont toujours été proches des Muto, mais nous avons également des liens étroits avec les Kikuta. Regardez le grand Shintaro! Il était moitié Kuroda, moitié Kikuta.

— Et Otori l'a tué, comme Kotaro, observa Akio d'un ton tranquille.

— Bien des morts restent encore à venger, approuva Yasu. Du temps de Kenji, c'était différent. Mais depuis qu'il est mort et que Shizuka a pris la tête de la famille, tout a changé. L'insatisfaction est générale, d'une part parce qu'il n'est pas convenable d'avoir une femme pour chef, et aussi parce que c'est Otori qui a arrangé cette affaire. Zenko devrait logiquement être le maître, puisqu'il est l'héritier mâle le plus âgé. Et s'il n'a pas envie d'assumer ce rôle, étant un grand seigneur, la place devrait revenir à Taku.

— Taku est de mèche avec Otori, déclara Kazuo. Il est impliqué dans la mort de Kotaro.

— Ce n'était qu'un enfant, on peut lui pardonner. Mais il n'est pas bon pour les Muto et les Kikuta d'être ainsi séparés. C'est encore l'œuvre de ce maudit Otori.

— Nous sommes ici pour rétablir les communications et panser les blessures, assura Akio à Yasu.

— C'est exactement ce que nous espérions. Sire Zenko sera ravi, je peux vous l'affirmer.

Yasu régla la note de l'aubergiste et les emmena dans son propre logement, à l'arrière d'une boutique où il vendait des couteaux et d'autres ustensiles de cuisine tels que marmites, bouilloires, crochets et chaînes pour foyers. Il avait une passion pour les couteaux, depuis les grands fendoirs utilisés par les cuisiniers du château jusqu'aux lames minuscules et finement aiguisées servant à retirer la chair vive des poissons. Lorsqu'il découvrit l'intérêt de Hisao pour tous les outils, il le conduisit aux forges où il se fournissait. Un des forgerons, Koji, avait besoin d'un assistant, et Hisao entra en apprentissage chez lui. Cet emploi lui plaisait, non seulement à cause du travail, où il excellait et qu'il trouvait fascinant, mais aussi parce qu'il lui donnait plus de liberté et le délivrait de la compagnie oppressante d'Akio. Depuis leur départ du village, il portait un regard nouveau sur son père. Il grandissait. Il n'était plus un enfant qu'on pouvait dominer et tyranniser. L'année à venir serait celle de son dix-septième anniversaire.

Par un jeu complexe de dettes et d'obligations, son travail pour Koji payait leurs repas et leur logement, même si Yasu déclarait souvent qu'il ne voulait rien accepter du maître Kikuta et que l'honneur de pouvoir lui être utile était une récompense suffisante. Hisao le considérait pourtant comme un homme calculateur, qui n'avait pas coutume de faire des cadeaux. Si Yasu les aidait maintenant, cela signifiait qu'il entrevoyait quelque profit dans l'avenir. Hisao voyait également combien Akio avait vieilli, combien sa façon de penser était archaïque, comme si elle était restée congelée au cours des années d'isolement à Kitamura.

Il se rendait compte que l'attention de Yasu flattait son père, dont la soif de respect et de prestige paraissait presque démodée dans cette ville moderne et animée, rendue florissante par les longues années de paix. Le clan des Araï débordait d'assurance et d'orgueil. Leurs terres s'étendaient à présent jusqu'aux limites de l'Ouest, puisque Noguchi et Hofu leur appartenaient. Ils contrôlaient la côte et les voies de navigation. Kumamoto abritait de nombreux commerçants, et même une poignée d'étrangers en provenance non seulement de Shin et de Silla mais aussi, disait-on, des îles de l'Ouest, d'où les barbares aux yeux ronds et aux barbes épaisses arrivaient avec leurs marchandises éminemment désirables.

Leur présence à Kumamoto n'était mentionnée qu'à voix basse, à la dérobée, car toute la ville savait que les Otori interdisaient contre toute raison à quiconque de traiter directement avec les barbares. Tout le commerce devait passer par le gouvernement central du clan des Otori, dont le siège était à Hofu, seul port où les navires étrangers avaient officiellement le droit d'accoster. L'opinion générale était que le Pays du Milieu entendait ainsi garder pour lui tout le profit des échanges avec les barbares, ainsi que leurs inventions aussi pratiques qu'utiles, et notamment leurs armes d'une efficacité si meurtrière. Cette injustice faisait bouillir les Araï.

Hisao n'avait jamais vu d'étrangers, même si les objets que lui avait montrés Jizaemon avaient éveillé son intérêt pour eux. Yasu se rendait souvent à la forge en fin d'après-midi, pour passer de nouvelles commandes, faire provision de couteaux neufs ou livrer du bois pour les fourneaux. Un jour, il arriva en compagnie d'un homme de grande taille vêtu d'un long manteau dont le capuchon dissimulait son visage. Ils arrivèrent à la tombée de la nuit, sous un ciel plombé annonçant la neige. On était à peu près au milieu du onzième mois. Le flamboiement du feu était la seule couleur dans un monde rendu noir et gris par l'hiver. Une fois dans la forge, l'étranger rejeta son capuchon en arrière et Hisao vit avec une surprise mêlée de curiosité qu'il s'agissait d'un barbare.

Le barbare ne pouvait guère converser avec eux, car il ne connaissait que quelques mots. Mais Koji et lui faisaient tous deux partie de ces hommes qui parlaient avec leurs mains et comprenaient mieux les machines que les mots. En faisant avec eux le tour de la forge, Hisao s'aperçut que c'était également son cas. Il saisissait ce que voulait dire le barbare aussi vite que Koji. L'étranger était captivé par leurs techniques et examinait tout avec ses yeux clairs et vifs, en faisant des croquis des cheminées, soufflets, chaudrons, moules et tuyaux. Plus tard, tandis qu'ils buvaient du vin chaud, il sortit un livre bizarrement plié, imprimé et non écrit, dont il montra les images illustrant manifestement l'art de forger. Koji les scruta en plissant son front et en se grattant les oreilles. Agenouillé à côté d'eux, Hisao écarquillait les yeux dans la faible lumière et se sentait gagné par une excitation croissante à mesure que les pages tournaient. Les possibilités qui se révélaient sous ses yeux lui donnaient le vertige. Après le détail des diverses techniques, le livre donnait une représentation soignée des produits obtenus. Les dernières pages étaient consacrées aux armes. La plupart étaient de longs mousquets encombrants, avec lesquels Hisao était déjà familiarisé, mais il découvrit au bas d'une page, glissé au milieu des autres armes comme un poulain entre les jambes de sa mère, un petit engin paraissant quatre fois moins long qu'elles. Il ne put s'empêcher de le toucher avec son index.

— *Pistola*! s'exclama le barbare en riant.

Il fit mine de le cacher dans ses vêtements, puis de le sortir et de le braquer sur Hisao.

— *Pa! Pa!* cria-t-il. *Morto!*

Hisao n'avait jamais vu un objet aussi beau et désira instantanément en posséder un.

L'homme frotta ses doigts les uns contre les autres, et ses compagnons comprirent que ces armes étaient coûteuses. Cependant il devait être possible de les produire, songea Hisao. Il résolut d'apprendre comment en fabriquer une.

Yasu dit à Hisao de les laisser car il voulait discuter de questions d'argent. Le garçon rangea la forge, couvrit le feu et prépara les matériaux nécessaires pour le lendemain. Après quoi, il fit du thé pour les trois hommes, remplit leurs coupes de vin et se mit en route, l'esprit débordant d'idées. Toutefois il fut bientôt pris de migraine, à cause de ces idées peut-être, ou du vin auquel il n'était pas accoutumé, ou de l'hiver glacial succédant à la chaleur de la forge. Lorsqu'il arriva devant la maison de Yasu, il ne voyait que la moitié du bâtiment et de son étalage de couteaux et de haches.

Il trébucha sur le seuil. En reprenant l'équilibre, il aperçut la femme qui était sa mère dans le vide brumeux occupant la place de la moitié du monde.

Elle le fixait de ses yeux implorants, où la tendresse le disputait à l'horreur. La force de son appel le rendait malade. La souffrance devint insupportable. Il ne put s'empêcher de gémir, puis sentit la nausée l'envahir. S'effondrant sur ses mains et ses genoux, il se traîna jusqu'à la sortie et vomit dans le caniveau.

Le vin dans sa bouche était aigre. Ses yeux larmoyaient douloureusement et le vent mêlé de neige gelait ses larmes sur ses joues.

La femme l'avait suivi dehors et flottait au-dessus du sol, silhouette estompée par le brouillard et le grésil.

Akio, son père, s'écria à l'intérieur de la maison :

— Qui est là ? C'est toi, Hisao ? Ferme la porte, il fait glacial.

Sa mère parla dans son esprit, d'une voix aussi coupante que de la glace :

— Tu ne dois pas tuer ton père.

Il n'avait pas eu conscience d'en avoir envie. Et il fut terrifié en voyant qu'elle connaissait toutes ses pensées, sa haine aussi bien que son amour.

— Je ne te laisserai pas faire, dit la femme.

Cette voix était insoutenable, elle mettait ses nerfs à vif, les embrasait. Il essaya de lui crier .

— Allez-vous-en ! Laissez-moi tranquille !

À travers ses propres plaintes, il entendit des pas approcher, puis la voix de Yasu qui s'exclamait :

— Ça par exemple !

L'homme appela Akio :

— Maître ! Venez vite ! Votre fils…

Ils le portèrent à l'intérieur, et lavèrent le vomi souillant son visage et ses cheveux.

— Cet idiot a pris trop de vin, déclara Akio. Il ne devrait pas boire. Sa tête n'est pas assez solide. Un peu de sommeil le remettra d'aplomb.

— Il n'a presque pas bu de vin, observa Yasu. Il ne peut pas être ivre. Peut-être est-il malade ?

— Il a régulièrement des migraines. Il y est sujet depuis son enfance. Ce n'est rien. Elles disparaissent au bout d'un jour ou deux.

—Pauvre petit, qui a dû grandir sans mère! dit Yasu comme pour lui-même en aidant Hisao à se coucher et en étendant sur lui la couverture. Il tremble de froid. Je vais lui préparer un thé pour l'aider à dormir.

Après avoir bu le thé, Hisao sentit la chaleur revenir peu à peu. Ses frissons se calmèrent, mais non sa souffrance ni la voix de la femme. À présent elle planait dans la chambre obscure — il n'avait pas besoin de lampe pour la voir. Il comprenait confusément que la souffrance s'apaiserait s'il écoutait sa mère, mais il ne voulait pas entendre ce qu'elle avait à lui dire. Se drapant dans sa douleur pour se défendre contre le fantôme, il se concentra sur la merveilleuse arme à feu miniature et sur son désir d'en fabriquer une semblable.

La douleur le rendait aussi féroce qu'un animal sauvage. Il aurait voulu l'infliger à quelqu'un d'autre.

Sous l'influence du thé, ses sentiments s'émoussèrent et il s'assoupit un instant. À son réveil, il entendit les voix d'Akio et de Yasu, le tintement des coupes de vin et les petits bruits de gorge qu'ils faisaient en buvant.

—Zenko est de retour, annonça Yasu. Je ne puis m'empêcher de penser qu'une rencontre entre vous deux serait profitable pour tout le monde.

— C'est le motif essentiel de notre venue ici, répliqua Akio. Pouvez-vous me ménager un entretien avec lui?

— J'en suis sûr. Zenko doit lui-même aspirer à apaiser les divisions entre les Muto et les Kikuta. De toute façon, vous lui êtes apparenté par votre mariage, n'est-ce pas? Votre fils et lui doivent être cousins.

— Zenko possède-t-il des talents de la Tribu?

— Pas que l'on sache. C'est un guerrier, comme son père. Il ne ressemble pas à son frère.

— Mon fils n'a guère de talents, avoua Akio. Il a appris des choses, mais il n'a aucun don de naissance. Ç'a été une grande déception pour les Kikuta. Sa mère était extrêmement douée, mais elle ne lui a transmis aucun de ses talents.

— Il est habile de ses mains. Koji fait son éloge, lui qui ne dit jamais de bien de personne.

— Cela n'en fait pas pour autant un adversaire de poids face à Otori.

— C'était ce que vous espériez? Qu'il serait l'assassin qui viendrait enfin à bout de Takeo?

— Je n'aurai pas de paix tant qu'Otori sera vivant.

— Je comprends vos sentiments, mais Takeo est à la fois adroit et chanceux. C'est pour cette raison que vous devez parler à Zenko. Il se peut qu'une armée de guerriers réussisse là où les assassins de la Tribu ont échoué.

Yasu but encore une gorgée et se mit à pouffer :

— D'un autre côté, Hisao aime les armes à feu. Une telle arme est plus forte que toute la magie de la Tribu, croyez-moi. Ce garçon pourrait encore vous surprendre !

29

 — Vous dites qu'il a menacé ouvertement nos fils ? Dame Araï s'enveloppa dans sa cape de fourrure. La bise chargée de grésil qui avait soufflé de la mer toute la semaine depuis leur retour avait enfin cédé la place à la neige. Le vent s'était calmé et les flocons tombaient sans discontinuer, avec douceur.

— Ne vous inquiétez pas, répliqua Zenko, son époux. Il essaie juste de nous intimider. Takeo ne leur fera jamais aucun mal. Il est trop faible pour cela.

— Il doit neiger à Hagi, dit Hana en contemplant la mer lointaine et en pensant à ses fils.

Elle ne les avait pas revus depuis leur départ pendant l'été.

— Il fait sans doute le même temps dans les montagnes, observa Zenko d'une voix teintée de malveillance. Avec un peu de chance, Takeo sera coincé à Yamagata et ne pourra pas retourner à Hagi avant le printemps. La neige est précoce cette année.

— Au moins, nous savons que sire Kono est reparti sans encombre pour Miyako.

Ils avaient en effet reçu un message envoyé par l'aristocrate avant de quitter Hofu.

— Espérons qu'il va préparer un accueil chaleureux pour sire

Otori l'an prochain! lança Zenko en éclatant de son rire bref et toni-truant.

— C'était amusant de voir Takeo se prendre à ses flatteries, murmura Hana. Kono est assurément un menteur aussi accompli que convain-cant!

— Comme il l'a dit avant son départ, le filet du Ciel est large mais ses mailles sont fines. Il s'agit maintenant de resserrer le filet. Takeo finira par s'y retrouver pris au piège.

— J'ai été surprise d'apprendre l'état de ma sœur. Je pensais qu'elle ne pourrait plus avoir d'enfants.

Hana caressa la fourrure et eut envie de la sentir contre sa peau.

— Que ferons-nous si elle a un fils?

— Cela ne changera pas grand-chose si tout se déroule comme prévu, répliqua Zenko. Pas plus que ces fiançailles entre Sunaomi et leur fille.

— Il n'est pas question que Sunaomi épouse une jumelle! approuva Hana. Mais pour le moment, nous jouerons le jeu.

Ils échangèrent un sourire complice.

— La seule bonne chose que Takeo ait jamais faite, ç'a été de m'accor-der votre main, déclara Zenko.

«Il a commis là une grave erreur, pensa Hana. S'il avait cédé à mes prières et fait de moi sa seconde épouse, tout n'aurait-il pas été diffé-rent? Je lui aurais donné des fils. Sans moi, Zenko ne serait qu'un de ses barons et ne constituerait pas une menace pour lui. Il va payer sa faute. Et Kaede aussi.»

Hana n'avait jamais pardonné à Takeo de l'avoir rejetée, pas plus qu'à sa sœur de l'avoir abandonnée quand elle était enfant. Elle avait adoré Kaede, s'était raccrochée à elle quand son chagrin d'avoir perdu ses parents l'avait rendue presque folle. Mais Kaede était partie un beau matin de printemps et n'était jamais revenue. Après cette désertion, Hana et sa sœur aînée, Aï, avaient été détenues comme otages à Inuyama, où elles auraient été mises à mort si Sonoda Mitsuru ne les avait pas sauvées.

— Vous pouvez encore avoir des enfants ! s'exclama Zenko. Faisons d'autres fils. Je veux avoir une armée de fils !

Ils étaient seuls dans la pièce et elle crut qu'il allait passer aux actes sur-le-champ, mais à cet instant on frappa discrètement à la porte. Un domestique la fit coulisser et annonça d'une voix feutrée :

— Sire Araï, Kuroda Yasu est ici avec un autre homme.

— Ils sont venus malgré ce temps affreux, dit Zenko. Donnez-leur à boire, mais faites-les attendre un peu avant de les introduire ici et veillez à ce qu'on ne nous dérange pas.

— Kuroda ne se cache donc pas pour venir ? s'étonna Hana.

— Taku est en lieu sûr à Hofu. Personne ne nous espionnera, à présent.

— Je n'ai jamais aimé Taku, lança Hana avec brusquerie.

Le large visage de Zenko trahit un léger malaise.

— C'est mon frère, lui rappela-t-il.

— Il devrait donc vous être loyal avant de l'être à Takeo, rétorqua-t-elle. Il passe ses journées à vous tromper et vous ne vous en apercevez même pas. Il vous a espionné pendant presque toute cette année, et vous pouvez être sûr de surcroît qu'il intercepte nos lettres.

— Tout cela va bientôt changer, déclara Zenko d'un ton calme. Nous allons régler la question de l'héritage des Muto. Taku devra m'obéir, sans quoi…

— Sans quoi ?

— Dans la Tribu, la désobéissance a toujours été punie de mort. Je ne puis changer cette loi, même pour ma propre famille.

— Taku jouit d'une grande popularité, malgré tout. Vous l'avez souvent dit vous-même. Et votre mère n'est pas moins aimée. J'imagine que beaucoup de gens refuseront de prendre parti contre eux ?

— Je crois que nous allons recevoir du soutien. Et si je ne me trompe pas sur l'identité du compagnon de Kuroda, ce soutien sera loin d'être négligeable.

— Je suis impatiente de rencontrer cet homme ! s'exclama Hana en haussant les sourcils.

— Il vaut mieux que je vous parle un peu de lui. Il s'appelle Kikuta Akio et est le maître de la famille Kikuta depuis la mort de Kotaro. Il a épousé Yuki, la fille de Muto Kenji. Après la disparition de celle-ci, il est plus ou moins entré dans la clandestinité avec le fils de son épouse.

Il s'interrompit et regarda Hana. Ses yeux brillaient sous leurs paupières lourdes.

— Le fils de son épouse ? Il n'est donc pas à lui ?

Elle comprit d'un seul coup :

— Ce n'est quand même pas le fils de Takeo ?

Il hocha la tête en se mettant de nouveau à rire.

— Depuis quand êtes-vous au courant ? demanda Hana.

Elle était à la fois stupéfaite et excitée par cette révélation. Son esprit cherchait déjà les moyens d'en tirer parti.

— Dans mon enfance, j'ai entendu tous les bruits qui couraient dans la famille Muto. Quel autre motif aurait-on eu de forcer Yuki à prendre du poison ? Si les Kikuta l'ont tuée, c'est qu'ils n'avaient pas confiance en elle. D'ailleurs, comment s'expliquer autrement que Kenji se soit rallié aux Otori avec quatre des cinq familles ? Kenji pensait que Takeo récupérerait un jour l'enfant, ou du moins le protégerait. Ce garçon, qu'on appelle apparemment Hisao, est le fils de Takeo.

— Je suis certaine que ma sœur n'est pas au courant.

À cette pensée, Hana rayonna intérieurement de plaisir.

— Peut-être pourrez-vous l'instruire le moment venu, suggéra son époux.

— Oh, je n'y manquerai pas, approuva Hana. Mais pourquoi Takeo ne s'est-il jamais mis à sa recherche ?

— Pour deux raisons, je crois. D'une part il ne veut pas que son épouse apprenne son existence, d'autre part il redoute d'être tué par son fils. Comme le docteur Ishida nous l'a révélé avec tant d'obligeance, une prophétie l'affirme et Takeo en est convaincu.

Hana sentit son pouls s'accélérer.

— Quand ma sœur apprendra cette nouvelle, c'en sera fini de leur union. Cela fait des années qu'elle aspire à avoir un garçon. Jamais elle ne pardonnera à Takeo ce fils clandestin.

— Beaucoup d'hommes ont des maîtresses et des enfants illégitimes, et leurs épouses leur pardonnent.

— Mais la plupart des épouses sont comme moi, répliqua Hana. Pleines de réalisme et de pragmatisme. Peu m'importe que vous ayez d'autres femmes. Je comprends les besoins et les désirs des hommes, et je sais que je passerai toujours avant le reste pour vous. Ma sœur est une idéaliste. Elle croit en l'amour. Takeo doit être comme elle, puisqu'il a préféré ne pas avoir de fils plutôt que de prendre une autre femme. De plus, ils ont subi tous deux l'influence de Terayama et de ce qu'ils appellent la voie du Houou. Leur union maintient leur royaume en équilibre grâce à la fusion des éléments mâle et femelle. Si cette union est brisée, les Trois Pays s'effondreront.

Elle ajouta avec un sourire :

— Et vous hériterez de tout ce pour quoi votre père s'est battu, avec la bénédiction de l'empereur et le soutien de son général.

— Ce sera également la fin des divisions de la Tribu, déclara Zenko. Nous reconnaîtrons le garçon comme héritier à la fois des familles Muto et Kikuta. À travers lui, nous contrôlerons nous-mêmes la Tribu.

Hana entendit des pas à l'extérieur.

— Ils arrivent, dit-elle.

Son époux ordonna qu'on rapporte du vin, après quoi Hana renvoya les servantes et servit elle-même les visiteurs. Elle connaissait Kuroda Yasu de vue et avait profité des produits de luxe qu'il importait des îles du Sud : bois parfumés, étoffes de Tenjiku, or et ivoire. Elle possédait elle-même plusieurs miroirs fabriqués avec ce verre dur et brillant qui reflétait vraiment les gens. Prenant plaisir à garder ces trésors cachés à Kumamoto, elle ne les montrait jamais à Hofu. À présent, elle possédait également ce secret dont l'éclat cruel révélerait ce qu'était vraiment Takeo.

Elle observa le compagnon du négociant, Akio. Après lui avoir jeté un regard, il resta assis les yeux baissés, plein d'humilité en apparence — mais elle comprit tout de suite qu'il n'avait rien d'un homme humble. Il était grand et maigre. Malgré son âge, il paraissait très fort. Une telle impression de pouvoir émanait de lui qu'elle sentit s'éveiller son intérêt. Elle n'aimerait pas l'avoir pour ennemi, mais il ferait un allié infatigable et implacable.

Zenko salua les deux hommes avec une grande politesse, en réussissant à témoigner à Akio le respect dû au maître des Kikuta sans pour autant renoncer à son propre prestige de chef du clan des Araï.

— Voilà trop longtemps que la Tribu est divisée, déclara-t-il. Je regrette profondément notre rupture ainsi que la mort de Kotaro. Maintenant que Muto Kenji n'est plus, il est temps de panser ces plaies.

— Je crois que nous avons un intérêt commun, répliqua Akio.

Il parlait d'une voix brusque, avec l'accent de l'Est. Hana sentait qu'il préférerait se taire plutôt que de flatter. Lui-même n'était pas sensible à la flatterie, pas plus qu'aux moyens habituels de corruption et de persuasion.

Nous pouvons parler ouvertement en ces lieux, assura Zenko.

— Je n'ai jamais caché que je désirais par-dessus tout la mort d'Otori, dit Akio. Il a été condamné par les Kikuta pour avoir fui la Tribu et assassiné Kotaro. Notre famille, nos ancêtres et nos traditions, les dieux mêmes sont outragés qu'il soit encore vivant.

— On raconte qu'il est impossible de le tuer, observa Yasu. J'imagine pourtant que ce n'est qu'un homme.

— J'ai tenu un jour mon poignard sur sa gorge, se souvint Akio en se penchant avec des yeux brillants. Je ne comprends toujours pas comment il a pu m'échapper. Il possède de nombreux talents. Je devrais le savoir, puisque j'ai été son entraîneur à Matsue. Toutes nos tentatives pour l'abattre ont échoué.

— Eh bien, dit Zenko d'une voix lente en échangeant un regard avec Hana. J'ai appris cette année un détail que vous ignorez peut-être. Très peu de gens sont au courant.

— Nous tenons cette information du docteur Ishida, intervint Hana. C'est le médecin de Takeo et il a soigné nombre de ses blessures. Lui-même l'avait appris de Muto Kenji.

Akio leva la tête et la regarda en face.

— Il semble que Takeo soit persuadé que seul son fils pourrait le tuer, poursuivit Zenko. C'est une prophétie qui le lui a annoncé.

— Comme les Cinq Batailles ? demanda Yasu.

— Oui. Cette prédiction a servi à justifier le fait qu'il ait assassiné mon père pour s'emparer du pouvoir. Cependant le reste de la prophétie est resté secret.

Yasu rompit le silence et déclara en regardant chaque assistant :

— Cela dit, sire Otori n'a pas de fils. Encore que certains bruits aient couru…

Akio resta assis sans mot dire, le visage impassible. Hana sentit de nouveau un bref frisson d'excitation en l'observant.

Il finit par s'adresser à Zenko, d'une voix plus basse et plus rude que jamais :

— Vous savez la vérité sur mon fils ?

Zenko acquiesça presque imperceptiblement de la tête.

— Qui d'autre est au courant de cette prophétie ?

— En dehors de nous quatre et d'Ishida : mon frère, peut-être ma mère, bien qu'elle ne m'en ait jamais parlé…

— Et à Terayama ? murmura Hana. Il se peut que Kubo Makoto sache tout. Takeo n'a pas de secrets pour lui.

— C'est possible, dit Zenko. De toute façon, presque personne ne connaît cette histoire. Et l'important, c'est que Takeo y croit.

Yasu avala précipitamment une gorgée de vin puis lança à Akio :

— Ces rumeurs étaient donc fondées ?

— Oui. Hisao est le fils de Takeo.

Akio but à son tour, et pour la première fois il sembla presque sourire. Hana trouva cela plus douloureux et effrayant que s'il s'était répandu en pleurs et en imprécations.

— Il n'est pas au courant. Il ne possède aucun des talents de la Tribu. Mais maintenant, je vois qu'il lui sera aisé de tuer son père.

Yasu tapa sur le sol avec sa main ouverte.

— Ne vous avais-je pas dit que ce garçon vous surprendrait ? C'est la meilleure plaisanterie que j'aie entendue depuis des années !

D'un seul coup, ils éclatèrent tous les quatre d'un rire tonitruant.

30

 Kaede avait décidé de passer l'hiver à Hagi, jusqu'à la naissance de son enfant, et Shizuka et le docteur Ishida étaient restés avec elle. Ils avaient quitté le château pour s'installer dans la vieille demeure de sire Shigeru au bord du fleuve. Orientée au sud, la maison profitait du moindre rayon de soleil hivernal et était plus facile à chauffer durant les longs jours de froid. Chiyo vivait toujours là-bas, courbée en deux et vieille à faire peur, mais encore capable de préparer ses infusions bienfaisantes et de raconter les histoires du passé. Quand sa mémoire la trahissait, Haruka y suppléait avec son esprit aussi hardi et joyeux que jamais. Kaede se retira dans une certaine mesure de la vie publique. Takeo et Shigeko étaient partis pour Yamagata. Maya avait été envoyée à Maruyama avec Sada, la jeune Muto, afin de rejoindre Taku. Miki séjournait à Kagemura, un village de la Tribu. Kaede se plaisait à savoir ses trois filles occupées à s'instruire avec tant de sérieux, et elle priait souvent pour elles en souhaitant qu'elles apprennent à épanouir et maîtriser leurs divers talents et en implorant les dieux de les protéger des accidents, des maladies et des agressions. Non sans chagrin, elle songeait qu'il lui était plus aisé d'aimer les jumelles de loin, quand elle pouvait oublier leur naissance contre nature et leurs dons étranges.

Elle ne se sentait pas seule, car Shizuka et les petits garçons lui tenaient compagnie, sans compter le singe familier et les chiens lions que ses filles lui avaient laissés. En l'absence de ses enfants, elle prodiguait tous ses soins et son affection à ses neveux. Sunaomi et Chikara appréciaient eux aussi de vivre loin de l'étiquette cérémonieuse du château. Ils jouaient au bord du fleuve et sur le barrage à poissons.

— On croirait que Shigeru et Takeshi sont revenus, disait Chiyo, les larmes aux yeux, en écoutant leurs cris dans le jardin ou leurs pas sur le parquet du rossignol.

Kaede serrait dans ses bras son ventre gonflé et pensait à l'enfant grandissant à l'intérieur. Si Sunaomi et Chikara n'avaient pas de sang Otori dans leurs veines, son fils en aurait. Il serait l'héritier de Shigeru.

Plusieurs fois par semaine, elle emmenait les garçons au sanctuaire du fleuve, car elle avait promis à Shigeko de veiller sur Tenba et la kirin, en s'assurant que le cheval n'oubliait pas tout ce qu'il avait appris. Elle était accompagnée habituellement d'Ishida, dont l'affection pour la kirin ne se démentait pas, au point qu'il supportait mal de passer un jour sans aller vérifier qu'elle allait bien. Après avoir sellé et bridé Tenba, Mori Hiroshi hissait Sunaomi sur son dos et Kaede lui faisait faire le tour de la prairie. Le cheval semblait flairer quelque chose dans le ventre de la jeune femme enceinte et adorait marcher doucement à côté d'elle, en gonflant ses naseaux et en frottant de temps en temps sa tête contre elle.

— Tu me prends pour ta mère ? le grondait-elle.

En réalité, elle était ravie de sa confiance et priait pour que son fils soit aussi beau et hardi que le destrier. Elle pensait à son cheval, Raku, et à Amano Tenzo. Tous deux étaient morts depuis longtemps, mais leurs esprits vivraient certainement aussi longtemps qu'il y aurait des chevaux Otori.

Puis Shigeko lui écrivit d'envoyer en secret Tenba à Maruyama, car elle avait décidé de l'offrir à son père. Kaede prépara le voyage du destrier, qui partit en bateau avec son jeune palefrenier. Ishida et elle craignaient que la kirin ne soit triste de ne plus voir son compagnon.

Cependant, même si elle parut un peu déprimée, cette perte ne fit apparemment qu'accroître son affection pour ses amis humains.

Kaede envoyait souvent des lettres, car elle avait gardé sa passion pour l'art d'écrire. Elle répondait aux missives de son époux, exhortait Shigeko et Miki à travailler dur et obéir à leurs professeurs. Elle écrivait également à ses sœurs, en informant Hana de la bonne santé et des progrès de ses fils et en les invitant toutes deux à lui rendre visite au printemps.

En revanche elle n'écrivait pas à Maya. Elle se disait que c'était inutile, puisque la petite fille menait une vie secrète quelque part à Maruyama et que des lettres de sa mère ne serviraient qu'à la mettre en danger.

Elle se rendait aussi au sanctuaire destiné à remplacer la vieille maison d'Akane. Elle admirait la silhouette fine et gracieuse qui émergeait lentement du bois tandis qu'on bâtissait autour d'elle sa nouvelle demeure.

— Elle ressemble à dame Kaede, disait Sunaomi.

Elle insistait toujours pour qu'il l'accompagne afin d'affronter le lieu de sa honte et de sa peur. Il avait regagné pour l'essentiel son assurance et son entrain, mais dans ce sanctuaire elle voyait qu'il avait gardé des traces de son humiliation. Elle priait pour que l'esprit de la déesse surgisse du bois et guérisse son cœur blessé.

Peu après le départ de Takeo pour Yamagata, Fumio revint. Durant l'absence de Takeo et la semi-retraite de Kaede, son père et lui durent jouer les représentants des souverains. Ils étaient particulièrement ennuyés par la nécessité d'occuper sans cesse les étrangers arrivés si malencontreusement de Hofu.

— Ce n'est pas qu'ils me déplaisent, dit Fumio à Kaede un après-midi vers le milieu du dixième mois. Comme vous le savez, je suis habitué aux étrangers. J'apprécie leur compagnie et je les trouve intéressants. Mais il est difficile de leur inventer chaque jour une occupation. Ce sont des gens très remuants. Ils n'ont guère été ravis d'apprendre que sire

Otori avait quitté Hagi. Ils désirent le rencontrer pour négocier avec lui, et ils commencent à s'impatienter. Je leur ai dit qu'il était impossible de rien décider avant le retour de sire Otori à Hagi. Ils demandent pourquoi ils ne peuvent se rendre eux-mêmes à Yamagata.

— Mon époux ne veut pas qu'ils voyagent à travers le pays, répliqua Kaede. Mieux vaut qu'ils en sachent le moins possible sur notre compte.

— Je suis tout à fait d'accord. Je me demande d'ailleurs quelle sorte d'accord ils ont conclu avec Zenko. Il leur a permis de quitter Hofu, mais j'ignore dans quel dessein. J'espérais qu'ils enverraient des lettres susceptibles de nous éclairer. Malheureusement, leur interprète sait à peine écrire, de sorte qu'il est peu probable que Zenko puisse lire un message d'elle.

— Le docteur Ishida pourrait proposer de leur servir de secrétaire, suggéra Kaede. Comme cela, vous n'auriez pas à vous donner la peine d'intercepter leurs lettres.

Ils échangèrent un sourire complice.

— Peut-être Zenko voulait-il juste se débarrasser d'eux, poursuivit-elle. Tout le monde semble les trouver plutôt pesants.

— Ils ont pourtant aussi beaucoup à apporter. Nous pouvons tirer d'eux bien des connaissances et des richesses, tant que nous sommes leurs maîtres et non l'inverse.

— C'est pour cette raison que je dois commencer l'apprentissage de leur langue. Il faut que vous ameniez ici les étrangers et leur interprète pour en discuter.

— Voilà qui leur donnera certainement une occupation pour l'hiver. Je vais faire en sorte qu'ils aient conscience de l'immense honneur que représente une audience de dame Otori.

La rencontre fut arrangée et Kaede se surprit à l'attendre avec une certaine appréhension. Les étrangers ne l'impressionnaient pas, mais elle ne savait comment se comporter avec leur interprète, cette fille de paysans, ancienne pensionnaire d'une maison de plaisir, adepte des étranges croyances des Invisibles — et sœur de Takeo. Elle n'avait pas envie d'entrer en contact avec cet aspect de la vie de son époux. Elle ignorait ce qu'elle pourrait dire à une personne de ce genre, ou même comment elle devrait s'adresser à elle. Son instinct, encore affiné par sa grossesse, la mettait en garde contre cette entrevue. Cependant elle avait promis à Takeo d'apprendre la langue des étrangers, et elle ne voyait pas d'autre moyen d'y parvenir.

Bien entendu, elle éprouvait aussi de la curiosité. Surtout pour les étrangers et leurs coutumes, essayait-elle de se persuader. En réalité, elle voulait voir à quoi ressemblait la sœur de Takeo.

QUAND FUMIO INTRODUISIT DANS LA PIÈCE les deux géants suivis par cette petite femme, la première pensée de Kaede fut : «Elle n'a rien à voir avec lui.» Elle fut profondément soulagée en constatant que personne ne pourrait soupçonner un rapport entre eux. S'adressant aux étrangers d'un ton cérémonieux, elle leur souhaita la bienvenue. Ils s'inclinèrent et restèrent debout, jusqu'au moment où Fumio leur fit comprendre qu'ils devaient s'asseoir.

Kaede s'assit elle-même devant le mur allongé de la salle, en faisant face à la véranda. Après les premières gelées, les arbres avaient commencé à perdre leurs parures éclatantes, et le sol était tapissé de leurs feuilles cramoisies contrastant avec la pierre grise comme un nuage des rochers et des lanternes. Sur sa droite, un rouleau suspendu dans l'alcôve arborait le texte d'un de ses poèmes préférés, calligraphié de sa propre main, évoquant la lespédèze qui avait donné son nom à Hagi. Bien entendu, les étrangers et leur interprète ne pouvaient comprendre cette allusion.

Les deux hommes s'étaient assis non sans gaucherie devant le rouleau. Ils avaient laissé leurs chaussures à l'extérieur, et elle remarqua le long vêtement moulant qui couvrait leurs jambes avant de disparaître sous leurs étranges robes courtes et bouffantes, conférant à leurs hanches et leurs épaules une largeur artificielle. Le tissu était presque uniformément noir, avec des morceaux colorés cousus dedans, et ne semblait pas être de la soie, du coton ni du chanvre. Après s'être glissée dans l'espace laissé par les hommes du côté de Kaede, la femme toucha du front les nattes et resta prosternée.

Kaede continua d'examiner discrètement les étrangers, dont l'odeur insolite la dégoûtait vaguement, mais elle avait aussi une conscience aiguë de la proximité de l'interprète, de la texture de ses cheveux, de la couleur de sa peau, qui rappelaient si fort Takeo. Cette évidence la frappa avec la violence d'une gifle, la laissant le cœur battant. Cette femme était vraiment sa sœur. L'espace d'un instant, elle crut qu'elle allait devoir réagir, sans savoir si elle éclaterait en sanglots ou s'évanouirait. Heureusement, Shizuka entra dans la pièce avec des bols de thé et des gâteaux aux haricots. Kaede reprit son sang-froid.

L'interprète, Madaren, était encore plus bouleversée. Elle commença à traduire d'une voix si faible et étouffée que les deux partis étaient absolument incapables de comprendre ce qui se disait en réalité. Ils firent comme s'ils échangeaient des politesses et des plaisanteries. Des cadeaux furent offerts. Les étrangers les reçurent avec des sourires aussi cordiaux que terrifiants. Kaede parla et s'inclina avec autant de douceur et de grâce que possible. Fumio connaissait lui-même quelques mots de l'idiome des étrangers et les employa tous au milieu de ce concert de «Merci, avec plaisir» et de «Pardonnez-moi» répétés dans les deux langues.

Il apparut que l'homme appelé dom João était bizarrement à la fois guerrier et marchand, tandis que son compagnon était prêtre. La conversation était très lente car Madaren était si anxieuse de ne pas insulter dame Otori qu'elle parlait dans un style extrêmement courtois et ampoulé. Après quelques échanges fastidieux sur le logement et les besoins des étrangers, Kaede se rendit compte qu'elle risquait de passer l'hiver entier sans rien apprendre.

— Emmenez-les voir le jardin, dit-elle à Fumio. La femme restera avec moi.

Elle demanda aux autres assistants de les laisser seules. Shizuka se retira non sans lui lancer un regard interrogateur.

Les étrangers semblèrent ravis de sortir à l'air libre. Ils se mirent à parler bruyamment, d'un ton légèrement contraint mais plutôt allègre, sans doute à propos du jardin. Kaede s'adressa à Madaren d'une voix tranquille.

— Vous ne devez pas avoir peur de moi. Mon époux m'a dit qui vous étiez. Il vaut mieux que personne d'autre ne soit au courant, mais par égard pour lui je suis décidée à vous honorer et vous protéger.

— Dame Otori se montre d'une bonté sans pareille…, commença Madaren.

Kaede l'interrompit.

— J'ai besoin que vous et vos maîtres me rendiez un service. Vous avez appris leur langue. Je veux que vous me l'enseigniez. Les leçons auront lieu chaque jour. Une fois que je parlerai couramment, je prendrai en considération toutes leurs requêtes. Plus vite j'apprendrai, plus ils auront de chances d'obtenir ce qu'ils désirent. J'espère que je me fais bien comprendre. L'un d'eux devra venir avec vous, car il est évidemment nécessaire que je connaisse aussi leur écriture. Arrangez-vous pour leur présenter cette demande sous une forme qui leur plaise.

— Rien n'est plus bas que moi, mais je ferai tout ce qui est en mon pouvoir pour satisfaire dame Otori.

L'interprète se prosterna de nouveau.

— Madaren, dit Kaede en prononçant pour la première fois ce nom étrange. Vous allez être mon professeur. Il est inutile de faire tant de cérémonies.

— Vous êtes très bonne, s'exclama Madaren.

Elle se redressa en esquissant un sourire.

— Nous commencerons nos leçons dès demain, déclara Kaede.

MADAREN VENAIT CHAQUE JOUR, en traversant le fleuve en bateau avant de marcher dans les rues étroites jusqu'à la maison au bord du fleuve. Ces leçons quotidiennes firent bientôt partie de la routine et la jeune femme prit naturellement sa place dans le rythme de la maisonnée. Dom Carlos, le prêtre, l'accompagnait à peu près deux fois par semaine et apprenait aux deux femmes à écrire dans ce qu'il appelait l'alphabet, en se servant des pinceaux les plus fins.

Avec ses cheveux et sa barbe rougeâtres, et ses pâles yeux bleu-vert évoquant la mer, il provoquait constamment stupeur et curiosité, si bien qu'il arrivait habituellement en compagnie d'un cortège d'enfants et de badauds n'ayant rien de mieux à faire. Lui-même ne se montrait pas moins curieux et n'hésitait pas le cas échéant à attraper un enfant pour examiner ses vêtements et ses chaussures. Il étudiait chaque plante du jardin et emmenait souvent Madaren dans les champs, afin d'interroger les paysans abasourdis sur les moissons et les saisons. Dans ses carnets, il consignait des listes de mots et des croquis de fleurs, d'arbres, d'édifices et de matériel agricole.

Kaede vit la plupart de ces carnets, qu'il apportait avec lui pour faciliter l'apprentissage. Il lui arrivait souvent de faire un dessin rapide pour expliquer un mot. Son intelligence était manifeste et Kaede en demeura stupéfaite à sa propre honte, car au premier abord elle ne l'avait pas cru tout à fait humain tant son apparence était bizarre.

La langue était compliquée. Tout y semblait fonctionner à l'envers, et il était difficile de se rappeler les formes masculines et féminines ou les changements affectant les verbes. Un jour qu'elle se sentait particulièrement découragée, elle dit à Madaren :

— Je ne maîtriserai jamais cet idiome. Je ne sais pas comment vous y êtes parvenue.

Il était singulièrement irritant de voir que Madaren, cette femme sans naissance ni éducation, avait réussi à le parler couramment.

— Voyez-vous, je l'ai appris dans des circonstances qui ne sont guère envisageables pour dame Otori.

Depuis qu'elle avait surmonté sa timidité, son naturel pragmatique et endurci par la vie commençait à apparaître. Leurs conversations se faisaient plus détendues, surtout quand Shizuka était présente, ce qui était habituellement le cas.

— J'ai pris des cours au lit avec dom João.

Kaede éclata de rire.

— Je ne crois pas que mon époux avait pensé à ce genre de choses.

— Dom Carlos est libre! s'exclama Shizuka d'un air mutin. Peut-être pourrais-je prendre des cours de langue. Recommanderiez-vous les techniques des étrangers, Madaren? Les bruits les plus incroyables courent sur leurs parties intimes. Je voudrais bien découvrir moi-même la vérité.

— Dom Carlos ne s'intéresse pas à ce genre de choses, déclara Madaren. Il ne semble pas avoir de désir pour les femmes. Ni pour les hommes, d'ailleurs. En fait, il réprouve fortement l'acte amoureux. À ses yeux, il s'agit de ce qu'il appelle un péché. Et il trouve l'amour entre deux hommes particulièrement scandaleux.

De telles notions parurent à peu près incompréhensibles à Shizuka et Kaede.

— Peut-être dom Carlos m'expliquera-t-il ces bizarreries quand je connaîtrai mieux sa langue, plaisanta Kaede.

— N'abordez jamais ces sujets avec lui, l'implora Madaren. Il serait horriblement embarrassé.

— Serait-ce lié à sa religion? demanda Kaede non sans hésitation.

— Probablement. Il passe beaucoup de temps à prier et lit souvent à voix haute des passages de ses livres saints sur la nécessité d'atteindre la pureté et de maîtriser les désirs du corps.

— Dom João ne partage-t-il pas ses croyances? s'enquit Shizuka.

— Une part de son être y aspire, mais ses désirs sont plus forts. Il les satisfait et ensuite il se déteste lui-même d'avoir cédé.

Kaede se demanda si ce comportement bizarre concernait également Madaren, mais elle préféra ne pas l'interroger directement, de même qu'elle se refusait à la questionner sur ses convictions bien qu'elle fût curieuse de savoir dans quelle mesure elles étaient semblables à celles des étrangers. Après avoir observé la jeune femme avec attention quand les deux hommes étaient présents, elle conclut qu'effectivement ils la méprisaient, même s'ils avaient tous deux besoin de ses talents et dépendaient d'elle, et même si l'un d'eux convoitait son corps. Leur relation lui parut aussi étrange que faussée, tant elle était marquée des deux côtés par la manipulation voire l'exploitation. Elle ne pouvait s'empêcher d'être intriguée par le passé de Madaren et le parcours singulier qui l'avait menée là. Souvent, lorsqu'elles étaient seules, elle était sur le point de lui demander quels étaient ses souvenirs et à quoi ressemblait Takeo dans son enfance. Mais l'intimité qu'auraient impliquée de telles questions était trop menaçante.

L'hiver approchait. Le onzième mois apporta de sévères gelées. Malgré les vêtements ouatés et les braseros, il était difficile d'avoir chaud. Kaede n'osait plus prendre de l'exercice avec Shizuka, car elle était obsédée par le souvenir de sa fausse couche et redoutait de perdre son enfant. Enveloppée dans des pelisses, elle n'avait guère d'autre occupation que d'étudier et de parler avec Madaren.

Juste avant la lune du onzième mois, des lettres arrivèrent de Yamagata. Elle était seule avec Madaren, Shizuka ayant emmené les garçons voir la kirin. Après s'être excusée à voix basse d'interrompre la leçon, elle se hâta d'aller lire la missive dans son bureau, qui n'était autre que la pièce où Ichiro avait coutume de lire et d'écrire. Takeo avait écrit longuement — ou plutôt dicté, car elle reconnaissait l'écriture de Minoru. Il l'informait de toutes les décisions qui avaient été prises. De nombreux points devaient encore être discutés avec Kahei et Gemba afin de préparer sa visite à la capitale. Il attendait des nouvelles de Sonoda concernant l'accueil reçu par ses messagers. Et il lui semblait nécessaire de passer l'hiver là-bas.

Ce fut une cruelle déception pour Kaede. Elle avait espéré que Takeo rentrerait avant que les cols soient fermés par la neige. À présent, elle craignait qu'il ne soit immobilisé jusqu'au dégel. Quand elle rejoignit Madaren, elle était si préoccupée qu'elle en perdit la mémoire. La voyant faire pour la troisième fois une erreur grossière, Madaren lui demanda :

— J'espère que dame Otori n'a pas reçu de mauvaises nouvelles de Yamagata ?

— Pas vraiment. J'espérais simplement que mon époux reviendrait plus tôt.

— Sire Otori se porte bien ?

— Grâce au Ciel, sa santé semble excellente.

Après un silence, Kaede demanda à brûle-pourpoint :

— Comment l'appeliez-vous, quand vous étiez enfants ?

— Tomasu, noble dame.

— Tomasu ? Quel nom étrange. Que signifie-t-il ?

— C'est le nom d'un des grands maîtres des Invisibles.

— Et Madaren ?

— Madaren était une femme dont on dit qu'elle aima le fils de Dieu alors qu'il séjournait sur la terre.

— Le fils de Dieu l'aimait-il ? s'enquit Kaede en se rappelant leur précédente conversation.

— Il nous aime tous, répondit Madaren avec un profond sérieux.

En cet instant, Kaede ne s'intéressait pas tant aux mystérieuses croyances des Invisibles qu'à son époux qui avait grandi parmi eux.

— J'imagine que vous ne vous souvenez guère de lui. Vous deviez être encore une enfant.

— Il a toujours été différent, dit Madaren d'une voix lente. C'est cela dont je me souviens surtout. Il ne nous ressemblait pas et ne semblait pas penser comme nous. Mon père se fâchait souvent contre lui. Ma mère faisait semblant d'être en colère, mais elle l'adorait. Je passais mon temps à lui courir après, à le harceler. Je voulais qu'il fasse attention à moi. Je pense que c'est ce qui explique que je l'aie remarqué à Hofu. Je n'ai jamais cessé de rêver de lui. Je prie sans cesse pour lui.

Elle se tut, comme si elle craignait d'en avoir trop dit. Kaede se sentait elle-même légèrement choquée, encore qu'elle ne comprît pas vraiment pourquoi.

— Nous ferions mieux de reprendre notre leçon, dit-elle d'un ton plus froid.

— Bien sûr, noble dame, approuva docilement Madaren.

Cette nuit-là, il neigea avec abondance, pour la première fois de l'année. Au matin, en se réveillant, Kaede découvrit la clarté d'une blancheur insolite et faillit se mettre à pleurer. Car cela signifiait que les cols seraient bel et bien fermés et que Takeo resterait à Yamagata jusqu'au printemps.

KAEDE S'ÉTAIT PRISE D'INTÉRÊT POUR LES ÉTRANGERS. Plus elle apprenait leur langue, plus elle se rendait compte qu'elle devrait connaître aussi leurs croyances si jamais elle voulait les comprendre. De son côté, dom Carlos ne semblait pas moins désireux de la comprendre. Lorsque les chutes de neige l'empêchèrent de continuer ses recherches dans les champs, il accompagna plus fréquemment Madaren et leurs conversations s'approfondirent.

— Il me regarde avec une expression qui traduirait le désir chez un homme normal, fit-elle observer à Shizuka.

— Peut-être faudrait-il l'avertir de votre réputation! répliqua sa compagne. Il fut un temps où tout homme qui vous désirait était promis à la mort!

— Je suis mariée depuis seize ans, Shizuka! J'espère qu'on a maintenant fait justice à ce bruit absurde. De toute façon, il n'est pas question de désir, puisque nous savons que dom Carlos ne ressent pas ces besoins naturels.

— Nous ne savons rien de la sorte! Nous savons juste qu'il refuse d'y céder. Cela dit, si vous voulez mon avis, je crois qu'il espère vous gagner à sa religion. Il ne désire pas votre corps mais votre âme. Il a commencé à vous parler de Deus, n'est-ce pas? Et à vous expliquer les croyances de son pays?

— C'est si étrange. Que lui importe ce que je crois ?

— Maï, la fille que nous avons fait engager chez eux, raconte que le nom de dame Otori revient souvent dans leurs conversations. Elle ne comprend pas encore parfaitement leur langue, mais elle a l'impression qu'ils espèrent à la fois faire du commerce et répandre leur religion, afin d'obtenir finalement de nouvelles terres pour eux-mêmes. Ils se comportent ainsi dans le monde entier.

— Il semble d'après leurs propos que leur propre pays se trouve horriblement loin d'ici, à au moins une année de navigation. Comment peuvent-ils endurer de vivre si longtemps à une telle distance de chez eux ?

— Fumio prétend que c'est là une caractéristique de tous les marchands et aventuriers de ce genre. Cela fait leur force, et les rend extrêmement dangereux.

— Eh bien, je ne vois pas comment je pourrais adopter leurs croyances bizarres, s'exclama Kaede avec mépris. À mes yeux, ce n'est qu'un tissu d'absurdités !

— Toutes les croyances peuvent paraître insensées, déclara Shizuka. Mais elles sont capables de s'emparer des gens à l'improviste, à peu près comme la peste. J'ai déjà observé ce phénomène. Soyez sur vos gardes.

Ces paroles rappelèrent à Kaede l'époque où elle était l'épouse de sire Fujiwara et passait ses longues journées entre la prière et la poésie, en se raccrochant sans cesse à la promesse que la déesse lui avait faite alors qu'elle était plongée dans le sommeil des Kikuta comme dans une prison de glace : « Sois patiente. Il va venir te chercher. »

Elle sentit l'enfant donner un coup de pied dans son ventre. Sa patience était maintenant mise à rude épreuve par sa grossesse, la neige, l'absence de Takeo.

— Ah, mon dos me fait mal, soupira-t-elle.

— Laissez-moi le masser. Penchez-vous.

Tandis que les mains de Shizuka pétrissaient ses muscles et sa colonne vertébrale, elle gardait le silence, comme plongée dans une sorte de rêverie.

— À quoi penses-tu ? demanda Kaede.

— À des fantômes du passé. J'ai souvent été assise dans cette pièce avec sire Shigeru. Il est arrivé plusieurs fois que je lui apporte des messages de dame Maruyama. Elle était croyante, vous savez.

— Oui, elle adhérait aux enseignements des Invisibles. Mais j'ai l'impression que la religion des étrangers, même si elle paraît semblable, est plus dogmatique et intransigeante.

— Raison de plus pour s'en méfier !

Tout au long de l'hiver, dom Carlos initia Kaede à des mots nouveaux : « enfer », « châtiment », « damnation ». Elle se souvint des paroles de Takeo sur le Dieu omniscient des Invisibles et sur son regard impitoyable. Elle comprenait maintenant qu'il avait choisi d'ignorer ce regard, et elle l'admirait et l'aimait d'autant plus.

Car elle était certaine que les dieux étaient bons et voulaient que la vie continue pour tous les êtres dans l'harmonie, cependant que passaient les saisons, que le jour succédait à la nuit et l'hiver à l'été, et que la mort elle-même, comme l'enseignait l'Illuminé, n'était qu'une pause avant la renaissance…

Malgré son vocabulaire limité, elle s'efforça de l'expliquer à dom Carlos. Et quand les mots lui firent défaut, elle l'emmena voir la statue achevée de Kannon la Miséricordieuse dans le sanctuaire élevé à son intention.

Une douceur soudaine régnait en cette journée du début du printemps. Les fleurs de prunier brillaient encore comme de minuscules flocons de neige aux branches dénudées du jardin d'Akane. Le sol était détrempé par le dégel. Malgré son aversion pour ce moyen de transport, Kaede avait pris un palanquin. Elle était au septième mois de sa grossesse et le poids de son enfant la rendait plus lente. Dom Carlos avait pris place dans un autre palanquin derrière elle, et Madaren le suivait.

Sous la direction de Taro, les charpentiers mettaient la dernière main au sanctuaire, en profitant du temps plus chaud. Kaede fut heureuse de voir que l'édifice avait bien résisté à l'hiver, à l'abri de son double toit dont les deux courbes s'équilibraient à la perfection, comme Taro l'avait promis, tandis que leur élan vers le ciel se reflétait dans la corolle protectrice des pins. Le toit était encore couvert de neige se détachant, éblouissante, sur l'azur. Des glaçons en train de fondre ruisselaient du haut des avant-toits en réfractant la lumière.

Les impostes au-dessus des portes latérales étaient en forme de feuilles et un réseau finement sculpté laissait pénétrer la lumière dans le bâtiment. L'entrée principale était ouverte et le soleil hivernal éclaboussait le parquet neuf. Le bois avait la couleur du miel et son parfum n'était pas moins délicieux.

Kaede salua Taro et ôta ses sandales sur la véranda.

— L'étranger s'intéresse à votre œuvre, lui déclara-t-elle.

Elle se retourna pour regarder dom Carlos et Madaren qui s'approchaient du sanctuaire.

— Bienvenue, dit-elle au prêtre dans sa langue. Cet endroit est important pour moi. Il est nouveau. L'homme que voici en est l'auteur.

Taro s'inclina et dom Carlos répondit gauchement par un signe de tête. Il semblait plus mal à l'aise que de coutume. Lorsque Kaede lui dit :

— Venez à l'intérieur. Il faut que vous voyez le chef-d'œuvre de cet homme.

Il secoua la tête en affirmant :

— Je regarderai d'ici.

— Mais vous ne verrez rien, insista-t-elle.

Madaren chuchota alors :

— Il n'entrera pas. C'est interdit par ses croyances.

Kaede sentit la colère l'envahir devant son impolitesse, dont la raison lui échappait, mais elle refusa de se rendre si aisément. Elle l'avait écouté tout l'hiver et il lui avait beaucoup appris. À présent, c'était lui qui allait l'écouter.

— Je vous en prie, l'implora-t-elle. Faites ce que je vous dis.

— Ce sera intéressant, renchérit Madaren. Vous verrez comment l'édifice est construit et comment le bois est sculpté.

Manifestement contrarié, il enleva ses chaussures avec l'aide de Taro qui souriait d'un air encourageant. Kaede entra dans le sanctuaire. La statue achevée se dressait devant elle. D'une main, la déesse tenait une fleur de lotus, tandis qu'elle relevait de l'autre le bas de sa robe avec deux doigts effilés. Les plis de la robe étaient sculptés avec un art si consommé qu'ils semblaient presque s'agiter sous la brise. Les yeux de Kannon étaient baissés, son expression à la fois sévère et compatissante, sa bouche incurvée en un sourire immémorial.

Joignant les mains, Kaede inclina la tête en priant pour son enfant encore à naître, pour son époux et ses filles, pour l'esprit d'Akane afin qu'il trouve enfin le repos.

— Elle est très belle, déclara dom Carlos avec une sorte d'émerveillement mais sans prier.

Kaede dit à Taro combien l'étranger admirait la statue, en exagérant ses louanges pour compenser la grossièreté dont il avait d'abord fait preuve.

— Je n'ai aucun mérite, répliqua Taro. Mon talent est médiocre. Mes mains écoutent ce qui habite le bois et l'aident à s'en échapper.

Kaede essaya de traduire ces paroles de son mieux. À l'aide de gestes et de croquis, Taro expliqua à dom Carlos la structure intérieure du bâtiment et la façon dont les entretoises se soutenaient mutuellement. Ouvrant son carnet, l'étranger dessina ce qu'il voyait en demandant le nom des différents bois et de chaque sorte de jointure.

Ses yeux erraient souvent du visage de la déesse à celui de Kaede. En sortant, il murmura :

— Je ne m'attendais pas à trouver une Madone en Orient.

C'était la première fois que Kaede entendait ces deux mots. Elle ignorait leur sens, mais elle comprit que quelque chose avait accru l'intérêt de dom Carlos à son égard. Cette pensée l'inquiéta. En sentant son enfant lui donner soudain un violent coup de pied, elle aspira de toutes ses forces au retour de Takeo.

Les marques des griffes sur son visage étaient presque
effacées quand Takeo revint à Hagi, à la fin du troisième
mois. La neige avait à peine fondu, tant l'hiver avait été
long et âpre. Tous les cols étant fermés entre les villes
des Trois Pays, il n'avait même pas pu recevoir de lettres, de sorte que
son anxiété pour Kaede avait été extrême. Il était heureux qu'Ishida soit
resté près d'elle pendant sa grossesse. Cependant il regretta l'absence du
médecin lorsque le temps glacial réveilla ses vieilles douleurs, d'autant
que sa potion apaisante fut vite épuisée. Il avait employé l'essentiel des
journées de ce séjour forcé avec Miyoshi Kahei, à discuter de la stratégie à adopter au printemps et de sa visite à la capitale, et aussi à passer en
revue les registres de l'administration des Trois Pays. Cette double préparation fit du bien à son humeur. Il lui semblait qu'il serait prêt à toute
éventualité lors de sa mission à Miyako. Il s'y rendrait pacifiquement,
mais ne laisserait pas son royaume sans protection. Une nouvelle fois,
les registres administratifs confirmaient la force du pays, à commencer
par les villages où le système des anciens et des chefs que les paysans
eux-mêmes choisissaient comme représentants pourrait servir de base
à leur défense et à celle de leurs terres.

Le temps printanier, la perspective de retrouver son foyer, le plaisir
de chevaucher dans la campagne en plein renouveau, tout contribuait

à son sentiment de bien-être. Tenba avait bien résisté à la mauvaise saison, sans trop perdre de poids ou de force. Sa robe d'hiver avait été bros-
sée par les palefreniers, auxquels il était aussi cher qu'à Takeo, et son
corps noir étincelait comme de la laque. Dans sa joie d'être en route
pour sa ville natale, il caracolait en gonflant ses naseaux et en agitant sa
queue et sa crinière.

— **MAIS QU'EST-IL ARRIVÉ À VOTRE VISAGE?** demanda Kaede quand
ils furent seuls, en suivant du bout des doigts les marques presque
effacées.

Takeo était rentré dans la matinée. L'air était encore frais, un vent vif
soufflait. Il avait trouvé les routes boueuses, souvent inondées. S'étant
rendu droit à la vieille demeure, il y avait été accueilli avec ravissement
par Chiyo et Haruka. Après s'être baigné, il avait pris une collation avec
Kaede, Ishida et les petits garçons. À présent, il était assis avec Kaede
dans la salle de l'étage, dont les volets ouverts laissaient entrer la
rumeur du fleuve et les parfums du printemps.

«Comment lui dire la vérité?» songea-t-il en la regardant avec
inquiétude. Elle accoucherait dans si peu de temps, trois ou quatre
semaines tout au plus. Il se rappela les paroles de Shigeko : «Vous
devriez parler à Mère. Vous ne devriez pas avoir de secrets pour elle.
Dites-lui tout.»

— J'ai heurté une branche, déclara-t-il. Ce n'est rien.

— On croirait que vous avez été griffé par un animal. Je sais! Vous
vous sentiez si seul à Yamagata que vous avez déniché une maîtresse
passionnée!

Dans son plaisir de le revoir à la maison, elle le taquinait gentiment.

— Non, répliqua-t-il d'un ton plus sérieux. Comme je vous l'ai souvent répété, je ne coucherai jamais avec une autre femme que vous.

— Pour le reste de votre vie?

— Pour le reste de ma vie.

— Même si je meurs avant toi?

— Ne dis pas des choses pareilles, protesta-t-il en posant doucement la main sur sa bouche.

Il la prit dans ses bras et la serra un moment contre lui en silence.

— Racontez-moi tout, dit-elle enfin. Comment était Shigeko? Je suis si heureuse qu'elle soit devenue maintenant dame Maruyama.

— Elle va bien. J'aurais voulu que vous la voyiez lors de la cérémonie. Elle me rappelait tellement dame Naomi. En revanche, je me suis aperçu en les observant ensemble que Hiroshi était amoureux d'elle.

— Hiroshi? C'est impossible. Il l'a toujours traitée en petite sœur. Est-ce lui qui vous l'a avoué?

— Pas explicitement. Mais je suis certain que c'est la raison de son refus de se marier.

— Il espère épouser Shigeko?

— Serait-ce une si mauvaise chose? Je crois qu'elle l'aime beaucoup.

— Ce n'est encore qu'une petite fille! s'exclama Kaede d'un ton irrité.

— Elle a l'âge que vous aviez quand nous nous sommes rencontrés, lui rappela Takeo.

Ils se regardèrent un instant les yeux dans les yeux. Puis Kaede reprit:

— Il ne faut pas qu'ils restent ensemble à Maruyama. C'est trop exiger d'eux!

— Hiroshi est nettement plus âgé que je n'étais. Je suis certain qu'il se domine beaucoup mieux que moi. En outre, ils ne s'attendent pas à voir leur vie se terminer d'un moment à l'autre.

«Notre amour était une passion aveugle, songea-t-il. Nous nous connaissions à peine. Nous étions en proie à cette folie violente que provoque l'obsession d'une mort imminente. Shigeko et Hiroshi sont unis par des liens fraternels. Ce n'est pas un mauvais fondement pour un mariage.»

— Kono a fait allusion à une possible alliance matrimoniale avec Saga Hideki, le général de l'empereur.

— Nous ne pouvons écarter une telle suggestion à la légère, soupira-t-elle. Je suis sûre que Hiroshi ferait un époux excellent, mais un tel mariage serait un pis-aller pour Shigeko et ne nous procurerait aucun avantage nouveau.

— De toute façon, elle doit m'accompagner à Miyako. Nous rencontrerons Saga et prendrons alors une décision.

Il lui raconta ensuite où il en était avec Zenko. Ils résolurent d'inviter Hana à passer l'été à Hagi, afin qu'elle puisse revoir ses fils tout en tenant compagnie à Kaede après la naissance de l'enfant.

— J'espère aussi que vous parlez maintenant couramment la langue des barbares, dit Takeo.

— J'ai fait des progrès. Dom Carlos et votre sœur sont de bons professeurs.

— Ma sœur va bien ?

— Oui, dans l'ensemble. Nous avons tous pris froid, mais rien de sérieux. Elle me plaît, je la trouve gentille. Et elle est intelligente, malgré son manque d'éducation.

— Elle ressemble à notre mère. Dites-moi, les étrangers sont-ils en correspondance avec Hofu ou Kumamoto ?

— Oui, ils écrivent souvent. Le docteur Ishida les aide parfois, et bien sûr nous lisons toutes leurs lettres.

— Vous comprenez tout ?

— C'est très difficile. Même si je connais tous les mots, le sens m'échappe encore. Je dois faire très attention à ne pas alerter dom Carlos. Il s'intéresse tellement à tout ce que je dis qu'il pèse la moindre de mes paroles. Il écrit beaucoup à mon sujet, en évoquant mon influence sur vous et mon pouvoir peu courant pour une femme.

Elle se tut un instant puis ajouta :

— Je crois qu'il espère me convertir à sa religion et vous atteindre à travers moi. Madaren a dû lui apprendre que vous étiez né parmi les Invisibles. Dom Carlos s'imagine presque que vous partagez sa foi et que vous allez lui permettre de prêcher pendant que dom João commercera à sa guise dans les Trois Pays.

— Le commerce est une chose. Il peut être souhaitable tant que nous le contrôlons et en fixons les règles. Mais il n'est pas question que je les autorise à prêcher ou à voyager.

— Saviez-vous qu'il y avait déjà des étrangers à Kumamoto ? demanda Kaede. Dom João a reçu une lettre de l'un d'entre eux. Il semble qu'ils aient fait autrefois des affaires ensemble dans leur patrie.

— Je m'en doutais.

Il lui parla du miroir qu'il avait vu à Maruyama.

— J'en ai un pareil ! s'écria Kaede.

Elle appela Haruka, qui apporta le miroir enveloppé dans une soie pesante.

— C'est dom Carlos qui me l'a donné, dit Kaede en le déballant.

Takeo le prit et s'y contempla avec le même sentiment de stupeur et d'étrangeté.

— Cela m'inquiète, déclara-t-il. Qui sait quelles autres marchandises on vend à notre insu à Kumamoto ?

— Raison de plus pour faire venir Hana, observa Kaede. Elle ne peut s'empêcher de faire parade de ses nouvelles acquisitions et de vanter la supériorité de Kumamoto. Je suis sûre que je pourrai l'amener à m'en apprendre davantage.

— Shizuka n'est pas ici ? J'aimerais lui parler de ce problème, et aussi de Zenko.

— Elle est partie dès la fonte des neiges, pour se rendre à Kagemura. Je me suis fait du souci pour Miki, avec ce temps affreux, et Shizuka avait des affaires à discuter avec la famille Muto.

— Reviendra-t-elle avec Miki ?

Takeo fut soudain envahi par le besoin de revoir sa fille cadette.

— Ce n'est pas encore décidé.

Kaede caressa le petit chien lion pelotonné à côté d'elle.

— Kin se réjouira de son retour. Il regrette les filles. Avez-vous vu Maya ?

— Oui.

Takeo ne savait comment continuer.

— Auriez-vous aussi des soucis avec elle ? Comment va-t-elle ?

— Elle va bien. Taku est son professeur. Elle a besoin d'apprendre la maîtrise de soi et la discipline. Mais Taku s'est empêtré dans une relation amoureuse avec sa compagne.

— Avec Sada ? Tous ces jeunes gens seraient-ils devenus fous ? Sada ! Voilà bien la dernière personne que j'aurais imaginée capable de faire perdre la tête à Taku. Je ne pensais pas qu'elle s'intéressait aux hommes. On dirait elle-même un homme.

— Je n'aurais pas dû vous en parler. Ne vous laissez pas affecter par cette histoire. Vous devez ménager votre santé.

— Je suis plus étonnée qu'affectée, observa Kaede en riant. Tant qu'ils n'oublient pas leur travail, ils peuvent bien s'aimer. Quel mal y a-t-il là ? Ce genre de passion est irrésistible. Elle finira par s'éteindre d'elle-même.

— La nôtre ne s'est jamais éteinte.

Kaede prit la main de Takeo et la plaça sur son ventre.

— Notre fils donne des coups de pied, dit-elle.

Il sentit l'enfant se démener à l'intérieur de son corps.

— Je n'ai pas vraiment envie d'en parler, reprit-il, mais il faut que nous prenions une décision à propos des otages que nous détenons encore à Inuyama, ces Kikuta qui vous ont attaquée l'an dernier. Leur père a lui-même été tué par la famille, et je ne crois pas que les Kikuta négocieront jamais avec moi. La justice exige qu'ils soient mis à mort pour leur crime. Je pense qu'il est temps d'écrire à Sonoda. L'exécution doit apparaître comme l'application de la loi, et non un acte de vengeance. Peut-être devrais-je y assister en personne. Je songe à proposer qu'elle ait lieu quand je passerai à Inuyama en me rendant à la capitale.

— Ce serait de mauvais augure pour un voyage, dit Kaede en frissonnant. Dites à Sonoda de s'en charger lui-même. Lui et Aï sont nos représentants à Inuyama. Ils pourront y assister en notre nom. N'attendez pas pour écrire. Cette affaire ne souffre plus le moindre retard.

— Minoru écrira dès cet après-midi.

Il lui était reconnaissant de se montrer si décidée.

— À propos, nous avons reçu récemment une lettre de Sonoda. Votre cortège de messagers est de retour à Inuyama. Ils ont été accueillis par l'empereur lui-même et comblés de marques de distinction. Sire Kono les a hébergés tout l'hiver et il ne cesse de parler avec éloge de vous et des Trois Pays.

— Son attitude semble avoir changé à mon égard, répliqua Takeo. Il est expert dans l'art de séduire et de flatter. Je n'ai aucune confiance en lui, mais il est nécessaire que je feigne de le croire et me rende à Miyako.

— L'alternative est trop terrible pour être envisagée, murmura Kaede.

— Vous savez comme moi ce qu'elle serait.

— Bien entendu. Nous pourrions attaquer et vaincre rapidement Zenko à l'ouest, et nous préparer à entrer en guerre contre l'empereur à l'est. Songez au prix à payer. Même si nous sortions vainqueurs de deux campagnes aussi périlleuses, nous aurions mis à feu et à sang les deux tiers de notre pays. Sans compter les dégâts personnels, puisque nous devrions combattre notre propre famille et priver Sunaomi et Chikara de leurs parents. Leur mère est ma sœur. Elle et ses fils sont chers à mon cœur.

Takeo l'attira de nouveau contre lui et effleura des lèvres sa nuque encore marquée de cicatrices malgré les années, mais toujours aussi belle pour lui.

— Je ne permettrai jamais ce désastre, je t'en fais le serment.

— Hélas, des forces sont à l'œuvre contre lesquelles même toi, mon cher époux, tu ne peux rien.

Elle se blottit contre lui. Ils respiraient à l'unisson.

— Je voudrais que nous puissions rester ainsi à jamais, chuchota-t-il. Je me sens parfaitement heureux, en cet instant. Mais je redoute ce que l'avenir nous réserve.

À PRÉSENT, TOUT LE MONDE ATTENDAIT la naissance de l'enfant. Takeo voulut toutefois avoir au moins une dernière entrevue avec les étrangers avant que Kaede se retire pour l'accouchement. Il s'agissait de mettre au clair leurs relations, de parvenir à un accord de commerce satisfaisant pour les deux parties et de rappeler qui était le maître des Trois Pays. Il était inquiet à l'idée que, pendant son absence, lorsque Kaede serait absorbée par le nouveau-né, les étrangers pourraient se tourner vers Kumamoto pour obtenir l'accès à d'autres régions et d'autres ressources.

Les jours devenaient plus chauds. Les feuilles des ginkgos et des érables se déployaient, fraîches et lustrées. On voyait soudain partout des cerisiers en fleur, brillant d'un blanc pur au flanc des montagnes et d'un rose intense dans les jardins. Les oiseaux étaient de retour dans les rizières inondées et l'air retentissait des appels des grenouilles. Aconits et violettes s'épanouirent dans les bois et autour des maisons, suivis par les pissenlits, les anémones, les pâquerettes et la vesce. On entendit les premières cigales, puis le chant flûté de la fauvette.

Dom Carlos et dom João vinrent tous deux au jour convenu, en compagnie de Madaren. L'entrevue eut lieu dans la salle principale de la maison, s'ouvrant sur le jardin où le torrent et les cascades jaillissaient tandis que les carpes rouge et or nageaient paresseusement dans les bassins, en sautant à l'occasion pour attraper les insectes du printemps. Takeo aurait préféré les recevoir en grande pompe au château, dans un cadre plus fastueux et cérémonieux, mais il n'avait pas voulu imposer cet effort à Kaede, dont la présence apparaissait cependant indispensable afin d'aider les deux parties à s'entendre clairement.

La tâche était difficile. Les étrangers se montrèrent plus importuns qu'auparavant. Ils étaient las d'être confinés à Hagi et impatients de faire vraiment du commerce. Même s'ils ne s'exprimaient pas aussi crûment, ils avaient envie de gagner de l'argent. Madaren paraissait plus nerveuse en présence de Takeo, qu'elle semblait redouter d'offenser tout en désirant l'impressionner. Lui-même était fort mal à son aise, car il soupçonnait les étrangers de le regarder de haut, malgré leurs protestations de respect et d'amitié, du fait de son lien avec

Madaren. Savaient-ils qu'elle était sa sœur ? Les avait-elle mis au courant ? Kaede avait dit qu'ils savaient qu'il était né parmi les Invisibles…
La traduction ralentissait les discussions. L'après-midi n'en finissait
plus.

Il leur demanda d'exposer précisément ce qu'ils attendaient des Trois
Pays. Dom João déclara qu'ils espéraient établir des relations commerciales régulières. Il célébra les beaux produits, la soie, les objets laqués,
la nacre, sans oublier le céladon et la porcelaine importés de Shin.
D'après lui, ces biens étaient très recherchés et appréciés dans sa lointaine patrie. En échange, il pouvait offrir de l'argent, de la verrerie, des
étoffes de Tenjiku, des bois parfumés et des épices, sans compter évidemment des armes à feu.

Takeo répondit que tout cela était fort acceptable, à la seule condition que le commerce passe uniquement par le port de Hofu et soit
contrôlé par ses fonctionnaires. Quant aux armes à feu, elles ne pouvaient être importées qu'avec sa permission ou celle de son épouse.

Lorsqu'on leur traduisit ces propos, les étrangers se regardèrent à
plusieurs reprises. Dom João déclara enfin :

— Les gens de notre pays ont l'habitude de voyager et de commercer
à leur guise.

— Ce sera peut-être possible un jour, répliqua Takeo. Nous savons
que vous pouvez payer généreusement en argent, mais l'introduction
massive de ce métal chez nous risque de faire baisser la valeur de tous les
produits. Nous devons protéger notre propre peuple et procéder avec
prudence. Si le commerce avec vous s'avère profitable pour nous, nous
favoriserons son développement.

— Dans ces conditions, il se pourrait qu'il ne soit pas profitable pour
nous, protesta dom João. Auquel cas nous nous en irons purement et
simplement.

— À vous de décider, dit poliment Takeo.

En son for intérieur, il savait que c'était plus qu'improbable.

Dom Carlos souleva le problème de la religion. Il demanda s'ils seraient autorisés à bâtir un temple à Hofu ou Hagi et si la population locale pourrait se joindre à eux pour adorer Deus.

— Notre peuple est libre de pratiquer le culte de son choix, répliqua Takeo. Il est inutile de construire un bâtiment spécial. Nous vous avons fourni un logement. Vous pouvez employer une pièce pour vos cérémonies. Cependant, je vous recommande la discrétion. Il existe encore des préjugés et la pratique de votre religion doit rester une affaire privée. Il est hors de question de la laisser menacer l'équilibre de la société.

— Nous avions espéré que sire Otori reconnaîtrait notre religion comme la seule véritable, dit dom Carlos.

Il sembla à Takeo que Madaren traduisait ces derniers mots avec une ferveur particulière.

En souriant, comme si cette idée lui paraissait trop absurde pour qu'on puisse même en discuter, il déclara :

— C'est une chimère.

Il vit que cette réponse les contrariait.

— Vous devriez retourner à Hofu, reprit-il en se promettant d'écrire à Taku. Je vais arranger votre départ en bateau avec Terada Fumio, qui vous accompagnera. Je serai moi-même absent la plus grande partie de l'été et mon épouse sera prise en permanence par notre enfant. Il n'est pas nécessaire que vous restiez à Hagi.

— Je regretterai la compagnie de dame Otori, assura dom Carlos. Elle a été pour moi à la fois une élève et un professeur, et a excellé dans ces deux rôles.

Kaede s'adressa à lui dans sa langue. Takeo fut émerveillé de son aisance à prononcer ces sons étranges.

— Je l'ai remercié et lui ai dit qu'il avait été lui-même le plus zélé des professeurs et que j'espérais le voir continuer à s'instruire auprès de nous, souffla-t-elle en aparté à Takeo.

— J'ai l'impression qu'il préfère jouer les professeurs que les élèves, répliqua-t-il en chuchotant car il ne voulait pas que Madaren l'entende.

— Il est convaincu de savoir la vérité en de nombreux domaines, approuva Kaede sur le même ton.

— Mais où doit donc se rendre sire Otori pour quitter ainsi son enfant si peu de temps après sa naissance ? s'étonna dom João.

Toute la ville était au courant. Il n'y avait aucune raison de le leur cacher.

— Je dois rendre visite à l'empereur.

Une fois traduite, cette phrase sembla plonger les étrangers dans une certaine consternation. Ils interrogèrent Madaren avec circonspection, en jetant des coups d'œil surpris sur Takeo.

— Que disent-ils ? demanda-t-il en se penchant vers Kaede pour lui parler à l'oreille.

— Ils ignoraient l'existence de l'empereur, murmura-t-elle. Ils croyaient que vous étiez ce qu'ils appellent le roi.

— Le roi des Huit Îles ?

— Ils n'ont aucune idée des Huit Îles. Ils pensaient qu'il n'y avait rien d'autre que les Trois Pays.

Madaren prit la parole d'une voix hésitante.

— Pardonnez-moi, mais ils voudraient savoir s'ils pourraient être autorisés à accompagner sire Otori à la capitale.

— Ils sont fous ? s'exclama Takeo.

Il se hâta d'ajouter :

— Ne traduisez pas ça ! Dites-leur qu'une telle visite doit être organisée des mois à l'avance. Ce n'est pas possible pour l'instant.

Dom João se montra insistant :

— Nous sommes les représentants du roi de notre pays. Il n'est que juste que nous puissions présenter nos lettres de créance au souverain de cette contrée si ce n'est pas, comme nous le supposions, sire Otori.

Plus diplomate, dom Carlos déclara :

— Peut-être pourrions-nous, pour commencer, envoyer des lettres et des cadeaux ? Sire Otori pourrait être notre ambassadeur.

— C'est une possibilité, concéda Takeo bien décidé en lui-même à ne jamais faire une chose pareille.

De toute façon, dom João et dom Carlos durent se contenter de ce vague acquiescement. Après avoir accepté quelques rafraîchissements proposés par Haruka, ils prirent congé en promettant d'envoyer lettres et cadeaux avant le départ de Takeo.

— Rappelez-leur que leurs présents doivent être somptueux, dit Takeo à Madaren car les étrangers se montraient d'ordinaire nettement moins généreux que ne l'exigeait la coutume.

Il songea avec un plaisir mêlé de regret à l'impression que ne manquerait pas de produire la kirin. Kaede avait fait préparer des rouleaux de soie magnifiques, qui étaient déjà emballés dans du papier souple à côté de spécimens splendides de poterie, notamment des bols à thé, sans oublier des boîtes dorées et laquées ainsi qu'un paysage peint par Sesshu. Shigeko apporterait des chevaux de Maruyama, des rouleaux de calligraphie en feuille d'or, des bouilloires en fer et des supports de lampes, tous conçus pour honorer l'empereur et illustrer la richesse et le prestige des Otori, l'importance de leur commerce et la prospérité de leur pays. Il doutait fort qu'aucun des cadeaux offerts par les étrangers soit digne d'être apporté à la capitale, même pour être donné à quelque ministre de rang inférieur.

Lorsque les étrangers se retirèrent en s'inclinant avec leur raideur et leur gaucherie habituelles, il ne les raccompagna pas jusqu'au portail mais sortit dans le jardin. Il ne s'aperçut pas tout de suite que Madaren l'avait suivi. Son audace l'irrita, car il croyait lui avoir fait comprendre qu'il ne voulait pas qu'elle essaie de l'aborder. Cependant il avait conscience qu'elle avait été très proche de son épouse pendant l'hiver et avait acquis une certaine familiarité avec la maisonnée. Il lui semblait qu'il avait lui-même quelques obligations envers elle. Étonné de sa propre froideur, il s'en voulut de ne pas éprouver davantage d'affection pour elle. En même temps, il songea fugitivement, avec soulagement, que n'importe qui en les voyant ensemble penserait qu'elle lui parlait en tant qu'interprète, et non comme un membre de sa famille.

Elle l'appela par son nom et il se tourna vers elle. Voyant qu'elle semblait incapable de rien ajouter, il déclara en s'efforçant de prendre un ton bienveillant :

— Dites-moi ce que je puis faire pour vous. Vous manque-t-il quelque chose ? Avez-vous besoin d'argent ?

Elle secoua la tête.

— Voulez-vous que j'arrange un mariage pour vous ? Je vous trouverai un marchand ou un négociant pouvant faire l'affaire. Vous aurez enfin une famille et une maisonnée à vous.

— Je ne veux rien de tout cela, répliqua-t-elle. Dom João a besoin de moi. Je ne puis le quitter.

Il pensait qu'elle allait le remercier. Au lieu de quoi, il eut la surprise de l'entendre lancer d'une voix à la fois brusque et embarrassée :

— Il y a quelque chose que je désire par-dessus tout. Et vous seul pouvez m'exaucer.

Il haussa légèrement les sourcils et attendit qu'elle poursuive.

— Tomasu, gémit-elle en se mettant à pleurer. Je sais que vous ne vous êtes pas complètement détourné de Dieu. Dites-moi que vous avez encore la foi.

— Je n'ai pas la foi, répondit-il avec calme. Je pense vraiment ce que je vous ai déclaré tout à l'heure : aucune religion n'est la seule véritable.

— Lorsque vous avez prononcé ces paroles terribles, Dieu m'a envoyé une vision.

Les larmes ruisselaient sur son visage. Il était impossible de douter de son désarroi et de sa sincérité.

— Je vous ai vu en train de brûler en enfer. Les flammes vous dévoraient. Voilà ce qui vous attend après la mort, à moins que vous ne reveniez à Dieu.

Il se souvint de la révélation qu'il avait eue lui-même après que la fièvre terrible due à l'empoisonnement l'eut mené au seuil de l'au-delà. Il avait résolu de ne croire en rien, afin de permettre à son peuple d'être libre de ses propres croyances. Jamais il ne renoncerait à cette position.

— Madaren, dit-il doucement. Vous ne devez pas me parler de ces choses. Je vous interdis de m'aborder de cette façon à l'avenir.

— Mais votre vie éternelle est en jeu ! Il en va de votre âme ! C'est mon devoir d'essayer de vous sauver. Croyez-vous que cela me soit facile ? Regardez comme je tremble ! Je suis terrifiée de vous parler ainsi, mais il le faut.

— Ma vie est ici, en ce monde.

Il désigna d'un geste le jardin à l'apogée de sa beauté printanière.

— N'est-ce pas assez ? Ce monde où nous sommes nés et où nous mourrons pour retourner, corps et âme, dans le grand cycle des saisons de la vie et de la mort ? C'est là un prodige et un miracle suffisants.

— Mais Dieu a créé le monde, dit-elle.

— Non, il s'est créé lui-même. Il est beaucoup plus grand que vous ne croyez.

— Il ne peut être plus grand que Dieu.

— Dieu ou les dieux, toutes nos croyances sont l'œuvre des hommes et ne sont rien auprès de ce monde au milieu duquel nous vivons.

Il n'était plus en colère contre elle mais il ne voyait pas pourquoi elle le retenait encore ici, à continuer cette discussion inutile.

— Vos maîtres vous attendent. Vous feriez mieux de les rejoindre. Et je vous interdis de leur révéler quoi que ce soit de mon passé. Je pense que vous comprenez à présent que ce passé est révolu. J'ai coupé les ponts. Ma situation me rend impossible tout retour en arrière. Je vous ai accordé ma protection et elle continuera de s'étendre sur vous à l'avenir, mais elle n'est pas inconditionnelle.

Malgré la chaleur, il se sentit glacé par ses propres mots. Que voulait-il dire ? Avait-il l'intention de la faire exécuter ? Comme presque chaque jour, il se remémora la mort de Jo-An, le paria qu'il avait dû tuer de ses propres mains et qui se considérait lui aussi comme un messager du Dieu Secret. Même s'il regrettait profondément cet acte, il savait qu'il le referait sans hésitation. Avec Jo-An, il avait tué son passé et les croyances de son enfance. Plus rien ne pourrait les ramener à la vie.

Madaren fut elle aussi réduite au silence par ses paroles.

— Sire Otori.

Elle s'inclina jusqu'au sol, comme si elle se rappelait la vraie place qu'elle occupait dans son monde, où elle n'était pas sa sœur et venait même après les servantes de sa maisonnée, telle Haruka qui avait attendu à moitié cachée sur la véranda et s'avançait maintenant dans le jardin tandis qu'il se détournait pour rentrer.

— Tout va bien, sire Takeo?

— L'interprète avait des questions à me poser. Elle a été prise d'un malaise. Quand vous serez sûre qu'elle s'est remise, veillez à ce qu'elle parte dès que possible.

32

Terada Fumio avait passé l'hiver à Hagi avec son épouse et ses enfants. Peu après l'entrevue avec les étrangers, Takeo se rendit dans leur maison située de l'autre côté de la baie. Les jardins bien abrités, réchauffés par les sources chaudes entourant le volcan, étaient déjà brillants d'azalées et de pivoines. Elles côtoyaient d'autres plantes plus exotiques que Fumio rapportait pour Eriko d'îles perdues et de lointains royaumes, telles que lys, orchidées et roses.

— Vous devriez m'accompagner là-bas, déclara Fumio tandis qu'ils flânaient dans le jardin et qu'il évoquait la provenance et l'histoire de chaque plante. Vous n'avez jamais quitté les Trois Pays.

— Je n'en ai pas besoin puisque vous m'apportez le monde chez moi, répliqua Takeo. Mais j'aimerais le faire un jour, si jamais j'abdique ou me retire.

— L'envisagez-vous vraiment? demanda Fumio en le scrutant de ses yeux vifs.

— Nous verrons ce qui se passera à Miyako. J'espère avant tout parvenir à une solution pacifique. Saga Hideki a proposé une sorte de concours et ma fille a décidé qu'elle m'y remplacerait. Elle et tous les autres sont persuadés que l'issue sera en ma faveur.

— Vous comptez faire des Trois Pays l'enjeu d'un concours ? Il vaudrait nettement mieux se préparer à la guerre !

— Mais c'est bien ce que nous allons faire, comme nous l'avons décidé l'an passé. Il me faudra au moins un mois pour arriver à la capitale. Pendant ce temps, Kahei massera nos armées sur la frontière de l'Est. Que je sois gagnant ou perdant, je respecterai le verdict du concours, mais en posant certaines conditions dont je discuterai avec Saga. Nos troupes n'interviendront que si je n'obtiens pas satisfaction ou si nos adversaires manquent à leur parole envers nous.

— Le reste de la flotte devrait quitter Hagi pour Hofu, suggéra Fumio. De cette façon, nous contrôlerons la partie occidentale de la mer et pourrons attaquer Kumamoto si nécessaire.

— Il est vrai que le principal danger qui nous guette est que Zenko profite de mon absence pour se révolter ouvertement. Cependant son épouse doit venir à Hagi, où ses fils se trouvent déjà. À mon avis, il ne sera pas assez inconsidéré pour risquer leurs têtes. Kaede est d'accord avec moi et compte user de toute son influence sur Hana. Vous et votre père devrez vous rendre avec la flotte à Hofu afin d'être prêts à prendre l'offensive sur mer. Taku est déjà là-bas et vous tiendra informé des événements. Vous pourrez aussi emmener avec vous les étrangers.

— Ils vont retourner à Hofu ?

— Ils doivent y établir une maison de commerce. Vous pourrez les aider dans cette entreprise et les tenir à l'œil. La jeune Muto, Maï, les accompagnera également.

Takeo exposa à son vieil ami ses inquiétudes à propos des étrangers susceptibles de se trouver déjà à Kumamoto et de ce miroir laissant supposer qu'ils pourraient faire entrer bien d'autres objets dans le pays à partir de cette ville.

— J'essaierai de tirer les choses au clair, promit Fumio. Je suis devenu assez proche de dom João cet hiver et j'arrive à comprendre leur langue. Par chance, il n'est guère discret, surtout après quelques flacons de vin.

Il ajouta d'un ton moins sérieux :

— À propos de vin, allons boire nous-mêmes une ou deux coupes. Bien entendu, mon père veut vous voir.

PENDANT QUELQUES HEURES, Takeo oublia ses inquiétudes pour savourer le vin, la collation de poissons frais et de légumes printaniers préparée par Eriko, la compagnie de son ami et du vieux pirate Fumifusa, la beauté du jardin.

Lorsqu'il retourna dans la maison au bord du fleuve, il baignait encore dans cette atmosphère paisible et allègre. Il sentit son humeur s'éclaircir encore en entendant la voix de Shizuka dès qu'il pénétra dans le jardin.

— Vous n'avez pas amené Miki avec vous ? demanda-t-il après l'avoir rejointe dans la salle de l'étage.

Haruka servit le thé puis les laissa seuls.

— J'avoue que j'étais partagée, répondit Shizuka. Elle avait très envie de vous revoir, car vous lui manquez autant que sa sœur. Toutefois elle est à l'âge où l'on s'instruit avec rapidité. Il aurait semblé peu judicieux de ne pas en profiter. Et comme de toute façon vous allez être absent tout l'été et que Kaede sera occupée par son bébé… D'ailleurs, il est bon qu'elle apprenne l'obéissance.

— J'espérais la revoir avant mon départ, admit Takeo. Comment va-t-elle ?

Shizuka sourit.

— Elle se porte à merveille. Elle me rappelle Yuki au même âge, si pleine d'assurance. En fait, elle s'est épanouie en l'absence de Maya. Sortir de l'ombre de sa sœur lui a fait du bien.

En entendant le nom de Yuki, Takeo était devenu rêveur. Shizuka s'en aperçut et lança :

— J'ai eu des nouvelles de Taku à la fin de l'hiver. Il m'a dit qu'Akio avait séjourné à Kumamoto avec votre fils.

— C'est exact. Je ne veux pas en parler ouvertement ici, mais sa présence dans la place forte de Zenko pose de nombreux problèmes dont nous devons discuter, vous et moi. Avez-vous le soutien des anciens de la famille Muto ?

— J'ai entendu parler d'opinions discordantes. Pas dans le Pays du Milieu, mais dans l'Est aussi bien que dans l'Ouest. Je suis étonnée que Taku ne soit pas retourné à Inuyama, où il pourrait exercer un certain contrôle sur la Tribu dans l'Est. Je devrais m'y rendre moi-même, mais je n'ai guère envie de quitter Kaede en ce moment, surtout si votre départ est imminent.

— Taku s'est entiché de la fille que nous avons chargée de veiller sur Maya, dit Takeo en se sentant de nouveau envahi par la colère.

— J'avais entendu des bruits à ce sujet. Je crains que mes deux fils ne vous déçoivent cruellement, après tout ce que vous avez fait pour eux.

Elle parlait d'une voix posée mais il vit qu'elle était sincèrement affligée.

— J'ai toute confiance en Taku, déclara-t-il. Toutefois son égarement risque de le rendre négligent. Le cas de Zenko est différent, mais pour l'instant il est sous contrôle. En revanche, il semble déterminé à prendre la tête de la famille Muto, ce qui va le mettre en conflit direct avec vous, Taku et, bien entendu, moi-même.

Après un silence, il ajouta :

— J'ai essayé de l'apaiser. J'ai eu recours aux ordres, aux menaces, mais il est résolu à me provoquer.

— Il ressemble chaque année davantage à son père, dit Shizuka. Je ne puis oublier qu'Araï avait ordonné ma mort et vous aurait regardé tuer ses fils plutôt que de renoncer à sa quête du pouvoir. En tant que chef de la famille Muto aussi bien que vieille amie des Otori, je vous conseille de vous débarrasser au plus vite de Zenko, avant qu'il n'ait gagné de nouveaux soutiens. Je me chargerai de tout. Vous n'avez qu'un ordre à donner.

Ses yeux brillaient, mais elle ne versa pas une larme.

— Lors de notre première rencontre, Kenji a déclaré que je devrais apprendre de vous à me montrer sans pitié, lança-t-il, stupéfait qu'elle puisse l'inviter si froidement à tuer son fils aîné.

— Mais ni Kenji ni moi-même n'avons réussi à vous rendre impitoyable, Takeo. Zenko le sait, c'est pourquoi vous ne lui inspirez pas plus de crainte que de respect.

Ces paroles le piquèrent au vif, à sa propre surprise, mais il répliqua avec douceur :

— J'ai engagé mon pays et moi-même sur une voie de justice et de négociation pacifique. Les provocations de Zenko ne réussiront pas à m'en détourner.

— Dans ce cas, faites-le arrêter et juger pour complot contre votre personne. Prenez des formes légales, mais faites vite.

Elle l'observa un instant. Voyant qu'il gardait le silence, elle reprit :

— Mais vous ne suivrez pas mon conseil, Takeo. Non, ne dites rien. Bien sûr, je vous suis reconnaissante d'épargner la vie de mon fils, mais je crains que les conséquences ne soient épouvantables pour nous tous.

En entendant ces paroles, il se sentit glacé par un pressentiment. Le soleil s'était couché et le jardin était métamorphosé par la lumière bleue du soir. Des lucioles dansaient au-dessus du ruisseau. Il vit Sunaomi et Chikara arriver en s'éclaboussant dans l'eau au pied du mur — sans doute avaient-ils joué au bord du fleuve et la faim les ramenait à la maison. Comment pourrait-il mettre à mort leur père ? Il ne ferait que dresser les deux garçons contre lui-même et sa famille, et prolonger encore le cycle des vengeances.

— J'ai proposé de fiancer Miki à Sunaomi, déclara-t-il.

— C'est une excellente idée, dit Shizuka en s'efforçant visiblement de prendre un ton plus léger. Encore que je ne sois pas sûre qu'ils vous en soient reconnaissants ! N'en parlez à personne. Sunaomi sera horrifié par ce projet. Il a été profondément perturbé par cet épisode de l'été dernier. Quand il sera plus âgé, il comprendra quel honneur vous lui faites.

— Il est trop tôt pour l'annoncer officiellement. Peut-être le ferai-je à mon retour, à la fin de l'été.

Il crut que Shizuka allait lui rappeler de nouveau qu'il se pourrait qu'il n'ait bientôt plus de pays où retourner, mais leur entretien fut interrompu par un cri s'élevant à l'autre bout de la maison, où se trouvaient les appartements des femmes. Takeo entendit le parquet du rossignol chanter sous les pas précipités de Haruka.

Dans le jardin, les garçons se figèrent et regardèrent la servante courir le long de la véranda.

— Shizuka! Docteur Ishida! criait Haruka. Venez vite! Les douleurs de dame Otori ont commencé.

COMME KAEDE L'AVAIT SU DEPUIS LE DÉBUT, l'enfant était un garçon. La nouvelle fut aussitôt fêtée dans la ville de Hagi, quoique avec une certaine modération car la petite enfance était une période dangereuse et la vie d'un nourrisson ne tenait qu'à un fil. Cependant l'accouchement avait été rapide, et le bébé débordait de force et de santé. On semblait pouvoir espérer à bon droit que sire Otori allait avoir un héritier. C'était la fin de la malédiction que le peuple attribuait à voix basse à la naissance des jumelles.

Au cours des semaines suivantes, l'événement fut célébré avec non moins d'enthousiasme d'un bout à l'autre des Trois Pays. Ce fut du moins le cas à Maruyama, Inuyama et Hofu. La joie fut peut-être moins sincère à Kumamoto, mais Zenko et Hana manifestèrent toute l'émotion qui s'imposait et envoyèrent des cadeaux splendides — des robes de soie pour le nouveau-né, un petit sabre appartenant à la famille Araï et un poney. Hana fit des préparatifs en vue de son voyage d'été à Hagi, non sans impatience de revoir ses propres fils et de tenir compagnie à sa sœur en l'absence de Takeo.

Lorsque la période d'isolement de Kaede fut terminée et que la maison eut été purifiée conformément à la coutume, elle amena l'enfant à son père et le glissa dans ses bras.

— Voici ce dont j'ai rêvé toute ma vie, dit-elle. Vous donner un fils.

— Vous m'avez déjà donné plus que je n'aurais jamais pu espérer, répliqua-t-il d'une voix émue.

Il ne s'était pas attendu à être submergé par la tendresse devant cette créature minuscule au visage rouge et aux cheveux noirs, ni à éprouver une telle fierté. Il aimait ses filles et n'avait jamais ressenti de manque, mais tenir son fils dans ses bras semblait satisfaire un besoin dont il n'avait pas eu lui-même conscience. Des larmes lui montèrent aux yeux et pourtant il ne pouvait s'empêcher de sourire.

— Vous êtes heureux ! s'exclama Kaede. J'avais peur… à force de vous entendre me répéter que vous ne vouliez pas de fils et que nos filles vous suffisaient, j'avais presque fini par vous croire.

— Je suis heureux. Je pourrais mourir en cet instant.

— Je me sens comme vous, murmura-t-elle. Mais ne parlons pas de mourir. Nous allons vivre pour regarder grandir notre fils.

— Je regrette tant de devoir vous quitter.

Il songea soudain qu'il pourrait renoncer à se rendre à Miyako. Que le Chasseur de Chiens l'attaque s'il le voulait : les armées des Trois Pays le repousseraient aisément et se chargeraient également de Zenko. Il fut stupéfié par la violence de ce sentiment. Il combattrait jusqu'à la mort pour protéger le Pays du Milieu afin que cet enfant des Otori en hérite. Après avoir examiné avec soin cette idée, il décida de l'écarter. Il tenterait d'abord de trouver une solution pacifique, comme il l'avait résolu. S'il remettait maintenant son voyage, il aurait l'air à la fois lâche et arrogant.

— Je le regrette aussi, dit Kaede. Mais il faut que vous partiez.

Elle lui prit l'enfant qu'elle contempla, le visage brillant d'amour.

— Je ne me sentirai pas seule, avec ce petit homme à mon côté !

33

Takeo devait partir sans attendre afin de faire l'essentiel du voyage avant le début de la saison des pluies. Shigeko et Hiroshi arrivèrent de Maruyama, et Miyoshi Gemba de Terayama. Miyoshi Kahei s'était quant à lui rendu dans l'Est dès la fonte des neiges avec la principale armée Otori, forte de quinze mille hommes en provenance de Hagi et de Yamagata. Sonoda Mitsuru devait rassembler d'autre part dix mille hommes à Inuyama. Depuis l'été précédent, on avait fait des provisions de riz et d'orge, de poisson séché et de pâte de soja, qui avaient été envoyées sur les frontières de l'Est pour nourrir cette masse énorme de soldats. Heureusement, la récolte avait été abondante. Ni l'armée ni les gens de l'arrière ne mourraient de faim.

De tous les arrangements du voyage, le plus difficile à régler fut le transport de la kirin. Elle avait encore grandi et sa robe s'était assombrie pour prendre la couleur du miel, mais son calme et sa gentillesse étaient inchangés. Le docteur Ishida estimait qu'elle ne pourrait faire tout le trajet à pied, car traverser les monts des Nuages serait trop ardu pour elle. On décida finalement que Shigeko et Hiroshi l'emmèneraient en bateau jusqu'à Akashi.

— Nous pourrions tous prendre le bateau, Père, suggéra Shigeko.

— Je n'ai encore jamais franchi les frontières des Trois Pays, répliqua

Takeo. Je veux reconnaître moi-même le terrain et les sentiers traversant la chaîne. Si des typhons se déclenchent au huitième et au neuvième mois, nous devrons revenir en passant par la montagne. Fumio doit se rendre à Hofu. Il vous emmènera avec la kirin et les étrangers.

Les fleurs des cerisiers étaient toutes tombées et avaient cédé la place à de fraîches feuilles vertes lorsque Takeo et son escorte sortirent de Hagi pour passer les cols montagneux et emprunter la route côtière menant à Matsue. Il avait fait maintes fois ce trajet depuis le jour lointain où le garçon muet qu'il était alors, monté sur le cheval d'un serviteur, avait cheminé dans l'autre sens avec sire Shigeru, mais il ne pouvait parcourir ces lieux sans se remémorer l'homme qui avait sauvé sa vie et l'avait adopté.

« Je dis que je ne crois en rien, songea-t-il, mais j'adresse souvent des prières à l'esprit de sire Shigeru. Surtout en ce moment, où j'ai tant besoin de sa sagesse et de son courage. » Le riz nouveau commençait à pointer à la surface des champs inondés, qui brillaient d'un éclat éblouissant au soleil. Sur le talus, à l'intersection de deux chemins, s'élevait un petit sanctuaire. Takeo vit qu'il était consacré à Jo-An, lequel dans certaines régions avait été confondu avec des divinités locales et était maintenant adoré par les voyageurs. Se rappelant sa conversation avec Madaren quelques semaines plus tôt, il s'émerveilla de l'étrangeté des croyances du peuple. La conviction qui avait poussé la jeune femme à lui parler était la même qui avait soutenu Jo-An dans ses efforts pour aider Takeo. À présent, Jo-An était devenu un saint pour ceux qui l'auraient méprisé dans la vie réelle et que lui-même considérait comme des mécréants.

Il jeta un regard à Miyoshi Gemba, lequel chevauchait à son côté. On n'aurait pu rêver un compagnon plus paisible et allègre. Gemba avait voué sa vie à la voie du Houou. Malgré les privations et la discipline qu'impliquait cette vocation, il ne présentait aucun signe de souffrance physique. Sa peau était lisse, son corps robuste. En chevauchant, il semblait souvent absorbé dans une méditation extatique et émettait par moments une sorte de bourdonnement assourdi évoquant un tonnerre lointain ou le grognement d'un ours. Takeo se surprit à lui parler de Sunaomi, que Gemba avait rencontré à Terayama, en lui faisant part de son projet de fiancer le jeune garçon à sa fille.

— Il sera mon gendre. Cela fera sûrement plaisir à son père!

— À moins que Sunaomi lui-même n'éprouve pour vous les sentiments d'un fils dévoué, des fiançailles ne résoudront rien, répliqua Gemba.

Takeo se tut. Il se rappela l'épisode du sanctuaire, l'hostilité entre les cousins, et craignit que Sunaomi n'en soit resté marqué.

— Il a vu le houou, dit-il enfin. Je crois qu'il a un bon naturel.

— Oui, c'est aussi ce que j'ai pensé. Eh bien, envoyez-le-nous. Nous nous occuperons de lui. Si jamais il a des qualités, elles seront cultivées et s'épanouiront.

— Je suppose qu'il est assez âgé maintenant : il a eu neuf ans cette année.

— Il pourra venir avec moi à notre retour.

— Bien qu'il soit traité chez moi comme mon neveu et mon futur fils, il est un otage censé me répondre de la loyauté de son père.

Après un silence, Takeo avoua :

— Je suis horrifié à l'idée que je pourrais avoir un jour à ordonner son exécution.

— Cela n'arrivera pas, assura Gemba.

— Je vais écrire à mon épouse dès ce soir pour lui faire part de notre projet.

Comme toujours, Takeo était accompagné de Minoru. Lors de leur première halte, il lui dicta une lettre pour Kaede et une autre pour Taku à Hofu. Il désirait s'entretenir avec Taku afin d'avoir des nouvelles de première main sur ce qui se passait dans l'Ouest. Il lui demandait donc de le retrouver à Inuyama. Il serait aisé pour Taku de s'y rendre par mer depuis Hofu, en remontant ensuite le fleuve sur l'un des chalands à fond plat qui faisaient la navette entre la place forte et la côte.

«Vous pouvez venir seul, dicta-t-il. Laissez votre pupille et sa compagne à Hofu. S'il vous est impossible de vous en aller, écrivez-moi.»

— Est-il sage d'écrire? s'inquiéta Minoru. Des lettres peuvent être interceptées, surtout…

— Oui?

— Surtout si la famille Muto n'est plus d'une loyauté à toute épreuve.

De fait, Takeo comptait sur les réseaux de la Tribu pour transporter rapidement les courriers entre les cités des Trois Pays, grâce à de jeunes messagers endurants se relayant de ville en ville. C'était là encore un domaine où il avait toujours dépendu de la vigilance de Taku.

Les yeux fixés sur Minoru, il sentit le doute s'insinuer en lui. Son secrétaire en savait plus long que quiconque sur les secrets des Trois Pays.

— Si la famille Muto prend parti pour Zenko, quel sera le choix de Taku? demanda-t-il d'une voix tranquille.

Minoru haussa imperceptiblement les épaules, mais il pinça les lèvres sans répondre directement.

— Dois-je écrire votre dernière phrase? s'enquit-il.

— Insistez pour que Taku vienne en personne.

Tandis qu'ils continuaient de cheminer vers l'est, il ne put s'empêcher de repenser à cette conversation. «Voilà si longtemps que je déjoue les plans des Kikuta, pensa-t-il. Pourrai-je vraiment échapper de surcroît aux Muto s'ils se retournent contre moi?»

Il commença même à douter de la loyauté des frères Kuroda, Jun et Shin, lesquels l'accompagnaient comme toujours. Jusqu'à présent, il avait eu toute confiance en eux. Bien qu'ils fussent eux-mêmes incapables de recourir à l'invisibilité, ils savaient la déceler et avaient été formés aux techniques de combat de la Tribu par Kenji en personne. Leur vigilance l'avait souvent protégé dans le passé, mais là encore il se demandait quel parti ils prendraient si jamais ils devaient choisir entre lui et la Tribu.

Il était constamment sur le qui-vive, sans cesse à guetter le moindre bruit annonciateur d'une attaque. Son humeur se communiqua à son cheval, Tenba. Au cours des mois où il avait été son cavalier, Takeo avait noué avec lui une relation intense, presque aussi forte qu'avec Shun. Tenba égalait son prédécesseur par ses réflexes et son intelligence, mais il était nettement plus nerveux. Monture et cavalier arrivèrent tendus et fatigués à Inuyama, alors qu'ils avaient encore devant eux la partie la plus pénible du voyage.

La ville bruissait d'activité et d'excitation. L'arrivée de sire Otori et le rassemblement de l'armée mettaient sur les dents jour et nuit les marchands et les armuriers. Le vin coulait à flots, et l'argent aussi. Takeo fut accueilli par sa belle-sœur, Aï, et son époux, Sonoda Mitsuru.

Takeo aimait beaucoup Aï, dont il admirait la douceur et la gentillesse innées. Elle n'avait pas la beauté presque surnaturelle de ses sœurs, mais son apparence était séduisante. Il avait toujours été heureux qu'elle et Mitsuru aient pu se marier, car ils étaient unis par un amour sincère. Aï évoquait souvent sa captivité à Inuyama. En apprenant la mort d'Araï et la destruction de son armée, les gardes étaient venus mettre à mort Hana et elle, mais Mitsuru avait pris le commandement du château, caché les jeunes filles en lieu sûr et négocié la reddition de l'Ouest aux Otori. Dans sa gratitude, Takeo avait arrangé son union avec Aï, qu'ils désiraient manifestement l'un comme l'autre.

Takeo s'était fié pendant des années à cet homme auquel il était lié étroitement par son mariage. Mitsuru était devenu un homme pragmatique et raisonnable, qui ne manquait pas de bravoure personnelle mais répugnait aux destructions absurdes de la guerre. Il avait plus d'une fois mis ses talents de négociateur au service de Takeo. Lui et son épouse partageaient sa vision d'un pays prospère, aussi bien que son refus de tolérer la torture et la corruption.

Cependant Takeo était si fatigué qu'il en venait à soupçonner tout son entourage. «Sonoda appartient au clan des Araï, se rappela-t-il. Son oncle, Akita, était le bras droit d'Araï Daiichi. Qui sait quel reste de loyauté il peut encore éprouver envers le fils du défunt seigneur?»

Il sentit son malaise s'aggraver en découvrant que Taku n'avait donné aucun signe de vie. Il envoya chercher Tomiko, l'épouse de Taku. Elle avait reçu des lettres de lui au printemps, mais rien depuis. Toutefois elle ne semblait guère inquiète, car elle était habituée à voir son époux s'absenter pour de longues périodes sans explication.

— Si quelque chose n'allait pas, sire Otori, nous aurions vite fait d'être mis au courant, assura-t-elle. Il doit être retenu à Hofu, sans doute par une affaire qu'il juge imprudent d'évoquer dans une lettre.

Elle jeta un regard à Takeo et poursuivit :

— J'ai entendu parler de cette femme, bien sûr, mais je m'attends à ce genre de choses. Tous les hommes ont leurs besoins, et cela fait longtemps qu'il est au loin. Ce n'est rien de sérieux. Ces histoires n'ont jamais d'importance avec mon époux.

Malgré tout, l'anxiété de Takeo augmenta encore d'un cran quand il s'enquit de l'exécution des otages et apprit qu'ils étaient toujours en vie.

— Mais cela fait des semaines que j'ai écrit en ordonnant leur exécution immédiate !

— Je suis absolument désolé, sire Otori, nous n'avons pas reçu…

— Ne serait-ce pas plutôt que vous avez ignoré sciemment mon ordre ? lança-t-il en interrompant brutalement Sonoda.

Il se rendit compte qu'il avait parlé avec une âpreté excessive. Sonoda s'efforça de ne pas montrer combien il était offensé.

— Je puis vous assurer que si nous avions reçu votre ordre, nous aurions agi en conséquence. Je me suis d'ailleurs étonné de ce retard. Je voulais procéder moi-même à l'exécution, mais mon épouse était en faveur de la clémence.

— Ils sont si jeunes, intervint Aï. Et la fille…

— J'avais espéré pouvoir les épargner, déclara Takeo. Si leur famille avait consenti à négocier avec nous, ils n'auraient pas à mourir. Mais les Kikuta n'ont fait aucun geste, envoyé aucun message. Tarder encore apparaîtrait comme de la faiblesse.

— Je vais tout préparer pour demain, assura Sonoda.

— Cela semble effectivement nécessaire, admit Aï. Comptez-vous être présent?

— Il le faut bien, puisque je suis ici, répliqua Takeo.

Il avait édicté lui-même que toute exécution pour haute trahison devrait se faire en présence d'un personnage éminent, qu'il s'agît de lui-même, d'un membre de sa famille ou de serviteurs de haut rang. Il voulait souligner ainsi la différence légale entre une exécution et un assassinat. En outre, comme il était lui-même écœuré par ce genre de scènes, il espérait qu'y assister l'inciterait à ne pas les multiplier inconsidérément.

Les condamnés furent exécutés le lendemain, au sabre. Quand on les amena devant lui, il leur déclara avant qu'on leur bande les yeux que leur père, Gosaburo, était mort, sans doute tué par les Kikuta pour avoir voulu négocier afin de sauver leur vie. Ils ne réagirent ni l'un ni l'autre. Probablement ne le croyaient-ils pas. Des larmes brillèrent soudain dans les yeux de la fille, autrement les deux jeunes gens affrontèrent la mort avec bravoure, et même avec un air de défi. Takeo admira leur courage et regretta leur destin gâché, en songeant non sans chagrin qu'il les avait connus dans leur enfance et qu'ils lui étaient liés par le sang — il ne put s'empêcher de noter qu'ils avaient tous deux les paumes marquées par la ligne droite caractéristique des Kikuta.

Il avait pris cette décision en commun avec Kaede, et sur le conseil des dignitaires de son entourage. Malgré tout, il aurait voulu pouvoir l'éviter. Ces morts paraissaient sans aucun doute de mauvais augure.

34

Tout au long de l'hiver, Hana et Zenko avaient eu de fréquents entretiens avec Yasu en vue du développement des échanges commerciaux avec les étrangers. Ils furent ravis quand il les informa du retour de dom João et de dom Carlos à Hofu à la fin du troisième mois. Ils furent moins charmés d'apprendre que Terada Fumio avait massé la flotte des Otori dans la mer Intérieure et contrôlait désormais les voies navigables.

— Les étrangers se vantent d'avoir des bateaux bien supérieurs aux nôtres, observa Yasu. Si seulement nous pouvions les appeler à la rescousse !

— Il faudrait les encourager à prendre notre parti contre Takeo…, dit Hana en pensant à voix haute.

— Leur objectif est double : faire du commerce et convertir les gens à leur religion. Offrez-leur l'un et l'autre — ou les deux à la fois. Ils vous donneront tout ce que vous voudrez en échange.

Hana garda cette remarque en mémoire tandis qu'elle faisait ses préparatifs en vue de son séjour à Hagi. À l'idée de révéler son secret à Kaede, elle ressentait une excitation mêlée d'appréhension, une sorte d'allégresse destructrice. Toutefois elle ne sous-estimait pas Takeo, comme son époux avait tendance à le faire. Elle était consciente de la force et de la séduction de son caractère, qui lui avait toujours valu l'amour du peuple et des partisans loyaux dans tous les milieux. Il était fort possible qu'il conquière également la faveur de l'empereur et revienne protégé par sa bénédiction. Elle avait donc réfléchi pendant l'hiver à des stratégies nouvelles afin de soutenir son époux dans son combat pour le pouvoir et la vengeance. Ayant appris que les étrangers étaient revenus avec leur interprète, elle résolut de passer par Hofu en se rendant à Hagi.

— Vous devriez nous accompagner, suggéra-t-elle à Akio.

Lui aussi était devenu un visiteur assidu du château durant la mauvaise saison. Il leur donnait des nouvelles du reste du pays, les informait des progrès que Koji et Hisao faisaient dans leur forge. Hana sentait toujours son pouls s'accélérer quand il arrivait, car elle trouvait séduisant son pragmatisme impitoyable.

En entendant sa proposition, il la regarda avec l'air calculateur qui lui était coutumier.

— Pourquoi pas? J'emmènerai Hisao, bien entendu.

Pour une fois, ils étaient seuls. Le printemps s'était montré aussi capricieux que tardif. Il faisait encore froid, mais il flottait dans l'air une odeur de fleur et de renouveau, et les soirées étaient plus claires. Akio était venu voir Zenko, lequel était sorti pour une séance d'entraînement avec hommes et chevaux. Le maître Kikuta avait semblé peu désireux de rester, mais Hana avait insisté en lui offrant du vin et une collation, qu'elle lui servit elle-même. Elle l'avait si bien flatté et cajolé qu'il n'avait pu refuser.

Elle qui l'avait cru insensible à la flatterie, elle constata que ses attentions lui plaisaient et même l'adoucissaient un peu. Elle se demanda quel amant il ferait. Même s'il lui paraissait peu probable qu'elle couche jamais avec lui, cette idée l'excitait. Elle portait une robe de soie couleur d'ivoire, ornée de grues et de fleurs de cerisier roses et rouges — elle avait une prédilection pour ce genre de motifs flamboyants. Il faisait vraiment trop froid pour une telle tenue. Elle se sentait glacée, mais on approchait du quatrième mois et elle aimait l'idée d'être une messagère du printemps. Sa jeunesse n'était pas finie, son sang coulait avec la même ardeur qui faisait surgir les pousses de la terre et les bourgeons sur les branches. Confiante en sa propre beauté, elle osa l'interroger, comme elle avait brûlé de le faire tout l'hiver, au sujet du garçon qui passait pour son fils.

— Il ne ressemble pas du tout à son père, observa-t-elle. Tient-il de sa mère?

Comme Akio ne répondait pas tout de suite, elle insista.

— Vous devriez tout me dire. Plus j'aurai d'éléments à révéler à ma sœur, plus l'effet sur elle sera ravageur.

— Tout cela est si loin, répliqua-t-il.

— Ne me dites pas que vous avez oublié! Je sais que la jalousie grave son histoire dans notre cœur comme avec un couteau.

— Sa mère était une femme exceptionnelle, commença-t-il d'une voix lente. À l'époque, la Tribu venait de mettre la main sur Takeo pour la première fois. Personne n'avait confiance en lui, nous étions tous certains qu'il s'échapperait. Quand il a été question de la faire coucher avec lui, j'avais presque peur de lui faire part de ce projet. Demander une telle chose à Yuki… C'était un procédé courant dans la Tribu et la plupart des femmes le faisaient docilement, mais attendre cela d'elle paraissait insultant. Lorsqu'elle a accepté, j'ai compris tout de suite qu'elle voulait Takeo. J'ai dû assister plus souvent qu'à mon tour à son manège pour le séduire. Je n'aurais pas cru que je souffrirais tant, ni que je le haïrais à ce point. Jusqu'alors, je n'avais jamais vraiment haï. Si je tuais des gens, c'était pour des raisons d'opportunité, non de sentiments personnels. Takeo possédait ce que je désirais le plus au monde, et il l'a envoyé promener. Il a quitté la Tribu. S'il éprouve un jour ne serait-ce qu'un millième de ce que j'ai enduré, ce ne sera que justice.

Il leva les yeux sur Hana.

— Je n'ai jamais couché avec elle. C'est mon plus grand regret. Si j'avais pu, rien qu'une fois… Mais je ne pouvais la toucher pendant qu'elle était enceinte. Et ensuite, je l'ai forcée à se tuer. Il le fallait. Elle n'avait jamais cessé de l'aimer. On ne pouvait espérer qu'elle élève son fils dans la haine de Takeo, comme je l'ai fait moi-même. Je savais qu'il devait contribuer à ma vengeance, mais je me demandais comment, car il ne présentait aucun signe de talent en grandissant. Pendant longtemps, j'ai cru que tout était perdu. Je voyais sans cesse échouer des assassins beaucoup plus habiles que Hisao. À présent, je sais que c'est lui qui réussira. Et j'assisterai en personne à la scène.

Après ce déluge de paroles, il se tut abruptement. «Il a gardé cette histoire pour lui pendant toutes ces années», songea Hana. Bien qu'elle fût horrifiée par ce qu'elle venait d'entendre, elle était flattée et excitée par sa confiance.

— Quand Takeo reviendra de l'Est, ma sœur aura été mise au courant, déclara-t-elle. Leur union ne résistera pas à ces révélations. Kaede ne lui pardonnera jamais. Quant à lui, je le connais. Il fuira loin d'elle et du monde. Il cherchera un refuge à Terayama. Le temple est très mal gardé et personne ne s'attendra à votre arrivée. Vous pourrez le surprendre là-bas.

Les yeux mi-clos, Akio exhala un profond soupir.

— C'est le seul moyen d'apaiser ma souffrance, souffla-t-il.

Hana eut soudain envie de l'attirer à elle pour soulager un peu sa douleur. Elle était certaine de pouvoir le consoler de la mort de son épouse — qu'elle hésitait à appeler un meurtre. Cependant elle jugea plus prudent de garder ce plaisir pour plus tard. Il fallait qu'elle aborde une autre question avec Akio.

— Hisao est-il parvenu à fabriquer une arme à feu assez petite pour être dissimulée? demanda-t-elle. Personne ne pourra s'approcher assez de Takeo pour le tuer avec un sabre, mais cette arme peut être utilisée à distance, n'est-ce pas?

Akio hocha la tête et répondit d'une voix plus calme, comme soulagé de changer de sujet:

— Il l'a essayée sur la plage. Sa portée est supérieure à celle d'un arc, sans compter qu'une balle va beaucoup plus vite qu'une flèche.

Il s'interrompit un instant.

— Votre époux est particulièrement intéressé par cette arme, du fait des circonstances de la mort de son père. Il veut que Takeo ait une fin aussi honteuse que la sienne.

— Ce ne serait que justice, approuva Hana. Voilà qui est fort plaisant. Mais pour être absolument certain du succès, j'imagine que vous allez vouloir que Hisao s'entraîne un peu ? Je suggérerais un coup d'essai afin de vérifier que tout fonctionne, qu'il est capable de garder son sang-froid et de viser juste malgré la tension.

— Dame Araï pense-t-elle à quelqu'un en particulier ?

Akio la regarda en face. Quand leurs regards se rencontrèrent, elle sentit son cœur bondir.

— Eh bien, oui, reconnut-elle d'un ton paisible. Approchez-vous un peu que je vous chuchote son nom.

— C'est inutile, répliqua-t-il. Je crois que je devine.

Il s'avança pourtant si près qu'elle put sentir son haleine et entendre les battements de son cœur. Ils restèrent muets, immobiles. Le vent agitait les écrans, et les cris des mouettes s'élevaient du port.

Au bout d'un instant, elle entendit la voix de Zenko dans la cour.

— Mon époux est de retour, déclara-t-elle en se relevant.

Elle n'aurait su dire si elle se sentait soulagée ou déçue.

SIRE ARAÏ ET SON ÉPOUSE FAISAIENT SOUVENT LA NAVETTE entre Kumamoto et Hofu, de sorte que personne ne fut surpris de les voir arriver dans le port peu après le retour des étrangers. Le bateau qui avait amené ces derniers repartit aussitôt pour Akashi, avec à son bord dame Maruyama Shigeko, Sugita Hiroshi et la légendaire kirin, à laquelle les habitants de Hofu dirent adieu avec autant de fierté que de chagrin car ils s'étaient pris d'une passion possessive pour elle depuis sa première arrivée sensationnelle dans leur ville. Terada Fumio appareilla de son côté sans tarder pour rejoindre au large du cap son père, Fumifusa, avec la flotte des Otori.

Les étrangers avaient souvent été les hôtes de sire Araï. Le fait qu'ils soient invités sur-le-champ à la résidence passa donc inaperçu. La conversation se révéla plus facile qu'auparavant, car l'interprète avait gagné en assurance et en hardiesse et dom Carlos parlait maintenant fort bien la langue de l'archipel.

— Vous devez nous trouver ridicules d'avoir pu ignorer l'existence de l'empereur, dit-il. Nous nous rendons compte à présent que nous aurions dû nous adresser à lui, car nous sommes les représentants de notre roi et il est bon que les monarques règlent leurs affaires entre eux.

— Je crois que vous avez rencontré ici sire Kono, répliqua Hana en souriant. Il est retourné récemment à la capitale. Étant apparenté à la famille impériale, il assure à sire Araï la faveur de Sa Majesté. Il se pourrait malheureusement que la prétention de sire Otori à gouverner les Trois Pays soit considérée comme illégitime, ce qui explique qu'il soit parti plaider sa cause.

Dom João sembla particulièrement intéressé par ces propos.

— Sire Araï pourrait donc peut-être nous aider à approcher Sa Majesté Impériale?

— Avec grand plaisir, répondit Zenko en s'empourprant sous l'effet conjugué du vin et de l'espérance.

L'interprète traduisit sa réponse puis ajouta plusieurs phrases. Il sembla que dom Carlos souriait d'un air un peu contrit tout en approuvant de la tête.

— Qu'avez-vous dit? demanda Hana directement à Madaren.

— Pardonnez-moi, dame Araï. Je parlais d'une affaire de religion à dom Carlos.

— Dites-nous-en davantage. Mon époux et moi-même sommes intéressés par les coutumes des étrangers et ouverts à leurs croyances.

— Tel n'est pas le cas de sire Otori, hélas, observa dom Carlos. J'avais cru pouvoir compter sur sa sympathie et concevais de grands espoirs pour le salut de sa belle épouse, mais il nous a interdit de prêcher en public ou de bâtir une église.

— Nous serions ravis d'être informés de ces sujets, assura poliment Hana. En échange, nous aimerions savoir de combien de bateaux dispose votre roi dans les îles du Sud et combien de temps il leur faudrait pour venir ici.

Quand ils furent seuls, ce soir-là, Zenko dit à son épouse :

— Vous semblez avoir imaginé un nouveau plan.

— Je connais un peu les croyances des étrangers. Si les Invisibles ont toujours été haïs, c'est qu'ils obéissent au Dieu Secret de préférence à toute autorité de ce monde. Le Deus des étrangers exige de même une allégeance absolue.

— J'ai maintes fois prêté serment d'allégeance à Takeo, déclara Zenko. Je n'aime pas l'idée d'avoir la réputation d'être parjure, comme Noguchi. Pour tout vous dire, c'est la seule chose qui me retienne encore.

— D'après ce que nous avons entendu ce soir, il est manifeste que Takeo a rejeté Deus. Et si Deus à son tour vous choisissait pour châtier Takeo ?

Zenko éclata de rire.

— Que Deus me fournisse également des armes et des bateaux, et je serai prêt à conclure un marché avec lui !

— Si l'empereur et Deus nous ordonnent tous deux d'abattre Takeo, comment pourrions-nous discuter ou désobéir ? s'exclama Hana. Nous avons pour nous à la fois la force et le droit.

Leurs yeux se rencontrèrent, et ils furent saisis une nouvelle fois par un accès de gaieté irrépressible.

— J'AI SONGÉ À UN AUTRE PLAN, dit Hana plus tard alors que la ville se taisait et qu'elle-même reposait dans les bras de son époux, repue et somnolente.

Il était presque endormi.

— Vous êtes une mine de bonnes idées, observa-t-il en la caressant paresseusement.

— Merci, mon seigneur ! Mais n'avez-vous pas envie de l'entendre ?

— Cela peut sans doute attendre jusqu'à demain ?

— Il vaut mieux que certaines choses soient dites dans l'obscurité.

Il tourna sa tête vers elle en bâillant.

— Chuchotez-moi votre plan à l'oreille et j'y réfléchirai tout en rêvant.

Après qu'elle eut parlé, il resta longtemps si silencieux qu'on aurait pu croire qu'il dormait — mais elle savait qu'il était bien réveillé. Il déclara enfin :

— Je vais lui donner encore une chance. C'est mon frère, après tout.

35

Malgré tous les efforts de Sada et le baume collant d'Ishida, la blessure au visage de Maya laissa une cicatrice dont la trace mauve pâle sur sa pommette évoquait l'ombre d'une feuille de pérille. Sa désobéissance lui valut des punitions variées. On lui réserva les tâches les plus basses dans la maisonnée, on lui interdit de parler, on la priva de sommeil et de nourriture. Elle supporta tout sans rancœur, tant elle était consciente de le mériter pour avoir attaqué et blessé son père. Elle ne vit pas Taku pendant une semaine. Quant à Sada, même si elle soignait sa plaie, elle ne lui disait pas un mot et lui refusait les étreintes et les caresses auxquelles elle aspirait. Tout le monde l'évitait, si bien qu'elle eut amplement le temps, dans sa solitude, de réfléchir à ce qui s'était passé. Elle ne cessait de penser à l'instant où les larmes avaient jailli de ses yeux, quand elle avait compris que son assaillant était son père. Habituellement, elle ne pleurait jamais. En dehors de cette occasion, si sa mémoire était exacte, cela ne lui était arrivé que le jour où elle s'était baignée dans la source chaude avec Takeo et Miki, lorsqu'elle avait raconté à son père comment elle avait endormi le chat avec le regard des Kikuta.

«Ce n'est qu'en présence de Père que je verse des larmes», songea-t-elle.

Peut-être s'agissait-il en partie de larmes de rage. Elle se rappelait sa colère contre lui, pour ce fils dont il n'avait jamais parlé, pour tous les autres secrets qu'il avait pu lui cacher et toutes les tromperies existant entre les parents et les enfants.

Mais elle se souvenait aussi que son regard avait dominé celui de Takeo, qu'elle avait entendu son pas léger et décelé sa présence invisible. Elle voyait combien le pouvoir du chat ajoutait à ses propre dons et les exaltait. Ce pouvoir l'effrayait encore, mais chaque jour, tous ses sens aiguisés par le silence forcé et le manque de nourriture et de sommeil, elle éprouvait plus fortement son attraction et commençait à comprendre comment elle pourrait le maîtriser.

À la fin de la semaine, Taku l'envoya chercher et lui déclara qu'ils allaient partir le lendemain pour Hofu.

— Ta sœur, dame Shigeko, nous apporte des chevaux. Elle désire te dire au revoir.

Comme Maya se contentait de s'incliner sans un mot, il lança :

— Tu peux parler, maintenant. La punition est levée.

— Merci, maître, répondit-elle d'un ton soumis.

Après un silence, elle ajouta :

— Je suis désolée.

— Nous sommes tous passés par là. Les enfants survivent d'une manière ou d'une autre à ces épisodes. Je suis sûr que je t'ai raconté comment ton père m'avait attrapé à Shuho.

Maya sourit. C'était une histoire qu'elle et ses sœurs adoraient entendre quand elles étaient plus jeunes.

— Shizuka nous l'a souvent raconté pour nous inciter à l'obéissance !

— Il semble qu'elle ait obtenu l'effet inverse ! Nous avons tous deux eu de la chance d'avoir affaire à ton père. N'oublie pas que la plupart des adultes de la Tribu n'hésitent pas à tuer même un enfant.

Shigeko apportait deux juments, des sœurs d'un certain âge appartenant à l'illustre souche de Maruyama. L'une était baie et l'autre, à la grande joie de Maya, gris pâle avec la queue et la crinière noires, de sorte qu'elle rappelait le vieux cheval de Taku, Ryume, le fils de Raku.

— Oui, tu peux avoir la grise, dit Shigeko en voyant briller les yeux de Maya. Il faudra que tu en prennes grand soin durant l'hiver.

Elle observa le visage de sa petite sœur et déclara :

— À présent, je vais pouvoir vous distinguer, Miki et toi.

Attirant Maya un peu à l'écart, elle lui dit d'une voix tranquille :

— Père m'a appris ce qui s'était passé. Je sais combien c'est difficile pour toi. Fais exactement ce que te disent Taku et Sada. Et ouvre tes yeux et tes oreilles quand tu seras à Hofu. Je suis certaine que tu nous seras très utile.

Elles s'embrassèrent. Après l'avoir quittée, Maya se sentit plus forte grâce à la confiance que lui avait témoignée Shigeko. Ce fut une des pensées qui la soutinrent pendant le long hiver à Hofu, alors que le vent froid ne cessait de souffler de la mer en apportant non pas de la vraie neige mais du grésil et une pluie glaciale. La fourrure du chat était chaude, et elle fut souvent tentée d'y avoir recours, d'abord avec méfiance, puis avec une assurance qui grandissait à mesure qu'elle apprenait à soumettre l'esprit du chat à sa volonté. De nombreux aspects des espaces entre les mondes la terrifiaient encore : leurs fantômes avides aux désirs jamais assouvis, et aussi la conscience qu'un être mystérieux la recherchait obscurément. Parfois, elle regardait dans sa direction et sentait sa séduction, mais la plupart du temps elle fuyait son éclat et demeurait dans l'ombre. Il lui arrivait de saisir des bribes de mots, des chuchotements dont le sens lui échappait.

Tout au long de l'hiver, elle fut également hantée par la révélation qui l'avait rendue si furieuse contre son père. Elle pensait fréquemment à ce garçon inconnu, son demi-frère, dont personne ne parlait jamais et dont Taku avait prétendu qu'il tuerait Takeo. Dans ces moments-là, ses émotions se troublaient et devenaient incontrôlables. L'esprit du chat menaçait de s'emparer de sa volonté pour faire ce qu'il désirait, à savoir courir vers la lumière, écouter la voix, la reconnaître et lui obéir.

En proie à des cauchemars, elle s'éveillait souvent en hurlant, seule dans la chambre car Sada passait désormais toutes ses nuits avec Taku. Maya restait éveillée jusqu'à l'aube, sans oser fermer les yeux, en tremblant de froid. Elle désirait et redoutait à la fois de sentir la chaleur du chat.

Sada avait organisé leur séjour dans une maison des Muto située entre le fleuve et la résidence de Zenko. Il s'agissait d'une ancienne brasserie. La prospérité grandissante de Hofu provoquant un afflux de clientèle, la famille avait dû emménager dans un lieu plus vaste et ce bâtiment servait maintenant d'entrepôt.

Comme à Maruyama, la famille Muto fournit des gardes et des domestiques. Maya continua d'être déguisée en garçon à l'extérieur tout en redevenant une fille une fois dans la maison. Fidèle aux instructions de Shigeko, elle ouvrait ses oreilles. Elle épiait les conversations chuchotées autour d'elle, vagabondait dans le port quand le temps le permettait et rapportait à Taku et Sada ce qu'elle avait entendu. Mais elle ne leur disait pas tout. Certaines rumeurs la troublaient et l'irritaient au point qu'elle préférait ne pas les répéter. Elle n'osait pas non plus interroger Taku sur le garçon qui était son frère.

Maya revit brièvement Shigeko au printemps, lorsque sa sœur s'embarqua avec Hiroshi et la kirin pour leur voyage vers Miyako. Connaissant maintenant tous les détails de la passion de Taku pour Sada, elle étudia sa sœur et Hiroshi pour voir s'ils présentaient les mêmes symptômes. L'époque où Miki et elle taquinaient Shigeko à propos du jeune homme semblait appartenir à une autre vie. S'était-il agi d'une simple passade d'adolescente ou Shigeko aimait-elle encore celui qui était à présent le chef de ses serviteurs ? Et lui-même répondait-il à son amour ? Comme Takeo, Maya avait remarqué la réaction immédiate de Hiroshi quand Tenba avait bronché pendant la cérémonie à Maruyama, et elle avait tiré les mêmes conclusions. Elle n'était plus si catégorique maintenant. Shigeko et Hiroshi paraissaient aussi distants que cérémonieux l'un avec l'autre. D'un autre côté, ils semblaient lire chacun dans les pensées de l'autre et il régnait entre eux une sorte d'harmonie. Sa sœur aînée avait pris une autorité nouvelle, si bien que Maya ne se risqua plus à la taquiner ni même à l'interroger.

Au quatrième mois, après que Shigeko et Hiroshi furent partis pour Akashi avec la kirin, Taku devint inquiet des exigences des étrangers, qui étaient revenus de Hagi et étaient impatients d'établir dès que possible un comptoir permanent. C'est vers cette époque que Maya prit vraiment conscience des changements qui s'esquissaient depuis le début du printemps et paraissaient confirmer les rumeurs troublantes qu'elle avait commencé à entendre durant l'hiver.

Depuis son enfance, elle avait vécu dans la croyance que les Muto étaient d'une loyauté à toute épreuve envers le clan des Otori et qu'ils garantissaient la fidélité du reste de la Tribu, à l'exception des Kikuta, lesquels haïssaient son père et voulaient sa mort. Shizuka, Kenji et Taku appartenaient tous à la famille Muto et avaient été toute sa vie ses professeurs et ses conseillers les plus proches. Elle mit donc un certain temps à comprendre et admettre les signes qui s'accumulaient sous ses yeux.

Les messagers se firent plus rares dans la maison. Les informations arrivaient trop tard pour être utiles. Les gardes se moquaient de Taku dans son dos, en raillant sa passion pour Sada, cette créature hommasse qui l'avait affaibli en lui faisant perdre la tête. Maya elle-même fut accablée de corvées domestiques à mesure que les servantes devenaient plus paresseuses, voire insolentes. Prise de soupçon, elle les suivit à la taverne et entendit les contes qu'elles débitaient sur Taku et Sada, décrits comme des sorciers se servant de l'esprit d'un chat pour leurs sortilèges.

Ce fut dans la taverne qu'elle surprit d'autres conversations entre les Muto, les Kuroda et les Imaï. Après quinze ans de paix, pendant lesquels les paysans et les marchands ordinaires avaient vu leur prospérité, leur influence et leur pouvoir s'accroître comme jamais encore, les membres de la Tribu regrettaient l'époque où ils contrôlaient le commerce, le prêt à intérêt et les produits de base, tandis que les seigneurs de la guerre se disputaient leurs talents.

Les allégeances incertaines que Kenji avait maintenues grâce à son autorité, son expérience et sa ruse commençaient à s'effondrer. Et pour réformer tout cela, voilà maintenant que Kikuta Akio sortait de ses longues années d'isolement.

Maya entendit son nom à plusieurs reprises vers le début du quatrième mois, et à chaque fois son intérêt et sa curiosité grandissaient. Un soir, peu avant la pleine lune, elle se rendit en cachette à la taverne au bord du fleuve. La ville était encore plus animée que de coutume, car Zenko et Hana étaient revenus avec toute leur suite. La taverne était bondée et l'atmosphère turbulente.

Maya aimait se cacher sous la véranda, en se rendant invisible pour se glisser dessous. Ce soir-là, le tapage était tel que même son ouïe exceptionnelle ne lui permettait guère d'entendre que des bribes. Cependant elle saisit les mots de «maître Kikuta», et se rendit compte qu'Akio en personne était présent.

Elle fut stupéfaite qu'il osât apparaître ouvertement à Hofu, et son étonnement ne connut plus de bornes en voyant tant de gens qu'elle savait membres de la Tribu non seulement tolérer sa présence mais chercher à faire sa connaissance. Elle comprit qu'il était en ces lieux sous la protection de Zenko, que plusieurs personnes n'hésitaient pas à appeler le maître Muto. Si la trahison ne faisait plus de doute à ses yeux, elle n'en percevait pas encore toute l'étendue. Ayant utilisé impunément tous ses talents de la Tribu durant l'hiver, elle était devenue présomptueuse. Elle chercha à tâtons son poignard dans son vêtement de dessus. Sans savoir clairement ce qu'elle allait faire, elle se rendit invisible et se dirigea vers l'entrée de la taverne.

Toutes les portes étaient grandes ouvertes à la brise soufflant du sud-ouest. Des lampes allumées enfumaient la salle où flottaient des effluves opulents de poisson grillé et de vin de riz, d'huile de sésame et de gingembre.

Maya observa les différents groupes. Elle reconnut immédiatement Akio, car il perça à jour son invisibilité en un instant. Elle comprit alors combien il était dangereux et combien elle-même était faible en comparaison de cet homme qui la tuerait sans hésitation. Il se leva d'un bond et sembla voler vers elle tout en sortant ses armes. Elle vit briller les poignards, les entendit siffler dans l'air et se laissa tomber d'instinct sur le sol. Tout changea autour d'elle : elle avait maintenant la vision du chat. Elle sentit la texture du parquet sous ses pattes et ses griffes rayèrent la véranda tandis qu'elle fuyait dans la nuit.

Derrière elle, elle prit conscience de la présence du garçon, Hisao. Il la cherchait du regard. Elle entendit sa voix prononcer distinctement les mots qu'elle avait redouté de comprendre : « Viens ici. Je t'attendais. »

Et le chat n'aspirait qu'à le rejoindre.

MAYA S'ENFUIT VERS SADA ET TAKU, la seule protection qu'elle connaissait. Elle les tira d'un profond sommeil. Ils s'efforcèrent de la calmer tandis qu'elle se débattait pour reprendre sa forme véritable. Sada l'appela par son nom pendant que Taku la regardait dans les yeux en essayant de la ramener à elle-même, non sans devoir combattre son regard puissant. Son corps finit enfin par s'amollir et elle sembla dormir quelques instants. Quand elle ouvrit les yeux, elle avait retrouvé la raison et voulait tout leur raconter.

Taku l'écouta en silence rapporter ce qu'elle avait entendu. Remarquant qu'elle gardait les yeux secs malgré sa détresse, il admira sa maîtrise de soi.

— Il existe donc un lien entre Hisao et le chat ? demanda-t-il finalement.

— C'est lui qui appelle le chat, dit-elle à voix basse. Hisao est son maître.

— Son maître ? D'où tires-tu ce mot ?

— Ce sont les fantômes qui parlent ainsi si je les laisse faire.

Il secoua la tête d'un air stupéfait.

— Sais-tu qui est Hisao?

— C'est le petit-fils de Muto Kenji.

Après un silence, elle ajouta sans émotion :

— Le fils de mon père.

— Depuis combien de temps es-tu au courant?

— Je vous ai entendu le dire à Sada l'automne dernier, à Maruyama.

— La première fois que nous avons vu le chat, chuchota Sada.

— Hisao doit être un maître des fantômes, déclara Taku.

Il entendit Sada haleter légèrement tandis qu'il sentait lui-même ses poils se hérisser sur sa nuque.

— Je pensais que de tels êtres n'existaient que dans les légendes.

— Qu'est-ce que cela veut dire? s'inquiéta Maya.

— Cela veut dire qu'il est capable de circuler entre les mondes, d'entendre les voix des défunts. Les morts lui obéiront. Il a le pouvoir de les apaiser ou de les déchaîner. C'est bien pire que nous ne l'imaginions.

De fait, pour la première fois il avait vraiment peur pour Takeo. Il ressentait à la fois une crainte primitive devant le surnaturel et un profond malaise à l'idée de la traîtrise révélée par le récit de Maya, à quoi s'ajoutait de la colère pour sa propre présomption et son manque de vigilance.

— Qu'allons-nous faire? demanda doucement Sada.

Elle avait passé ses bras autour de Maya, qu'elle serrait contre elle. La fillette fixait sur Taku ses yeux brillants et sans larmes.

— Nous devons emmener Maya, répondit-il. Mais je vais d'abord me rendre chez mon frère. Je veux tenter une dernière démarche auprès de lui afin de découvrir à quel point il s'est engagé avec Akio et ce qu'ils savent de Hisao. À mon avis, ils ignorent encore son don. Plus personne ne connaît ce genre de choses dans la Tribu. Tous nos rapports indiquent que Hisao est réputé ne posséder aucun talent particulier.

«Kenji était-il au courant?» se surprit-il à penser en se rendant compte une nouvelle fois à quel point le vieux maître lui manquait.

Dans un rare accès d'autocritique, il comprit combien il avait échoué dans sa tâche de le remplacer.

— Nous allons nous rendre à Inuyama, déclara-t-il. Je vais essayer de voir Zenko demain, mais de toute façon nous devons partir. Maya ne doit pas rester ici.

— Nous n'avons eu aucune nouvelle de sire Takeo depuis que Terada est venu de Hagi, observa Sada d'un ton préoccupé.

— Je ne m'en suis pas soucié jusqu'à maintenant, mais je commence à être inquiet, répliqua Taku.

Il avait soudain l'impression que tout allait à vau-l'eau.

PLUS TARD DANS LA NUIT, même s'il avait peine à se l'avouer à lui-même et n'en aurait jamais parlé même à Sada, il sentit grandir la conviction que Takeo était perdu, que le filet se resserrait autour de lui et qu'il ne pourrait s'échapper. Étendu sans dormir, conscient du long corps de Sada près de lui, il réfléchit à ce qu'il devait faire en se laissant bercer par son souffle et en regardant pâlir les ténèbres. Il paraissait raisonnable d'obéir à son frère aîné, qui prendrait la tête de la Tribu ou même confierait ce soin à Taku lui-même. Les Muto et les Kikuta seraient réconciliés. Il n'aurait pas à renoncer à Sada ni à sa propre vie. Tout son instinct pragmatique de Muto le pressait de suivre cette voie. Il essaya de réfléchir au prix à payer. Takeo ne survivrait certainement pas, ni Kaede. Les enfants non plus — sauf Shigeko, peut-être, à moins qu'elle ne prenne les armes. Mais Zenko considérerait les jumelles comme trop dangereuses. Si Takeo combattait, quelques milliers de guerriers Otori le suivraient dans la mort, ce qui ne préoccupait guère Taku. Et Hiroshi…

Ce fut la pensée de Hiroshi qui l'arrêta net. Dans son enfance, il l'avait toujours envié en secret pour son caractère honnête de guerrier, son courage physique, son sens de l'honneur et sa loyauté inébranlables. Taku l'avait taquiné et avait rivalisé avec lui, en essayant sans cesse de l'impressionner. Il l'avait aimé plus que n'importe qui d'autre, avant de rencontrer Sada. Il savait que Hiroshi mettrait fin à ses jours plutôt que d'abandonner Takeo et de servir Zenko. L'idée du regard de Hiroshi, quand il découvrirait qu'il s'était rallié à Zenko, lui fut insupportable.

«Que mon frère est donc stupide», songea-t-il comme souvent dans le passé. Il en voulait plus que jamais à Zenko de l'avoir mis dans cette situation intolérable. Il attira Sada contre lui. «Je n'aurais jamais cru pouvoir tomber amoureux», se dit-il tandis qu'il la réveillait douce-ment, sans savoir que c'était la dernière fois. «Je n'aurais jamais cru que je jouerais les guerriers pleins de noblesse.»

TAKU ENVOYA UN MESSAGE LE LENDEMAIN MATIN et reçut une réponse avant midi. S'adressant à lui avec sa courtoisie habituelle, son frère le conviait à souper avec Hana et lui-même à la résidence de Hofu. Il passa les quelques heures suivantes en préparatifs de voyage, avec discrétion car il ne voulait pas attirer l'attention sur son départ. Puis il se rendit à cheval à la résidence, en emmenant quatre des hommes qui l'avaient accompagné depuis Inuyama et qu'il jugeait plus dignes de confiance que ceux fournis par les Muto à Hofu.

Dès qu'il vit son frère, Taku le trouva changé. Zenko avait laissé pousser sa barbe et sa moustache, mais surtout il arborait une assurance nouvelle et un air plus fanfaron que jamais. Taku remarqua aussi, bien qu'il s'abstînt sur le moment de tout commentaire, que Zenko portait à son cou un somptueux chapelet en ivoire, semblable à ceux de dom João et dom Carlos, lesquels étaient également présents. Avant le repas, dom Carlos fut prié de dire une bénédiction, que Zenko et Hana écou-tèrent en baissant la tête, les mains jointes, avec une expression de grande piété.

Taku observa qu'une chaleur nouvelle régnait dans les rapports entre les étrangers et Zenko. Ils se prodiguaient mutuellement atten-tions et flatteries, et le nom de Deus revenait sans cesse dans la conver-sation. Avec un mélange de stupeur et de répugnance, Taku comprit que son frère s'était converti à la religion des étrangers.

À moins qu'il ne s'agît que d'une feinte? Il ne pouvait croire en la sincérité de Zenko. Celui-ci lui était toujours apparu comme un homme sans croyances religieuses, ne s'intéressant nullement aux questions spirituelles – en quoi il lui ressemblait. «Il a dû y trouver son avantage, se dit Taku. Sans doute d'ordre militaire.» Il sentit la colère monter en lui à la pensée de tout ce que pouvaient offrir les étrangers en matière de navires et d'armes à feu.

Son malaise grandissant n'échappa pas à Zenko, qui déclara à la fin du repas :

— J'ai des affaires à discuter avec mon frère. Veuillez nous excuser un instant. Taku, venez dans le jardin. C'est bientôt la pleine lune et il fait une nuit magnifique.

Taku le suivit, tous ses sens en alerte, en tendant l'oreille pour entendre le pas inconnu, la respiration inattendue. Les assassins étaient-ils déjà tapis dans le jardin, et son frère le menait-il à un endroit où il leur serait facile de le poignarder? À moins qu'ils n'aient des armes à feu. Il frémit à la pensée de l'arme capable de tuer de si loin qu'il ne pourrait la déceler malgré tous ses talents de la Tribu.

Comme s'il lisait dans son esprit, Zenko lança :

— Nous n'avons aucune raison d'être ennemis. Essayons de ne pas nous entre-tuer.

— Je crois que vous manigancez quelque chose contre sire Otori, répliqua Taku en cachant sa colère. Je ne puis imaginer pour quel motif, puisque vous lui avez juré fidélité et lui devez votre vie. Sans compter que vous mettez ainsi en danger votre propre famille – ma mère, moi-même et même vos fils. Pourquoi Kikuta Akio se trouve-t-il à Hofu sous votre protection et quel pacte maléfique avez-vous conclu avec ces gens?

Il fit un geste vers la résidence d'où s'élevait une conversation bruyante, qu'il compara aigrement en lui-même à des jacassements de pies-grièches.

— Il n'y a là rien de maléfique, assura Zenko en ignorant sa question sur Akio. J'ai compris la vérité de leurs croyances et ai décidé d'y adhérer. Il me semble que chacun dans les Trois Pays jouit de cette liberté.

Taku vit ses dents blanches briller dans sa barbe quand il sourit. Il avait envie de le frapper, mais il se maîtrisa.

— Et qu'obtiendrez-vous en échange?

— Je suis étonné que vous ne le sachiez pas déjà. Cela dit, je suis sûr que vous pouvez deviner.

Zenko le regarda puis s'approcha et le prit par le bras.

— Taku, nous sommes frères et je tiens à vous, contrairement à ce que vous croyez. Soyons francs l'un avec l'autre. Takeo n'a pas d'avenir. Pourquoi le suivre dans sa chute? Joignez-vous à moi. La Tribu retrouvera son unité. Je vous ai dit que j'étais en contact avec les Kikuta. Je ne vous cache pas qu'Akio m'a paru un homme très raisonnable, avec qui c'est un plaisir de traiter. Il fermera les yeux sur votre rôle dans la mort de Kotaro. Tout le monde sait que vous n'étiez qu'un enfant. Quant à moi, je vous donnerai tout ce que vous voudrez. Takeo est responsable de la mort de notre père. Notre premier devoir sous le Ciel est d'en tirer vengeance.

— Notre père a mérité de mourir, déclara Taku.

Il se retint d'ajouter : «Et vous aussi.»

— Non, Takeo est un imposteur, un usurpateur et un meurtrier. Notre père n'était rien de tout cela : c'était un véritable guerrier.

— Takeo est comme un miroir pour vous, rétorqua Taku. Vous y voyez votre propre reflet. C'est vous l'usurpateur.

Ses doigts se crispèrent tant il désirait saisir son sabre, et son corps frissonna tandis qu'il se préparait à devenir invisible. Il ne doutait pas que Zenko allait maintenant tenter de le tuer. La tentation de porter lui-même le premier coup était si forte qu'il n'était pas sûr de pouvoir y résister. Cependant il fut retenu par un refus intérieur plus profond qu'il n'avait imaginé à l'idée de tuer son frère, auquel s'ajoutait le souvenir des paroles de Takeo : «Le fratricide n'est pas tolérable. Votre frère doit être tenu en respect par la loi, comme tout le monde y compris vous, mon cher Taku.»

Il respira profondément avant de lancer :

— Dites-moi ce que vous attendez de sire Otori. Négocions ensemble.

— Il n'y a rien à négocier en dehors de sa chute et de sa mort, répliqua Zenko en laissant libre cours à sa fureur. Vous n'avez d'autre choix que d'être avec moi ou contre moi.

Taku jugea plus prudent de battre en retraite :

— Laissez-moi un peu de temps. Je vous en reparlerai demain. De votre côté, vous devriez réfléchir à vos actes. Votre soif de vengeance justifie-t-elle de provoquer une guerre civile ?

— Comme il vous plaira, dit Zenko. Oh, attendez un instant. J'oubliais de vous donner ceci.

Il sortit de sa robe un tube en bambou qu'il lui tendit. Taku eut un mauvais pressentiment : il s'agissait d'une boîte à courrier en usage d'un bout à l'autre des Trois Pays. Les extrémités portaient un cachet de cire et l'emblème des Otori, mais cette boîte-ci avait été ouverte.

— Des nouvelles de sire Otori, je crois ! s'exclama Zenko en riant. J'espère qu'elles influeront sur votre décision.

Taku s'éloigna en hâte du jardin, en s'attendant à tout instant à entendre le sifflement d'une flèche ou d'un poignard. Il quitta la résidence sans faire d'autres adieux. Ses gardes l'attendaient au portail avec les chevaux. Saisissant la bride de Ryume, il l'enfourcha précipitamment.

— Sire Muto, dit doucement l'homme près de lui.

— Qu'y a-t-il ?

— Votre cheval a un peu toussé, comme s'il avait du mal à respirer.

— C'est sans doute l'effet du printemps. L'air est chargé de pollen, cette nuit.

Il refusa de partager l'inquiétude du garde, ayant lui-même des soucis nettement plus sérieux.

Arrivé à son logement, il ordonna aux hommes de ne pas desseller les chevaux mais de les tenir prêts et de préparer également les juments pour le voyage. Puis il rentra dans la maison, où Sada l'attendait. Elle était encore habillée.

— Nous partons, dit-il.

— Qu'avez-vous découvert?

— Non seulement Zenko a conclu un marché avec Akio, mais il s'est de surcroît allié aux étrangers. Il prétend avoir adopté leur religion, en échange de quoi ils lui fournissent des armes.

Il lui tendit la boîte à courrier.

— Zenko a intercepté la correspondance de Takeo. Voilà pourquoi nous n'avions aucune nouvelle de lui.

Sada saisit le tube et sortit la lettre, qu'elle parcourut rapidement.

— Il vous demande de vous rendre immédiatement à Inuyama, mais plusieurs semaines ont dû passer depuis. J'imagine qu'il doit déjà être reparti.

— Peu importe, nous devons aller là-bas. Nous partirons dès cette nuit. La lune brille assez pour éclairer la route. S'il a quitté Inuyama, il me faudra le suivre au-delà des frontières. Il doit absolument revenir avec les armées massées à l'est. Réveillez Maya. Il est nécessaire qu'elle nous accompagne. Je ne puis la laisser ici, où elle risque d'être découverte par Akio. À Inuyama, vous serez toutes deux en sécurité.

MAYA FAISAIT UN DE CES RÊVES ANIMAUX aux couleurs étranges où son frère, dont elle avait maintenant entrevu le visage, apparaissait sous divers aspects, parfois en compagnie d'esprits. Il était toujours sanguinaire, muni d'armes effrayantes, et il la regardait d'une façon qui la glaçait malgré elle, comme s'il existait une complicité entre eux, comme s'il était au courant de tous ses secrets. De même que Maya, il possédait une sorte d'âme de chat. Cette nuit-là, il chuchotait son nom, ce qui la terrifiait car elle ignorait qu'il le connût. Elle s'éveilla et découvrit Sada qui lui parlait doucement à l'oreille.

— Il faut vous lever et vous habiller. Nous partons.

Elle s'exécuta sans poser de question, car les mois d'hiver lui avaient enseigné l'obéissance.

— Nous allons à Inuyama voir ton père, déclara Taku en la déposant sur le dos de sa jument.

— Pourquoi partons-nous en pleine nuit?

— Je n'ai pas envie d'attendre le matin.

Tandis que les chevaux traversaient au trot les rues menant à la grand-route, Sada demanda :

— Votre frère vous permettra-t-il de quitter la ville?

— C'est à cause de lui que j'ai préféré partir sans attendre. Il se pourrait qu'il nous tende une embuscade ou envoie quelqu'un à nos trousses. Je redoute un piège.

Hofu n'était pas fortifié. Du fait de l'activité de son port et de ses marchands, des gens allaient et venaient à toute heure, au gré des lunes et des marées. Par une nuit comme celle-ci, au début du printemps et avec la lune presque pleine, les voyageurs étaient nombreux sur la route et personne ne songea à arrêter ou interroger le petit groupe formé par Taku, Sada, Maya et les quatre gardes. Peu après l'aube, ils firent halte dans une auberge pour prendre une collation et boire du thé chaud.

Dès qu'ils furent seuls dans la petite salle à manger, Maya demanda à Taku :

— Que s'est-il passé?

— Voici quelques explications pour ta propre sûreté. Ton oncle Araï et son épouse sont en train de machiner un complot contre ton père. Nous pensions être en mesure de les contenir, mais la situation est devenue soudain plus menaçante. Il faut que ton père revienne immédiatement.

Le visage de Taku était épuisé et elle ne l'avait jamais entendu parler d'une voix aussi sérieuse.

— Comment mon oncle et ma tante peuvent-ils se comporter ainsi alors que leurs fils vivent dans notre maisonnée? s'exclama Maya avec indignation. Il faut prévenir ma mère au plus vite. Les garçons doivent être exécutés!

— Vous ne ressemblez guère à votre père, déclara Sada. D'où vous vient cette férocité?

Mais sa voix était pleine d'affection et d'admiration.

— Ton père espère que personne n'aura à mourir, reprit Taku. C'est pour cela que nous devons le ramener. Lui seul a le prestige et la force nécessaires pour empêcher qu'une guerre n'éclate.

— D'ailleurs, Hana doit partir pour Hagi aujourd'hui même, ajouta Sada en attirant Maya à elle pour l'enlacer. Elle passera l'été avec votre mère et votre petit frère.

— C'est encore pire! Il faut absolument la mettre en garde. Je vais aller à Hagi et lui dire la vérité sur Hana!

— Non, tu vas rester avec nous, répliqua Taku en passant son bras autour des épaules de Sada.

Ils restèrent ainsi un instant en silence. «Comme une famille, songea Maya. Je n'oublierai jamais ce moment : la nourriture dont le goût m'a paru exquis tant j'étais affamée, le parfum délicieux du thé, la lumière changeant au gré des nuages immenses qui parcourent rapidement le ciel. Sada et Taku avec moi, si vivants, si courageux. Le sentiment d'avoir devant soi tant de jours sur la route. Le danger…»

La journée s'avança, toujours aussi belle. Vers midi, le vent tomba et les nuages disparurent au nord-ouest. Le ciel était d'un bleu clair et lumineux. La sueur commença à assombrir l'encolure et les flancs des chevaux tandis qu'ils quittaient la plaine côtière pour entreprendre de monter vers le premier col. Autour d'eux, la forêt s'épaississait. De temps en temps, une cigale précoce lançait quelques notes hésitantes. Maya se sentait gagnée par la fatigue. Le pas cadencé des chevaux et la chaleur de l'après-midi la faisaient somnoler. Elle crut faire un rêve et vit soudain Hisao. Elle se réveilla en sursaut.

— Quelqu'un nous suit!

Taku leva la main et ils s'arrêtèrent. Tendant l'oreille, ils entendirent tous trois le martèlement des sabots gravissant la pente.

— Continuez avec Maya, dit Taku à Sada. Nous allons les retarder. Ils ne sont pas trop nombreux, une douzaine tout au plus. Nous vous rattraperons plus tard.

Il donna un ordre bref aux hommes. Saisissant leurs arcs, ils firent tourner leurs chevaux et disparurent entre les bambous.

— Allez-y, ordonna-t-il à Sada.

À contrecœur, elle partit au petit galop, suivie de Maya. Elles s'éloignèrent d'abord à vive allure, mais quand leurs montures commencèrent à se fatiguer, Sada fit halte et regarda derrière elle.

— Maya, qu'entendez-vous ?

Elle crut percevoir des chocs métalliques, les hennissements des chevaux, des hurlements et des cris de guerre, et un autre bruit, froid et brutal, qui résonna dans le col en faisant s'envoler des oiseaux saisis de panique. Sada l'entendit également.

— Ils ont des armes à feu ! s'exclama-t-elle. Restez ici. Non, partez vite vous cacher. Je dois revenir en arrière. Je ne peux pas abandonner Taku.

— Moi non plus, marmonna Maya en faisant rebrousser chemin à sa monture exténuée.

Mais à cet instant, elles virent s'élever au loin un nuage de fumée et entendirent le galop d'un cheval dont elles reconnurent la robe grise et la crinière noire.

— Il arrive ! s'écria Sada avec soulagement.

Taku avait son sabre à la main. Son bras était couvert de sang — le sien ou celui d'un autre, on ne pouvait savoir. En les apercevant, il hurla quelque chose, mais Maya ne parvint pas à comprendre ce qu'il disait car au même instant Ryume, le cheval, s'abattit sur ses genoux puis roula sur son flanc. Tout était allé si vite : Ryume était tombé raide mort, en projetant Taku sur la route.

Sada partit aussitôt au galop vers lui. Sentant la présence de la mort, sa jument s'ébrouait et roulait des yeux affolés. Taku se leva péniblement. S'arrêtant à sa hauteur, Sada saisit son bras tendu et le fit monter derrière elle.

«Il va bien, se dit Maya dans un éclair de soulagement. Il ne pourrait pas faire ça s'il était blessé.»

Taku n'avait aucune blessure grave, malgré les cadavres jonchant la route derrière lui — ses propres hommes et la plupart des assaillants. Il sentait une entaille brûler son visage, une autre meurtrissait son bras tenant le sabre. Il était conscient de la force du dos de Sada tandis qu'il s'agrippait à elle. Puis il y eut une nouvelle détonation. Il sentit le projectile frapper sa nuque, déchirer sa chair. Il tomba en même temps que Sada, et le cheval s'effondra sur eux. Très loin de là, il entendit Maya hurler. Il aurait voulu crier : «Prends ton cheval et décampe, ma petite!» Mais le temps manquait. Le ciel bleu au-dessus de sa tête éblouissait ses yeux. La lumière tournoyait, s'amoindrissait. Le temps touchait à sa fin. Il lui en resta à peine assez pour se dire : «Je me meurs, il faut que je me concentre sur ma mort», avant que les ténèbres fassent taire à jamais ses pensées.

La jument de Sada se hissa sur ses jambes et repartit au trot vers Maya en hennissant bruyamment. Malgré leur fatigue, les deux juments étaient si nerveuses qu'elles risquaient de s'emballer à tout moment. Étant une Otori, Maya était inquiète pour elles. Il ne fallait pas les laisser s'échapper. Elle se pencha pour saisir les rênes pendantes de la jument de Sada. Mais ensuite, elle ne sut plus que faire. Elle tremblait de tout son corps, comme les chevaux, sans parvenir à détacher son regard des cadavres gisant sur la route. Ryume, à quelque distance d'elle, puis Sada et Taku enlacés dans la mort.

Elle se dirigea vers eux, descendit de cheval et s'agenouilla près d'eux, en les touchant et en les appelant par leur nom.

Les yeux de Sada papillotèrent : elle était encore vivante.

L'angoisse qui étreignait Maya menaçait de la suffoquer. Elle ne put s'empêcher d'ouvrir la bouche pour hurler :

— Sada!

Comme en réponse à son cri, deux silhouettes apparurent brusquement sur la route, juste derrière Ryume. Elle savait qu'elle devrait s'enfuir en courant, se rendre invisible ou se transformer en chat puis se réfugier dans la forêt. Elle appartenait à la Tribu : personne ne pourrait déjouer ses ruses. Mais le choc et le chagrin la paralysaient. En outre, elle n'avait pas envie de vivre dans ce monde nouveau, impitoyable, qui avait laissé mourir Taku sous un ciel bleu et un soleil radieux.

Elle resta debout entre les deux juments, en tenant leurs rênes dans chaque main. Les hommes s'avancèrent vers elle. Bien qu'elle ne les eût qu'entrevus la veille, dans la salle mal éclairée de la taverne, elle les reconnut aussitôt. Tous deux étaient armés — Akio d'un sabre et d'un poignard, Hisao de l'arme à feu. Eux aussi appartenaient à la Tribu. Ils ne l'épargneraient pas sous prétexte qu'elle n'était qu'une enfant. «Je devrais au moins combattre», pensa-t-elle. Mais stupidement, elle ne voulait pas lâcher les juments.

Le garçon la regarda fixement en braquant son arme dans sa direction, pendant que son compagnon retournait les corps. Sada poussa un léger gémissement. Il s'agenouilla et lui trancha rapidement la gorge avec son poignard. Puis il cracha sur le visage paisible de Taku.

La mort de Kotaro est maintenant presque entièrement vengée, déclara-t-il. Les deux Muto ont payé. Il ne reste plus que le Chien.

— Mais qui est cette personne, Père ? demanda le garçon.

Sa voix était perplexe, comme s'il pensait connaître Maya.

— Un palefrenier ? s'exclama l'homme. Il n'a pas de chance !

Il s'avança vers Maya. Elle essaya de rencontrer ses yeux, mais il ne la regardait pas. Une peur terrible l'envahit. Elle ne devait pas se laisser capturer. Son seul désir était de mourir. Elle lâcha les rênes des juments. Effrayées, elles reculèrent brusquement. Tirant son poignard de sa ceinture, Maya leva la main pour le plonger dans sa gorge.

Jamais elle n'avait vu un être humain bouger aussi vite qu'Akio en cet instant. Plus rapide encore que la veille, il vola vers elle et tordit son poignet jusqu'à ce qu'elle laisse tomber son poignard.

— A-t-on jamais vu un palefrenier essayer de se trancher lui-même la gorge ? lança-t-il d'un ton railleur. Comme la femme d'un guerrier ?

L'immobilisant de sa main de fer, il souleva ses vêtements en glissant les doigts entre ses jambes. Elle se débattit en hurlant lorsqu'il la força à ouvrir son poing. Il sourit en voyant la ligne droite traversant sa paume.

— Voilà! s'écria-t-il. Nous savons maintenant qui nous espionnait la nuit dernière!

Maya crut que sa dernière heure avait sonné. Cependant, il continua imperturbablement :

— C'est la fille d'Otori, une des jumelles : elle a la marque des Kikuta. Elle pourrait se révéler très utile pour nous, aussi allons-nous l'épargner pour le moment.

Il s'adressa à Maya :

— Tu sais qui je suis?

Elle le savait mais garda le silence.

— Je suis Kikuta Akio, le maître de ta famille. Et voici mon fils, Hisao.

Elle l'avait déjà reconnu, car il était exactement tel que dans ses rêves.

— C'est vrai, je suis Otori Maya, lança-t-elle à Hisao. Bien plus, je suis votre sœur…

Elle voulait lui en dire davantage, mais Akio pressa la main sur sa nuque, trouva l'emplacement de l'artère et maintint Maya jusqu'à ce qu'elle perde conscience.

36

Shigeko avait souvent navigué entre Hagi et Hofu, mais elle n'avait jamais été plus loin vers l'est, le long de la côte abritée de la mer Intérieure, de façon à rejoindre Akashi. Le temps était beau, la journée limpide. Une brise soufflait du sud, modérée mais assez forte pour gonfler les voiles neuves du bateau fendant à vive allure les flots bleu-vert. Dans toutes les directions, de petites îles surgissaient abruptement de la mer, avec leurs versants couverts de cèdres vert foncé et leurs rivages frangés de blanc. Elle apercevait des portiques de sanctuaires rouge vermillon étincelant sous le soleil printanier, les temples aux toits sombres en bois de cyprès, le soudain éclat blanc des murailles du château d'un guerrier.

Contrairement à Maya, elle n'avait jamais souffert du mal de mer, même lors des traversées les plus rudes entre Hagi et Maruyama, quand les vents du nord-est faisaient rage sur les flots d'un gris métallique, en sculptant sur leur surface tourmentée des falaises et des gouffres. Shigeko aimait les bateaux et la navigation, l'odeur de la mer, des gréements et des charpentes du bateau, les claquements de la voile, les éclaboussements du sillage et les craquements du bois, le chant de la coque s'élançant sur l'eau.

Les cales du bateau étaient remplies de toutes sortes de cadeaux, auxquels s'ajoutaient des selles et des étriers décorés pour Shigeko et

Hiroshi, ainsi que des robes de cérémonie aux broderies neuves, qu'avaient teintes et peintes les plus habiles artisans de Hagi et de Maruyama. Toutefois les cadeaux les plus précieux se trouvaient sur le pont, sous un abri de paille : les chevaux élevés à Maruyama, attachés chacun avec deux cordes à la tête et une sangle sous le ventre, et la kirin, retenue par des cordons de soie. Shigeko passait une bonne partie de la journée auprès des animaux. Elle était fière de la santé et de la beauté des chevaux — deux pommelés, l'un clair l'autre foncé, un alezan lustré et un noir —, car elle s'en était occupée elle-même. Ils la connaissaient tous et semblaient se plaire en sa compagnie, puisqu'ils la suivaient des yeux en hennissant quand elle les quittait pour faire un tour du navire. Elle n'avait aucun scrupule à se séparer d'eux. Ils seraient bien traités et ne se languiraient pas de sa présence, même s'ils ne l'oubliaient pas. En revanche, le sort de la kirin la préoccupait. Malgré sa douceur, cette créature exotique n'avait pas le caractère accommodant d'un cheval.

— Je crains qu'elle ne soit malheureuse quand elle sera séparée de nous et de tous ses autres compagnons, dit-elle à Hiroshi l'après-midi du troisième jour de leur traversée. Regardez, elle tourne sans cesse la tête en direction de Hagi. Elle semble regretter quelqu'un… Tenba, peut-être.

— J'ai remarqué qu'elle s'approche toujours le plus près possible de vous, répliqua Hiroshi. Vous allez certainement lui manquer. Je suis surpris que vous puissiez vous résoudre à la quitter.

— Je n'ai à m'en prendre qu'à moi-même ! C'était mon idée. La kirin est un présent incomparable. Même l'empereur devrait en être surpris et flatté. Mais je préférerais qu'elle soit une effigie en ivoire ou en métal précieux, car alors elle n'aurait pas de sentiments et je ne m'inquiéterais pas de sa solitude.

Hiroshi lui lança un regard intense.

— Il ne s'agit que d'un animal, après tout. Peut-être ne souffrira-t-elle pas autant que vous croyez. Elle ne manquera ni ne soins ni de nourriture.

— Les animaux sont capables de sentiments profonds, rétorqua Shigeko.

— Mais elle n'éprouvera pas les mêmes émotions qu'un être humain séparé de ceux qu'il aime.

Leurs regards se croisèrent. Shigeko le regarda un instant sans ciller, et il fut le premier à détourner les yeux.

— D'ailleurs, il se peut que la kirin ne se sente pas seule à Miyako, dit-il à voix basse, car vous vous y trouverez aussi.

Elle savait ce qu'il voulait dire, ayant assisté à la rencontre où sire Kono avait informé son père du veuvage récent de Saga Hideki, le plus puissant seigneur de la guerre des Huit Îles, qui se retrouvait ainsi libre pour un nouveau mariage.

— Si la kirin doit être le cadeau idéal pour l'empereur, continua-t-il, quel présent plus précieux pourrait recevoir le général de Sa Majesté ?

En entendant sa voix vibrant d'amertume, elle sentit son cœur se serrer. Cela faisait quelque temps qu'elle avait compris qu'il l'aimait aussi profondément qu'elle l'aimait. Une harmonie extraordinaire régnait entre eux, comme s'ils lisaient chacun dans les pensées de l'autre. Ils étaient tous deux initiés à la voie du Houou et avaient atteint un niveau élevé de conscience et de sensibilité. Elle lui faisait entièrement confiance. Cependant, elle trouvait inutile de parler de ses sentiments ou même de les reconnaître pleinement, puisqu'elle épouserait l'homme que son père choisirait pour elle. Parfois, elle rêvait qu'il avait choisi Hiroshi. Elle se réveillait remplie de joie et de désir. Allongée dans l'obscurité, elle caressait son corps en aspirant à sentir contre sa peau la force de son bien-aimé. Craignant que cela n'arrive jamais, elle se demandait si elle ne pourrait pas décider elle-même, maintenant qu'elle était la maîtresse de son propre domaine, et épouser Hiroshi sans autre forme de procès. Mais elle savait qu'elle n'irait jamais à l'encontre des souhaits de son père. Elle avait été élevée dans le code sévère d'une famille de guerrier, qu'elle ne pouvait enfreindre si aisément.

— J'espère ne jamais avoir à vivre loin des Trois Pays, murmura-t-elle.

La kirin était si proche que Shigeko sentit son souffle chaud sur sa joue lorsqu'elle inclina son long cou vers elle.

— J'avoue que je suis inquiète à l'idée des défis qui m'attendent dans la capitale. Je voudrais que notre voyage soit déjà terminé, et en même temps je désire qu'il ne finisse jamais.

— Vous ne montriez aucun signe d'inquiétude l'an passé, quand vous parliez avec tant d'assurance à sire Kono, lui rappela-t-il.

— Il m'est aisé d'avoir de l'assurance à Maruyama, avec autour de moi tant de gens qui me soutiennent — et vous au premier rang.

— Je vous soutiendrai également à Miyako. Et Miyoshi Gemba sera aussi présent.

— Vous et lui… mes deux meilleurs professeurs.

— Shigeko, dit-il en l'appelant par son prénom comme lorsqu'elle était enfant, rien ne doit amoindrir votre concentration durant ce concours. Nous devons mettre de côté nos propres désirs afin de permettre à la voie de la paix de l'emporter.

— Non pas les mettre de côté, répliqua-t-elle, mais les transcender.

Elle s'interrompit, sans oser en dire davantage. Puis un souvenir s'imposa brusquement à elle. Elle se rappela la première fois qu'elle avait vu les houous, qui étaient apparus ensemble, le mâle avec la femelle, quand ils étaient revenus dans les forêts autour de Terayama pour nicher dans les paulownias et élever leurs petits.

— Un lien très fort nous unit, déclara-t-elle. Je vous ai connu toute ma vie, peut-être même dès une vie antérieure. Même si j'épouse un autre homme, ce lien ne doit jamais être rompu.

— Il ne le sera jamais, j'en fais le serment. L'arc sera dans votre main, mais c'est l'esprit du houou qui guidera les flèches.

Elle lui sourit, certaine désormais que leurs pensées ne faisaient qu'une.

Plus tard, alors que le soleil déclinait à l'ouest, ils se dirigèrent vers l'arrière du bateau et commencèrent les antiques exercices rituels, qui semblaient couler dans l'air comme de l'eau mais rendaient les muscles et les nerfs semblables à de l'acier. La lumière du couchant teintait les voiles où le héron des Otori prit un éclat doré. Les bannières de Maruyama flottaient en haut des mâts. Le navire paraissait baigné de clarté, comme si les oiseaux sacrés eux-mêmes étaient descendus sur lui. Le ciel de l'occident était encore rayé de rouge quand ils virent se lever à l'est la pleine lune du quatrième mois.

37

Quelques jours après cette pleine lune, Takeo partit vers l'est sous les acclamations enthousiastes des habitants d'Inuyama. C'était la saison des fêtes du printemps, où la terre renaît à la vie, où une vigueur nouvelle anime la sève des arbres et le sang des hommes et des femmes. La ville débordait d'espoir et de confiance. Non seulement sire Otori allait rendre visite à l'empereur, cette figure à demi mythique pour la plupart des gens, mais il laissait derrière lui un fils, ce qui signifiait que l'influence néfaste des jumelles était enfin conjurée. Jamais les Trois Pays n'avaient été aussi prospères. Le houou nichait à Terayama et sire Otori allait faire présent d'une kirin à l'empereur. Ces signes du Ciel confirmaient ce que presque tous les gens voyaient déjà dans leurs enfants bien nourris et leurs champs fertiles, car la santé et la satisfaction du peuple sont la preuve qu'un souverain est juste.

Cependant les acclamations, les danses, les fleurs et les bannières ne parvinrent pas à dissiper le malaise de Takeo, malgré ses efforts pour le dissimuler derrière l'expression calme et impassible qui lui était maintenant habituelle. Il était surtout préoccupé par le silence de Taku et tout ce qu'il pouvait signifier : sa défection ou sa mort. Dans un cas comme dans l'autre, il s'agissait d'un désastre – et qu'était devenue Maya ? Il mourait d'envie d'aller se rendre compte sur place, mais chaque jour de voyage rendait plus improbable qu'il pût recevoir des nouvelles. Après avoir mûrement réfléchi et pris l'avis de Minoru, il avait décidé de laisser les frères Kuroda à Inuyama, en leur affirmant qu'ils lui seraient plus utiles ainsi et en leur demandant de lui envoyer immédiatement un messager si Taku donnait enfin signe de vie.

— Jun et Shin ne sont pas contents, lui rapporta Minoru. Ils m'ont demandé ce qu'ils avaient fait pour perdre la confiance de sire Otori.

— Il n'y a pas de familles de la Tribu à Miyako, répliqua Takeo. Je n'ai réellement pas besoin d'eux là-bas. Mais vous savez, Minoru, que ma confiance en eux s'est amoindrie. Non qu'ils aient failli en quoi que ce soit. Je suis simplement conscient que leur loyauté ira d'abord à la Tribu.

— Je crois que vous pourriez leur faire davantage confiance.

— Eh bien, disons que je leur épargne un choix difficile. Ils m'en seront peut-être reconnaissants un jour.

Takeo avait parlé d'un ton léger, mais en fait il regrettait ses deux gardes de la Tribu, sans lesquels il se sentait vulnérable et sans défense.

Quatre jours après avoir quitté Inuyama, ils passèrent par Hinode, le village où il s'était reposé avec Shigeru, le matin suivant leur fuite loin des soldats d'Iida Sadamu et des maisons en flammes de Mino.

— Mon village natal ne se trouve qu'à un jour de route d'ici, dit-il à Gemba. Voilà près de dix-huit ans que je n'ai pas été dans cette région. Je me demande si le village existe encore. C'est là que sire Shigeru m'a sauvé la vie.

« Et c'est aussi là qu'est née ma sœur Madaren, songea-t-il, et que j'ai été élevé comme l'un des Invisibles. »

— Je ne sais comment je puis oser me présenter devant l'empereur. Ma naissance me vaudra le mépris de tous.

Il chevauchait à côté de Gemba sur le sentier étroit et parlait à voix basse afin que personne d'autre ne l'entende. Après lui avoir jeté un coup d'œil, son compagnon déclara :

— Vous savez que j'ai apporté de Terayama tous les documents attestant que sire Shigemori était votre grand-père et que votre adoption par Shigeru était légale et approuvée par le clan. Personne ne peut mettre en question votre légitimité.

— Pourtant l'empereur l'a déjà fait.

— Vous portez le sabre des Otori et avez été favorisé par tous les signes marquant l'approbation du Ciel.

Gemba sourit.

— Vous n'avez sans doute pas eu conscience de la stupeur des habitants de Hagi lorsque Shigeru vous a ramené. Vous étiez le vivant portrait de Takeshi. Cela semblait miraculeux. Takeshi avait vécu un moment avec notre famille avant sa mort, et il était le meilleur ami de Kahei, mon frère aîné. Nous l'avons pleuré comme un frère très aimé mais notre chagrin n'était rien auprès de celui de sire Shigeru. Pour lui, c'était comme le couronnement d'une longue série de malheurs.

— Oui, Chiyo m'a raconté tous les deuils dont il a été accablé. Sa vie semblait remplie de peines et d'infortunes imméritées. Il n'en semblait pas affecté, pourtant. Je me souviens d'une phrase qu'il a prononcée la nuit où j'ai rencontré Kenji pour la première fois : «Je ne suis pas fait pour le désespoir.» Je repense souvent à ces mots, et à son courage quand nous nous sommes rendus à Inuyama sous l'œil d'Abe et de ses hommes.

— Vous devriez vous dire la même chose : vous n'êtes pas fait pour le désespoir.

— Même si je dois apparaître plein d'espérance, ce n'est qu'une comédie, comme tant d'autres aspects de ma vie.

— Il est heureux que le mimétisme fasse partie de vos nombreux talents, répliqua Gemba en riant. Ne vous sous-estimez pas vous-même. Il est possible que votre nature soit plus sombre que celle de Shigeru, mais elle n'est pas moins forte. Regardez ce que vous avez accompli : presque seize années de paix. Vous et votre épouse avez réconcilié toutes les factions se combattant dans les Trois Pays. À vous deux, vous maintenez cette contrée dans un équilibre parfait. Votre fille est votre bras droit, votre épouse vous soutient sans faille. Ayez confiance en elles. Vous ferez sur l'empereur plus d'impression que quiconque. Croyez-moi.

Gemba se tut et reprit son fredonnement patient.

Ses paroles furent plus que consolantes. Elles provoquèrent une sorte de libération en Takeo. Si elles ne dissipèrent pas son angoisse, elles lui donnèrent la force de la dominer et finalement de la transcender. Lorsque son esprit et son corps se détendirent, ceux de son cheval en firent autant. Tenba baissa la tête et allongea son pas tandis que les lieues défilaient, jour après jour.

Takeo avait l'impression que tous ses sens étaient en éveil. Son ouïe avait retrouvé la même acuité que lorsqu'il avait dix-sept ans. L'œil et la main de l'artiste reprenaient leurs droits. Quand il dictait des lettres à Minoru la nuit, il brûlait d'envie de lui ravir le pinceau. Il lui arriva de le faire. Comme pour écrire, il tenait le pinceau entre ses deux doigts restants tout en soutenant sa main droite mutilée avec la gauche. Il esquissait en quelques traits une scène qui s'était gravée dans son esprit durant la chevauchée du jour : une troupe de corbeaux volant parmi des cèdres, une colonne d'oies évoquant une écriture étrangère au-dessus d'un rocher à la forme bizarre, un gobe-mouches et la fleur appelée clochette se détachant sur un roc sombre. Minoru collectait les croquis et les envoyait avec les lettres à Kaede, et Takeo se souvenait du dessin d'un oiseau qu'il lui avait donné à Terayama, il y avait tant d'années. Son infirmité l'avait longtemps empêché de peindre, mais en apprenant à la surmonter il avait affiné son talent naturel au point d'acquérir un style aussi original que saisissant.

La route entre Inuyama et la frontière était bien entretenue et assez large pour permettre à trois cavaliers d'avancer de front. Sa surface était égale, car Miyoshi Kahei l'avait empruntée quelques semaines plus tôt avec l'avant-garde de l'armée, forte d'environ mille hommes dont la plupart étaient à cheval, ainsi que des provisions portées par des bêtes de somme et des chars à bœufs. Le reste des troupes devait arriver d'Inuyama dans les semaines suivantes. La région frontalière était montagneuse. En dehors des cols qu'ils allaient franchir, les sommets étaient inaccessibles. D'énormes ressources seraient nécessaires pour maintenir sur pied une armée aussi importante pendant tout l'été, et de nombreux fantassins venaient de villages où il serait impossible de rentrer la moisson sans leur aide.

Takeo et sa suite retrouvèrent Kahei sur un plateau s'étendant juste au pied du col. Il faisait encore froid. L'herbe était parsemée de taches de neige blanche et l'eau des torrents et des mares était glaciale. Un petit poste frontière était installé à cet endroit, bien que les voyageurs venant de l'est fussent rares, la plupart préférant prendre le bateau à Akashi. Les monts des Nuages formaient une barrière naturelle, derrière laquelle les Trois Pays étaient restés à l'abri des années durant, ignorés par le reste de l'archipel et soustraits aussi bien à l'autorité qu'à la protection de l'empereur en titre.

Le campement témoignait d'un ordre et d'une préparation impeccables, avec ses chevaux soigneusement attachés et ses soldats bien armés et entraînés. Le site avait été transformé par la construction de palissades disposées en pointe de flèche le long de chaque côté, ainsi que par des entrepôts édifiés en hâte pour protéger les approvisionnements contre les intempéries et les animaux.

— Il y a assez de place pour des archers à l'avant du plateau, observa Kahei. De toute façon, quand les fantassins seront arrivés d'Inuyama, nous aurons aussi suffisamment d'armes à feu pour défendre la route à des lieues derrière nous et même toute la campagne environnante. Nous allons installer une série de barrages. Mais s'il nous faut combattre dans ce site, nous aurons recours aux chevaux et aux sabres. Avons-nous une idée de leur armement ?

— Ils ont disposé d'une année à peine pour acheter ou fabriquer des armes à feu et entraîner des hommes à leur maniement, répondit Takeo. Nous devrions leur être supérieurs dans ce domaine. Toutefois, les archers nous sont également indispensables, car les armes à feu sont trop peu fiables dans la pluie ou le vent. J'espère pouvoir vous envoyer des messages et j'essaierai d'en apprendre le plus possible sur leurs forces. Il est cependant nécessaire que j'apparaisse toujours comme un partisan de la paix. Je ne dois leur fournir aucun prétexte pour attaquer. Tous nos préparatifs ne visent qu'à défendre les Trois Pays, non à menacer qui que ce soit au-delà de nos frontières. C'est pourquoi nous ne fortifierons pas le col lui-même. Vous devrez rester sur ce plateau dans une position purement défensive. Il ne faut pas que nous donnions l'impression de provoquer Saga ou de défier l'empereur.

— Ce sera étrange de voir l'empereur en chair et en os, observa Kahei. Je vous envie. Nous entendons parler depuis notre enfance de ce descendant des dieux mais, pour ma part, pendant des années j'ai cru qu'il n'existait pas.

— On raconte que le clan des Otori descend de la famille impériale, intervint Gemba. En effet, lorsque Takeyoshi reçut Jato des mains de l'empereur, celui-ci lui accorda également pour épouse une de ses concubines, qui attendait un enfant de lui.

Il sourit à Takeo.

— Vous êtes du même sang.

— Il doit être un peu dilué, après tout ce temps, répliqua Takeo d'un ton enjoué. Mais peut-être me considérera-t-il avec bienveillance, puisque nous sommes parents. Il y a des années, sire Shigeru m'a dit que c'était la faiblesse de l'empereur qui permettait à des seigneurs de la guerre comme Iida de sévir impunément. J'ai donc le devoir de tout faire pour renforcer sa position. C'est lui le souverain légitime des Huit Îles.

Il regarda devant lui le col et les montagnes se dressant plus loin, qui s'empourpraient dans la lumière du soir. Le ciel était d'un blanc pâle tirant sur le bleu, les premières étoiles apparaissaient.

— J'en sais si peu sur les autres régions. J'ignore comment elles sont gouvernées, si elles sont prospères, si leur peuple est satisfait. Il y a là matière à bien des découvertes et des discussions.

— C'est avec Saga Hideki que vous allez devoir en discuter, dit Gemba. Il contrôle maintenant les deux tiers du pays, dont la résidence de l'empereur lui-même.

— Mais nous ne lui permettrons jamais de contrôler les Trois Pays, lança Kahei.

Takeo ne désapprouva pas ouvertement son général. Cependant il avait beaucoup réfléchi en secret, comme toujours, à l'avenir de son pays et aux moyens de l'assurer au mieux. Il avait veillé à ce qu'il se remette des destructions et des pertes humaines dues à la guerre civile et au tremblement de terre. S'il n'avait aucune intention de passer la main à Zenko, il ne voulait pas non plus voir de nouveau cette terre transformée en champ de bataille. Il ne croyait pas que l'empereur fût une divinité à adorer, mais il reconnaissait le rôle essentiel joué par le trône impérial comme symbole d'unité. Il était donc prêt à se soumettre à la volonté du souverain afin de préserver la paix et de consolider l'unité du pays tout entier.

«Mais je ne céderai pas les Trois Pays à Zenko, se répétait-il sans cesse avec conviction. Je n'accepterai jamais de le voir gouverner à ma place.»

Alors que la lune décroissait lorsqu'ils franchirent le col, elle était bientôt de nouveau pleine quand ils approchèrent de Sanda, une petite ville sur la route entre Miyako et Akashi. Tandis qu'ils redescendaient vers les vallées, Takeo étudia l'itinéraire du retour, en se demandant notamment à quel endroit une petite troupe de soldats pourrait faire demi-tour pour combattre d'éventuels poursuivants. Il s'intéressa aussi à l'état des villages, aux méthodes agricoles, à la santé des enfants, en quittant souvent la route pour chevaucher à travers les campagnes environnantes. À sa stupéfaction, il découvrit qu'il n'était pas un inconnu pour les villageois. Ils réagissaient comme s'ils voyaient soudain apparaître parmi eux un héros de légende. Une nuit, il entendit des chanteurs aveugles raconter l'histoire du clan des Otori : la trahison dont avait été victime Shigeru, sa mort, la chute d'Inuyama, la bataille d'Asagawa, la retraite vers Katte Jinja et la prise de la ville de Hagi. De nouvelles chansons célébraient maintenant la kirin, car elle les attendait à Sanda, avec la ravissante fille de sire Otori.

La terre avait été cruellement négligée. Il fut choqué par les maisons presque en ruine, les champs non cultivés. En interrogeant les fermiers chemin faisant, il apprit que tous les domaines locaux avaient fait l'objet de combats féroces lorsqu'ils avaient résisté à Saga avant de capituler devant lui, deux années auparavant. Depuis lors, les diverses corvées et obligations militaires avaient privé les villages de leur main-d'œuvre.

— Mais au moins, nous sommes en paix maintenant, lui dit un paysan âgé. Et nous pouvons remercier sire Saga pour cela.

Takeo se demanda à quel prix. Il aurait aimé leur poser d'autres questions, mais il lui sembla peu opportun de se montrer trop familier alors qu'ils approchaient de la ville, de sorte qu'il rejoignit sa suite pour voyager avec davantage de cérémonie. Beaucoup de gens le suivirent, dans l'espoir de voir la kirin de leurs propres yeux. Quand ils arrivèrent à Sanda, une foule énorme les accompagnait, que vint grossir encore l'afflux des citadins venant à leur rencontre en agitant des bannières et des glands de soie, en dansant et en battant du tambour. La ville devait son importance à son marché, aussi n'avait-elle ni château ni fortifications. Elle paraissait avoir souffert de la guerre, mais la plupart des boutiques et des habitations incendiées avaient été reconstruites. Le temple jouxtait plusieurs vastes hôtelleries, qui bordaient la grand-rue. C'est là que Takeo fut accueilli par une petite troupe de guerriers dont les bannières arboraient les cimes jumelles, emblème du clan des Saga.

— Sire Otori, le salua leur chef, un homme grand et gros qui lui rappela désagréablement Abe, le bras droit d'Iida. Je suis Okuda Tadamasa. Voici mon fils aîné, Tadayoshi. Notre illustre seigneur, le général de l'empereur, vous souhaite la bienvenue. Nous sommes chargés de vous conduire auprès de lui.

Il parlait d'un ton aussi poli que cérémonieux, mais Takeo n'eut pas le temps de lui répondre car Tenba se mit à hennir bruyamment tandis qu'apparaissait au-dessus du mur du jardin de l'auberge principale la tête de la kirin. À la vue de ses oreilles en éventail, de ses yeux énormes et de son cou bigarré et interminable, la foule tout entière poussa un cri excité. La kirin semblait chercher du regard et flairer du nez son ancien compagnon. En apercevant Tenba, elle s'attendrit visiblement et il sembla aux assistants qu'elle souriait à sire Otori.

Même Okuda ne put s'empêcher de regarder dans sa direction. La stupeur se peignit brièvement sur son visage. Il se raidit dans son effort pour se maîtriser, les yeux exorbités. Son fils, un jeune homme d'environ dix-huit ans, souriait béatement.

— Je vous remercie, vous et sire Saga, répliqua Takeo d'une voix aussi calme que si la kirin n'avait pas offert un spectacle plus insolite qu'un chat. J'espère que vous me ferez l'honneur de souper avec ma fille et moi-même ce soir.

— Il me semble que dame Maruyama vous attend à l'intérieur, déclara Okuda. Votre invitation me ravit.

Ils mirent tous pied à terre et les palefreniers accoururent pour saisir les rênes des chevaux. Des servantes se hâtèrent au bord de la véranda avec des cuvettes d'eau afin de laver les pieds des voyageurs. L'aubergiste en personne apparut. Ce notable de la ville était en sueur tant il était nerveux. Après s'être incliné jusqu'au sol, il bondit sur ses pieds et dirigea servantes et valets à grand renfort d'ordres sifflants et de claquements de mains, avant d'introduire Takeo et Gemba dans la pièce réservée aux invités de marque.

Elle était assez agréable, encore que loin d'être luxueuse. Les nattes flambant neuves sentaient bon et les portes intérieures s'ouvraient sur un petit jardin contenant plusieurs arbustes banals et un unique rocher noir, dont la forme insolite évoquait deux cimes jumelles en miniature.

Takeo le contempla tout en écoutant la rumeur affairée de l'auberge, les glapissements angoissés du maître des lieux, la préparation fébrile du souper dans la cuisine, les hennissements de Tenba dans l'écurie et enfin la voix de sa fille, dont les pas se rapprochèrent. Il se retourna quand elle fit coulisser la porte.

— Père ! Je mourais d'impatience de vous revoir !

— Shigeko ! s'exclama-t-il.

Il ajouta, d'une voix vibrant d'affection :

— Dame Maruyama !

Gemba était resté assis dans l'ombre sur la véranda intérieure. Se relevant vivement, il fit écho à Takeo :

— Dame Maruyama !

— Sire Miyoshi ! Je suis si heureuse de vous voir.

— Hmm, hmm, fredonna-t-il avec un sourire ravi. Vous êtes superbe.

Effectivement, il semblait à Takeo que sa fille non seulement était à l'apogée de sa beauté juvénile mais irradiait la force pleine d'assurance d'une femme accomplie et d'une souveraine.

— Et je vois que ta protégée est arrivée en bonne santé, lui dit-il.

— Je reviens juste de l'enclos de la kirin. Rien n'était plus touchant que son bonheur en retrouvant Tenba. Mais comment vous portez-vous ? Votre voyage a été plus pénible que le nôtre. Vous ne souffrez pas trop ?

— Je vais bien. Par ce temps doux, la douleur est supportable. Gemba a été le meilleur des compagnons et ton cheval est une merveille.

— J'imagine que vous n'avez pas eu de nouvelles de notre famille ?

— Non, mais comme je n'en attendais pas, cela ne m'a pas inquiété. Mais où est donc Hiroshi ?

— Il surveille les chevaux et la kirin, répondit Shigeko d'une voix calme. Avec Sakaï Masaki, qui est venu avec nous de Maruyama.

Takeo étudia son visage, mais elle était impassible. Au bout d'un moment, il demanda :

— Taku a-t-il envoyé un message à Akashi ?

Elle secoua la tête.

— Hiroshi espérait que oui, mais les Muto installés là-bas n'ont aucune nouvelle de lui. Pensez-vous que ce soit mauvais signe ?

— Je ne sais pas. Cela fait bien longtemps qu'il ne s'est pas manifesté.

— Je l'ai vu brièvement à Hofu avec Maya. Elle est venue voir la kirin.

Je l'ai trouvée bien, plus stable, plus à même d'accepter ses propres dons et de les maîtriser.

— Tu considères qu'être possédée est un don ? s'étonna-t-il.

— Cela finira par le devenir, assura Gemba.

Il échangea un sourire avec Shigeko.

— Dans ce cas, honorables maîtres, s'exclama Takeo en masquant derrière l'ironie son léger agacement à se voir ainsi exclu, veuillez me dire si je dois m'inquiéter pour Taku et Maya.

— Dans la mesure où vous ne pouvez pas les aider d'ici, expliqua Gemba, il est inutile de gaspiller votre énergie à vous faire du souci pour eux. Les mauvaises nouvelles se propagent vite. Vous saurez tout bien assez tôt.

Takeo reconnut la sagesse d'un tel avis et s'efforça de chasser ce problème de son esprit. Cependant, durant les nuits suivantes, tandis qu'ils se rapprochaient de la capitale, il vit souvent les jumelles en rêve. Dans les ténèbres de cet autre monde, il avait conscience qu'elles subissaient une étrange épreuve. Maya brillait comme de l'or, en dérobant toute sa clarté à Miki, laquelle apparaissait dans ces rêves aussi fine et tranchante qu'un sabre obscur. Une fois, il les aperçut sous la forme d'un chat et de son ombre. Elles tournèrent la tête quand il les appela, mais elles ne firent pas attention à lui et s'éloignèrent en courant silencieusement sur une route pâle jusqu'au moment où il lui devint impossible de les entendre et de les protéger. Il s'éveillait de ces rêves avec un sentiment douloureux de vide à l'idée que ses filles n'étaient plus des enfants. Même son fils nouveau-né deviendrait un homme prêt à le défier, car les parents ne mettaient des enfants au monde que pour être supplantés par eux. Le prix de la vie était la mort.

Chaque jour, la nuit était plus courte, et la lumière paraissait chaque matin plus vive. De retour du monde des rêves, Takeo rassemblait ses forces et sa détermination afin d'affronter la tâche qui l'attendait. Il devait éblouir ses adversaires et gagner leurs faveurs, conserver son pays et préserver le clan des Otori — et surtout, empêcher la guerre.

38

Le voyage se poursuivit sans incident. La période était idéale, avec les journées s'allongeant à l'approche du solstice et l'atmosphère douce et limpide. Okuda semblait extrêmement impressionné par tout ce qu'il voyait : la kirin, les chevaux de Maruyama, Shigeko qui avait choisi de chevaucher au côté de son père. Il pressait Takeo de questions sur les Trois Pays, leur commerce, leur administration, leurs navires, et les réponses véridiques qu'il obtenait mettaient le comble à sa stupeur.

La nouvelle de l'arrivée de la kirin les avait précédés. Plus ils approchaient de la capitale, plus des foules compactes affluaient pour leur souhaiter la bienvenue. Les habitants des villes faisaient de leur cortège un but d'excursion, où ils se rendaient avec leurs épouses et leurs enfants vêtus de couleurs vives, en étendant des nattes et en dressant des parasols écarlates et des tentes blanches pour boire et manger avec allégresse. Takeo considéra cette ambiance de fête comme un signe faste pour son voyage, qui effaçait l'influence funeste des exécutions d'Inuyama. Il fut confirmé dans cette impression par sire Kono, lequel lui envoya un message le conviant à venir passer chez lui sa première soirée dans la capitale.

La ville s'étendait dans une cuvette au milieu des collines. Un grand lac situé au nord assurait son approvisionnement en eau et une pêche abondante. Elle était arrosée par deux rivières, qu'enjambaient plusieurs ponts magnifiques. Son plan reproduisait celui des antiques cités de Shin : un rectangle quadrillé du nord au sud d'avenues traversées elles-mêmes par des rues. Le palais impérial était situé au bout de l'avenue principale, à proximité du grand sanctuaire.

Takeo et sa suite furent logés dans une demeure s'élevant non loin de la résidence de Kono et munie d'écuries pour les chevaux ainsi que d'un enclos construit en hâte pour la kirin. Takeo s'habilla avec grand soin pour la soirée et sortit dans l'un des somptueux palanquins laqués qui avaient été transportés en bateau de Hagi à Akashi. Une caravane de serviteurs portaient les cadeaux destinés à Kono, consistant en divers produits locaux attestant la prospérité et le bon gouvernement des Trois Pays et choisis de façon à combler les goûts de l'aristocrate — l'espionnage de Taku servait aussi à connaître ce genre de détails.

— Sire Otori apparaît à la capitale au moment où le soleil approche de son zénith ! s'exclama Kono. On n'aurait pu rêver période plus favorable. J'ai grand espoir de vous voir réussir.

« C'est cet homme qui est venu m'informer que mon gouvernement était illégal et que l'empereur exigeait mon abdication et mon exil, se rappela Takeo. Je ne dois pas me laisser prendre à ses flatteries. » Il remercia Kono en souriant.

— Tout cela est dans les mains du Ciel, dit-il. Je me soumettrai à la volonté de Sa Divine Majesté.

— Sire Saga est impatient de vous rencontrer. Peut-être demain ne serait-il pas prématuré ? Il désirerait que tout soit réglé avant le début des pluies.

— Certainement.

Takeo ne voyait aucun intérêt à différer. Les pluies le retiendraient sans doute dans la capitale jusqu'au septième mois. Il imagina soudain son sort s'il perdait. Que ferait-il alors ? Rôderait-il furtivement dans la ville humide et sinistre, en attendant de pouvoir rentrer à la sauvette pour préparer son exil ? Ou mettrait-il fin à ses jours, en laissant Shigeko seule face à Saga, à sa merci ? Allait-il vraiment jouer un pays entier, sa propre vie et celle de sa fille sur le résultat d'un concours ?

Gardant pour lui ces inquiétudes, il passa le reste de la soirée à admirer la collection d'objets précieux de Kono et à discuter peinture avec l'aristocrate.

— Certains de ces objets appartenaient à mon père, déclara Kono tandis qu'un de ses compagnons défaisait les emballages de soie des trésors. Bien entendu, la plus grande partie de sa collection a été perdue... Mais ne revenons pas sur cette époque funeste. Pardonnez-moi. J'ai entendu dire que sire Otori est lui-même un artiste de grand talent.

— Mon talent est insignifiant, répliqua Takeo. Mais la peinture me donne un immense plaisir, même si je n'ai guère de temps à lui consacrer.

Kono sourit en faisant une moue entendue.

«Évidemment, il pense que j'aurai bientôt tout mon temps», se dit Takeo. Il ne put s'empêcher de sourire lui-même devant l'ironie de sa situation.

— Puis-je avoir l'audace de vous prier de me donner l'une de vos œuvres ? Sire Saga serait également enchanté d'en avoir une.

— C'est trop me flatter. De toute façon, je n'ai rien apporté avec moi. J'ai déjà envoyé à mon épouse les quelques croquis que j'ai faits pendant le voyage.

— Je regrette de ne pouvoir vous convaincre ! s'exclama Kono avec chaleur. J'ai souvent remarqué que moins un artiste fait étalage de son œuvre, plus grand est son talent. C'est le trésor invisible, le don caché, qui est le plus impressionnant et le plus recherché.

Il enchaîna avec adresse :

— Ce qui m'amène à votre fille, laquelle est certainement le plus précieux des trésors de sire Otori. Vous accompagnera-t-elle demain ?

Manifestement, c'était à peine une question. Takeo inclina légèrement la tête.

— Sire Saga est impatient de faire la connaissance de son adversaire, murmura Kono.

Le lendemain, sire Kono arriva avec les Okuda, père et fils, et les autres guerriers de la maisonnée de Saga, afin d'escorter Takeo, Shigeko et Gemba jusqu'à la demeure du grand seigneur. Quand ils descendirent de leurs palanquins dans le jardin d'une vaste et imposante résidence, l'aristocrate déclara d'une voix feutrée :

— Sire Saga me demande de vous présenter ses excuses. Il est en train de faire construire un nouveau château, qu'il vous montrera plus tard. En attendant, il craint que sa demeure ne vous paraisse fort humble par rapport à ce à quoi vous êtes habitué à Hagi.

Takeo haussa les sourcils et regarda Kono, mais il ne distingua aucune ironie sur son visage.

— Nous avons l'avantage d'avoir eu des années de paix, répliqua-t-il. Malgré tout, je suis sûr que rien de ce que nous avons dans les Trois Pays ne peut se comparer aux splendeurs de la capitale. Vous devez avoir le concours des artisans les plus habiles et des artistes les plus talentueux.

— Je sais par expérience que les créateurs recherchent un environnement paisible où pratiquer leur art. Nombre d'entre eux ont fui la capitale, et ils ne commencent qu'à peine à revenir. Sire Saga passe de nombreuses commandes. Il admire tous les arts avec passion.

Minoru s'était joint à eux avec des rouleaux contenant les généalogies des personnages présents et les listes des cadeaux destinés à sire Saga. Hiroshi avait demandé à être excusé, en alléguant qu'il ne voulait pas laisser la kirin sans surveillance. Takeo pensait que d'autres raisons avaient joué : le jeune homme avait conscience de n'avoir ni terres ni grand prestige, et il répugnait à rencontrer l'homme qui épouserait peut-être Shigeko.

Okuda avait abandonné son armure des jours précédents pour revêtir des robes de cérémonie. Il les conduisit à une véranda donnant sur une enfilade de pièces, toutes décorées de peintures flamboyantes dont les vives couleurs se détachaient sur des fonds dorés. Takeo ne put qu'admirer la hardiesse de la conception et la maîtrise de son exécution. Il lui semblait cependant que ces peintures ne visaient qu'à démontrer la puissance du seigneur de la guerre. C'était des œuvres de glorification, dont le but était de dominer.

Des paons se pavanaient sous des pins massifs. Deux lions mythiques s'avançaient avec majesté sur un mur. Des dragons et des tigres se regardaient d'un air menaçant. Des faucons lançaient des coups d'œil impérieux du haut de rochers aux cimes jumelles. On voyait même sur une peinture un couple de houous mangeant des feuilles de bambous.

Dans la dernière pièce, Okuda les pria de patienter un instant puis s'en alla avec Kono. Takeo s'y attendait. Lui-même s'était souvent servi de ce stratagème : personne ne devait croire qu'il était aisé d'avoir accès au souverain. Impassible, il contempla les houous. Il était certain que l'artiste n'en avait jamais vu en réalité et s'était inspiré de la légende. Ses pensées le ramenèrent au temple de Terayama, à la forêt sacrée de pauwlonias où en cet instant même les houous élevaient leurs petits. Il songea à Makoto, son ami le plus proche, qui avait voué son existence à la voie du Houou, au chemin de la paix. Il avait conscience de la force spirituelle du soutien de Makoto, qu'incarnaient ses deux compagnons présents, Gemba et Shigeko. Tous trois restèrent assis en silence, et il sentit l'énergie de la pièce s'intensifier et l'emplir d'une assurance inébranlable. Il tendit l'oreille, comme il l'avait fait à Hagi bien des années plus tôt lors d'une attente du même genre. Ce jour-là, il avait découvert ainsi la traîtrise des oncles de sire Shigeru. À présent, il entendait Kono parler d'un ton tranquille avec un homme qu'il présumait être Saga, mais leur conversation se réduisait à des lieux communs insignifiants.

« Kono a été mis en garde contre mon ouïe, se dit-il. Quelles autres révélations Zenko lui a-t-il faites ? »

Il se rappela son passé, que seule la Tribu connaissait. Dans quelle mesure Zenko était-il au courant ?

Au bout d'un moment, Okuda revint avec un homme qu'il leur présenta comme l'intendant en chef de sire Saga, qui devait les conduire à la salle d'audience, recevoir les listes de cadeaux préparées par Minoru et surveiller les secrétaires chargés de consigner la réunion. L'homme s'inclina jusqu'au sol devant Takeo et s'adressa à lui avec la plus grande courtoisie.

Ils empruntèrent un passage couvert en bois ciré pour traverser un petit jardin délicieux menant à un autre bâtiment, encore plus vaste et splendide. La journée devenait plus chaude et le ruissellement de l'eau des bassins et des citernes donnait une agréable impression de fraîcheur. Takeo entendit des oiseaux en cage siffler et chanter quelque part dans les profondeurs de la maison. Il pensa qu'ils devaient tenir compagnie à dame Saga, puis il se rappela que l'épouse du seigneur de la guerre était morte l'année précédente. Il se demanda si ce deuil avait été une tragédie pour Saga. L'espace d'un instant, il trembla pour sa propre épouse, si loin de lui. Comment supporterait-il sa mort ? Serait-il capable de vivre sans elle ? De se remarier pour des raisons d'État ?

Se rappelant le conseil de Gemba, il chassa ces pensées pour concentrer toute son attention sur l'homme qu'il allait enfin rencontrer.

L'intendant se laissa tomber à genoux en faisant coulisser les écrans et en touchant le sol de son front. Takeo entra dans la salle et se prosterna. Gemba le suivit, mais Shigeko resta sur le seuil. Elle attendit que les deux hommes aient été invités à s'asseoir pour s'avancer avec grâce dans la pièce et se laisser tomber à son tour auprès de son père.

Saga Hideki était assis au bout de la salle. À sa droite, une alcôve abritait une peinture dans le style continental de Shin. Il était même possible qu'il s'agît de la célèbre *Cloche du soir depuis un temple lointain*, dont Takeo avait entendu parler mais qu'il n'avait jamais vue. Comparée aux autres pièces, celle-ci était presque austère dans sa décoration, comme si rien ne devait rivaliser avec la présence du maître des lieux. L'effet était extraordinaire, songea Takeo. Les peintures fastueuses étaient comme le fourreau richement décoré. Ici, le sabre lui-même était exposé, sans besoin d'autre ornement que sa lame d'acier au tranchant mortel.

Il s'était imaginé Saga comme un seigneur de la guerre brutal et impulsif. En le voyant, il changea d'avis. S'il était peut-être brutal, il n'était certes pas impulsif. Cet homme maîtrisait son esprit avec autant de rigueur qu'il domptait son corps. Takeo ne doutait pas d'avoir là un adversaire formidable. Il regretta amèrement sa propre infirmité, son manque d'adresse au tir à l'arc. Puis il entendit un bourdonnement presque imperceptible sur sa gauche, où Gemba était assis d'un air calme et détendu. D'un seul coup, il comprit que Saga ne serait jamais vaincu par la force brutale mais par quelque changement subtil dans l'équilibre des forces de vie que les maîtres de la voie du Houou excellaient à provoquer.

Shigeko resta prosternée pendant que les deux hommes s'observaient. Saga devait avoir quelques années de plus que Takeo, étant plus près de quarante que de trente ans, et son corps avait la corpulence de l'âge mûr. Toutefois son attitude démentait cette première impression : il était assis avec souplesse, ses gestes étaient aisés. Il avait les larges épaules et les muscles énormes d'un archer, rendus encore plus imposants par l'ampleur de ses robes de cérémonie. Sa voix était brusque. Il parlait avec les consonnes hachées et les voyelles brèves propres à l'accent du Nord-Est, sa région natale, que Takeo n'avait encore jamais entendu. Son visage était large et bien dessiné, ses yeux longs avec des paupières un peu tombantes, ses oreilles d'une délicatesse surprenante, presque dénuées de lobes et placées très près de la tête. Il portait une petite barbe et une moustache assez longues, toutes deux légèrement grisonnantes alors qu'il n'avait pas un cheveu blanc.

Comme Takeo, Saga examina avec attention le visage de son vis-à-vis. Il jaugea rapidement son corps, s'attarda un instant sur sa main droite gantée de noir. Après quoi, il se pencha en avant et demanda d'un ton brusque mais cordial :

— Qu'en pensez-vous ?

— Sire Saga ?

Saga fit un geste en direction de l'alcôve.

— Je parle de la peinture, bien sûr.

— Elle est merveilleuse. Une œuvre de Yu-Chien, n'est-ce pas ?

— Aha ! Kono m'a conseillé de la suspendre. Il a dit que vous la connaî-
triez et qu'elle vous plairait davantage que mes choses modernes.
Comment trouvez-vous celle-là ?

Il se leva et se dirigea vers le mur de l'est.

— Venez voir.

Takeo le suivit et s'immobilisa un peu derrière lui. Ils avaient presque
la même taille, encore que Saga fût nettement plus lourd que lui. La
peinture représentait un jardin où poussaient un bambou, un prunier
et un pin. C'était là encore une œuvre à l'encre noire, aussi discrète
qu'évocatrice.

— Elle est également magnifique, dit Takeo avec une admiration non
feinte. Un vrai chef-d'œuvre.

— Les trois amis, lança Saga. L'un souple, l'autre parfumé, le dernier
plein de force. Dame Maruyama, joignez-vous à nous, je vous en prie.

Shigeko se leva et s'avança lentement à côté de son père.

— Tous trois peuvent résister aux rigueurs de l'hiver, observa-t-elle à
voix basse.

— En effet, approuva Saga en retournant s'asseoir. Je vois ici une com-
binaison du même ordre.

Il leur fit signe d'approcher.

— Dame Maruyama est le prunier, sire Miyoshi le pin.

Gemba s'inclina en entendant ce compliment.

— Et sire Otori est le bambou.

— Je ne crois pas manquer de souplesse, répliqua Takeo en souriant.

— D'après ce que je sais de votre histoire, c'est aussi mon avis. Cependant le bambou peut être extrêmement difficile à éradiquer, si jamais il
pousse à un mauvais endroit.

— Il ne cesse de repousser, admit Takeo. Mieux vaut le laisser où il est, et tirer profit de ses usages nombreux et variés.

— Aha! s'esclaffa de nouveau Saga d'un air triomphant.

Son regard erra un instant sur Shigeko, avec une expression curieuse où le calcul se mêlait au désir. Il parut sur le point de s'adresser directement à elle, puis il se ravisa et demanda à Takeo :

— Cette philosophie explique-t-elle que vous n'ayez pas réglé son compte à Araï?

— Même une plante vénéneuse peut se révéler utile, à des fins médicinales, par exemple.

— J'ai entendu dire que vous vous intéressiez à l'agriculture.

— Mon père, sire Shigeru, m'y a initié avant sa mort. Quand les paysans sont heureux, le pays est riche et stable.

— Eh bien, je n'ai pas eu beaucoup de temps à consacrer à l'agriculture ces dernières années. J'étais trop occupé à combattre. Du coup, la nourriture a manqué l'hiver dernier. Okuda me dit que les Trois Pays produisent plus de riz qu'ils n'en peuvent consommer.

— Une bonne partie de notre pays pratique maintenant la double récolte. Nous disposons effectivement de réserves considérables de riz aussi bien que de soja, d'orge, de millet et de sésame. Nous avons eu la chance d'avoir des moissons abondantes depuis des années, et la sécheresse et la famine nous ont été épargnées.

— Vous avez créé un joyau. Pas étonnant qu'il éveille la convoitise de tant de gens.

Takeo inclina légèrement la tête.

— Je suis le chef légitime du clan des Otori et règne en toute légalité sur les Trois Pays. Mon gouvernement est juste et béni par le Ciel. Je ne parle pas ainsi pour me vanter, mais pour vous dire que même si je désire votre soutien et la faveur de l'empereur, et suis même prêt à me soumettre à votre autorité de général de Sa Divine Majesté, cela ne saurait se faire qu'à condition de sauvegarder les intérêts de mon pays et de mes héritiers.

— Nous en discuterons plus tard. Pour l'heure, mangeons et buvons.

En harmonie avec cette salle austère, le repas fut raffiné. On servit les plats de saison de la capitale, dont chacun constituait une expérience mémorable pour les yeux comme pour le palais. Il y avait également du vin de riz, mais Takeo tenta de boire avec modération car il savait que les négociations pourraient se prolonger jusqu'à la tombée du jour. Cependant Okuda et Kono se joignirent à eux et la conversation fut aussi allègre que variée, qu'il fût question de peinture, d'architecture, des spécialités des Trois Pays comparées à celles de la capitale, ou encore de poésie. Vers la fin du repas, Okuda, qui avait bu plus qu'aucun autre convive, exprima une nouvelle fois son admiration fervente pour la kirin.

— Je brûle de la découvrir de mes propres yeux, déclara Saga.

Semblant saisi d'une impulsion soudaine, il bondit sur ses pieds en lançant :

— Allons la voir sur-le-champ. Cet après-midi est délicieux. Nous en profiterons pour regarder le terrain où notre concours doit avoir lieu.

Tandis qu'ils se dirigeaient vers l'entrée principale, il prit Takeo par le bras et lui dit d'un ton confidentiel :

— Il faut aussi que je rencontre vos champions. Je présume que sire Miyoshi en fera partie, en compagnie d'autres guerriers de votre suite.

— Le second sera Sugita Hiroshi. Quant au troisième, vous le connaissez déjà. Il s'agit de ma fille, dame Maruyama.

Saga s'immobilisa en resserrant son étreinte et il tourna Takeo vers lui pour pouvoir le regarder en face.

— Sire Kono me l'avait dit, mais j'avais cru à une plaisanterie.

Il fixa sur Takeo le regard perçant de ses yeux aux paupières tombantes, puis éclata soudain de rire et déclara en baissant encore la voix :

— Vous avez toujours eu l'intention de vous soumettre. Le concours n'est qu'une formalité pour vous, n'est-ce pas ? Je comprends votre raisonnement : c'est un moyen de sauver la face.

— Je ne veux pas vous induire en erreur, répliqua Takeo. Ce n'est en rien une formalité. Je prends ce concours très au sérieux, de même que ma fille. On ne saurait imaginer enjeu plus important.

Mais tout en prononçant ces paroles, il sentit le doute l'assaillir. Où donc l'avait mené sa confiance dans les maîtres de la voie du Houou ? Il craignait que Saga ne considère son remplacement par Shigeko comme une insulte et ne refuse toute négociation.

Toutefois, après un instant de silence stupéfait, le seigneur de la guerre se remit à rire.

— Le spectacle en vaudra la peine. La belle dame Maruyama concourant contre le plus puissant seigneur des Huit Îles.

Sans cesser de pouffer, il lâcha le bras de Takeo puis s'avança à grands pas sur la véranda en criant :

— Apportez-moi mon arc et mes flèches, Okuda. Je veux les montrer à ma rivale.

Ils attendirent sous les vastes avant-toits tandis qu'Okuda se hâtait vers la salle d'armes. Il revint en portant lui-même l'arc, qui était plus long qu'un bras et laqué en rouge et noir. Un serviteur suivait avec un carquois richement décoré abritant des flèches non moins impressionnantes avec leurs cordes laquées d'or. Saga en sortit une du carquois pour la leur montrer : une flèche creuse en bois de pauwlonia avec une pointe émoussée et un empennage blanc.

— Ce sont des plumes de héron, observa Saga en les effleurant avec douceur.

Il jeta un regard à Takeo, qui n'avait que trop conscience de l'emblème du héron des Otori dans le dos de sa robe.

— J'espère que sire Otori ne s'en offensera pas. J'ai découvert que les plumes de héron assuraient le meilleur vol à la flèche.

Il rendit la flèche au serviteur. Prenant l'arc des mains d'Okuda, il le banda avec aisance, d'un seul geste.

— Je crois qu'il est presque aussi haut que dame Maruyama, observa-t-il. Avez-vous déjà pris part à une chasse aux chiens ?

— Non, dans l'Ouest nous ne chassons pas les chiens, répondit-elle.

— C'est un jeu magnifique. Les chiens y participent avec tant d'enthousiasme ! On ne peut s'empêcher d'avoir pitié d'eux. Bien entendu, le but n'est pas de les tuer. Tous les coups ne sont pas permis. Je préférerais chasser un lion ou un tigre. Ce serait un gibier plus intéressant !

Rendant l'arc et remettant ses sandales, il poursuivit avec un de ces brusques changements dont il était coutumier :

— À propos de tigres, nous ne devrons pas oublier d'aborder les questions commerciales. Vous envoyez des bateaux à Shin et Tenjiku, je crois ?

Takeo acquiesça de la tête.

— Et vous avez accueilli les barbares du Sud ? Ils nous intéressent tout particulièrement.

— Nous apportons des cadeaux provenant de Tenjiku, Silla, Shin et des îles du Sud à l'intention de sire Saga et de Sa Divine Majesté, répliqua Takeo.

— Parfait, parfait !

Les porteurs des palanquins se prélassaient à l'ombre devant le portail. Bondissant sur leurs pieds, ils s'inclinèrent humblement tandis que leurs maîtres montaient dans les élégants véhicules où ils furent transportés avec un confort très relatif jusqu'à la résidence devenue celle de sire Otori. Les bannières arborant le héron flottaient au-dessus du portail et le long de la rue. Le bâtiment principal était situé du côté ouest d'un vaste ensemble, comportant à l'est des écuries où les chevaux de Maruyama frappaient du pied en agitant la tête. Devant ces étables, un enclos de pieux de bambou, protégé d'un côté par un toit de chaume, abritait la kirin. Une petite foule s'était massée à l'entrée de la résidence dans l'espoir d'apercevoir ce prodige. Des enfants étaient grimpés dans les arbres, et un jeune homme entreprenant accourait avec une échelle.

Sire Saga étant le seul des visiteurs à n'avoir encore jamais vu la fabuleuse créature, tous le regardaient en se réjouissant par avance de sa réaction. Ils ne furent pas déçus. Malgré son incroyable maîtrise de soi, le seigneur ne put empêcher la stupeur de se peindre sur son visage.

— Elle est beaucoup plus grande que je n'imaginais ! s'exclama-t-il. Sa force et sa rapidité doivent être extraordinaires.

— Elle est très douce, déclara Shigeko en s'approchant de la kirin.

Au même instant, Hiroshi sortit des écuries avec Tenba piaffant et folâtrant au bout de sa rêne.

— Dame Maruyama ! s'écria-t-il. Je ne vous attendais pas si tôt.

Il y eut un silence. Takeo remarqua la pâleur du jeune homme quand il aperçut Saga. Puis Hiroshi s'inclina de son mieux tout en maîtrisant le cheval et dit avec embarras :

— J'ai monté Tenba.

La kirin avait commencé à s'agiter en voyant les trois créatures qu'elle aimait le plus au monde.

— Je vais remettre Tenba avec elle, déclara Hiroshi. Il lui manque. Depuis leur séparation, elle semble plus attachée à lui que jamais !

Saga s'adressa à lui comme s'il n'était qu'un palefrenier :

Sortez la kirin. Je veux l'examiner de plus près.

— Certainement, seigneur, répliqua le jeune homme en s'inclinant derechef tandis que la couleur revenait à son cou et ses joues.

— Ce cheval est splendide, observa Saga tandis que Hiroshi attachait Tenba à des cordes fixées de chaque côté de l'angle de l'écurie. Plein de fougue, et d'une belle taille.

— Nous avons apporté en cadeau de nombreux chevaux de Maruyama, lui dit Takeo. Ils sont élevés par dame Maruyama et le chef de ses serviteurs, sire Sugita Hiroshi.

Lorsque Hiroshi fit sortir la kirin en tenant sa longe de soie rouge, il ajouta :

— Voici Sugita.

Saga fit un signe de tête négligent à l'adresse du jeune homme. Toute son attention était absorbée par la kirin. Tendant la main, il caressa sa robe aux motifs fauves.

— Elle est plus douce qu'une femme! s'exclama-t-il. Quel délice ce serait d'avoir une telle peau étendue sur son parquet ou son lit!

Comme s'il se rendait compte soudain du silence horrifié, il ajouta d'un ton d'excuse :

— Seulement après qu'elle serait morte de vieillesse, bien entendu.

La kirin pencha son long cou vers Shigeko et frotta doucement sa tête contre la joue de la jeune femme.

— Je vois que vous êtes sa favorite, dit Saga en tournant son regard admiratif vers Shigeko. Je vous félicite, sire Otori. L'empereur sera ébloui par votre présent. On n'a encore jamais rien vu de pareil à la capitale.

Ces propos étaient généreux, mais Takeo crut déceler une note d'envie et de rancœur dans la voix du seigneur. Après avoir inspecté les autres chevaux et offert deux juments et trois étalons à sire Saga, ils retournèrent à la résidence de ce dernier, non pas dans la pièce austère où il les avait accueillis auparavant mais dans l'une des salles d'audience au décor flamboyant, où un dragon volait sur un mur tandis qu'un tigre rôdait sur un autre. Cette fois, Saga ne s'assit pas sur le sol mais sur un siège de bois sculpté provenant de Shin, presque comme s'il était lui-même un empereur. La plupart de ses dignitaires assistaient à la réunion. Takeo sentait leur curiosité à son égard et surtout à l'égard de Shigeko. Il était inhabituel de voir une femme prendre place ainsi parmi des hommes et s'entretenir avec eux de questions politiques. Il lui sembla qu'ils se seraient aisément offusqués d'une telle entorse à la coutume. Cependant la lignée de Maruyama était encore plus ancienne que celle de Saga et de son clan de l'Est ou que celle de n'importe lequel de ses vassaux — aussi ancienne que la famille impériale, laquelle descendait par une série d'impératrices légendaires de la déesse du soleil en personne.

La discussion porta d'abord sur les cérémonies entourant la chasse aux chiens, les jours de fête et de rituels, le cortège de l'empereur, les règles du concours proprement dit. Deux cordes dessinaient une double arène circulaire sur le terrain. Lors de chaque reprise, on lâchait successivement six chiens. L'archer galopait autour du cercle central et marquait des points suivant la façon dont il atteignait le chien. Il s'agissait d'un jeu d'adresse, non d'une boucherie. Les chiens étaient blancs, de sorte que la moindre trace de sang se voyait immédiatement. Shigeko posa une ou deux questions techniques sur la largeur de l'arène, les restrictions éventuelles quant à la taille de l'arc ou des flèches. Saga lui répondit avec précision, avec un empressement enjoué qui arracha quelques sourires à ses dignitaires.

— Et maintenant, venons-en au résultat, dit-il d'un ton affable. Si dame Maruyama gagne, quelles seront vos conditions, sire Otori?

— Je demande que l'empereur reconnaisse mon épouse et moi-même comme les souverains légitimes des Trois Pays. Que vous nous souteniez, nous et nos héritiers. Que vous ordonniez à Araï Zenko de se soumettre à nous. En échange, nous jurerons fidélité à l'empereur et à vous-même, afin d'assurer l'unité et la paix des Huit Îles. Nous vous fournirons en vivres, hommes et chevaux pour vos campagnes à venir et vous ouvrirons nos ports en vue du commerce. La tranquillité et la prospérité des Trois Pays dépendant de notre système de gouvernement, celui-ci devra rester inchangé.

— En dehors de ce dernier point, dont je souhaiterais discuter avec vous plus tard, tout cela me paraît parfaitement acceptable, déclara Saga avec un sourire plein d'assurance.

« Mes conditions ne le troublent guère tant il est certain de ne pas avoir à en tenir compte », se dit Takeo.

— Et quelles sont les conditions de sire Saga? s'enquit-il.

— Je demande que vous vous retiriez sur-le-champ de la vie publique et que vous cédiez les Trois Pays à Araï Zenko, lequel m'a déjà juré fidélité et est l'héritier légal de son père, Araï Daiichi. Que vous mettiez fin à vos jours ou partiez en exil sur l'île de Sado. Que votre fils me soit envoyé comme otage. Et que vous me donniez votre fille en mariage.

Ces paroles étaient aussi insultantes que le ton sur lequel elles étaient prononcées. Takeo se sentit bouillir de colère. Il vit sur le visage des assistants qu'ils avaient conscience du pouvoir et de la convoitise de leur suzerain, qu'ils en étaient ravis et savouraient l'humiliation de sire Otori.

«Pourquoi suis-je venu ici? songea-t-il. Plutôt mourir sur le champ de bataille que d'endurer ceci!» Il resta assis sans bouger un muscle, conscient qu'il n'avait pas le choix : soit il acceptait les propositions de Saga, soit il fuyait la capitale comme un criminel et se préparait à la guerre, si du moins lui et ses compagnons vivaient assez longtemps pour atteindre la frontière.

— Dans un cas comme dans l'autre, poursuivit Saga, je crois que dame Maruyama serait pour moi une épouse idéale et je vous prie de considérer ma demande avec la plus grande attention.

— J'ai été informé de votre deuil récent, répliqua Takeo. Je vous présente mes condoléances.

— Ma défunte épouse était une femme de bien. Elle m'a donné quatre enfants en bonne santé et s'est occupée de tous mes autres enfants, qui doivent être maintenant une douzaine, si je ne me trompe. Je pense qu'une alliance entre nos deux familles serait extrêmement souhaitable.

Takeo sentit se réveiller en lui toute la souffrance qui l'avait étreint quand Kaede lui avait été ravie. Il lui paraissait inconcevable de livrer sa fille bien-aimée à cet homme brutal, plus âgé que lui, qui avait déjà plusieurs concubines et ne la traiterait jamais comme une souveraine indépendante, car il ne voulait rien d'autre que la posséder. Néanmoins, il s'agissait de l'homme le plus puissant des Huit Îles. L'honneur représenté par un tel mariage était aussi immense que son intérêt politique. La demande avait été faite en public. S'il la rejetait de but en blanc, l'insulte serait également publique.

Shigeko gardait les yeux baissés, sans rien trahir de ses réactions en entendant cette discussion.

— Vous nous faites trop d'honneur, déclara Takeo. Ma fille est encore très jeune, mais je vous remercie du fond du cœur. Je souhaiterais discuter de cette question avec mon épouse. Sire Saga ne se rend peut-être pas compte qu'elle gouverne les Trois Pays à égalité avec moi. Je suis certain qu'elle sera aussi enchantée que moi à l'idée d'une telle union entre nous.

— J'aurais aimé épargner la vie de votre épouse puisqu'elle a un enfant en bas âge, déclara Saga non sans irritation, mais si elle est votre égale dans le gouvernement, elle devra l'être également dans la mort ou l'exil. Disons qu'au cas où dame Maruyama serait victorieuse, elle pourrait aller débattre de son mariage avec sa mère.

Shigeko intervint pour la première fois.

— Si je puis me permettre, j'aurais de mon côté certaines conditions à poser.

Saga jeta un coup d'œil à ses hommes et sourit avec indulgence.

— Veuillez nous les communiquer, noble dame.

— Je demande à sire Saga de jurer qu'il préservera la transmission par les femmes du domaine de Maruyama. En tant que chef de mon clan, je déciderai moi-même de mon mariage, après avoir consulté mes serviteurs de haut rang, ainsi que mon père et ma mère, puisqu'ils sont mes suzerains. Je suis extrêmement reconnaissante à sire Saga pour sa générosité et pour l'honneur qu'il me fait, mais je ne puis accepter sans le consentement de mon clan.

Elle s'exprima avec une détermination mêlée de tant de charme qu'il était difficile de s'offenser de ses paroles. Saga s'inclina dans sa direction.

— Je vois que j'ai une redoutable adversaire, déclara-t-il.

À ces mots, ses hommes ne purent contenir leur hilarité.

39

Quand ils retournèrent à leur résidence, la nouvelle lune du sixième mois apparaissait à l'orient au-dessus d'une pagode à six étages. Après s'être baigné, Takeo envoya chercher Hiroshi et l'informa des discussions de la journée, sans rien omettre et en terminant par la proposition de mariage.

Après avoir écouté en silence, Hiroshi se contenta de répliquer :

— Même si cette proposition n'a rien d'inattendu, c'est un grand honneur.

— Mais épouser un homme de cette sorte…, dit Takeo d'une voix douce. Elle suivra votre avis, ainsi que celui de mon épouse et de moi-même. Nous devons prendre en compte sa vie à venir autant que le bien des Trois Pays. J'imagine qu'avec un peu de chance nous n'aurons pas à nous décider sur-le-champ.

Il soupira.

— Tant de choses dépendent de ce concours, or tout le monde dans l'entourage de Saga semble estimer que la partie est déjà jouée !

— Matsuda Shingen en personne vous a conseillé de vous rendre à Miyako, n'est-ce pas ? Vous devez vous fier à son jugement.

— C'est vrai, et je lui fais confiance. Mais qui sait si Saga respectera son propre engagement? C'est un homme qui déteste perdre, et il est tellement persuadé de l'emporter.

— Toute la ville est en émoi à propos de la kirin, de dame Shigeko et de vous-même. On vend déjà des cartes illustrées de la kirin. Son image orne les tissus et inspire les broderies des robes. Quand dame Shigeko aura remporté le concours, ce qui ne saurait manquer d'arriver, vous bénéficierez du soutien et de la protection du peuple en liesse. On commence dès maintenant à composer des chansons en votre honneur.

— Le peuple aime surtout les récits funestes et les tragédies, répliqua Takeo. Quand je serai en exil sur l'île de Sado, les gens écouteront ma triste histoire en pleurant, et ils seront ravis!

On frappa doucement à la porte et Shigeko entra, suivie de Gemba portant une boîte laquée noire où des houous en or étaient incrustés. Takeo observa sa fille quand elle regarda Hiroshi. En voyant leurs yeux se croiser avec une telle expression d'affection et de confiance mutuelles, il sentit le regret et la pitié étreindre son cœur. «Ils sont déjà comme un couple marié, se dit-il, tant les liens qui les unissent sont profonds.» Il aurait voulu pouvoir donner sa fille à ce jeune homme qu'il tenait en si haute estime, qui lui témoignait depuis son enfance une fidélité sans faille et dont il connaissait l'intelligence et la bravoure, sans compter son immense amour pour Shigeko. Toutefois, tout cela ne pouvait égaler le prestige et l'autorité de Saga Hideki.

Gemba interrompit ses réflexions.

— Takeo, nous avons pensé que vous aimeriez voir les armes de dame Shigeko.

Il posa la boîte sur le sol et Shigeko s'agenouilla à côté pour l'ouvrir.

— Elle est très petite, observa Takeo mal à l'aise. Je ne puis croire qu'elle contienne à la fois l'arc et les flèches.

— Il est vrai qu'elle est petite, admit Gemba. Mais Shigeko n'est pas très grande. Il lui faut des objets maniables.

La jeune fille sortit un arc minuscule de facture exquise, un carquois puis des flèches à la pointe émoussée et à l'empennage blanc et or.

— C'est une plaisanterie ? demanda Takeo affolé.

— Pas du tout, Père. Regardez, les flèches sont garnies de plumes de houou.

— Les oiseaux sont si nombreux ce printemps que nous avons pu ramasser suffisamment de plumes, expliqua Gemba. Ils les laissaient tomber par terre, comme pour nous les offrir.

— Ce jouet aurait du mal à atteindre un moineau, et encore moins un chien, dit Takeo.

— Vous ne voudriez pas que nous blessions les chiens, Père, répliqua Shigeko en souriant. Nous savons combien vous les aimez.

— Il s'agit d'une chasse aux chiens ! s'exclama-t-il. Vous devez atteindre autant de chiens que possible, en faisant mieux que Saga !

— Ils seront touchés, déclara Gemba. Mais avec ces flèches, nous ne risquerons pas de les blesser.

Se rappelant la flamme qui avait pour ainsi dire consumé sa colère, Takeo s'efforça de se calmer au plus vite.

— Vous comptez sur la magie ? lui demanda-t-il.

— Nous avons mieux. Nous nous servirons du pouvoir de la voie du Houou : l'équilibre entre le masculin et le féminin. Tant que cet équilibre est maintenu, le pouvoir est invincible. C'est lui qui assure la cohésion des Trois Pays. Votre épouse et vous-même en êtes le vivant symbole. Votre fille est son résultat, sa manifestation.

Il sourit d'un air rassurant, comme s'il comprenait les doutes que Takeo n'osait formuler.

— La prospérité et la satisfaction de tous, dont vous êtes si légitimement fier, tirent leur origine de ce principe. Sire Saga méconnaît entièrement le pouvoir de l'élément féminin, ce qui provoquera sa défaite.

Lorsqu'ils se séparèrent pour la nuit, Gemba ajouta :

— À propos, n'oubliez pas d'offrir Jato à l'empereur demain.

En voyant l'air ébahi de Takeo, il poursuivit :

— C'était une des requêtes du premier message de Kono, n'est-ce pas ?

— Certes, mais mon exil aussi. Que ferai-je s'il le garde ?

— Jato trouve toujours lui-même son légitime propriétaire, me semble-t-il. De toute façon, vous ne pouvez plus vous en servir. Il est temps de passer la main.

Effectivement, Takeo n'avait plus manié le sabre dans un combat depuis la mort de Kikuta Kotaro et la perte de ses doigts. Toutefois il ne s'était guère passé de jour sans qu'il l'ait porté à sa ceinture, et il était devenu assez habile avec sa main gauche pour soutenir celle de droite, au moins durant un entraînement. Jato avait une immense importance à ses yeux. Il lui avait été donné par sire Shigeru et constituait le symbole visible de sa légitimité. L'idée de s'en dessaisir le perturbait tant qu'il jugea nécessaire, après s'être vêtu pour la nuit, de passer un peu de temps à méditer.

Renvoyant Minoru et ses domestiques, il s'assit seul dans la pièce sans lumière, à écouter les bruits de la nuit tout en ralentissant son souffle et ses pensées. Des musiques et des tambours retentissaient au bord du fleuve, où les habitants de la ville dansaient. Des grenouilles coassaient dans un bassin du jardin et des grillons faisaient entendre leur chant rauque parmi les buissons. Lentement, il se rendit compte de la sagesse du conseil de Gemba. Il allait rendre Jato à la famille impériale, d'où le sabre était venu.

LA RUMEUR DES INSTRUMENTS CONTINUA TARD DANS LA NUIT. Le lendemain matin, les rues se remplirent de nouveau d'hommes, de femmes et d'enfants en train de danser. En les écoutant tout en se préparant pour l'audience chez l'empereur, Takeo entendit des chansons non seulement sur la kirin mais sur le houou :

> « Le houou fait son nid dans les Trois Pays,
> Sire Otori s'est présenté à la capitale.
> Sa kirin est un cadeau pour l'empereur,
> Ses chevaux mettent en émoi notre pays.
> Soyez le bienvenu, sire Otori ! »

— Je suis sorti la nuit dernière pour voir quelle ambiance régnait dans la ville, déclara Hiroshi. J'ai parlé à un ou deux badauds des plumes de houou.

— Apparemment, cette confidence a porté ses fruits! observa Takeo en tendant les bras pour enfiler la lourde robe de soie.

— Les gens voient dans votre visite un présage de paix.

Takeo ne répliqua pas directement mais sentit s'approfondir en lui le calme auquel il était parvenu dans la nuit. Il se remémora tout l'entraînement qu'il avait suivi auprès de Shigeru et Matsuda aussi bien que dans la Tribu. Enraciné en lui-même, impassible, il n'éprouvait plus le moindre malaise.

Ses compagnons paraissaient possédés par la même confiance et la même gravité. Takeo fut transporté dans son palanquin richement décoré, tandis que Shigeko et Hiroshi montaient les chevaux gris pâle à crinière noire, Ashige et Keri, en encadrant la kirin et en tenant chacun un cordon de soie écarlate attaché à son collier de cuir recouvert de feuilles d'or. La créature fabuleuse avançait avec la grâce tranquille qui lui était habituelle, en tournant son long cou pour baisser les yeux sur la foule en extase. Les cris excités ne purent altérer sa sérénité, pas plus que celle de son escorte.

L'empereur avait déjà fait le bref trajet du palais impérial au Grand Sanctuaire dans une somptueuse voiture laquée tirée par des bœufs noirs, et d'autres équipages de nobles personnages se pressaient aux abords du portail. Les bâtiments du sanctuaire étaient tous rouge vif, fraîchement restaurés et repeints. Devant eux s'étendait une large arène destinée au concours, avec ses cercles concentriques déjà tracés en couleurs contrastées. Les porteurs du palanquin la traversèrent au trot, suivis par le cortège des Otori, tandis que les gardes contenaient la foule excitée avec bonhomie mais laissaient le portail ouvert. Des pins s'alignaient de chaque côté. On avait élevé dessous pour les spectateurs des tribunes en bois ainsi que des tentes et des pavillons de soie, et des centaines de drapeaux et de bannières flottaient au vent. Bien que la chasse aux chiens n'eût lieu que le lendemain, de nombreux badauds, guerriers et aristocrates, s'étaient déjà assis là afin de profiter de ce point de vue imprenable pour se faire une première impression de la kirin. Des femmes aux longs cheveux noirs et des hommes coiffés de petits chapeaux de cérémonie avaient apporté coussins de soie et parasols, sans oublier quelques provisions dans des boîtes laquées. Arrivés au portail suivant, les porteurs abaissèrent le palanquin et Takeo descendit. De leur côté, Shigeko et Hiroshi mirent pied à terre. Tandis que Hiroshi prenait les rênes des chevaux, Takeo s'avança avec sa fille et la kirin vers le bâtiment principal du sanctuaire.

Les murs blancs et les poutres rouges resplendissaient sous le soleil radieux de l'après-midi. Saga Hideki et sire Kono les attendaient sur les marches avec leurs escortes. Tous deux portaient de somptueuses robes de cérémonie, ornées respectivement de tortues et de grues pour Saga, et de paons et de pivoines pour Kono. Ils s'inclinèrent, des politesses furent échangées, après quoi Saga conduisit Takeo à l'intérieur, dans une salle obscure éclairée par des centaines de lampes où se dressait une estrade sur laquelle, derrière un délicat rideau de bambou le protégeant des yeux profanes du monde, trônait l'empereur, incarnation des dieux.

Takeo se prosterna. Il sentait l'odeur de fumée de l'huile, la sueur de Saga masquée par l'encens frais, et le parfum des deux principaux serviteurs de l'empereur, les ministres de Droite et de Gauche, assis sur les marches de l'estrade juste en dessous de leur souverain.

La scène répondait à son attente : il était maintenant en présence de l'empereur, le premier des Otori à avoir cet honneur depuis le légendaire Takeyoshi.

Saga annonça d'une voix claire mais déférente :

— Sire Otori Takeo est venu des Trois Pays offrir à Votre Majesté un présent merveilleux et assurer Votre Majesté de son humble fidélité.

Ces mots furent répétés par l'un des deux ministres d'une voix aiguë, à grand renfort d'enjolivements élégants et de politesses archaïques. Quand il eut fini, chacun s'inclina derechef et il y eut un bref silence, durant lequel Takeo fut certain d'être scruté par l'empereur à travers les fentes du rideau de bambou.

Puis la voix de l'empereur s'éleva — ce n'était guère plus qu'un chuchotement.

— Soyez le bienvenu, sire Otori. Nous vous recevons avec grand plaisir. Nous avons conscience du lien ancien qui existe entre nos familles.

Takeo entendit ces paroles avant qu'elles fussent répétées par le ministre, et il parvint à changer légèrement de position de façon à observer la réaction de Saga. Il crut l'entendre haleter presque imperceptiblement. L'allocution de l'empereur était brève, mais elle dépassait tous les espoirs de Takeo puisqu'elle reconnaissait à la fois le lignage des Otori et sa propre légitimité. C'était un honneur aussi immense qu'inattendu.

Il osa demander :

— Pourrais-je m'adresser à Votre Majesté ?

Le ministre répéta successivement la requête de sire Otori puis le consentement de l'empereur.

— Il y a bien des siècles, déclara Takeo, l'ancêtre de Votre Majesté donna ce sabre, Jato, à Otori Takeyoshi. Il m'a été transmis par mon père, Shigeru, avant sa mort. Il m'a été demandé de vous le restituer. Je le fais maintenant avec humilité, en vous l'offrant en gage de mes bons et loyaux services.

Après avoir conféré avec l'empereur, le ministre se tourna vers Takeo :

— Nous acceptons votre sabre et vos services.

Takeo s'avança à genoux et sortit le sabre de sa ceinture. En le présentant sur ses deux mains, il se sentit étreint par un regret terrible.

« Adieu », dit-il doucement en lui-même.

Le ministre le plus bas sur l'estrade prit Jato et le sabre gravit les marches de dignitaire en dignitaire jusqu'au ministre de Gauche, lequel le saisit et l'étendit devant le rideau.

«Il va parler, pensa Takeo. Il va revenir vers moi en volant.» Mais Jato resta au sommet de l'estrade, muet et immobile.

L'empereur reprit la parole, et Takeo entendit la voix non d'un dieu ni même d'un grand souverain, mais d'un homme de chair et d'os, plein de curiosité, qu'il devait être difficile d'influencer ou de manipuler.

— Je désire voir maintenant la kirin de mes propres yeux.

Cette phrase provoqua autant d'émoi que de consternation, personne ne semblant certain de la procédure à suivre. Puis l'empereur émergea bel et bien du rideau et tendit les bras afin que les ministres le soutiennent jusqu'au bas des marches.

Il était vêtu de robes dorées, brodées de dragons écarlates au dos et sur les manches. Elles le grandissaient, mais Takeo ne s'était pas trompé dans son jugement. Ce costume splendide était porté par un homme de taille modeste, âgé d'environ vingt-huit ans, aux joues rebondies, à la bouche petite et ferme. Il avait l'air volontaire et perspicace, et ses yeux brillaient d'impatience.

— Que sire Otori m'accompagne, dit-il en passant devant Takeo.

Celui-ci le suivit aussitôt, à genoux.

Shigeko attendait dehors avec la kirin. En voyant l'empereur approcher, elle tomba à genoux et lui tendit le cordon en inclinant la tête.

— Votre Majesté, dit-elle, cette créature n'est rien comparée à votre grandeur, mais nous vous l'offrons dans l'espoir que vous regarderez d'un œil favorable vos sujets des Trois Pays.

L'empereur paraissait absolument stupéfait, non seulement à la vue de la kirin mais à l'idée qu'une femme puisse ainsi s'adresser à lui. Prenant le cordon avec circonspection, il jeta un regard aux courtisans derrière lui, leva les yeux sur le cou interminable de la kirin et se mit à rire avec ravissement.

— Votre Majesté peut la toucher, déclara Shigeko. Elle est très douce.

L'homme-dieu tendit alors sa main et caressa la fourrure soyeuse de la créature fabuleuse.

— La kirin n'apparaît que lorsque le souverain est béni par le Ciel, murmura-t-il.

— Votre Majesté est donc bénie sans aucun doute, répliqua Shigeko du même ton feutré.

— Est-ce un homme ou une femme ? demanda l'empereur à Saga qui s'était approché à genoux comme Takeo.

En effet, Shigeko avait employé le langage d'un seigneur.

— Votre Majesté, c'est la fille de sire Otori, dame Maruyama.

— La maîtresse de cette contrée où les femmes gouvernent ? Sire Otori nous a vraiment plongés dans l'exotisme ! Tout ce que nous entendons dire des Trois Pays est vrai. J'aimerais tellement me rendre là-bas, mais il m'est impossible de quitter la capitale.

Il caressa de nouveau la kirin.

— Que pourrais-je vous donner à mon tour ? dit-il. Je doute de posséder rien de comparable.

Il resta un instant plongé dans ses réflexions, puis se retourna brusquement, comme pris d'une impulsion subite :

— Qu'on m'apporte le sabre des Otori, commanda-t-il. Je vais en faire présent à dame Maruyama.

Takeo se rappela une voix du passé : « Il passe ainsi de main en main. » Kenji. Le sabre que Kenji avait donné à sire Shigeru après la défaite de Yaegahara, et que Yuki, sa fille, avait plus tard apporté à Takeo, avait maintenant été remis à Maruyama Shigeko par l'empereur en personne.

Takeo s'inclina de nouveau profondément. Quand il se redressa, il vit que le monarque l'observait de son air perspicace. À cet instant, la tentation du pouvoir absolu miroita à ses yeux. Tout homme possédant la faveur de l'empereur — c'est-à-dire, pour parler net, le tenant sous sa coupe — était le maître des Huit Îles.

« Nous pourrions y parvenir, Kaede et moi, songea-t-il. Nous pourrions rivaliser avec Saga. S'il perd demain lors du concours, rien ne nous empêcherait de le remplacer. Notre armée est prête. Je peux envoyer des messagers à Kahei pour lui dire d'avancer. Nous repousserons Saga vers le nord et l'acculerons à la mer. C'est lui qui partira en exil, pas moi!»

Il laissa son imagination vagabonder un moment, puis chassa cette pensée. Il n'avait pas envie des Huit Îles. Tout ce qu'il voulait, c'était garder les Trois Pays et les maintenir en paix.

LE RESTE DE LA JOURNÉE SE PASSA EN FESTINS, en représentations musicales et dramatiques, en concours de poésie. Il y eut même une démonstration du divertissement favori des jeunes aristocrates, la balle au pied, où sire Kono se révéla d'une adresse surprenante.

— Il cache ses aptitudes physiques derrière ses airs languissants, observa Takeo à voix basse.

— Ce seront tous de redoutables adversaires, approuva Gemba avec sérénité.

Une course de chevaux eut également lieu juste avant le coucher du soleil. L'équipe de sire Saga, montée sur ses nouveaux coursiers de Maruyama, triompha aisément, ce qui ajouta à l'admiration générale pour les visiteurs dont les cadeaux incomparables firent l'objet de commentaires aussi ravis que stupéfaits.

Takeo retourna à sa résidence enchanté et encouragé par les événements de la journée, malgré ses inquiétudes persistantes quant au lendemain. Il avait constaté de ses propres yeux l'adresse et les talents de cavaliers de leurs adversaires. Il ne pouvait croire que sa fille réussirait à l'emporter sur eux. Cependant Gemba ne s'était pas trompé à propos du sabre. Takeo allait devoir lui faire également confiance en ce qui concernait le concours.

Pour profiter de l'air du soir, il avait soulevé les rideaux de taffetas imperméable du palanquin. En franchissant le portail, il aperçut du coin des yeux la silhouette indistincte de quelqu'un s'étant rendu invisible. Il en fut stupéfié, car il ne s'attendait pas à voir la Tribu opérer dans la capitale. Ni ses registres ni ses informateurs Muto n'avaient jamais mentionné qu'elle se soit avancée si loin dans l'Est.

Alors qu'il cherchait machinalement son sabre, il se rappela qu'il était désarmé et fut aussitôt saisi par cette curiosité qui s'emparait toujours de lui face à sa propre mortalité. La tentative d'assassinat allait-elle réussir cette fois, prouvant ainsi que la prophétie était fausse ? Ces pensées défilèrent en un éclair dans sa tête tandis qu'on abaissait le palanquin et qu'il descendait. Sans se soucier de son escorte, il courut au portail et scruta la foule grouillante en se demandant s'il s'était trompé. De nombreuses voix le célébraient, mais il n'en reconnaissait aucune. Enfin, il vit la jeune fille.

Il sut d'emblée qu'elle appartenait à la famille Muto, mais il mit un moment à se rappeler qui elle était : Maï, la sœur de Sada, qui avait été placée dans la maisonnée des étrangers pour apprendre leur langue et les espionner.

— Venez tout de suite, lui commanda-t-il.

Dès qu'ils furent à l'intérieur, il dit aux gardes de fermer et de barrer les portes. Puis il se tourna vers la jeune fille, qui paraissait épuisée et salie par un long voyage.

— Que faites-vous ici ? Apportez-vous des nouvelles de Taku ? Est-ce Jun qui vous envoie ?

— Il faut que je parle à sire Otori en privé, chuchota-t-elle.

Il vit les plis désolés autour de sa bouche, le chagrin dans ses yeux, et sentit son cœur s'accélérer tant il redoutait ce qu'elle avait à lui dire.

— Attendez ici. Je vais envoyer quelqu'un vous chercher dans un instant.

Il demanda aux servantes de l'aider à ôter ses robes de cérémonie. Une fois habillé, il les congédia en leur ordonnant de lui envoyer la messagère, de servir du thé et de ne laisser entrer personne, pas même sa fille ou sire Miyoshi.

Maï pénétra dans la pièce et s'agenouilla devant lui. Une servante apporta des bols de thé, et Takeo en prit un qu'il glissa dans les mains de la jeune fille. Le jour tombait. Malgré la chaleur du soir, elle était pâle et tremblante.

— Que s'est-il passé ? demanda-t-il.

— Sire Taku et ma sœur sont morts, seigneur.

Même s'il s'attendait à cette nouvelle, il lui sembla recevoir un coup de poing. Il regarda Maï fixement, presque incapable de parler, en sentant un terrible chagrin s'abattre sur lui. Il lui fit signe de continuer.

— Ils ont soi-disant été attaqués par des bandits à un jour de route de Hofu.

— Des bandits ? s'exclama-t-il d'un ton incrédule. Quels bandits y a-t-il dans le Pays du Milieu ?

— C'est la version officielle donnée par Zenko, répliqua-t-elle. En fait, il veut protéger Kikuta Akio. D'après la rumeur, Akio et son fils ont tué Taku pour venger la mort de Kotaro. Sada est morte avec lui.

— Et ma fille ? chuchota Takeo en s'efforçant de retenir ses larmes.

— Sire Otori, personne ne sait où elle se trouve. Elle n'a pas été tuée avec eux. Soit elle s'est échappée, soit elle est aux mains d'Akio…

— Ma fille est aux mains d'Akio ? répéta-t-il d'un air hébété.

— Peut-être s'est-elle échappée. Mais elle ne s'est rendue ni à Kagemura, ni à Terayama, ni dans aucun autre endroit où elle aurait pu se réfugier.

— Mon épouse est-elle au courant ?

— Je l'ignore, seigneur.

Il comprit qu'il se passait autre chose, qu'une autre raison avait poussé la jeune fille à entreprendre ce long voyage, probablement sans avoir la permission de la Tribu et sans prévenir personne, pas même Shizuka.

— La mère de Taku a certainement été informée ?

— Encore une fois, je l'ignore. Il est arrivé quelque chose au réseau des Muto, seigneur. Les messages sont mal acheminés et lus par d'autres que leurs destinataires. Les gens disent qu'ils veulent revenir à l'ancien temps, quand la Tribu avait vraiment du pouvoir. Kikuta Akio est très proche de Zenko, et nombreux chez les Muto sont ceux qui approuvent leur nouvelle amitié en racontant qu'il en allait ainsi entre Kenji et Kotaro, avant…

— Avant que je n'apparaisse, déclara Takeo d'une voix sombre.

— Ce n'est pas à moi de le dire, sire Otori. Les Muto vous ont juré fidélité, et Taku comme Sada ont été loyaux envers vous. Cela me suffit. J'ai quitté Hofu sans prévenir personne dans l'espoir de rattraper dame Shigeko et sire Hiroshi, mais ils avaient toujours quelques jours d'avance sur moi. Je les ai suivis ainsi jusqu'à la capitale. Voilà six semaines que je suis sur les routes.

— Je vous suis extrêmement reconnaissant.

Se rappelant qu'elle aussi était en deuil, il ajouta :

— Et je suis profondément désolé que votre sœur ait perdu la vie au service de ma famille.

Les yeux de Maï se mirent à briller à la lueur de la lampe, mais elle ne pleura pas.

— Ils ont été attaqués à l'arme à feu, déclara-t-elle avec amertume. Personne n'aurait pu les tuer avec des armes ordinaires. Taku a été touché au cou. L'hémorragie a dû l'achever en quelques secondes. Sada a été renversée de son cheval par la même balle, mais elle n'a pas succombé à sa chute : on lui a tranché la gorge.

— Akio possède des armes à feu ? Comment se les est-il procurées ?

— Il a passé tout l'hiver à Kumamoto. Les Araï ont dû lui en fournir. Ils ont fait du commerce avec les étrangers.

Assis en silence, il se rappela soudain la sensation du cou de Taku entre ses mains, à Shuho, quand il s'était réveillé et l'avait trouvé dans sa chambre. Taku devait avoir neuf ou dix ans. Il avait gonflé les muscles de son cou pour donner l'impression qu'il était plus vieux et plus fort que l'enfant qu'il était en fait. Ce souvenir, qu'une foule d'autres suivirent aussitôt, eut presque raison de lui. Cachant son visage dans sa main, il lutta pour vaincre ses sanglots. Son chagrin était exacerbé par sa fureur contre Zenko, qu'il n'avait épargné que pour le voir participer à l'assassinat de son propre frère. «Taku voulait la mort de Zenko, se souvint-il. Même Shizuka la jugeait souhaitable. Et maintenant, nous avons perdu celui des deux frères qui nous était le plus nécessaire.»

— Sire Otori, dit Maï d'un ton hésitant. Voulez-vous que je fasse venir quelqu'un auprès de vous?

— Non! s'exclama-t-il en reprenant son sang-froid après cet accès de faiblesse. Vous ignorez notre situation ici. Vous ne devez informer personne de ces événements. Rien ne doit bouleverser le programme des jours à venir. Ma fille et sire Hiroshi vont prendre part à un concours, et il ne faut surtout pas troubler leur concentration. Il est nécessaire qu'ils ne sachent rien avant la fin de ce concours. Personne ne doit être au courant.

— Mais vous devriez retourner dans les Trois Pays au plus vite! Zenko…

— Je partirai dès que possible, plus tôt que je ne l'avais prévu. Cependant je ne puis offenser mes hôtes — sire Saga, l'empereur lui-même. Je ne veux pas non plus que Saga ait vent de la trahison de Zenko. Pour l'instant, je suis plutôt en faveur, mais cela peut changer à tout moment. Dès que le concours sera terminé et que nous en connaîtrons le résultat, je préparerai mon retour. Du coup, nous risquons d'être pris dans les pluies — mais nous n'y pouvons rien. Vous voyagerez avec nous, bien entendu. Dans l'immédiat, toutefois, je dois vous demander de ne pas vous montrer ici, car Shigeko pourrait vous reconnaître. Tout sera fini après-demain. Ensuite, je devrai lui annoncer la nouvelle, ainsi qu'à Hiroshi.

Il prit des dispositions pour que Maï ait de l'argent et un logement, puis elle s'en alla en promettant de revenir dans deux jours.

Maï venait à peine de quitter la résidence quand Shigeko rentra avec Gemba. Ils avaient vérifié l'état des chevaux, préparé selles et brides pour le lendemain et discuté de la stratégie à adopter. En contraste avec son calme et sa maîtrise de soi habituels, Shigeko apparaissait tout excitée par les événements du jour et impatiente de participer au concours. Takeo en fut soulagé, car normalement elle aurait remarqué son silence et son abattement. Il fut également heureux que la pièce fût trop sombre pour qu'elle puisse voir son visage.

— Il faut que je vous rende Jato, Père, dit-elle.

— Il n'en est pas question, répliqua-t-il. Il t'a été donné par l'empereur en personne. Il est à toi, désormais.

— Mais il est trop grand pour moi! protesta-t-elle.

Takeo se força à sourire.

— Peu importe, il est à toi.

— Je le donnerai au temple en attendant que…

— Que quoi? la pressa-t-il.

— Que votre fils ou le mien soit assez vieux pour le porter.

— Ce ne sera pas la première fois qu'il se sera reposé là-bas. Cependant il t'appartient et te confirme comme l'héritière non seulement des Maruyama mais des Otori.

En prononçant ces mots, Takeo se rendit compte que la reconnaissance impériale rendait encore plus cruciale la question du mariage de Shigeko. Elle apporterait les Trois Pays à son époux, avec la bénédiction de l'empereur. Quoi que lui demande Saga, il ne donnerait pas tout de suite son consentement, pas avant d'avoir consulté Kaede.

Il avait une telle nostalgie de Kaede. Il ne regrettait pas seulement son corps, avec un désir exacerbé par le chagrin, mais aussi sa sagesse, sa lucidité, sa force douce. «Sans elle, je ne suis rien», songea-t-il. Il aspirait à rentrer chez lui.

Il ne fut guère difficile de convaincre Shigeko de se coucher tôt, et Gemba suivit son exemple, laissant Takeo seul pour affronter la longue nuit et le jour à venir, accablé d'une tristesse et d'une anxiété auxquelles il ne pouvait donner libre cours.

40

Minoru arriva comme toujours au point du jour, suivi par les servantes apportant le thé.

— La journée s'annonce splendide, déclara-t-il. J'ai consigné tous les événements d'hier et ferai de même pour tout ce qui se passera aujourd'hui.

Tandis que Takeo prenait le registre sans mot dire, le secrétaire observa d'une voix hésitante :

— Sire Otori a l'air souffrant.

— J'ai mal dormi, voilà tout. Il faudra que j'aille bien, afin de continuer à éblouir et impressionner les autres. Je n'ai pas le choix.

Surpris du ton amer de Takeo, Minoru haussa les sourcils presque imperceptiblement.

— Il me semble que votre visite a été un triomphe ?

— Nous le saurons d'ici ce soir.

Prenant une décision soudaine, Takeo lança :

— Je vais vous dicter quelque chose. Ne faites aucun commentaire et n'en parlez à personne. Je veux que vous soyez averti afin d'organiser notre retour un peu plus tôt que prévu.

Minoru prépara la pierre à encre et saisit le pinceau en silence. D'une voix neutre, Takeo relata tout ce que Maï lui avait dit la nuit précédente, tandis que le secrétaire prenait en note ses paroles.

— Je suis désolé, dit-il quand il eut fini.

Comme Takeo lui lançait un regard de reproche, il précisa :

— Je suis désolé de ma maladresse. Ma main tremblait et l'écriture est lamentable.

— Peu importe, du moment qu'elle soit lisible. Gardez ce texte en lieu sûr. Je vous demanderai d'en lire des extraits plus tard, ce soir ou demain.

Minoru s'inclina. Takeo avait conscience de sa sympathie silencieuse. Le fait d'avoir partagé la nouvelle de la mort de Taku avec quelqu'un le soulagea un peu dans son angoisse.

— Sire Saga vous a envoyé une lettre, annonça Minoru en lui présentant un rouleau. Il a dû l'écrire la nuit dernière. Il vous fait là un grand honneur.

— Montrez-moi ça.

L'écriture était à l'image de l'homme, hardie et vigoureuse. Les traits à l'encre fraîche se détachaient noirs et énergiques, dans un style carré.

— Il me félicite pour la bienveillance de l'empereur à mon égard et pour le succès de mon cadeau, et il me souhaite bonne chance pour aujourd'hui.

— Votre popularité l'inquiète, déclara Minoru. Il craint que l'empereur ne vous garde sa faveur même si vous êtes vaincu lors du concours.

— Je respecterai notre accord et j'en attends autant de sa part, répliqua Takeo.

— Mais lui s'attend à ce que vous trouviez quelque expédient pour vous y soustraire, de sorte qu'il ne voit aucune raison de s'y tenir lui-même.

— Minoru, vous êtes devenu cynique à l'excès ! Sire Saga est un grand seigneur issu d'un clan vénérable. Il a conclu cet accord en public. Pas plus que moi, il ne peut revenir sur son engagement sans se déshonorer !

— C'est pourtant ainsi que les seigneurs deviennent grands, marmonna le secrétaire.

LES RUES ÉTAIENT ENCORE PLUS BONDÉES QUE LA VEILLE et les gens dansaient déjà avec frénésie. Il régnait une atmosphère fébrile. La chaleur s'était intensifiée, chargée d'une humidité annonciatrice de la saison des pluies. Devant le Grand Sanctuaire, les quatre côtés de l'arène étaient remplis de spectateurs : femmes en robes à capuchon, hommes aux vêtements chatoyants, sans oublier les enfants, tous munis de parasols et d'éventails. Les cavaliers attendaient sur la piste circulaire de sable rouge. L'équipe de Saga arborait des croupières et des bricoles rouges, celles de l'équipe de Shigeko étaient blanches. Les selles des chevaux étaient incrustées de nacre. Leurs crinières avaient été nattées. Leurs toupets et leurs queues ondoyaient, aussi brillants et soyeux que la chevelure d'une princesse. Une grosse corde de paille jaune séparait la piste extérieure de celle intérieure, dont le sable était blanc.

Takeo entendit des jappements excités du côté est de l'arène, où une cinquantaine de chiens blancs étaient parqués dans un petit enclos décoré de glands. Au fond du terrain, on avait élevé un pavillon de soie pour l'empereur, lequel était caché comme la veille derrière un store de bambou.

On guida Takeo vers sa place, située un peu à droite du pavillon impérial. Il fut accueilli par les aristocrates et les guerriers qui s'y trouvaient avec leurs épouses et dont il avait rencontré quelques-uns lors des festivités de la veille. L'influence de la kirin était déjà manifeste : un homme lui montra un fermoir sculpté à son effigie et plusieurs femmes portaient des capuchons arborant son image.

L'ambiance était celle d'une partie de campagne, pleine de bavardages enjoués, et il s'efforça d'y participer de bon cœur. Par moments, cependant, la scène semblait se troubler et le ciel s'assombrir à ses yeux. Une image s'imposait à lui : Taku, foudroyé d'un coup de feu à la nuque et mourant dans une mare de sang.

Il se concentra sur les vivants, et d'abord sur ses trois représentants, Shigeko, Hiroshi et Gemba. Les deux destriers gris pâle aux crinières et aux queues noires formaient un contraste saisissant avec la monture d'un noir sans défaut de Gemba. Les chevaux faisaient le tour de la piste d'un pas tranquille. Saga lui-même montait un grand destrier bai, et ses deux compagnons, Okuda et Kono, respectivement un cheval pie et un alezan. Leurs arcs étaient énormes, comparés à celui de Shigeko, et leurs flèches étaient empennées de plumes de héron blanches et grises.

Takeo n'ayant encore jamais assisté à une chasse aux chiens, ses voisins lui en expliquèrent les règles.

— On ne doit atteindre que certaines parties du chien : le dos, les pattes, le cou. La tête, le ventre ou les organes génitaux sont interdits. De plus, on perd des points si le chien saigne ou meurt. Plus le sang coule, moins le tir est valable. Il s'agit de faire montre d'une maîtrise parfaite, ce qui est très difficile quand le cheval est au galop, le chien en train de courir et l'archer plein de force.

Les concurrents étaient groupés par paires, en commençant par ceux de moindre rang. La première paire opposait Okuda et Hiroshi.

— Okuda commencera afin de vous montrer comment on fait, dit Saga à Hiroshi.

C'était généreux de sa part, car le second participant avait un léger avantage.

Le premier chien fut amené sur la piste. Okuda entra en lice à son tour et lança son cheval au galop. Laissant tomber les rênes sur son encolure, il leva l'arc et ajusta la flèche.

On libéra le chien de sa laisse, et il se mit aussitôt à bondir en aboyant après le coursier. En sentant la première flèche d'Okuda siffler au-dessus de ses oreilles, il poussa un glapissement surpris et recula, la queue entre les jambes. La deuxième flèche l'atteignit à la poitrine.

— Un tir magnifique ! s'exclama le voisin de Takeo.

La troisième flèche toucha le dos du chien fuyant en courant. Elle avait été tirée avec trop de force, si bien que du sang commença à tacher la fourrure blanche.

— Pas extraordinaire, jugea l'expert.

Takeo sentit la tension grandir en lui lorsque Hiroshi pénétra sur la piste et que Keri se mit à galoper. Il connaissait le cheval depuis presque aussi longtemps qu'il connaissait l'homme : presque dix-huit ans. Le destrier gris saurait-il affronter un tel concours ? Allait-il décevoir son cavalier ? Hiroshi excellait au tir à l'arc, mais pourrait-il rivaliser avec l'élite des archers de la capitale ?

On lâcha le chien. Peut-être avait-il observé le sort de son compagnon et savait-il ce qui l'attendait. Il quitta aussitôt la piste pour s'enfuir ventre à terre vers les autres chiens. La première flèche de Hiroshi le manqua de peu.

Après avoir rattrapé le chien, on le ramena sur la piste pour le lâcher de nouveau. Takeo vit qu'il était terrifié et grondait en montrant les dents. « Ils doivent sentir le sang et la peur, pensa-t-il. À moins qu'ils ne communiquent entre eux et ne se mettent en garde mutuellement. » Cette fois, Hiroshi était mieux préparé, mais la flèche manqua encore sa cible.

— C'est plus difficile qu'il n'y paraît, déclara le voisin de Takeo d'un ton compatissant. Il faut des années d'entraînement.

Takeo regarda fixement le chien qu'on ramenait pour la troisième fois, en l'adjurant de s'asseoir tranquillement. Il ne voulait pas que Hiroshi le blesse, mais il aurait aimé voir le jeune homme réussir au moins un tir. La foule se tut. Derrière le fracas du cheval au galop, il entendit un fredonnement presque imperceptible — le bruit que faisait Gemba quand il était content.

Aucun autre humain ne pouvait le percevoir, mais le chien l'entendit. Il cessa de se débattre en jappant. Quand on le lâcha, il resta un moment à se gratter au lieu de décamper, après quoi il se leva et fit lentement le tour de la piste. La flèche de Hiroshi l'atteignit au flanc. Il tomba en glapissant sous le choc, mais il ne saignait pas.

— Un coup facile ! Okuda va être déclaré vainqueur.

Tel fut effectivement l'avis des juges. Le second tir d'Okuda, malgré le sang répandu, obtint plus de points que les deux tirs manqués de Hiroshi.

Takeo se préparait à une nouvelle défaite. Dans ce cas, quelle que soit la prestation de Shigeko, la cause serait entendue. Il regarda Gemba, lequel ne fredonnait plus d'un air détendu et satisfait mais avait retrouvé sa vivacité habituelle. Son destrier noir semblait tout aussi alerte et observait cette scène insolite pour lui, les oreilles dressées et les yeux écarquillés. Sire Kono attendait sur la piste extérieure, monté sur son alezan racé et fougueux. Takeo connaissait déjà ses talents de cavalier, et le cheval était rapide.

Comme Hiroshi avait perdu la reprise précédente, Gemba entra le premier en lice. Le nouveau chien était plus docile et ne semblait pas effrayé par le cheval au galop. La première flèche de Gemba parut planer dans l'air avant d'atterrir doucement sur la croupe de l'animal. Un tir réussi, et pas de sang. Le deuxième tir lui ressembla en tout point, mais à présent le chien avait pris peur et courait en zigzaguant en tous sens. La troisième flèche de Gemba manqua sa cible.

Kono lui succéda et lança l'alezan dans un galop spectaculaire, en faisant voler le sable rouge. La foule poussa des cris approbateurs.

— Sire Kono est très adroit et très populaire, déclara son voisin à Takeo.

— C'est vraiment un plaisir de le voir évoluer ! approuva poliment Takeo.

« Je suis en train de tout perdre, se dit-il, mais je ne montrerai ni dépit ni chagrin. »

Dans l'enclos, les chiens s'excitaient à vue d'œil. Les jappements avaient cédé la place à des hurlements. À chaque nouveau lâcher, l'animal se montrait plus affolé. Cela n'empêcha pas Kono de réussir deux tirs parfaits sans verser une goutte de sang. Lors de son troisième tir, l'alezan surexcité par les acclamations du public se cabra légèrement alors que Kono bandait son arc, si bien que la flèche passa au-dessus de la tête du chien et heurta le bord de la tribune en bois s'étendant derrière. Plusieurs jeunes gens bondirent pour s'en emparer, et l'heureux vainqueur la brandit fièrement.

Après une longue discussion, les juges décrétèrent que la seconde reprise se soldait par un score nul.

— Il est maintenant possible que la décision revienne pour finir à l'empereur! s'exclama le voisin de Takeo. Les gens aiment beaucoup cette solution. C'est ainsi qu'on départage les équipes, en cas d'égalité finale.

— Je serais surpris qu'on en vienne là, car il me semble que sire Saga est considéré comme le meilleur spécialiste de ce jeu.

— Vous avez raison, bien sûr. Je ne voulais pas...

L'homme semblait au comble de l'embarras. Après quelques minutes de silence gêné, il s'excusa et partit rejoindre un autre groupe. Il leur chuchota quelques mots, que Takeo entendit clairement :

— Vraiment, je ne puis supporter de rester assis à côté de sire Otori alors que sa vie est en jeu. J'ai peine à profiter du spectacle tellement j'ai pitié de lui!

— On raconte que ce concours n'est qu'un prétexte lui permettant de se retirer sans être vaincu sur le champ de bataille. Peu lui importe l'issue. Il est donc inutile de le plaindre.

Le silence se fit sur l'arène lorsque Shigeko entra en lice et qu'Ashige se mit à galoper. Takeo avait à peine la force de la regarder, mais il ne pouvait détacher ses yeux d'elle. Auprès des concurrents masculins, elle paraissait toute petite et fragile.

Malgré l'excitation de la foule, les aboiements frénétiques des chiens et la tension croissante, la cavalière et sa monture semblaient toutes deux complètement détendues. La démarche du cheval était aussi souple que rapide, la jeune fille se tenait très droite et irradiait la sérénité. L'arc et les flèches minuscules de Shigeko provoquèrent des exclamations de surprise, qui se changèrent en cris d'admiration quand le premier tir atteignit doucement le chien sur le flanc. Il essaya de happer la flèche, comme si c'était une mouche. Cependant il n'était ni blessé ni effrayé, et paraissait comprendre qu'il ne s'agissait que d'un jeu, auquel il était ravi de participer. Il fit le tour de la piste en courant exactement au même rythme que le cheval. Shigeko se pencha et décocha la deuxième flèche — on aurait dit qu'elle tendait la main et caressait la nuque de l'animal. Le chien secoua la tête en remuant la queue.

Elle fit accélérer sa monture et le chien courut sur ses talons, la gueule ouverte, les oreilles au vent, la queue dressée. Après avoir fait ainsi trois fois le tour de l'arène, Shigeko arrêta son cheval en face de l'empereur. Le chien s'assit derrière elle, hors d'haleine. Elle s'inclina profondément, repartit au galop et se rapprocha du chien qui resta assis à l'observer en tournant la tête, la langue pendante. La troisième flèche, volant plus vite mais avec non moins de douceur, atteignit le chien à la base de sa tête avec un bruit presque imperceptible.

Takeo se sentit plein d'admiration pour elle, pour sa force et son adresse à la fois parfaitement maîtrisées et tempérées de douceur. Il sentit des larmes lui monter aux yeux et craignit de dominer moins bien sa fierté que son chagrin. Fronçant les sourcils, il s'obligea à rester impassible, les muscles raidis.

Saga Hideki, le dernier concurrent, pénétra à son tour sur la piste de sable blanc. Le cheval bai résistait au mors et luttait contre son cavalier, mais celui-ci le dompta aisément grâce à sa force immense. Il portait une robe noire dont le dos était décoré d'un motif de plumes de flèches. Une peau de daim jetée sur ses cuisses protégeait ses jambes, et la queue noire de l'animal pendait presque jusqu'au sol. Quand le seigneur leva son arc, les spectateurs poussèrent un soupir. Quand il ajusta la flèche, ils retinrent leur souffle. Le destrier galopait, la bouche écumante. On lâcha le chien. Il s'élança sur le terrain en aboyant bruyamment. La première flèche vola si vite que l'œil ne pouvait la suivre. Avec une sûreté infaillible, elle atteignit le chien au côté et le renversa. Étourdi par le choc, il se releva péniblement. Saga n'eut aucun mal à le toucher de nouveau avec sa deuxième flèche, toujours sans le faire saigner.

Le soleil déclinait à l'occident. La chaleur devenait plus lourde à mesure que les ombres s'allongeaient. Malgré les cris de la foule, les hurlements des chiens, les glapissements des enfants, une paix glacée s'empara de Takeo. Il l'accueillit avec reconnaissance, car elle émoussait tout sentiment en apaisant de sa main froide aussi bien la rage que le regret et le chagrin. Sans émotion, il regarda Saga faire un nouveau tour de piste au galop. L'homme maîtrisait parfaitement son esprit et son corps, sa monture et son arc. Le spectacle prit des allures de rêve. La dernière flèche vola jusqu'au chien, qu'elle frappa derechef au côté avec un bruit assourdi. «Le sang va couler», se dit Takeo, mais rien ne venait souiller la fourrure blanche et le sable pâle.

La foule se tut d'un coup. Il sentit tous les regards se fixer sur lui, bien qu'il ne regardât personne. Le goût de la défaite était dans sa gorge, dans son ventre, comme une bile amère. Saga et Shigeko devaient être au moins à égalité. Deux parties nulles et une victoire — Saga avait gagné.

Mais soudain, sous ses yeux, comme si le rêve continuait, le sable immaculé de l'arène commença à se teindre de rouge. Le chien saignait abondamment, à la gueule et à l'anus. Les gens poussèrent des cris de stupeur. L'animal se cambra en secouant la tête, son sang ruissela sur le sable et il poussa un unique glapissement. Il était mort.

La force de Saga était trop grande, se dit Takeo. Il ne parvenait pas à modérer sa vigueur masculine : il pouvait ralentir la flèche, mais non amoindrir son effet. Les deux premiers tirs avaient détruit les organes internes du chien, qui avait succombé.

Il entendit les cris de joie s'élever comme de très loin. Se levant avec lenteur, il regarda le fond de l'arène, où l'empereur trônait derrière l'écran de bambou. Le concours se terminait par un score nul : la décision revenait désormais au souverain. La foule se tut peu à peu. Les concurrents attendaient l'issue, immobiles, l'équipe rouge du côté est, l'équipe blanche du côté ouest. Les jambes des chevaux projetaient des ombres longues en travers de l'arène. Les chiens aboyaient encore dans leur enclos, mais rien d'autre ne troublait le silence.

Takeo se rendit compte que les gens s'étaient écartés de lui, au cours de l'épreuve, afin d'éviter de voir de trop près son humiliation ou d'avoir part à son destin funeste. À présent, il était seul pour entendre le jugement final.

Des voix chuchotaient derrière l'écran, mais il ferma délibérément ses oreilles. Ce ne fut qu'en voyant le ministre émerger du store et regarder Shigeko avant de jeter un regard plus nerveux à Saga qu'il sentit un faible espoir s'éveiller en lui.

— L'équipe de dame Maruyama n'ayant pas fait couler le sang, l'empereur accorde la victoire à l'équipe blanche!

Takeo tomba à genoux et se prosterna tandis que la foule poussait des cris approbateurs. Quand il se redressa, il constata que l'espace autour de lui s'était soudain rempli de gens accourus pour le féliciter et se trouver près de lui. Pendant que la nouvelle se répandait d'un bout à l'autre de l'arène et au-delà, les chansons recommencèrent de plus belle.

> «Sire Otori s'est présenté à la capitale,
> Ses chevaux mettent en émoi notre pays.
> Sa fille a remporté une grande victoire,
> Dame Maruyama n'a pas fait couler le sang.
> Le sable est blanc. Les chiens sont blancs.
> Les cavaliers blancs ont le dessus.
> La paix dont jouissent les Trois Pays,
> Les Huit Îles au complet la connaîtront!»

Regardant en direction de Saga, Takeo vit que le seigneur de la guerre s'était tourné vers lui. leurs regards se croisèrent et Saga inclina la tête pour montrer qu'il reconnaissait la victoire de ses adversaires.

«Il ne s'attendait pas à cette issue», songea Takeo. Il se remémora les réflexions de Minoru. «Il pensait se débarrasser de moi sans livrer bataille, mais il a échoué. Il saisira le premier prétexte pour ne pas tenir parole.»

SIRE SAGA AVAIT ORGANISÉ UN GRAND FESTIN en prévision de sa victoire. Le festin eut bien lieu, mais la joie n'y fut pas aussi sincère que dans les rues en liesse. La politesse l'emporta, cependant, et Saga ne fut pas avare de compliments pour dame Maruyama. Il laissa clairement entendre qu'il désirait plus que jamais l'épouser.

— Nous deviendrons alliés et vous serez mon beau-père, dit-il en riant avec une gaieté forcée. Encore qu'il me semble que je suis votre aîné de quelques années.

— Je serai ravi de vous appeler mon fils, répliqua Takeo non sans s'étonner lui-même de pouvoir prononcer ces mots. Toutefois, nous ne pourrons annoncer les fiançailles qu'une fois que ma fille aura sollicité l'avis de son clan, et notamment de sa mère.

Jetant un coup d'œil sur sire Kono, il se demanda ce que pensait vraiment l'aristocrate derrière sa politesse de façade. Quel message allait-il envoyer à Zenko au sujet de l'issue du concours, et que faisait Zenko en cet instant même ?

Le festin se prolongea jusque tard dans la nuit. La lune s'était couchée et les étoiles énormes répandaient une vague clarté qu'embrumait l'atmosphère humide.

— Je dois vous demander de retarder encore un peu plus votre sommeil, déclara Takeo à leur retour dans la résidence.

Il emmena Shigeko, Gemba et Hiroshi dans la pièce la plus isolée de la demeure. Toutes les portes étaient ouvertes. On entendait ruisseler de l'eau dans le jardin, et de temps en temps le vrombissement d'un moustique. Minoru fut prié de les rejoindre.

— Père, qu'est-ce qui ne va pas ? demanda Shigeko d'un ton pressant. Vous avez reçu de mauvaises nouvelles de chez nous… Est-ce à propos de Mère ? Du bébé ?

— Minoru a quelque chose à vous lire, répliqua-t-il en faisant signe au secrétaire de commencer.

Minoru lut sans émotion, avec sa froideur coutumière, mais ils n'en furent pas moins accablés par ce qu'ils apprenaient. Shigeko ne cacha pas ses larmes. Hiroshi resta assis, horriblement pâle, comme étourdi par un coup en pleine poitrine. Gemba renifla bruyamment et s'exclama :

— Vous avez gardé cela pour vous toute la journée ?

— Je ne voulais pas troubler votre concentration. Je ne m'attendais pas à votre victoire. Comment pourrais-je vous remercier ? Vous avez été tous magnifiques !

Des larmes d'émotion montèrent aux yeux de Takeo tandis qu'il parlait.

— Heureusement, l'empereur a été suffisamment impressionné par vous pour ne pas vouloir risquer d'offenser les dieux en décidant contre vous, déclara Gemba. Tout a concouru à le persuader que vous aviez la bénédiction du Ciel.

— J'ai cru qu'il était assez humain pour considérer ma présence comme un frein au pouvoir de Saga.

— C'est également vrai, concéda Gemba. Bien entendu, même s'il est d'essence divine, il est mû comme nous tous par un mélange d'idéalisme, de pragmatisme, d'instinct de survie et de bonnes intentions !

— Votre victoire nous a valu sa faveur, mais la mort de Taku nous oblige à rentrer au plus vite. Nous devons nous occuper de Zenko dès maintenant.

— Oui, je crois que l'heure du retour a sonné, approuva Gemba. Non seulement à cause de Taku, mais pour prévenir de nouveaux désastres. Un autre péril nous menace.

— Maya est-elle en cause ? demanda Shigeko avec angoisse.

— Peut-être, dit Gemba mais sans vouloir préciser davantage.

Takeo se tourna vers Hiroshi.

— Vous avez perdu votre meilleur ami… Je suis profondément désolé.

— J'essaie de faire taire mon désir de vengeance, répliqua Hiroshi d'une voix dure. Tout ce que je veux, c'est la mort de Zenko, ainsi que celle de Kikuta Akio et de son fils. Si je suivais mon instinct, je me lancerais sur-le-champ à leurs trousses. Cependant la voie du Houou m'a appris en premier lieu à m'abstenir de toute violence. Je ne vois pourtant pas d'autre moyen de régler leur compte à ces assassins.

— Nous allons les poursuivre, répliqua Takeo, mais nous respecterons la justice. Ils seront exécutés conformément à la loi. J'ai été reconnu par l'empereur. Mon gouvernement a reçu l'aval de Sa Divine Majesté. Zenko n'a plus aucun motif légal pour me disputer le pouvoir. S'il ne se soumet pas purement et simplement, nous le vaincrons sur le champ de bataille et il devra mettre fin à ses jours. Quant à Akio, il sera pendu comme le vulgaire criminel qu'il est. Mais nous devons partir sans tarder.

— Père, intervint Shigeko, je sais que vous avez raison. Mais un départ précipité ne va-t-il pas offenser sire Saga et l'empereur? Pour tout vous dire, je suis également inquiète au sujet de la kirin. Sa bonne santé est essentielle pour que vous demeuriez en grâce. Elle sera malheureuse si nous disparaissons tous si soudainement. J'espérais lui donner le temps de s'acclimater avant notre départ… Peut-être devrais-je rester ici avec elle?

— Non, je ne te laisserai pas aux mains de Saga, lança-t-il avec une véhémence qui les surprit tous. Vais-je devoir abandonner toutes mes filles à mes ennemis? Nous avons donné la kirin à l'empereur. Lui et sa cour en sont maintenant responsables. Il faut que nous partions avant la fin de la semaine, de manière à voyager avec la lune croissante.

— Comme nous cheminerons sous la pluie, nous risquons de ne pas voir la lune du tout, murmura Hiroshi.

Takeo se tourna vers Gemba.

— Gemba, toutes vos prédictions se sont réalisées jusqu'à présent. Le Ciel va-t-il continuer ses faveurs envers nous en retardant la saison des pluies?

— Nous verrons ce que nous pourrons faire, promit Gemba en souriant à travers ses larmes.

41

Depuis que Takeo lui avait demandé de prendre la tête de la Tribu, Shizuka avait passé une bonne partie de l'année à voyager à travers les Trois Pays, en visitant les villages cachés dans les montagnes et les maisons de commerce de ses parents s'adonnant en ville à des occupations diverses et complexes, telles que le brassage du vin de riz, la fermentation du soja et le prêt à intérêt, sans oublier quelques activités annexes d'espionnage, de protection ou de persuasion sous différentes formes. Les antiques hiérarchies de la Tribu existaient encore, avec leur structure verticale et leurs loyautés familiales traditionnelles, ce qui signifiait que même entre eux ses membres gardaient leurs secrets et agissaient souvent à leur guise.

Shizuka était habituellement accueillie avec une déférence courtoise, mais elle avait conscience que sa nouvelle position suscitait une certaine surprise, voire de l'hostilité. Si Zenko l'avait soutenue, peut-être en serait-il allé autrement, mais elle savait que tant qu'il serait vivant la moindre insatisfaction chez les Muto deviendrait un ferment de révolte. Elle se sentait donc obligée de rester en contact avec tous ses parents, afin d'essayer de conserver leur loyauté et de les ranger à son côté contre son fils aîné.

Elle-même ne savait que trop combien le secret et la désobéissance pouvaient trouver un terrain favorable dans la Tribu. Bien des années auparavant, en effet, elle avait révélé les rouages de la Tribu à sire Shigeru, dont les registres méticuleux avaient permis à Takeo de déjouer les ruses de ses adversaires et de s'en rendre maître. Kenji avait percé à jour Shizuka, mais il avait choisi de fermer les yeux sur ce qu'il fallait bien appeler sa trahison. Cependant elle se demandait parfois qui d'autre pouvait avoir des soupçons. Les gens de la Tribu avaient la mémoire longue, et ils étaient aussi patients qu'implacables quand il s'agissait de se venger.

Un mois après la naissance de l'enfant de Kaede, alors que Takeo venait de partir pour Miyako, Shizuka se prépara à reprendre la route. Elle comptait se rendre d'abord à Yamagata, puis à Kagemura, dans les montagnes s'étendant derrière Yamagata, et de là à Hofu.

— Kaede et son petit garçon paraissent tous deux en bonne santé, dit-elle à Ishida. Il me semble que je peux m'en aller avant la saison des pluies. Vous serez ici pour vous occuper d'eux. Comme Fumio est au loin, vous ne voyagerez pas cette année.

Le petit est très robuste, approuva Ishida. Bien sûr, on ne peut jamais savoir avec les nourrissons. Ils ne tiennent souvent qu'à un fil à la vie et peuvent s'éteindre à l'improviste. Mais j'ai l'impression que nous avons affaire à un battant.

— C'est un vrai guerrier. Kaede est en adoration devant lui!

— Je n'ai jamais vu une mère aussi folle de son enfant, admit Ishida.

Kaede supportait à peine d'être séparée de son fils. Elle l'allaitait elle-même, ce qu'elle n'avait pas fait avec ses autres enfants. Shizuka les contemplait avec une envie mêlée de pitié : le bébé tétant avec une détermination farouche, la mère le protégeant avec non moins d'ardeur.

— Comment s'appellera-t-il? avait-elle demandé.

— Nous n'avons pas encore décidé, répondit Kaede. Takeo penche pour Shigeru, toutefois ce nom a des connotations funestes et de toute façon nous avons déjà Shigeko. Peut-être prendra-t-il un autre nom des

Otori, comme Takeshi ou Takeyoshi. Mais il ne recevra pas de nom avant l'âge de deux ans. En attendant, je l'appelle mon petit lion.

Shizuka se rappela comme elle avait adoré ses propres fils dans leur enfance, et elle songea aux soucis et aux déceptions qu'ils lui donnaient maintenant.

Lorsqu'elle avait épousé Ishida, elle avait espéré avoir un autre enfant, une fille si possible. Cependant les années avaient passé sans qu'elle soit mère de nouveau. À présent, son sang ne coulait plus guère et elle n'avait presque plus aucune chance de réaliser cet espoir. En fait, elle y avait renoncé. Ishida n'avait pas eu d'enfants de sa première épouse, morte depuis bien longtemps. Très amateur de femmes, il avait voulu se remarier, mais aucune prétendante n'avait trouvé grâce aux yeux de sire Fujiwara. Pour l'heure, sa passion et sa gentillesse pour Shizuka ne se démentaient pas. Comme elle l'avait dit à Takeo, elle aurait été ravie de vivre paisiblement avec lui à Hagi en continuant de tenir compagnie à Kaede. Mais elle avait accepté de prendre la tête de la famille Muto, ce qui faisait d'elle en théorie la maîtresse de la Tribu tout entière. Cette tâche absorbait maintenant tout son temps et son énergie. Elle impliquait aussi qu'il lui était impossible d'aborder de nom-breux sujets avec Ishida. Elle aimait son époux, lequel possédait beaucoup de qualités qu'elle admirait, mais la discrétion n'en faisait pas partie. Il parlait trop librement de tout ce qui l'intéressait et ne savait guère distinguer entre les discussions publiques et privées. Doté d'une curiosité insatiable pour le monde et ses créatures, des humains aux animaux, des plantes aux pierres et aux minéraux, il était prêt à parler de ses dernières découvertes et théories avec tous les gens qu'il rencontrait. Le vin de riz achevait de délier sa langue, et il oubliait invariablement ses bavardages de la veille. Il appréciait tous les plaisirs de la paix : les repas copieux, la liberté de voyager, les échanges avec les étrangers, les objets incroyables qu'ils rapportaient de l'autre bout du monde. Dans son enthousiasme, il refusait d'affronter le fait que la paix était constamment menacée, qu'on ne pouvait se fier à tout le monde et qu'il pouvait exister des ennemis au sein même de sa propre famille.

Shizuka ne lui confia donc pas ses inquiétudes au sujet de Taku et Zenko. De son côté, Ishida avait à peu près oublié cette soirée à Hofu où dans son ivresse il avait révélé à Zenko, Hana et sire Kono ses théories sur la puissance de l'esprit humain et les effets positifs de la croyance dans les prophéties, dont Takeo fournissait un exemple frappant.

Sunaomi et Chikara furent tristes de voir partir Shizuka. Cependant leur mère, Hana, était attendue à Hagi avant la fin du mois, et ils étaient trop occupés par leur éducation et leur entraînement pour souffrir de l'absence de leur grand-mère. Depuis leur arrivée à Hagi, Shizuka avait guetté avec attention le moindre signe annonciateur des talents de la Tribu chez eux, mais les deux garçons paraissaient semblables à tous les fils de guerriers, sans que rien les différencie de leurs camarades d'entraînement, de compétition et de chamaillerie.

Kaede la serra dans ses bras et lui donna un manteau neuf avec un capuchon à la dernière mode, ainsi qu'une jument que Shizuka avait déjà souvent montée. Il était plus facile de trouver un cheval qu'un compagnon de voyage. Shizuka se surprit à regretter Kondo Kiichi, qui aurait été parfait pour une expédition de ce genre, avec son adresse au combat et sa loyauté. Elle déplora sa mort et décida, puisqu'il n'avait pas d'enfants, de se rappeler elle-même son esprit et de prier pour lui.

Elle n'avait pas besoin de se déguiser ni de partir en secret, mais son éducation l'avait rendue prudente et elle refusa l'escorte de guerriers Otori que lui proposait Kaede. Finalement, elle choisit un nommé Bunta, qui avait été bien des années plus tôt son informateur à Maruyama. Il avait travaillé comme palefrenier pour dame Maruyama Naomi. Se trouvant à Inuyama au moment de sa mort, il y était resté pendant la guerre, ce qui lui avait permis d'échapper à la destruction des familles de la Tribu à Maruyama, où il avait toutefois perdu plusieurs parents. Après la guerre et le tremblement de terre, il été arrivé à

Hagi et était resté depuis lors au service des Otori. Plus jeune que Shizuka de quelques années, ce membre de la famille Imaï était en apparence aussi taciturne que docile, mais il possédait plusieurs talents exceptionnels. Pickpocket expert, c'était un menteur laconique qui avait le chic pour obtenir des informations. Il excellait également dans les combats de rue et la lutte à mains nues. Enfin, il pouvait boire avec les ivrognes les plus endurcis sans jamais perdre lui-même la tête. Leur passé commun avait créé un lien entre Shizuka et lui, et elle avait le sentiment qu'elle pouvait lui faire confiance.

Tout au long de l'hiver, il lui avait fourni des bribes d'informations. Dès que les neiges avaient fondu, il s'était rendu sur sa requête à Yamagata afin de savoir, comme il le disait lui-même, dans quelle direction soufflait le vent. Les nouvelles qu'il rapporta étaient inquiétantes : Taku était resté à Hofu au lieu de retourner à Inuyama, Zenko était très proche des Kikuta et se considérait comme le maître de la famille Muto, et la famille elle-même était divisée. Shizuka avait abordé ces divers sujets avec Takeo avant son départ, mais sans aboutir à des décisions. Takeo avait vu toute son attention absorbée par la naissance de son fils et ses préparatifs pour son voyage à Miyako. À présent, elle se sentait obligée d'agir elle-même, en faisant tout pour préserver la loyauté des Muto et assurer la sécurité des jumelles, Maya et Miki.

Elle les aimait comme les filles qu'elle n'avait jamais pu avoir. C'était elle qui s'en était occupée, durant la longue convalescence de Kaede après leur naissance. Elle avait surveillé leur entraînement au sein de la Tribu et n'avait cessé de les protéger et de les défendre contre tous ceux qui leur voulaient du mal.

Elle avait un autre objectif, qu'elle n'était pas certaine d'avoir la force de réaliser, celui-là même dont elle avait parlé à Takeo et qu'il avait refusé. Elle ne pouvait s'empêcher de repenser à Iida Sadamu, lui aussi seigneur de la guerre en un temps lointain, et au complot tramé pour l'assassiner. Si seulement le monde était resté aussi simple qu'à l'époque. Elle avait déclaré à Takeo qu'en tant que chef de la famille Muto et vieille amie des Otori, elle devait lui conseiller de se débarrasser de Zenko. Mais en tant que mère…

«Takeo m'a dit qu'il n'entendait pas tuer Zenko, pensait-elle. Je n'ai pas à agir contre sa volonté. Personne ne peut l'exiger de moi.»

Mais au plus secret de son être, elle éprouvait elle-même cette exigence.

Il n'était pas question pour elle d'en parler à quiconque, mais de temps en temps elle considérait ce projet dans son esprit sans détourner les yeux, en s'habituant à son obscure séduction et à son urgence menaçante.

Le fils de Bunta, un garçon de quinze ou seize ans, les accompagna. Il s'occupait des chevaux, achetait les provisions et partait en éclaireur préparer leur hébergement. Le temps était splendide. Le repiquage du printemps était terminé et les jeunes plants teintaient de vert pâle les rizières que le ciel bleuissait en s'y reflétant. Les routes étaient sûres et bien entretenues, les villes riantes et prospères. Ils faisaient des repas aussi abondants que délicieux, car les relais des grandes routes rivalisaient entre eux pour produire friandises et spécialités locales.

Shizuka s'émerveilla une nouvelle fois des réalisations de Takeo et Kaede, de la richesse et du contentement régnant dans leur pays, et elle s'affligea de voir cette réussite menacée par la soif de pouvoir et le désir de vengeance.

En effet, tout le monde ne se réjouissait pas de la stabilité et de la tranquillité générales. À Tsuwano, la famille Muto chez qui elle résidait se plaignit de son manque de prestige parmi les marchands maintenant que tant de gens se livraient au commerce. À Yamagata, dans l'ancienne maison de Kenji, qui appartenait à présent à un cousin de Shizuka appelé Yoshio, la conversation du soir dériva vers le bon vieux temps où les Kikuta et les Muto étaient amis et où chacun les craignait et les respectait.

Shizuka connaissait Yoshio presque depuis qu'il était né. Il faisait partie des garçons qu'elle subjuguait par sa force comme par sa ruse durant les séances d'entraînement de son enfance dans le village secret. Il la traitait avec familiarité et lui parlait sans fard. Elle ne savait pas si elle pouvait compter sur son soutien, mais au moins il était honnête avec elle.

— C'était différent du vivant de Kenji, déclara Yoshio. Tout le monde le respectait et comprenait ses raisons pour faire la paix avec les Otori. Takeo disposait d'informations grâce auxquelles il aurait pu détruire la Tribu, comme il l'a quasiment fait à Maruyama. À l'époque, s'allier avec lui nous permettait de gagner du temps et de sauvegarder notre puissance. Cependant les gens disent de plus en plus qu'on ne peut ignorer l'exigence des Kikuta d'obtenir enfin justice. En fuyant la Tribu et en tuant le maître de sa famille, Takeo s'est rendu coupable du crime le plus inexpiable. Cela fait des années qu'il échappe au châtiment, mais à eux deux, Akio et Araï Zenko sont maintenant en position de le faire payer.

— Kenji a juré fidélité à Takeo au nom de la famille Muto tout entière, lui rappela Shizuka. Mon fils a fait de même à de nombreuses reprises. D'ailleurs, je ne suis pas à la tête des Muto uniquement sur la décision de Takeo : c'était aussi le souhait de Kenji.

— Kenji ne peut guère s'exprimer du fond de la tombe, n'est-ce pas ? C'est ainsi que la plupart d'entre nous voient les choses. Je suis sincère avec vous, Shizuka. J'ai toujours eu pour vous de l'admiration et même de l'affection, malgré l'enfant insupportable que vous étiez. De toute façon, votre âge ingrat n'a pas duré. Vous avez même été quelque temps fort jolie !

Il lui fit un grand sourire en lui reversant du vin.

— Vous pouvez m'épargner les compliments, répliqua-t-elle en vidant sa coupe d'un trait. Je suis trop vieille pour tout ça désormais !

— Non seulement vous vous battez comme un homme, mais vous buvez comme un homme ! s'exclama-t-il avec une certaine considération.

— Je peux également jouer les chefs aussi bien qu'un homme, l'assura-t-elle.

— Je n'en doute pas. Néanmoins, comme je vous le disais, les gens de la Tribu n'apprécient pas que vous ayez été désignée par Takeo. Les affaires de la Tribu n'ont jamais été décidées par les seigneurs de la guerre...

— Takeo est quand même nettement plus qu'un seigneur de la guerre! protesta Shizuka.

— Comment a-t-il pris le pouvoir? Comme n'importe quel seigneur, en saisissant les occasions, en se montrant impitoyable envers ses ennemis et en trahissant ceux auxquels il avait juré fidélité.

— Vous n'exprimez là qu'un point de vue limité sur lui!

— C'est le point de vue de la Tribu, déclara Yoshio avec un large sourire.

— Le gouvernement de Takeo porte ses fruits. On ne voit partout que campagnes fertiles, enfants en bonne santé et marchands prospères.

— N'oubliez pas les guerriers frustrés et les espions au chômage, observa Yoshio en avalant son vin d'un trait et en remplissant derechef leurs coupes. Bunta, vous êtes bien silencieux. Dites donc à Shizuka que j'ai raison.

Bunta porta sa coupe à ses lèvres et regarda Shizuka tout en buvant.

— Le fait que vous ayez été choisie par Takeo et que vous soyez une femme n'explique pas tout. Il existe sur votre compte d'autres soupçons, beaucoup plus graves.

Le sourire de Yoshio s'effaça et il baissa les yeux, les lèvres pincées.

— Les gens se sont demandé comment Takeo avait pu dépister les membres de la Tribu à Maruyama alors qu'il n'y avait jamais mis les pieds. D'après certaines rumeurs, sire Shigeru avait consigné des informations sur la Tribu pendant des années. Chacun connaissait l'amitié qui le liait au maître Muto, mais ce qu'il avait pu apprendre de Kenji ne pouvait suffire à expliquer l'étendue de son savoir sur la Tribu. Il devait avoir un informateur.

Bunta s'interrompit et les deux hommes la regardèrent, mais elle ne réagit pas.

— Certains prétendent que c'était vous. D'après eux, si Takeo vous a placée à la tête de la famille Muto, c'est pour vous récompenser de vos années de traîtrise.

Le mot avait la violence d'une gifle.

— Pardonnez-moi, s'empressa d'ajouter Bunta. Je ne dis pas que je pense comme eux. Je veux simplement vous mettre en garde. Il est évident qu'Akio va tirer profit de ces rumeurs, qui pourraient s'avérer très dangereuses pour vous.

— Tout cela est si vieux, dit Shizuka avec une légèreté feinte. Durant le règne d'Iida et la guerre civile, bien des gens ont eu un comportement qu'on pourrait qualifier de traîtrise. Le père de Zenko s'est retourné contre Takeo après s'être engagé à rester son allié, cependant qui pourrait l'en blâmer ? Chacun savait que tôt ou tard Araï disputerait aux Otori le contrôle des Trois Pays. Les Otori l'ont emporté et la Tribu a rejoint le camp du vainqueur. Nous avons toujours agi ainsi, et nous continuerons de le faire à l'avenir.

Yoshio poussa un grognement.

— On dirait que les Araï vont de nouveau défier les Otori, lança-t-il. Quelle que soit l'issue du concours à Miyako, personne ne croit que Takeo va prendre bien sagement le chemin de l'exil. Il va revenir et livrer bataille. Il serait capable de vaincre Zenko à l'ouest, et peut-être même Saga à l'est, encore que ce soit moins probable. Mais il est impossible qu'il l'emporte sur les deux à la fois. Nous devrions prendre le parti du vainqueur…

— De cette façon, les Kikuta auront leur vengeance, renchérit Bunta. Ils l'attendent depuis suffisamment longtemps. Cela montre bien que personne n'échappe définitivement à la Tribu.

Shizuka entendit ces paroles comme un écho fantomatique, car elle avait dit la même chose à Kaede en parlant de l'avenir de Takeo, bien des années plus tôt, à Terayama.

— Vous pouvez sauver votre mise, Shizuka, et très probablement la famille Muto avec vous. Il vous suffira de reconnaître Zenko comme chef de la famille. En nous détachant de Takeo avant sa défaite, nous ne serons pas entraînés dans sa chute. Et quels que soient les secrets enfouis dans votre passé, ils resteront où ils sont.

— Taku n'y consentira jamais, dit-elle en pensant à voix haute.

— Il le fera si vous le lui ordonnez, en tant que mère et chef de la famille. Il n'a pas le choix. D'ailleurs, Taku est du genre raisonnable. Il comprendra que c'est mieux ainsi. Zenko deviendra le vassal de Saga, la Tribu retrouvera son unité et sa puissance. Comme Saga a l'intention d'étendre son autorité à l'ensemble des Huit Îles, nous aurons des occupations aussi lucratives qu'intéressantes dans les années à venir.

«Et je n'aurai pas à tramer la mort de mon fils», se dit Shizuka.

ELLE PARTIT LE LENDEMAIN POUR KAGEMURA, le village des Muto. C'était le jour suivant la pleine lune et elle roulait des pensées lugubres en chevauchant. Troublée par la conversation de la veille, elle craignait que la famille Muto du village secret ne partage la même vision et la presse de suivre le même parti. Bunta était taciturne, et elle se surprit à le considérer avec un malaise mêlé de ressentiment. Depuis combien de temps la soupçonnait-il? Se doutait-il déjà de quelque chose au temps où il commençait à lui faire des rapports sur la liaison de Shigeru avec Maruyama Naomi? Pendant des années, elle avait vécu dans la hantise que sa trahison envers la Tribu soit découverte. Cependant, depuis qu'elle l'avait avouée à Kenji et qu'il lui avait accordé à la fois son pardon et son approbation, sa peur s'était évanouie. Elle refaisait maintenant surface, et Shizuka était aux aguets, sur la défensive. Cela faisait bien longtemps qu'elle n'avait été ainsi prête à se battre pour sa vie d'un moment à l'autre. Elle observait machinalement Bunta et son fils en réfléchissant à la tactique à adopter s'ils l'attaquaient. Elle avait continué de s'entraîner chaque jour, ainsi qu'elle l'avait fait durant toute son existence afin d'empêcher ses talents de s'amoindrir, toutefois elle n'était plus jeune. Même si elle pouvait l'emporter au sabre sur la plupart des hommes, elle savait que leur force physique était supérieure à la sienne.

Ils arrivèrent à l'auberge à la tombée du jour et se levèrent tôt le lendemain matin. Laissant sur place le garçon et les chevaux, ils partirent à pied à travers les montagnes, comme Shizuka l'avait fait jadis avec Kondo. Son sommeil avait été léger, troublé par le moindre bruit, et son humeur s'était encore assombrie. La matinée était brumeuse, le ciel couvert de nuages. Elle avait une envie presque incontrôlable de pleurer. Elle ne pouvait s'empêcher de penser à Kondo. En ces lieux mêmes, ils avaient couché ensemble. Bien qu'elle n'éprouvât pas d'amour pour lui, il l'avait touchée d'une certaine façon, elle avait eu pitié de lui. Puis il était apparu à l'instant même où elle croyait que sa vie allait connaître une fin aussi lente que douloureuse, mais il avait fini par périr brûlé vif sous ses yeux. Son caractère impassible et pragmatique semblait acquérir une noblesse tragique presque insoutenable. Quel personnage à la fois pitoyable et admirable il avait été ! Pourquoi était-elle maintenant si émue par son souvenir ? Il lui paraissait presque que l'esprit du défunt essayait de l'atteindre pour lui dire quelque chose, pour la mettre en garde.

Même la vision soudaine du village des Muto dans la vallée secrète ne l'enchanta pas comme à l'ordinaire. L'après-midi touchait à sa fin quand ils arrivèrent. Après avoir brillé fugitivement à midi, le soleil se couchait maintenant derrière les montagnes escarpées et le brouillard se levait de nouveau dans la vallée. Il faisait si froid que Shizuka fut heureuse de porter un manteau à capuchon. Les portes du village étaient closes, et elle eut l'impression qu'on lui ouvrait à contrecœur. Les maisons elles-mêmes avait un air fermé, hostile, avec leurs murs de bois noircis par l'humidité et leurs toits maintenus avec des pierres.

Ses grands-parents étaient morts depuis des années. La vieille maison était à présent habitée par des couples ayant l'âge de ses fils et par leurs jeunes enfants. Aucun d'eux ne lui était vraiment proche, même si elle connaissait leurs noms, leurs talents et la plupart des détails de leur vie.

Kana et Miyabi, désormais grands-mères, tenaient encore la maison. Elles accueillirent Shizuka avec un plaisir non feint. Elle fut moins convaincue de la sincérité des paroles de bienvenue des autres adultes, même si les enfants étaient excitées par sa venue – surtout Miki.

Cela faisait à peine deux mois que Shizuka l'avait quittée. Elle fut surprise de la trouvée si changée. Miki avait à la fois grandi et maigri, de sorte qu'elle apparaissait plus longue et plus gracile. Dans son visage à l'ossature plus marquée que jamais, ses yeux étincelaient au fond de leurs orbites creuses.

Quand elles s'assemblèrent dans la cuisine pour préparer le repas du soir, Shizuka demanda à Kana :

— Miki aurait-elle été souffrante ?

— Vous ne devriez pas être ici avec nous ! la gronda Kana. En tant qu'invitée d'honneur, vous devriez prendre place avec les hommes.

— Je les rejoindrai bien assez tôt. Parlez-moi de Miki.

Kana se tourna pour regarder la fillette, qui était assise près de l'âtre et remuait la soupe dans une marmite de fer suspendue au-dessus du feu par un crochet en forme de poisson.

— Elle est devenue très mince, admit Kana. Mais elle ne s'est plainte de rien, n'est ce pas, ma petite ?

— Elle ne se plaint jamais, ajouta Miyabi en riant. Elle est aussi dure qu'un homme. Viens ici, Miki, montre tes bras à Shizuka.

Miki approcha et s'agenouilla en silence près de Shizuka. Celle-ci referma ses mains autour de l'avant-bras de la fillette. Tout en muscles et en os, presque sans chair, on aurait dit de l'acier.

— Tout va bien ?

Miki secoua la tête presque imperceptiblement.

— Viens faire un tour avec moi. Tu pourras me dire ce qui te tourmente.

— Vous êtes la seule personne à qui elle se confiera, dit Kana à voix basse.

— Shizuka, chuchota Miyabi d'une voix encore plus basse. Soyez sur vos gardes. Les jeunes gens…

Elle regarda en direction de la salle principale de la maison d'où s'élevaient des voix masculines, étouffées et indistinctes bien que Shizuka reconnût parmi elles celle de Bunta.

— Il y a du mécontentement, dit-elle d'un ton vague.

Manifestement, elle craignait qu'on l'entende.

— On me l'a déjà dit, répliqua Shizuka. C'est la même chose à Yamagata et à Tsuwano. Je vais me rendre à Hofu, où je discuterai de la situation avec mes fils. Je partirai dans un jour ou deux.

Miki était toujours à genoux à côté d'elle. Shizuka l'entendit haleter presque sans bruit et perçut la tension grandissante de son corps raidi. Passant son bras autour des épaules de la fillette, elle eut un choc en sentant les os pointus et fragiles sous la peau, évoquant une aile d'oiseau.

— Allons, mets tes sandales. Nous allons descendre au sanctuaire et saluer les dieux.

Kana donna à Miki quelques gâteaux de riz en offrande pour les dieux. Shizuka jeta sur ses épaules son manteau à capuchon, car il faisait encore plus froid. La lune brillait faiblement dans l'air brumeux, entourée d'un halo immense et projetant des ombres en travers de la rue et sous les arbres environnant le sanctuaire. Bien qu'on fût au deuxième jour après la pleine lune du quatrième mois, le froid était encore trop intense à cette altitude pour qu'on puisse entendre des grenouilles ou des cigales. Seuls les hiboux lançaient les appels saccadés de leur chant amoureux.

Le sanctuaire était éclairé par deux lampes de chaque côté de l'autel. Miki plaça les gâteaux de riz devant la statue de Hachiman, et elles tapèrent toutes deux dans leurs mains en s'inclinant trois fois. Bien longtemps auparavant, Shizuka avait prié en ces lieux pour Takeo et Kaede. Elle fit la même requête ce jour-là, puis pria pour l'esprit de Kondo et lui exprima sa gratitude.

— Les dieux protégeront-ils Maya? s'interrogea Miki en regardant fixement les visages sculptés des statues.

— Leur as-tu demandé de le faire?

— Oui, comme toujours. Et de protéger Père. Mais je ne vois pas comment ils pourraient exaucer les prières de tout le monde alors que chacun désire une chose différente. Pendant que je prie pour la sauvegarde de Père, d'autres prient pour sa mort.

— Aurais-tu maigri à force de te faire du souci pour ton père?

— Je voudrais être avec lui. Et avec Maya.

— Tu étais si contente, la dernière fois que je t'ai vue, tu réussissais si bien. Que s'est-il passé depuis?

— Je dors mal. J'ai peur des rêves.

— Quels rêves? la pressa Shizuka en voyant qu'elle s'interrompait.

— Des rêves où je suis avec Maya. Elle est le chat et je suis son ombre. Comme il me prend toute ma force, je dois le suivre. J'essaie alors de me réveiller, et j'entends les hommes parler. Ils parlent toujours des mêmes sujets : la famille Muto, une femme peut-elle être le maître, et Zenko, et les Kikuta. Autrefois, j'adorais être ici. Je me sentais en sécurité et tout le monde m'aimait bien. À présent, les hommes se taisent à mon approche et les enfants m'évitent. Que se passe-t-il, Shizuka?

— Les hommes ont toujours besoin de se plaindre de quelque chose, assura Shizuka. Ils s'en remettront.

— C'est plus grave que ça, déclara Miki avec véhémence. Une catastrophe est en train de se produire. Maya a de terribles ennuis. Vous connaissez le lien qui nous unit : nous savons quand il arrive quelque chose à l'autre. Il en a toujours été ainsi. En ce moment, je sens qu'elle m'appelle au secours, mais j'ignore où elle se trouve.

— Elle est à Hofu avec Taku et Sada, affirma Shizuka.

Elle tentait de dissimuler son propre malaise, car il était vrai qu'il existait entre les jumelles un lien presque surnaturel, au point qu'elles semblaient connaître chacune à distance les pensées de l'autre.

— M'emmènerez-vous là-bas avec vous?

— Je le devrais peut-être.

«C'est même indispensable, songea-t-elle. Je ne puis la laisser ici, à présent, de peur qu'on puisse s'en servir contre Takeo. Plus vite je parlerai à Taku et Zenko, mieux cela vaudra. Nous devons régler la question du chef de famille avant que ce mécontentement devienne incontrôlable. »

— Nous partirons après-demain, décida-t-elle.

SHIZUKA PASSA LA JOURNÉE SUIVANTE EN CONSULTATION avec les jeunes gens qui formaient maintenant le noyau de la famille Muto. Ils la traitèrent avec déférence et l'écoutèrent poliment, car ses origines, son histoire et ses talents commandaient leur respect et, parfois, leur faisaient peur. Elle fut soulagée de constater que, malgré son âge et son physique peu imposant, elle pouvait encore exercer un ascendant certain sur eux. Tout en redisant son intention de discuter la question du chef de famille avec Zenko et Taku, elle souligna qu'elle n'abandonnerait pas sa position de maître avant que sire Takeo soit revenu de l'est, qu'il s'agissait là du souhait de Kenji et qu'elle attendait d'eux une obéissance sans faille, conformément aux traditions des Muto.

Personne ne la contredit, et personne ne protesta quand elle leur déclara qu'elle allait emmener Miki. Deux jours plus tard, cependant, alors qu'ils chevauchaient sur la route de Yamagata après avoir récupéré leurs montures, Bunta lança :

— Évidemment, les gens du village savent maintenant que vous ne leur faites pas confiance. Sans quoi, vous auriez laissé Miki là-bas.

— En ce moment, je n'ai confiance en personne.

Ils chevauchaient côte à côte, précédés par Miki et le garçon sur le troisième cheval. Shizuka projetait d'emprunter une monture supplémentaire pour la fillette dans les écuries de sire Miyoshi, à Yamagata. Ce serait pour elles deux un gage d'indépendance — et de sécurité.

Elle se tourna vers Bunta et le regarda d'un air de défi :

— Ai-je tort ? Devrais-je avoir confiance en vous ?

— Je vais être honnête avec vous. Tout dépend des décisions de la Tribu. Je n'ai pas l'intention de vous trancher la gorge dans votre sommeil, si c'est ce que vous voulez dire. Je vous connais depuis longtemps, et de toute façon je n'ai jamais aimé tuer des femmes.

— Donc vous me mettrez au courant avant de me trahir.

— C'est cela, dit-il en plissant légèrement les yeux.

Plus tard, quand ils furent arrivés à Yamagata et que Miki se retrouva seule avec Shizuka, la fillette lança :

— Renvoyez Bunta et son fils.

Plutôt que de résider dans la maison des Muto avec Yoshio, Shizuka avait préféré se rendre au château. L'épouse de Kahei les accueillit avec chaleur et tenta de les convaincre de prolonger leur séjour. Voyant qu'elles ne céderaient pas, elle leur avait offert de leur fournir une escorte en plus du cheval supplémentaire.

— Ce n'est pas si simple, répliqua Shizuka à Miki. Si je les renvoie, je n'aurai plus aucun contact avec la famille Muto et Bunta se détachera encore davantage de moi. D'autre part, si j'accepte la proposition de dame Miyoshi, notre voyage deviendra officiel et tu devras assumer ton rôle de fille de sire Otori.

Miki fit la grimace à cette idée et Shizuka éclata de rire.

— Les décisions ne sont jamais aussi évidentes qu'on le souhaiterait.

— Pourquoi ne pas partir ensemble, rien que nous deux ?

— Deux femmes voyageant seules, sans domestiques ni escorte, ne font qu'attirer l'attention. Et d'ordinaire cette attention n'a rien d'agréable !

— Si seulement nous étions des garçons ! s'exclama Miki.

Bien qu'elle s'efforçât de parler d'un ton léger, Shizuka sentit la tristesse que cachaient ces mots. Songeant à l'adoration de Kaede pour son petit garçon, à cet amour intense qu'elle n'avait jamais témoigné à ses jumelles, elle comprit la solitude des fillettes grandissant dans deux mondes différents. Si la famille Muto se retournait contre leur père, ses membres rejetteraient également les jumelles et feraient tout pour les éliminer en même temps que Takeo.

— Bunta et son fils viendront avec nous à Hofu. Quand nous serons là-bas, Taku veillera sur nous. Tu retrouveras Maya et nous serons tous en sécurité.

Miki hocha la tête avec un sourire forcé. Shizuka avait parlé ainsi pour la réconforter, mais se surprit elle-même à regretter ses paroles. Elles semblaient avoir comme embrasé une étincelle de malaise. Il lui sembla qu'elle avait tenté les dieux, et qu'ils allaient se retourner pour la frapper.

Cette nuit-là, un léger séisme fit trembler les édifices et provoqua des incendies dans plusieurs quartiers de la ville. L'air était encore chargé de poussière et de fumée quand elles repartirent avec deux chevaux supplémentaires, dont l'un était monté par un palefrenier de la maisonnée des Miyoshi. Elles retrouvèrent comme prévu Bunta et son fils au bord des douves, juste devant le portail du château.

— Avez-vous des nouvelles de Taku? demanda Shizuka à Bunta dans la pensée que son fils était peut-être entré en contact avec la famille Muto.

— Yoshio n'a plus entendu parler de lui depuis la dernière nouvelle lune. On lui avait rapporté alors que Taku était encore à Hofu.

Bunta esquissa un sourire lourd de sous-entendus en faisant un clin d'œil à son fils, qui éclata de rire.

« Se pourrait-il que tout le monde sache qu'il s'est entiché de Sada? » se demanda Shizuka en se sentant soudain irritée contre son fils cadet.

La première nuit de leur voyage, cependant, alors que Shizuka était allée se coucher avec Miki, elle entendit Bunta frapper à la porte en l'appelant à voix basse. Il avait bu avec d'autres voyageurs dans une taverne d'une petite ville de relais et son haleine était avinée.

— Venez dehors. Je viens d'apprendre une mauvaise nouvelle.

Il n'était pas ivre, mais le vin avait émoussé sa sensibilité et délié sa langue.

Saisissant son poignard sous le matelas, elle le glissa sous sa robe de nuit et s'enveloppa dans son manteau. Puis elle suivit Bunta à l'extrémité de la véranda. Il n'y avait pas de lune. La ville était plongée dans le silence tandis que les voyageurs dérobaient quelques heures de sommeil avant l'aube qui les reverrait sur la route. Il faisait trop sombre pour distinguer l'expression du visage de Bunta.

— Ce n'est peut-être qu'une rumeur, mais j'ai pensé que vous voudriez l'entendre.

Il s'interrompit et l'avertit maladroitement :

— Ce n'est pas une bonne nouvelle. Préparez-vous au pire.

— Alors ? lança-t-elle d'une voix plus forte qu'elle n'avait voulu.

— Taku, votre fils, a été attaqué sur la route. Par des bandits, apparemment. Il a été tué avec sa maîtresse, Sada.

— C'est impossible, dit-elle. Quels bandits y a-t-il dans le Pays du Milieu ?

— Personne ne connaît les détails. Mais des gens en parlent à la taverne.

— Des gens de la Tribu ? Des Muto ?

— Des Muto et des Kuroda.

Il ajouta gauchement :

— Je suis désolé.

« Il sait que c'est vrai », pensa-t-elle. Elle aussi le savait. Quand elle avait ressenti une telle tristesse sur le chemin de Kagemura, en sentant l'esprit de Kondo tout près d'elle, les morts l'avait appelée. À présent, Taku était parmi eux. « Je n'y survivrai pas », se dit-elle ensuite, car la souffrance était déjà si intense qu'elle ne voyait pas comment elle pourrait y résister, comment elle pourrait continuer de vivre dans un monde où Taku n'existait plus. Elle chercha à tâtons son poignard sous sa robe, avec l'intention de le plonger dans sa gorge. Elle était prête à accueillir avec joie la douleur physique qui mettrait fin à son supplice, mais quelque chose l'en empêcha.

Se rappelant que Miki dormait non loin d'eux, elle baissa la voix pour demander :

— Maya, la fille de sire Otori, avait été confiée à Taku. Est-elle morte, elle aussi ?

— Il n'en a pas été question, répondit Bunta. Je crois que personne ne savait qu'elle se trouvait avec eux, en dehors de la famille Muto de Maruyama.

— Étiez-vous au courant?

— J'avais entendu dire que l'enfant surnommé le Chaton était avec Taku. J'avais tiré mes conclusions.

Shizuka ne répliqua pas. Elle luttait pour garder son sang-froid. Dans son esprit, une image surgit du passé. Elle revit son oncle, Kenji, le jour où il avait appris la mort de sa fille assassinée par les Kikuta. Elle implora intérieurement son esprit : « Mon oncle, vous savez ce que je souffre, et je ressens à présent votre douleur. Donnez-moi la force de continuer à vivre, comme vous-même l'avez fait. »

Puis elle se dit : « Maya. Je dois penser à Maya. Je ne vais pas penser à Taku, pas encore. Il faut que je sauve Maya. »

— Nous rendrons-nous à Hofu? s'enquit Bunta.

— Oui, je dois découvrir la vérité.

Elle songea à tous les rites qu'il faudrait célébrer pour les morts et se demanda où les corps étaient enterrés. Une angoisse affreuse l'étreignit à l'idée du cadavre qui avait été son fils, enseveli dans la terre, au cœur des ténèbres.

— Zenko se trouve-t-il à Hofu? demanda-t-elle en s'étonnant elle-même de sa voix calme et intelligible.

— Oui, son épouse s'est embarquée pour Hagi voilà une semaine, mais lui est resté là-bas. Il veille à la bonne marche des accords commerciaux conclus avec les étrangers. On dit qu'il est devenu très proche d'eux.

— Zenko doit être au courant. S'il s'agissait vraiment de bandits, c'est à lui de les capturer et de les châtier, en sauvant Maya si elle vit encore.

À l'instant même où elle prononça ces mots, elle comprit que son fils n'avait pas été tué au hasard d'une rencontre avec des bandits. Mais aucun membre de la Tribu ne toucherait à Taku — à l'exception des Kikuta. Akio avait passé l'hiver à Kumamoto. Il avait été en contact avec Zenko…

Elle ne pouvait croire que Zenko fût impliqué dans le meurtre de son propre frère. Allait-elle donc perdre ses deux fils à la fois?

«Je ne dois pas le condamner avant de lui avoir parlé», se dit-elle.

Bunta lui toucha timidement le bras.

— Puis-je faire quelque chose pour vous? Voulez-vous que je vous apporte du vin ou du thé?

Sentant que son geste exprimait plus que de la compassion, elle eut un mouvement de recul et détesta soudain tous les hommes pour leur convoitise insatiable et leur violence meurtrière.

— Je voudrais être seule. Nous partirons au point du jour. Ne dites rien à Miki. Je déciderai moi-même du moment opportun pour lui parler.

— Je suis vraiment désolé, dit-il. Tout le monde aimait Taku. C'est une perte terrible.

Quand l'écho de ses pas s'évanouit, elle s'affaissa sur la véranda en s'enveloppant dans son manteau. Elle tenait encore son poignard dans sa main et ce contact familier était son seul réconfort, son moyen d'échapper à ce monde de souffrance.

Elle entendit des pas presque imperceptibles sur les lattes. Miki se glissa contre elle, dans ses bras.

— Je pensais que tu dormais, murmura Shizuka en serrant la fillette et en caressant ses cheveux.

— J'ai été réveillée quand on a frappé à la porte, et ensuite je n'ai pu m'empêcher d'écouter.

Son corps maigre était tremblant.

— Maya n'est pas morte. Je le saurais.

— Où est-elle? Peux-tu la localiser?

Shizuka se dit qu'en se concentrant sur Maya, sur les vivants, elle parviendrait à ne pas s'effondrer. Avec sa sensibilité si vive, Miki semblait l'avoir compris. Elle ne dit pas un mot de Taku mais aida Shizuka à se relever.

— Venez vous étendre, déclara-t-elle comme si elle était l'adulte et Shizuka l'enfant. Même si vous ne dormez pas, vous vous reposerez. Je veux dormir, car Maya me parle en rêve. Tôt ou tard, elle me dira où elle est et j'irai la chercher.

— Nous devrions retourner à Hagi. Je ferais mieux de te ramener chez ta mère.

— Non, il faut que nous allions à Hofu, chuchota Miki. Maya se trouve encore à Hofu. Si un jour vous découvrez que je suis partie, ne vous inquiétez pas pour moi. Je serai avec Maya.

Elles se couchèrent et Miki se blottit contre Shizuka, la main sur sa poitrine. Elle parut s'endormir, mais Shizuka resta éveillée à penser à la vie de son fils. Dans la Tribu comme dans la classe des guerriers, toutes les femmes devaient se préparer à l'idée que probablement leurs enfants mâles mourraient d'une mort violente et prématurée. Les garçons étaient dressés à ne pas craindre la mort, et les filles s'entraînaient à ne pas céder au chagrin ni à la faiblesse. Avoir peur pour la vie des autres revenait plus ou moins à tenter de se les attacher. Shizuka avait vu des mères à l'amour trop protecteur faire de leurs fils des lâches ou des irresponsables. Taku n'était plus et elle le pleurait, mais elle était certaine que sa mort signifiait qu'il n'avait pas trahi Takeo. Il avait été tué à cause de sa loyauté. Sa fin n'avait pas été le fruit d'un hasard futile.

Ces pensées la réconfortèrent et lui donnèrent des forces pendant les quelques jours que dura encore leur voyage. Elle était résolue à ne pas paraître à Hofu comme une mère éperdue de chagrin mais comme le chef de la famille Muto. Au lieu de se montrer faible, elle découvrirait la vérité sur la mort de son fils et livrerait ses assassins à la justice.

LA CHALEUR DEVINT ÉTOUFFANTE. Même la brise marine ne parvenait pas à rafraîchir le port. Les pluies printanières avaient été rares et les gens prédisaient une canicule, voire une sécheresse, avec d'autant plus d'appréhension que cela ne s'était pas produit depuis au moins seize ans. Les pluies du printemps et de l'été étant arrivées au moment voulu et tombées avec abondance pendant tant d'années, nombreux étaient les jeunes gens qui n'avaient jamais connu les épreuves causées par des précipitations insuffisantes.

Il régnait dans la ville une ambiance agitée, qui n'était pas due seulement au temps oppressant. Chaque jour apportait son lot de présages funestes. Des visages se répandant en discours lugubres étaient apparus dans des lanternes devant le temple Daifukuji. Un vol d'oiseaux avait tracé des caractères de mauvais augure dans le ciel. Dès son arrivée, Shizuka comprit que les habitants de Hofu étaient pleins d'un chagrin et d'une colère sincères pour la mort de Taku. Au lieu de se rendre dans la résidence des Araï, elle s'installa dans une auberge donnant sur le fleuve, non loin de l'Umedaya. Le premier soir, l'aubergiste lui apprit que Taku et Sada étaient enterrés au Daifukuji. Elle envoya Bunta prévenir Zenko de sa venue et se leva de bonne heure le lendemain matin. Laissant Miki endormie, les membres agités et les lèvres frémissantes sous l'effet de quelque rêve intense, elle longea le fleuve jusqu'à l'endroit où le temple rouge vif se dressait au milieu des arbres sacrés et faisait face à la mer afin de souhaiter la bienvenue aux marins revenant dans le Pays du Milieu. Des litanies s'élevaient de l'intérieur et elle reconnut les paroles saintes et harmonieuses du sutra pour les morts.

Deux moines répandaient de l'eau sur les allées en bois avant de les balayer. L'un d'eux reconnut Shizuka et dit à son compagnon :

— Conduisez dame Muto au cimetière. Je vais informer l'abbé.

Elle sentit leur sympathie et leur en fut reconnaissante.

Sous les arbres énormes, il faisait presque doux. Le moine la mena aux tombes fraîchement creusées, qui n'étaient pas encore recouvertes d'une pierre. Des lampes étaient allumées à côté et quelqu'un avait posé devant elles une offrande de fleurs — des iris pourpres. Elle se força à imaginer son fils assis dans son cercueil sous le sol, son corps fort et agile contraint à l'immobilité, son esprit vif et ironique réduit au silence. Son fantôme devait errer sans repos entre les mondes, en demandant justice.

Le second moine revint avec de l'encens. Peu après, alors que Shizuka à genoux priait en silence, l'abbé en personne vint s'agenouiller près d'elle. Ils se turent un moment, puis le vieil homme se mit à psalmodier le même sutra pour les morts.

Elle sentit les larmes monter à ses yeux et couler doucement sur ses joues. Les paroles antiques montèrent vers la voûte des arbres en se mêlant au chant matinal des moineaux et au roucoulement paisible des colombes.

Plus tard, l'abbé l'emmena dans sa chambre et lui servit du thé.

— J'ai pris sur moi de faire graver la pierre. J'ai pensé que c'était ce que sire Otori aurait souhaité.

Elle l'observa avec étonnement. Elle le connaissait depuis des années et l'avait toujours vu d'humeur joyeuse, capable aussi bien de plaisanter avec les marins dans leur dialecte grossier que de composer des vers pleins d'esprit et d'élégance avec Takeo, Kaede et le docteur Ishida. À présent, il avait l'air grave, les traits tirés.

— J'imagine que son frère, sire Zenko, s'est occupé de tout cela ?

— Je crains que sire Zenko ne soit tombé plus ou moins sous l'influence des étrangers. Même s'il ne l'a pas annoncé officiellement, tout le monde en parle. Il s'est converti à leur religion et la considère maintenant comme la seule valable, ce qui lui interdit de pénétrer dans nos temples et nos sanctuaires ainsi que de célébrer les cérémonies nécessaires pour son frère.

Shizuka regarda le prêtre d'un air incrédule.

— Son attitude a causé une grande agitation, poursuivit-il. Plusieurs signes et présages ont donné à penser que les dieux étaient offensés. Les gens craignent d'être punis pour les actions de leur seigneur, tandis que les étrangers affirment au contraire que leur grand dieu, Deus, récompensera Zenko et tous ceux qui se joindront à lui. Ce qui inclut la plupart des membres de sa suite, lesquels ont reçu l'ordre de se convertir ou de mourir.

— C'est de la pure folie ! s'exclama Shizuka.

Elle résolut de parler au plus vite à Zenko. Dès son retour du temple, sans attendre d'invitation de son fils, elle s'habilla avec soin et fit venir un palanquin.

— Attends-moi ici, dit-elle à Miki. Si je ne suis pas rentrée ce soir, va au Daifukuji. Les moines veilleront sur toi.

La fillette la serra contre elle avec une intensité inhabituelle.

Dès que les porteurs eurent déposé le palanquin après avoir franchi le portail, Zenko s'avança vers les marches de la véranda. Devant son empressement, l'humeur de Shizuka s'éclaircit un peu et elle pensa qu'elle l'avait mal jugé. Il commença par évoquer leur deuil commun, puis l'assura de son plaisir à la voir et s'étonna qu'elle ne se soit pas rendue directement chez lui.

Elle aperçut alors le chapelet qu'il portait à son cou et la croix, symbole de la religion des étrangers, qui pendait sur sa poitrine.

— Cette horrible nouvelle a été un choc pour nous tous, déclara-t-il en la conduisant dans son appartement privé donnant sur le jardin.

Un petit garçon, son dernier-né, jouait sur la véranda sous la surveillance de sa nourrice.

— Viens dire bonjour à ta grand-mère! s'exclama Zenko.

L'enfant entra docilement dans la pièce et s'agenouilla devant Shizuka. C'était la première fois qu'elle le voyait — il devait avoir à peu près deux ans.

— Mon épouse, comme vous le savez, est allée tenir compagnie à sa sœur à Hagi. Elle répugnait à quitter son petit Hiromasa, mais j'ai préféré garder au moins un de mes fils avec moi.

— Tu reconnais donc que tu es en train de jouer avec la vie de tes autres enfants? demanda-t-elle d'un ton tranquille.

— Mère, Hana sera avec eux dans deux semaines. Je ne crois pas qu'ils courent le moindre danger. De toute façon, je n'ai rien fait de mal. Mes mains sont pures.

Il les leva pour les lui montrer, puis saisit celles du petit garçon.

— Plus pures que les mains de Hiromasa! lança-t-il avec ironie.

— Il a les paumes des Kikuta! s'exclama-t-elle stupéfaite. Pourquoi ne me l'as-tu pas dit?

— C'est intéressant, n'est-ce pas? Il est impossible d'éradiquer complètement le sang de la Tribu.

Il lui sourit tout en faisant signe à la servante d'emmener l'enfant.

— Il me rappelle Taku, reprit-il en essuyant ses yeux sur sa manche. La pensée que mon pauvre frère continue de vivre dans mon fils me réconforte un peu.

— Peut-être vas-tu me dire qui l'a tué.

— Des bandits, manifestement. C'est la seule explication. Je les pourchasserai pour les livrer à la justice. Bien sûr, depuis que Takeo a quitté le pays, certains criminels s'enhardissent à sortir de leur cachette.

Visiblement, peu lui importait qu'elle le croie ou non.

— Et si je t'ordonne de me dire la vérité?

Il évita son regard et cacha derechef son visage dans sa manche, cependant elle avait l'impression qu'il ne pleurait pas mais souriait avec une surprise ravie devant sa propre audace.

— Ne parlons pas de donner des ordres, Mère. Je m'acquitterai de tous mes devoirs filiaux envers vous, mais pour le reste je crois qu'il convient que vous m'obéissiez, puisque vous appartenez à la fois aux Muto et aux Araï.

— Je sers les Otori, répliqua-t-elle, comme Kenji avant moi et comme toi-même tu as juré de le faire.

— Oui, vous servez les Otori, lança-t-il avec une irritation manifeste. C'est votre problème depuis des années. À chaque étape de l'ascension des Otori, on retrouve votre influence, qu'il s'agisse de la persécution de la Tribu par Takeo, du meurtre de mon père ou même de la mort de sire Fujiwara. Qu'est-ce qui a bien pu vous amener à révéler les secrets de la Tribu à Shigeru?

— Je vais te le dire! Je voulais un monde meilleur pour toi et Taku. Je préférais vous voir vivre dans le monde de Shigeru que dans celui que je voyais autour de moi, où régnaient les seigneurs de la guerre et les assassins. Takeo et Kaede ont fait de ce monde une réalité. Nous ne te laisserons pas le détruire.

— Takeo est un homme fini. Croyez-vous qu'il aura l'appui de l'empereur ? S'il revient, nous le tuerons et mon droit à gouverner les Trois Pays sera confirmé. Ma cause est juste et je saurai la faire triompher.

— Es-tu prêt à combattre Takeo, Kahei, Sugita, Sonoda et la plupart des guerriers des Trois Pays ?

— Ce ne sera pas une bataille mais une déroute. Avec Saga à l'est et le soutien des étrangers…

Il tapota la croix sur sa poitrine.

— Grâce à leurs armes et leurs bateaux, il nous sera aisé de vaincre Takeo. Comme guerrier, il ne vaut pas grand-chose. Toutes ses fameuses victoires sont plutôt le fruit de la chance que du talent.

Baissant la voix, il poursuivit :

— Mère, je puis vous protéger dans une certaine mesure, mais si vous vous obstinez à me défier je ne pourrai rien contre les Kikuta. Ils exigent que vous soyez châtiée pour avoir désobéi pendant des années à la Tribu.

— Je me tuerai avant ! s'exclama-t-elle.

— C'est peut-être la meilleure solution, répliqua-t-il en la regardant en face. Et si je vous ordonnais maintenant de mettre fin à vos jours ?

— Pendant neuf mois, je t'ai porté sous mon cœur.

Elle se rappela soudain le jour où elle était allée voir Kenji pour demander que la Tribu l'autorise à avoir cet enfant. Il avait été le cadeau qu'elle faisait à son amant. Comme le guerrier avait été fier ! À présent, le père et le fils avaient tous deux cherché à la faire mourir. Elle sentit la colère et le chagrin l'envahir. Une année entière de larmes ne suffirait pas à l'apaiser. Elle avait l'impression de devenir folle. « Je voudrais pouvoir me tuer », songea-t-elle, profondément tentée par l'anéantissement de la mort. Seule son inquiétude pour le sort des jumelles retint sa main. Elle eut envie de demander des nouvelles de Maya à Zenko, mais craignit de lui révéler quelque chose qu'il ignorait peut-être.

Mieux valait garder le silence et faire ce qu'elle avait fait toute sa vie : feindre d'obéir tout en agissant conformément à son propre jugement. Elle fit un immense effort pour surmonter son émotion et adopter l'attitude doucereuse à laquelle elle avait eu si souvent recours dans le passé.

— Zenko, tu es mon fils aîné et je veux avoir pour toi le dévouement d'une bonne mère. Je vais réfléchir à tout ce que tu m'as dit. Donne-moi un jour ou deux. Laisse-moi m'occuper du monument de ton frère. Je ne puis parvenir à une décision alors que mon esprit est obscurci par le chagrin.

L'espace d'un instant, elle crut qu'il allait refuser. Elle évalua la distance à parcourir pour traverser le jardin et franchir le mur, mais il lui sembla entendre des hommes respirer dans le silence. Il y avait des gardes cachés derrière les écrans, dans le jardin. «Craint-il vraiment que je sois venue pour le tuer? Quelques jours à peine après l'enterrement de Taku?» Ses chances de s'échapper étaient minces. Elle se rendrait invisible. Si les gardes la poursuivaient, elle en mettrait un hors de combat, lui prendrait son sabre…

Il fut retenu par un reste de respect.

— D'accord, concéda-t-il. Je vais vous faire escorter par mes gardes. N'essayez pas de leur fausser compagnie et ne quittez Hofu sous aucun prétexte. Quand votre période de deuil sera terminée, vous devrez soit prendre mon parti soit vous tuer.

— Viendrez-vous prier pour votre frère?

Il lui jeta un regard glacial avant de secouer la tête avec impatience. Elle n'insista pas, car elle redoutait qu'il ne la retienne ici, en recourant à la force si nécessaire. Bouillant intérieurement d'une fureur impuissante, elle s'inclina d'un air soumis. En partant, elle entendit des voix à l'extrémité de la véranda principale. Elle tourna la tête et aperçut dom João avec son interprète, Madaren, qui s'avançaient vers elle. Vêtus l'un comme l'autre de vêtements neufs et splendides, ils marchaient avec une assurance nouvelle.

Shizuka salua dom João avec froideur puis s'adressa à Madaren sans s'embarrasser de politesses, en exprimant enfin la colère qu'elle avait eu tant de mal à contenir :

— Que faites-vous ici, à votre avis ?

Son ton fit rougir Madaren, mais elle se reprit et répliqua :

— Je ne fais que la volonté de Dieu, comme nous tous.

Sans un mot, Shizuka monta dans le palanquin. Pendant qu'il s'éloignait rapidement, suivi par six gardes de Zenko, elle maudit l'intrusion des étrangers avec leurs armes et leur Dieu. Elle savait à peine elle-même ce qu'elle disait dans cet accès d'éloquence. La rage et le chagrin la rendaient incohérente, et elle sentait qu'ils pourraient la mener à la folie.

Quand les porteurs s'arrêtèrent devant l'auberge et abaissèrent le palanquin, elle ne descendit pas tout de suite tant elle aurait aimé demeurer dans cet espace minuscule, si semblable à un cercueil, et ne plus jamais avoir rien à faire avec les vivants. Enfin, la pensée de Miki lui donna la force de sortir dans la lumière éblouissante.

Elle retrouva Bunta sur la véranda comme elle l'avait laissé, assis sur ses talons. Mais la chambre était vide.

— Où est Miki ? demanda-t-elle.

— À l'intérieur, répondit-il d'un ton surpris. Je n'ai vu personne entrer ni sortir.

— Qui l'a emmenée ?

Dans son effroi, Shizuka sentit son cœur commencer à s'emballer.

— Personne, je vous le jure.

— Vous feriez mieux de ne pas me mentir, lança-t-elle.

Retournant dans la chambre, elle la fouilla vainement à la recherche de ce corps si maigre capable de se plier et de se cacher dans les recoins les plus étroits. Il n'y avait personne, mais elle découvrit dans un coin une nouvelle éraflure sur la poutre de bois : deux demi-cercles se faisant face et en dessous un cercle complet.

— Elle est partie retrouver Maya.

Shizuka s'agenouilla sur le sol, en essayant de calmer les battements de son cœur. Miki était partie. Après s'être rendue invisible, elle était passée furtivement devant Bunta puis avait disparu dans la ville — c'était le fruit de ses années d'entraînement dans la Tribu. Shizuka ne pouvait plus rien pour elle.

Elle resta assise un long moment, en sentant la chaleur du jour grandir autour d'elle et la sueur perler entre ses seins et sous ses aisselles. Les gardes s'interpellaient avec impatience et elle comprit que l'éventail de ses choix se réduisait. Elle ne pouvait s'éclipser en privant Taku de ses larmes, mais allait-elle rester à Hofu en attendant que son fils ou les Kikuta la fassent mourir? Elle n'avait pas le temps d'avertir les Muto et de les appeler à son secours. D'ailleurs, répondraient-ils à son appel maintenant que Zenko prétendait prendre la tête de la famille?

Elle implora les défunts de la conseiller et se tourna vers Shigeru, Kenji, Kondo et Taku. Le chagrin et le manque de sommeil commençaient à faire leur effet. Elle sentit sur elle le souffle froid des morts, comme s'ils soupiraient : «Priez pour nous! Oh, priez pour nous!»

Son esprit épuisé se raccrocha à cette exigence. Elle allait se rendre au temple et pleurer les morts, en attendant soit de les rejoindre soit d'apprendre de leur bouche ce qu'elle devait faire.

— Bunta! lança-t-elle. Je dois vous demander un dernier service. Allez me chercher une paire de ciseaux et une robe blanche.

Il apparut sur le seuil, le visage blême.

— Que s'est-il passé? Ne me dites pas que vous allez vous tuer!

— Faites ce que je vous dis. Il faut que j'aille au temple pour m'occuper de la stèle de Taku et des rites funéraires. Une fois que vous m'aurez apporté ce que je vous demande, vous serez libre. Je vous dégage de toute obligation envers moi.

Quand il revint, Shizuka lui ordonna d'attendre dehors. Elle déballa les paquets et sortit les ciseaux. Dénouant ses cheveux, elle les sépara en deux longues tresses qu'elle trancha et déposa avec soin sur les nattes, non sans remarquer avec une surprise sereine que de nombreuses mèches étaient blanches. Ensuite elle coupa très court le reste de ses cheveux, qu'elle sentit tomber autour d'elle comme de la poussière. Après les avoir balayés, elle revêtit la robe blanche. Elle sortit ses armes — sabre, poignard, cordelette et poignards à lancer — pour les placer sur le sol, entre ses deux tresses. Se prosternant, elle rendit grâce pour ces armes et pour toute sa vie jusqu'à cet instant. Après quoi elle demanda un bol de thé, qu'elle but puis cassa en deux d'un mouvement rapide de ses mains robustes.

— Je ne boirai plus jamais, déclara-t-elle à voix haute.

— Shizuka! protesta Bunta sur le seuil, mais elle l'ignora.

Elle entendit le fils de Bunta chuchoter :

— A-t-elle perdu l'esprit? Pauvre femme!

D'un pas lent et volontaire, elle sortit de l'auberge. Un attroupement s'était formé devant l'établissement. Quand elle monta dans le palanquin, la petite troupe la suivit le long du fleuve sur la route menant au Daifukuji. Inquiets de ce cortège, les gardes de Zenko tentèrent à plusieurs reprises de le disperser, mais la foule ne cessa de grossir et devint de plus en plus agitée et hostile. De nombreux assistants coururent au fleuve, car la marée était basse, afin de ramasser dans la vase des pierres qu'ils entreprirent de jeter sur les gardes, lesquels durent battre en retraite devant les portes du temple. Les porteurs déposèrent Shizuka à l'entrée du sanctuaire et elle s'avança lentement dans la cour principale, si légère qu'elle semblait planer. La foule se pressant dans l'entrée la vit s'asseoir par terre en croisant les jambes, comme un être divin sur une fleur de lotus, avant de se laisser enfin aller à verser des larmes pour la mort d'un de ses fils et pour la traîtrise de l'autre.

Elle resta assise là tandis qu'on célébrait les rites funéraires et qu'on gravait et érigeait les stèles. Les jours passèrent et elle demeura sur place, sans boire ni manger. La troisième nuit, il plut doucement, et le peuple dit que le Ciel lui donnait à boire. Par la suite, il plut chaque nuit. Dans la journée, on voyait souvent des oiseaux voleter autour de sa tête.

— Ils la nourrissent avec des grains de millet et du miel, rapportèrent les moines.

Les habitants de la ville disaient que le Ciel lui-même pleurait pour la mère affligée, et ils multipliaient les actions de grâce en voyant que le danger de sécheresse était évité. La popularité de Zenko ne cessait de décroître tandis que la lune du cinquième mois commençait à s'arrondir à l'horizon.

42

 Pendant des jours et des nuits, Maya pleura la perte des chevaux, incapable de regarder en face la perte plus cruelle encore qu'elle avait subie. Alors que Shigeko lui avait demandé de veiller sur eux, elle les avait laissés s'échapper. Elle revivait sans cesse le moment où elle avait lâché les rênes et où les juments avaient décampé, et elle le regrettait amèrement, de même qu'elle regrettait la faiblesse inexplicable qui l'avait empêchée de fuir ou de se défendre. C'était seulement la troisième fois qu'elle devait affronter un danger réel, après la tentative d'assassinat à Inuyama et son combat avec son père, or elle avait le sentiment d'avoir échoué à l'instant fatal malgré ses années d'entraînement dans la Tribu.

Elle avait tout son temps pour réfléchir à son échec. Quand elle reprit conscience, nauséeuse, la gorge endolorie, elle se trouvait dans une petite pièce mal éclairée, où elle reconnut l'un des réduits secrets d'une maison de la Tribu. Takeo avait souvent raconté à ses filles des histoires sur l'époque où il avait été emprisonné dans une pièce semblable, et à présent, ce souvenir la calmait et la réconfortait. Alors qu'elle avait cru qu'Akio la tuerait sans attendre, il avait préféré la garder vivante, dans un but qu'elle ignorait. Elle savait qu'elle pouvait s'échapper à tout moment, car le chat se jouait des portes et des murs. Cependant elle ne voulait pas fuir tout de suite mais rester à proximité d'Akio et de

Hisao. Plutôt que de les laisser tuer son père, elle les tuerait avant. Surmontant donc d'abord sa colère puis sa peur, elle entreprit d'apprendre tout ce qu'elle pouvait sur leur compte.

Au début, elle ne voyait Akio que lorsqu'il lui apportait de l'eau et de la nourriture. La chère était maigre mais il lui était égal d'avoir faim. Elle avait toujours constaté que moins elle mangeait, plus il lui était facile de se rendre invisible et de se dédoubler. Elle s'y entraînait quand elle était seule, en parvenant parfois à s'abuser elle-même et à voir Miki adossée au mur en face d'elle. Si elle ne disait pas un mot à Akio, elle l'étudiait d'aussi près qu'il l'étudiait. Elle savait qu'il était incapable d'obtenir l'invisibilité ou le sommeil des Kikuta, mais qu'il pouvait déceler la première et échapper au second. Ses réflexes étaient vifs — Takeo disait souvent qu'il n'avait jamais vu quelqu'un d'aussi rapide — et sa force colossale. En outre, il était absolument dépourvu de pitié et de toute autre émotion humaine susceptible de l'adoucir.

Deux ou trois fois par jour, une servante de la maisonnée venait l'escorter jusqu'aux cabinets. Autrement, elle ne voyait personne. De son côté, Akio ne lui parlait jamais. Toutefois, au bout d'une semaine de captivité, elle le vit entrer tard dans la soirée. S'agenouillant à côté d'elle, il saisit ses mains et tourna ses paumes vers le haut. Il avait l'haleine avinée et s'exprimait avec une lenteur anormale.

— Je compte sur toi pour me dire la vérité, puisque je suis le chef de ta famille. As-tu hérité des talents de ton père ?

Elle secoua la tête, mais avant même d'avoir fini son mouvement elle vacilla sous une gifle si violente que sa vue s'obscurcit. Elle n'avait même pas vu bouger sa main.

— Tu as déjà essayé de capter mon regard, donc tu dois posséder le sommeil des Kikuta. Qu'en est-il de l'invisibilité ?

Elle avoua sur ce point, car elle ne voulait pas qu'il la tue maintenant, mais elle ne lui parla pas du chat.

— Et où se trouve ta sœur ?

— Je l'ignore.

Bien qu'elle s'y attendît, elle ne fut pas assez rapide pour éviter une nouvelle gifle. Akio souriait, comme s'il s'agissait d'un jeu particulièrement amusant.

— Elle est à Kagemura, avec la famille Muto.

— Vraiment ? Elle n'est pourtant pas Muto mais Kikuta. Je pense qu'elle devrait elle aussi nous rejoindre.

— Les Muto ne vous la livreront jamais, déclara Maya.

— Il y a eu des changements dans la famille Muto. J'imaginais que tu l'avais compris. Les membres de la Tribu finissent toujours par se serrer les coudes. C'est comme cela que nous survivons.

Akio tapota ses dents avec ses ongles. Le dos de sa main droite portait la cicatrice d'une vieille blessure sinuant du poignet à l'index.

— Tu m'as vu tuer la sorcière Muto nommée Sada. Je n'hésiterai pas à faire de même avec toi.

Elle ne répondit pas. Sa propre réaction l'intéressait davantage : elle était elle-même surprise de ne pas avoir peur de lui. Jusqu'à cet instant, elle n'avait pas eu conscience de posséder, comme son père, l'intrépidité propre aux Kikuta.

— D'après ce que j'ai entendu, poursuivit Akio, ta mère ne lèverait pas le petit doigt pour te sauver. En revanche, ton père t'aime.

— Ce n'est pas vrai. Mon père ne se soucie guère de ma sœur ni de moi-même. Les guerriers détestent les jumeaux et considèrent leur naissance comme une honte. Mon père est gentil de nature, c'est tout.

— Il a toujours eu le cœur tendre, approuva Akio.

Tandis qu'il parlait, elle vit son point faible : la haine et l'envie profondes que lui inspirait Takeo.

— Peut-être vas-tu le mener jusqu'à moi.

— Seulement pour qu'il vous tue, répliqua-t-elle.

Il se releva et s'exclama en riant :

— Mais il ne tuera jamais Hisao !

Elle se surprit à penser à Hisao. Durant les six derniers mois, elle avait dû affronter le fait qu'il était le fils de son père, son demi-frère, dont personne ne parlait et dont sa mère ignorait l'existence, elle en était certaine. Elle était tout aussi certaine que Hisao ne connaissait pas l'identité de son vrai père. Il avait appelé Akio «Père» et avait regardé Maya sans comprendre quand elle lui avait dit qu'elle était sa sœur. Elle ne cessait d'entendre en elle-même la voix de Sada : «Ce garçon est vraiment le fils de Takeo ?» Et la réponse de Taku : «Oui, et d'après la prophétie il est l'unique personne par qui la mort pourra l'atteindre.»

Son caractère encore immature était marqué par une implacabilité particulière, héritage des Kikuta, qui la rendait capable d'une résolution impitoyable. À ses yeux, la situation était simple : si Hisao mourait, Takeo vivrait à jamais.

En dehors de son entraînement, auquel elle s'adonnait avec assiduité, elle n'avait aucune occupation et dérivait souvent entre la veille et le sommeil, en faisant des rêves intenses. Elle rêvait de Miki avec une telle clarté qu'elle ne pouvait croire que sa sœur ne se trouvât pas avec elle dans la pièce. À son réveil, elle se sentait régénérée. Elle rêvait aussi de Hisao. Agenouillée près du garçon endormi, elle chuchotait dans son oreille : «Je suis votre sœur.» Une fois, elle rêva que le chat était couché contre lui, et elle sentit la chaleur de son corps à travers la fourrure.

Hisao finit par l'obséder, comme s'il lui fallait tout savoir de lui. Elle se hasarda à prendre la forme du chat la nuit, pendant que la maisonnée dormait. D'abord avec circonspection, car elle ne voulait pas mettre Akio au courant, puis avec une assurance grandissante. Si elle était une prisonnière dans la journée, la nuit elle rôdait à sa guise à travers la maison, en observant ses habitants et en pénétrant dans leurs rêves. Avec mépris, elle découvrait leurs peurs et leurs espoirs. Les servantes se plaignaient de fantômes, déclaraient sentir un souffle sur leur visage ou une chaude fourrure étendue contre elles, entendre une grande créature marcher sur le sol à pas feutrés. Des faits étranges se produisaient partout dans la ville, signes et apparitions se multipliaient.

Akio et Hisao dormaient à l'écart des autres hommes, dans une chambre à l'arrière de la maison. Maya s'y rendait à l'heure la plus obscure et la plus silencieuse de la nuit, juste avant l'aube, pour observer Hisao endormi tantôt dans les bras d'Akio, tantôt seul. Son sommeil était agité, et il ne cessait de bouger et de marmonner. Il faisait des rêves vicieux et violents, mais ils l'intéressaient. Parfois, il se réveillait et ne parvenait pas à se rendormir. Il se rendait alors dans une petite remise au fond de la cour s'étendant derrière la maison, où se trouvait un atelier pour fabriquer et réparer des ustensiles domestiques et des armes. Maya le suivait et le regardait en remarquant ses gestes soigneux et méticuleux, ses mains adroites et précises, sa concentration tandis qu'il inventait et expérimentait des objets.

Bien qu'elle surprît des bribes de conversations entre les servantes, elle ne leur parlait jamais. En dehors de ses visites aux cabinets, elle ne les voyait qu'à peine, jusqu'au jour où une jeune fille lui apporta son repas à la place d'Akio.

Elle devait avoir à peu près l'âge de Shigeko et contemplait Maya avec une curiosité non déguisée.

— Ne me regardez pas ainsi, dit Maya. Vous savez que mes pouvoirs sont grands.

La fille se mit à glousser mais ne détourna pas les yeux.

— Vous avez l'air d'un garçon! s'exclama-t-elle.

— Vous devriez savoir que je suis une fille, rétorqua Maya. Vous ne m'avez pas vue me soulager?

Elle prononça ces mots dans le langage des garçons, et la servante éclata de rire.

— Comment vous appelez-vous? demanda Maya.

— Nori, chuchota la fille.

— Nori, je vais vous prouver que j'ai de grands pouvoirs. Vous avez rêvé que vous aviez emballé des gâteaux de riz dans un linge et qu'en les déballant vous les découvriez grouillant d'asticots.

— Je n'en ai parlé à personne!

La servante semblait abasourdie mais fit un pas en avant.

— Comment l'avez-vous su?

— Je sais beaucoup de choses, répliqua Maya. Regardez-moi dans les yeux.

Elle fixa la fille un instant, assez longtemps pour voir qu'elle était crédule et superstitieuse, et découvrir autre chose, à propos de Hisao…

La tête de Nori bascula en avant lorsque Maya cessa d'exercer sur elle le pouvoir de son regard. Elle la gifla sur les deux joues pour la réveiller. La servante la regarda avec stupeur.

— Vous êtes une idiote si vous aimez Hisao, lança brutalement Maya.

Nori rougit.

— J'ai pitié de lui, chuchota-t-elle. Son père est si dur avec lui, et il est souvent souffrant.

— Comment cela?

— Il a de terribles migraines. Il vomit et ne voit plus rien. Encore aujourd'hui, il est malade. Le maître Kikuta était furieux car ils devaient rencontrer sire Zenko. Akio a dû y aller seul.

— Peut-être puis-je l'aider. Pourquoi ne me conduiriez-vous pas auprès de lui?

— C'est impossible! Akio me tuerait s'il l'apprenait.

— Emmenez-moi aux cabinets. Fermez la porte, mais sans la verrouiller. Je me rendrai dans la chambre de Hisao. Ne vous inquiétez pas, personne ne me verra. Mais vous devrez faire le guet pour m'avertir du retour d'Akio.

— Vous ne ferez pas de mal à Hisao?

— C'est un homme fait. Avec mes quatorze ans, je suis à peine une femme. De plus, je n'ai pas d'armes. Comment pourrais-je lui faire du mal? De toute façon, j'ai dit que je l'aiderais.

Tout en parlant, elle se remémorait toutes les façons de tuer un homme à mains nues qu'on lui avait enseignées. Elle passa sa langue sur ses lèvres. Sa gorge était sèche, mais elle se sentait calme. Hisao était souffrant, affaibli, peut-être rendu aveugle par sa maladie. Il lui serait aisé de le mettre hors de combat grâce à son regard. Elle toucha son cou, sentit battre son propre pouls, imagina celui du garçon sous ses mains. Si elle n'y arrivait pas ainsi, elle ferait appel au chat…

— Venez, Nori, allons chez Hisao. Il a besoin de votre aide.

Comme la servante hésitait encore, Maya ajouta à voix basse :

— Lui aussi vous aime.

— C'est vrai ?

Les yeux de Nori s'illuminèrent dans son visage maigre et pâle.

— Il n'en parle à personne, mais il rêve de vous. J'ai vu ses rêves de la même manière que j'ai vu les vôtres. Il s'imagine qu'il vous tient dans ses bras et il crie dans son sommeil.

En voyant s'adoucir l'expression de la servante, Maya la méprisa pour sa faiblesse amoureuse. Nori fit coulisser la porte, regarda à l'extérieur et lui fit signe de la suivre. Elles se hâtèrent vers l'arrière de la maison. Devant les cabinets, Maya agrippa son estomac en poussant un cri de douleur.

— Dépêchez-vous et essayez de ne pas passer toute la journée là-dedans ! s'écria Nori avec une ingéniosité soudaine.

— Qu'y puis-je si je suis malade ? répliqua Maya dans la même veine. C'est à cause de la nourriture infecte que vous me donnez !

Elle toucha la servante sur l'épaule tandis que sa silhouette se dissipait. Habituée à ces étrangetés, Nori regarda devant elle d'un air impassible. Maya rejoignit rapidement la chambre où dormait Hisao, ouvrit la porte et entra.

Le soleil brillant du dehors l'avait éblouie, si bien que pendant un instant elle ne vit rien. La pièce sentait le renfermé, une faible odeur de vomi flottait dans l'air. Puis elle aperçut le garçon recroquevillé sur le matelas dans un coin, le visage caché par un bras. À en juger par son souffle régulier, il dormait. Elle ne retrouverait jamais une telle occasion. Retenant sa respiration, elle fit jouer ses poignets en rassemblant toute sa force puis traversa la pièce, s'agenouilla près de lui et serra ses mains sur son cou.

L'effort affaiblissant sa concentration, elle redevint visible. Hisao ouvrit les yeux et la fixa fugitivement avant de se débattre sous elle en essayant d'échapper à sa prise. Il était plus fort qu'elle ne s'y attendait, mais elle le regarda dans les yeux et réussit à l'étourdir un instant. Ses doigts se resserrèrent comme des tentacules tandis qu'il arquait son dos et agitait les bras en luttant pour se libérer. Comme il se hissait sur ses mains et ses genoux, elle s'agrippa à lui à la façon d'un animal. Il était en sueur, et elle sentit ses doigts glisser et lâcher prise. S'en apercevant à son tour, il se débattit de nouveau et lança la tête en arrière pour se dégager. Puis il empoigna Maya et la jeta violemment contre le mur. Les écrans fragiles se fendirent et se déchirèrent, et elle entendit au loin Nori pousser un cri. «J'ai échoué», pensa-t-elle lorsque les mains de Hisao se refermèrent sur sa gorge. Elle se prépara à mourir.

«Miki!» appela-t-elle en silence. À cet instant, comme si Miki lui répondait, elle sentit sa fureur contre Hisao la posséder et le chat apparut, crachant et montrant les dents. Le garçon cria, incrédule, et lâcha prise. Le chat recula, prêt à s'échapper mais refusant encore de se rendre.

Ce répit permit à Maya de retrouver son sang-froid et sa concentration. Elle comprit que, malgré la vivacité de sa réaction, Hisao était encore souffrant. Ses yeux se troublèrent, il tituba légèrement. Il semblait essayer de regarder quelque chose juste derrière lui tout en écoutant une voix presque indistincte.

Croyant à un subterfuge pour détourner son attention, elle continua de le fixer. L'odeur de pourriture et de moisi s'intensifia. Une chaleur insupportable semblait régner dans la chambre et Maya étouffait sous l'épaisse fourrure du chat. Elle entendit la voix chuchoter de nouveau sur sa droite. Bien qu'elle ne pût distinguer les mots, elle en entendit assez pour savoir qu'il ne s'agissait pas de Nori. Il y avait quelqu'un d'autre dans la pièce.

Jetant un coup d'œil sur le côté, elle vit la femme. Elle était jeune — dix-neuf ou vingt ans peut-être —, avec des cheveux courts et un visage très pâle. Elle portait une robe blanche croisée vers la droite, contrairement à l'usage des vivants, et flottait au-dessus du sol. Son visage exprimait une telle colère et un tel désespoir que même le cœur impitoyable de Maya en fut touché. Elle s'aperçut que Hisao brûlait d'envie et redoutait à la fois de regarder le fantôme. L'esprit du chat qui la possédait se déplaçait librement entre les mondes, et pour la première fois elle rechercha son savoir et sa sagesse.

«Voilà donc ce que voulait dire Taku», songea-t-elle en reconnaissant enfin sa dette envers le chat et le moyen de s'en acquitter, puis en se rendant compte presque au même instant du pouvoir qu'il lui donnait et de l'usage qu'elle pourrait en faire.

La femme appela Maya :

— Aidez-moi! Aidez-moi!

— Que voulez-vous? demanda le chat.

— Je veux que mon fils m'écoute!

Avant qu'elle puisse réagir, Hisao s'approcha.

— Tu es revenu! s'exclama-t-il. Tu m'as pardonné. Viens ici, laisse-moi te toucher. Es-tu un fantôme, toi aussi? Puis-je te prendre dans mes bras?

Il tendit la main et Maya vit qu'elle avait changé et s'arrondissait maintenant avec douceur, désireuse de se poser sur l'épaisse fourrure. Stupéfaite et pas vraiment ravie, elle sentit que le chat réagissait comme à l'approche de son maître, baissait la tête en couchant ses oreilles et se laissait caresser.

Elle obéit à la sagesse du chat. Ce contact permit l'union de deux éléments innés en eux. Hisao se mit à haleter. Maya sentit la douleur envahir sa propre tête, puis s'apaiser. À travers les yeux du garçon, elle vit le monde à moitié obscurci, les lueurs tourbillonnant comme les rouages de quelque engin de torture, puis tout s'éclaira avec une netteté nouvelle et Hisao appela :

— Mère?

— Enfin! s'écria la femme fantôme. Vas-tu m'écouter, maintenant?

Il avait encore la main sur la tête du chat. Maya sentit son désarroi, où se mêlaient le soulagement de ne plus souffrir, l'effroi à l'idée de pénétrer dans le monde des morts, la peur devant les pouvoirs naissants qu'il entrevoyait. Elle-même éprouvait dans son propre esprit une terreur analogue face à un chemin où elle n'avait pas envie de s'avancer et qu'elle devrait pourtant suivre avec Hisao, même si elle haïssait ce garçon et désirait le tuer.

La voix de Nori s'éleva à l'extérieur :

— Vite ! Le maître revient !

Hisao retira sa main de la tête du chat. Avec soulagement, Maya reprit sa forme de fillette. Elle voulait partir loin de lui, mais il l'attrapa par le bras et elle eut l'impression de sentir cette étreinte jusqu'au plus profond de sa chair. Il la contempla avec des yeux stupéfaits et avides.

— Ne partez pas, lança-t-il. Dites-moi… Vous l'avez vue ?

Nori apparut sur le seuil et son regard alla de l'un à l'autre.

— Vous allez mieux ! s'exclama-t-elle. Elle vous a guéri !

Ils l'ignorèrent.

— Bien sûr que je l'ai vue, dit Maya en se dégageant. C'est votre mère et elle veut que vous l'écoutiez.

43

«Il va parler à Akio, pensa-t-elle tandis que Nori la ramenait précipitamment au réduit secret. Il va tout lui raconter. Akio apprendra l'existence du chat. Soit il me tuera, soit ils se serviront de moi contre Père. Je devrais m'enfuir. Il faut que je rentre chez nous. J'avertirai Mère au sujet de Zenko et Hana. Oui, il faut que je rentre. »

Cependant, depuis qu'il avait senti sur sa tête la main de son maître, le chat n'avait plus envie de partir. De son côté, tout en sachant que c'était une erreur, Maya voulait revivre ce moment où elle s'était avancée entre les mondes et avait parlé à des fantômes. Elle désirait savoir ce qu'ils savaient, apprendre en quoi consistait mourir et tous les autres secrets que les morts cachaient aux vivants.

Alors qu'elle avait à peine dormi depuis des semaines, elle se sentit envahie par une fatigue irrésistible dès qu'elle rentra dans la petite pièce étouffante. Ses paupières s'alourdirent. Tout son corps lui faisait mal tant elle était épuisée. Sans dire un mot à Nori, elle s'étendit sur le sol et sombra instantanément dans le fleuve profond du sommeil.

Elle fut réveillée, comme tirée du fond des eaux, par un ordre :

« Viens me retrouver. »

C'était l'heure la plus obscure de la nuit, l'air était immobile, chargé d'humidité. Son cou et ses cheveux étaient trempés de sueur. Elle n'avait pas envie de sentir la fourrure pesante du chat, mais son maître l'appelait : il fallait qu'il le rejoigne.

Le chat dressa les oreilles, tourna la tête. Traversant avec aisance les écrans intérieurs et les murs extérieurs, il s'élança dans la cour derrière la maison et se dirigea vers l'atelier où le feu de la forge brûlait toute la nuit. Les gens de la maisonnée s'étaient habitués à y trouver Hisao au petit matin, avant l'aube. Il s'était approprié cet endroit et personne ne le dérangeait.

Il tendit la main et le chat accourut vers lui, comme s'il aspirait à se faire caresser. Frottant sa tête contre lui, il lui lécha la joue avec sa langue râpeuse. Ni l'un ni l'autre ne parlèrent, mais ils étaient unis par un besoin animal d'affection, de proximité, de contact physique.

Au bout d'un long moment, Hisao lança :

— Montre-moi ta forme véritable.

Maya se rendit compte qu'elle était pressée contre le corps du garçon, dont les mains étaient encore posées sur sa nuque. Ce contact lui parut à la fois excitant et répugnant. Elle se dégagea de son étreinte. Dans la pénombre, elle ne pouvait distinguer son expression. Le feu crépitait et la fumée piquait les yeux de Maya.

Levant la lampe, il l'approcha pour regarder le visage de la fillette. Elle garda les yeux baissés, car elle ne voulait pas le défier. Ils gardèrent tous deux le silence, comme s'ils n'avaient pas envie de retourner dans le monde humain de la parole.

— Pourquoi venez-vous sous la forme d'un chat ? demanda enfin Hisao.

— J'ai tué un chat avec le regard des Kikuta et son esprit m'a possédée, répondit-elle. Personne chez les Muto ne sait comment traiter ces problèmes, mais Taku m'a aidée à m'en rendre maîtresse.

— Je suis son maître, mais j'ignore pourquoi et comment. Par sa simple présence, il a dissipé ma souffrance et apaisé la voix de l'esprit, si bien que j'ai pu l'entendre. J'aime les chats, mais mon père en a tué un sous mes yeux parce que je m'y étais attaché. Vous ne seriez pas ce chat ?

Elle secoua la tête.

— Je vous aime quand même. Je dois même vous aimer énormément, car je ne puis m'empêcher de penser à vous. J'ai besoin de votre présence. Promettez-moi que vous resterez avec moi.

Il reposa la lampe sur le sol et essaya d'attirer de nouveau Maya contre lui. Elle se débattit.

— Savez-vous que je suis votre sœur ?

Il fronça les sourcils.

— C'est votre mère ? La femme fantôme ? Est-ce pour cela que vous pouvez percevoir sa présence ?

— Non, nous n'avons pas la même mère mais le même père.

Elle le distinguait mieux, à présent. Il ne ressemblait pas à leur père, ni à Miki et elle-même, mais il avait comme eux une chevelure brillante, aussi lustrée qu'une aile d'oiseau, et sa peau avait la même texture et ce teint évoquant le miel qui avait été une telle épreuve pour Kaede. Maya se remémora soudain son enfance hantée par les parasols et les lotions pour éclaircir la peau — comme tout cela paraissait maintenant stupide et frivole.

— Votre père est Otori Takeo, que nous appelons le Chien, déclara-t-il en éclatant de ce rire sarcastique qu'elle détestait.

Elle recommença d'un coup à le haïr et se méprisa pour l'aisance et l'empressement que le chat mettait à s'abandonner à lui.

— Mon père et moi, nous allons le tuer.

Il se pencha, échappant au halo de la lampe, et saisit une petite arme à feu qu'il lui montra. La lumière fit reluire le canon d'acier noir.

— C'est un sorcier et personne n'a jamais pu l'approcher, mais cette arme est plus forte que la sorcellerie.

Il la regarda et ajouta avec une cruauté délibérée :

— Vous avez vu comment elle a réglé son compte à Muto Taku.

Maya ne répliqua pas, mais considéra avec une clarté exempte de tout sentimentalisme la mort de Taku. Il avait été tué en combattant, non sans honneur. Il n'avait trahi personne. Lui et Sada avaient péri ensemble. Il n'y avait rien à regretter dans sa mort. Le persiflage de Hisao ne pouvait atteindre ou affaiblir Maya.

— Sire Otori est votre père, dit-elle. C'est pour cela que j'ai essayé de vous tuer, pour vous empêcher de l'assassiner.

— Mon père est Akio, lança-t-il d'une voix où perçaient le doute et la colère.

— Akio vous traite avec cruauté. Il abuse de vous et vous ment. Ce n'est pas votre père. Vous n'avez aucune idée de la façon dont un père devrait se comporter avec ses enfants.

— Il m'aime, chuchota Hisao. Il le cache à tout le monde, mais je sais que c'est vrai. Il a besoin de moi.

— Demandez à votre mère, rétorqua Maya. Ne vous ai-je pas dit de l'écouter ? Elle vous dira la vérité.

Il y eut de nouveau un long silence. La chaleur était étouffante. Maya sentait la sueur perler à son front. Elle avait soif.

— Reprenez la forme du chat et je l'écouterai, fit-il d'une voix si basse qu'elle l'entendit à peine.

— Elle est ici ?

— Elle est toujours ici. Elle est liée à moi par un cordon semblable à celui qui m'attachait à elle quand je suis né. Je ne suis jamais délivré de son emprise. Par moments, elle se tait. Ce n'est pas plus mal. C'est quand elle veut parler que la souffrance s'empare de moi.

— C'est parce que vous tentez de combattre le monde des esprits, déclara Maya. J'ai connu la même chose. Quand le chat voulait apparaître et que je lui résistais, je souffrais du même mal que vous.

— Je n'ai jamais possédé le moindre talent de la Tribu. Je ne suis pas comme vous. Je ne puis me rendre invisible ni me dédoubler. Assister à ces phénomènes me rend même légèrement malade. Mais le chat ne me fait aucun mal. Au contraire, avec lui je suis bien, je me sens puissant.

Il ne semblait pas se rendre compte que sa voix se faisait incantatoire, pleine d'une séduction à laquelle elle ne pouvait résister. **Maya sentit le** chat s'étirer et fléchir, frémissant de désir. Hisao attira contre lui le corps souple et passa ses mains dans l'épaisse fourrure.

— Reste près de moi, chuchota-t-il.

Puis il ajouta d'une voix plus forte :

— Mère, je vais écouter ce que vous avez à me dire.

Les flammes de la forge et la lueur de la lampe s'affaiblirent et tremblèrent sous le souffle chaud d'une rafale soudaine d'air fétide sur le sol crasseux, qui fit voler la poussière et cliqueter les volets. Puis la lampe flamboya brusquement, répandant une clarté plus intense et illuminant la femme fantôme tandis qu'elle s'approchait en flottant juste au-dessus du sol. Le garçon resta assis sans bouger. Le chat était couché près de lui, la tête sous ses mains, et regardait la scène avec des yeux dorés et impassibles.

— Mon enfant, dit la mère d'une voix tremblante. Laisse-moi te toucher, laisse-moi te serrer dans mes bras.

Ses doigts maigres effleurèrent le front de Hisao, caressèrent ses cheveux, et il sentit l'ombre tout près de lui et une pression presque imperceptible lorsqu'elle l'enlaça.

— Je te tenais ainsi quand tu étais un nourrisson.

— Je m'en souviens, chuchota-t-il.

— Te quitter m'était insupportable. Ils m'ont contrainte à prendre du poison, Kotaro et Akio. Akio pleurait d'amour en exécutant l'ordre du maître et en introduisant de force les boulettes dans ma bouche avant de me regarder agoniser dans un supplice du corps et de l'esprit. Cependant ils n'ont pas pu nous séparer. Je n'avais que vingt ans, je ne voulais pas mourir. Akio m'a tuée parce qu'il haïssait ton père.

Ses mains se crispèrent sur la fourrure du chat, qui sortit ses griffes.

— Qui était mon père ?

— La petite dit vrai. Elle est ta sœur. Takeo est ton père. Je l'aimais. Ils m'ont ordonné de coucher avec lui, d'avoir un enfant de lui. Je leur ai obéi en tout point. Mais ils n'avaient pas prévu que je l'aimerais et que tu naîtrais d'un amour si doux et intense, de sorte qu'ils ont essayé de nous détruire jusqu'au dernier. Ils ont commencé par moi. À présent, ils vont se servir de toi pour tuer ton père. Ensuite, ce sera ton tour de mourir.

— Vous mentez! lança-t-il, la gorge sèche.

— Je suis morte, répliqua-t-elle. Seuls les vivants disent des mensonges.

— J'ai haï le Chien toute ma vie. Je ne puis changer maintenant.

— Ne sais-tu pas ce que tu es? Plus personne dans aucune des cinq familles de la Tribu n'est capable de te reconnaître. Je vais te dire ce que mon père m'a révélé en mourant. Tu es le maître des fantômes.

BIEN PLUS TARD, DE RETOUR DANS SON RÉDUIT où elle gisait sans trouver le sommeil, en regardant les ténèbres pâlir peu à peu à l'approche de l'aube, Maya revécut l'instant où elle avait entendu l'esprit prononcer ces mots. Ses os s'étaient glacés et sa fourrure s'était hérissée. La main de Hisao avait agrippé sa nuque. Il n'avait pas compris entièrement ce que cela voulait dire, mais Maya se rappelait les paroles de Takeo : le maître des fantômes était celui qui circulait entre les mondes, le chaman doué du pouvoir d'apaiser ou de déchaîner les morts. Elle se souvenait des voix des spectres se pressant autour d'elle la nuit de la fête des Morts, sur le rivage, devant la maison d'Akane. Elle avait senti leur regret de leur fin violente et prématurée, et leur soif de vengeance. Ils recherchaient Hisao, leur maître, et Maya, en prenant la forme du chat, lui permettait de les dominer. Mais se pouvait-il que ce garçon cruel et retors possède un tel pouvoir? Et à quelle fin Akio s'en servirait-il s'il le découvrait?

Hisao l'avait laissée partir à contrecœur. Elle sentait combien il avait besoin d'elle, et trouvait son désir à la fois séduisant et dangereux. Cependant il ne semblait pas vouloir mettre Akio au courant, pas encore… Elle ne comprenait pas complètement quels étaient ses sentiments réels envers l'homme qu'il avait toujours cru son père : un mélange d'amour et de haine, de mépris et de pitié, sans oublier la peur.

Elle reconnaissait ces émotions, car elle éprouvait les mêmes à son égard.

Le sommeil la fuit toute la nuit. Quand Nori vint lui porter au matin du riz et de la soupe, elle n'avait guère d'appétit. La servante avait les yeux rouges, comme si elle avait pleuré.

— Il faut que vous mangiez, dit Nori. Ensuite, vous devrez vous préparer pour le voyage.

— Quel voyage ? Où suis-je censée me rendre ?

— Sire Araï retourne à Kumamoto. La ville de Hofu est en ébullition. Muto Shizuka jeûne au Daifukuji et les oiseaux la nourrissent.

La jeune fille tremblait.

— Je ne devrais pas vous dire ces choses. Le maître doit l'accompagner, ainsi que Hisao. Bien entendu, ils vous emmèneront avec eux.

Ses yeux se remplirent de larmes et elle les essuya avec la manche toute rapiécée de sa robe.

Hisao se porte assez bien pour voyager. Je devrais m'en réjouir.

«Estimez-vous heureuse qu'il s'en aille loin de vous», pensa Maya.

— Shizuka se trouve à Hofu ? demanda-t-elle.

— Elle est venue pour l'enterrement de son fils cadet. On raconte qu'elle a perdu la raison. Les gens blâment Araï et l'accusent d'être impliqué dans la mort de Taku. Il est furieux et rentre chez lui pour mettre son armée sur le pied de guerre avant que sire Otori ne revienne de Miyako.

— Quel tissu d'absurdités ! Vous ne comprenez rien à ces choses ! s'écria Maya en cachant son inquiétude derrière sa colère.

— Je vous dis tout cela uniquement parce que vous avez aidé Hisao, répliqua Nori. Je n'ajouterai pas un mot.

Elle pinça les lèvres d'un air susceptible et offensé.

Maya saisit le bol et le vida. Les pensées se bousculaient dans sa tête. Elle ne devait pas les laisser l'emmener à Kumamoto. Elle savait que les fils de Zenko, Sunaomi et Chikara, avaient été envoyés à Hagi pour garantir la loyauté de leur père, et que Zenko n'hésiterait pas à faire pression de la même façon sur Takeo. Hofu se trouvait dans le Pays du Milieu et était fidèle aux Otori. Elle connaissait la ville et la route pour rentrer à Hagi. Kumamoto était située aux confins de l'Ouest, où elle ne s'était jamais rendue. Une fois là-bas, il lui serait impossible de s'échapper.

— Quand partons-nous ? demanda-t-elle d'une voix lente.

— Dès que le maître et Hisao seront prêts. Vous serez sur la route avant midi. J'ai entendu dire que sire Araï enverrait des gardes.

Nori ramassa les bols.

— Il faut que je les rapporte à la cuisine.

— Je n'ai pas fini.

— Est-ce ma faute si vous mangez si lentement ?

— De toute façon, je n'ai pas faim.

— Kumamoto est loin, observa Nori en sortant.

Maya savait qu'elle avait peu de temps pour se décider. Ils la feraient sûrement voyager en cachette, sans doute aurait-elle les mains liées. Même si elle pouvait déjouer la surveillance des gardes de Zenko, elle n'échapperait jamais à Akio. Elle se mit à arpenter la pièce minuscule. La chaleur s'intensifiait. Elle souffrait de la faim, de la fatigue. Tandis qu'elle marchait sans penser à rien, elle tomba dans une sorte de rêve éveillé et vit Miki dans la ruelle derrière la maison. Elle se réveilla en sursaut. C'était très possible. Shizuka devait avoir emmené Miki avec elle. Dès qu'elles avaient appris la mort de Taku, elles étaient parties à sa recherche. Miki était dehors. Elles allaient retourner ensemble à Hagi, rentrer chez elles.

Sans réfléchir un instant de plus, elle prit la forme du chat et s'élança à travers les murs.

Sur la véranda, une femme essaya de lui donner un coup de balai au passage. Maya traversa la cour à toute allure, sans prendre la peine de se cacher, mais en approchant du mur extérieur elle passa devant l'atelier et sentit la présence de Hisao.

«Il ne faut pas qu'il me voie, pensa-t-elle. Il ne me laissera jamais partir.»

La porte de derrière était ouverte et Maya entendit des chevaux s'approcher avec fracas. Jetant un coup d'œil dans son dos, elle vit Hisao sortir en courant de la forge. L'arme à la main, il inspecta la cour du regard. En l'apercevant, il cria :

— Reviens !

Elle sentit la force de son ordre et sa propre détermination s'affaiblit. Le chat avait entendu son maître : jamais il ne le quitterait. Elle était déjà dans la rue, mais les pattes du chat étaient lourdes. Hisao l'appela de nouveau. Il fallait qu'elle le rejoigne.

Du coin de l'œil, Maya prit conscience du chatoiement indistinct d'une silhouette invisible. Aussi rapide qu'un sabre, quelque chose traversa la rue en courant, s'interposa entre le chat et Hisao et, telle une lame indestructible, trancha net leur lien.

— Maya ! cria Miki. Maya !

À cet instant, Maya trouva la force de changer de forme. Redevenue visible, sa jumelle se tenait à côté d'elle et l'attrapa par la main. Hisao vociférait devant le portail, mais sa voix n'était plus que celle d'un garçon. Maya n'était plus contrainte de l'écouter.

Les deux fillettes se rendirent de nouveau invisibles. Lorsque les gardes de sire Araï apparurent au trot à l'angle de la rue, elles couraient à l'abri des regards dans le labyrinthe des ruelles étroites du port.

44

Quand Takeo quitta Miyako, son départ fut accompagné d'encore plus d'excitation et de cérémonie que son arrivée, malgré la surprise et la déception générales en le voyant repartir si vite.

— Votre apparition aura été semblable à une comète, déclara sire Kono en venant lui faire ses adieux. Une brève lueur traversant le ciel de l'été.

Takeo se demanda si c'était là vraiment un compliment, puisque le peuple croyait que les comètes annonçaient désastres et famines.

— Je crains d'avoir des raisons contraignantes pour partir, répliqua-t-il.

Il songea qu'il était fort possible que Kono les connût déjà. Toutefois l'aristocrate n'en montra rien et ne fit aucune allusion à la mort de Taku.

Saga Hideki manifesta plus franchement encore son étonnement et son mécontentement devant ce départ soudain. Il les pressa de prolonger leur séjour, ajoutant que si vraiment sire Otori était obligé de retourner dans les Trois Pays, il pourrait au moins permettre à dame Maruyama de profiter des plaisirs de l'été à la capitale.

— Il reste tant de sujets dont nous devons discuter. Je veux connaître vos méthodes de gouvernement, comprendre les fondements de votre prospérité et de votre réussite, savoir comment vous vous comportez avec les barbares.

— Nous les appelons les étrangers, osa le corriger Takeo.

— Étrangers ou barbares, c'est la même chose, répliqua Saga en haussant les sourcils.

— Sire Kono a passé chez nous la plus grande partie de l'année. Il vous a sûrement tout raconté.

— Sire Otori, déclara Saga d'un ton confidentiel en se penchant en avant. C'est Araï qui a fourni la plupart de ses informations à sire Kono. La situation a changé depuis lors.

— Sire Saga m'en donne-t-il l'assurance ?

— Bien entendu ! Nous sommes liés par un accord public. Ne vous inquiétez pas à ce sujet. Non seulement nous sommes alliés, mais nous serons bientôt parents.

Takeo résista à ses instances avec une détermination polie. Si l'on en croyait la rumeur publique, ils ne seraient pas privés de grands plaisirs, car pendant les semaines de canicule la capitale étouffait dans sa cuvette entourée de collines, et l'imminence des pluies d'été se traduisait par une humidité où tout moisissait. Il n'avait pas envie d'imposer cette épreuve à Shigeko, ni de la livrer aux avances de plus en plus insistantes de Saga. Il avait lui-même la nostalgie de son foyer, aspirait à sentir la fraîcheur de la brise marine de Hagi, à voir Kaede et son fils puis à régler définitivement son compte à Zenko.

Sire Saga leur fit le grand honneur de les accompagner durant la première semaine de leur voyage, jusqu'à Sanda, où il organisa un festin d'adieux. Saga excellait à charmer autant qu'à brutaliser. Cependant, après ces festivités et les dernières protestations d'amitié, Takeo sentit son humeur s'éclaircir un peu. Il ne s'était pas attendu à un retour aussi triomphal. Outre la faveur et la reconnaissance officielle de l'empereur, il avait reçu des offres d'alliance semblant sincères de sire Saga. Les frontières de l'Est seraient à l'abri d'une attaque. Privé du soutien de Saga, Zenko serait certainement guéri de ses ambitions et se soumettrait en acceptant la légitimité incontestable de Takeo.

— Si son implication dans le meurtre de Taku est prouvée, il sera châtié. Mais dans la mesure du possible, par égard pour mon épouse et pour Shizuka, je ferai en sorte qu'il ait la vie sauve.

Jusqu'à Sanda, il avait voyagé en grande pompe, en empruntant le palanquin. Après que Saga les eut quittés, il fut soulagé de pouvoir ôter ses robes somptueuses et monter de nouveau Tenba. Dans l'intervalle, Hiroshi l'avait pris comme monture car le destrier devenait surexcité et indocile s'il n'était pas monté quotidiennement. À présent, Hiroshi avait retrouvé son vieux cheval, Keri, le fils de Raku.

— Maï m'a raconté que Ryume, le cheval de Taku, était mort en même temps que son maître, dit-il à Takeo tandis qu'ils chevauchaient côte à côte. Mais on ne sait s'il a succombé lui aussi à un coup de feu.

La journée était chaude, sans un nuage dans le ciel. Les destriers se mirent à ruisseler de sueur quand la pente se fit plus abrupte en montant vers les montagnes encore lointaines.

— J'ai un souvenir si net de la première fois où nous avons vu les poulains, répliqua Takeo. Vous avez su tout de suite que c'étaient des fils de Raku. Pour moi, ils ont été le premier signe que l'espoir renaissait, que la vie ne cessait de jaillir de la mort.

— Ryume me manquera presque autant que Taku, observa Hiroshi d'un ton tranquille.

— Heureusement, les chevaux des Otori ne semblent nullement en voie d'extinction. Au contraire, j'ai l'impression qu'ils s'améliorent grâce à vos soins avisés. Je pensais ne jamais retrouver un cheval comme Shun, mais je dois avouer que je suis enchanté de Tenba.

— Son dressage était une gageure, mais il a bien tourné, approuva Hiroshi.

Cependant, à peine avait-il prononcé ces mots que Tenba, qui trottait assez calmement, leva soudain la tête et fit volte-face en poussant un hennissement strident.

— Vous avez parlé trop vite, dit Takeo en ramenant le cheval à la raison et en le pressant. Le monter est toujours une gageure : on ne peut jamais compter tout à fait sur lui.

Shigeko, qui chevauchait en queue du cortège avec Gemba, les rejoignit au petit galop.

— Quelque chose l'a troublé, déclara-t-elle en se retournant sur sa selle pour regarder derrière elle.

— La kirin doit lui manquer, suggéra Hiroshi.

— Peut-être aurions-nous dû le laisser avec elle, reconnut Takeo. J'y ai pensé, mais je n'ai pas voulu me séparer de lui.

— À Miyako, il serait devenu farouche et intenable, dit Hiroshi en jetant un regard à Shigeko. Il a été dressé avec douceur, de sorte qu'il est désormais impossible de le traiter brutalement.

Le destrier continua de se montrer nerveux, mais Takeo se plut à relever chaque jour le défi de le tranquilliser, ce qui renforça le lien qui les unissait. La pleine lune du sixième mois passa sans apporter les pluies escomptées. Takeo en fut soulagé, car il avait craint de devoir traverser les cols les plus élevés par un temps humide, mais la chaleur se fit plus intense et la lune à son déclin avait un éclat rougeâtre qui inquiéta tout le monde. Les chevaux maigrissaient, et les palefreniers redoutaient qu'ils aient des vers intestinaux ou aient mangé du sable. Moustiques et moucherons tourmentaient la nuit les humains comme les animaux. Lorsque la nouvelle lune du septième mois apparut à l'est, le tonnerre gronda et des éclairs zébrèrent le ciel chaque nuit, mais il ne pleuvait pas.

Gemba était devenu très silencieux. En se réveillant la nuit, Takeo le voyait souvent assis immobile en train de méditer ou de prier. Une fois ou deux, il rêva — ou imagina — que Makoto faisait de même bien loin de là, à Terayama. Ses rêves étaient hantés de fils cassés et de cercueils vides, de miroirs sans reflet et d'hommes sans ombre. « Un péril nous menace », avait dit Gemba. Takeo sentait cette menace dans le flux de son sang et le poids de ses os. Après s'être apaisée durant le voyage de l'aller, la douleur revenait maintenant, plus aiguë encore que dans son souvenir. Avec un sentiment d'urgence qu'il comprenait à peine lui-même, il ordonna d'accélérer le rythme. Levés avant l'aube, ils chevauchaient à la clarté de la lune.

Avant que l'astre n'atteigne son premier quartier, ils se retrouvèrent non loin du col du Faucon, à moins d'un jour de voyage, d'après Sakaï Masaki qui était parti là-bas en éclaireur.

La forêt se pressait autour du sentier. Chênes et charmes cédaient la place aux cèdres et aux pins sur les versants plus élevés. Ils installèrent leur campement sous les arbres. Une source leur fournit de l'eau, mais ils durent se contenter d'un repas frugal car leurs provisions étaient presque épuisées. Takeo dormit d'un sommeil léger et fut réveillé par la voix d'un garde.

— Sire Otori!

Il faisait à peine jour et les oiseaux commençaient tout juste à chanter. Takeo ouvrit les yeux et crut qu'il rêvait encore : regardant d'abord comme toujours les chevaux à l'attache, il aperçut la kirin.

Inclinant son long cou et écartant ses jambes, elle se tenait à côté de Tenba, la tête au niveau des chevaux. Les taches blanches de son pelage brillaient d'un éclat étrange dans la lumière grise.

Takeo se leva. Il se sentait raide et endolori. Hiroshi, qui était couché non loin de lui, était déjà sur pied.

— La kirin est de retour! s'exclama le jeune homme.

Son cri réveilla les autres, et la kirin fut bientôt le centre d'un attroupement.

Manifestement, elle était ravie de les avoir retrouvés. Elle frotta son museau contre Shigeko et lécha la main de Hiroshi avec sa grande langue grise. Son pelage était égratigné à de nombreux endroits et ses genoux écorchés saignaient. Elle évitait d'appuyer sur sa jambe arrière gauche et son cou portait des marques de corde, comme si elle avait fait plusieurs tentatives pour se libérer.

— Qu'est-ce que ça veut dire? s'écria Takeo avec consternation.

Il se représenta la fabuleuse créature fuyant à travers une campagne inconnue, avec sa longue foulée maladroite, sa peur et sa solitude.

— Comment s'est-elle échappée ? L'auraient-ils laissée partir ?

— C'est ce que je redoutais, se lamenta Shigeko. Nous aurions dû rester plus longtemps, nous assurer qu'elle était heureuse. Père, permettez-moi de la ramener.

— C'est trop tard, répliqua-t-il. Regarde-la. Nous ne pouvons la restituer dans cet état à l'empereur.

— De toute façon, elle ne survivrait pas au voyage, observa Hiroshi.

S'approchant de la source, il remplit un seau d'eau et fit boire la kirin. Puis il entreprit de laver le sang collé à ses plaies. Sa peau tressaillit et frissonna, mais elle resta très calme. Tenba hennit doucement à son adresse.

Takeo veilla à ce qu'elle mange, après quoi il donna des ordres pour qu'ils se remettent en route dès que possible. Se tournant vers Gemba, il lui demanda :

— Que signifie tout cela ? Devrions-nous nous hâter vers les Trois Pays en emmenant la kirin avec nous ? Ou envoyer à Miyako des présents pour tenter de retourner la situation ?

S'interrompant un instant, il regarda sa fille qui calmait et cajolait l'animal.

— L'empereur ne peut qu'être offensé par la fuite de la kirin, reprit-il à voix basse.

— Oui, elle avait été accueillie comme un signe de la bénédiction céleste, dit Gemba. À présent, elle a montré qu'elle vous préférait à Sa Divine Majesté. C'est une terrible insulte.

— Que puis-je faire ?

— Vous préparer à livrer bataille, j'imagine, répliqua Gemba d'une voix paisible. Ou mettre fin à vos jours, si vous pensez que c'est une meilleure idée.

— Vous avez tout su à l'avance : l'issue du concours, la restitution de Jato, mon triomphe. N'avez-vous pas prévu ceci ?

— Toute chose a une cause et un effet. Un événement violent, comme la mort de Taku, a déclenché une réaction en chaîne, dont cet incident doit faire partie. Il est impossible de prévoir ou de prévenir toutes les conséquences de cette réaction.

Tendant la main, il tapa doucement sur l'épaule de Takeo, de la même façon que Shigeko flattait la kirin.

— Je suis désolé. Je vous ai dit il y a quelque temps qu'un danger nous menaçait. J'ai essayé de maintenir l'équilibre, mais il s'est rompu.

Takeo le regarda fixement, ne sachant que comprendre.

— Quelque chose est-il arrivé à mes filles?

Il respira profondément et ajouta :

— À mon épouse?

— Je ne puis vous donner ce genre de détail. Je ne suis ni un sorcier ni un chaman. Tout ce que je sais, c'est qu'un élément assurant la cohésion de la toile délicate s'est déchiré.

Takeo avait la bouche sèche tant l'angoisse l'étreignait.

— Est-ce réparable?

Gemba ne répondit pas. À cet instant, se détachant sur la rumeur des préparatifs, Takeo entendit les sabots d'un cheval dans le lointain.

— Un cavalier galope dans notre direction, dit-il.

Peu après, les chevaux à l'attache levèrent la tête et poussèrent des hennissements auxquels fit écho le destrier apparaissant au petit galop dans le virage du sentier.

C'était l'un des chevaux de Maruyama que Shigeko avait offerts à sire Saga, et il était monté par sire Kono.

Hiroshi s'élança pour saisir les rênes tandis que l'aristocrate arrêtait sa monture. Kono sauta de son cheval. Il ne restait plus rien de ses manières languissantes. Il paraissait plein de force et d'adresse, comme lors du concours.

— Sire Otori, je suis heureux de vous avoir rattrapé.

— Sire Kono, répliqua Takeo. Je crains de n'avoir guère de rafraîchissements à vous offrir. Nous levons le camp. Nous aurons traversé la frontière d'ici à midi.

Peu lui importait à présent d'offenser l'aristocrate, tant sa position lui paraissait irrémédiablement compromise.

— Je dois vous demander d'attendre un peu, le pressa Kono. Il faut que nous ayons un entretien privé.

— Je ne puis croire que vous ayez encore quelque chose à me dire.

Le malaise de Takeo avait cédé la place à la colère. Il sentait la rage monter en lui, après tous ces mois où il avait fait des prodiges de patience et de maîtrise de soi. À présent, il voyait tous ses efforts anéantis par un hasard incontrôlable, car on ne pouvait empêcher un animal de préférer ses anciens compagnons à des étrangers.

— Sire Otori, je sais que vous me considérez comme un ennemi, mais croyez-moi, je ne pense qu'à votre intérêt. Accordez-moi donc un instant, le temps de vous communiquer le message de sire Saga.

Sans attendre de réponse, il se dirigea vers un cèdre abattu non loin de là, qui formait comme un siège naturel. Il s'assit et fit signe à Takeo de le rejoindre. Takeo regarda vers l'est. La silhouette noire de la montagne se détachait sur le ciel rougeoyant et sa bordure se teintait déjà d'or.

— Je vous donne jusqu'au moment où le soleil illuminera les cimes, déclara-t-il.

— Laissez-moi vous raconter ce qui s'est passé. Le triomphe de votre visite avait déjà été un peu terni par votre départ prématuré. L'empereur avait espéré pouvoir mieux vous connaître, car vous lui aviez fait une forte impression. Malgré tout, il était enchanté de vos cadeaux, et notamment de cette créature. Comme elle se montrait de plus en plus agitée, depuis votre départ, il s'inquiéta. Il lui rendit visite chaque jour en personne. Cependant elle semblait affligée et ne mangea rien pendant trois jours. Après quoi, elle s'échappa. Nous nous lançâmes à sa poursuivre, bien sûr, mais toutes les tentatives pour l'attraper échouèrent et elle finit par nous distancer complètement. Dans la ville, l'atmosphère changea. La joie de voir notre empereur béni par le Ciel céda la place à la dérision, puisque la bénédiction céleste avait décampé et que la faveur du Ciel allait manifestement à sire Otori, et non à l'empereur et à sire Saga.

Il s'interrompit un instant.

— Bien entendu, il était impossible de fermer les yeux sur une telle insulte. Je rejoignis sire Saga alors qu'il quittait Sanda. Il rebroussa chemin aussitôt et se trouve maintenant à tout au plus un jour de chevauchée d'ici. Ses troupes étaient déjà au complet. Son armée particulière est toujours prête et attendait justement une éventualité de ce genre. Vous serez écrasés sous le nombre. J'ai été chargé de vous demander de revenir avec moi et d'accepter de mettre fin à vos jours, ce qui est le seul moyen d'apaiser le déplaisir de l'empereur. Sans quoi, Saga se lancera à vos trousses avec ses guerriers innombrables et s'emparera de force des Trois Pays. Vous serez mis à mort avec toute votre famille, à l'exception de dame Maruyama, que sire Saga espère toujours épouser.

— N'en avait-il pas l'intention depuis le début ? répliqua Takeo sans plus tenter de contenir sa fureur. Qu'il me poursuive donc : il aura affaire à plus forte partie qu'il ne croit.

— Je ne puis dire que je sois surpris, déclara Kono, mais je suis profondément désolé. Vous devez savoir quelle admiration j'en suis venu à éprouver pour vous…

Takeo l'interrompit brutalement.

— Malgré vos flatteries incessantes, je crois que vous avez toujours voulu me nuire **et avez** tout fait pour saper mon pouvoir. Peut-être avez-vous l'impression ainsi de venger la mort de votre père. Si vous aviez vraiment de l'honneur et du courage, vous me défieriez en face au lieu de conspirer secrètement avec mon vassal et beau-frère. Vous avez été un intermédiaire indispensable. Je n'ai reçu de vous qu'insultes et mauvais services.

Le visage pâle de Kono avait encore blêmi.

— Nous nous retrouverons sur le champ de bataille, lança-t-il. Vos ruses et vos sorcelleries ne vous sauveront pas!

Il se leva et se dirigea vers son cheval sans même s'incliner. Bondissant sur sa monture, il tira brutalement sur les rênes pour lui faire faire demi-tour. Peu désireux de quitter ses camarades, le cheval résista au mors. Kono le frappa de ses talons, à quoi il répondit en ruant et en se cabrant. L'aristocrate désarçonné tomba ignominieusement par terre.

Il y eut un instant de silence. Les deux gardes les plus proches brandirent leurs sabres. Takeo savait que tout le monde attendait qu'il donne l'ordre de tuer Kono. Il faillit le faire tant il avait besoin d'un exutoire à sa fureur et désirait punir l'homme gisant à ses pieds pour toutes les insultes, les intrigues et les perfidies dont il l'avait accablé. Cependant une force le retint.

— Hiroshi, allez chercher le cheval de sire Kono et aidez-le à monter, commanda-t-il.

Puis il se détourna afin de ne pas humilier davantage l'aristocrate. Les gardes abaissèrent leurs sabres et les glissèrent de nouveau dans leurs fourreaux.

Quand il entendit la rumeur des sabots s'affaiblir sur le sentier, il se tourna vers Hiroshi et lui dit :

— Envoyez Sakaï en avant pour mettre Kahei au courant et lui demander de se préparer au combat. Quant à nous, nous devons franchir le col aussi vite que possible.

— Père, que va devenir la kirin? demanda Shigeko. Elle est épuisée. Elle ne pourra jamais nous suivre.

— Il le faudra bien, répliqua-t-il. Autrement, il serait plus pitoyable de la tuer dès maintenant.

En voyant son visage bouleversé, il se rendit compte qu'elle n'avait jamais tué alors qu'elle allait peut-être devoir combattre dès demain pour sa vie.

— Shigeko, dit-il. Je puis sauver ta vie et celle de la kirin en me rendant à Saga. Je mettrai fin à mes jours, tu l'épouseras et nous éviterons finalement la guerre.

— C'est impossible, répondit-elle sans hésitation. Il vous a trompé et nous a menacés, en manquant à toutes ses promesses. Je ferai en sorte que la kirin ne soit pas à la traîne.

— Dans ce cas, tu monteras Tenba. Ils s'encourageront mutuellement.

Elle lui donna en échange son propre cheval, Ashige. Puis il l'envoya vers l'avant avec Gemba, dans la pensée qu'elle serait plus en sécurité qu'à l'arrière-garde. Restait la question des chevaux de bât et des somptueux cadeaux de l'empereur et de sire Saga qu'ils transportaient.

Ainsi chargés, ils ne pourraient pas suivre les autres chevaux. Considérant que l'empereur était déjà offensé sans remède, Takeo ordonna qu'on abandonne ballots et corbeilles au bord du sentier, près du petit autel de pierre s'élevant à côté de la source. En songeant combien Kaede les aurait appréciés, il regretta les objets précieux, les robes de soie, les miroirs de bronze et les bols laqués, mais il ne voyait pas d'autre solution. Il renonça également aux palanquins, et même aux armures d'apparat offertes par sire Saga. Elles étaient trop lourdes pour être pratiques, et il préférait sa propre armure qu'il avait confiée à la garde de Kahei.

— Cela fera une offrande aux dieux de la montagne, dit-il à Hiroshi tandis qu'ils s'éloignaient. Encore que je ne croie pas qu'aucun dieu nous aide à présent. Que signifie la bénédiction du Ciel ? Nous savons que la kirin n'est qu'un animal, non une créature mythique. Elle s'est enfuie parce que ses compagnons lui manquaient.

— Elle est devenue un symbole, répliqua le jeune homme. C'est ainsi que les humains s'accommodent du monde.

— Le moment est mal choisi pour les conversations philosophiques ! Nous ferions mieux de discuter de notre plan de bataille.

— Oui, j'y ai réfléchi depuis que nous sommes passés par ici. Ce col est si étroit et difficile d'accès qu'une fois que nous l'aurons franchi, il nous sera aisé de défendre notre arrière-garde contre les troupes de Saga. Mais le trouverons-nous sans protection ? Si j'étais Saga, il me semble que je vous aurais barré la route avant votre départ de la capitale.

— J'ai eu la même pensée, avoua Takeo.

Une heure plus tard, ils reçurent la confirmation de leurs craintes. Revenant faire son rapport, Sakaï leur apprit que le col était rempli de soldats de Saga cachés parmi les rochers et les arbres, les attendant avec des arcs et des armes à feu.

— Je suis monté sur un arbre pour regarder vers l'est, déclara Sakaï. Grâce à la longue-vue, j'ai aperçu au loin l'armée de Saga lancée à nos trousses. Ils arborent des étendards de guerre rouges et les hommes embusqués dans le col ont dû également les voir. J'ai chargé Kitayama de les contourner. Il est sans doute le seul capable d'y réussir, mais il devra gravir la montagne et descendre de l'autre côté avant de rejoindre sire Miyoshi.

— Combien de temps lui faudra-t-il ? s'enquit Takeo.

— Il aura de la chance s'il y arrive avant la tombée de la nuit.

— Combien d'hommes se trouvent sur le col ?

— Entre cinquante et cent. Nous n'avons guère eu le loisir de les compter.

— Eh bien, nous sommes à peu près aussi nombreux qu'eux, observa Hiroshi. Toutefois ils ont tous les avantages du terrain.

— Il est trop tard pour les prendre par surprise, déclara Takeo. Mais peut-être pourrions-nous tourner leur position ?

— Notre seul espoir, c'est de les forcer à se découvrir, répliqua Hiroshi. Nous pourrons les abattre un à un. Dame Shigeko et vous-même devrez traverser au galop pendant que nous vous couvrirons.

Takeo réfléchit un moment en silence, puis envoya Sakaï en avant en le chargeant d'ordonner aux soldats de s'arrêter bien avant le col et de se cacher. Après quoi, il rejoignit Gemba et Shigeko.

— Je dois te demander de me rendre mon cheval, dit-il. J'ai un plan pour les faire sortir de leur cachette.

— Vous ne comptez pas y aller seul ? s'inquiéta Shigeko en mettant pied à terre et en prenant les rênes d'Ashige que lui tendait son père.

— Je vais emmener Tenba et la kirin. Mais personne ne me verra.

Montrant rarement ses talents de la Tribu à Shigeko et évitant même de lui en parler, il n'avait pas l'intention de les lui expliquer maintenant. Il vit son expression dubitative, qu'elle réprima rapidement.

— Ne te fais pas de souci, lança-t-il. Je ne cours aucun danger. Mais tu dois tenir ton arc prêt et te préparer à tirer pour tuer.

— Nous essaierons de les mettre hors de combat sans leur ôter la vie, répliqua-t-elle en jetant un regard à Gemba qui restait silencieux et impassible sur son cheval noir.

— Il va s'agir d'une vraie bataille, pas d'une compétition amicale, dit Takeo.

Il voulait qu'elle sache ce qui l'attendait, la folie et l'ivresse sanguinaire de la guerre.

— Il se pourrait que tu n'aies pas le choix, ajouta-t-il.

— Il faut que vous repreniez Jato, Père. Vous ne devriez pas y aller sans lui.

Il accepta son offre avec reconnaissance. On avait confectionné pour le sabre un support spécial, car il était trop lourd pour Shigeko. Il se trouvait déjà sur Tenba, juste devant la selle. Vêtu encore de ses atours de cérémonie, il était magnifique. Takeo attacha le cordon de soie de la kirin au collier du cheval. Avant de se remettre en selle, il serra Shigeko dans ses bras, en priant en silence pour sa sûreté. Il était près de midi et la chaleur était intense. Même ici dans les montagnes, l'air était immobile et étouffant. En saisissant les rênes de Tenba dans sa main gauche, Takeo regarda vers le ciel et vit d'énormes nuées orageuses s'accumuler à l'ouest. Le cheval secouait la tête pour écarter les essaims de moucherons voraces.

Alors qu'il s'éloignait avec la kirin, il s'aperçut que quelqu'un le suivait à pied. Comme il avait insisté pour être seul, il se retourna sur sa selle afin d'ordonner au suiveur de rester en arrière.

— Sire Otori!

C'était Maï, la sœur de Muto Sada.

S'arrêtant un instant, il la vit arriver à la hauteur de Tenba, qui tourna la tête pour la regarder.

— Peut-être pourrai-je vous aider, dit-elle. Permettez-moi de vous accompagner.

— Êtes-vous armée?

Elle sortit un poignard de dessous sa robe.

— J'ai aussi des poignards à lancer et une cordelette. Sire Otori projette de se rendre invisible?

Il acquiesça de la tête.

— Je pourrais faire de même. Le but est d'amener les ennemis à se montrer afin que nos guerriers puissent les décimer?

— Ils verront un destrier et une kirin, apparemment seuls. J'espère que la curiosité et la cupidité les feront sortir de leurs tanières. Ne les attaquez pas avant qu'ils soient à découvert et que Sugita ait donné l'ordre de tirer. Ils doivent se bercer d'une indolence trompeuse. Prenez le côté où ils paraîtront moins nombreux, et tuez autant d'hommes embusqués que vous pouvez. Plus grande sera leur confusion, mieux cela vaudra pour nous.

Elle esquissa un sourire.

— Merci, seigneur. Chacun d'eux sera comme une consolation pour le meurtre de ma sœur.

«À présent, me voilà engagé dans la guerre», songea-t-il avec tristesse tandis qu'il lançait de nouveau Tenba en avant et se rendait invisible.

Le sentier devint plus escarpé et rocailleux, mais juste avant le col proprement dit il s'aplanit un peu et s'élargit. Le soleil était encore haut dans le ciel, cependant il avait commencé à décliner vers l'ouest et les ombres s'allongeaient déjà. À l'horizon, surgissant de la forêt touffue, s'étiraient les chaînes de montagnes. Devant lui s'étendaient les Trois Pays, à présent couverts de nuages. Des éclairs étincelaient au loin, on entendait des roulements de tonnerre. Tenba relevait sans cesse la tête en tremblant, mais la kirin avançait avec son calme et sa grâce coutumiers.

Takeo entendait les cris éloignés des milans et les battements d'ailes des oiseaux. Les arbres antiques craquaient, de l'eau ruisselait dans le lointain. En pénétrant dans la vallée, il perçut des chuchotements, le bruit léger d'hommes changeant de position, le soupir d'arcs qu'on bandait et, plus menaçant encore, le claquement d'une arme à feu qu'on chargeait de poudre.

L'espace d'un instant, son sang se glaça. La mort ne lui faisait pas peur. Il l'avait frôlée si souvent qu'il en avait épuisé l'horreur. En outre, il s'était persuadé que personne ne pourrait le tuer avant son fils. Toutefois il sentit monter en lui une crainte à peine consciente à l'idée de la balle qui tuait à distance, du projectile de fer déchirant brutalement la chair et les os. « Si je dois mourir, que ce soit par le sabre, pria-t-il. Même s'il ne serait que justice que je succombe à une arme à feu, puisque je suis responsable de leur introduction et de leur développement. »

Il ne se souvenait pas de s'être jamais rendu invisible en chevauchant, car il avait coutume de séparer nettement ses talents de guerrier et ceux de membre de la Tribu. Il lâcha les rênes sur l'encolure du cheval et retira ses pieds des étriers, afin que rien ne puisse trahir la présence d'un cavalier. Que pensaient les soldats en voyant le destrier et la kirin s'avancer dans la vallée ? se demanda-t-il. Ce spectacle leur semblait-il sorti tout droit d'un rêve, ou d'une vieille légende devenue réalité ? Le cheval noir, dont la queue et la crinière brillaient autant que la selle richement décorée. Le sabre sur son flanc. Et la kirin, immense et insolite, avec son long cou et son pelage aux motifs étranges.

Il entendit le sifflement d'une flèche. Tenba l'entendit aussi et tressaillit, déséquilibrant son cavalier sur le côté. Takeo ne voulait pourtant pas tomber comme Kono, ni perdre son invisibilité par manque de concentration. Il ralentit sa respiration et laissa son corps suivre les mouvements du cheval comme s'ils ne formaient qu'une unique créature.

La flèche se ficha dans le sol à quelques pas devant lui. Elle n'avait pas été tirée pour atteindre les animaux, mais pour essayer de se rendre compte de leur nature. Takeo laissa Tenba folâtrer un peu puis pressa légèrement les jambes sur ses flancs pour l'inviter à avancer, plein de reconnaissance pour les réactions rapides de sa monture et pour le lien qui les unissait. La kirin suivit docilement.

Un cri s'éleva sur la droite de Takeo, en provenance du côté nord de la vallée. Tenba dressa ses oreilles et les tendit dans cette direction. Un autre homme cria en réponse, du côté sud. Tenba se mit à trotter et la kirin accéléra son pas bondissant.

Les soldats commencèrent à se montrer un à un, en émergeant de leurs cachettes pour se précipiter vers le fond de la vallée. Leur équipement était léger, plus pratique qu'une armure complète pour se cacher et se déplacer : ils espéraient vaincre rapidement à la faveur du guet-apens. Ils étaient armés d'arcs pour l'essentiel, ayant laissé de côté leurs quelques armes à feu.

Tenba s'ébroua, aussi inquiet que s'il avait flairé une meute de loups, et passa au petit galop. Le voyant accélérer, les hommes surgirent en plus grand nombre et accoururent pour essayer d'intercepter les animaux avant qu'ils n'atteignent le bout de la vallée. Takeo sentit que le terrain commençait à descendre. Ils avaient dépassé le point le plus élevé, et le panorama se déploya devant ses yeux, lui révélant plus bas les plateaux où l'armée de Kahei attendait.

À présent, des cris retentissaient de tous côtés. Les soldats ne faisaient plus aucun effort pour se cacher et rivalisaient de rapidité pour être le premier à saisir les rênes du destrier et en prendre possession. Devant eux, cinq ou six cavaliers apparurent entre les rochers. Tenba galopait, maintenant, en faisant des lacets comme un étalon rassemblant des juments et en montrant les dents, prêt à mordre. Les pas démesurés de la kirin donnaient l'impression qu'elle flottait au-dessus du sol. Takeo entendit une autre flèche arriver en sifflant, s'aplatit sur l'encolure du cheval en agrippant sa crinière touffue et vit tomber un premier soldat, transpercé par la flèche en pleine poitrine. Derrière lui, le martèlement des sabots lui annonça que ses propres troupes faisaient irruption dans la vallée.

Le bruit terrible des flèches remplit l'air comme des ailes battant furieusement. Comprenant trop tard qu'ils étaient pris au piège, les soldats tentèrent de courir se mettre à l'abri des rochers. L'un d'eux tomba sur-le-champ, les yeux crevés par un poignard en forme d'étoile. Ceux qui le suivirent hésitèrent assez longtemps pour être fauchés par une nouvelle volée de flèches. Takeo songea que soit Tenba et la kirin étaient juste hors de portée, soit ses archers faisaient preuve d'une adresse extraordinaire, car malgré les flèches sifflant autour d'eux les animaux restèrent indemnes.

Les cavaliers surgirent devant lui, le sabre à la main. Il chercha à tâtons les étriers et assura ses pieds puis, rassemblant ses forces, il brandit Jato dans sa main gauche en redevenant visible à l'instant même où il abattait le sabre sur sa gauche, en désarçonnant sous le choc le premier cavalier qui tomba, le cou et la poitrine déchirés. Se carrant sur la selle, il se renversa en arrière pour tenter de ralentir sa monture et trancha simultanément le cordon qui attachait la kirin au cheval. La kirin continua d'avancer de son pas emprunté tandis que Tenba, se rappelant peut-être ce pour quoi il avait été élevé, ralentit et fit volte-face pour affronter les autres cavaliers se pressant maintenant autour de Takeo.

Takeo avait presque oublié cette sensation, mais tout lui revint d'un coup : la folie obstinée écartant toute pensée étrangère à la force, l'adresse et la détermination capables d'assurer la survie de celui qui les possédait. Sans plus songer à son âge et ses infirmités, sa main gauche prenant le relais de sa main droite mutilée, il laissa Jato bondir ainsi qu'il l'avait toujours fait, comme animé d'une volonté propre.

Il eut conscience d'être rejoint par Hiroshi, monté sur Keri dont la robe gris pâle était rougie de sang, puis d'être entouré par le petit groupe de ses propres guerriers arrivant au galop, Shigeko, Gemba, leur arc sur l'épaule et leur sabre à la main.

— Continuez d'avancer ! leur cria-t-il en souriant intérieurement lorsqu'ils passèrent près de lui pour commencer à descendre.

Au moins pour aujourd'hui, Shigeko était saine et sauve. Le combat faiblit et il se rendit compte que les derniers cavaliers ennemis tentaient de s'enfuir, de même que les fantassins, en cherchant refuge parmi les rochers et les arbres.

— Nous les poursuivons ? lui demanda Hiroshi en reprenant haleine et en faisant tourner son cheval.

— Non, laissons-les. Saga doit être sur nos talons, nous n'avons pas de temps à perdre. À présent, nous sommes dans les Trois Pays. Nous aurons rejoint Kahei dès ce soir.

« Ce n'était là qu'une escarmouche », songea Takeo en rangeant Jato sur son support et en retrouvant peu à peu la raison. « La vraie bataille est encore à venir. »

— Qu'on ramasse nos morts et nos blessés, dit-il à Hiroshi. Personne ne doit rester en arrière.

Puis il appela d'une voix forte :

— Maï ! Maï !

Il aperçut le miroitement de l'invisibilité sur le versant nord et chevaucha dans sa direction tandis qu'elle réapparaissait sous ses yeux. Lui tendant la main, il la fit monter derrière lui.

— Êtes-vous blessée ? demanda-t-il par-dessus son épaule.

— Non, répondit-elle. J'ai tué trois hommes et j'en ai blessé deux.

Il sentit contre son dos les battements accélérés du cœur de la jeune fille. L'odeur de sa sueur lui rappela qu'il n'avait pas couché avec son épouse depuis des mois. Il se sentait maintenant plein de nostalgie pour Kaede. Sa pensée l'obsédait cependant qu'il inspectait la vallée pour trouver d'éventuels survivants tout en rassemblant le reste de ses hommes. Apparemment, ils avaient cinq morts et six blessés. Il était plein de chagrin pour les défunts, qu'il connaissait tous depuis des années, et décidé à les enterrer avec honneur dans leur patrie des Trois Pays. Quant aux morts de Saga, il les laissa dans la vallée sans se soucier de prendre leur têtes ou d'achever les blessés. Saga serait en ces lieux dès le jour suivant, et les deux armées s'affronteraient le jour même ou le lendemain.

Son humeur était sombre quand il salua Kahei sur le plateau en contrebas. Soulagé de voir que Minoru était indemne, il se rendit avec le secrétaire dans la tente de Kahei, où il informa son général des événements récents et discuta des plans pour le lendemain. Hiroshi mena les chevaux à l'attache. Takeo aperçut près de lui sa fille avec la kirin. En la voyant pâlie, presque amoindrie, il sentit son cœur saigner pour elle.

Kitayama arriva, couvert de bleus et d'égratignures mais sain et sauf, en se répandant en excuses pour son retard.

— Au moins, nous savons que Saga ne peut emprunter une autre route, observa Takeo. Il est obligé de passer par le col.

— Nous allons envoyer tout de suite des hommes pour le défendre, déclara Kahei.

— Non, laissons-le plutôt ouvert. Mieux vaut que Saga nous croie en fuite, démoralisés et désemparés. De plus, il doit apparaître comme l'agresseur. Nous sommes en train de défendre les Trois Pays, non de défier sire Saga et l'empereur. Nous ne pouvons demeurer ici à repousser indéfiniment ses attaques. Il nous faut remporter sur lui une victoire décisive, puis nous rendre dans l'Ouest pour affronter Zenko. Êtes-vous au courant de la mort de Taku ?

— J'ai entendu des rumeurs, mais nous n'avons reçu aucun courrier officiel de Hagi.

— Pas de nouvelles de mon épouse ?

— Non, rien depuis le troisième mois. Sa dernière missive ne contenait aucune allusion à cette perte cruelle, mais peut-être était-il trop tôt pour qu'elle l'ait apprise.

L'humeur de Takeo s'assombrit encore, car il avait espéré trouver des lettres d'elle, avec des informations sur la situation dans le Pays du Milieu et dans l'Ouest aussi bien que sur sa santé et celle de l'enfant.

— Je n'ai pas non plus de nouvelles de mon épouse. Nous avons reçu des messages d'Inuyama, mais rien du Pays du Milieu.

Les deux hommes restèrent un instant silencieux, en pensant à leur foyer et leur famille au loin.

— Enfin, comme on dit, les mauvaises nouvelles voyagent plus vite que les bonnes ! s'exclama Kahei.

Comme toujours, il repoussa ses inquiétudes en s'activant physiquement.

— Laissez-moi vous montrer notre armée.

Il avait déjà disposé ses troupes en formation de bataille. Le gros des forces étaient massées sur le côté ouest du plateau, tandis qu'une aile s'alignait au nord, à l'abri d'un petit éperon rocheux. C'était là qu'il avait posté les soldats nantis d'armes à feu, ainsi qu'un corps auxiliaire d'archers.

— Le temps est menaçant, dit-il. S'il devient trop humide pour utiliser les armes à feu, nous perdrons notre principal avantage.

Takeo sortit avec lui, dans cette soirée lumineuse du milieu de l'été, pour inspecter les positions avec des gardes portant des torches d'herbe fumantes. La lune limpide était presque pleine, mais des nuages noirs et déchiquetés sillonnaient le ciel tandis que des éclairs illuminaient fugitivement l'occident. Gemba était assis sous un petit cyprès, près de la mare leur fournissant de l'eau. Les yeux fermés, il semblait à mille lieues du remue-ménage du campement autour de lui.

— Peut-être votre frère pourra-t-il continuer à tenir la pluie en respect, dit Takeo pour s'encourager lui-même autant que pour égayer Kahei.

— Qu'il pleuve ou non, nous devons nous attendre à une attaque imminente, répliqua Kahei. Vous avez déjà livré bataille aujourd'hui. Je vais monter la garde pendant que vous et vos compagnons dormirez un peu.

Étant établi en ces lieux depuis le cinquième mois, Kahei s'était accordé un certain confort. Après s'être lavé à l'eau froide et avoir pris un repas léger, Takeo s'étendit sous les voiles de soie de la tente. Il s'endormit aussitôt et rêva de Kaede.

Ils se trouvaient dans l'auberge à Tsuwano et c'était la nuit de ses fiançailles avec sire Shigeru. Il la voyait telle qu'elle était à quinze ans, avec son visage sans rides, sa nuque sans cicatrices, la masse noire et soyeuse de sa chevelure. Il voyait la lumière de la lampe trembler entre eux tandis qu'elle regardait fixement ses mains puis levait les yeux sur son visage. Dans le rêve, elle était à la fois la fiancée de sire Shigeru et déjà son épouse. À l'instant où il lui présentait les cadeaux de fiançailles, il tendit la main vers elle et l'attira contre lui.

Alors qu'il sentait sa forme bien-aimée dans ses bras, il entendit le crépitement du feu et se rendit compte qu'il avait renversé la lampe. Les flammes envahissaient la pièce, engloutissaient Shigeru, Naomi, Kenji…

Quand il se réveilla, une odeur de brûlé dans les narines, la pluie éclaboussait déjà la tente et les éclairs marquaient le campement au fer rouge de leurs lueurs sinistres tandis que le tonnerre faisait exploser le ciel.

45

Après que Takeo eut tranché son cordon de soie, la kirin avait continué de courir à l'aveuglette à travers la vallée, mais ses pieds n'étaient pas adaptés au sol rocheux et elle ralentit bientôt en se mettant à boiter. Le fracas s'élevant dans son dos l'inquiétait, mais devant elle il n'y avait que les odeurs et les silhouettes d'hommes et de chevaux inconnus. Consciente que les compagnons qu'elle connaissait et aimait étaient encore en arrière, elle les attendit avec la patience et la docilité qui lui étaient propres.

Shigeko et Gemba la découvrirent et l'emmenèrent au campement. La jeune fille était sombre. Sans mot dire, elle dessella et attacha elle-même Ashige puis s'occupa de la kirin pendant que Gemba allait chercher de l'herbe séchée et de l'eau.

Des soldats du camp se pressèrent autour d'eux, avides d'informations, en les interrogeant sur l'escarmouche, Saga Hideki et ses troupes, l'imminence ou non de la bataille. Cependant Gemba éluda leurs questions en déclarant qu'il fallait d'abord informer sire Kahei et que sire Otori allait arriver d'un moment à l'autre.

Shigeko vit son père entrer dans le campement avec en croupe Maï, la jeune Muto, et Hiroshi chevauchant à son côté. L'espace d'un instant, les deux hommes lui apparurent comme des étrangers, féroces et maculés de sang, le visage encore empreint de la fureur du combat. Maï avait la même expression, qui donnait à ses traits un aspect masculin. Mettant pied à terre le premier, Hiroshi tendit les bras pour faire descendre la jeune fille du dos de Tenba. Tandis que Takeo mettait pied à terre à son tour et saluait Kahei, Hiroshi prit les rênes de leurs deux chevaux mais resta un moment à parler avec Mai.

Shigeko regretta de n'avoir pas l'ouïe assez fine pour entendre ce qu'ils se disaient, puis se gourmanda elle-même pour ce qui ressemblait fort à de la jalousie. Cet accès avait même gâté son soulagement en constatant que son père et Hiroshi étaient indemnes.

Tenba sentit l'odeur de la kirin et poussa un hennissement retentissant. Hiroshi regarda alors dans sa direction, et Shigeko vit son expression changer instantanément en la voyant, faisant de lui de nouveau l'homme qu'elle connaissait si bien.

«Je l'aime, pensa-t-elle. Je n'épouserai personne d'autre que lui.»

Hiroshi prit congé de Maï et mena les deux chevaux à l'attache, en installant Keri, le sien, près d'Ashige, et Tenba à côté de la kirin.

— Ils sont tous heureux maintenant, observa Shigeko pendant que les animaux mangeaient et buvaient. Ils ont de la nourriture, leurs compagnons sont avec eux et ils ont oublié les horreurs de la journée… Ils ignorent ce qui les attend demain.

Gemba les quitta en déclarant qu'il avait besoin d'être seul un moment.

— Il est allé puiser des forces dans la voie du Houou, dit Shigeko. Je devrais en faire autant, mais j'ai l'impression d'avoir trahi tout ce que les maîtres m'ont enseigné.

Elle se détourna, soudain au bord des larmes.

— Je ne sais pas si j'ai tué aujourd'hui, reprit-elle à voix basse. Cependant mes flèches ont atteint bien des hommes. Je visais juste. Pas une des flèches n'a manqué sa cible. Moi qui ne voulais pas faire de mal aux chiens, je voulais blesser ces hommes. J'étais contente quand leur sang jaillissait. Combien d'entre eux sont morts, à présent?

— Moi aussi, j'ai tué en ce jour, répliqua Hiroshi. J'ai été entraîné dans ce but pendant toute mon enfance, et je l'ai fait tout naturellement, même si maintenant j'en éprouve autant de regret que de chagrin. Je ne sais comment j'aurais pu autrement rester loyal envers votre père, envers les Trois Pays, et faire de mon mieux pour vous protéger, vous et lui.

Après un silence, il ajouta :

— Demain sera pire. Cette escarmouche n'était rien comparée à la bataille qui s'annonce. Vous ne devriez pas y prendre part. Il m'est impossible de quitter votre père, mais permettez-moi de suggérer à Gemba de vous emmener. Vous pourrez prendre la kirin avec vous. Retournez à Inuyama, auprès de votre tante.

— Moi non plus, je ne veux pas quitter Père, déclara Shigeko.

Elle ne put s'empêcher d'ajouter :

— Ni sire Hiroshi.

Elle sentit qu'elle rougissait et lança sans réfléchir :

— Qu'avez-vous raconté à cette fille ?

— La jeune Muto ? Je l'ai remerciée de nous avoir aidés de nouveau. Je lui suis profondément reconnaissant de nous avoir apporté la nouvelle de la mort de Taku et d'avoir aujourd'hui combattu à nos côtés.

— Oh ! bien sûr, approuva Shigeko en se tournant vers la kirin pour cacher sa confusion.

Elle mourait d'envie qu'il la prenne dans ses bras. Elle craignait qu'ils ne meurent tous deux sans avoir jamais pu parler d'amour. Mais comment pourrait-elle en parler maintenant, au milieu de soldats, de palefreniers, de chevaux, en cet instant où elle était pleine du regret d'avoir donné la mort et incertaine de ce que l'avenir lui réservait ?

Ils en avaient fini avec les chevaux, de sorte qu'ils n'avaient plus aucune raison de rester ici.

— Marchons un peu, proposa-t-elle. Nous devrions reconnaître le terrain avant d'aller trouver mon père.

Il faisait encore clair. Très loin à l'occident, les derniers rayons du soleil se déversaient derrière la muraille compacte des nuages. Entre leurs citadelles d'un gris sombre, le ciel avait la couleur de la cendre froide. À l'orient, la lune au sommet de l'horizon s'argentait lentement.

Shigeko ne savait que dire. Hiroshi prit enfin la parole :

— Dame Shigeko, mon seul souci est de vous voir en sûreté.

Lui aussi semblait avoir peine à trouver ses mots.

— Vous devez vivre, pour le bien du pays tout entier.

— Pendant toute mon existence, vous avez été comme un frère pour moi, répliqua-t-elle. Personne n'a plus d'importance que vous à mes yeux.

— Mes sentiments envers vous vont bien au-delà de ceux d'un frère. Je ne vous en aurais jamais parlé si nous ne risquions l'un et l'autre de mourir demain. Vous êtes la femme la plus parfaite que j'aie jamais connue. J'ai conscience que votre rang et votre position vous placent bien au-dessus de moi, mais je ne pourrai jamais aimer ni épouser quelqu'un d'autre que vous.

Elle ne put s'empêcher de sourire. Ses paroles avaient dissipé sa tristesse. Elle se sentait soudain pleine de joie et de hardiesse.

— Hiroshi, dit-elle. Marions-nous. J'obtiendrai l'accord de mes parents. Je ne me sens nullement obligée d'épouser sire Saga, maintenant qu'il a traité mon père si indignement. Toute ma vie, je me suis efforcée d'obéir à mes parents et de me comporter comme il convenait. À présent, je comprends que face à la mort d'autres réalités prennent une importance nouvelle. Mes parents ont fait passer leur amour avant leurs devoirs envers leurs aînés. Pourquoi ne ferais-je pas de même ?

— Je ne saurais m'opposer à la volonté de votre père, répondit Hiroshi avec une profonde émotion. Mais maintenant que je connais vos sentiments, il me semble que tous mes désirs sont exaucés.

« Pas tous, j'espère ! » osa penser Shigeko lorsqu'ils se séparèrent.

Elle avait envie d'aller trouver son père sur-le-champ, mais elle se raisonna. Quand elle eut fini de se laver et de se restaurer, on lui annonça que son père dormait déjà. Une tente avait été dressée spécialement pour elle. Elle y resta assise seule un long moment, à essayer de mettre de l'ordre dans ses pensées et de rallumer en elle la flamme forte et paisible de la voie du Houou. Mais tous ses efforts étaient sapés par des souvenirs s'imposant soudain – les cris des combattants, l'odeur du sang, le sifflement des flèches – et par le visage et la voix de Hiroshi.

Son sommeil fut léger. Elle fut réveillée par le fracas du tonnerre et le déferlement de la pluie. Entendant l'activité fébrile du campement autour d'elle, elle bondit sur ses pieds et revêtit rapidement la tenue de cavalière qu'elle avait portée la veille. L'humidité envahissait tout et elle sentait ses doigts glisser.

– Dame Maruyama! cria une voix de femme à l'extérieur de la tente.

Maï entra avec un pot de chambre, qu'elle remporta pour revenir peu après avec du thé et du riz froid. Tandis que Shigeko se restaurait en hâte, Maï disparut de nouveau. Quand elle revint, elle était chargée d'une petite cuirasse de fer et de cuir ainsi que d'un casque.

– C'est de la part de votre père, déclara-t-elle. Il faut vous préparer sur-le-champ, vous et votre cheval, et vous rendre auprès de lui. Un instant, je vais vous aider.

Shigeko sentit le poids insolite de l'armure. Ses cheveux se prirent dans les lacets.

– Nouez-les-moi en arrière, demanda-t-elle à Maï.

Ensuite, elle saisit son sabre et le fixa à sa ceinture. Maï plaça le casque sur la tête de la jeune fille et attacha les boucles qui le maintenaient.

Il pleuvait violemment mais le ciel pâlissait. L'aube approchait. Shigeko se hâta vers les chevaux à l'attache, à travers la pluie se déployant comme un voile d'acier gris. Takeo avait déjà revêtu son armure et fixé Jato à son côté. Il attendait que Hiroshi et les palefreniers aient fini de seller les chevaux.

– Shigeko, lança-t-il sans sourire. Hiroshi m'a imploré de t'envoyer au loin, mais en vérité j'aurai besoin de tout le monde, hommes et femmes. Il fait trop humide pour se servir des armes à feu, et Saga le sait. Je suis certain qu'il n'attendra pas que la pluie cesse pour attaquer. Toi et

Gemba pourrez m'être d'une aide précieuse, puisque vous tirez tous deux à l'arc.

— J'en suis heureuse, répliqua-t-elle. Je n'ai aucune envie de vous quitter. Je veux combattre à vos côtés.

— Reste avec Gemba. Si la défaite paraît inévitable, il t'emmènera en lieu sûr.

— Je mettrai plutôt fin à mes jours !

— Non, ma fille, tu dois vivre. Si nous sommes vaincus, il faudra te marier avec Saga afin de préserver notre pays et notre peuple en tant que son épouse.

— Et si nous sommes vainqueurs ?

— Tu auras le droit d'épouser qui tu voudras, déclara-t-il en plissant les yeux tout en jetant un regard sur Hiroshi.

— Je vous prendrai au mot, Père, promit-elle d'un ton léger tandis qu'ils montaient tous deux sur leurs destriers.

Takeo chevaucha avec Hiroshi vers le centre du plateau, où les cavaliers se rassemblaient. Puis il suivit Gemba vers l'aile déployée au nord, où des fantassins, des archers et des hommes armés de piques et de hallebardes étaient en train de prendre position.

Ils étaient plusieurs milliers. Les archers formèrent deux rangs, car Kahei les avait initiés à l'art de tirer alternativement, de façon que les flèches s'abattent en une grêle presque continuelle. Si le temps n'avait pas été si humide, ils auraient fait de même avec les armes à feu.

— Saga s'imagine que nous comptons avant tout sur nos armes à feu, dit Gemba. Il ne s'attend pas à ce que nos archers soient tout aussi redoutables. Il a été pris de court lors de la chasse aux chiens, mais il n'a rien appris. Sa surprise ne sera pas moins grande cette fois-ci.

Après cette observation, il ajouta :

— Nous resterons ici même si les troupes se portent en avant. Votre père désire que nous visions avec soin, afin d'éliminer leurs capitaines et leurs autres chefs. Faites en sorte que chaque flèche compte.

Shigeko avait la bouche sèche.

— Sire Gemba, pourquoi en sommes-nous arrivés là ? Comment se fait-il que nous n'ayons pas réussi à obtenir une solution pacifique ?

— Quand l'équilibre est rompu et que la force mâle domine, la guerre est inévitable. La force féminine a dû être affaiblie en quelque manière, mais j'ignore comment. Notre destin veut que nous nous trouvions ici en cette heure, et que nous ayons à tuer ou être tués. Nous devons l'assumer avec toute notre détermination, de tout notre cœur, en sachant que nous ne l'avons ni recherché ni désiré.

Bien qu'elle entendît ses paroles, elle avait peine à les comprendre tant son attention était absorbée par le spectacle s'offrant à elle dans la lumière plus intense : l'or et l'écarlate des armures et des harnais, les chevaux impatients agitant leurs têtes, les bannières des Otori, des Maruyama, des Miyoshi et de tous les autres clans des Trois Pays, la pluie déchaînée, les arbres assombris de la forêt, l'écume blanche des chutes d'eau éclaboussant les rochers de la montagne.

Puis à perte de vue, innombrables, comme des fourmis chassées de leur nid, les premières vagues des soldats de l'armée de Saga commencèrent à déferler du haut du col.

46

 La bataille de Takahara se déchaîna trois jours durant sous de violents orages. Les hommes se battaient de l'aube au coucher du soleil. La nuit, ils soignaient leurs blessés et fouillaient le champ de bataille à la recherche de flèches à réutiliser. Les forces de Saga Hideki étaient trois fois plus nombreuses que celles d'Otori Takeo, mais le général de l'empereur était gêné par l'étroitesse du col donnant sur le plateau et par la position avantageuse des Otori. Chaque fois que les soldats de Saga s'élançaient vers le plateau, ils étaient assaillis sur leur droite par une grêle de flèches. Ceux qui survivaient étaient repoussés par le gros de l'armée Otori, combattant d'abord à cheval avec le sabre puis à pied.

C'était de loin la bataille la plus féroce que Takeo ait jamais livrée, celle qu'il avait voulu à tout prix éviter. Les troupes de Saga étaient disciplinées et magnifiquement entraînées. Elles avaient déjà soumis de vastes régions du Nord et espéraient recevoir en récompense les dépouilles des Trois Pays. En outre, elle combattaient avec la bénédiction de l'empereur. D'un autre côté, les hommes de Takeo ne se battaient pas seulement pour leur vie, mais pour leur pays, leurs maisons, leurs femmes et leurs enfants, leur terre.

Miyoshi Kahei avait fait partie de l'armée Otori lors de la bataille de Yaegahara, treize années plus tôt. À l'époque, il avait quatorze ans. Les

Otori avaient subi une défaite cuisante, due en partie à la traîtrise de leurs propres vassaux. Kahei n'avait jamais oublié la période qui avait suivi : l'humiliation des guerriers, la souffrance du peuple sous le joug d'Iida Sadamu. Il était décidé à ne pas revivre une telle défaite. Sa conviction que Saga ne pouvait l'emporter renforçait la volonté de ses hommes.

Non moins importants étaient le soin méticuleux et l'inventivité dont témoignaient ses préparatifs. Il avait planifié cette campagne depuis le printemps, en organisant le transport d'armes et de vivres en provenance d'Inuyama. Pendant des mois, il avait attendu avec impatience de pouvoir porter un coup décisif aux ennemis menaçant le gouvernement de Takeo, en s'irritant des négociations et des retards interminables. Maintenant que la bataille avait enfin commencé, il bouillonnait d'activité. La pluie le contrariait, car il aurait aimé voir ses troupes combattre avec les armes à feu, mais les armes traditionnelles avaient une splendeur particulière, qu'il s'agît de l'arc ou du sabre, de la pique, de la hallebarde ou de la lance.

Les bannières du clan étaient maculées d'humidité. Le sol n'était plus guère que de la boue à force d'être piétiné. Kahei surveillait les opérations du haut des versants, avec à côté de lui son cheval bai prêt à l'action. Assis près de lui sous un parapluie, Minoru, le secrétaire, tentait vainement d'écrire au sec et de consigner les événements. Quand la première attaque des soldats de Saga fut repoussée et qu'ils furent rejetés vers le col, Kahei bondit sur sa monture et se joignit aux poursuivants, en abattant sans relâche son sabre sur les dos des fuyards.

LE MATIN DU DEUXIÈME JOUR, les cavaliers franchirent de nouveau le col avant le lever du soleil, en se déployant pour tenter de déborder les archers postés au nord et de prendre à revers vers le sud le gros de l'armée de Kahei. Takeo n'avait pas dormi de la nuit, montant la garde et guettant les premiers signes d'activité de l'ennemi. Il entendit les sabots des chevaux, bien qu'on les ait enveloppés dans de la paille, les craquements et les cliquetis des harnais et des armes. Les archers du côté nord tiraient à l'aveuglette, et la grêle de flèches fut moins efficace que la veille. Nourriture, armes, vêtements : tout était trempé.

Quand le soleil apparut, la bataille faisait rage depuis une heure déjà et l'aube éclaira son spectacle pitoyable. Les archers les plus à l'est étaient pris dans un corps à corps avec les soldats de Saga. Takeo ne parvenait à reconnaître personne dans la mêlée, bien qu'on aperçût vaguement à travers la pluie les emblèmes des différents groupes de fantassins. Constatant que les divisions sur sa droite étaient également menacées et hors d'état de porter secours à leurs camarades, il s'élança aussitôt à la rescousse en brandissant Jato. Tenba frémissait d'excitation mais soutenait fermement son cavalier. Takeo avait l'impression d'en avoir fini avec les regrets ou les examens de conscience et d'être maintenant livré à la folie impitoyable de la bataille, où tous ses anciens talents se réveillaient. Il remarqua machinalement l'écusson des Okuda sur sa droite et se souvint du dignitaire de Saga qui était venu l'accueillir à Sanda. Après avoir fait s'écarter Tenba pour éviter un sabre s'abattant sur sa jambe, il fit volte-face pour voir son assaillant et son regard rencontra celui du fils d'Okuda, Tadayoshi.

Le garçon était tombé de cheval et avait perdu son casque. Bien qu'entouré d'ennemis, il se défendait vaillamment. Reconnaissant Takeo, il l'appela en criant. Takeo l'entendit clairement à travers le fracas de la bataille :

— Sire Otori !

Il se demanda s'il s'agissait d'un défi ou d'un appel à l'aide. De toute façon, il ne le saurait jamais car déjà Jato s'abattait sur le crâne et le défonçait. Tadayoshi mourut à ses pieds.

Takeo entendit alors un hurlement de fureur et de chagrin, et vit le père du garçon lancer son cheval contre lui, le sabre à la main. Ébranlé par la mort de Tadayoshi, Takeo n'était pas prêt. Tenba trébucha soudain et son cavalier glissa sur la selle, de sorte qu'il dut s'agripper de sa main mutilée à la crinière du destrier pour ne pas tomber. Ce faux pas détourna légèrement le coup d'Okuda, ce qui n'empêcha pas Takeo de sentir la pointe du sabre effleurer son bras et son épaule. Le cheval d'Okuda continua de galoper, donnant ainsi à Takeo et Tenba le temps de récupérer. Comme il ne sentait aucune douleur, Takeo jugea qu'il n'était pas blessé. Okuda fit tourner son cheval et s'élança derechef vers lui, malgré la mêlée des soldats gênant son passage. Tout entier concentré sur le meurtrier de son fils, il les ignora. Sa rage provoqua en réponse chez Takeo une fureur primitive à laquelle il s'abandonna, car elle occultait tout regret. Jato réagit en conséquence et trouva le point vulnérable du cou d'Okuda. Emporté par son élan, l'homme enfonça lui-même le sabre dans sa chair et ses veines.

PLUS TARD DANS LA JOURNÉE, Hiroshi et ses hommes passant à la contre-attaque repoussèrent les troupes de Saga vers le col. Kahei avait commencé un mouvement en tenailles afin de prendre au piège l'armée en retraite, déjà épuisée par des heures de corps à corps. Le cousin de Hiroshi, Sakaï Masaki, le suivait de près. En un éclair, Hiroshi se rappela une autre marche furieuse dans la pluie avec Sakaï, alors qu'il avait dix ans. À cet âge, il aspirait à combattre, pourtant il s'était finalement engagé au service de la paix en suivant la voie du Houou. À présent, il sentait le sang de ses ancêtres bouillonner dans ses veines. Écartant toute autre pensée, il ne songeait qu'à se battre, tuer, vaincre, car son avenir entier dépendait maintenant de la victoire. Si la bataille était perdue, il périrait en combattant ou mettrait lui-même fin à ses jours. Il bataillait avec une rage qu'il n'avait pas soupçonnée en lui, galvanisant les hommes qui l'entouraient, rejetant les troupes adverses vers le col où l'étau se referma sur eux.

Toute fuite leur étant interdite, les soldats de Saga se défendirent avec une vigueur redoublée. Lors d'une de leurs contre-offensives, Keri s'effondra, l'épaule et l'encolure ruisselantes de sang. Hiroshi dut résister aux assauts de deux guerriers désarçonnés. Perdant l'équilibre dans la boue, il tomba sur un genou. Alors qu'un sabre s'abattait sur lui, il se retourna et réussit à parer le coup. Le second guerrier frappa à son tour :

Hiroshi vit Sakaï se précipiter pour s'interposer. Il était aveuglé par le sang
— le sien ou celui de Sakaï. Le poids du corps de Sakaï le maintint enfoncé
dans la boue tandis que les combattants piétinaient autour d'eux.
L'espace d'un instant, il ne sentit qu'une stupeur incrédule à l'idée que
tout allait se terminer ainsi. Puis la douleur le submergea et l'engloutit.

Gemba le découvrit à la tombée du jour, à moitié mort à force de
perdre du sang par les plaies de sa tête et de ses jambes, qui suppuraient
déjà dans la crasse et l'humidité. Après avoir étanché et nettoyé de son
mieux les blessures, Gemba porta Hiroshi vers l'arrière, où il rejoignit
les autres blessés. Takeo était parmi eux, car il avait des coupures profondes mais sans danger à l'épaule et au bras, qu'on avait lavés et enveloppés dans des pansements en papier.

Shigeko était indemne, pâlie par l'épuisement.

— J'ai trouvé Hiroshi, dit Gemba. Il est vivant, mais son état est critique. Sakaï gisait sur lui, mort. Il a dû lui sauver la vie.

Il déposa le blessé. On avait allumé des lampes, mais elles répandaient
plus de fumée que de clarté sous la pluie. S'agenouillant près de Hiroshi,
Takeo prit sa main et l'implora :

— Hiroshi ! Mon cher ami ! Ne nous quitte pas. Il faut te battre !

Les paupières du jeune homme s'agitèrent. Son souffle était faible,
haletant. La pluie et la sueur faisaient briller sa peau.

Shigeko tomba à genoux près de son père.

— Ça ne peut pas être la fin ! Il ne faut pas qu'il meure !

— Il a survécu jusqu'à maintenant, observa Gemba. Vous voyez combien il est fort.

— S'il passe la nuit, il sera permis d'espérer, approuva Takeo. Il est
encore trop tôt pour que tu perdes espoir.

— Comme tout cela est horrible, chuchota Shigeko. Qu'il est donc
impardonnable de tuer un homme.

— C'est la voie du guerrier, déclara Gemba. Les guerriers combattent
et meurent.

Shigeko ne répliqua pas, mais ses yeux ruisselaient de larmes.

— **COMBIEN DE TEMPS ENCORE SAGA ENDURERA-T-IL CE MASSACRE ?** demanda Kahei à Takeo avant de s'accorder le répit d'un bref sommeil. C'est de la folie. Il sacrifie ses soldats en pure perte.

— C'est un homme d'un immense orgueil, observa Takeo. Il n'a jamais été vaincu. Cette idée lui est insupportable.

— Comment lui faire entendre raison ? Nous pouvons résister indéfiniment. J'espère que vous êtes impressionné par vos hommes : pour ma part, je les trouve magnifiques. Cependant il nous est impossible d'éviter des pertes considérables. Plus vite nous mettrons fin aux combats, plus nous aurons de chances de sauver les blessés.

Après un silence, il ajouta :

— Le pauvre Sugita, par exemple. Et vous-même, bien entendu. Dans des conditions aussi abominables, sans l'action du soleil pour sécher et guérir les plaies, il est inévitable qu'elles dégénèrent en fièvre. Vous devriez vous reposer demain, à l'écart des combats.

— Je n'ai rien de grave, répliqua Takeo bien que la douleur n'ait cessé d'augmenter durant la journée. Heureusement, je suis maintenant habitué à me servir de ma main gauche. Je n'ai pas l'intention de quitter le champ de bataille. Pas tant que Saga ne sera pas mort ou en fuite vers la capitale !

SHIGEKO PASSA TOUTE LA NUIT AU CHEVET DE HIROSHI, à tenter de réduire la fièvre en le mouillant d'eau froide. Au matin, il vivait encore mais était secoué de violents frissons, sans qu'elle pût trouver le moindre linge sec pour le réchauffer. Elle prépara du thé qu'elle essaya de lui faire boire. Elle était déchirée entre l'envie de rester avec lui et le devoir de reprendre sa position au côté de Gemba afin de contrer le prochain assaut de Saga. Les abris d'écorce édifiés pour les blessés ruisselaient d'eau et le sol était complètement détrempé. Maï était restée jour et nuit en ces lieux, et Shigeko lui demanda conseil.

— Que dois-je faire ?

Maï s'accroupit près de Hiroshi, tâta son front.

— Ah, il est glacé, dit-elle. Voici comment nous réchauffons les malades dans la Tribu.

Elle se coucha et pressa doucement son corps contre lui.

— Couchez-vous de l'autre côté, intima-t-elle à Shigeko.

Celle-ci s'exécuta et sentit sa chaleur se communiquer au blessé. Les deux jeunes filles restèrent ainsi sans un mot jusqu'au moment où la température de Hiroshi commença à remonter.

— Et voici comment nous guérissons les plaies, déclara Maï d'un ton tranquille.

Écartant les pansements de Gemba, elle lécha les bords à vif des blessures et cracha dessus. Shigeko l'imita, en sentant le goût du sang et en y mêlant sa salive, comme si elle échangeait des baisers avec le blessé.

— Il va mourir, déclara Maï.

— Non ! s'exclama Shigeko. Comment osez-vous dire une chose pareille ?

— Il a besoin de soins convenables. Nous ne pouvons nous en occuper jour et nuit. Vous devriez être en train de combattre, et moi-même je dois me consacrer à d'autres malades qui ont eu plus de chance que lui.

— Comment pourrions-nous mettre un terme aux combats ?

— Les hommes aiment se battre. Mais même le plus féroce d'entre eux peut s'en lasser, surtout s'il est blessé.

Elle regarda Shigeko par-dessus Hiroshi.

— Vous n'avez qu'à blesser Saga, et il perdra son enthousiasme. Si vous le mettez aussi mal en point que sire Hiroshi, il n'aura plus **envie** que de se précipiter à Miyako pour consulter des médecins.

— Comment pourrais-je le blesser ? On ne le voit jamais sur le champ de bataille. Il se contente de diriger ses soldats à distance.

— Je vais le dénicher pour vous. Habillez-vous de couleurs ternes et préparez l'arc et les flèches les plus puissants que vous ayez.

La voyant hésiter, Maï ajouta :

— Vous ne pouvez pas grand-chose pour sire Hiroshi. Son sort ne dépend que des dieux, à présent.

Shigeko suivit ses instructions. Elle enveloppa sa tête dans une pièce de drap et macula de boue son front et ses joues afin de se rendre méconnaissable. Saisissant l'arc avec lequel elle avait combattu, elle le garnit de nouveau d'une corde. Puis elle trouva dix flèches neuves aux pointes uniques, barbelées de fer et empennées de plumes d'aigle, qu'elle glissa dans le carquois. En attendant le retour de Maï, elle s'assit près de Hiroshi. Tout en humectant son visage et en lui donnant de l'eau, car il était de nouveau brûlant de fièvre, elle essaya de calmer ses pensées comme elle avait appris à le faire à Terayama, auprès de Hiroshi et des autres maîtres.

«Mon maître, mon ami bien-aimé, l'implora-t-elle en silence. Ne me quittez pas!»

La bataille avait repris, plus féroce que jamais, les baignant dans la rumeur des cris forcenés, des hurlements des blessés, du fracas de l'acier et du martèlement des sabots. Toutefois une sorte de silence était descendu sur eux deux, et elle sentit que leurs âmes ne faisaient qu'une.

«Il ne m'abandonnera pas», se dit-elle.

Saisie d'une impulsion soudaine, elle se rendit dans sa tente et sortit de leur coffret l'arc minuscule et les flèches empennées de plumes de houou. Elle les fourra dans sa veste, tout en jetant le grand arc sur son épaule gauche et le carquois sur son épaule droite.

Quand elle revint auprès des blessés, Maï était de retour.

— Où étiez-vous? s'exclama la jeune Muto. J'ai cru que vous étiez repartie combattre. Venez, dépêchons-nous.

Shigeko se demanda si elle ne devrait pas informer Gemba de son projet, mais en découvrant le champ de bataille du haut du versant elle comprit qu'elle ne le retrouverait jamais dans cette confusion. La stratégie de Saga semblait consister désormais à submerger l'armée Otori sous le nombre. Ses nouvelles troupes étaient fraîches et reposées, alors que les soldats Otori se battaient depuis deux jours.

«Combien de temps pourront-ils résister?» s'interrogea-t-elle en suivant Maï le long du côté sud du plateau.

Ses sensations étaient déjà comme émoussées par la vue de tant de cadavres. Alors que les Otori avaient emmené à l'arrière leurs morts et leurs blessés, les soldats de Saga gisaient à l'endroit où ils étaient tombés et leurs corps inertes ajoutaient encore à l'horreur et la confusion générale. Des chevaux blessés essayaient péniblement de se relever. Un groupe de destriers trottaient, estropiés et boiteux, vers le sud-ouest, en laissant pendiller dans la boue leurs rênes déchirées. Les suivant un instant du regard, Shigeko les vit s'arrêter juste devant le campement des Otori. Ils baissèrent la tête et se mirent à brouter comme s'ils étaient dans une prairie, à mille lieues du champ de bataille. Un peu plus loin, elle aperçut la kirin, à laquelle elle n'avait guère pensé depuis deux jours. Personne n'avait eu le temps de lui construire un enclos et elle était attachée avec les chevaux par des cordes enserrant son cou. Sous la pluie battante, elle apparaissait diminuée, perdue. Pourrait-elle survivre à cette épreuve puis au long voyage de retour vers le Pays du Milieu? Shigeko fut soudain prise d'une terrible pitié pour elle, si seule et si loin de son pays natal.

Les deux jeunes filles se frayèrent un chemin derrière les rochers et les éboulis entourant le plateau. La rumeur de la bataille s'affaiblissait un peu. Autour d'eux, dans toutes les directions, se dressaient les pics des monts des Nuages, qui disparaissaient dans la brume s'accrochant à eux comme des écheveaux de soie grège. Le sol rocailleux était glissant et elles devaient souvent traverser à quatre pattes d'énormes plaques rocheuses. Par moments, Maï partait en avant en faisant signe à Shigeko de l'attendre. Celle-ci restait accroupie à l'abri d'un rocher ruisselant pour ce qui lui semblait la moitié de sa vie, en se demandant si elle n'avait pas péri dans la bataille et n'était pas en fait un fantôme flottant entre les mondes.

Maï émergeait du brouillard, pareille elle-même à un spectre, absolument silencieuse, et la guidait de nouveau sur le chemin. Elles arri-

vèrent enfin à un énorme rocher, dont elles escaladèrent la paroi méridionale comme des singes, en jouant des pieds et des mains. Deux pins
rabougris s'accrochaient au sommet, et leurs racines difformes et
contournées constituaient une sorte de balustrade naturelle.

— Restez baissée, chuchota Maï.

Shigeko se tortilla vers l'est de façon à apercevoir à travers les racines
l'entrée du col. Étouffant un cri, elle s'aplatit contre le roc. Saga se trouvait droit devant elles, perché comme elles sur un rocher d'où il pouvait contempler le champ de bataille se déployant à ses pieds. Assis sur
un pliant laqué fort élégant, protégé par un vaste parapluie, il portait
une armure noir et doré et un casque arborant des cimes jumelles en
or, semblables à celles de son emblème ornant les bannières blanc et
noir flottant près de lui. Il était entouré de plusieurs officiers, non
moins resplendissants et propres malgré la pluie, auxquels s'ajoutaient
un joueur de conque et des courriers prêts à porter des messages. Juste
au-dessous de lui, une série de rocs éboulés formaient des marches
naturelles jusqu'au plateau. Shigeko vit des coureurs agiles les descendre et les gravir en bondissant, afin d'informer le général de l'évolution
de la bataille. Elle pouvait même entendre la voix de Saga, dont elle
remarqua le ton furieux. Lançant un nouveau coup d'œil, elle le vit
debout en train de hurler et de gesticuler, son éventail de guerre en fer
à la main. Devant la violence de sa colère, les officiers reculèrent et plusieurs d'entre eux se précipitèrent immédiatement sur les marches
rocheuses pour descendre se jeter dans la mêlée.

Maï lui souffla à l'oreille :

— Maintenant. Pendant qu'il est debout. Vous n'aurez pas de seconde
chance.

Shigeko respira profondément et médita le moindre de ses mouvements. Elle s'appuierait sur le pin le plus proche pour se lever. Ensuite,
elle s'avancerait sous les troncs. Le rocher serait glissant, de sorte qu'elle
devrait veiller à garder son équilibre tout en prenant son arc sur son
épaule et en tirant la flèche du carquois. C'étaient des gestes qu'elle

avait répétés mille fois durant les deux derniers jours, et elle n'avait encore jamais manqué sa cible.

Elle regarda de nouveau le général et nota ses points vulnérables. Son visage était à découvert, avec ses yeux brillant d'un éclat féroce, et elle distinguait nettement la peau plus blanche de sa gorge.

Elle se leva. L'arc se tendit, la flèche siffla. La pluie se déchaînait autour d'elle. Apercevant sa silhouette, Saga s'assit lourdement. L'homme se tenant derrière lui se cramponna à sa poitrine lorsque la flèche transperça son armure. Des cris de surprise et de terreur s'élevèrent, puis ils se mirent à tirer en direction de Shigeko. Une flèche l'effleura, en heurtant le pin dont elle reçut plusieurs éclats d'écorce. Un autre projectile frappa la roche à ses pieds. Elle sentit un choc violent, comme si elle avait buté dans une branche, mais n'éprouva aucune douleur.

— Baissez-vous! cria Mai.

Mais Shigeko ne bougea pas et Saga ne cessa pas de la regarder fixement. Tirant de sa veste l'arc minuscule, elle ajusta une flèche. Les plumes de houou luisaient d'un faible éclat doré. «Je vais mourir», se dit-elle à l'instant où la flèche s'envola à toute allure en direction du regard de l'homme.

Il y eut un éclair éblouissant, comme si la foudre tombait, et l'air entre eux sembla soudain rempli de battements d'ailes. Autour de Saga, les soldats laissèrent tomber leurs arcs en se protégeant les yeux. Lui seul les garda ouverts et fixa la flèche jusqu'au moment où elle transperça son œil gauche et où son propre sang l'aveugla.

PENDANT TOUTE LA MATINÉE, KAHEI COMBATTIT sur le flanc sud, où il avait massé davantage de troupes car il craignait que les hommes de Saga ne tentent de cerner le campement de ce côté. Malgré l'assurance qu'il avait affichée la veille devant Takeo, il se sentait plus inquiet maintenant. Il se demandait combien de temps ses soldats sevrés de sommeil pourraient résister à cet assaut qui semblait ne jamais devoir finir. En maudissant la pluie qui les privait de leurs meilleures armes, il se remémorait les heures ultimes de Yaegahara, lorsque l'armée Otori, comprenant qu'elle était vaincue et que la défaite était inévitable, s'était battue avec une férocité sauvage, désespérée, presque jusqu'au dernier homme. Son propre père avait été l'un des rares survivants. L'histoire familiale allait-elle se répéter ? Était-il destiné lui aussi à retourner à Hagi pour annoncer une défaite totale ?

Ses craintes ne faisaient que nourrir sa détermination à obtenir la victoire.

TAKEO COMBATTAIT AU CENTRE, en faisant appel à tout ce que lui avaient appris ses maîtres dans la Tribu comme parmi les guerriers, afin de dominer la fatigue et la douleur. Il était émerveillé par la résolution et la discipline dont faisaient preuve ceux qui l'entouraient. Comme ils avaient repoussé les troupes de Saga, il y eut une brusque accalmie. Baissant les yeux sur l'encolure de Tenba, il vit que le cheval avait une entaille profonde au poitrail, d'où s'échappait un sang rouge se dissolvant dans son pelage trempé de pluie. À présent que le combat s'était momentanément interrompu, le destrier parut s'apercevoir de sa blessure et se mit à frissonner avec horreur. Takeo descendit à terre et cria à un fantassin de ramener le cheval au campement. Après quoi, il s'apprêta à affronter à pied la prochaine attaque.

Un groupe de cavaliers déboucha du col au galop. Leurs montures faisaient des bonds énormes en s'efforçant de ne pas marcher sur les cadavres. Les sabres jetèrent des éclairs et taillèrent en pièces les fantassins, qui battirent en retraite derrière les barrières qu'ils avaient construites. Les archers entrèrent en action du côté nord et beaucoup de flèches atteignirent leur cible. Malgré tout, Takeo ne put s'empêcher de noter qu'ils étaient nettement moins nombreux que la veille et que cette guerre d'usure réduisait inexorablement ses troupes. De combien d'hommes Saga disposait-il encore ? Les renforts semblaient inépuisables, et ils étaient tous frais et reposés…

C'était le cas des cavaliers qui approchaient maintenant. Il ressentit un certain choc en constatant que leur chef n'était autre que Kono. Mais lorsqu'il vit le cheval de Maruyama, son cadeau maintenant utilisé contre lui, une fureur aveugle l'envahit. Le père de cet homme avait failli gâcher sa vie. Le fils avait intrigué contre lui, lui avait menti, avait osé feindre de l'admirer alors qu'il complotait sa chute. Il resserra sa prise sur Jato en ignorant la douleur irradiant de son coude à son épaule, et se tourna lestement afin que l'aristocrate arrive de son côté gauche.

Assenant un premier coup avec rapidité, il atteignit le pied du cavalier, qu'il sectionna presque. Poussant un hurlement, Kono fit faire volte-face à son cheval et revint à la charge. Cette fois, Takeo était du côté de sa main droite. Il fit un plongeon pour éviter la lame tournoyante. Il aurait frappé de nouveau, en visant le poignet, mais il entendit le sabre du cavalier suivant s'abattre vers son dos. Se dédoublant aussitôt, il roula sur lui-même pour lui échapper en essayant de ne pas se blesser avec son propre sabre. À présent, les sabots des destriers piétinaient le sol autour de lui. Il essaya tant bien que mal de retrouver son équilibre dans la boue. Ses propres fantassins s'étaient rués en avant avec des lances et des piques. Un cheval s'effondra lourdement à côté de lui et son cavalier, déjà mort, tomba tête la première dans la fange.

Un éclair étincela soudain, juste au-dessus d'eux, et la pluie redoubla d'intensité. À travers son tambourinage incessant, Takeo entendit un autre bruit, une musique légère, fantomatique, qui résonna d'un bout à l'autre du plateau. L'espace d'un instant, il ne parvint pas à comprendre ce que cela signifiait. Puis la foule autour de lui se dispersa. Il resta debout, en essuyant de sa main droite ses yeux obscurcis par la pluie et la boue.

Le cheval de Maruyama passa devant lui avec Kono agrippant sa crinière des deux mains. Du sang jaillissait encore de la jambe de l'aristocrate. Apparemment, il ne remarqua pas Takeo. Ses yeux étaient fixés sur le col où il serait en sûreté.

«Ils battent en retraite», pensa Takeo avec incrédulité tandis que l'appel de la conque était couvert par une clameur de triomphe et que les hommes autour de lui se lançaient aux trousses de l'ennemi en fuite.

47

Venus de leur village du domaine de Maruyama, les anciens parias traversèrent le champ de bataille pour s'occuper des chevaux blessés et enterrer les morts. Quand les cadavres furent disposés en rangées, Kahei, Gemba et Takeo marchèrent parmi eux en identifiant tous ceux qu'ils pouvaient tandis que Minoru consignait leurs noms. Quant aux hommes de Saga, trop nombreux pour être identifiés, ils furent enterrés rapidement dans une énorme fosse au centre du plateau. Il avait été interdit de couper les têtes. Comme le sol était rocheux, les tombes n'étaient guère profondes. Les corbeaux se rassemblaient déjà, surgissant à travers la pluie sur leurs vastes ailes noires et échangeant des appels rauques d'un rocher à l'autre. La nuit, les renards rôdaient, et Takeo savait qu'après le départ des humains ils seraient rejoints par les loups plus timides, qui festoieraient tout l'été.

On arracha les pieux des palissades, dont certains servirent à fabriquer des civières pour ramener les blessés à Inuyama. Le reste fut utilisé pour la construction d'une barrière à l'entrée du col. Sonoda Mitsuru et deux cents de ses soldats demeurèrent sur place pour la garder. Dès le soir suivant, les morts étaient enterrés et les ouvrages défensifs terminés. Saga ne donnant aucun signe de vouloir revenir, la bataille semblait bel et bien finie. Kahei ordonna quelques heures de repos. Les hommes ôtèrent leur armure, déposèrent leurs armes et s'endormirent instantanément.

La pluie s'était réduite à une bruine après le déluge soudain qui avait coïncidé avec le moment où Saga Hideki avait été blessé et avait donné l'ordre de la retraite. Takeo marcha parmi les soldats endormis comme il avait marché un peu plus tôt parmi les morts. Il entendait le sifflement léger des gouttes sur les feuilles et les rochers, la rumeur lointaine d'une chute d'eau, le chant des oiseaux du soir. L'humidité emperlait son visage et ses cheveux. Toute la moitié droite de son corps, de l'épaule au talon, lui faisait horriblement mal, et son soulagement d'avoir vaincu était tempéré par sa tristesse en songeant à quel prix. Il savait aussi que les soldats épuisés ne pourraient dormir que jusqu'à l'aube, après quoi il faudrait les rassembler pour retourner à Inuyama puis s'avancer dans le Pays du Milieu, afin d'empêcher Zenko de se soulever à l'ouest. Lui-même était impatient de rentrer dès que possible. L'avertissement de Gemba, d'après qui un événement inconnu devait avoir troublé l'harmonie de son gouvernement, revenait maintenant le tourmenter. Cela signifiait nécessairement que quelque chose était arrivé à Kaede…

Hiroshi avait été installé dans la tente de Kahei, qui offrait le plus grand confort et la meilleure protection contre la pluie. Takeo y trouva Shigeko, à peine reconnaissable avec sa tenue de combat, son visage encore couvert de boue, son pied enveloppé dans un bandage primitif.

— Comment va-t-il ? s'enquit-il en s'agenouillant près du malade non sans noter sa pâleur et son souffle court.

— Il est encore vivant, répondit Shigeko à voix basse. Je crois que son état s'est légèrement amélioré.

— Nous le ferons transporter demain à Inuyama. Les médecins de Sonoda le soigneront.

Il parlait avec assurance, quoique en son for intérieur il doutât que Hiroshi puisse survivre au voyage. Shigeko hocha la tête en silence.

— Tu es blessée ? s'inquiéta-t-il.

— Une flèche m'a touchée au pied. Rien de grave. Je ne m'en suis rendu compte qu'après coup. J'avais tant de mal à marcher, au retour, que Maï a presque dû me porter.

Il ne comprenait pas ce qu'elle disait.

— Où êtes-vous allées, Maï et toi ? Je croyais que tu étais avec Gemba.

Shigeko le regarda et lança précipitamment :

— Elle m'a menée à l'endroit où se trouvait sire Saga. Je lui ai tiré une flèche dans l'œil.

Ses yeux se remplirent brusquement de larmes.

— Il ne voudra jamais m'épouser, maintenant !

Elle cessa de pleurer pour éclater d'un rire nerveux.

— C'est donc à toi que nous devons sa retraite soudaine ?

Takeo était bouleversé par l'impression de justice se dégageant de cette conclusion. Au lieu d'accepter sa défaite dans un concours pacifique, Saga avait recherché la guerre. À présent, Shigeko lui avait infligé une blessure grave, peut-être fatale, et leur avait ainsi assuré la victoire.

— J'ai essayé de le blesser sans le tuer, déclara-t-elle. Durant toute la bataille, je me suis efforcée de mettre les adversaires hors de combat sans leur ôter la vie.

— Tu t'es comportée à la perfection, répliqua-t-il en employant un langage cérémonieux pour masquer son émotion. Tu es la digne héritière des Otori et des Maruyama.

Son éloge la mit derechef au bord des larmes.

— Tu es épuisée, observa-t-il.

— Pas plus que les autres. Pas plus que vous. Il faut que vous dormiez, Père.

— J'irai m'étendre dès que j'aurai vérifié l'état de Tenba. Je voudrais le monter pour me rendre à Inuyama. Kahei emmènera les soldats. Gemba et toi, vous escorterez Hiroshi et les autres blessés. J'espère que Tenba va bien. Autrement, je le laisserai avec toi.

— Et la kirin.

— Oui, la pauvre kirin. Elle ne savait pas dans quel périple elle s'embarquait, ni quelle influence elle exercerait dans ce pays inconnu.

— Vous ne devriez pas voyager seul, Père. Emmenez quelqu'un. Gemba, par exemple. Et vous pouvez monter Ashige. Je n'ai pas besoin d'un cheval.

Les nuages commençaient à se disperser et une faible lueur rougeoyait à l'ouest, où le soleil se couchait, tandis qu'apparaissait de l'autre côté du firmament une ébauche d'arc-en-ciel. Takeo espéra que ces signes annonçaient une journée plus sèche, même s'il était probable que les pluies allaient durer pendant des semaines, maintenant qu'elles avaient débuté.

Tenba se trouvait près de la kirin, le dos sous la bruine, la tête baissée. En voyant Takeo approcher, il poussa un petit hennissement de bienvenue. La blessure sur son poitrail était déjà refermée et paraissait propre, mais quand Takeo le fit marcher, le cheval boita du côté droit bien que son pied semblât indemne. Takeo conclut à une inflammation des muscles de l'épaule. Conduisant le destrier à la mare, il lui appliqua de l'eau froide pendant un moment, mais Tenba appuyait toujours de préférence sur sa jambe antérieure droite et ne pourrait sans doute pas être monté. Takeo se souvint alors de Keri, le cheval de Hiroshi. Il ne put le retrouver parmi les destriers survivants. Le cheval gris pâle à la crinière noire, fils de Raku, devait avoir été tué dans la bataille, quelques semaines à peine après son demi-frère, Ryume, le cheval de Taku. Les deux animaux avaient dix-sept ans, ce qui était un bel âge, mais leur mort l'attristait. Taku n'était plus, Hiroshi approchait de sa fin. En retournant à la tente, Takeo se sentait morose. Il faisait sombre à l'intérieur, la lumière était blafarde. Shigeko s'était endormie à côté de Hiroshi, son visage tout près du sien.

«On dirait deux époux», pensa Takeo en les regardant avec une immense affection.

— À présent, tu peux te marier selon ton désir, dit-il à voix haute.

S'agenouillant au chevet de Hiroshi, il posa la main sur son front. La peau du jeune homme semblait plus fraîche, sa respiration plus lente et profonde. Takeo avait cru qu'il était inconscient, mais Hiroshi ouvrit soudain les yeux et sourit.

— Sire Takeo…, chuchota-t-il.

— N'essayez pas de parler. Vous allez vous en sortir.

— La bataille ?

— Terminée. Saga a battu en retraite.

Hiroshi referma ses yeux, mais le sourire ne quitta pas ses lèvres.

Takeo s'allongea, l'humeur un peu moins sombre. Malgré la douleur, le sommeil s'abattit sur lui aussitôt comme un nuage noir recouvrant toute chose.

LE LENDEMAIN MATIN, IL PARTIT POUR INUYAMA. Il emmena Gemba, comme Shigeko l'avait suggéré, ainsi que Minoru, monté sur sa jument placide. La jument du secrétaire et le cheval noir de Gemba étaient aussi frais qu'Ashige, de sorte qu'ils voyagèrent rapidement. Le troisième jour, une fièvre bénigne frappa Takeo. Il passa les heures à souffrir longuement tandis que son corps luttait contre la fièvre. Rêves et hallucinations le tourmentaient. Bien qu'il fût alternativement brûlant ou grelottant, il refusa d'interrompre le voyage. À chaque endroit où ils s'arrêtaient, ils annonçaient la nouvelle de la bataille et de son heureuse issue. Bientôt, une foule de gens entreprirent de gravir les monts des Nuages afin d'apporter des vivres aux guerriers et d'aider à ramener les blessés chez eux.

La pluie était tombée en abondance d'un bout à l'autre des Trois Pays, permettant au riz de croître et de gonfler, mais son arrivée avait été tardive et la moisson en souffrirait. Les routes étaient boueuses, souvent inondées. Takeo oubliait fréquemment où il se trouvait. S'imaginant être revenu dans le passé, il croyait monter Aoï et chevaucher au côté de Makoto vers un fleuve en crue et un pont effondré.

« Kaede doit avoir froid, pensa-t-il. Elle a été souffrante. Il faut que j'aille auprès d'elle pour la réchauffer. »

Mais il frissonnait lui-même, et soudain Yuki fut près de lui.

— Vous avez l'air frigorifié, dit-elle. Voulez-vous que je vous prépare du thé?

— Oui, répondit-il. Mais je ne dois pas coucher avec vous, car je suis marié.

Puis il se rappela que Yuki était morte, qu'elle ne coucherait plus jamais avec lui ou un autre, et il ressentit un regret déchirant pour son destin et pour le rôle qu'il y avait joué.

Lorsqu'ils arrivèrent à Inuyama, la fièvre était retombée et il avait retrouvé sa lucidité, mais ses inquiétudes le taraudaient toujours. Même l'accueil enthousiaste des habitants de la ville ne parvint pas à les dissiper. Tandis qu'ils célébraient son retour et la nouvelle de sa victoire en dansant dans les rues, Aï, la sœur de Kaede, vint à sa rencontre dans la cour intérieure du château, où Gemba et Minoru l'aidèrent à descendre de cheval.

— Votre époux est sain et sauf, lui lança-t-il aussitôt.

Elle sourit, visiblement soulagée.

Le Ciel soit loué, déclara-t-elle. Mais vous êtes blessé?

— Je crois que le pire est passé. Savez-vous comment se porte mon épouse? Je n'ai reçu aucune nouvelle depuis notre départ dans le quatrième mois.

— Sire Takeo..., commença-t-elle.

Il sentit son cœur se serrer dans son angoisse. La pluie avait repris et des domestiques accoururent avec des parapluies luisant dans la grisaille.

— Le docteur Ishida est ici, poursuivit-elle. Je vais le faire chercher sur-le-champ. Il prendra soin de vous.

— Ishida est ici? Pourquoi?

— Il vous dira tout, assura Aï avec une douceur qui le terrifia. Entrez donc. Voulez-vous d'abord prendre un bain? Nous allons préparer une collation pour vous tous.

— Oui, je me baignerai volontiers, répondit-il.

Il désirait à la fois retarder la nouvelle et rassembler ses forces afin de l'affronter. La fièvre récente et la souffrance l'avaient laissé hébété. Son ouïe semblait plus fine encore qu'à l'ordinaire, de sorte que chaque son résonnait avec une précision douloureuse à ses oreilles.

Il se rendit avec Gemba aux sources thermales, où ils se débarrassèrent de leurs robes crasseuses. Après avoir enlevé soigneusement le bandage de l'épaule et du bras de Takeo, Gemba lava la plaie à l'eau bouillante, mettant ainsi le comble à sa faiblesse.

— Elle cicatrise bien, déclara Gemba.

Takeo ne répondit qu'en acquiesçant de la tête. Ils ne prononcèrent pas un mot en se lavant et se rinçant avant d'entrer dans l'eau bouillonnante, chargée de soufre. La pluie tombant doucement sur leurs visages et leurs épaules les plongeait dans une atmosphère étrange, comme s'ils avaient été transportés dans un autre monde.

— Je ne peux pas rester ici à jamais, dit enfin Takeo. Viendrez-vous entendre avec moi la nouvelle qu'Ishida a rapportée d'Inuyama ?

— Bien entendu, répliqua Gemba. Apprendre le pire permet de savoir comment avancer.

Aï apporta de la soupe et du poisson grillé, du riz et des légumes d'été. Elle les servit elle-même. Ils mangèrent rapidement, après quoi elle dit aux servantes de remporter les plateaux et de revenir avec du thé. Quand elles rentrèrent dans la pièce, le docteur Ishida était avec elles.

Aï versa le thé dans les bols au vernis bleu foncé.

— Je vais vous laisser, maintenant.

Lorsqu'elle s'agenouilla pour faire coulisser la porte, Takeo la vit essuyer des larmes avec sa manche.

— Pas d'autre blessure ? s'enquit Ishida après qu'ils eurent échangé des salutations. Laissez-moi la regarder.

— Plus tard, dit Takeo. Elle est en bonne voie de cicatrisation.

Il but une gorgée de thé, dont il sentit à peine le goût.

— Vous n'avez pas fait tout ce chemin pour porter une bonne nouvelle, j'imagine.

— J'ai pensé qu'il fallait vous informer au plus vite, répliqua Ishida. Pardonnez-moi, il me semble que tout est ma faute. Vous m'aviez confié votre épouse et votre fils. Ce sont des choses qui arrivent. Les nourrissons ne tiennent à la vie que par un fil et nous quittent à l'improviste.

Il s'interrompit et regarda Takeo d'un air désemparé, la bouche crispée de chagrin, les joues ruisselantes de larmes.

Le sang de Takeo battait violemment contre ses tempes.

— Voulez-vous dire que mon fils est mort?

La douleur brutale le prit par surprise et des larmes jaillirent de ses yeux. Cet être minuscule qu'il avait à peine entrevu… Il ne le connaîtrait jamais, à présent.

«Je ne supporterai pas cette nouvelle épreuve, pensa-t-il. Et si je ne puis la supporter, comment Kaede le pourrait-elle?»

— Il faut que je me rende sans attendre auprès de mon épouse, déclara-t-il. Comment a-t-elle réagi? L'enfant a-t-il succombé à une maladie? Est-elle malade elle-même?

— Ç'a été une de ces morts inexplicables de l'enfance, répondit le médecin dont la voix se brisa. Le petit était en parfaite santé la nuit d'avant, plein d'appétit, toujours prêt à rire ou sourire. Il s'est endormi tranquillement, mais il ne s'est jamais réveillé.

— Comment est-ce possible? s'exclama Takeo presque avec colère. N'y aurait-il pas de la sorcellerie là-dessous? Ou du poison?

Il se souvint que Hana était à Hagi. Aurait-elle pu provoquer la mort du fils de Takeo?

Il pleurait sans essayer de cacher ses larmes.

— Il n'y avait aucun signe d'empoisonnement, déclara Ishida. Quant à la sorcellerie… Je n'ai aucune opinion à ce sujet. De telles morts ne sont pas rares, mais j'ignore tout de leur origine.

— Et comment se porte mon épouse? Elle doit être à moitié folle de chagrin. Shizuka est-elle avec elle?

— Il s'est passé bien des choses terribles depuis votre départ, chuchota le médecin. Mon épouse a elle aussi perdu récemment un fils. Il semble que la douleur lui ait tourné la tête. Elle reste assise sans **manger devant** le Daifukuji, à Hofu, et somme son autre fils d'agir selon la justice. Zenko a été contraint de se retirer à Kumamoto, furieux, et est en train de lever une armée là-bas.

— L'épouse et les fils de Zenko sont à Hagi, observa Takeo. Je ne puis croire qu'il veuille sacrifier leurs vies.

— Hana et les garçons ne sont plus à Hagi.

— Comment? Kaede les a laissés partir?

— Sire Takeo, dit Ishida d'un ton misérable. Elle est partie avec eux. Ils sont tous en route pour Kumamoto.

— Ah! s'exclama Gemba d'une voix tranquille. Nous savons maintenant où est la menace.

Il ne pleurait pas, mais son visage était empreint de tristesse et de compassion. Il se rapprocha un peu de Takeo, comme pour le soutenir physiquement.

Takeo semblait transformé en une statue de glace. Ses oreilles avaient entendu les mots, mais son esprit ne parvenait pas à les comprendre. Kaede avait quitté Hagi? Elle était partie pour Kumamoto, en remettant son sort à l'homme qui conspirait contre son propre époux? Comment pouvait-elle agir ainsi et s'allier contre lui avec le mari de sa sœur? Il ne pouvait croire qu'elle ait fait une chose pareille.

Cependant une partie de son corps semblait déchirée, comme si son bras entier avait été arraché. Il sentit son esprit près de basculer dans les ténèbres, où le pays à son tour allait sombrer sans remède.

— Il faut que je la voie, lança-t-il. Gemba, préparez les chevaux. Où peuvent-ils se trouver à présent? Quand sont-ils partis?

— J'ai quitté la ville il y a environ deux semaines, répliqua Ishida. Ils devaient s'en aller quelques jours plus tard, en passant par Tsuwano et Yamagata.

— Pourrai-je les intercepter à Yamagata? demanda Takeo à Gemba.

— C'est à une semaine à cheval.

— J'y serai dans trois jours.

— Ils voyagent lentement, observa Ishida. Leur départ a été retardé, car dame Kaede emmène autant de soldats qu'elle le peut.

— Mais pourquoi ? Est-ce le chagrin d'avoir perdu son fils ? Est-elle vraiment devenue folle ?

— Je ne vois aucune raison à son attitude, dit le médecin. Mes paroles ont été impuissantes à la consoler ou à la faire changer d'avis. Chercher de l'aide auprès d'Aï m'a paru la seule solution. J'ai donc quitté Hagi en secret, dans l'espoir aussi de vous y retrouver lors de votre retour.

Il semblait aussi coupable que désemparé, au point de ne pouvoir regarder Takeo.

— Sire Takeo…, reprit-il.

Mais Takeo ne le laissa pas poursuivre.

— Hiroshi est dans un état critique, déclara-t-il. Shigeko est légèrement blessée et la kirin aura probablement elle aussi besoin de vos soins. Occupez-vous d'eux de votre mieux, et dès qu'ils seront capables de voyager, amenez-les à Yamagata. Je vais m'y rendre sur-le-champ pour découvrir moi-même ce qui s'est passé. Minoru, envoyez immédiatement un message à Miyoshi Kahei. Informez-le de mon départ.

Il s'interrompit et regarda Gemba d'un air éperdu :

— Je dois me préparer à combattre Zenko. Mais comment pourrais-je entrer en guerre contre mon épouse ?

À Hofu, la marée haute du début du cinquième mois, marquant le commencement de l'été, eut lieu après midi, durant l'heure du Cheval. Le port était au comble de son activité. Des bateaux ne cessaient d'arriver et de partir en un flot régulier, à la faveur du vent d'ouest clément qui les conduirait à Akashi, chargés des produits des Trois Pays. Auberges et tavernes étaient bondées d'hommes fraîchement débarqués. Tous buvaient, échangeaient des nouvelles et des récits de voyage, exprimaient leur stupeur et leur regret pour la mort de Taku et s'émerveillaient du miracle de sa mère nourrie par des oiseaux au Daifukuji. Ils étaient pleins de ressentiment envers Araï Zenko, qui montrait un tel manque de piété filiale et un tel mépris des dieux, dont il recevrait certainement un juste châtiment. Les habitants de Hofu étaient aussi hardis qu'opiniâtres. Ils avaient abhorré le joug des Tohan et des Noguchi, et n'avaient aucune envie de revivre cette époque avec les Araï. Le départ de Zenko fut accompagné de quolibets et autres manifestations de malveillance. Les gardes marchant en queue de sa suite imposante furent même bombardés d'ordures voire de pierres.

Miki et Maya ne virent pas grand-chose de ces événements. Elles coururent à l'aveuglette, invisibles, à travers les rues étroites, en ne songeant qu'à s'éloigner au plus vite d'Akio et Hisao. Dès qu'on quittait les abords de la mer, la chaleur devenait étouffante. La ville sentait le poisson et l'algue en décomposition. Les ombres obscures alternant avec un soleil radieux les désorientaient. Maya était déjà épuisée par la nuit sans sommeil, sa lutte avec Hisao, la conversation avec la femme fantôme. Elle ne cessait de regarder nerveusement derrière elle en courant, certaine que le garçon allait la poursuivre. Jamais il ne la laisserait partir. Et maintenant, Akio devait avoir appris l'existence du chat. «Hisao sera puni», songea-t-elle. Mais elle ne savait elle-même si cette idée lui plaisait ou l'affligeait.

Dans sa fatigue, elle sentit l'invisibilité l'abandonner. Elle ralentit pour reprendre haleine et vit Miki réapparaître à son côté. Elles se trouvaient dans une rue paisible. La plupart des gens étaient rentrés chez eux prendre le repas de midi. Juste à côté d'elles, devant une petite boutique, un homme accroupi par terre aiguisait des couteaux sur une meule, en utilisant l'eau du petit canal longeant chaque maison. Leur brusque apparition le fit sursauter et il laissa tomber le couteau qu'il tenait. Maya se sentit affolée, vulnérable. Saisissant presque machinalement le couteau, elle l'enfonça dans la main du malheureux.

— Que faites-vous? cria Miki.

— Nous avons besoin d'armes, de vivres et d'argent, répondit Maya. Cet homme va nous les fournir.

Hébété, il regardait son propre sang avec incrédulité. Maya se dédoubla, bondit derrière lui et le frappa de nouveau, au cou cette fois.

— Donne-nous de la nourriture et de l'argent si tu tiens à la vie, lança-t-elle. Sœur, prenez aussi un couteau.

Miki ramassa un petit couteau posé sur un drap déployé par terre. Elle attrapa l'homme par sa main indemne et le conduisit dans la boutique. Les yeux exorbités de terreur, il leur montra l'endroit où il cachait quelques pièces et fourra dans la main de Maya les boulettes de riz que lui avait préparées sa femme.

— Ne me tuez pas, implora-t-il. Les crimes d'Araï me font horreur. Je sais qu'il a dressé les dieux contre lui, mais je n'ai rien à voir là-dedans. Je ne suis qu'un pauvre artisan.

— Les dieux punissent le peuple pour les crimes du souverain, psalmodia Maya.

Puisque cet idiot les prenait pour des démons ou des fantômes, elle entendait en tirer le meilleur parti possible.

— De quoi parlait-il ? demanda Miki quand elles eurent quitté la boutique, armées chacune d'un couteau caché dans leurs vêtements.

— Je vous expliquerai plus tard. Essayons d'abord de trouver une cachette, un endroit où il y ait de l'eau.

Elles suivirent le canal jusqu'à un autel édifié au bord de la route sortant de la ville au nord, au milieu d'un petit bosquet d'arbres entourant un bassin alimenté par une source. Après avoir bu à longs traits, elles trouvèrent un coin isolé derrière des buissons, où elles s'assirent et partagèrent les gâteaux de riz. Des corbeaux croassaient à la cime des cèdres et des cigales faisaient entendre leur musique monotone. Les deux fillettes avaient le visage ruisselant de sueur et leur corps moite, hésitant entre la femme et l'enfant, les démangeait.

Maya prit la parole.

— Notre oncle est en train de lever une armée contre Père. Il faut que nous allions prévenir Mère à Hagi. Tante Hana va lui rendre visite et Mère doit se méfier d'elle.

— Mais Maya, vous vous êtes servie de vos talents de la Tribu contre un innocent. Père nous a recommandé de ne jamais le faire.

— Écoutez, Miki, vous ignorez les épreuves que j'ai traversées. J'ai vu Taku et Sada assassinés sous mes yeux. J'ai été retenue prisonnière par Kikuta Akio.

L'espace d'un instant, elle crut qu'elle allait pleurer, mais cela ne dura pas.

— Et ce garçon qui m'appelait est Kikuta Hisao, le petit-fils de Kenji. Vous devez avoir entendu parler de lui à Kagemura. Sa mère, Yuki, avait épousé Akio, mais les Kikuta l'ont forcée à se tuer après la naissance de son fils. C'est pour cette raison que Kenji a décidé l'alliance de la Tribu avec Père.

Miki hocha la tête. Toutes ces histoires de la Tribu lui étaient familières depuis son enfance.

— De toute façon, personne n'est innocent au bout du compte, décréta Maya. C'était le destin de cet homme de se trouver sur notre chemin aujourd'hui.

L'air maussade, elle contempla le bassin dont la surface immobile reflétait les branches des cèdres et le ciel nuageux.

— Hisao est notre frère, lança-t-elle abruptement. Tout le monde croit qu'il est le fils d'Akio, mais c'est faux. C'est le fils de Père.

— Ce n'est pas possible, dit Miki d'une voix faible.

— C'est pourtant la vérité. Et il existe une prophétie qui affirme que Père ne peut mourir que de la main de son propre fils. De sorte que Hisao va tuer Père, si nous ne l'en empêchons pas.

— Et notre petit frère? chuchota Miki.

Maya la regarda fixement. Elle avait presque oublié l'existence du nouveau-né, comme si en ignorant sa naissance elle pourrait lui enlever toute réalité. Non seulement elle ne l'avait jamais vu, mais elle n'avait même pas pensé à lui. Un moustique se posa sur son bras et elle l'écrasa.

— Père doit être au courant, observa Miki.

— Dans ce cas, pourquoi ne fait-il rien? répliqua Maya, surprise de sa propre colère à cette idée.

— S'il a décidé de ne rien faire, nous devrions l'imiter. D'ailleurs, que pourrait-il entreprendre?

— Il aurait dû faire exécuter Hisao. Ce garçon le mérite, d'ailleurs. Il est mauvais, je n'ai jamais rencontré personne d'aussi mauvais, encore pire qu'Akio.

— Mais notre petit frère? répéta Miki.

— Arrêtez de tout compliquer, Miki!

Maya se leva et épousseta ses vêtements.

— J'ai besoin d'uriner, dit-elle en se servant du langage des hommes.

Elle s'avança un peu plus loin dans le bosquet. Des stèles funéraires se dressaient là, négligées et moussues. Afin de ne pas les souiller, Maya escalada le mur d'enceinte et se soulagea devant. Comme elle le franchissait de nouveau, la terre trembla et elle sentit les pierres glisser sous ses mains. Elle atterrit si rudement sur le sol qu'elle resta un moment étourdie. Les cimes des cèdres frissonnaient encore. À cet instant, elle éprouva une profonde nostalgie pour le chat, à laquelle se mêlait une émotion qu'elle ne comprenait pas mais qui la troublait et la rongeait.

En voyant Miki assise au bord du bassin, elle fut frappée par sa maigreur. Cette vision ajouta à son irritation. Elle n'avait pas envie de se faire du souci pour Miki. Elle voulait que tout reste comme avant, lorsque les jumelles semblaient n'avoir qu'un seul esprit. Elle ne voulait pas que Miki soit en désaccord avec elle.

— Venez, lança-t-elle. Il ne faut pas nous attarder.

— Quel est notre plan ? demanda Miki en se levant.

— Rentrer chez nous, bien sûr.

— Sommes-nous censées y aller à pied ?

— Vous avez une meilleure idée ?

— Nous pourrions demander à quelqu'un de nous aider. Shizuka et moi sommes venues avec un homme appelé Bunta. Il pourrait nous prêter main-forte.

— C'est un Muto ?

— Non, un Imaï.

— On ne peut plus se fier à eux, déclara Maya avec dégoût. Nous devrons nous débrouiller seules.

— C'est un long trajet, observa Miki. Nous avons mis une semaine pour venir à cheval de Yamagata, en voyageant sans nous cacher et avec deux hommes pour nous aider. De Yamagata à Hagi, il faut dix jours par la route. Si nous allons à pied, en nous cachant de surcroît, nous mettrons trois fois plus de temps. Et comment ferons-nous pour nous nourrir ?

— Comme tout à l'heure, répliqua Maya en touchant son couteau sous ses vêtements. Nous volerons.

— D'accord, dit Miki sans enthousiasme. Prendrons-nous la grand-route?

Elle désigna d'un geste la route poussiéreuse serpentant à travers les rizières brillant encore d'un éclat verdoyant, en direction des montagnes couvertes de forêts. Maya regarda les voyageurs habituels l'empruntant dans les deux sens : guerriers à cheval, femmes portant de vastes chapeaux et des voiles pour se protéger du soleil, moines marchant avec des bâtons et des sébiles, mendiants, marchands, pèlerins. N'importe lequel d'entre eux pourrait au pire essayer de les retenir, au mieux leur poser des questions embarrassantes. Elles pourraient aussi tomber sur des membres de la Tribu, déjà avertis de leur fuite. Elle se tourna vers la ville, en s'attendant presque à voir Hisao et Akio lancés à leur poursuite. Le cœur serré, elle se rendit compte qu'elle regrettait Hisao et aspirait à le revoir.

«Mais je le hais! songea-t-elle. Comment puis-je avoir envie de le voir?»

S'efforçant de dissimuler son trouble à Miki, elle déclara :

— Même si je suis habillée en garçon, n'importe qui peut voir que nous sommes des jumelles. Mieux vaut éviter les curieux et les bavards. Nous passerons par les montagnes.

— Nous mourrons de faim, protesta Miki. Ou nous nous perdrons. Retournons en ville et allons chercher Shizuka.

— Elle est au Daifukuji, dit Maya en se rappelant les paroles de la servante. Elle passe son temps en jeûnes et en prières. Nous ne pouvons pas rebrousser chemin. Akio nous attend sans doute là-bas.

La tension ne cessait de monter en Maya. Elle subissait son attraction, elle sentait qu'il la cherchait. Soudain, elle sursauta en entendant sa voix.

«Viens.»

L'appel résonna comme un murmure à travers le bosquet ombreux.

— Avez-vous entendu ? s'écria-t-elle en attrapant Miki par le bras.

— Quoi ?

— Cette voix. C'est lui.

Miki tendit l'oreille, aux aguets.

— Je n'entends personne.

— Partons, lança Maya.

Elle leva les yeux vers le ciel. Le soleil commençait à décliner vers l'ouest. La grand-route s'étendait presque en plein nord, en traversant quelques-unes des régions les plus fertiles des Trois Pays, et elle suivait le cours du fleuve jusqu'à Tsuwano. Des rizières se déployaient des deux côtés de la vallée, parsemées çà et là de fermes et de cabanes. La route longeait la rive ouest jusqu'au pont de Kibi. Un nouveau pont avait été construit, juste avant le confluent du Yamagata. Le fleuve inondait souvent la plaine côtière, mais après un jour de voyage au nord de Hofu ses eaux devenaient basses et formaient des rapides écumant sur le lit rocailleux.

Cette route leur était à toutes deux familière. Miki l'avait empruntée il y avait seulement quelques jours, et Maya l'automne précédent avec Taku et Sada.

— Je me demande où sont les juments, dit-elle à Miki tandis qu'elles quittaient l'abri des arbres pour s'enfoncer dans la chaleur de l'après-midi. Je les ai laissées s'échapper, vous savez.

— Quelles juments ?

— Celles que Shigeko nous avait données à Maruyama.

Pendant qu'elles commençaient l'ascension du versant au milieu d'un bois de bambous, elle raconta brièvement à sa sœur l'attaque où Taku et Sada avaient perdu la vie. Quand elle termina son récit, Miki pleurait en silence, mais les yeux de Maya étaient secs.

— J'ai rêvé de vous, dit Miki en essuyant ses yeux avec sa main. J'ai rêvé que vous étiez le chat et que j'étais son ombre. Je savais qu'il vous arrivait quelque chose de terrible.

Elle se tut un moment puis demanda :

— Akio vous a maltraitée?

— Il a failli m'étrangler pour me faire taire et m'a giflée deux ou trois fois, rien de plus.

— Et Hisao?

Maya se mit à marcher plus vite, au point de passer presque au pas de course parmi les fûts d'un gris argenté. Une vipère traversa le sentier devant elles avant de disparaître dans le sous-bois touffu. Sur leur gauche, un petit oiseau sifflait. La rumeur obsédante des cigales sembla s'intensifier.

Miki courait aussi. Elles se faufilaient aisément entre les bambous, d'un pied aussi sûr et plus silencieux que celui d'un chevreuil.

— Hisao est un maître des fantômes, déclara enfin Maya quand la pente devenant plus raide la força à ralentir.

— Un maître des fantômes de la Tribu?

— Oui. Il pourrait disposer d'un terrible pouvoir, s'il savait s'en servir. Mais on ne lui a pas appris grand-chose, en dehors de la cruauté. Il sait aussi fabriquer des armes à feu. J'imagine que quelqu'un lui a montré comment faire.

Le soleil s'était glissé derrière les hauts sommets des montagnes sur leur gauche. La nuit serait sans lune, et des nuages bas venant du sud se répandaient déjà dans le ciel — les étoiles ne brilleraient pas non plus. Les gâteaux de riz qu'elles avaient partagés auprès du petit sanctuaire semblaient déjà lointains. En marchant, les fillettes se mirent à chercher d'instinct de la nourriture : champignons précoces sous les pins, baies sauvages, pousses tendres des bambous, derniers pieds de fougères, qui se faisaient malheureusement rares. Depuis leur enfance, elles avaient appris dans la Tribu à vivre des produits de la terre, à cueillir ses feuilles, ses racines et ses fruits capables aussi bien de nourrir que d'empoisonner. En se guidant au bruit de son ruissellement, elles trouvèrent un torrent dont elles burent l'eau. Elles y dénichèrent de surcroît de petits crabes qu'elles mangèrent tout crus, en suçant leur chair terne emprisonnée dans une carapace fragile. Elle marchèrent ainsi tout au long du crépuscule, jusqu'au moment où il fit trop sombre pour voir. Elles se trouvaient maintenant au cœur de la forêt, où les affleurements rocheux et les arbres tombés offraient des abris à profusion.

Elles découvrirent un hêtre énorme qui avait été à moitié déraciné par un tremblement de terre ou une tempête. Ses feuilles tombant depuis des années avaient formé un lit moelleux, tandis que son tronc massif et ses racines s'ouvraient comme une grotte. Il y avait même des faines comestibles parmi les feuilles. Les fillettes se couchèrent en se blottissant l'une contre l'autre comme des animaux. Enlacée par sa sœur, Maya sentit son corps commencer enfin à se détendre, comme si elle retrouvait son intégrité.

Elle n'aurait pu dire si elle avait prononcé à voix haute ou seulement pensé ces mots :

«Hisao aime le chat et il est son maître.»

Miki s'agita légèrement contre elle.

— Je crois que je le savais. Je l'ai senti devant la maison, à Hofu. À l'instant où j'ai tranché le lien entre le garçon qui vous appelait et le chat, vous avez repris votre forme véritable.

— En plus, sa mère ne le quitte jamais. Quand Hisao est avec le chat, il peut parler à son fantôme.

Le corps frêle de Miki frissonna légèrement.

— Vous l'avez vue ?

— Oui.

Une chouette hulula dans les arbres au-dessus d'elles, les faisant sursauter, et une renarde glapit au loin.

— Avez-vous été effrayée ? chuchota Miki.

— Non.

Maya réfléchit un instant puis répéta :

— Non. Je suis désolée pour elle. Outre qu'ils l'ont forcée à mourir prématurément, elle a dû les regarder faire de son fils un être mauvais.

— Il est si aisé de devenir mauvais, observa Miki d'une petite voix.

L'air fraîchit insensiblement et l'on entendit un crépitement léger sur le sol.

— Il pleut, dit Maya.

Sous les premières gouttes, la terre se mit à exhaler une odeur humide qui monta vers elles en leur portant son mélange de vie et de pourriture.

— Vous ne voulez pas seulement rentrer chez nous, n'est-ce pas ? Vous essayez d'échapper à ce garçon ?

— Il me cherche, il m'appelle.

— Est-ce qu'il nous suit ?

Maya ne répondit pas directement. Son corps ne cessait de tressaillir.

— Je sais que Père et Shigeko seront encore absents, mais Mère nous protégera, je pense ? Une fois à Hagi, je me sentirai en sécurité.

Mais à l'instant de prononcer ces paroles, elle ne fut pas certaine qu'elles fussent vraies. Une part d'elle-même redoutait Hisao et voulait fuir. Mais elle ressentait aussi son attraction et aspirait à le rejoindre pour s'avancer avec lui entre les mondes.

« Suis-je en train de devenir mauvaise ? » Maya se rappela le rémouleur qu'elle avait blessé et volé sans états d'âme. « Père serait fâché contre moi », pensa-t-elle. Elle se sentit coupable, ce qui lui déplaisait, aussi déversa-t-elle sa propre colère sur ses remords afin de les éteindre : « C'est Père qui m'a faite. C'est sa faute si je suis comme ça. Il n'aurait pas dû m'envoyer au loin. Ni me quitter si souvent quand j'étais petite. Il aurait dû me dire qu'il avait un fils. Il n'aurait pas dû avoir un fils ! »

Miki semblait s'être endormie. Sa respiration était paisible et régulière. Comme son coude rentrait dans Maya, celle-ci bougea légèrement. La chouette hulula de nouveau. Les moustiques avaient senti leur sueur et vrombissaient à l'oreille de Maya. La pluie la frigorifiait. Presque sans y penser, elle se réfugia dans le chat à la chaude fourrure.

Elle entendit aussitôt le voix du garçon : « Viens. »

Et elle sentit son regard se tourner vers elle, comme s'il pouvait voir à travers les étendues de forêt et l'obscurité de la nuit, droit dans les yeux dorés du chat dont la tête se tendit vers lui. Le chat s'étira, coucha ses oreilles et se mit à ronronner.

Maya lutta pour reprendre sa forme. Elle ouvrit la bouche en appelant Miki.

— Que se passe-t-il ? demanda Miki en se redressant.

Maya sentit une nouvelle fois la force de l'esprit de Miki, acéré comme un sabre, s'interposer entre le chat et son maître.

— Vous étiez en train de miauler ! s'exclama Miki.

— Je me suis transformée en chat sans le vouloir et Hisao m'a vue.

— Est-il près d'ici ?

— Je l'ignore, mais il sait où nous sommes. Nous devons repartir sur-le-champ.

Miki s'agenouilla au bord de la grotte arborescente et scruta les ténèbres.

— Je n'y vois rien tellement il fait noir. En plus, il pleut. Nous ne pouvons pas bouger maintenant.

— Vous resterez éveillée ? demanda Maya en frissonnant de froid et d'émotion. Quelque chose en vous est capable de se mettre entre lui et moi, en me libérant ainsi de son emprise.

— Je ne sais pas ce que c'est, dit Miki d'une voix semblant faible et fatiguée. Je le fais sans m'en rendre compte. Le chat semble consumer tout mon être. Ce qui reste de moi est dur et tranchant.

« Pur », songea Maya. De la même pureté que l'acier après qu'il a été chauffé, ployé et martelé tant de fois. Elle mit ses bras autour de Miki et l'attira contre elle. Ainsi pelotonnées, les deux fillettes attendirent l'aube s'avançant vers elles, lente et furtive.

LA PLUIE CESSA AU PETIT JOUR. Le soleil se leva en faisant fumer le sol et en transformant les branches et les feuilles ruisselantes en carcasses d'or et en arcs-en-ciel fragmentés. Toiles d'araignée, pousses de bambous, fougères : tout brillait et scintillait. Elles se remirent en route vers le nord, en gardant le soleil à leur droite. Gravissant le versant oriental des montagnes, elle franchirent péniblement des ravins profonds et durent souvent revenir sur leurs pas. Par moments, elles apercevaient la grand-route en contrebas, derrière laquelle s'étendait le fleuve. Elle n'était jamais déserte, aussi n'osaient-elles pas la rejoindre malgré leur envie de marcher un moment sur sa chaussée bien aplanie.

Vers midi, elles s'arrêtèrent d'un commun accord mais sans dire un mot. Elles se trouvaient dans une petite clairière. Devant elles, un sentier primitif semblait annoncer une marche moins ardue pour la suite de la journée. N'ayant rien mangé de toute la matinée, elles entreprirent d'explorer l'herbe en silence. Elles dénichèrent encore quelques faines, de la mousse, quelques-unes des dernières châtaignes de l'automne d'où surgissaient déjà de nouvelles pousses, une poignée de baies à peine mûres. Il faisait très chaud, même sous la voûte de la forêt.

— Reposons-nous un peu, proposa Miki.

Elle enleva ses sandales et frotta la plante de ses pieds sur l'herbe humide. Ses jambes écorchées saignaient, sa peau était couverte d'un hâle cuivré.

Maya était déjà couchée sur le dos, les yeux fixés sur le motif vert et doré des feuilles mouvantes qui faisaient danser sur son visage des ombres rondes.

— Je meurs de faim, déclara-t-elle. Il faut que nous trouvions de quoi faire un vrai repas. Je me demande si ce sentier conduit à un village.

Les fillettes s'assoupirent un instant, mais la faim les réveilla. Une fois encore, elles n'eurent pas besoin de se parler. Attachant de nouveau leurs sandales, elles commencèrent à suivre le sentier serpentant sur le versant. De temps à autre, elles apercevaient le toit d'une ferme loin en dessous et s'imaginaient que le sentier allait les y mener. Mais elles n'arrivaient à aucune habitation, aucun village, pas même quelque cabane ou autel isolé dans la montagne, et les champs cultivés restaient hors de portée en contrebas. Elles marchaient en silence, ne s'arrêtant que pour attraper la maigre nourriture s'offrant à elles, en proie à une faim torturante. Le soleil disparut derrière les sommets, et les nuages s'amoncelèrent de nouveau au sud. Elles n'avaient envie ni l'une ni l'autre de passer une nouvelle nuit en pleine nature et se sentaient découragées à l'idée de devoir continuer ainsi pendant des semaines, mais elles ne voyaient rien d'autre à faire que de marcher encore.

La forêt et la montagne étaient plongées dans la pénombre. Des oiseaux faisaient entendre les derniers chants du crépuscule. Maya, qui s'avançait en tête sur l'étroit sentier, s'arrêta brusquement.

— De la fumée, chuchota Miki.

Maya hocha la tête, et elles continuèrent d'un pas plus circonspect. L'odeur devint plus forte et se mêla à des effluves de viande rôtie, au grand désarroi de leurs estomacs. Maya crut reconnaître du faisan ou du lièvre, car elle y avait déjà goûté dans les montagnes autour de Kagemura. Elle en avait l'eau à la bouche. À travers les arbres, elle aperçut une petite cabane devant laquelle brûlait un feu. Une frêle figure agenouillée à côté surveillait la cuisson de la viande.

À sa silhouette et à ses gestes, Maya jugea qu'il s'agissait d'une femme. L'inconnue lui paraissait étrangement familière.

— On dirait Shizuka! lui souffla Miki dans l'oreille.

Maya attrapa par le bras sa sœur qui allait s'élancer.

— C'est impossible. Comment serait-elle arrivée ici? Je vais aller voir.

Se rendant invisible, elle se glissa parmi les arbres et derrière la maison. L'odeur de la nourriture était si forte qu'elle craignit de perdre toute sa concentration. À tâtons, elle chercha son couteau. L'endroit semblait désert, en dehors de la femme dont la tête disparaissait sous un capuchon, qu'elle écartait de son visage d'une main tout en faisant tourner de l'autre la viande sur sa broche improvisée.

Une brise légère souffla sur la clairière et fit tourbillonner des plumes brunes et vertes. Sans même tourner la tête, la femme déclara :

— Votre couteau est inutile. Je vais vous donner à manger, à votre sœur et à vous.

La voix évoquait celle de Shizuka mais sonnait différemment. « Si elle peut me voir, pensa Maya, c'est qu'elle appartient à la Tribu. »

— Êtes-vous de la famille Muto ? demanda-t-elle en relâchant l'effort nécessaire à l'invisibilité.

— Oui, répondit la femme. Vous pouvez m'appeler Yusetsu.

Maya n'avait encore jamais entendu ce nom. Il avait un son froid et mystérieux, comme les dernières traces de neige s'attardant sur le versant nord de la montagne au printemps.

— Que faites-vous ici ? Est-ce mon père qui vous a envoyée ?

— Votre père ? Takeo…

Elle prononça le nom du père de Maya avec un regret profond, vibrant d'une nostalgie douce amère, qui fit frissonner la fillette. Elle regardait Maya, maintenant, mais le capuchon cachait son visage et malgré la lumière du feu on ne pouvait distinguer ses traits.

— C'est presque prêt, annonça Yusetsu. Appelez votre sœur et lavez-vous.

Il y avait une cruche d'eau sur le seuil de la cabane. Les fillettes s'en servirent pour se laver mutuellement les mains et les pieds. Yusetsu plaça le faisan bien cuit sur une plaque d'écorce couverte de feuilles, qu'elle posa sur le seuil. S'agenouillant à côté de Miki et Maya, elle découpa la viande avec un petit couteau. Elles mangèrent en silence, en engloutissant comme des animaux les morceaux qui brûlaient leurs lèvres et leur langue. Yusetsu ne se joignit pas à elles mais les regarda avaler la moindre bouchée, en étudiant leurs visages et leurs mains.

Quand elles eurent sucé jusqu'au dernier os, elle versa de l'eau sur un linge et essuya leurs mains, en suivant des doigts sur leurs paumes la marque des Kikuta.

Après quoi, elle leur montra où se soulager et leur donna de la mousse pour se nettoyer ensuite. Son attitude était prosaïque et attentive, comme si elle était leur mère. Plus tard, elle alluma une lampe avec un brandon tiré du feu mourant et les fillettes s'allongèrent sur le sol de la cabane tandis qu'elle les couvait toujours d'un regard avide.

— Vous êtes donc les filles de Takeo, dit-elle d'un ton tranquille. Vous lui ressemblez. Vous auriez dû être à moi.

Et les deux fillettes, rassasiées et réchauffées, trouvèrent que cela aurait mieux valu, bien que son identité leur fût encore inconnue.

Elle éteignit la lampe et étendit son manteau sur elles.

— Dormez, dit-elle. Vous ne courez aucun danger tant que je suis ici.

Elles dormirent d'un sommeil sans rêves et se réveillèrent au point du jour. Le sol était humide sous leurs corps. Il n'y avait plus trace de la cabane, de la cruche ni de la femme. Seules les plumes d'oiseau dans la boue et les braises froides du feu témoignaient de son passage.

— C'était la femme fantôme, dit Miki.

— Mmm, approuva Maya.

— Est-ce la mère de Hisao? Yuki?

— De qui d'autre pourrait-il s'agir?

Maya se mit en marche vers le nord. Elles ne parlèrent plus ni l'une ni l'autre de la femme, mais elles sentaient encore sur leur langue le goût du faisan.

— Il y a une sorte de chemin! s'exclama Miki en rattrapant sa sœur. Comme hier.

Un sentier primitif, évoquant la piste d'un renard, s'étendait à travers le sous-bois. Elles s'y avancèrent à pas feutrés toute la journée. Quand arriva le brûlant midi, elles se reposèrent dans un fourré de coudriers. Se remettant en route, elles marchèrent jusqu'à la nuit tandis qu'apparaissait le fin croissant de la nouvelle lune à l'orient du ciel.

Une nouvelle fois, elles sentirent soudain l'odeur de fumée se mêlant aux effluves appétissants de la viande en train de cuire. Elles aperçurent la femme surveillant le feu, le visage caché par le capuchon de son manteau, et derrière elle la cabane, la cruche d'eau.

— Nous voici chez nous, dit Maya en employant la formule familière de salutation.

— Bienvenue chez vous, répliqua la femme. Allez vous laver les mains: le repas est prêt.

— Est-ce un repas fantôme? demanda Miki quand elle apporta le plat. C'était du lièvre, cette fois, qu'elle entreprit de découper pour elles.

— On ne mange jamais que des repas fantômes, répondit Yusetsu en riant. Toute nourriture est morte et vous donne son esprit pour vous permettre de vivre.

Voyant Miki hésiter, alors que Maya fourrait déjà la viande dans sa bouche, elle ajouta :

— N'ayez pas peur. Je suis ici pour vous aider.

— Mais que voulez-vous en échange? s'enquit Miki sans se décider à manger.

— Je ne fais que payer ma dette. Je vous dois une faveur, car vous avez rompu le lien qui m'attachait à mon enfant.

— Moi?

— En libérant le chat, vous m'avez également rendu la liberté.

— Si vous êtes libre, vous devriez poursuivre votre chemin, déclara Miki d'une voix calme et sévère que Maya ne lui avait encore jamais entendue. Vous avez fait votre temps en ce monde. À présent, vous devez lâcher prise pour permettre à votre esprit de s'avancer vers sa prochaine naissance.

— Vous êtes sage, répliqua Yuki. Vous possédez plus de sagesse et de pouvoir que vous n'en aurez quand vous serez une femme. Dans un mois ou deux, votre sœur et vous, vous commencerez à perdre du sang. Devenir une femme vous affaiblit, tomber amoureuse vous détruit et avoir un enfant vous met un couteau sur la gorge. Ne couchez jamais avec un homme. Si vous n'y goûtez pas, cela ne vous manquera pas. J'ai aimé l'acte amoureux. Lorsque j'ai pris votre père pour amant, il m'a semblé que j'entrais au Ciel. Je l'ai laissé me posséder entièrement. Nuit et jour, je brûlais de désir pour lui. Du reste, je faisais ce qu'on me disait. En tant qu'enfants de la Tribu, vous devez savoir ce qu'est l'obéissance.

Les fillettes hochèrent la tête mais restèrent muettes.

— J'obéissais au maître Kikuta et à Akio, que je savais être destinée à épouser un jour. Toutefois je m'imaginais que j'épouserais Takeo et serais la mère de ses enfants. Nos talents de la Tribu se complétaient parfaitement, et je croyais qu'il était tombé amoureux de moi. Il semblait aussi obsédé par moi que je l'étais par lui. Puis je découvris qu'il aimait en fait Shirakawa Kaede. Il s'en était entiché sottement, au point de s'enfuir de la Tribu et signer ainsi mon arrêt de mort.

Yuki se tut. Les fillettes gardèrent également le silence. Elles n'avaient jamais entendu cette version de l'histoire de leurs parents, racontée par cette femme qui avait tant souffert par amour pour leur père. Maya déclara enfin :

— Hisao se débat pour ne pas vous entendre.

Se penchant en avant, Miki prit un morceau de viande qu'elle mâcha avec soin, en savourant la graisse et le sang.

— Il ne veut pas savoir qui il est, répliqua Yuki. En luttant contre sa propre nature, il s'inflige une souffrance terrible.

— Son cas est désespéré, lança Maya en sentant sa colère se réveiller. Il est devenu entièrement mauvais.

La nuit était tombée. La lune avait disparu derrière les montagnes. On entendait le feu crépiter doucement.

— Vous êtes ses sœurs, dit Yuki. L'une de vous peut devenir le chat, pour qui il éprouve de l'affection. L'autre possède une qualité spirituelle qui résiste à son pouvoir. S'il réalise un jour totalement ce pouvoir, alors il deviendra vraiment mauvais. Mais pour l'instant, il peut être sauvé.

Elle se pencha vers elles et repoussa le capuchon dissimulant son visage.

— Quand je l'aurai sauvé, je poursuivrai mon chemin. Je ne puis laisser mon enfant tuer son vrai père. Quant à son soi-disant père, il devra payer pour m'avoir sauvagement assassinée.

«Elle est belle, pensa Maya. Pas à la façon de Mère, mais comme j'aimerais être moi-même, d'une beauté pleine de vie et de force. J'aurais voulu être sa fille. Quel dommage qu'elle soit morte.»

— Vous devez dormir, à présent. Continuez de marcher vers le nord. Je vous nourrirai et vous guiderai jusqu'à Hagi. Nous profiterons de notre liberté pour trouver votre père et le mettre en garde. Ensuite, nous sauverons Hisao.

Comme la veille, Yuki lava leurs mains, mais cette fois elle les caressa plus tendrement, comme une mère. Sa peau semblait ferme, réelle, sans rien de fantomatique. Au matin, cependant, les fillettes s'éveillèrent dans la forêt déserte. La femme fantôme avait disparu.

Miki se montra encore plus taciturne que la veille. L'humeur de Maya était changeante. Elle était partagée entre l'excitation à l'idée de revoir Yuki le soir même, la crainte qu'Akio et Hisao soient déjà sur leurs talons, et un malaise plus profond. Malgré ses efforts pour faire parler Miki, elle n'obtenait que des réponses brèves qui la laissaient sur sa faim.

— Pensez-vous que nous ayons eu tort? demanda-t-elle.

— C'est trop tard pour revenir en arrière! répliqua Miki d'un ton brusque.

Se radoucissant, elle ajouta :

— Nous avons mangé ses repas et accepté son aide. Nous n'y pouvons rien. Il nous reste simplement à rentrer chez nous et à espérer que Père sera bientôt de retour.

— Comment pouvez-vous en savoir si long là-dessus? lança Maya irritée par sa mauvaise humeur. Seriez-vous vous aussi un maître des fantômes?

— Bien sûr que non! s'écria Miki. Je ne sais même pas de quoi il retourne. Je n'en avais jamais entendu parler avant que vous me disiez que Hisao en était un.

Elles descendirent péniblement une pente escarpée. Le chemin sinuait au milieu d'énormes rochers, sur lesquels les serpents semblaient aimer se prélasser au soleil. En voyant leurs corps onduleux disparaître prestement sous les rocs, Maya ne pouvait s'empêcher de frissonner. Se rappelant toutes les histoires qu'elle avait entendues sur les fantômes, elle pensa à l'esprit d'Akane et au jour où elle avait taquiné Sunaomi à propos de la défunte courtisane sans croire elle-même à ses propres paroles.

— À votre avis, que veut vraiment Yuki ? s'enquit-elle.

— Tous les fantômes aspirent à la vengeance, répondit Miki. Elle veut se venger.

— D'Akio ?

— De tous ceux qui lui ont fait du mal.

— Vous voyez bien que vous savez tout sur ce sujet !

— Pourquoi nous guide-t-elle jusqu'à Hagi ?

— Pour trouver Père, à ce qu'elle dit.

— Mais il sera absent tout l'été, observa Miki comme si elle poursuivait une discussion avec elle-même.

ELLES CONTINUÈRENT AINSI LEUR VOYAGE tandis que la lune croissait, devenait pleine puis décroissait de nouveau. Le sixième mois commença, et l'été s'avança vers le solstice. Yuki les retrouvait chaque soir. Elles s'habituèrent à sa présence. Sans même s'en rendre compte, elles en vinrent à l'aimer comme si elle était vraiment leur mère. Même si elle ne restait avec elles que du coucher au lever du soleil, il leur semblait maintenant plus facile de marcher toute la journée puisqu'elles savaient que Yuki les attendait. Les désirs de la jeune morte devinrent les leurs. Chaque soir, elle leur racontait des histoires de son passé. Elle évoquait son enfance dans la Tribu, si semblable à la leur à bien des égards, le premier grand chagrin de sa vie, quand son amie de Yamagata avait brûlé vive avec toute sa famille la nuit où les guerriers Tohan avaient assassiné Otori Takeshi. Elle leur narra comment elle s'était chargée de Jato, le sabre de sire Shigeru, afin de le remettre à Takeo avant d'aller secourir avec lui le seigneur emprisonné au château d'Inuyama, et comment elle avait rapporté la tête du défunt à Terayama, seule au milieu d'un territoire hostile. Elles étaient pleines d'admiration pour son courage et sa loyauté, bouleversées et indignées par sa mort cruelle, transportées de chagrin et de pitié pour son fils.

49

Les fillettes arrivèrent à Hagi en fin d'après-midi, juste avant le solstice. Le soleil était encore haut à l'occident et donnait à la mer un éclat cuivré. Elles s'accroupirent dans le bois de bambous s'étendant à l'orée des champs où le riz brillait, vert et opulent, à peine teinté d'or. Les plantations de légumes offraient une masse compacte de feuillages, de haricots, de carottes et d'oignons.

— Nous n'aurons pas besoin de Yuki ce soir, dit Miki. Nous pourrons dormir chez nous.

Cette pensée attrista Maya. Yuki allait lui manquer. Elle fut soudain prise du désir pervers de la suivre où qu'elle se rendrait.

La marée refluait et les bancs de boue étaient à découvert le long des fleuves jumeaux. Maya aperçut les arches du pont de pierre, le sanctuaire du dieu du fleuve où elle avait tué le chat de Mori Hiroki avec le regard des Kikuta et avait été possédée par son esprit, et plus loin les pilotis en bois du barrage à poissons près duquel les bateaux gisaient affaissés sur le flanc, tels des cadavres attendant que l'eau les rende à la vie. Derrière eux se dressaient les arbres du jardin de la vieille maison familiale. Plus à l'ouest, au-dessus des toits bas de la ville, recouverts de tuiles et de bardeaux, surgissait l'autre demeure de Maya, le château, avec son faîte orné de dauphins dorés étincelant au soleil, ses murs d'un blanc resplendissant et les bannières des Otori qui flottaient au vent léger soufflant de la mer. La baie s'épanouissait en une corolle d'eau bleu indigo, à peine ridée d'écume blanche. Dans les jardins faisant face au château, autour du cratère du volcan, les dernières azalées rougeoyaient au milieu des frondaisons exubérantes de l'été, couronnées d'or.

Maya plissa les yeux pour se protéger du soleil. À côté des bannières arborant le héron des Otori, elle en distingua d'autres où une patte d'ours noire se détachait sur un fond rouge : c'était l'emblème des Araï.

— Tante Hana est ici, chuchota-t-elle à Miki. Je ne veux pas qu'elle me voie.

— Elle doit être au château, répliqua Miki.

Elles échangèrent un sourire en songeant au goût de leur tante pour le luxe et l'ostentation.

— Je suppose que Mère y séjourne également.

— Allons d'abord à la maison, proposa Maya. Nous verrons Haruka et Chiyo. Elles se chargeront de prévenir Mère.

Elle se rendit compte qu'elle n'était pas certaine de la réaction de Kaede. Se rappelant leur dernière entrevue, elle songea à la colère de sa mère, à ses gifles. Depuis lors, Maya n'avait eu aucune nouvelle d'elle, n'avait reçu ni lettre ni message. Même quand le petit garçon était né, elle avait dû attendre que Shigeko l'en informe. «J'aurais pu être tuée avec Sada et Taku, se dit-elle. Mère ne s'en soucie guère.» Elle était en proie à des émotions troubles et intenses. Alors qu'elle avait rêvé de revenir ici, elle redoutait maintenant d'être mal reçue. «Si seulement j'étais Yuki, pensa-t-elle. Je pourrais courir la rejoindre et tout lui raconter, et elle me croirait.»

Un profond chagrin l'envahit à l'idée que Yuki était morte et n'avait jamais connu l'amour de son enfant. Alors que Kaede était vivante…

— Je vais aller là-bas, lança-t-elle. Je verrai qui s'y trouve et je saurai si Père est de retour.

— Il ne peut pas être de retour, déclara Miki. Il doit être arrivé à Miyako.

— Eh bien, il y est plus en sécurité qu'ici, répliqua Maya. Mais nous devons parler d'oncle Zenko à Mère, l'avertir qu'il a fait tuer Taku et est en train de lever une armée.

— Comment ose-t-il agir ainsi alors que Hana et ses fils se trouvent à Hagi?

— Hana projette sans doute de les faire partir discrètement. C'est pour cela qu'elle est venue. Attendez-moi ici, je reviendrai dès que possible.

Maya était encore habillée en garçon et pensait pouvoir ne pas attirer l'attention. De nombreux garnements de son âge jouaient au bord du fleuve et se servaient du barrage à poissons pour le traverser. Comme bien souvent dans le passé, elle courut d'un pas léger sur ses pilotis humides et glissants, d'où pendaient de longues herbes vertes. L'eau exhalait une odeur familière de boue et de sel. Sur l'autre rive, elle s'arrêta devant l'ouverture percée dans le mur du jardin, par où le torrent se jetait dans le fleuve. La grille de bambou n'était pas en place. Se rendant invisible, elle pénétra dans le jardin.

Un grand héron gris pêchait dans le cours d'eau. La sentant bouger, il tourna son bec dans sa direction et s'envola en faisant brusquement claquer ses ailes avec un bruit d'éventail.

Dans les ondes du ruisseau, une carpe dorée fit un bond. Le poisson retomba avec un éclaboussement bruyant tandis que l'oiseau s'éloignait en silence dans le ciel et que l'eau ruisselait : rien n'avait changé.

Maya tendit l'oreille pour écouter les bruits de la maison. Elle brûlait d'envie de revoir Haruka et Chiyo. «Elles seront surprises, pensa-t-elle. Et heureuses. Chiyo va pleurer de joie, comme d'habitude.» Il lui sembla qu'elle entendait leurs voix dans la cuisine.

Toutefois, couvrant les murmures des servantes, elle entendit s'élever d'autres voix devant le mur donnant sur la rive du fleuve. Des garçons bavardaient et riaient.

Elle s'accroupit en hâte derrière le plus gros rocher tandis que Sunaomi et Chikara s'avançaient en pataugeant dans le torrent. Au même instant, des pas se firent entendre dans la maison, et Kaede et Hana apparurent sur la véranda.

Kaede avait le bébé dans ses bras. Âgé d'environ dix semaines, semblant déjà actif et éveillé, il souriait en essayant d'agripper la robe de sa mère. Elle le tint plus haut afin qu'il puisse voir les garçons approcher.

— Regarde, mon trésor, mon petit homme. Regarde tes cousins. En grandissant, tu deviendras aussi charmant qu'eux!

Le bébé sourit de plus belle. Il essayait déjà de se tenir debout sur ses pieds.

— Que vous êtes sales, mes fils! les gronda Hana avec un visage rayonnant de fierté. Allez vous laver les pieds et les mains. Haruka! Apportez de l'eau pour les jeunes seigneurs!

«Les jeunes seigneurs!» Maya regarda Haruka accourir et laver les pieds des garçons. Elle vit leur assurance arrogante, l'amour et le respect qu'ils éveillaient sans effort chez les femmes les entourant.

Hana chatouilla le nourrisson, qui se mit à gigoter en riant. Sa mère et sa tante échangèrent un regard d'affection complice.

— Ne vous l'avais-je pas dit? s'exclama Hana. Rien ne se compare à avoir un fils.

— C'est vrai, répondit Kaede. Je ne savais pas que je pourrais éprouver de tels sentiments.

Elle serra le bébé contre elle, l'air éperdue d'amour.

Maya fut envahie par une haine sans mélange, ne ressemblant à rien qu'elle ait connu dans sa vie, comme si son cœur s'était brisé et que son sang déferlait en elle, pareil à de l'acier en fusion. «Que vais-je faire? se demanda-t-elle. Il faut que j'essaie de voir Mère en tête à tête. Mais m'écoutera-t-elle? Peut-être devrais-je retourner voir Miki? Ou me rendre au château, auprès de sire Endo? Non, je dois d'abord voir Mère. Cependant il ne faut pas que Hana se doute que je suis ici.»

Elle attendit en silence dans le jardin tandis que tombait la nuit. Des lucioles dansaient au-dessus du ruisseau et les lampes faisaient briller la maison de l'intérieur. Elle sentit l'odeur des mets qu'on montait à l'étage, entendit les garçons manger en pérorant avec vantardise. Puis les jeunes servantes rapportèrent les plateaux dans les cuisines et l'on installa les lits.

Les garçons dormaient à l'arrière de la maison, où les servantes iraient également se coucher une fois leurs tâches terminées. Hana et Kaede dormiraient dans la salle de l'étage, avec le bébé.

Lorsque le silence régna dans la maison, Maya se hasarda à entrer. Elle traversa le parquet du rossignol sans effort conscient, tant il lui était familier depuis toujours. Montant à l'étage sur la pointe des pieds, elle regarda sa mère allaiter le petit, lequel téta avec autant de force que d'appétit jusqu'au moment où ses paupières commencèrent à papilloter et à se fermer. Maya sentit une autre présence à côté d'elle. Jetant un coup d'œil de côté, elle aperçut la femme fantôme, Yusetsu, qui avait été jadis Muto Yuki. Elle ne portait plus le manteau à capuchon mais était vêtue, comme la première fois que Maya l'avait vue, de la robe immaculée des morts, aussi blanche que sa peau. Son haleine glacée sentait la terre. Elle regardait fixement la mère et l'enfant, avec une évidente jalousie.

Kaede emmaillota le nourrisson avec soin et le coucha.

— Il faut que j'écrive à mon époux, dit-elle à Hana. Venez me chercher si le bébé se réveille.

Elle descendit l'escalier pour se rendre dans l'ancien bureau d'Ichiro, où se trouvaient les registres et le nécessaire à écrire, en demandant à Haruka d'apporter des lampes.

«C'est le moment d'aller la trouver», pensa Maya.

Assise près de la fenêtre ouverte, Hana passait un peigne dans ses longs cheveux en fredonnant une berceuse. Une lampe brûlait sur un support de fer.

Hana chanta :

«Écrivez à votre époux,
Ma pauvre sœur.
Jamais il ne recevra vos lettres.

Il ne mérite pas votre amour.
Vous allez bientôt découvrir
L'homme qu'il est en réalité. »

«Comment ose-t-elle chanter ainsi dans la maison de mon père!»
s'indigna Maya. Elle était déchirée entre l'envie de se jeter sur Hana et
celle de courir en bas prévenir sa mère.

Hana s'étendit, la tête sur l'oreiller en bois. «Je pourrais la tuer à l'instant! pensa Maya en cherchant à tâtons son couteau. Elle le mérite!»
Puis elle réfléchit qu'elle devrait laisser à son père le soin de la châtier.
Alors qu'elle s'apprêtait à quitter la pièce, le bébé remua. Elle s'agenouilla à côté de lui et le regarda. Il poussa un petit cri. Ouvrant les
yeux, il lui rendit son regard.

«Il peut me voir!» se dit-elle avec étonnement. Elle ne voulait pas
qu'il se réveille pour de bon. C'est alors qu'elle découvrit qu'elle n'arrivait pas à détourner les yeux. Perdant tout contrôle sur ce qu'elle faisait,
elle était devenue l'instrument des émotions contradictoires faisant
rage en elle et autour d'elle. Maya regarda son petit frère avec ses yeux
de Kikuta. Il lui fit un sourire, puis s'endormit d'un sommeil dont il ne
s'éveillerait jamais.

À côté d'elle, Yuki déclara :

«Venez, nous pouvons partir maintenant. »

Maya comprit soudain que cette scène faisait partie de la vengeance
de la femme fantôme, qui avait fait payer sa mère de cette manière
affreuse pour une vieille jalousie. Et elle se rendit compte qu'elle avait
commis un acte impossible à pardonner, qu'il n'y avait plus de place
pour elle désormais sinon dans le domaine entre les mondes où voya-
geaient les esprits. Cette fois, même Miki ne pourrait pas la sauver. Elle
appela le chat et le laissa s'emparer d'elle, puis elle bondit à travers les
murs, franchit le fleuve en courant, s'enfonça dans la forêt, sans un
instant de réflexion ni de fatigue, pour rejoindre Hisao.

Flottant au-dessus du sol, Yuki la suivait, l'enfant fantôme dans les bras.

50

Le fils de Kaede mourut la nuit précédant la pleine lune du solstice. Les nourrissons mouraient si souvent que personne ne s'étonna particulièrement. L'été ils succombaient aux maladies ou à la peste, l'hiver aux refroidissements ou au croup. En général, on trouvait sage de ne pas trop s'attacher aux petits enfants, puisqu'ils étaient si peu nombreux à survivre. Kaede essaya de maîtriser et de contenir son chagrin en conséquence, consciente qu'elle ne pouvait se permettre de s'effondrer alors qu'elle gouvernait le pays en l'absence de son époux. En son for intérieur, toutefois, elle n'aspirait qu'à mourir. Elle ne cessait de s'interroger sur les fautes qu'elle avait pu commettre pour provoquer cette perte insupportable : elle l'avait nourri trop ou pas assez, elle n'aurait pas dû le quitter… On avait dû lui jeter un sort, qui lui avait valu la naissance des jumelles et maintenant cette mort. Le docteur Ishida s'efforçait vainement de la convaincre qu'il n'existait peut-être aucune raison particulière, que rien n'était plus courant que de voir des nourrissons s'éteindre sans cause apparente.

Elle brûlait de voir Takeo revenir, mais elle redoutait de lui apprendre la nouvelle. Malgré son désir de coucher avec lui et d'éprouver la consolation familière de leur amour, elle se demandait si elle pourrait supporter à l'avenir de le faire entrer en elle, car l'idée de concevoir un autre enfant pour le perdre finalement était intolérable.

Il fallait l'informer, mais comment? Elle ne savait même pas où il se trouvait. Il faudrait des semaines pour qu'une lettre lui parvienne. Elle n'avait plus eu de nouvelles de lui depuis sa missive d'Inuyama, qu'elle avait reçue au début du cinquième mois. Chaque jour, elle décidait de lui écrire, mais elle n'arrivait finalement pas à s'y résoudre. Elle aspirait toute la journée à voir venir la nuit, afin de donner libre cours à sa douleur, mais quand elle gisait dans l'obscurité, incapable de trouver le sommeil, elle avait la nostalgie de l'aube qui lui permettrait de mettre de côté provisoirement son chagrin.

Son seul réconfort était la compagnie de sa sœur et des deux garçons, qu'elle aimait comme s'ils étaient ses propres enfants. Ils la distrayaient et elle passait beaucoup de temps avec eux, à surveiller leurs études et à assister à leur entraînement militaire. Le bébé fut enterré au Daishoin. La lune décroissante n'était plus qu'une fine lamelle au-dessus de sa tombe lorsque des messagers arrivèrent enfin avec une lettre de Takeo. En déployant le rouleau, elle fit tomber les croquis qu'il avait faits d'oiseaux observés pendant son voyage. Elle les lissa et les contempla. Les coups de pinceau, noirs et rapides, avaient rendu à la perfection le corbeau sur un rocher escarpé, le gobe-mouches et la clochette.

— Il écrit d'un endroit appelé Sanda, dit-elle à Hana. Il n'est même pas encore arrivé à la capitale.

Elle regarda la lettre sans vraiment la lire. Elle avait reconnu l'écriture de Minoru, mais elle était sûre que Takeo avait dessiné lui-même les oiseaux. En voyant les traits pleins de force, elle l'imagina soutenant sa main droite avec celle de gauche et vainquant son infirmité à force de talent. Elle était seule avec Hana. Les garçons étaient allés faire du cheval, les servantes s'affairaient dans la cuisine.

— Il ne sait pas que son fils est mort! s'écria-t-elle en laissant couler ses larmes.

— Son chagrin ne sera rien auprès du vôtre, déclara Hana. Ne vous tourmentez pas pour lui.

— Il vient de perdre son fils unique, articula Kaede avec peine.

Hana la prit dans ses bras et lui parla à l'oreille, d'une voix très douce.

— Je vous assure qu'il n'éprouvera aucune tristesse. Il sera soulagé.

— Que voulez-vous dire?

Kaede s'écarta légèrement pour regarder sa sœur. En voyant combien Hana était encore belle, elle regretta amèrement ses propres cicatrices, la perte de ses cheveux. Pourtant cela ne lui importait guère. Elle se serait jetée de nouveau dans les flammes, elle se serait arraché les yeux pour ramener son fils à la vie. Depuis qu'il n'était plus, elle en était venue à dépendre entièrement de Hana. Elle avait mis de côté ses doutes et sa méfiance, au point d'oublier par instants que Hana et ses fils se trouvaient à Hagi en tant qu'otages.

— Je pensais à la prophétie.

— Quelle prophétie?

Kaede se rappela avec une douleur presque physique l'après-midi du dernier jour de l'année à Inuyama, où Takeo et elle avaient couché ensemble puis évoqué les paroles qui avaient dominé leur existence.

— Les Cinq Batailles? Quel rapport avec ce qui nous occupe?

Elle n'avait pas envie d'en parler maintenant, mais quelque chose dans la voix de Hana l'avait alertée. Sa sœur savait un secret qu'elle ignorait. Malgré la chaleur, sa peau était froide, elle tremblait.

— La prophétie ne s'arrêtait pas là, dit Hana. Takeo ne vous l'a jamais dit?

Furieuse de devoir l'admettre, Kaede secoua la tête en lançant:

— Comment êtes-vous au courant?

— Takeo s'est confié à Muto Kenji, de sorte que c'est désormais de notoriété publique dans la Tribu.

Kaede eut un premier mouvement de colère. Elle avait toujours détesté et redouté la vie secrète de Takeo. Il l'avait abandonnée pour rejoindre la Tribu alors qu'elle attendait un enfant de lui, qu'elle avait perdu en manquant elle-même mourir. Elle croyait avoir compris son choix, fait sous la menace de la mort et dans l'égarement du chagrin, et pensait avoir oublié et pardonné, mais à présent son vieux ressentiment se réveillait en elle et elle l'accueillait avec gratitude, car il était un antidote à sa douleur.

— Vous feriez mieux de me dire exactement les paroles de la prophétie.

— Elle se termine en disant que la mort ne peut atteindre Takeo, sinon par la main de son propre fils.

Pendant quelques instants, Kaede resta sans réaction. Elle savait que Hana ne lui mentait pas. D'un coup, la vie de Takeo s'éclairait à ses yeux. Tout s'expliquait : son intrépidité, sa détermination. Bien des propos qu'il lui avait tenus dans le passé faisaient sens maintenant. Et elle comprenait son soulagement à l'idée de n'avoir que des filles.

— Il aurait dû me le dire, mais il voulait me protéger, déclara-t-elle. Je ne saurais croire qu'il se réjouisse de la mort de notre enfant. Je le connais trop bien pour cela.

Elle respirait, car elle avait craint bien pire de Hana.

— Les prophéties sont dangereuses, ajouta-t-elle. À présent, il est impossible que celle-ci se réalise. Son fils est mort avant lui, et nous n'aurons plus d'enfants.

«Il va revenir vers moi, songea-t-elle. Comme il l'a toujours fait. Il ne mourra pas dans l'Est. En cet instant même, il est sans doute sur le chemin du retour.»

— Tout le monde espère que sire Takeo aura une vie longue et heureuse, dit Hana. Prions le Ciel que cette prophétie ne se rapporte pas à son autre fils.

Comme Kaede la regardait fixement, muette, elle continua :

— Pardonnez-moi, grande sœur. Je croyais que vous étiez au courant.

— Dites-moi tout, lança Kaede impassible.

— Je ne le puis. S'il s'agit d'un secret que votre époux vous a caché…

— Dites-moi tout, répéta Kaede qui entendit sa propre voix se briser.

— Je redoute d'accroître encore votre douleur. Mieux vaut que Takeo vous le dise à son retour.

— Il a un fils?

— Oui, répondit Hana en soupirant. Un garçon de dix-sept ans. Sa mère était Muto Yuki.

— La fille de Kenji? dit Kaede d'une voix faible. Alors Kenji savait tout depuis le début?

— Je suppose que oui. Encore une fois, ce n'était un secret pour personne dans la Tribu.

Shizuka, Zenko, Taku? Tous étaient au courant, tous l'avaient su pendant des années alors qu'elle ne se doutait de rien? Elle se mit à frissonner.

— Vous vous sentez mal, dit Hana avec sollicitude. Laissez-moi aller vous chercher du thé. Dois-je appeler Ishida?

— Pourquoi ne me l'a-t-il jamais dit? s'exclama Kaede.

L'infidélité elle-même ne la tourmentait guère. Elle éprouvait peu de jalousie envers cette femme morte depuis des années. C'était la tromperie qui la mettait hors d'elle.

— Si seulement il me l'avait dit.

— J'imagine qu'il a voulu vous protéger.

— Après tout, il ne s'agit que d'une rumeur.

— Non, j'ai rencontré le garçon. Je l'ai vu deux ou trois fois à Kumamoto. Il est comme la plupart des membres de la Tribu, sournois et cruel. On ne croirait jamais qu'il est le demi-frère de Shigeko.

Les mots de Hana rouvrirent sa blessure. Elle se rappela tout ce qui l'avait troublée chez Takeo durant leur vie commune : ses pouvoirs étranges, son origine mêlée, l'hérédité anormale incarnée dans les jumelles. Elle avait déjà l'esprit dérangé par le chagrin. Le choc de cette révélation détruisit les fondements mêmes de son existence. Elle haïssait Takeo. Elle s'en voulait de lui avoir consacré sa vie. Il lui semblait responsable de toutes ses souffrances, depuis la naissance des jumelles maudites jusqu'à la mort de son fils bien-aimé. Elle voulait le blesser, le déposséder entièrement.

Elle se rendit compte qu'elle tenait encore les croquis. Les oiseaux lui faisaient penser à la liberté, comme toujours, mais ce n'était qu'une illusion. Les oiseaux n'étaient pas plus libres que les humains, mais entravés comme eux par la faim, le désir et la mort. Elle avait été liée pendant des années à un homme qui l'avait trahie, qui n'avait jamais été digne d'elle. Elle déchira les croquis et les piétina avec rage.

— Je ne puis rester ici. Que vais-je faire ?

— Venez avec moi à Kumamoto, suggéra Hana. Mon époux prendra soin de vous.

Kaede se souvint du père de Zenko, qui avait sauvé sa vie et été son champion avant qu'elle ne lui désobéisse et s'en fasse un ennemi, pour l'amour de Takeo.

— Quelle idiote j'ai été ! se lamenta-t-elle.

Une énergie fébrile s'empara d'elle.

— Faites chercher les garçons et préparez-les pour le voyage, dit-elle à Hana. Avec combien d'hommes êtes-vous venue ?

— Trente ou quarante. Ils sont logés au château.

— Ma propre garde se trouve également là-bas. Elle regroupe tous les hommes qui ne l'ont pas accompagné dans l'Est.

Elle se sentait incapable de dire « mon époux » ou de prononcer son nom.

— Nous les emmènerons tous, mais faites venir ici dix de vos hommes. J'aurai un travail pour eux. Nous partirons avant la fin de la semaine.

— Comme vous voudrez, ma sœur, approuva Hana.

51

Miki avait attendu toute la nuit au bord du fleuve le retour de Maya. À l'aube, elle se rendit compte que sa sœur avait fui dans le monde des esprits, où elle ne pouvait la suivre. Elle voulait avant tout rentrer chez elle. La faim et l'épuisement l'accablaient. Elle sentait le pouvoir du chat, désormais déchaîné et d'une exigence sans bornes, lui prendre toute son énergie. Cependant, en arrivant à la porte de la maison près du fleuve, elle entendit des cris de chagrin. Comprenant que le bébé était mort dans la nuit, elle sentit grandir en elle un terrible soupçon qui la remplit d'horreur. Elle s'accroupit devant le mur, la tête dans les mains. Même si elle redoutait d'entrer, elle ne connaissait pas d'autre endroit où aller.

Une servante passa devant elle en courant sans la remarquer et revint moins d'une heure plus tard avec le docteur Ishida, qui paraissait pâle et bouleversé. Aucun d'eux n'adressa la parole à Miki, mais ils devaient l'avoir vue car Haruka sortit peu après et s'agenouilla près d'elle.

— Maya ? Miki ?

Miki la regarda avec des yeux pleins de larmes. Elle voulait dire quelque chose, mais n'osait parler de peur d'exprimer ce qu'elle soupçonnait.

— Au nom du Ciel, que faites-vous ici ? Vous êtes Miki, n'est-ce pas ?

Elle fit oui de la tête.

— C'est une horrible période, dit Haruka, elle aussi en pleurs. Venez avec moi, ma petite. Regardez dans quel état vous êtes. Avez-vous vécu dans la forêt comme une bête sauvage ?

Haruka la conduisit en hâte à l'arrière de la maison, où Chiyo, le visage également baigné de larmes, surveillait le feu. Après avoir poussé un cri de surprise, la vieille femme se mit à marmonner à propos du malheur et des malédictions.

— Ne faites pas tant d'histoires, lança Haruka. Ce n'est quand même pas la faute de cette petite !

La bouilloire de fer suspendue au-dessus du feu se mit à siffler doucement, et l'air se remplit de vapeur et de fumée. Haruka apporta une cuvette d'eau pour laver le visage, les mains et les jambes de Miki. L'eau brûlante mit en émoi toutes ses coupures et ses égratignures.

— Nous allons vous préparer un bain, déclara Haruka. Mais il faut d'abord que vous mangiez quelque chose.

Elle remplit un bol de riz et versa du bouillon dessus.

— Comme elle est maigre ! dit-elle en aparté à Chiyo. Dois-je avertir sa mère de sa présence ?

— Ce n'est guère souhaitable, répondit Chiyo. Pas pour l'instant, en tout cas. Elle risquerait d'être encore plus bouleversée.

Miki était tellement secouée de sanglots qu'elle n'arrivait pas à manger.

— Parlez-nous, Miki, la pressa Haruka. Vous vous sentirez mieux après. Même le pire peut être partagé avec les autres.

Comme Miki secouait la tête en silence, Haruka observa :

— Elle est comme son père la première fois qu'il est venu dans cette maison. Il est resté muet pendant des semaines.

— Il a fini par recouvrer la parole, murmura Chiyo. Un choc la lui avait enlevée, un autre choc la lui a rendue.

Un peu plus tard, le docteur Ishida vint demander à Chiyo de préparer un thé spécial pour aider Kaede à dormir.

— Docteur, regardez qui est ici! s'exclama Haruka en indiquant Miki toujours recroquevillée, pâle et tremblante, dans un coin de la cuisine.

— Oui, je l'ai vue il y a un moment, dit le médecin d'une voix égarée. Ne la laissez pas approcher sa mère. Dame Otori est folle de chagrin. La moindre agitation pourrait lui faire perdre la tête pour de bon.

Se tournant vers Miki, il lui déclara d'un ton plutôt sévère :

— Tu verras ta mère quand elle ira mieux. En attendant, tâche de n'ennuyer personne. Vous pouvez lui donner un peu du même thé, Haruka. Ça la calmera.

Les jours suivants, Miki fut confinée dans un débarras isolé. L'ouïe des Kikuta ne cessant de s'affiner en elle, elle entendait tous les bruits de la maisonnée. Elle surprit les chuchotements de Sunaomi et Chikara, attristés mais aussi excités par la mort de leur petit cousin. En entendant la terrible conversation entre sa mère et Hana, elle mourut d'envie d'accourir pour intervenir, mais elle n'osa pas ouvrir la bouche. Elle écouta le docteur Ishida faire en vain des remontrances à sa mère, puis annoncer à Haruka qu'il allait se rendre lui-même à Inuyama afin de voir sire Otori.

«Emmenez-moi», aurait-elle voulu lui crier, mais il était impatient de partir, absorbé par tous ses soucis pour Kaede, pour sa propre épouse, Shizuka, et pour Takeo. Il ne voulait pas s'encombrer de surcroît d'une fillette muette et souffrante.

Durant ces longues heures de silence et de solitude, elle eut tout le temps de songer avec remords au voyage avec Yuki et à la façon dont la femme fantôme s'était vengée de sa mère. Il lui semblait qu'elle avait toujours su quel était le dessein de Yuki, et qu'elle aurait dû l'empêcher. À présent, elle avait tout perdu : sa sœur, sa mère — et elle rêvait chaque nuit de son père et craignait de ne jamais le revoir.

Deux jours après qu'Ishida eut quitté la ville, Miki entendit la rumeur d'hommes et de chevaux dans la rue. Sa mère, Hana et les garçons s'en allaient.

Haruka et Chiyo eurent une discussion brève et violente au sujet de

Miki. Haruka affirmait qu'elle devait voir sa mère avant son départ, tandis que Chiyo prétendait que l'humeur de Kaede était si instable qu'on ne pouvait prévoir comment elle réagirait.

— C'est quand même sa fille ! s'écria Haruka exaspérée.

— Qu'est-ce qu'une fille à ses yeux ? répliqua Chiyo. Elle a perdu son fils. Elle est au bord de la folie.

Miki se glissa dans la cuisine et Haruka la prit par la main.

— Nous allons regarder ta mère partir, chuchota-t-elle. Mais ne te montre pas.

Les rues grouillaient d'une foule vaguement inquiète. Grâce à son ouïe fine, Miki surprit des bribes de conversations. Dame Otori quittait la ville avec dame Araï. Sire Otori avait été tué dans l'Est. Non, pas tué mais vaincu à la guerre. Il allait être exilé, de même que sa fille…

Miki regarda sa mère et Hana sortir de la maison et enfourcher les chevaux qui attendaient devant le portail. On installa Sunaomi et Chikara sur leurs poneys. Des hommes arborant les emblèmes des Shirakawa et des Araï se pressaient autour d'eux. Lorsque leur groupe s'ébranla, Miki tenta de rencontrer les yeux de sa mère, mais Kaede regardait fixement devant elle sans rien voir. Elle lança un ordre. Une dizaine de fantassins se ruèrent dans le jardin. Certains portaient des torches enflammées, d'autres des brassées de paille et de bois sec. Rapides et efficaces, ils mirent le feu à la maison.

Chiyo accourut pour essayer de les arrêter, en les battant avec ses poings sans force. Ils la repoussèrent brutalement. Se précipitant sur la véranda, elle serra un pilier dans ses bras en criant :

— C'est la maison de sire Shigeru. Il ne vous pardonnera jamais !

Sans même essayer de la faire partir, ils entassèrent la paille autour d'elle. Haruka hurlait à côté de Miki, laquelle assista à la scène avec horreur, les yeux remplis de larmes sous l'effet de la fumée. Pour la dernière fois, le parquet du rossignol chanta, tandis que les carpes rouge et or périssaient ébouillantées dans les bassins et que les trésors artistiques et les registres de la maisonnée fondaient et brûlaient. Après avoir résisté au séisme, à l'inondation et à la guerre, la maison fut réduite en cendres avec Chiyo, qui refusa de la quitter.

Sans un regard en arrière, Kaede chevaucha vers le château. La foule la suivit en entraînant Haruka et Miki. Des soldats de Hana attendaient, armés et chargés eux aussi de torches et de bottes de paille. On vit apparaître à l'entrée le capitaine de la garde, Endo Teruo, dont le père avait livré le château à Takeo avant d'être tué sur le pont de pierre par les hommes d'Araï Daiichi.

— Dame Otori, dit-il. Que se passe-t-il ? Je vous supplie de m'écouter. Entrez avec moi et essayons de discuter raisonnablement.

— Je ne suis plus dame Otori, répliqua-t-elle. Je suis Shirakawa Kaede. Je suis née parmi les Seishuu et je retourne dans mon clan. Auparavant, toutefois, je vous ordonne de livrer le château à ces hommes.

— J'ignore ce qui vous arrive, lança-t-il, mais je mourrai plutôt que d'abandonner le château de Hagi en l'absence de sire Otori.

Il brandit son sabre. Kaede le regarda avec mépris.

— Je sais que vous n'êtes qu'une poignée. Il ne reste que les vieux et les très jeunes. Et je vous maudis tous, vous, la ville de Hagi et le clan des Otori !

— Dame Araï, cria Endo à Hana. J'ai élevé votre époux dans ma maison avec mes propres fils. Ne permettez pas à vos hommes de commettre ce crime !

— Tuez-le, dit Hana.

Ses soldats se précipitèrent. Endo ne portait pas d'armure et les gardes étaient pris au dépourvu. Kaede avait raison : la plupart n'étaient que des adolescents. Leur mort brutale horrifia la foule. Les gens commencèrent à jeter des pierres aux soldats Araï et furent repoussés à coups de sabre et de lance. Faisant faire volte-face à leurs destriers, Kaede et Hana s'éloignèrent au galop avec leur escorte pendant que les hommes restants mettaient le feu au château.

Il y eut des combats sporadiques dans les rues lorsque les soldats Araï s'enfuirent. Les habitants essayèrent sans grand espoir d'éteindre ou de contenir le sinistre avec des seaux d'eau, mais un vent violent s'était levé. Des étincelles volèrent sur les toits aussi secs que de l'amadou, et l'incendie s'étendit bientôt inexorablement. Tous se rassemblèrent dans les rues, sur la plage et au bord du fleuve. Choqués, silencieux, ils n'arrivaient pas à comprendre ce qui se passait. En voyant le désastre s'abattre ainsi au cœur de Hagi, ils pressentait qu'une harmonie avait été perdue et que la paix était terminée.

Haruka et Miki passèrent la nuit sur la rive du fleuve avec des milliers d'autres habitants, et le lendemain elles se joignirent à la foule fuyant la ville en flammes. En traversant lentement le pont de pierre, Miki eut tout le temps de lire l'inscription sur la tombe du maçon :

«Le clan des Otori souhaite la bienvenue aux hommes justes et loyaux. Quant aux injustes et aux déloyaux, qu'ils prennent garde.»

On était au neuvième jour du septième mois.

52

– Qu'il me soit permis d'accompagner sire Otori, implora Minoru quand Takeo se prépara à partir pour Yamagata.

– Je préférerais que vous restiez ici, répliqua Takeo. Les familles des défunts doivent être informées. Il faut aussi organiser l'approvisionnement en vue de la prochaine longue marche, lorsque Kahei ramènera le gros de notre armée dans l'Ouest.

Conscient de la déception du jeune homme, il ajouta :

– En outre, j'ai une tâche importante à vous confier.

– Certainement, sire Otori, dit le secrétaire avec un sourire forcé. Cela dit, je voudrais vous présenter une requête. Kuroda Junpei a attendu votre retour. L'autoriserez-vous à venir avec vous ? J'ai promis que je vous le demanderais.

– Jun et Shin sont encore ici ? s'étonna Takeo. J'imaginais qu'ils étaient retournés dans l'Ouest.

– Il semble que les membres de la Tribu ne soient pas totalement satisfaits de Zenko, murmura Minoru. À mon avis, vous allez découvrir que beaucoup vous sont restés fidèles.

– Puis-je courir un tel risque ? s'interrogea Takeo.

Il se rendit compte qu'il se souciait peu de la réponse. Il était à moitié hébété à force de chagrin et d'épuisement, d'anxiété et de douleur.

Depuis qu'Ishida lui avait apporté la terrible nouvelle, il avait fréquemment l'impression de vivre en pleine hallucination. La réplique de Minoru accrut encore son impression d'irréalité :

— Il ne s'agit que de Jun. Shin est à Hofu.

— Ils se sont brouillés ? Je n'aurais pas cru que c'était possible.

— Non, ils ont décidé que l'un d'eux devait rester et l'autre partir. Ils ont tiré au sort. Shin est allé à Hofu pour veiller sur Muto Shizuka, tandis que Jun demeurait ici pour vous protéger.

— Je vois.

Ishida l'avait informé brièvement que le bruit courait que Shizuka avait perdu la raison après la mort de son fils et était assise dans la cour du temple de Daifukuji, nourrie par le Ciel. Takeo fut ému à l'idée que l'impassible et taciturne Shin montait la garde auprès d'elle.

— Dans ce cas, Jun peut m'accompagner, déclara-t-il. À présent, Minoru, je compte sur vous pour rédiger un compte rendu fidèle de notre voyage à Miyako, des promesses de sire Saga, de la provocation ayant causé la bataille qui tourna finalement à notre avantage. Ma fille, dame Maruyama, sera bientôt ici. Je vous demande de la servir avec autant de loyauté que vous m'avez servi. Je vais vous dicter mon testament. Même si j'ignore ce que l'avenir me réserve, je m'attends au pire. Ce sera soit la mort, soit l'exil. Je remets tout mon pouvoir et mon autorité sur les Trois Pays à ma fille. Je vous dirai qui elle doit épouser et à quelles conditions.

Le document fut promptement dicté et écrit. Quand il fut achevé et que Takeo eut apposé son sceau, il déclara :

— Vous devrez le remettre en main propre à dame Shigeko. Je vous autorise à lui dire que je suis désolé. J'aurais préféré que les choses tournent autrement, mais je lui confie les Trois Pays.

Au cours des années passées avec Takeo, Minoru avait rarement exprimé ses émotions. Il avait considéré la splendeur de la cour impériale et la sauvagerie du champ de bataille avec la même indifférence apparente. Cette fois, son visage se crispa et il eut peine à retenir ses larmes.

— Dites à sire Gemba que je suis prêt à partir, lança Takeo. Adieu.

LES PLUIES AVAIENT COMMENCÉ TARDIVEMENT et étaient moins abondantes que d'habitude. Un bref orage éclatait chaque après-midi et le ciel était souvent couvert, mais la route n'était pas inondée et Takeo rendit grâce en lui-même pour les années de développement attentif des voies de communication des Trois Pays, qui lui permettaient aujourd'hui de voyager rapidement. Il réfléchit cependant que ces mêmes routes étaient également ouvertes à Zenko et son armée, et se demanda s'ils avaient beaucoup progressé depuis leur base du Sud-Ouest.

Le soir du troisième jour, il passèrent le col de Kushimoto et s'arrêtèrent dans l'auberge située à l'extrémité de la vallée, afin de se restaurer et de se reposer brièvement. Un jour de chevauchée à peine les séparait de Yamagata. L'auberge était pleine de voyageurs. Apprenant l'arrivée de Takeo, le hobereau local, un nommé Yamada, vint le saluer en hâte. Pendant qu'il mangeait, Yamada et l'aubergiste l'informèrent des nouvelles qu'ils avaient entendues.

Zenko avait été signalé à Kibi, juste de l'autre côté du fleuve.

— Il dispose d'au moins dix mille hommes, déclara sombrement Yamada. Et beaucoup d'entre eux ont des armes à feu.

— N'a-t-on aucune nouvelle de Terada? demanda Takeo.

Il espérait que ses navires pourraient lancer une contre-attaque sur Kumamoto, la place forte de Zenko, et contraindre ainsi ce dernier à se replier.

— On raconte que les barbares ont fourni des bateaux à Zenko, rapporta l'aubergiste, et qu'ils protègent le port et la côte.

Takeo songea à son armée épuisée, qui avait encore dix jours de marche devant elle.

— Dame Miyoshi prépare Yamagata en vue d'un siège, reprit Yamada.

J'ai déjà envoyé deux cents hommes là-bas, mais du coup il n'en reste aucun ici. La moisson approche et la plupart des guerriers Yamagata sont dans l'Est avec sire Kahei. La ville sera défendue par des paysans, des enfants et des femmes.

— Mais sire Otori est là, maintenant, déclara l'aubergiste en essayant de ranimer le courage de l'assemblée. Le Pays du Milieu est en sûreté tant que notre souverain est avec nous!

Takeo le remercia avec un sourire qui cachait le désespoir grandissant en lui. Il était si épuisé qu'il réussit à dormir pendant quelques heures. Après quoi, il attendit l'aube avec une impatience inquiète. Comme on était au début du mois, il faisait trop sombre pour voyager par les nuits sans lune.

Peu après le lever du jour, ils partirent en adoptant le trot rapide qui ménageait le mieux les chevaux. Quelques instants plus tard, ils entendirent un bruit de sabots dans le lointain. Il faisait gris et calme. Les versants des montagnes arboraient leurs immenses bannières de brume. Deux cavaliers approchaient au galop en provenance de Yamagata. Takeo reconnut le plus jeune des fils de Kahei, un garçon d'environ treize ans. Son compagnon était un vieux serviteur du clan des Miyoshi.

— Kintomo! Quelles nouvelles?

— Sire Otori! haleta le garçon.

Son visage était blême d'angoisse et il roulait des yeux affolés sous son casque. Casque et armure avaient l'air trop grands pour lui, car il n'avait pas encore atteint sa taille adulte.

— Votre épouse, dame Otori…

Voyant qu'il hésitait à parler, Takeo le pressa:

— Continuez!

— Elle est arrivée dans la ville voilà deux jours. Elle en a pris le commandement et veut la livrer à Zenko. Il a quitté Kibi maintenant et marche sur nous.

Tournant son regard vers Gemba, Kintomo s'exclama avec soulagement:

— Mon oncle est ici !

Ce ne fut qu'alors que ses larmes jaillirent.

— Et votre mère ? demanda Gemba.

— Elle a tenté de résister avec les hommes dont nous disposions. Quand la situation est devenue désespérée, elle m'a dit de partir tant qu'il était encore temps, d'aller prévenir mon père et mes frères. Je crois qu'elle va mettre fin à ses jours, et que mes sœurs…

Incapable de dissimuler sa stupeur et sa confusion, Takeo fit tourner légèrement son cheval. L'épouse et les filles de Kahei allaient mourir, alors que leur mari et père avait combattu pour défendre les Trois Pays ? Yamagata, la perle des Trois Pays, allait être livrée à Zenko par Kaede ?

Alignant son destrier sur le sien, Gemba attendit que Takeo prenne la parole.

— Il faut que je parle à mon épouse, dit Takeo. Il doit y avoir une explication. La douleur et la solitude lui ont fait perdre la tête, mais une fois que je serai avec elle, elle reviendra à la raison. On ne pourra pas m'interdire d'entrer à Yamagata. Nous allons tous nous y rendre.

Se tournant vers Kintomo, il ajouta :

— J'espère que nous arriverons à temps pour sauver votre mère.

La route était encombrée de gens fuyant la ville pour échapper aux combats. Contraint de ralentir, Takeo sentit grandir sa colère et son désespoir. Quand il arriva le soir à Yamagata avec ses compagnons, les portes de la cité restèrent fermées pour eux. Le premier messager qu'ils envoyèrent se vit refuser l'entrée. Le second fut transpercé par une flèche dès qu'il fut à portée de tir.

— Nous ne pouvons rien faire, déclara le serviteur Miyoshi tandis qu'ils se repliaient à l'abri de la forêt. Permettez-moi de ramener mon jeune seigneur à son père. Zenko sera ici dès demain. Sire Otori devrait venir avec nous. Il ne doit pas s'exposer à être capturé.

— Vous pouvez partir, dit Takeo. Je vais rester encore un peu.

— Alors je reste aussi, lança Gemba.

Il serra son neveu dans ses bras. Appelant Jun, Takeo lui dit d'accompagner Kintomo et de veiller à ce qu'il rejoigne Kahei sain et sauf.

— Permettez-moi de rester avec vous, demanda gauchement Jun. Je pourrais franchir les murailles à la faveur de la nuit et porter votre message à...

Takeo l'interrompit.

— Je vous remercie, mais c'est un message que je ne puis confier à un autre. À présent, je vous ordonne de me quitter.

— Je ne vous désobéirai pas, mais une fois que j'aurai accompli ma tâche je vous rejoindrai. Dans la vie, si possible, et sinon dans la mort!

— À bientôt, répliqua Takeo.

Il félicita Kintomo pour son courage et sa loyauté, et regarda un instant le garçon qui allait se joindre aux foules fuyant vers l'est.

Puis il retourna son attention vers la ville. Après avoir longé un moment sa muraille orientale, Takeo et Gemba firent halte à l'abri d'un petit bosquet d'arbres. Mettant pied à terre, Takeo tendit les rênes d'Ashige à son compagnon.

— Attendez-moi ici. Je reviendrai sans doute dans la nuit ou, si j'ai réussi, demain matin par la porte ouverte. Sinon, vous pourrez considérer que je suis mort. Enterrez-moi si possible à Terayama, près de sire Shigeru. Et gardez mon sabre au temple pour ma fille!

Avant de se détourner, il ajouta :

— Si vous voulez, vous pouvez faire vos prières bizarres à mon intention!

— Je ne cesse jamais de le faire, dit Gemba.

TANDIS QUE LE SOIR S'OBSCURCISSAIT, Takeo s'accroupit sous les arbres et observa un long moment les murailles entourant la cité. Il se remémora une après-midi d'été, bien des années plus tôt, où Matsuda Shingen lui avait soumis comme problème théorique la prise de Terayama. Il avait pensé alors que le meilleur moyen serait de s'introduire dans la forteresse et de tuer les chefs de la garnison. En tant qu'assassin de la Tribu, il avait déjà escaladé le château de Yamagata pour voir s'il en serait capable et vérifier s'il pourrait tuer. Pour la première fois, il avait mis fin à la vie d'un homme, et même de plusieurs. Il se rappelait encore son sentiment de puissance et de culpabilité, de regret et de responsabilité. Il allait maintenant tirer profit de sa connaissance détaillée de la ville et du château, pour une ultime tentative.

Derrière lui, il entendait les chevaux arracher l'herbe avec leurs fortes dents et Gemba émettre son bourdonnement évoquant un ours. Un engoulevent s'agitait dans les arbres. Le vent murmura un instant puis se tut.

À sa droite, la nouvelle lune du huitième mois flottait au-dessus des montagnes. Il ne distinguait que vaguement la masse sombre du château surgissant au nord. Au-dessus de la forteresse, les étoiles de l'Ourse apparaissaient dans le doux ciel d'été.

Takeo entendait les gardes sur les murailles et aux portes de la ville. C'étaient des soldats Shirakawa et Araï, aux accents de l'Ouest.

Protégé par les ténèbres, il bondit au sommet de la muraille. Ayant légèrement sous-estimé la hauteur, il dut s'agripper aux tuiles, oublieux un instant de la blessure à moitié cicatrisée de son épaule, et poussa un gémissement de douleur quand la plaie se rouvrit. Il avait fait plus de bruit qu'il n'aurait voulu. Invisible, il s'aplatit sur le toit. Il lui semblait que les gardes devaient être nerveux, aux aguets dans cette ville qu'ils contrôlaient à peine, sans cesse à craindre une contre-attaque. De fait, deux hommes apparurent immédiatement à ses pieds avec des torches enflammées et arpentèrent la rue dans les deux sens. Retenant son souffle, il s'efforça d'ignorer la douleur. Accoudé sur le toit, il pressa sa main gauche sur son épaule et sentit une légère humidité due au sang s'échappant de la plaie, pas assez abondant heureusement pour ruisseler et trahir sa présence.

Les gardes se retirèrent. Il sauta par terre, en silence cette fois, et se dirigea furtivement vers le château. Malgré l'heure tardive, la ville était loin d'être paisible. Les rues étaient remplies d'une foule anxieuse. Nombreux étaient ceux projetant de partir dès que les portes seraient ouvertes. Des jeunes gens des deux sexes proclamaient qu'ils combattraient les soldats d'Araï à mains nues et que jamais Yamagata ne serait arrachée une nouvelle fois aux Otori. Des marchands se lamentaient de voir finir la paix et la prospérité, et des femmes maudissaient dame Otori qui leur apportait la guerre. En les entendant, son cœur se serra pour Kaede, alors même qu'il cherchait vainement à comprendre pourquoi elle avait agi ainsi. Puis il entendit des gens chuchoter :

— Elle cause la mort de tous ceux qui la désirent, et maintenant elle va faire mourir son propre époux aussi bien que nos époux et nos enfants.

« Non ! avait-il envie de crier. Pas moi. Elle ne peut pas causer ma mort. » Mais il craignait qu'elle ne l'ait déjà fait.

Il passa parmi eux sans être vu. Arrivé au bord des douves, il s'accroupit à l'abri des saules qui avaient proliféré le long du fleuve. Yamagata n'ayant connu aucune menace depuis seize ans, on ne les avait jamais coupés. Ils étaient devenus un symbole de la tranquillité et de la beauté de la ville. Il attendit un long moment à la manière de la Tribu, en ralentissant son souffle et son cœur. La lune se coucha et la cité s'apaisa. Après avoir inspiré profondément, il se glissa dans l'eau, dissimulé par les feuillages des saules, et nagea sous la surface.

Il suivit le même chemin qu'il avait emprunté voilà si longtemps afin d'aller mettre un terme aux souffrances des Invisibles soumis à la torture. Cela faisait des années qu'aucun prisonnier n'avait été suspendu dans un panier du haut de ce donjon. Était-il concevable de voir revenir cette sombre époque ? Mais il était jeune, alors, et il avait des grappins pour l'aider à escalader les murs. À présent, infirme, blessé, épuisé, il avait l'impression d'être un insecte mutilé se traînant gauchement sur la façade du château.

Il franchit le portail de la seconde cour intérieure. Ici aussi, les gardes étaient nerveux et inquiets, à la fois troublés et excités de se retrouver à l'improviste en possession de la forteresse. Il les entendit évoquer l'attaque brève et sanglante qui les en avait rendus maîtres, leur étonnement mêlé d'admiration devant l'attitude impitoyable de Kaede, leur satisfaction de voir les Seishuu s'élever aux dépens des Otori. Leur inconstance et leur sottise le rendirent furieux. Lorsqu'il atterrit dans la cour et courut sans bruit à travers l'étroit passage de pierre menant au jardin de la résidence, il se sentait aussi féroce que désespéré.

Deux gardes étaient assis près d'un petit brasero à un bout de la véranda, éclairés chacun par une lampe. Il passa si près qu'il vit les flammes s'incliner et la fumée tourbillonner. Effrayés, les deux hommes scrutèrent le jardin. Une chouette s'éloigna sur ses ailes silencieuses, et ils rirent de leur propre peur.

— Une nuit idéale pour les fantômes, dit l'un d'eux d'un ton moqueur.

Toutes les portes étaient ouvertes et de petites lampes luisaient au coin de chaque pièce. Il entendait respirer les dormeurs qui s'y trouvaient. «Je devrais reconnaître son souffle, pensa-t-il. Elle a dormi à mon côté pendant tant de nuits.»

Il crut l'avoir découverte dans la chambre la plus vaste, mais en s'agenouillant près de la dormeuse il s'aperçut que c'était Hana. Il fut stupéfait de la haine l'envahissant devant la sœur de Kaede, mais il la laissa et continua son chemin.

Une chaleur suffocante régnait dans la résidence. Bien qu'il fût encore mouillé, il n'avait pas froid. Il se pencha sur plusieurs femmes endormies et écouta leur respiration. Aucune n'était Kaede.

On était au cœur de l'été, à peine six semaines après le solstice. L'aube était proche et il ne pouvait rester ici. Son seul but avait été de voir Kaede. Maintenant qu'il ne parvenait pas à la trouver, il ne savait que faire. Il retourna au jardin. Ce fut alors qu'il aperçut la silhouette obscure d'un édifice isolé qu'il n'avait pas encore remarqué. S'avançant dans sa direction, il se rendit compte qu'il s'agissait d'un petit pavillon bâti près d'un ruisseau murmurant. À travers le bruit de l'eau, il reconnut le souffle de Kaede.

Ici aussi, une lampe était allumée. Sa lueur était très faible car son huile était presque épuisée. Assise en tailleur, Kaede scrutait l'obscurité. Il ne pouvait distinguer son visage.

Il sentit son cœur battre plus fort qu'avant n'importe quelle bataille. Se rendant de nouveau visible, il s'avança sur le parquet et chuchota :

— Kaede. C'est Takeo.

Elle porta immédiatement la main à son côté et brandit un petit poignard.

— Je ne suis pas venu te faire du mal, dit-il. Comment peux-tu imaginer une chose pareille ?

— Vous m'avez déjà fait tout le mal que vous pouviez, répliqua-t-elle. Je vous tuerais, si je ne croyais pas que seul votre fils en serait capable !

Comprenant d'un coup ce qui était arrivé, il garda un instant le silence.

— Qui vous l'a dit ? demanda-t-il enfin.

— Quelle importance ? Il semble que tout le monde fût au courant sauf moi.

— Tout cela est si loin. Je pensais…

Elle ne le laissa pas continuer.

— L'acte lui-même est peut-être loin, mais la tromperie n'a jamais cessé. Tout au long des années que nous avons passées ensemble, vous m'avez menti. C'est cela que je ne vous pardonnerai jamais.

— Je ne voulais pas vous faire souffrir.

— Comment avez-vous pu me regarder porter votre enfant en moi, alors que vous craigniez sans cesse que je mette au monde le fils destiné à vous tuer ? Pendant que je rêvais d'avoir des garçons, vous priiez pour échapper à ce sort. Vous préfériez me voir subir la malédiction d'avoir des jumelles, et quand notre fils est né vous avez espéré qu'il mourrait. Qui sait même si vous n'avez pas manigancé sa mort !

— Non, lança-t-il avec colère. Je serais incapable de tuer un enfant, et encore moins s'il était de mon propre sang.

Il tenta de parler plus calmement, de lui faire entendre raison.

— La mort de notre fils a été une perte affreuse. Le chagrin vous a égarée.

— Il m'a ouvert les yeux sur ce que vous êtes réellement.

Devant l'intensité de sa douleur et de sa rage, Takeo se sentit désemparé.

— C'est une tromperie de plus dans une existence qui n'a été qu'un tissu de mensonges, poursuivit-elle. Vous n'avez pas tué Iida. Vous n'avez pas reçu l'éducation d'un guerrier. Votre sang est impur. J'ai voué ma vie entière à ce qui m'apparaît maintenant comme une illusion.

— Je n'ai jamais cherché à vous en faire accroire sur mon compte, répliqua-t-il. Je connais toutes mes défaillances. Je les ai partagées assez souvent avec vous.

— Vous avez prétendu être sincère alors que vous me cachiez toutes sortes d'horreurs. Quels autres secrets avez-vous encore en réserve ? Combien d'autres femmes ? Combien d'autres fils ?

— Aucun. Je vous le jure… Il n'y a eu que Muto Yuki, à une époque où je pensais que vous et moi étions séparés à jamais.

— Séparés ? le reprit-elle. Personne ne nous avait séparés, excepté vous. Vous avez choisi de partir. Vous m'aviez abandonnée parce que vous n'aviez pas envie de mourir.

Il y avait suffisamment de vérité dans ces paroles pour le remplir de honte.

— Vous avez raison, dit-il. J'ai été lâche et stupide. Je ne puis qu'implorer votre pardon. Pour le bien du pays tout entier, je vous supplie de ne pas détruire tout ce que nous avons accompli ensemble.

Il voulait lui expliquer que leur union avait assuré l'harmonie du pays et qu'il ne fallait pas rompre cet équilibre, mais aucune parole ne pouvait réparer ce qui avait été brisé.

— C'est vous qui avez tout détruit, déclara-t-elle. Je ne pourrai jamais vous pardonner. La seule chose qui soulagerait ma douleur, ce serait de vous voir mort.

D'une voix amère, elle ajouta :

— L'honneur voudrait que vous mettiez fin à vos jours, mais n'étant pas un guerrier vous en seriez incapable, n'est-ce pas ?

— Je vous ai promis que je ne me tuerais pas, dit-il à voix basse.

— Je vous délie de cette promesse. Eh bien, prenez ce poignard ! Ouvrez-vous le ventre, et je vous pardonnerai !

Elle lui tendit l'arme en le regardant droit dans les yeux. Craignant qu'elle ne succombe au sommeil des Kikuta, il évita son regard. Il contempla le poignard, tenté de le prendre et de le plonger dans sa propre chair. Aucune souffrance physique ne pourrait être pire que l'angoisse étreignant son âme.

Essayant de se maîtriser, il entendit sa voix prononcer ces mots guindés, comme si un étranger parlait à sa place :

— Il convient d'abord de prendre certaines mesures. Il faut assurer l'avenir de Shigeko. L'empereur l'a reconnue officiellement. Enfin, il y a tant de choses que je voulais vous dire, mais je n'aurai sans doute jamais l'occasion de le faire. Je suis prêt à abdiquer en faveur de notre fille. Je me fie à vous pour parvenir à un accord satisfaisant avec Zenko.

— Vous ne combattrez pas en guerrier. Vous ne mourrez pas en guerrier. Comme je vous méprise ! J'imagine que vous allez vous esquiver maintenant, comme le sorcier que vous êtes.

Elle bondit sur ses pieds en hurlant :

— Gardes ! Aidez-moi ! Un ennemi s'est introduit ici !

Son mouvement brusque éteignit la lampe. Le pavillon fut plongé dans le noir. Les torches des gardes luisaient entre les arbres. Takeo entendit au loin les premiers coqs chanter. Les paroles de Kaede l'avaient atteint aussi profondément que la lame empoisonnée du poignard de Kotaro. Il ne voulait pas être découvert ici comme un voleur ou un fugitif. Il ne pouvait supporter l'idée d'être humilié davantage.

Jamais encore il n'avait eu tant de peine à se rendre invisible. Sa concentration était altérée. Il avait l'impression d'avoir été mis en pièces. Courant jusqu'au mur du jardin, il l'escalada, puis traversa la cour et atteignit le rempart extérieur, qu'il gravit péniblement. Quand il arriva au sommet, la surface de l'eau des douves miroita sous ses yeux, noire comme de l'encre. Le ciel pâlissait à l'est.

Derrière lui, des pas lourds se précipitaient. Perdant son invisibilité, il entendit un arc claquer et une flèche siffler. Après un plongeon qui ressemblait à une chute, il toucha l'eau avec une violence qui lui coupa le souffle et fit bourdonner ses oreilles. Il remonta à la surface en haletant, vit la flèche à côté de lui, en entendit d'autres s'abattre en l'éclaboussant, replongea et nagea jusqu'à la rive, où il se traîna à l'abri des saules.

Après avoir repris son souffle et s'être ébroué comme un chien, il se rendit de nouveau invisible et courut à travers les rues jusqu'aux portes de la ville. Elles étaient déjà ouvertes. Les habitants qui avaient attendu toute la nuit pour quitter la ville les franchissaient en emportant leurs biens en baluchons accrochés à des bâtons ou entassés dans de petites charrettes, avec leurs enfants au regard grave et désemparé.

Takeo fut rempli de pitié pour eux, qui se retrouvaient une nouvelle fois à la merci des seigneurs de la guerre. Malgré son propre chagrin, il tenta de songer à un moyen de les aider, mais son esprit était vide. Une seule pensée lui venait : « C'est fini. »

Il revit en lui-même les jardins de Terayama et les peintures incomparables, entendit les paroles de Matsuda résonner du fond des années :

— Revenez nous voir quand tout sera terminé.

À l'époque, il avait demandé :

— Y aura-t-il jamais une fin ?

— Tout ce qui a un commencement a une fin, avait répondu Matsuda.

À présent, la fin était venue, soudaine mais inévitable. Le filet aux mailles serrées du Ciel s'était refermé sur lui, comme il le fait finalement pour tous les êtres vivants. Tout était terminé. Il allait retourner à Terayama.

Il trouva Gemba encore assis en méditation à l'orée de la forêt. Les chevaux broutaient près de lui, leurs crinières emperlées de rosée. Ils levèrent la tête en hennissant à son approche.

Gemba ne dit rien, se contentant de regarder Takeo avec ses yeux pleins de sagacité et de compassion. Puis il se leva et sella les chevaux, sans cesser de fredonner doucement. L'épaule et le bras de Takeo le faisaient de nouveau souffrir, et il sentit que la fièvre tentait de s'emparer de lui. Il fut reconnaissant un instant de chevaucher le paisible Ashige, puis il pensa à Tenba si loin avec Shigeko, à Inuyama.

Le soleil se leva, dissipant la brume sous son souffle brûlant tandis qu'ils chevauchaient sur l'étroit sentier menant au temple, au cœur des montagnes. Une sorte de légèreté le gagnait. Tout s'évanouissait sous le rythme des pas des chevaux et sous la chaleur du soleil. Chagrin, honte, regret se dissolvaient. Il se rappela cette sensation de rêver qu'il avait éprouvée à Mino quand il avait été confronté pour la première fois à la violence sanguinaire des guerriers. Il lui semblait maintenant qu'il était bel et bien mort ce jour-là, et que son existence depuis lors avait été aussi inconsistante que la brume, un rêve de passion et de lutte qui était en train de se dissiper dans la lumière limpide et éblouissante.

53

Shigeko avait fait le lent voyage de retour vers Inuyama en compagnie des nombreux blessés, parmi lesquels le destrier Tenba, la kirin et l'homme qu'elle aimait. Malgré l'état critique où se trouvaient nombre de soldats, Kahei leur avait ordonné d'attendre sur le plateau tandis que le gros de l'armée repartait pour Inuyama, car la route était étroite et escarpée et il était impératif de faire vite. Quand le chemin fut enfin dégagé, elle avait cru que le cheval et la kirin allaient se remettre alors que Hiroshi mourrait. Elle passait les longues journées à soigner les blessés avec Maï. La nuit, elle se laissait aller à la faiblesse de conclure d'impossibles marchés dans son esprit avec le Ciel et tous les dieux, en leur offrant tout ce qu'ils voudraient du moment qu'ils épargnent Hiroshi. Sa propre blessure guérit rapidement et elle fit à pied les premiers jours du voyage. Peu importait qu'elle boitât, puisqu'ils descendaient avec une telle lenteur le sentier montagnard. Les blessés gémissaient ou déliraient. Chaque matin, il fallait se débarrasser des cadavres de ceux qui étaient morts pendant la nuit. « Comme tout est atroce dans la guerre, même la victoire », songeait-elle.

Hiroshi gisait sur la civière, sans une plainte, en dérivant sans cesse entre la lucidité et l'inconscience. Chaque matin, elle s'attendait à le retrouver inerte, la peau glacée. Toutefois, même s'il ne semblait pas aller mieux, il ne mourait pas. À partir du troisième jour, la route s'a-méliora, la pente devint moins raide et ils commencèrent à couvrir des distances plus importantes entre l'aube et le crépuscule. Cette nuit-là, ils se reposèrent pour la première fois dans un village digne de ce nom. Un bœuf et une charrette étant disponibles, on y transféra Hiroshi au matin. Shigeko monta à côté de lui et s'occupa d'humecter ses lèvres et de le protéger du soleil. Tenba et la kirin marchaient près de la char-rette, aussi boiteux l'un que l'autre.

Juste avant Inuyama, ils furent rejoints par le docteur Ishida, qui avait emmené avec lui un train de chevaux de bât, des réserves fraîches de papier souple et de tampons de soie, ainsi que des herbes et des baumes. Grâce à ses soins, bien des hommes qui seraient morts autrement recou-vrèrent la santé. Même si le médecin ne lui promettait rien, Shigeko se reprit à espérer vaguement que Hiroshi pourrait guérir comme eux.

Ishida était d'humeur sombre. Manifestement, ses pensées étaient ailleurs. Quand il n'était pas pris par les blessés, il aimait marcher près de la kirin. Celle-ci ne faisait guère de progrès. Sa mauvaise santé était évidente, quand on voyait ses excréments presque liquides et ses os saillants. Elle se montrait toujours aussi douce et paraissait apprécier la compagnie du médecin.

Shigeko apprit la mort de son petit frère et la folie qui semblait s'être emparée de sa mère dans son chagrin. Elle brûlait d'envie de retourner dans le Pays du Milieu afin d'être au côté de son père. Le sort des jumelles ne l'inquiétait pas moins. Ishida lui déclara qu'il avait vu Miki à Hagi mais que personne ne savait où se trouvait Maya. Après une semaine à Inuyama, le médecin affirma également qu'il devait absolu-ment se rendre à Hofu, tant la pensée de Shizuka, son épouse, ne lui laissait aucun repos.

Cependant, ils étaient sans aucune nouvelle. Il semblait imprudent dans ces conditions de continuer leur voyage. Ils ignoraient qui contrô-lait le port de Hofu, dans quel endroit était massée l'armée de Zenko et quelle avait été la progression de Kahei.

Du reste, la kirin n'était plus en état de voyager. Quant à Hiroshi, il avait tout intérêt à séjourner en ville pour reprendre des forces. Shigeko se résigna à demeurer à Inuyama en attendant un message de son père. Elle supplia Ishida de rester avec elle afin de l'aider à soigner les blessés et la kirin. À contrecœur, le médecin accepta. Shigeko lui en fut reconnaissante, ne serait-ce que pour sa compagnie. Elle lui fit raconter tout ce qu'il savait à Minoru, et veilla à ce que tous les événements, si funestes fussent-ils, fussent consignés.

La lune du huitième mois était dans son premier quartier lorsque des messagers arrivèrent enfin. Mais ce n'étaient pas ceux auxquels elle s'attendait.

Ils étaient venus d'Akashi en bateau et arboraient sur leurs robes l'emblème de Saga Hideki. Avec autant de déférence que d'humilité, ils demandèrent à parler à dame Maruyama en personne. Shigeko fut stupéfaite. La dernière fois qu'elle avait vu leur seigneur, il venait d'avoir un œil transpercé par sa flèche. Elle aurait été moins surprise s'il lui avait envoyé un navire de guerre. Après toutes ces semaines tourmentées, elle se sentit soudain soucieuse de son aspect. Elle prit un bain, fit laver ses longs cheveux et emprunta des robes élégantes à sa tante Aï, car tous ses beaux atours avaient été abandonnés sur la route lors de leur retour de la capitale. Elle reçut les messagers dans la salle d'audience de la résidence. Ils apportaient de nombreux présents, et une lettre de Saga Hideki écrite de sa propre main.

Dissimulant son embarras, Shigeko les reçut avec grâce. Elle s'inquiéta de la santé de sire Saga. Ils l'assurèrent qu'il s'était remis de sa blessure. Son œil gauche avait perdu la vue, mais pour le reste il se portait à merveille.

Elle donna des ordres pour que les envoyés soient traités de façon aussi fastueuse que possible, puis elle se retira pour lire ce que sire Saga lui avait écrit. «Il doit vouloir me menacer, pensa-t-elle, ou se venger de moi.» Toutefois le ton de la lettre s'avéra bien différent, empreint de chaleur autant que de respect.

Il déclarait regretter profondément d'avoir attaqué sire Otori. Il lui semblait que la seule stratégie qui s'imposait pour la satisfaction de tous était d'éliminer la menace que les Araï représentaient pour les Otori. Un mariage entre dame Maruyama et lui-même rendrait certaine une telle issue. Si elle acceptait son offre, il enverrait immédiatement ses troupes combattre aux côtés de sire Otori et de son grand général, Miyoshi Kahei. Il ne faisait aucune allusion à sa blessure. Arrivée au bout de la missive, elle sentit sa stupéfaction et sa colère se mêler d'un sentiment proche de l'admiration. Elle se rendit compte qu'il avait tenté de se rendre maître des Trois Pays successivement par la menace, par la ruse puis enfin par la force. Bien qu'il eût perdu une bataille, il n'avait pas renoncé, au contraire. Il se préparait à attaquer de nouveau, mais en adoptant une nouvelle tactique.

Retournant dans la salle d'audience, elle dit à ses visiteurs qu'elle écrirait sa réponse à sire Saga le lendemain. Après qu'ils se furent retirés, elle se rendit dans la pièce où Hiroshi était couché près des portes ouvertes, de façon à pouvoir contempler le jardin. Les parfums et les sons de la nuit d'été emplissaient l'air. Elle s'agenouilla près de lui. Il était éveillé.

— Souffrez-vous ? demanda-t-elle doucement.

Il secoua faiblement la tête, mais elle savait qu'il mentait. Elle voyait combien il était devenu maigre. Sa peau jaunâtre se tendait sur ses os.

— Ishida me dit que je ne mourrai pas cette fois, murmura Hiroshi. Mais il ne peut me promettre que je retrouverai un jour l'usage de mes jambes. Je doute pouvoir à l'avenir monter à cheval ou me rendre utile dans une bataille.

— J'espère que nous n'aurons jamais plus à livrer une telle bataille, déclara Shigeko.

Elle saisit sa main qui reposa dans la sienne, aussi sèche et fragile qu'une feuille d'automne.

— Vous êtes encore fiévreux.

— Pas beaucoup. Il fait très chaud cette nuit.

Elle eut soudain les larmes aux yeux.

— Je ne vais pas mourir, répéta-t-il. Ne pleurez pas pour moi. Je retournerai à Terayama et me consacrerai de toutes mes forces à la voie du Houou. Je ne puis croire que nous ayons échoué. Nous devons avoir commis une erreur, négligé un détail.

Sa voix s'éteignit et elle comprit qu'il était passé dans un autre monde. Il ferma les yeux.

— Hiroshi! s'exclama-t-elle alarmée.

La main du jeune homme bougea et se referma sur la sienne. Elle sentit la pression de ses doigts. Son pouls était faible mais régulier. Sans savoir s'il l'entendait, elle dit :

— Sire Saga a écrit pour me proposer de nouveau de l'épouser.

Hiroshi sourit presque imperceptiblement.

— Vous l'épouserez, bien sûr.

— Je n'ai encore rien décidé, répliqua-t-elle.

Elle resta toute la nuit assise à son chevet, en tenant sa main tandis qu'il dérivait entre la veille et le sommeil. De temps en temps, ils parlaient de chevaux, évoquaient leur enfance à Hagi. Elle avait l'impression de lui dire adieu. Plus jamais ils ne seraient aussi proches. Ils étaient semblables aux étoiles errantes du ciel, qui paraissent se rapprocher puis sont séparées par le mouvement inexorable du ciel. À partir de cette nuit, leurs trajectoires les éloigneraient l'un de l'autre, même s'ils ne devaient jamais cesser de ressentir une invisible attraction.

COMME EN RÉPONSE AU MARCHÉ qu'elle avait conclu en silence, ce fut la kirin qui mourut. Complètement effondré, Ishida vint apprendre la nouvelle à Shigeko le lendemain après-midi.

— Son état s'améliorait, dit-il. Je la croyais sortie d'affaire. Mais elle s'est couchée dans la nuit et n'a pas pu se relever. La pauvre! Je regrette de l'avoir amenée ici.

— Il faut que je la voie, déclara Shigeko.

Elle se rendit avec Ishida aux écuries près de la prairie humide, où un enclos avait été construit. Elle aussi se sentait bouleversée de chagrin par la mort de cette créature pleine de beauté et de douceur. En la voyant, immense et disgracieuse dans la mort, avec ses yeux aux longs cils ternis et remplis de poussière, elle fut saisie d'un terrible pressentiment.

— C'est la fin de tout, dit-elle à Ishida. La kirin apparaît quand le souverain est juste et le royaume paisible. Sa mort doit signifier que tout cela est terminé.

— Ce n'était qu'un animal, répliqua le médecin. Si insolite et merveilleuse qu'elle fût, ce n'était pas une créature mythique.

Pourtant Shigeko ne put se défaire de la conviction que son père était mort.

Elle effleura le pelage soyeux, qui avait retrouvé un peu de son éclat, et se souvint des paroles de Saga.

— Il aura ce qu'il voulait, déclara-t-elle à haute voix.

Elle ordonna qu'on écorche le cadavre et qu'on prépare sa peau. Sire Saga la recevrait avec la réponse de Shigeko.

En rentrant dans son appartement, elle demanda de quoi écrire. Quand les domestiques revinrent, ils étaient accompagnés de Minoru. Elle avait l'impression depuis quelques jours qu'il voulait lui parler en particulier, mais l'occasion ne s'était pas présentée. Il s'agenouilla devant elle en lui tendant un rouleau.

— Le père de dame Maruyama m'a chargé de lui remettre ceci en main propre.

Quand elle l'eut pris, le secrétaire s'inclina jusqu'au sol en lui rendant ainsi le premier l'hommage dû à la souveraine des Trois Pays.

54

De Kubo Makoto à dame Otori.

«Je voulais vous parler moi-même des derniers jours de la vie de votre époux.

Ici dans les montagnes, c'est presque l'automne. Les heures nocturnes sont fraîches. Il y a deux nuits, j'ai entendu la chouette épervière, mais la nuit dernière elle avait disparu. Elle s'est envolée vers le sud. Les feuilles commencent à jaunir. Bientôt nous aurons les premières gelées, puis la neige.

Takeo est arrivé au temple avec Miyoshi Gemba au début du huitième mois. J'étais soulagé de le voir vivant, car j'avais appris la destruction de Hagi et la marche de Zenko sur Yamagata. Il me semblait évident qu'aucune attaque contre le Pays du Milieu ne pourrait réussir tant que Takeo vivrait, et je savais que Zenko tenterait de le faire assassiner dès que possible.

Il était midi. Gemba et lui étaient venus à cheval de Yamagata. La journée était très chaude. Ils ne s'étaient pas hâtés mais avaient voyagé tranquillement, comme des pèlerins. Même s'ils étaient manifestement fatigués et si Takeo était un peu fiévreux, ils n'avaient rien de deux fugitifs épuisés et désespérés. Il me parla brièvement de l'entretien qu'il avait eu avec vous la nuit précédente. Ce qui se passe entre les époux ne concerne qu'eux, et les étrangers ne sauraient s'en mêler. Tout ce que je puis dire, c'est que je suis vraiment désolé, mais non étonné. Un amour passionné ne s'éteint pas mais se transforme en d'autres passions telles que la haine, la jalousie ou la déception. C'est là un grand danger pour un mariage. J'ai souvent exprimé franchement à Takeo mon opinion là-dessus.

Plus tard, j'ai compris que les révélations qu'on vous avait faites n'étaient qu'un élément d'une longue intrigue visant à isoler Takeo dans ce temple où tous nous avons fait vœu de ne pas tuer et sommes sans armes.

D'ailleurs, la première chose que fit Takeo fut de retirer Jato de sa ceinture.

— Je suis venu peindre, dit-il en me donnant le sabre. Vous avez déjà gardé une fois Jato pour moi. À présent, je vais le laisser ici jusqu'au jour où ma fille, Shigeko, viendra le chercher. L'empereur en personne l'a remis en ses mains.

Puis il déclara :

— Je ne tuerai plus jamais. Rien ne devrait pouvoir me réjouir en ce moment, mais cette décision me rend heureux.

Nous nous rendîmes ensemble sur la tombe de sire Shigeru, où Takeo passa le reste de la journée. D'ordinaire, on y trouve de nombreux pèlerins, mais du fait des bruits de guerre elle était déserte. Il me dit par la suite qu'il était inquiet que les gens puissent croire qu'il les avait abandonnés, mais il ajouta qu'il lui était impossible d'entrer en guerre contre vous. J'étais moi-même déchiré par le conflit le plus grave que j'aie connu depuis que j'avais fait vœu de ne plus tuer. Son acceptation sereine de la mort m'était insupportable. Toutes mes émotions humaines me poussaient à le presser de se défendre et d'anéantir Zenko — et vous par la même occasion, je dois l'avouer. Je luttais contre ces pensées nuit et jour.

Takeo lui-même semblait libre de tout conflit. Il se montrait presque joyeux, même si je savais qu'il éprouvait également un profond chagrin. Il pleurait la perte de son petit garçon et aussi, bien sûr, la fin de votre union, mais il avait renoncé au pouvoir en faveur de dame Shigeko et mis de côté tout désir. Peu à peu, tous les habitants du temple furent gagnés par cette intensité d'émotions mêlées. Tout ce que nous faisions, des tâches triviales de la vie quotidienne aux moments sacrés voués aux litanies et à la méditation, semblait imprégné d'une conscience du divin.

Takeo se consacra à la peinture. Il fit un grand nombre d'études et de croquis d'oiseaux. La veille de sa mort, il compléta le panneau manquant sur nos écrans. J'espère que vous le verrez un jour. Les moineaux paraissent si vivants que les chats du temple s'y trompent et qu'on les voit souvent essayer de les attraper. Chaque jour, je m'attends à moitié à découvrir qu'ils se sont envolés.

La présence de sa fille, Miki, était également un grand réconfort pour lui. Haruka l'avait ramenée de Hagi.

— Je ne savais pas dans quel autre endroit trouver refuge, me déclara Haruka.

Nous avions fini par bien nous connaître, des années plus tôt, au moment où Takeo luttait pour sa vie après le tremblement de terre et son combat avec Kotaro. Je l'appréciais beaucoup. C'était une femme intelligente et pleine de ressources, et nous lui étions tous profondément reconnaissants d'avoir amené Miki.

Miki avait perdu la parole à la suite des événements terribles dont elle avait été témoin. Elle suivait son père comme son ombre. Takeo l'interrogea sur sa sœur, mais Miki ignorait où elle se trouvait. Elle ne pouvait communiquer avec lui que par gestes. »

◆

Arrivé à ce point, Makoto posa un moment son pinceau. Tout en faisant jouer ses doigts, il contempla la beauté tranquille des jardins. Devait-il apprendre à dame Otori ce que Miki avait raconté par écrit à son père et tout ce qu'elle lui avait révélé sur Maya et la mort du nourrisson ? Ne valait-il pas mieux que la vérité reste ensevelie avec les morts ? Reprenant son pinceau, il traça des caractères dont l'encre neuve accentuait la noirceur.

◆

« Le matin de sa mort, Takeo se trouvait avec Miki au jardin. Il avait commencé une nouvelle peinture représentant son destrier, Tenba. Gemba et moi venions juste de sortir pour nous joindre à eux. On était au deuxième quart du huitième mois, vers la première demie de l'heure du Cheval. Il faisait très chaud. La rumeur incessante des cigales semblait encore plus forte que d'ordinaire. Deux sentiers montent jusqu'au temple. Le plus important mène de l'auberge aux portes du sanctuaire, le second débouche directement sur le jardin. C'est par ce dernier que les Kikuta sont arrivés.

Bien entendu, Takeo les entendit avant tout le monde. Il parut comprendre sur-le-champ de qui il s'agissait. Je n'avais jamais vu Akio, même si je savais tout de lui et connaissais l'existence du garçon depuis des années, ainsi que la teneur de la prophétie. Je suis désolé d'avoir été au courant alors que vous ne saviez rien. Si votre époux vous en avait parlé dès le début, il est certain que tout aurait tourné différemment. Mais il a choisi de se taire. C'est ainsi que nous bâtissons notre propre destin.

Je vis deux hommes s'avancer d'un pas rapide dans le jardin. Près du plus jeune bondissait un chat énorme, au pelage noir, blanc et doré. Je n'en ai jamais vu de plus gros. L'espace d'un instant, j'ai cru qu'il s'agissait d'un lion.

— C'est Akio, dit Takeo d'une voix tranquille. Emmenez Miki.

Aucun de nous ne bougea sauf Miki, laquelle se leva et se rapprocha de son père.

Le jeune homme tenait une arme. Je vis que c'était une arme à feu, mais beaucoup plus petite que celles dont se servent les Otori. Quant à Akio, il portait un plat rempli de braise. Je me rappelle l'odeur de la fumée et la façon dont elle s'élevait tout droit dans l'air immobile.

Takeo regardait fixement le jeune homme. Je compris qu'il s'agissait de son fils. C'était la première fois que le père et le fils avaient l'occasion de se voir. Ils ne se ressemblaient pas vraiment, mais il y avait une parenté dans la texture des cheveux, la couleur de la peau.

Takeo était parfaitement calme, ce qui paraissait déconcerter le jeune homme — il s'appelle Hisao, mais je pense que nous allons changer son nom. Akio criait à Hisao :

— Vas-y ! Vas-y !

Cependant le garçon semblait paralysé. Il posa lentement sa main sur la tête du chat et leva les yeux, comme si quelqu'un lui parlait. Je sentis se dresser les poils de ma nuque. Je ne voyais rien, mais Gemba chuchota :

— Je sens la présence d'esprits.

Hisao lança à Takeo :

— Ma mère dit que vous êtes mon père.

— C'est vrai, répondit Takeo.

Akio se mit à hurler :

— Il ment ! Je suis ton père. Tue-le. Tue-le !

Takeo déclara :

— Je demande à ta mère de me pardonner. Et à toi aussi.

Hisao éclata d'un rire incrédule :

— Je vous ai haï toute ma vie !

— C'est le Chien ! cria Akio. Il doit payer pour la mort de Kikuta Kotaro et de tant d'autres membres de la Tribu !

Hisao leva l'arme à feu. Takeo dit d'une voix claire :

— N'essayez pas de l'arrêter. Que personne ne lui fasse du mal.

Soudain, le jardin fut rempli d'oiseaux au plumage doré. La lumière était éblouissante.

— Je ne peux pas le faire ! s'écria Hisao. Elle m'en empêche !

La suite fut confuse. Gemba et moi avons essayé de reconstituer la scène, mais nous avons vu chacun des choses légèrement différentes. Akio s'empara de l'arme de Hisao et le repoussa. Le chat sauta sur Akio et planta ses griffes dans son visage. Miki hurla :

— Maya !

Il y eut un éclair suivi d'une détonation assourdissante. L'air sentait la chair et la fourrure brûlées.

Quelque chose n'avait pas fonctionné et l'arme avait explosé. Akio, les mains arrachées, mourut bientôt en perdant son sang. Hisao était choqué et avait des brûlures sur le visage, mais pour le reste il semblait indemne. Le chat agonisait. Miki courut vers lui en criant le nom de sa sœur. Je n'ai jamais rien vu d'aussi impressionnant : la fillette semblait devenir un sabre. La lumière qu'elle irradiait nous aveugla, Gemba et moi. Nous eûmes tous deux l'impression qu'un lien était tranché. Le chat se dissipa à l'instant où Miki se jeta sur lui. Quand nous retrouvâmes la vue, Miki serrait dans ses bras sa sœur morte. Nous pensons que l'intervention de Miki a sauvé Maya, qui n'aura pas à rester à jamais l'esprit d'un chat. Nous prions pour qu'elle renaisse dans une vie meilleure, où les jumeaux ne seront pas un objet de haine et de terreur.

Accourant vers elles, Takeo étreignit ses deux filles, l'une morte l'autre vivante. Ses yeux étincelaient comme des joyaux. Puis il se dirigea vers Hisao et le souleva pour le serrer contre lui — du moins, c'est ce que nous avons cru. En fait, il cherchait dans la poche de la veste du garçon les armes secrètes de la Tribu. Quand il eut trouvé ce qu'il voulait, il le sortit et referma les mains de son fils sur le manche. Sans le quitter du regard, il enfonça le poignard dans son propre ventre en le faisant tourner. Les yeux de Hisao se troublèrent. Au moment où Takeo lâcha ses mains et commença à chanceler, les jambes du jeune homme se dérobèrent également tandis qu'il sombrait dans le sommeil des Kikuta.

Takeo tomba à genoux, près de son fils endormi.

La mort par éviscération est inévitable, longue et affreuse. Je dis à Gemba :

— Apportez Jato.

Lorsqu'il revint avec le sabre, je le saisis pour qu'il rende un ultime service à son maître. Je craignais d'avoir une défaillance, mais le sabre savait ce qu'il avait à faire et bondit dans ma main.

L'air se remplit de cris d'oiseaux affolés et des plumes blanches et dorées voltigèrent sur le sol, en recouvrant la mare de sang qui jaillissait de lui.

Ce fut la dernière fois que je vis les houous. Ils ont abandonné la forêt. Qui sait quand ils reviendront?»

◆

À cet instant, l'abbé se sentit de nouveau submergé par le chagrin. Il céda à cette brève faiblesse et honora de ses pleurs son ami disparu. Mais il avait encore un sujet à aborder dans sa lettre. Il reprit son pinceau.

◆

«Deux des enfants de Takeo sont toujours avec nous. Nous garderons Hisao ici. Gemba pense qu'un grand esprit peut naître d'un mal si atroce. Nous verrons bien. Gemba l'emmène avec lui dans la forêt. Hisao a une affinité avec les bêtes sauvages et les comprend en profondeur. Il a commencé à sculpter de petites statues les représentant, ce qui nous paraît bon signe. Il nous semble que Miki ne pourra se remettre qu'auprès de sa mère, et je vous demande de la faire venir. Haruka peut vous l'amener. Elle est d'ores et déjà un grand esprit, mais sa fragilité est extrême. Elle a besoin de vous.»

◆

IL REGARDA DE NOUVEAU LE JARDIN et aperçut la fillette dont il venait de parler. Silencieuse, elle était si maigre qu'elle ressemblait elle-même à un fantôme. Elle passait de longues heures à l'endroit où son père et sa sœur étaient morts.

Après avoir enroulé la lettre, il la rangea avec toutes les autres qu'il avait écrites à Kaede. Il avait raconté cette histoire sous plusieurs formes, avec diverses variantes, parfois en révélant le secret de Maya, parfois en plaçant dans la bouche de Takeo de nobles paroles d'adieu adressées à Kaede ou à lui-même. Cette version austère, sans embellissements, lui paraissait la plus proche de la vérité. Toutefois il ne pouvait l'envoyer, car il ignorait où se trouvait Kaede et même si elle vivait encore.

55

Les feuilles étaient tombées. Les arbres étaient dénudés. Les derniers oiseaux migrateurs avaient traversé le ciel en longues files évoquant des coups de pinceau. C'est alors que Kaede arriva à Terayama, pendant la pleine lune du onzième mois.

Elle amenait avec elle les deux jeunes garçons, Sunaomi et Chikara.

— Je suis heureux de voir Sunaomi ici, dit Gemba quand il vint leur souhaiter la bienvenue.

Il avait rencontré Sunaomi l'année précédente, lorsque le garçon avait vu les houous.

— Votre époux désirait qu'il vienne chez nous.

— Ils n'ont pas d'autre endroit où aller, répliqua Kaede.

Elle ne voulut pas en dire davantage en présence des enfants.

— Allez avec sire Gemba, les exhorta-t-elle. Il va vous montrer où vous serez logés.

— Votre fille est partie en forêt avec Haruka chercher des champignons, reprit Gemba.

— Ma fille est ici?

Elle se sentit défaillir et demanda d'une voix incertaine :

— Laquelle?

— Miki. Mais venez vous asseoir, dame Otori. Vous avez fait un long voyage. Il fait froid aujourd'hui. Je vais aller chercher Makoto et il vous dira tout.

Kaede se rendit compte qu'elle était sur le point de s'effondrer. Pendant des semaines, elle avait été hébétée de chagrin et de désespoir. Elle s'était réfugiée dans cette indifférence glacée qui l'avait soutenue quand elle était jeune et seule. En ces lieux, tout lui rappelait Takeo avec une intensité nouvelle. Inconsciemment, elle avait espéré le retrouver ici, bien qu'elle eût appris sa mort. À présent, elle voyait combien cette illusion était absurde. Il n'était pas ici. Il était mort et elle ne le reverrait jamais.

La cloche du temple sonna et elle entendit une rumeur de pas sur des parquets.

— Allons dans la grande salle, suggéra Gemba. Je vais vous faire porter un brasero et du thé. Vous avez l'air frigorifiée.

La gentillesse du moine acheva de la bouleverser. Ses yeux se remplirent de larmes. Chikara se mit lui aussi à sangloter.

Luttant contre ses propres larmes, Sunaomi lui lança :

— Ne pleurez pas, petit frère. Il faut que nous soyons courageux.

— Venez, leur dit Gemba. Nous allons vous trouver de quoi vous restaurer, et notre abbé va parler à dame Otori.

Ils se trouvaient dans le cloître de la cour principale. Kaede vit Makoto s'avancer du côté opposé, en courant presque sur l'allée de gravier entre les cerisiers dénudés. L'expression de son visage était plus qu'elle n'en pouvait supporter. Elle cacha ses pleurs derrière sa manche.

Makoto la prit par l'autre bras et la soutint tout en la conduisant avec une grande douceur dans la salle où étaient conservées les peintures de Sesshu.

— Asseyons-nous ici quelques instants, dit-il.

Leur haleine était blanche dans l'air glacial. Un moine apporta un brasero et revint peu après avec du thé, mais ils ne burent ni l'un ni l'autre.

Non sans peine, Kaede prit la parole :

— Je dois d'abord vous parler des garçons. Il y a un mois, Zenko a été encerclé et vaincu par Saga Hideki et Miyoshi Kahei. Ma fille aînée, Shigeko, est fiancée à sire Saga. Ils se marieront le jour du nouvel an. L'ensemble des Trois Pays reviendra à sire Saga et sera uni au reste des Huit Îles sous l'autorité de l'empereur. Takeo a laissé un testament exposant ses conditions, que Saga a toutes acceptées. Shigeko régnera sur les Trois Pays à égalité avec lui. Maruyama continuera d'être transmis par les femmes et Saga a promis que rien ne changerait dans le gouvernement que nous avons instauré.

Elle se tut un instant.

— C'est une bonne solution, observa Makoto d'une voix douce. La vision de Takeo sera préservée et ce devrait être la fin des combats incessants que se livraient entre eux les seigneurs de la guerre.

— Zenko et Hana ont reçu l'ordre de mettre fin à leurs jours, reprit Kaede.

Parler de ces sujets l'avait aidée à reprendre un peu son sang-froid.

— Avant de mourir, ma sœur a tué son plus jeune fils plutôt que de le quitter. Cependant j'ai réussi à convaincre sire Saga, par l'intermédiaire de ma fille, d'épargner Sunaomi et Chikara, à condition qu'ils soient élevés ici. Saga est d'un pragmatisme impitoyable. Ils pourront vivre tant que personne ne s'avisera d'en faire des chefs de file, autrement il les fera exécuter sur-le-champ. Bien entendu, ils perdront leur nom. Les Araï doivent être anéantis. Les étrangers seront expulsés et leur religion interdite. J'imagine que les Invisibles vont entrer de nouveau dans la clandestinité.

Elle songea à Madaren, la sœur de Takeo : «Que va-t-elle devenir? Dom João l'emmènera-t-il avec lui? Ou sera-t-elle une nouvelle fois abandonnée?»

— Il va de soi que les garçons sont les bienvenus ici, déclara Makoto.

Puis ils restèrent tous deux silencieux. Kaede dit enfin :

— Sire Makoto, je vous dois des excuses. J'ai toujours éprouvé de l'antipathie pour vous, et même de l'hostilité. Pourtant, vous êtes maintenant la seule personne au monde avec qui je désirerais demeurer. Pourrais-je moi aussi séjourner ici quelque temps ?

— Vous devez rester en ces lieux aussi longtemps que vous le souhaiterez, répondit-il. Votre présence est pour moi un réconfort. Nous l'aimions l'un comme l'autre.

Elle vit les larmes lui monter aux yeux. Se retournant, il sortit un rouleau d'une boîte posée par terre derrière lui.

— J'ai essayé de rédiger un compte rendu véridique de ce qui s'était passé. Vous le lirez quand vous serez en état.

— Je veux le lire tout de suite, déclara Kaede, le cœur battant. Accepteriez-vous de rester assis avec moi pendant ce temps ?

QUAND ELLE EUT FINI, elle posa le rouleau et regarda en direction du jardin.

— Il était assis ici ?

Makoto acquiesça de la tête.

— Et voici son écran ?

Kaede se leva et s'approcha. Les moineaux la fixaient de leurs yeux brillants. Tendant la main, elle effleura la surface peinte.

— Je ne peux pas vivre sans lui, lança-t-elle brusquement. Je suis remplie de regrets et de remords. C'est moi qui l'ai livré à ses assassins. Jamais je ne pourrai me le pardonner.

— Nul n'échappe à son destin, chuchota Makoto.

Se levant à son tour, il lui fit face.

— Moi aussi, j'ai l'impression que je ne surmonterai jamais mon chagrin, mais j'essaie de me consoler en songeant que Takeo est mort comme il a vécu, sans peur et avec compassion. Il a accepté l'idée que son heure était venue, et il s'est éteint dans une absolue sérénité. Conformément à sa volonté, il est enterré près de Shigeru. Et comme Shigeru, il ne sera jamais oublié. En outre, il laisse des enfants : deux filles et un fils.

«Je ne suis pas encore prête à accepter son fils, se dit Kaede. En serai-je jamais capable? Je ne sens dans mon cœur que de la haine pour lui et de la jalousie envers sa mère. Takeo est avec elle, maintenant. Seront-ils ensemble tout au long de leurs vies futures? Le reverrai-je un jour? Nos esprits sont-ils séparés à jamais?»

— Son fils m'affirme que les esprits sont désormais apaisés, poursuivit Makoto. Alors qu'il a été hanté toute sa vie par le fantôme de sa mère, il en est aujourd'hui délivré. Nous pensons qu'il est chaman. Si nous réussissons à purifier son être perverti, il deviendra une source de sagesse et de bénédiction.

— Voulez-vous me montrer l'endroit où mon époux est mort? chuchota Kaede.

Makoto hocha la tête et sortit sur la véranda. Kaede remit ses sandales. La lumière pâlissait. Le jardin avait perdu toutes ses couleurs mais sur les rochers, à l'emplacement où Takeo s'était abattu, on voyait des taches de sang qui avaient pris en séchant une teinte brunâtre. Elle imagina la scène, ses mains serrant le poignard, la lame pénétrant dans son corps bien-aimé, le sang jaillissant de lui.

Elle s'effondra sur le sol, secouée de sanglots convulsifs.

«Je vais faire comme lui, pensa-t-elle. Je ne puis supporter cette douleur.»

Elle chercha à tâtons son propre poignard, qu'elle gardait toujours sous ses robes. Combien de fois avait-elle eu l'intention de se tuer? À Inuyama, dans sa propre demeure de Shirakawa. Plus tard, elle avait promis à Takeo de ne pas mettre fin à ses jours tant que lui ne serait pas mort. Elle se rappela avec une souffrance atroce ce qu'elle lui avait dit: elle l'avait exhorté à s'ouvrir le ventre, et il l'avait fait. À présent, elle allait l'imiter. Une joie soudaine l'envahit. Son sang et son esprit allaient suivre ceux de Takeo.

«Je dois faire vite, se dit-elle. Il ne faut pas que Makoto m'en empêche.»

Mais ce ne fut pas Makoto qui fit tomber le poignard de ses mains. Ce fut la voix d'une fillette criant dans la salle des peintures:

— Mère !

Miki courut dans le jardin, pieds nus, les cheveux en désordre.

— Mère ! Vous êtes venue !

Kaede eut un choc en voyant combien Miki ressemblait maintenant à Takeo. Puis elle se vit elle-même dans sa fille, en cet âge où elle s'apprêtait à devenir une femme. Elle avait été un otage, seule et sans protection. Pendant toute son enfance, elle n'avait pas eu de mère. Devant le chagrin de sa fille, elle songea : « Je ne peux pas ajouter encore à cette douleur. » Elle se souvint que Miki avait perdu sa sœur jumelle, et elle versa de nouveau des larmes pour Maya, son enfant. « Il faut que je vive pour Miki, pour Sunaomi et Chikara. Et pour Shigeko, bien sûr. Et même pour ce garçon qui ne s'appellera plus Hisao. Pour tous les enfants de Takeo — nos enfants. »

Elle leva son poignard et le jeta loin d'elle. Puis elle ouvrit ses bras à sa fille.

Une volée de moineaux se posèrent sur les rochers et l'herbe autour d'elles, en remplissant l'air de leurs pépiements. Comme s'ils obéissaient à un signal lointain, ils repartirent tous ensemble et s'envolèrent dans la forêt.

REMERCIEMENTS

Je voudrais remercier :

L'Asialink pour la bourse qui m'a permis de séjourner au Japon pendant douze semaines en 1999-2000.

L'Australia Council et le Department of Trade and Foreign Affairs pour leur soutien au programme de l'Asialink.

L'ambassade d'Australie à Tokyo.

L'Akiyoshidai International Arts Village (préfecture de Yamaguchi) pour le patronage qu'il m'a accordé durant cette période.

L'ArtsSA (South Australian Department for the Arts) pour une bourse qui m'a donné du temps pour écrire.

Urinko Gekidan, à Nagoya, pour m'avoir invitée à travailler avec eux en 2003.

Mon époux et mes enfants qui m'ont soutenue et encouragée de multiples façons.

Au Japon, Kimura Miyo, Mogi Masaru, Mogi Akiko, Tokuriki Masako, Tokuriki Miki, Santo Yuko, Mark Brachmann, Maxine McArthur, Kori Manami, Yamaguchi Hiroi, Hosokawa Fumimasa, Imahori Goro, Imahori Yoko et toutes les autres personnes qui m'ont aidée dans mes recherches et mes voyages.

Christopher E. West et Forest W. Seal de www.samurai-archives.com.

Tous les éditeurs et les agents qui font maintenant partie du clan des Otori à travers le monde, en particulier Jenny Darling, Donica Bettanin, Sarah Lutyens et Joe Regal.

Mes éditeurs Bernadette Foley (Hachette Livre) et Harriet Wilson (Pan Macmillan), ainsi que Christine Baker de Gallimard.

Sugiyama Kazuko, calligraphe, qui s'est éteinte prématurément en 2006.

Maquette Dominique Guillaumin

Achevé d'imprimer
sur Roto-Page
par l'Imprimerie Floch à Mayenne
Dépôt légal : février 2007
Numéro d'impression : 67457
Numéro d'édition : 145844
ISBN 978-2-07-057903-7
Loi n° 49-956 du 16 juillet 1949
sur les publications destinées à la jeunesse
Imprimé en France